Miguel Syjuco

*

DIE ERLEUCHTETEN

Aus dem Englischen
von Hannes Riffel

Klett-Cotta

Hinweis: Die deutsche Übersetzung des Gedichts von Walt Whitman auf S. Seite 137 wurde dem Band »Grasblätter«, erschienen 2009 im Hanser Verlag und übersetzt von Jürgen Brôcan, entnommen.

Klett-Cotta
www.klett-cotta.de
Die Originalausgabe erschien unter dem Titel »Ilustrado«
im Verlag Farrar, Straus and Giroux, New York

Lektorat: Astrid Roth, Köln
Printed in Germany
Schutzumschlag: Rothfos & Gabler, Hamburg
Unter Verwendung eines Designs von © Gray 3/8
Gesetzt aus der Greta in den Tropen Studios, Leipzig
Gedruckt und gebunden von CPI – Clausen & Bosse, Leck
ISBN 978-3-608-93891-3

Für meine Geschwister: J, C, M, C und J.
Und natürlich für Edith.

Da der Autor während der Recherchen zu diesem Buch wiederholt Warnungen erhalten hat, erklärt er hiermit, dass alle Ähnlichkeiten, die Sie zwischen Protagonisten und lebenden oder toten Personen zu erkennen glauben, entweder rein zufälliger Natur oder Ihrem schlechten Gewissen geschuldet sind.

— Nach der erhalten gebliebenen Titelseite von
Crispin Salvadors *The Bridges Ablaze*

PROLOG

»Der Panther lauert nicht länger in fremden Schatten – er ist nach Hause gekommen, um zu ruhen. Die Grabinschrift von Crispin Salvador besteht, passenderweise und auf seinen Wunsch hin, nur aus seinem Namen.«

— Aus einer anonymen Todesanzeige in
The Philippine Sun (12. Februar 2002)

Als das Leben des Schriftstellers, das im Zeichen von Literatur und Verbannung stand, an jenem namenlosen Februarmorgen seine außerplanmäßige Endstation erreichte, stand dieser kurz davor, das umstrittene Buch abzuschließen, auf das wir alle gewartet hatten.

Sein Leichnam war einem chinesischen Fischer auf dem Hudson ins Netz gegangen. Seine zerschlagenen Arme öffneten sich der jungfräulichen Morgenröte – wie bei Christus, hatte jemand in der Heimat sarkastisch gebloggt. Ein ausgeleierter Slip und Hosen von Ermenegildo Zegna waren ihm bis auf die Knöchel gerutscht, beide Schuhe verloren gegangen. Eine Krone aus Blut schmückte die hohe Stirn, die ein Brecheisen oder ein Strompfeiler oder eine Eisscholle zertrümmert hatte.

Wie im Traum stand ich an jenem Nachmittag in der schneidenden Kälte vor dem gelben Absperrband der Polizei, das die Wohnung meines toten Mentors im West Village abriegelte. In der Gerüchteküche kochte es bereits: Das NYPD hatte sein Zuhause in großer Unordnung vorgefunden; Beamte in Zivil füllten zahlreiche Plastikbeutel mit sonderbaren Beweismitteln; Nachbarn berichteten, sie hätten in der

Nacht Schreie gehört; die alte Dame von nebenan sagte, ihre Katze habe sich geweigert, unter dem Bett hervorzukommen. Die Katze, so betonte sie, sei schwarz.

Ermittler versicherten rasch, es gäbe keine Hinweise auf ein Verbrechen. Vielleicht erinnern Sie sich, den Fall in den Nachrichten gesehen zu haben, auch wenn in den Monaten nach dem 11. September 2001 nur sehr kurz darüber berichtet wurde. Erst viel später wurde Salvador in den westlichen Medien etwas ausführlicher erwähnt – wenn es denn sonst nichts Wichtiges gab: ein kurzes Feature im Kulturteil der *New York Times*[1], ein Beitrag in *Le Monde*[2] über Einwanderer in Paris, die nicht aus ehemaligen französischen Kolonien stammen, und eine unwesentliche Anspielung am Ende eines Artikels in der *Village Voice* über berühmte New Yorker Selbstmorde[3]. Danach nichts mehr.

In seiner Heimat auf den Philippinen war Salvadors plötzliches Verstummen sofort von beiden politischen Lagern kritisch seziert worden. Es kam zu einem Schlagabtausch zwischen der *Philippine Gazette* und der *Sun* auf der einen und der *Manila Times* – Salvadors Hausblatt – auf der anderen Seite, bei dem über die literarische und die gesellschaftliche Bedeutung des Schriftstellers für unser erschöpftes Land gestritten wurde. Für die *Times* war durch den Tod ihres Kolumnisten die Hoffnung auf eine literarische Renaissance des Landes gescheitert. Die *Gazette* hielt dagegen, Salvador sei kein »authentisch philippinischer Autor«, weil er größtenteils auf Englisch geschrieben habe und nicht »von derselben Sonne gebräunt« worden sei »wie die Massen«. Die *Sun* schrieb, Salvador sei zu mittelmäßig gewesen, um einen

1 Natalia Diaz: »Filipino Footnote«, in: *The New York Times*, 6. Mai 2002.

2 Carla Lengellé: »Les guérilleros de Paris: de Hô Chi Min à Pol Pot«, in: *Le Monde*, 22. Juli 2002.

3 Anton Esteban: »Grand Central Terminus«, in: *The Village Voice*, 15. August 2002.

Mord wert zu sein. Selbstmord, so nahmen alle drei Zeitungen an, sei deshalb eine plausible Erklärung.

Als die Nachricht von dem verschollenen Manuskript auftauchte, war es mit jeglicher Ausgewogenheit in der Berichterstattung vorbei. Die Legende von dem unvollendeten Buch hatte sich über zwei Jahrzehnte lang gehalten, und so fand sein Verschwinden einen größeren Nachhall als der Tod seines Verfassers. In den Blogs wurden zahllose schadenfrohe Mutmaßungen über den Verbleib des Manuskripts angestellt. Die Intellektuellen, darunter zuvorderst die Berufsjournalisten, verloren jegliche Objektivität. Viele bezweifelten, dass das Manuskript überhaupt existierte. Die Wenigen, die daran glaubten, taten es als gesellschaftliches wie auch persönliches Gift ab. Fast alle waren sich einig, dass ein Zusammenhang zwischen dem Buch und Crispins rätselhaftem Ende bestand. Und so wurde jede noch so banale Kleinigkeit, die im Laufe der Mordermittlungen ans Tageslicht kam, bedeutungsvoll. Innerhalb der schreibenden Zunft kursierte das Gerücht, Salvadors Pfeife sei von der Polizei gefunden worden und ihr Inhalt habe noch gequalmt. Es hieß, er habe vor langer Zeit ein Kind gezeugt und im Stich gelassen, und deswegen hätten ihn Schuldgefühle schließlich in den Wahnsinn getrieben. In einem angesehenen Blog gab es einen Eintrag mit dem Titel »Anus Horribilis«, in dem behauptet wurde, aus dem Rektum des Leichnams sei kaltgepresstes Olivenöl getröpfelt. Ein anderes Blog mutmaßte, Salvador sei überhaupt nicht tot: »Tot oder lebendig«, schrieb Plaridel3000, »wer würde schon den Unterschied merken?« Von Salvadors Kollegen und Bekannten – richtige Freunde hatte er nicht – stellte keiner den Selbstmord in Frage. Nach zwei Wochen voller Spekulationen war jedermann froh, die ganze Sache vergessen zu können.

Mich überzeugte das alles nicht. Niemand wusste, was

ich wusste. Salvadors großes Comeback war gescheitert; das Meisterwerk, das ihm zu erneutem Ruhm verholfen hätte, war auf rätselhafte Weise verschwunden und der tote Ballast der Kontroversen in seinem Sarg begraben. Die einzige verbleibende Gewissheit war das typische Durcheinander, das die Hinterbliebenen immer erben – Ordner, die in Kisten gepackt werden mussten, Kisten, die geordnet werden mussten. Krempel, der sich im Laufe eines ganzen Lebens angesammelt hatte, sollte nun am Montagmorgen für die Müllabfuhr rausgestellt werden. Auf der Suche nach dem Manuskript von *The Bridges Ablaze* durchkämmte ich die Wohnung. Ich wusste, dass es existierte. Ich hatte gesehen, dass er an seiner Schreibmaschine daran gearbeitet hatte. Er hatte bei vielen Gelegenheiten mit einem verschmitzten Unterton davon gesprochen. »Ich bleibe deshalb so lange im Exil, um *TBA* schreiben zu können«, hatte Salvador gesagt, als er das Buch zum ersten Mal erwähnte, und die Knochen der Hühnerfüße ausgespuckt, die wir in einem Kellerrestaurant in der Mott Street aßen. »Findest du nicht auch, dass es Dinge gibt, die einfach gesagt werden müssen? Ich möchte den Schleier lüften, hinter dem sich die Frevler verbergen. Sie auf den Stufen des Tempels bloßstellen. Wirklich und wahrhaftig, alle Verantwortlichen. Die selbstsüchtigen Lobbyisten und Traditionalisten. Die vollklimatisierte Forbes-Park-Aristokratie. Die aufgeblasenen Kleptokraten, die vergessen haben, wo sie herkommen. Die Diözesen und ihre heuchlerische Kirche. Sogar dich und mich. Wir alle wollen etwas von dem Kuchen abhaben.« Von dem Manuskript übrig gebliebenen waren nur Brosamen: die Titelseite und zwei lose Blätter mit Stichpunkten, die sich vergessen zwischen den Seiten seines zerfledderten *Roget's Thesaurus* fanden. Die Arbeit von zwanzig Jahren war verschwunden – eine nicht vorstellbare Anzahl von Recherchen, die die generationenübergreifenden

Verbindungen der philippinischen Elite zu Vetternwirtschaft, illegalem Holzschlag, Glücksspiel und Korruption aufdeckten und entwirrten, von den damit in direktem Zusammenhang stehenden Sünden ganz zu schweigen. »Alle Verbrechen der Menschheit«, hatte Salvador gesagt und einen Knochen auf den pyramidenförmigen Haufen in seiner Schüssel gespuckt, »sind nur Spielarten des Diebstahls.«

Ich bin der Meinung, dass der auffällige Mangel an Hinweisen merkwürdiger ist als das Chaos der häuslichen Kulisse, aus der Salvador unter mysteriösen Umständen verschwunden war. Ockhams Rasiermesser ist stumpf. Jede Faser meines Körpers wehrt sich gegen die Vorstellung, Salvador könnte sich umgebracht haben. Als ich später durch seine Wohnung lief, sah ich, dass seine guignetgrüne Underwood-Schreibmaschine mit einer leeren Seite geladen war; die Gegenstände auf seinem Tisch waren so angeordnet, dass man sofort mit dem Schreiben hätte loslegen können. Wie sollte er es bis zum Fluss geschafft haben, ohne an seinem Gewissen vorbeizukommen, das ihm aus jenem venezianischen Spiegel im Flur entgegenblickte? Dort hätte er gesehen, dass noch viel zu tun war.

Salvador war weder mutig noch feige genug, um seinem Leben ein Ende zu setzen. Die einzige Erklärung lautet, dass der Panther der philippinischen Literatur mitten im Sprung ermordet wurde. Allerdings wurde kein blutiger Kandelaber gefunden. Nur mehrdeutige Hinweise in den Überresten seines Manuskriptes. Auf den beiden Seiten mit den Notizen fanden sich die Namen des Industriellen Dingdong Changco jr.; des Literaturkritikers Marcel Avellaneda; des ersten muslimischen Oppositionsführers Nuredin Bansamoro; des charismatischen Predigers Reverend Martin; und einer gewissen Dulcinea.

*

Dass Sie sich vielleicht nicht an Salvadors Namen erinnern, zeigt, wie abgrundtief er gesunken ist. Zwei Jahrzehnte lang währte sein Ruhm, und sein Werk stand für eine ganze Nationalliteratur, auch wenn es diese nie repräsentieren wollte. Salvador ließ die philippinische Literatur in hellem Licht erstrahlen und trug den Glanz hinaus in die Welt. Lewis Jones schrieb im *Guardian*: »Der lyrische Rokokostil und die überbordenden Beschreibungen, die Herrn Salvadors Prosa auszeichnen, täuschen nicht darüber hinweg, dass sein Werk ein schmerzhaft ehrliches Bild der psychosozialen Brutalität, der realen körperlichen Gewalt und der Hybris zeichnet, die in seinem Heimatland allgegenwärtig sind ... Seine zentralen Werke werden immer aktuell bleiben.«[4] Salvadors Leben war in seinen besten Zeiten von Genialität und intellektueller Provokation geprägt, einer Vorliebe für Bilderstürmerei und einer Neigung zu schonungsloser Offenheit trotz düsterer Zeiten. Er wurde zeitlebens als Geheimtipp gehandelt. »Schon in ganz jungen Jahren, als ich mir langsam meiner selbst bewusst wurde, hörte ich immer wieder, wie begabt ich doch sei«, schrieb er in seinen Erinnerungen *Autoplagiarist*[5]. »Den Rest meines Lebens habe ich mich bemüht, den Erwartungen gerecht zu werden, die andere, aber vor allem ich selbst, an mich stellten.«

Dieser Druck und die starke Überzeugung, ein Leben führen zu wollen, über das es sich zu schreiben lohnte, bescherten ihm viele Rollen und zahlreiche Abenteuer. Seine Autobiografie las sich wie ein »Who's Who« künstlerischer und politischer Ikonen, so dass sich manche Leser fragten, ob es

4 Lewis Jones: »The Salvador of Philippine Literature«, in: *The Guardian*, 21. September 1990.

5 Crispin Salvador, *Autoplagiarist* (Manila: Passepartout Publishing, 1994). [Bis dato sind – kürzere Texte ausgenommen – keine deutschsprachigen Ausgaben von Salvadors Werk erschienen, weshalb die vorliegende Übersetzung bei den eingeführten Titeln der Originalausgaben bleibt. A. d. Ü.]

sich nicht um einen Roman handelte. »Ich habe nahezu alle meiner neun Leben gelebt«, schrieb Salvador. Sein Werk zog reichlich Inspiration aus diesen Leben und schmückte sie aus: seine Kindheit und Jugend als Sohn eines Zuckerplantagenbesitzers; die sentimentale Reise nach Europa; Abende am Mittelmeer, wo er mit Porfirio Rubirosa Frauen nachstellte oder mit Lawrence Durrell Zivania trank; sein kometenhafter Aufstieg als junger Reporter nach seinen sensationellen Enthüllungen; das Training mit kommunistischen Guerilleros im Dschungel von Luzon; der Streit mit dem Ehepaar Marcos während eines Abendessens im Malacañang Palace. Der Zirkel einflussreicher Künstler, den Salvador mitbegründet hatte – die *Cinco Bravos* –, beherrschte die philippinische Kunstszene über Jahre hinweg. Dafür verantwortlich, dass Salvadors Leben überirdische Züge annahm, waren allerdings die heimischen Intellektuellen mit ihren internen Auseinandersetzungen und ihrem Tratsch. Es wurden unter anderem folgende Geschichten erzählt: Er habe Marcel Avellaneda die Narbe im Gesicht bei einem Balisong-Duell zugefügt; während einer Gartenparty bei George Plimpton habe er sich, betrunken und in aller Heimlichkeit, in die Schüssel mit der Meeresfrüchtesuppe übergeben; er habe nackt einen Tango im Mondschein getanzt, und zwar – je nachdem, wer die Geschichte erzählt – mit Germaine Greer, Virgie Moreno oder einer Schneiderpuppe auf Laufrollen; Salvador soll sogar nach einem Konzert im Palais Garnier den Dirigenten Georg Solti beleidigt haben (es wird behauptet, er habe dem Maestro die Hand geschüttelt und ihm »in aller Freundschaft« erklärt, am Anfang des zweiten Satzes von »Rach Zwo« hätte er ein wenig danebengelegen. Anmerkung: Leider lässt sich nicht belegen, dass Solti im Garnier jemals das zweite Klavierkonzert dirigiert hätte).

Salvadors Frühwerk – darin stimmen die meisten überein – zeichnet sich durch eine erstaunliche moralische Vitalität aus. Nachdem er 1963 aus Europa zurückgekehrt war, machte er sich mit Reportagen einen Namen, die sich auf die Notlage der Armen konzentrierten. Er verfasste subversive Artikel, die bekanntermaßen der Philosophie seines Vaters widersprachen, der politische Speichelleckerei für den besten Weg hielt, das Allgemeinwohl zu fördern. Mit der Veröffentlichung seines ersten Romans *Red Earth*[6] 1968 wurde Salvador auch in der internationalen Literaturszene bekannt. Die Geschichte des charismatischen Manuel Samson, eines Bauern, der sich von 1946 bis 1954 dem kommunistischen Huk-Aufstand anschließt, erntete viel Lob und wurde später in Kuba und der Sowjetunion übersetzt. (Salvadors eigentlicher erster Roman, *The Enlightened*[7], drei Jahre zuvor in den Vereinigten Staaten publiziert, wurde bereits vor seinem Erscheinen mit Preisen bedacht, jedoch letztlich dem märchenhaften Medienrummel nicht gerecht. Es ging darin um die Rolle seines Großvaters in der philippinischen Revolution im Jahr 1896 und dem darauffolgenden Krieg gegen die amerikanischen Eroberer – ein Werk, von dem Salvador hoffte, dass es in Vergessenheit geraten würde. Er sagte mir einmal, mit diesem Porträt seines Großvaters habe er »Schuhe geschaffen, die eine Nummer zu groß« für ihn gewesen seien.)

Für seine Enthüllungsgeschichte über die Brutalität der Polizei während des Massakers von Culatingan erhielt der junge Schriftsteller zwar einstimmig die begehrte »Mango de Oro«-Trophäe, doch es war der bahnbrechende Essay in der Ausgabe vom 17. Januar 1969 der *Philippines Free Press* mit dem Titel »Es ist schwer, eine Feministin zu lieben«, der eine heftige Debatte auslöste. Zu seiner eigenen Überraschung geriet Salvador dadurch unvermittelt in das Bewusstsein der

6 *Lupang Pula* (Manila: People's Press, 1968).

7 *The Enlightened* (New York: Farrar, Straus, and Cudahy, 1965).

philippinischen Popkultur. Radio-Talkshows trugen seine Stimme in das ganze Land, wodurch er seine gewählte Aussprache verlor und seine Stimme je nach Aufregung immer schriller wurde; seine schmächtige Gestalt war im Fernsehen zu sehen, wie er, das schwarze, pomadisierte Haar streng gescheitelt, unbekümmert die Beine übereinanderschlug und den anderen Teilnehmern der Podiumsdiskussion – ein zusammengewürfelter Haufen verweichlichter Akademiker und schwabbeliger Aktivistinnen – mit dem Finger drohte. Er diskutierte energisch mit Feministinnen, und manchmal, wenn er zu sehr schäumte und schimpfte, musste sich der Moderator einschalten. Salvador verteidigte seine Arbeiten als »nicht chauvinistisch, sondern realistisch in einem armen Land mit größeren *bêtes noires* als diejenigen, die kürzlich bei dem Symposium ›Aus *seiner* Geschichte muss *ihre* Geschichte werden‹ zur Sprache kamen«. Im Oktober 1969 veröffentlichte Salvador in derselben Zeitschrift einen Essay mit dem Titel »Warum sollte ein liebender Gott zulassen, dass wir furzen?« Das brachte ihm den Zorn der katholischen Kirche ein und untermauerte weiter seinen Ruf, ein infamer Intellektueller zu sein.

Salvador verließ Manila 1972, einen Tag, bevor Marcos das Kriegsrecht ausrief. Er hoffte, sich in New York etablieren zu können, aber der Ruhm zierte sich dort mehr, als ihm lieb oder er es gewohnt war. Er lebte in Hell's Kitchen, in einer Einzimmerwohnung ohne Warmwasser, die »so schäbig war, dass nicht einmal mehr das Neonschild vor meinem Fenster anging«. Um über die Runden zu kommen, nahm er einen Job im *Petite and Sweet Bakeshop* in Greenwich Village an. Nachts schrieb er Kurzgeschichten, von denen manche in kleinen Zeitschriften wie *Strike, Brother!* und *The Humdrum Conundrum* abgedruckt wurden. Seinen nächsten größeren Erfolg feierte er mit der Veröffentlichung seiner Erzählung

»Matador« im *New Yorker* vom 12. März 1973, ein Text, der dem Chefredakteur des Magazins, William Shawn, dem Vernehmen nach »nicht missfiel«, der jedoch deshalb ausgewählt worden war, weil er einen Bezug zum fortdauernden Krieg in Vietnam hatte. »Matador«, eine Allegorie auf den Tribut, den der Neokolonialismus fordert, stützt sich auf Erfahrungen, die Salvador in seiner Jugend als Banderillero in Barcelona gemacht hatte. Darin werden die Vereinigten Staaten als der Matador und die Philippinen als der tapfere, aber letztlich dem Untergang geweihte Stier »Pitoy Gigante« dargestellt.[8] Nach diesem Erfolg hatte Salvador gehofft, dass sich ihm Türen öffnen würden, die ihm bisher verschlossen gewesen waren, aber seine Anfragen bei Agenturen und Verlagen wurden nur zögerlich und abschlägig beantwortet; wenn er allerdings einen Roman anzubieten hätte, so hieß es immer wieder, bestünde durchaus Interesse. Er fing an, an einem neuen Manuskript zu arbeiten. Ein Buch, das eine Vivisektion der Einsamkeit versuchte und das unbezeugte Ertrinken eines engen Freundes zum Anlass nahm, die Auswirkungen, die dieser Todesfall auf die Familie Salvador hatte, zu untersuchen.

Im Mai 1973 stürzte sich Salvador in eine stürmische Beziehung mit Anita Ilyich, einer Ballerina aus Weißrussland, einer Disko-Königin und frühen Verfechterin eines freizügigen Lebenswandels. An einem regnerischen Herbstmorgen geriet das Paar nach einer Party im *Loft*, angeblich unter dem Einfluss zu vieler Gimlets und Quaaludes, auf dem Broadway vor dem Haus, in dem David Mancuso wohnte, in einen Streit, der an theatralischer Eifersucht kaum zu überbieten

8 Die Erzählung ist berühmt geworden, weil sie die erste Geschichte eines philippinischen Autors in diesem Magazin ist – nach Carlos Bulosans »The End of War« in der Ausgabe vom 2. September 1944. Marcel Avellaneda hat »Matador« als »übertrieben ernsten unechten Ernest« bezeichnet – als »ein Kapitel, das klugerweise aus *Fiesta* gestrichen wurde«.

war. Salvador, in der festen Überzeugung, es handelte sich »nur um eine von diesen kleinen Kabbeleien«, ging ein wenig spazieren, um sich zu beruhigen. Als er schließlich nach Hause kam, lagen seine sämtlichen Sachen triefend nass auf dem Bürgersteig, darunter die durchscheinend aufgeweichten Seiten seines fast vollendeten Romans.

An jenem Nachmittag verließ Salvador New York und machte sich auf den Weg nach Paris, eine Stadt, die er während seines Universitätsstudiums häufig besucht hatte. Er schwor den Frauen wie der Literatur ab, richtete sich in einer *chambre de bonne* im Marais häuslich ein und arbeitete als Gehilfe des Gehilfen eines Konditors. Bald schon brach er seinen Eid, sich den Tröstungen des sanfteren Geschlechts zu enthalten, aber es sollte noch zwei ganze Jahre dauern, bevor er sich wieder der Literatur zuwandte. Schließlich brachten ihn sowohl Armut als auch seine Rastlosigkeit im Sommer 1975 dazu, wieder zu schreiben; er war freiberuflich für die *Manila Times* und die *International Herald Tribune* tätig und begann, an einem Manuskript zu arbeiten, aus dem sein populäres *Europa-Quartett* (*Jour, Night, Vida* und *Amore*)[9] werden sollte. Nacheinander zwischen 1976 und 1978 geschrieben, schildert das Quartett das Leben eines jungen Mestizen, der sich in den 1950ern in Paris, London, Barcelona und Florenz herumtreibt. Hausfrauen in drei Ländern waren begeistert.

Von seinem plötzlichen Erfolg gestärkt, kehrte Salvador regelmäßig für Recherchen auf die Philippinen zurück; er nahm an Podiumsdiskussionen teil, hielt Wahlreden und arbeitete mit anderen Künstlern zusammen. 1978 schrieb er die erste von zahlreichen Folgen von *War & Piss*, seiner wöchentlichen Kolumne in der *Manila Times*. Sein erst seit kurzem nicht mehr lieferbarer Reiseführer *My Philippine Islands*

9 *Jour, Night, Vida* und *Amore* (New York: Grove Press, 1977-1981).

(with 80 color plates)[10] wurde von *Publisher's Weekly* trotz seiner unverfrorenen Subjektivität als »das definitive Buch über das philipinische [sic] Volk« bezeichnet und weiter als »äußerst unterhaltsam und mutig, voller anschaulicher Anekdoten, die von den intimen Kenntnissen eines Einheimischen zeugen ... Es verortet das tropische Land im Kontext der übrigen Welt und entreißt es seiner nicht selten erlittenen Isolation und Exotisierung«. Später, 1982, veröffentlichte Salvador *Phili-where?*[11], einen satirischen Reiseführer, der den Niedergang seines Landes, einst das »Tor nach Asien« und eine stolze US-Kolonie, bis zur Plutokratie nachzeichnet, die von einem »inkontinenten Despoten« regiert wird. Auf den Philippinen wurde das Buch vom Marcos-Regime verboten und verkaufte sich daraufhin im Ausland recht gut.

Die 1980er – das Jahrzehnt, in dem die Gier des globalen Aktienmarkts immer größer wurde, in dem die Hausfrauen in den engen Stadtrandsiedlungen sich zu wöchentlichen Jane-Fonda-Workouts trafen, in dem Corazon Aquino die Revolution ausrief, um »alle Macht dem Volke« zurückzugeben – bedeuteten für die Philippinen einen neuen Anfang. In diesem Klima moralischer Gegensätze wurde Salvador endlich der Respekt zuteil, nach dem er sich so sehr gesehnt hatte. Er veröffentlichte viel und allerorten. Mit *Dahil Sa'yo (Because of You)*[12] erreichte seine Karriere 1987 ihren Höhepunkt – eine Abrechung mit der Marcos-Diktatur und scharfe Kritik an den opportunistischen Mitläufern, die Aufstieg und Fall des Paares überhaupt erst möglich gemacht hatten, verkörpert durch Dingdong Changco jr.[13] Salvador ließ die

10 *My Philippine Islands (with 80 color plates)* (New York: Macmillan, 1980).

11 *Phili-where?* (London: Faber and Faber, 1982).

12 *Because of You* (New York: Random House, 1987).

13 Dingdong Changco jr. klagte auf Rufschädigung. Salvador erklärte vor Gericht: »Welche Wahrheiten Sie in meinem Buch auch immer finden mögen, sie sind allgemeingültig.« Dieser Satz ging durch die Weltpresse. 928 Exem-

stürmische Zeit mit Hilfe von Zeitungsausschnitten, Radio- und Fernsehmitschriften, Allegorien, Mythen, Briefen und Vignetten aus den Blickwinkeln verschiedener – echter und erfundener – Protagonisten wiederauferstehen, die Philippinos aus allen Bevölkerungsschichten repräsentierten. Das Buch stand zwei Wochen lang auf den unteren Plätzen der *New York Times*-Bestsellerliste; es erreichte vier Auflagen und wurde in zwölf Sprachen übersetzt. Im Ausland – und folglich auch auf den Philippinen – wurde es von der Kritik begeistert aufgenommen, und Salvador wurde auf die Vorauswahlliste für den Literaturnobelpreis des Jahres 1988 gesetzt. (Später sagte er oft: »Ich bin der erste und einzige Philippino, der für diese kleine Auszeichnung namens Literaturnobelpreis im Rennen war.«[14]) Der Preis wurde Nagib Mahfuz verliehen.

Salvador war, wie andere produktive Autoren mit einer solch außergewöhnlichen Breitenwirkung, derartige Enttäuschungen gewohnt. Das belegen die zahlreichen Rezensionen, die Salvador an seinen Fähigkeiten zweifeln ließen. Kritiker beurteilten seine weniger gelungenen Werke übereinstimmend als weitschweifig, messianisch und unoriginell. (Avellaneda nannte sein Lebenswerk »eine schmutzige Zisterne voller Exkremente, denen es an Gestaltungskraft mangelt. Ganz objektiv handelt es sich um die Art von Mist, die den Leuten Angst vor dem Ausbruch der Amöbenruhr macht.«) Die denkwürdigsten dieser undenkwürdigen Werke waren: der 43.950 Wörter lange Essay *Tao (People)*[15], der von Salvador als »Katalog und Hommage an die prächtige Vielfalt unseres Volkes, unsere herrlichen Sitten und Bräuche und

plare waren erst auf den Philippinen verkauft worden waren, als das Buch verboten wurde.

14 Clinton Palanca (Interviewer), *The Paris Review*, Frühjahr 1988.

15 *Tao (People)* (Manila: Passepartout Publishing, 1988).

unsere schönen Frauen« gemeint war; *Filipiniana*[16], ein ambitionierter, aber auch idiosynkratischer Überblick über die philippinische Literatur in englischer Sprache, der die meisten von Salvadors kürzeren Arbeiten umfasste, aber nur je einen Text von anderen Schriftstellern; und ein episches Langgedicht über Magellans Übersetzer und Kartografen, Antonio Pigafetta, das den Titel *Scholarly Plunder*[17] trug. Versuche, letztgenanntes Werk zu rechtfertigen, indem er es zu der Disko-Oper *All Around the World* umarbeitete, scheiterten auf ganzer Linie.

Am meisten verdross Salvador – sogar noch mehr als Avellanedas Äußerung, sein Leben im Ausland sei »eine Metapher für einen namenlosen Tod« –, dass die Kritiker behaupteten, *Because of You* sei sein literarischer Schwanengesang. Es mehrten sich schließlich Gerüchte über ein umfangreiches Buch, an dem Salvador seit den frühen 1980ern gearbeitet haben sollte: *The Bridges Ablaze*. Salvadors folgende Veröffentlichung überraschte dann die Nation und etablierte ihn als vielgelesenen Autor, lieferte jedoch auch ein weiteres Beispiel für das, was einheimische Rezensenten seine »dürftigen literarischen Fähigkeiten« nannten. *Manila Noir*[18], der beliebteste seiner Kriminalromane, stellte Antonio Astig vor, einen verwegenen Krimiautor, der in mehreren Mordfällen à la Jack the Ripper ermittelte, denen hübsche Frauen aus Elendsvierteln zum Opfer gefallen waren (die realen Morde machten 1986 und 1987 Furore; die polizeilichen Ermittlungen wurden für Augenwischerei gehalten, und Gerüchten zufolge war der Täter ein prominenter Politiker und »eingefleischter Junggeselle«). *The Bloody Sea*[19], eine mitreißende

16 *Filipiniana* (Quezon City: Ateno de Manila University Press, 1990).
17 *Scholarly Plunder* (Manila: Ars Poetika, 1981).
18 *Manila Noir* (Quezon City: University of the Philippines Press, 1990).
19 *The Bloody Sea* (London: Chatto & Windus, 1992).

Seefahrer-Saga von 500 Seiten Länge, die Anfang des 15. Jahrhunderts auf den Philippinen spielt, ließ den heimtückischen chinesischen Piraten Limahong gegen den schneidigen spanischen Kapitän Juan de Salcedo antreten und erwies sich zu Hause wie in Großbritannien als erstaunlich erfolgreich. (Bald kursierten Gerüchte über diverse Fortsetzungen, und Patrick O'Brian ließ sich, zu Salvadors großer Freude, öffentlich zu abschätzigen Äußerungen hinreißen.) Schließlich schrieb Salvador mit dem Ziel, jüngere Philippinos zu erreichen, die Trilogie *Kaputol* (»Geschwister«)[20], ein von Magie durchdrungener Stoff in der Jugendbuch-Tradition von Franklin W. Dixon. Dieser dreiteilige Entwicklungsroman erzählt die Abenteuer von Dulcé, einem ausgemachten Wildfang und Anführerin einer Gruppe von Jungen in Quezon City während der Zeit des Kriegsrechts. *Kaputol* wurde zu Salvadors nachhaltigstem Werk – er hatte sich damit in die Herzen einer neuen Generation von Lesern geschrieben.

Diese Lebensphase war zwar produktiv, aber sie hatte keine Tiefe: Salvador stürzte in eine schwere Depression und schlug wahllos um sich, ein Verhalten, das bereits zuvor in guten wie in schlechten Zeiten eifrigen Spott hervorgerufen hatte. Wegen seiner Sammelmanie warf man ihm vor, er sei »ein heimlicher Spießer«. Er war bekannt dafür, Briefe mit violetter Tinte und weit ausladender Handschrift zu schreiben. Als E-Mails aufkamen, begeisterte er sich sofort dafür und begann, lange Hassbriefe an Zeitungen zu schicken, um der Kritik der Redakteure an seiner Kolumne in der *Manila Times* zu entgehen. Dabei ging es ihm um den Egoismus unserer Kultur oder die Hoffnung, dass ausgewanderte Philippinos ihrem Land helfen und es nicht im Stich lassen würden, oder den schlechten Service in den »Aristocrat«-

20 *Kapatid*, *QC Nights* und *Ay Naku!* (Manila: Adarna House, 1987-1990).

Restaurants und darum, wie sich am Beispiel solcher alter Institutionen der Niedergang einer eher vornehmen Gesellschaft zeigt. Die Zeitungen lehnten es ab, seine Sendschreiben zu drucken, und so sammelte er sie und veröffentlichte sie auf eigene Rechnung in dem Buch *All the News the Papers are Afraid to Print*[21]. Salvadors spitze Zunge ließ auch Gerüchte aufkommen, er sei homosexuell; andererseits wurde er als Frauenheld kritisiert, »der über eine wollüstige Energie verfügt, wie sie sich sonst bei ehemaligen Priestern findet«. Salvadors größter Fauxpas war der Fernsehwerbespot von 1991, der zeigt, wie ihm in einem Arbeitszimmer voller Bücher das Mittagessen serviert wird. Er gießt etwas aus einer kleinen Karaffe über das Essen, wendet sich dann der Kamera zu und spricht die unvergesslichen Worte: »Silver Swan Sojasoße – für alle, die etwas auf sich halten.«

Am 2. Juni 1994 stellte Salvador in der Buchhandlung »La Solidaridad« in Manila sein neuestes Buch vor. Die Veranstaltung war in aller Heimlichkeit vorbereitet worden, und die aufgeregten Beobachter der Literaturszene rechneten mit *The Bridges Ablaze*. Stattdessen enthüllte Salvador *Autoplagiarist*, ein weiteres im Eigenverlag erschienenes Buch – seine Memoiren und gleichzeitig seine subjektive Geschichte der Philippinen vom Beginn des Zweiten Weltkriegs bis zum Ende des Jahrtausends. Das 2572 Seiten umfassende Werk, vielleicht das ambitionierteste und bestimmt das persönlichste seiner Bücher, brachte ihm wütende Reaktionen ein. Ein philippinischer Kritiker schrieb: »Der ödipale Impuls war offenbar so ambrosisch, dass [Salvador] seinen Vater fickte und seine Mutter tötete.« Ein anderer schrieb: »Der gute alte Crispin hätte besser daran getan, seinen Worten Taten folgen zu lassen und [die Mülldeponie] Smokey Mountain zu

21 *All the News the Papers are Afraid to Print* (Manila: Passepartout Publishing, 1993).

säubern.« Salvadors Literaturagent konnte *Autoplagiarist* bei keinem ausländischen Verlag unterbringen, wodurch letztlich sogar ihre Geschäftsbeziehung in die Brüche ging. Am schlimmsten war, dass der authentische Ton der Autobiografie das angespannte Verhältnis zwischen Salvador und seiner Familie und seinen Freunden in der Heimat endgültig überstrapazierte. Plötzlich war er wirklich ein Verbannter. »Du kannst von Glück reden, dass deine Eltern tot sind«, sagte er einmal zu mir und zog dabei den Läufer und schlug meine Dame. »Die Menschen, die dich lieben, sehen immer nur ihre eigenen Unzulänglichkeiten in deiner Arbeit. Darin liegt die Stärke guter Texte und die Schwäche des menschlichen Egos. Liebe und Ehrlichkeit passen nicht zusammen. Um ein ehrlicher Schriftsteller zu sein, muss man die Heimat aufgeben und ein einsames Leben führen.«

Nachdem all seine Verbindungen gekappt waren, ließ sich Salvador dauerhaft in New York nieder. Es folgte eine Zeit tiefen Schweigens. Er verfasste keine Zeitungskolumnen mehr. Er gab das Schreiben auf. Dass er einen guten Ruf als Lehrer erlangte, spricht für seine Robustheit, die typisch für Philippinos ist. Wie er in *War & Piss* immer wieder betonte: »Wenn das Leben dir immer nur Zitronen vorsetzt, dann sag dem Dienstmädchen, es soll Limonade daraus machen.«

Vieles in seinem Leben war ungewiss, und so ist es gut möglich, dass das auch auf das Folgende zutrifft. Kurz nachdem er die letzte vernichtende Besprechung von *Autoplagiarist* ausgeschnitten und in eine Sammelmappe geklebt hatte, ging Salvador in den frühen Morgenstunden eines Sommertages hinunter zum Hudson River und verbrannte alle Notizen sowie seine Tagebücher in einer öffentlichen Mülltonne. Zwei Polizisten kamen zufällig vorbei, als er sich in die Feuersbrunst erleichterte. »Ich versuche nur, es zu löschen«, erklärte er ihnen. Salvador wurde aufs Revier gebracht und zweier Ordnungswidrigkeiten angeklagt – Trunkenheit und öffentlichen Urinierens. Irgendwie gelangte dieses Ereignis in die Zeitungen von Manila und entlockte denjenigen, die sich an Salvador erinnerten, wie sonst immer auch ein Kichern.

In jenem Feuer allerdings, so erzählte mir Salvador später, hatte er wiederentdeckt, wie es war, vom eigenen Zorn berauscht zu sein und Trost in der Zerstörung zu finden. Am folgenden Morgen saß er, von einem beängstigenden Eifer erfüllt, erneut an seinem Schreibtisch. Aus einer abgeschlossenen Schublade hatte er drei schwarze Kartons hervorgeholt; sie enthielten das unvollendete Manuskript von *The Bridges Ablaze*.

*

Am Ende der ersten Woche im letzten Februar machte sich Salvador auf den Weg in die Heimat. Grund seines Besuches, des ersten seit Jahren, war die Verleihung des Dingdong Changco sr. Memorial National Literary Lifetime Recognition Prize oder, wie der Preis weithin genannt wurde, des DCSMNLLRP. An dem Nachmittag, als Salvador in Manila eintraf, nahm er ein spätes Mittagessen im »Aristocrat«-Restaurant ein und ging dann auf die Toilette, um sich umzuziehen. Vor dem Spiegel rückte er den Kragen seines förmlichen Barong zurecht und übte seine Rede. Draußen regnete es stark, und er nahm ein Taxi ins »Cultural Center of the Philippines«. Das Publikum bestand aus der alten Garde, zumeist Mitglieder und Funktionäre der PALS, der »Philippine Arts and Letters Society«. Sie lehnten sich auf ihren Plastikstühlen zurück, lächelten selbstgefällig, die Mienen heiter und zufrieden, als befänden sie sich auf einem lang erwarteten Begräbnis. (Der DCSMNLLRP wird traditionell an Schriftsteller am Ende ihrer Karriere vergeben.) Salvador eilte die

Treppe hinauf, schüttelte Hände, ließ sich mit Furio Almondo, dem stellvertretenden Vizepräsidenten der PALS, fotografieren und trat aufs Podium. Voller Bewunderung betrachtete er seine Goldmedaille – ein kunstvoll verzierter Ring aus Sterlingsilber. Er schenkte sich ein Glas Wasser ein und trank es aus. Schließlich ergriff er das Wort. »Literatur«, erklärte er, »ist eine ethisch riskante Angelegenheit. Literatur ist eine moralische Entscheidung. Eine gefahrvolle Übung, immer am Rande des Scheiterns. Literatur sollte Klagen anstimmen, denn die Welt ist voller beklagenswerter Zustände. Lassen Sie uns offen sprechen, schließlich sind wir hier unter uns. Sie beklagen, dass ich, so sagen Sie, gescheitert bin. Ich bin aber nur gescheitert, weil ich mehr zu erreichen versucht habe, als irgendeiner von Ihnen je gewagt hat.« Die Zuschauer buhten und johlten plötzlich, fingen dann an zu brüllen, als wären sie bei einer Kreuzigung. »Ich nehme diesen Preis an«, fuhr Salvador fort, wobei er schreien musste, um sich Gehör zu verschaffen, »als Vorschuss auf das, was ich noch vollbringen werde. Nächstes Jahr werde ich mein langerwartetes Buch veröffentlichen. Dann werden Sie sehen, wie es um unsere gemeinsame Schuld bestellt ist.« Aus den Buhrufen wurde Gelächter. »Die Geschichte wird von Märtyrern verändert, die die Wahr…« Das Mikrofon wurde abgeschaltet.

Der Schriftsteller schritt durch das Publikum und verließ das Gebäude. Als ihn niemand mehr sehen konnte, rannte er los, stürzte Hals über Kopf in den sintflutartigen Regen hinaus. Noch am selben Abend erwischte er einen Flug über Narita, Detroit und Newark nach New York. Er war gerade noch dem für diese Jahreszeit untypischen Supertaifun entkommen, der weite Teile der Stadt überschwemmen sollte. Ich sah ihn am Morgen seiner Ankunft, einen Tag vor Valentinstag – ich besuchte ihn unter dem Vorwand, ich müsste ihm von den verpassten Seminaren eine Mappe mit Essays der Studenten bringen. Nass und dreckig saß er in seinem Arbeitszimmer, dabei jedoch bester Laune, und hackte auf seine Schreibmaschine ein. Es klang wie Maschinengewehrfeuer. Er hatte sich nicht einmal die Mühe gemacht, seinen ruinierten Barong auszuziehen. Und neben ihm lag: die *Philippine Sun* vom Vortag. Die Geburts- und Todesanzeigen waren aufgeschlagen. Zwar hatte die Internetseite der Zeitung einen Widerruf gebracht, in dem ein Praktikant dafür verantwortlich gemacht wurde, dass Crispins fertig vorliegender Nachruf abgedruckt worden war, trotzdem konnte man das selbstzufriedene Kichern hören, das der westliche Passat um die halbe Welt wehte. Ich wusste nicht, wie Crispin es aufgenommen hatte, also fragte ich ihn, ob er einen guten Flug gehabt hatte. Und was ihn so auf Touren gebracht hätte. Crispin schenkte mir ein strahlendes Lächeln. »Tod«, sagte er, »in Manila. Ich habe wohl nichts mehr zu verlieren.«

Das war das vorletzte Mal, dass ich ihn gesehen habe.

Dann Schweigen, allzu bald für einen Menschen, dessen ärgster Feind das Schweigen war.

Wenn unsere größte Furcht darin besteht, einsam und vergessen zu sterben, dann wird die Gewalt, die die Zeit jedem von uns antut, immer stärker sein als die dunklen Wellen jedweden Flusses. Dieses Buch nimmt deshalb die schwere Bürde auf sich, das verlorene Leben eines Mannes nachzuzeichnen, und ist den möglichen Verlockungen auf der Spur, die der Tod stets bereithält. Die zersplitterten Tatsachen sind hier zu Ihrer Begutachtung zusammengetragen, wie bei einem zerbrochenen Spiegel, dessen letztes Bruchstück gewaltsam an die ursprüngliche Stelle gedrückt wird.

— Miguel Syjuco, auf dem Weg nach
Manila, am 1. Dezember 2002

1

Eine schäbige Holztruhe im Schlafzimmer, deren Intarsien sich ablösen und deren Schlüssel sich schließlich in einer verriegelten Schreibtischschublade findet. Darin: ein Tagebuch aus jüngster Zeit (orangefarbener Veloursledereinband, der durch die Nutzung zu einem glatten Karamell geworden ist [darin: Übersetzungen, Rätsel, Witze, Gedichte, Notizen, anderes]). Erstausgaben (*Autoplagiarist*, *Red Earth*, *The Collected Fictions*, *The Enlightened* et cetera). Ein ramponierter Koffer (weißer Bakelitgriff; Aufkleber längst nicht mehr existenter Hotels [das Schloss mit einem Tafelmesser aufgebrochen: der Duft von Bleistiftspänen und Buchbinderleim, ein Stapel Fotografien {an den Rändern gewellt}, das von einem Gummiband zusammengehaltene Kindheitstagebuch seiner Schwester, prallvolle braune Umschläge {Abschriften, Zeitungsausschnitte, Entwürfe von Erzählungen voller roter Anmerkungen, offizielle Dokumente <Geburtsurkunde, Impfpässe, abgelaufene Reisepässe et cetera>}, eine Segeltuchmappe {Zeichenkohle, Graphit, Tuscheskizzen <Pferde, Fassaden, Porträts, Tischbesteck>}, ein arg mitgenommener Satz russischer Schachtelpuppen {die kleinste fehlt}, anderer Krimskrams {ein Füllfederhalter »Parker Vacumatic«, geerbte Medaillen aus dem Zweiten Weltkrieg, eine bernsteinfarbene Haarlocke, et cetera}]).

*

Am Abend zuvor war mein Freund und Mentor durchaus noch am Leben. Die Tür ging einen Spalt weit auf, nur seine

Nase und ein Auge waren sichtbar. »Tut mir leid«, sagte er. »Tut mir leid.« Die blaue Tür fiel unmissverständlich ins Schloss. Der Riegel wurde mit einer Endgültigkeit vorgeschoben, die ich in dem Moment nicht begriff. Ich ging wieder und aß ohne ihn einen Schinkencheeseburger; angesichts der für ihn untypischen Unhöflichkeit war ich etwas verärgert.

Was hätte ich zu ihm sagen können? Hätte ich die Tür aufbrechen sollen? Ihm zwei Ohrfeigen verpassen und von ihm verlangen sollen, er möge mir erklären, was los war? Tage, Wochen später passten all diese Bruchstücke noch immer nicht zusammen. Was geschehen war, schien unwirklich, verwirrend. In manchen Nächten stieg ich auf Zehenspitzen aus dem Bett, darauf bedacht, Madison nicht zu wecken, die sonst sauer werden würde; dann saß ich auf dem Sofa, tief in Gedanken, bis der Himmel allmählich lila wurde. Selbstmord wie Mord schienen mir zwei Seiten derselben medialen Verlockung zu sein. Im Rückblick war dieses Gefühl heilsam für mich. Klischees beruhigen uns und erinnern uns daran, dass wir nicht allein sind, dass andere bereits dasselbe durchgemacht haben. Trotzdem konnte ich nicht verstehen, warum die Welt diesen einfachen Weg gewählt hatte: Sie hatten ihn einfach abgeschrieben und waren nach Hause gegangen, um Fernsehserien mit komplizierter Handlung anzuschauen. Vielleicht ist das typisch für unsere Zeit.

Dann, vier Wochen nach Crispins Tod, rief mich seine Schwester an (ihre Stimme so dünn und blass wie ein Stück Bindfaden) und bat mich, seine Hinterlassenschaft zu veräußern; ich betrat seine muffige Wohnung, als wäre sie eine Gruft.

Nach vier Monaten konnte ich nachts nicht mehr schlafen; dann saß ich da, lauschte Madisons Atem und dachte aus irgendeinem Grund an die Eltern, die ich nie richtig kennengelernt hatte, und daran, wie sehr ich Crispin vermisste – ihn und seinen dämlichen Filzhut und seine dezidierten Meinungen.

Nach sechs Monaten fing ich an, Crispins Biografie zu schreiben; die langen Stunden in der Bibliothek, die Vorstellung, dass sein Leben mir mit meinem helfen könnte, hielten mich irgendwie bei Verstand.

Nach acht Monaten und einer Woche verließ mich Madison endgültig; ich hoffte, dass sie mich anrufen würde, aber das tat sie nicht.

Am 15. März 2002, genau neun Monate nach Crispins Tod, starrte ich spätabends meinen Posteingang an und wartete auf eine E-Mail von Madison. Mit einem »Ping« kamen drei neue Nachrichten herein. Die erste stammte von Baako.Ainsworth@excite.com. Auszugsweise lautete sie: »Schärfen Sie Ihr Liebesschwert rimmelbert zuversässig. Hilfe, mit der Sie Erregungstriumphe feiern. Wie Sie beim Liebesspiel länger durchhalten und mehr empfinden.« Die zweite stammte von trancejfq22@shaza.wz.cz. Auszugsweise lautete sie: »ABSCHLUSSZEUGNIS NOCH HEUTE! Wenn Sie nach einem schnellen Weg suchen, um nach oben zu kommen,(nicht anerkannt) dann haben wir das Richtige für Sie.« Die dritte E-Mail wollte ich gerade löschen, da sah ich, wer sie geschickt hatte. Auszugsweise lautete die Nachricht: »Mein(e) sehr verehrte(r) Herr/Frau … Unser Anwalt, Clupea Rubra, hat mir mitgeteilt, mein Papa, der damals als Informant für die Regierung arbeitete und das Familienvermögen verwaltete, habe ihn, Clupea Rubra, zu sich gerufen, durch seine Wohnung geführt und ihm drei schwarze Pappkartons gezeigt. Inzwitschen ist mein Papa unter müsteriösen Umständen gestorben, und Regierung ist hinter uns her, belästigt uns, überwacht uns und hat unsere Bankkonten eingefroren. Wir benötigen Ihre hildenhafte Helfe, um das Vermächtnis meines Vaters wiederaufzustöckeln und seine verabscheuenswerten Mörder zu zerkauen. Weitere Informationen in Bälde.« Der Absender war crispin1037@elsalvador.gob.sv. Ich klickte auf Antworten und schrieb: »Crispin?« Der Cursor blinzelte mir zu. Ich schickte die Mail ab und wartete.

Am nächsten Morgen kaufte ich mir ein Flugticket.

*

Der Junge besteigt das Flugzeug. Er ist kein kleiner Junge mehr, sondern ein jungenhafter Mann – jedenfalls würde er sich selbst so beschreiben. Er sitzt auf seinem Mittelsitz, das Notizbuch aufgeklappt, den Stift in der Hand, unterwegs nach Manila (fast hätte ich »nach Hause« geschrieben, denkt er mit einem Lächeln). Diese Reise ist ihm äußerst zuwider, sowohl der Flug als auch die Ankunft. In diesem Moment schreibt er: »das Niemandsland zwischen Außenposten der Menschheit.«

Während das Flugzeug rückwärtsrangiert wird, denkt er an das, was er zurücklässt. Denkt an seinen verlorenen Freund und Mentor, stellt sich vor, wie dieser an der Schreibmaschine sitzt, langsam vor sich hin arbeitet, Buchstabe an Buchstabe fügt, Wort an Wort, Satz an Satz, wie er Bruchstücke zusammensetzt wie Brotkrumen, die auf dem Pfad hinter ihm ausgestreut sind.

Der Junge wird zurückkehren, mit gebrochenem Herzen, einsam und entmutigt. Seine drei Brüder und zwei Schwestern leben alle im Ausland, weit weg von zu Hause – auf einem Hügel in San Francisco, unter dem weiten Himmel Vancouvers, inmitten des fröhlichen Lärms von New York City. Seine Eltern, an die er sich nicht erinnern kann, liegen in Gräbern, aber er kann sich nicht aufraffen, sie zu besuchen, denn er weiß, dass ihre Leichname dort nicht liegen. Die Großeltern, die ihn so gut, wie es ihnen eben möglich war, großgezogen haben, sind in Manila, aber er hat keinen Kontakt mehr zu ihnen, dafür ging es, als sie sich das letzte Mal verabschiedet haben, zu hitzig zu. Er kehrt nach Hause zurück, auch wenn er sich das nicht eingestehen darf. Er weiß nur zu gut, was leere Häuser sind und was für Streiche einem Erinnerungen spielen können, wenn sie unvertrauten Echos ausgesetzt sind.

Während der langen Stunden an Bord des Flugzeugs versucht er, nicht daran zu denken, wie seine Eltern gestorben sind, und folglich denkt er an nichts anderes. Wie besessen blättert er in den philippinischen Zeitungen. Er konzentriert sich auf seine Unterlagen – Notizen, Zeitungsausschnitte und Entwürfe. Er schraubt den Füllfederhalter auf, den er aus der Hinterlassenschaft seines Freundes an sich genommen hat. Versucht, den Prolog zu Eight Lives Lived *zu schreiben, der Biografie, die er über seinen Mentor verfassen möchte. Er ist unruhig. Denkt nach. Beobachtet seine Mitreisenden. Fällt über jeden ein Urteil – ein Volkssport der Philippinos, um die eigenen und allen gemeinsamen Unsicherheiten zu rechtfertigen. Er liest weiter, sucht nach einem Bezugspunkt in einer Welt, in der er sich noch nie ganz zu Hause fühlte. Er schreibt weiter und versucht, sich über verschiedene Dinge klar zu werden. Er macht ein Sternchen.*

*

Salvador wurde von Leonora Fidelia Salvador in einem Privatzimmer des Krankenhauses *Mother of Perpetual Help* in Bacolod auf die Welt gebracht. Anwesend waren seine acht Jahre alte Schwester Magdalena (Spitzname Lena), sein sechs Jahre alter Bruder Narciso der Dritte (kurz Narcisito) und ihre Yaya Ursie (richtiger Name nicht überliefert). Ihr Vater, Narciso Lupas Salvador II., innerhalb der Familie und unter Freunden »Junior« genannt, befand sich an Bord der M/V *Don Esteban* der De La Rama Steamship Company auf dem Rückweg von Manila, wo er am Commonwealth Congress teilgenommen hatte.

Der jüngste Salvador wurde in die dritte Generation einer

Familie hineingeboren, die ihren Wohlstand einer Mischung aus Unternehmungsgeist, Zucker, Politik und beharrlichem Geiz verdankte. Die ersten vier Jahre, bis die Japaner das Land eroberten, sollten sich als prägend erweisen: Die familiären Wurzeln auf der Inselgruppe der Visayas hatten für Salvador während seines ganzen Lebens etwas Verheißungsvolles und Reines.

— Aus der im Entstehen begriffenen Biografie *Crispin Salvador: Eight Lives Lived* von Miguel Syjuco

*

»... Augenzeugen berichten von zwei Explosionen, wobei die zweite dreißig Sekunden nach der ersten erfolgte, beide im zweiten Obergeschoss der McKinley Plaza Mall in Makati. Ein Sprecher der Lupas Land Corporation ließ verlauten, es habe keine Todesopfer gegeben. Bisher hat keine Gruppierung die Verantwortung für dieses ...«

— Aus *Philippine-Gazette.com.ph*, 19. November 2002

*

INTERVIEWER:

In den späten 1960ern haben Sie geschrieben: »Wer auf den Philippinen zur Feder greift, muss unser kollektives Selbst erobern, ohne Furcht vor denjenigen, die dabei zusehen könnten.« Sind Sie noch immer dieser Meinung?

CS:

Früher habe ich geglaubt, Authentizität wäre nur möglich, wenn wir unsere eigenen Erfahrungsfragmente in unseren eigenen Worten beschreiben. Das bezog sich natürlich auf die vollständige intellektuelle und ästhetische Unabhängigkeit des »Ichs«. Irgendwann stellt man fest, dass eine solche intellektuelle Isolation zwar für den Stil und für das Ego förderlich sein und einem Preise einbringen möge, aber Veränderungen stößt sie keine an. Verstehen Sie, ich habe geschuftet, aber um mich herum hat sich so wenig verbessert. Was haben wir da gesät? Ich verlor die Geduld mit den gesellschaftspolitischen Gegebenheiten, die von der Literatur zur Sprache gebracht und verändert werden konnten - was bis dato nur unzureichend der Fall war. Ich beschloss, aktiv um Engagement zu werben: Leser durch meine Werke anzuspornen, selbst etwas zu tun. Ich denke dabei an die Wirkung der Bücher von José Rizal vor einem Jahrhundert, als wir uns gegen die Spanier erhoben haben. Ich denke an die Gedichte von Eman Lacaba, der seine Feder gegen eine Waffe eingetauscht hat und in den Siebzigern mit den Kommunisten im Dschungel lebte und starb. »Eine Armee barfuß in der Wildnis«, wie er sie in seinem berühmten Gedicht nannte. Das Motto dieser Verse war großartig. Ho Chi Minh. »Ein Dichter muss auch lernen, einen Angriff zu führen.«

INTERVIEWER:

Gab es etwas, das in Ihnen den Wunsch weckte, diesen Angriff zu führen?

CS:

Stolz und die Angst vor dem Tod. Wirklich! Sie lächeln, aber ich meine das ernst.

INTERVIEWER:

Ihre erneute Hinwendung zu polemischen Texten wird oft kritisiert. Haben Sie ...

CS:

Angeblich sind das zwei Schritte zurück, aber das stimmt nicht. Wenn man weiter und immer weiter geht, schließt sich der Kreis manchmal. Dann wird die Aufgabe umso schwieriger, Fehltritte noch wahrscheinlicher - wenn auch letztlich das Ergebnis besser wird. Möglicherweise. Damit macht man sich natürlich angreifbar, man sei ein weltfremder Idealist oder, schlimmer noch - oder vielleicht besser -, man halte sich für einen Heilsbringer. Wohlgemerkt, Anmaßung und Ambition sind zwei verschiedene Wörter für dieselbe Sache. Es ist die Sehnsucht des Künstlers - des wirklichen Künstlers - nach Kausalität, die die Kritiker aus dem Konzept bringt.

— Aus einem Interview in *The Paris Review* (1988)

*

Noch drei Stunden bis zu meiner Ankunft. In Manila. Fast hätte ich »zu Hause« gesagt.

Diese Reise ist mir äußerst zuwider, sowohl der Flug als auch die Ankunft - im Niemandsland zwischen Außenposten der Menschheit. Können Sie sich noch an die Zeit erinnern, als Fliegen Spaß machte? Fliegerabzeichen zum Sammeln und lächelnde Stewardessen, die einem das riesige Cockpit zeigten? Jetzt nehmen sie uns die Wertgegenstände ab und treiben uns, ohne Schuhe und verängstigt, durch Sicherheitsschleusen; sie erschrecken uns mit Geschichten über Thrombosen; sie pferchen uns wie Tiere zusammen und lassen dann Keanu Reeves über Bildschirme flimmern, um uns einzulullen. Kaum sind wir eingeschlafen, wecken sie uns. Ich wette, dass niemand, der sich noch als Marxist versteht, jemals in einer derart vollen Maschine einen Langstreckenflug zweiter Klasse auf einem Mittelsitz mitgemacht hat.

Um mich herum in dieser Blechbüchse meine Mitreisenden: wir, die fügsamen, unwissenden Aufrührer; wir, die wir im Laufe der Geschichte so oft fortgegangen und zurückgekehrt sind, dass unsere Sprache einen Namen für uns hat - *balikbayan*. Wir tragen das Joch der Abwesenheit auf unseren Schultern; unser Handgepäck platzt fast vor Dingen, die nicht in das Übergepäck gepasst haben, all die zahllosen Geschenke für unsere zahllosen Verwandten – der Beweis, dass unsere Zeit im Ausland nicht verschwendet war.

Das ist mein Volk. (Crispin hat sie einmal »die mit den gespreizten Zehen und dem weiten Herzen« genannt.) Neben mir ein untersetzter, stämmiger Mann in einer gebleichten Jeansjacke, dem die Augenmaske dauernd verrutscht und der den Kopf in den Nacken gelegt hat, um besser schnarchen zu können. Wahrscheinlich ein Bauarbeiter, einer aus der millionenstarken Diaspora, den die Überzeugungskraft der Träume dazu verleitet hat, nach Arbeit zu suchen. Auf der anderen Seite zwei alte Damen, die wie Schwestern aussehen; sie sind die ganze Zeit sehr unruhig und blättern zum sechzehnten Mal die Bordzeitschrift durch. Die aufblasbaren Kissen um ihre Nacken erinnern mich an das Joch, das Wasserbüffel tragen, wenn das keine allzu offensichtliche Metapher ist. Die eine hat sich einen Rosenkranz um die Hand geschlungen. Mit der anderen blättert sie zu den Fotografien vor. Ihre Schwester beschwert sich, sie solle nicht so schnell machen. Jenseits des Mittelgangs lehnt eine zierliche Philippina mit Plateauschuhen ihren blonden Kopf an die Schulter eines Amerikaners, der so groß ist wie Texas; seine Brille sitzt ihm tief auf der keilförmigen Nase, während er in einem Lichtkreis Dale Carnegie liest. Auf seinen Unterarm ist eine Schlange tätowiert, die sich um einen Dolch windet. Dahinter sitzt ein rüstiger älterer Europäer mit zerzaustem weißem Haar, die Trainingsjacke und hellen Hosen so zerknittert wie bei unerschrockenen Jesuiten oder Pädophilen auf Urlaubsreise. Neben ihm setzen zwei Haushaltshilfen ihren neunstündigen Dauertratsch fort. Mit nach oben geschobenen Augenmasken, um das Haar zu bändigen, hacken ihre Köpfe auf Leckerbissen aus der Gerüchteküche ein wie Tauben auf den Reis, der jeden Sonntag auf die Parkpromenaden fällt, wenn die Dienstmädchen ihren freien Tag haben und zu Tausenden in die Großstädte der Welt ausschwärmen. Schon zweimal habe ich gehört, was Minda Linda angetan hat, und dreimal bin ich bereits zusammengezuckt angesichts der entsetzlichen Dinge, die Dottie zu Edilberto gesagt hat. Ich machte mir Notizen und musste lächeln, als die eine sich beschwerte: »Sie ist mir in den Rücken gefallen, und dabei hatte ich ihr nicht einmal den Rücken zugedreht!« Das laute und zanksüchtige Gehabe dieser Frauen hat sich in all den Jahren im Dienst fremder Menschen herausgebildet, die sie fern von allen Dingen zugebracht haben, an die sie sich einst so fest geklammert haben.

Was Crispin mir bedeutete, habe ich selbst erst begriffen, nachdem er fort war. Mein eigener Lolo – Grapes – war mir gegenüber, wie es Großväter oft sind, stets zu distanziert gewesen, um meinen toten Vater zu ersetzen. Er war kaum mehr als eine gespenstische Silhouette, auf die ich durch die Glastür seines Arbeitszimmers hin und wieder einen Blick erhaschte, wenn er an seinem Schreibtisch Briefe schrieb oder Nachrichten aus seinem Fernschreiber las. Nur zu den Essenszeiten kam er an den Tisch und alberte mit mir herum. Auf mich wirkten die Späße immer etwas gezwungen, und ich lachte, weil ich mich nach Zuneigung sehnte. Ich sage mir immer wieder, dass ich niemandem Vorwürfe machen kann. Meine Großeltern hatten bereits eigene Kinder großgezogen. Manche behaupteten, dass ihnen selbst das misslungen war. Und plötzlich hatten sie sechs neue. Frischgebackene Waisenkinder aus Manila, auf einen Schlag nach Vancouver expediert, um den vorzeitigen Ruhestand meiner Großeltern zu stören – ein Exil, das sie gerade erst schätzen gelernt hatten.

Vielleicht erinnerten die philippinischen Laute in unserem Englisch oder die Tatsache, dass wir, jeder auf seine

Weise, unserem Vater ähnlich sahen, meine Großeltern allzu sehr an das Leben, das sie geführt hatten – bevor die Ausrufung des Kriegsrechts Grapes auf dem Höhepunkt seiner Karriere aus der Politik vertrieben hatte, bevor Granma keine Mahjong-Partys mehr besuchen konnte und auf ihr Bataillon von Dienstmädchen verzichten musste. Vielleicht waren sie deshalb zu einem dieser zahllosen Pärchen zittriger, schlitzäugiger Deppen geworden, die einem vor dem Müsliregal des Supermarktes immer im Weg sind. Ich war gerade erst fünf geworden, als wir sechs in Kanada eintrafen. Meine Großeltern versuchten ihr Bestes, gaben das kleine Haus auf, das sie sich eingerichtet hatten, zogen in einen hässlichen Zweckbau und stellten ein Kindermädchen ein, das sich um uns kümmern sollte. Grapes und Granma waren sehr darauf bedacht, Kanadier aus uns zu machen, uns auf den Schmelztiegel vorzubereiten, in den man uns geworfen hatte. Und sie verboten uns, Tagalog zu sprechen, weil wir sonst nie richtig Englisch lernen würden. Sie legten sogar ihre traditionellen Namen ab und ließen zu, dass mein kleiner Bruder »Gramps« und »Grand-Mom« verunstaltete. Aus dem Mann, der für uns auf den Philippinen »Lulu« war, wurde Grapes – »Weintrauben« (»sauer«, wie er gerne sagte); aus Lola wurde Granma – »Oma« (»wie das Schiff, das Castros Rebellen transportiert hat«). Je klarer uns wurde, dass es mit der Assimilation nicht so einfach funktionierte, umso enger rückten wir als Familie zusammen. Ich weiß noch gut, wie Granma und ich einmal nach der Schule in die Kirche St. Thomas gingen, um, wie sie das jeden Tag tat, eine Kerze für die Seelen der Verstorbenen, der Lebenden und der noch nicht Geborenen anzuzünden. Plötzlich stand ein Mann von einer Kirchenbank auf und brüllte: »Geht nach Hause, ihr Gooks!« Er muss betrunken oder verrückt gewesen sein, doch damals waren mir solche feinen Unterschiede noch nicht klar. Alles, was meine

Großmutter herausbrachte, war: »Wir sind keine Gooks, wir sind Philippinos.« Auf der Fahrt nach Hause beantwortete Granma meine Fragen mit Schweigen, als hätte ich etwas verkehrt gemacht.

Ich kann mich auch noch erinnern, wie wir Jahre später zu sechst mit unseren Großeltern vor dem Fernseher saßen. Das Abendessen auf dem Tisch war längst kalt geworden, während wir uns einen Bericht vom Edsa Boulevard ansahen, wo sich Menschen in gelben T-Shirts drängten, beteten und sangen, wo Nonnen einander unterhakten, um gepanzerte Militärfahrzeuge aufzuhalten, wo ein junges Mädchen eine Blume in den Gewehrlauf eines Soldaten steckte, der sich alle Mühe gab, nicht zu lächeln. Der Nachrichtensprecher des CBS sagte: »Was hier geschieht, kommt dem Sturm auf die Bastille näher als alles, was uns das 20. Jahrhundert sonst beschert hat. Aber wirklich erstaunlich ist, wie relativ gewaltfrei die Situation ist.« Eine kleine Frau mit Brille wurde gezeigt, die zu den Volksmassen sprach. »Das ist Cory Aquino«, erklärte uns Grapes. Der Sprecher fuhr fort: »Wir Amerikaner glauben gerne, dass wir den Philippinos beigebracht haben, was Demokratie ist. Heute Abend erteilen sie der ganzen Welt eine Lehrstunde.« Hubschrauber landeten, und Soldaten mischten sich unter die singenden Menschenmassen. Alle lächelten. Dann sagte Granma mit Tränen in den Augen: »Wir können nach Hause.«

Alt genug bin ich schon lange, aber erst jetzt verstehe ich sie allmählich. Um mich herum im Flugzeug höre ich, was sie meinte: den Illongo-Singsang aus einem Sitz am Mittelgang – der klebrigsüße Akzent erinnert mich an die Sprechweise meiner Großmutter. Von weiter hinten in der Nähe der Toiletten hallen die harten Ilokano-Konsonanten zu mir herüber, aus dem Bug höre ich Bikolano. Eine Stewardess unterhält sich auf Tagalog mit einem älteren Herrn im Alter meines Großvaters. Sie erzählt ihm, wo sie schon überall war, und er nickt, als wäre er auch schon dort gewesen. Vielleicht kehren diese Leute nach Hause zurück, um etwas zu bewegen. Vielleicht kann ich so sein wie sie.

Meine Sitznachbarn schauen mich an, als wäre ich ein Ausländer. Ich spare mir meine Tagalog-Wörter für den richtigen Augenblick auf, um sie mit unseren Gemeinsamkeiten zu überraschen. Ihr starker Akzent und ihre Fehler erinnern mich an meine eigenen, wie damals an meinem ersten Tag an der Columbia, als ich in einem Kurs »Annalen der Geschichte« falsch betonte und am liebsten aus dem Seminarraum geflohen wäre, obwohl es anscheinend niemand bemerkt hatte. Ich belausche meine Landsleute, wenn sie mit den Stewardessen sprechen, ihr zögerliches Englisch, das nie ganz perfekt geworden ist, obwohl sie Jahre im Westen verbracht haben: Allzu oft wird ein F mit einem P verwechselt, werden Vokale gerundet, Zeiten durcheinandergebracht und Silben verschluckt. Leicht über die Lippen kommen ihnen nur die wohlgeübten westlichen Redensarten. Wie diese Sätze sind auch wir eine Ansammlung von Klischees, griffigen Mustern, die wie Uniformen über der nackten Individualität getragen werden. Wir sind wirklicher als jene philosophische Idee, laut der die Menschheit ein Milieu des Lichts ist: Wir sind das Milieu des Schweißes. Wir sind fleißig, wir sind billig, das sind zwei Seiten unseres großartigen nationalen Erscheinungsbilds. Dieses Erscheinungsbild ist die greifbare Form unserer gemeinschaftlichen Sehnsucht nach einem besseren Leben. Jemand tritt von hinten gegen meinen Sitz, um mich daran zu erinnern, dass ich mit diesen tiefschürfenden Gedanken aufhören soll.

Zu meiner Linken hat mein Sitznachbar im Kampf um die Armlehne längst kapituliert (ich bin dabei mit List und Tücke vorgegangen, die er nicht einmal kannte), und ich genieße den Freiraum meines Ellenbogens. Als ich der Stewardess sage, was ich gerne essen würde, spüre ich, wie mein Nachbar mich aus den Augenwinkeln beobachtet. Er entscheidet sich anders, wählt das Gegenteil. Als wir unser Essen bekommen, bereue ich sofort, dass ich Rindfleisch bestellt habe, und hätte lieber sein Huhn. Ich schmiere mir dick Desinfektionsgel auf die Hände. Mein Nachbar sieht mich an und lächelt. Ich reiche ihm das Fläschchen, und er reinigt sich ebenfalls die Hände. Dann lässt er das Fläschchen lässig in seiner Brusttasche verschwinden. Wir essen unsere rechteckigen Mahlzeiten mit an die Taille festgeschweißten Ellenbogen. Ich tue so, als sei ich tief in Gedanken versunken, und starre den schwarzen Fernsehbildschirm vor mir an.

Auf meinem Terminplan steht: Besuch in Crispins Elternhaus.

Interview mit seiner Schwester und seiner Tante.

Herausfinden, was es mit folgenden Namen aus seinen Notizen auf sich hat: Changco. Reverend Martin. Bansamoro. Avellaneda. Dulcinea.

In den Trümmern der Brücken wühlen, die er hinter sich abgebrochen hat.

Die vielen Leben, die er gelebt hat, wieder zusammensetzen.

Ich weiß, dass meine Mitreisenden bei unserer Ankunft in Manila das geschickte Landemanöver des Piloten beklatschen werden. Ich weiß, dass sie aufspringen werden, noch während das Flugzeug zum Terminal rollt, um ihre Besitztümer aus den Gepäckfächern über den Sitzen zu holen. Ich weiß, dass eine Stimme aus der Lautsprecheranlage sie zurechtweisen wird, und verärgerte Stewardessen werden ihre erhobenen Hände beiseiteschlagen und die Klappen wieder schließen. Immer das Gleiche. Toll, oder? Diese meine Mitreisenden haben Tausende Meilen mehr zurückgelegt als die meisten Menschen auf der Welt, haben sich zur Begrüßung oder zum Abschied umarmt, haben gearbeitet und gespart, jeden Zahltag Geld geschickt, auf hauchdünnem Papier Briefe geschrieben, um Porto zu sparen, und darin ihrer Sippe mitgeteilt, dass sie bald endlich nach Hause kommen werden; wenn sie dann ankommen, werden sie von Kindern, die sie nicht erkennen, nicht erkannt, und ihre Ehemänner oder Ehefrauen küssen sie nur noch aus Pflichtbewusstsein. Wie in dem Aphorismus von Ovid, den ich von Crispin habe: Alles wandelt sich, nichts vergeht. Mich erwartet nichts und niemand. Und so ist es mir eigentlich auch lieber.

*

Er weiß nicht, was er will. Als die hübsche Stewardess mit dem Getränkewagen vorbeikommt, möchte er eigentlich ein Ginger-Ale, bestellt aber einen »dreifachen« Scotch. Auf internationalen Flügen sind die Getränke doch frei. Wie ein Kind freut er sich darüber, dass er den Bildschirm am Sitz vor sich ganz für sich alleine hat. Er zwingt sich, wach zu bleiben und sich den neuesten Film mit Keanu Reeves anzuschauen. Als der Abspann läuft, empfindet er die gleiche Verzweiflung wie wir alle, wenn wir zwei Stunden unseres Lebens sinnlos geopfert haben. Wieder und wieder pilgert er nach hinten und holt sich kostenlose Eiscremeriegel und kleine Tüten mit Knabbereien. Er schaltet vorsichtig die Leselampe an, wobei er befürchtet, das grelle Licht könnte seine Nachbarn wecken. Er liest die Bordzeitschrift. Die Fotografien in einem Artikel über Bali – eurasische Mädchen in leuchtfarbenen Bikinis, die sich auf dreieckigen Seidenkissen im weißen Sand räkeln – erregen ihn sichtlich; er rutscht unter seinem Sicherheitsgurt hin und her und hält das Magazin strategisch günstig; dabei kommt er sich vor, als sei er dreizehn, und nicht sechsundzwanzig. Er schaut sich um. Ein paar Reihen weiter hinten sitzt eine umwerfende junge Hongkong-Chinesin, der er eigentlich hatte hel-

fen wollen, den Rucksack zu verstauen, als sie hintereinander im Flugzeug standen. Aber dann hatte er nicht den Mut dazu gehabt und im Gang hinter ihr gewartet, bis sie selbst damit fertig war. Dabei hatte er verstohlen ihren Hintern betrachtet und gesehen, wie ihr das Hemd hochrutschte und die verführerischen Wölbungen ihrer Taille enthüllt wurden. Jetzt reckt er den Hals nach ihr. Ob mich der Kabinendruck so spitz macht?, denkt er. Vielleicht liegt es daran, dass Langstreckenflüge so eintönig sind. Erotik macht das Leben bekanntermaßen abwechslungsreicher. Was, so denkt er bei sich, wenn sie dasselbe empfindet wie ich? Was, wenn er sie bei der Hand nehmen und mit ihr auf die Toilette gehen würde? Schlimmstenfalls sagt sie nein. Er blickt in ihre Richtung, kann sie aber nicht sehen. Immerhin entdeckt er ihren bloßen Fuß – sie hat das Bein untergeschlagen, und ein Fuß lugt unter der Armlehne hervor. So klein und zart! Madison hatte eher männliche Füße. Es ist so lange her, dass ich jemand anderen berührt habe. Wie Madison ihn hielt, wenn sie miteinander schliefen, schien ihm oft der Hauptgrund für den Liebesakt zu sein. Das war, als würde man die Hände langsam in warmem Wasser waschen – er brauchte das so sehr, und es reinigte ihn von der einen Sache, die er vor ihr geheim hielt.

Er reibt sich das Stoppelkinn, ein Schurke aus einem Stummfilm, der tief in Gedanken versunken ist. Seine Armbanduhr reflektiert einen Lichtschwarm, der über die Wände fliegt, über Sitzrücken und die Gesichter seiner schlummernden Mitreisenden. Er bedeckt sein Handgelenk, weil er befürchtet, seine Sitznachbarn könnten die Kroneninsignien sehen, und fragt sich, ob sie die Uhr für eine Mongkok-Imitation halten. Er betrachtete sie im Licht. Sein Großvater hat sie ihm zum einundzwanzigsten Geburtstag geschenkt. Das war Jahre, nachdem die ganze Familie auf die Philippinen zurückgekehrt war, Jahre, nachdem die Dinge aus dem Ruder gelaufen waren, Jahre, nachdem sich sein Großvater wieder der Politik und den Frauen zugewandt hatte. Edelstahl, perlmuttweißes Zifferblatt, Oyster Perpetual DateJust. Sein Großvater hatte genau die gleiche Uhr. Fast jedenfalls. Die Uhr des Jungen ist eine Fälschung, wenn auch eine hervorragende – echtes, seitlich abgeschrägtes Kristallglas, kein stumpfes Plexiglas, aber mit einem Rado-Uhrwerk. Sein Großvater hatte seinen Mut zusammengenommen und war einem Zahnstocher kauendenden Händler, der ihn, so hatte er erzählt, an eine fauchende Eidechse erinnerte, in eine Seitengasse der Tung Choi Street gefolgt und drei Stockwerke eine baufällige Treppe hinauf, um zweihundert US-Dollar für die echteste Imitation aller Zeiten hinzublättern. Später war auf die Rückseite eine Widmung an seinen Enkel graviert worden, und deshalb hielt der Junge sie in Ehren. Das, und die wohlschmeckende Erinnerung an lange zurückliegende Abendessen mit seiner Familie, bei denen sie beide die Uhren abstreiften, austauschten, verglichen und bestaunten. Der Junge gibt seine schon so lange für echt aus, dass sogar er vergessen und selbst zugelassen hat, dass er, wie alle anderen auch, getäuscht wurde.

*

Er platzt wie eine Bombe herein, und der Perlmuttgriff seiner Midnight Special funkelt. »Ich bin es«, ruft er, »Antonio Astig. Greift nach den Sternen!« Aber das Zimmer ist bereits leer. Das Fenster ist offen, die Flügeltür schwingt höhnisch auf und zu. Er durchquert das Zimmer wie ein hungriger Tiger, der plötzlich zur Mittagessenszeit freigelassen wurde. Draußen auf dem España Boulevard sieht er den kahlen Kopf von Dominador auf und ab hüpfen. Er schwimmt über die überflutete Straße auf einen gestrandeten Pritschenwagen zu. Dominador kämpft verzweifelt gegen die reißende Strömung an, Trümmer treffen ihn bei fast jedem Schwimmzug. Antonio hört hinter sich Männer rufen, Schuhe klappern hastig die Treppe hinauf und den Korridor entlang. Die Polizei! Antonio springt aus dem Fenster und in die Fluten. Das Wasser schmeckt nach den Tränen all der jungfräulichen Opfer Dominadors. Als er wieder an die Oberfläche kommt, sieht er Dominador auf der Ladefläche des Lastwagens knien und mit seinem drei Handbreit langen Springmesser die Seile einer Plane durchtrennen. Über Antonio drängen sich Polizisten am Fenster und zielen mit ihren Pistolen auf ihn. Er taucht unter und schwimmt wie ein Hai. Wie Torpedos zischen die Kugeln in dem trüben Wasser an ihm vorbei. Er taucht gerade noch rechtzeitig auf, um zu sehen, wie Dominador ein gelbrotes Jetboot von dem Lastwagen schiebt. Der Motor brüllt auf wie ein Grizzly; Dominador rast davon und schlängelt sich zwischen den gestrandeten Pkws und Jeepneys hindurch. Antonio entdeckt auf dem Lastwagen ein zweites Jetboot. Er schwimmt darauf zu. Kugeln umschwirren ihn. Klatschend schlagen sie im Wasser ein. Antonio zieht sich auf die Ladefläche des Lasters. Mit einer einzigen Bewegung schiebt er das Jetboot ins Wasser und startet es. Er rast über die Fluten, den frischen Wind im Gesicht. Durch beschlagene Schaufenster beobachten verängstigte Menschen den Tumult. Antonio rast an ihnen vorbei und schenkt ihnen sein gewinnendstes Lächeln.

— Aus: *Manila Noir* (Seite 53) von Crispin Salvador

*

E-Mail von mir an Crispin: »Mensch Meier, Herr Wilson! Ich finde ja, Madison hätte mir die Hälfte des Geldes geben können, das sie ihrem Therapeuten gezahlt hat, damit er bei ihr eine Borderline-Störung diagnostiziert. Es macht mich wahnsinnig, dass heutzutage jeder eine klinische Rechtfertigung für sein absonderliches Verhalten hat. Bei meinem Lolo wurde kürzlich freudianischer Narzissmus diagnostiziert. Seine Sekretärin sollte das dann im Netz recherchieren. Anstatt betroffen zu sein, war er auch noch stolz darauf! ›Alle großen Führer sind Narzissten‹, erklärte er meiner Großmutter. Er kaufte sich kein Buch darüber, wie er diese Erkrankung überwinden konnte und um zu verstehen, wie er allen Menschen um sich herum damit wehtat, sondern er kaufte sich *Der siegreiche Narzisst* – ein Buch über die glanzvollen Eigenschaften von Nero, Napoleon, Hitler, Saddam etc. Stell dir das mal vor: Grapes kaufte sogar ein Exemplar, um es Präsident Estregan zu Weihnachten zu schenken. LOL! Bin gespannt, was der dazu sagt. Versteh mich nicht falsch, ich bin nicht wütend auf meinen Großvater. Das würde sonst bedeuten, dass ich etwas für ihn empfinde. Er tut mir nur einfach leid. Ich komme übrigens zu unserer Verabredung zum Schinkencheeseburger zu spät. Du musst mir unbedingt alle gräulichen Einzelheiten über deine Reise in die Heimat und über die Rede im CCP erzählen. Ich sterbe vor Neugier.«

*

»Mein Vater hieß passenderweise Narciso«, schrieb Salvador in *Autoplagiarist*. »Irgendwann vor ihm hatte dieser Name in unserer Familie die Tragik des Mythischen errungen, und es war von großer Ironie, dass ein Mann, der so ausgesprochen unnarzisstisch war, einen solchen Namen trug. Meinen Vater ließen dergleichen Überlegungen kalt – als wäre der Name für ihn maßgeschneidert und als stellte die Tatsache, dass er »Narciso« getauft worden war, die Parodie eines heiligen Sakraments dar, bei dem man nach seiner eigentlichen Wesensart benannt wird, nach der schlimmsten Eigenschaft, für die einen die Mitmenschen bis ans Ende der Tage im Gedächtnis behalten würden. Außerdem wird er noch »Junior« genannt, gemäß der unverfrorenen und für Philippinos seltsamerweise typischen Angewohnheit, Schimpfnamen zu vergeben. Es war eine sich selbst erfüllende Prophezeiung: So sehr er sich auch bemühte, er war auf ewig dazu verdammt, der winzige Narzisst zu sein.

— Aus der im Entstehen begriffenen Biografie
Crispin Salvador: Eight Lives Lived von Miguel Syjuco

*

»Von all meinen Enkeln bist du der Hübscheste«, sagte Grapes oft zu mir. Ich wusste nie, was ich darauf erwidern sollte, also lächelte ich, wie ein schüchternes Kind eben lächelt, das die Aufmerksamkeit genießt. Natürlich glaubte ich ihm nicht. Ich hatte Angst, ihm zu glauben.

»Du bist der Hübscheste, weil du mir am ähnlichsten siehst«, sagte er dann. Und: »Was willst du werden, wenn du groß bist?«

»Sergeant bei der Armee.«

Grapes lachte, außerordentlich belustigt. »Nicht der Präsident der Philippinen?«

»Wer eben höher steht.«

»Ich werde Präsident«, fuhr er fort, »und du kannst Sergeant der Armee sein.«

Er hob mich mit einem übertriebenen Ächzen hoch und brachte mich ins Bett. Dabei roch er nach Old Spice und Pfeifentabak, weitere dieser tröstlichen Klischees, wie mir jetzt bewusst ist. Aber er roch wirklich danach.

»Also gut, Sarge«, sagte er dann und deckte mich zu. Das wurde sein Spitzname für mich. Wir alle hatten von ihm erfundene Spitznamen, die jeden von uns zu seinem besonderen Enkel machten. Jesu war »Groovy«. Claire war »Reina«. Mario war »Smiley«. Charlotte war »Princessa«. Jerald war »The Plum«. Ich war Sarge. Vielleicht nicht so sehr »war«, als vielmehr »bin«. Ich weiß es nicht.

Ein Menschenalter später nannte Madison mich »Beauty«. Wenn wir im Bett lagen, betrachtete sie mich, berührte mein Gesicht mit den Fingerspitzen, als befürchtete sie, es zu zerbrechen, und sagte: »Du bist ein wunderschöner Mann.« Natürlich glaubte ich ihr. Ich hatte Angst, ihr nicht zu glauben.

Jede Nacht drückte sie unter der Decke ihren Fuß an meinen. Wir hätten uns gerne ganz aneinandergeschmiegt, aber wegen meiner lästigen Halswirbelkrümmung und meinem orthopädischen Kissen musste ich auf dem Rücken liegen, wenn ich am nächsten Tag keine Nackenschmerzen haben wollte. Wir schliefen jede Nacht Fuß an Fuß, eine Geste, mit der wir einander beteuerten, dass wir in den dunkelsten Stunden zueinanderhalten würden.

»Ich liebe dich«, sagte ich dann.

»Ich liebe dich auch.«

»Liebst du mich mehr als ich dich?«

»Ja.«

»Gut«, erwiderte ich und glitt in den Schlaf hinüber. »Bis gleich.«

»Gute Nacht«, sagte sie. »Wir sehen uns in unseren Träumen.«

Ich habe ihr nie verraten, dass ich nicht träume oder mich jedenfalls nicht daran erinnern kann.

*

Aus Marcel Avellanedas Blog »The Burley Raconteur«, 14. Februar 2002:

Happy Valentine euch allen! Kommen wir direkt zur Sache: Dieser Salvador ist wirklich ein Ausbund an Unverfrorenheit, oder?! Die größte Sünde, die ein Philippino begehen kann, ist Arroganz. Ja, geschätzte Leser, vielleicht haben Sie den neuesten Literaturtratsch über den Besuch gehört, den unser ehemaliger Kamerad und Landsmann Crispin unseren Gestaden abgestattet hat. Die Preisverleihung, die vergangenen Freitag im Cultural Center of the Philippines stattfand, wurde zum Skandal, als Crispins Dankesrede in eine Tirade gegen unsere Literatur umschlug. Er drohte damit, etwas zu veröffentlichen, das »euch den Schädel spalten« würde. Wie sehr hatten wir gehofft, er wäre inzwischen etwas abgeklärter. Wie sehr hatte ich gehofft, mein alter

Freund wäre nach all den Fehlschlägen etwas bescheidener. Autoplagiarist? (Er hätte bei jemand anderem klauen sollen.) Für alles gibt es eine Zeit und einen Ort, mein lieber alter Crisp. Hast du das nicht inzwischen gelernt? Für diejenigen, die es interessiert – der Literaturblogger Plaridel3000 hat einen Ausschnitt von Salvadors Rede ins Netz gestellt, und zwar hier.

Einige gepostete Kommentare dazu:

— Was für ein Arschgesicht dieser Salvador doch ist! Mal sehen, was sein sogenanntes *The Bridges Ablaze* so bringt. Hab gehört, dass er unter anderem den Lupases, Changcos, Arroyos, Estregans ans Leder geht. (Bethloggins2010@getasia.com.ph)

— Es ist sooo traurig, dass ein Mann wie Salvador derart anmaßend ist. Sollte Literatur nicht mehr leisten, als nur zu kritisieren? Er hat ja offensichtlich auch keine Antworten. (kts@ateneo.edu.ph)

— LOL! Du triffst den Nagel auf den Kopf, Marcel! Spaltet dem Kommunistenschwein den Schädel. Er steht bestimmt auf der Seite der Muslime. (Miracle@Lourdes.ph)

— Hey, kts@ateneo, ich glaube, du hast recht. Aber der Fairness halber – hat einer von uns irgendwelche Antworten? (halabira@pldt.ph)

— Großartig, dieser Clip von seiner Rede. Wirklich komisch. Was für gelbe Schweißflecken sein Barong hat! (fashionista@dlsu.edu)

— Wie bekommt man denn solche Schweißflecken wieder weg? Mein Freund hat dasselbe Problem. (edith@werbel.com)

— Ein Teelöffel Essig auf eine Tasse Wasser, und das Ganze mit einem Backpinsel vorsichtig auftragen. Müsste klappen. Bitte schön! (doiturself@prevoew.ph)

— Halabira, die Lösung für die Probleme unseres Landes lautet: Tötet die Reichen und startet das System neu. (gundamlover@hotmail.com)

— Gundamlover, das ist schon mal versucht worden: Siehe http://

de.wikipedia.org/wiki/Rote_Khmer. (Theburleyraconteur@avellaneda.com)

*

Wieder beobachte ich meinen Sitznachbarn aus den Augenwinkeln. Sein Kopf sinkt ihm auf die mir abgewandte Schulter. Mein Fläschchen Alco-Gel lugt aus seiner Brusttasche. Ich strecke bereits die Hand danach aus, entscheide mich dann aber anders. Ich versuche zu schlafen. Ich versuche, nicht an Madison zu denken.

Wenn ich in dem Monat vor Crispins Tod mit Madison zusammen war, hatte ich manchmal das Gefühl, nackt um einen Kaktus herumzulaufen, und zwar mit geschlossenen Augen. Sie fing sogar an, die viele Zeit zu hinterfragen, die ich in Crispins Wohnung verbrachte. Ihre homoerotischen Verdächtigungen wechselten sich mit Vorwürfen ab, ich wolle mich in dem literarischen Ruhm meines Freundes sonnen. »Warum verbringst du nicht mehr Zeit mit Leuten in deinem Alter, Miguel?«, fragte sie manchmal vielsagend und rechthaberisch, wie es für schöne Frauen typisch ist, die mit eher kleinen Brüsten geschlagen sind. Wenn ich erwiderte, dass ich mich für sein Werk interessierte und, später, nach seinem Tod, dass ich davon träumte, irgendwann seine Biografie zu schreiben, warf sie mir vor, ich klänge wie ein junger, naiver Charlie Citrine. Bellow natürlich. Das war ein fester Bestandteil unserer Beziehung – eine ausgeprägte Vorliebe für die akademische Welt jenseits des Atlantiks: Wir nahmen Bezug auf fiktive Figuren, als wären sie Menschen, von denen wir etwas lernen konnten. Als wären wirkliche Menschen zu undurchsichtig, zu eigen und unwirklich, als dass wir sie verstehen könnten. Wir taten so, als gäbe es eine andere Welt, eine bessere Welt. Sie war ausschließlich von Figuren bevölkert, die den Sehnsüchten der Menschheit entsprangen – und die sich von all der Klarheit leiten und inspirieren ließen, mit der wir sie zeichneten. Wir postulierten, dass die herausragenden und mit Makeln behafteten Männer und Frauen der Geschichte in ein solches Jenseits eingingen, denn für uns ist Julius Caesar ebenso real wie Holden Caulfield, Pol Pot ebenso lebendig wie Judas Ischariot. Madison hatte gerade *Humboldts Vermächtnis* gelesen. Wie Citrine, so erklärte sie mir, würde ich mir unaufhörlich mein Verhältnis zu meinem toten Schriftstellerfreund schönreden, anstatt mir ein für alle Mal einzugestehen, dass »die Toten uns ein Leben schulden«. Ich weiß nicht mehr, was in Bellows Buch passiert ist, aber in Crispins Fall glaube ich, dass die Lebenden dem Toten etwas schulden. Meine Schuld, meine große Schuld, wie wir Philippinos sagen. Meine Biografie über Crispin wird eine Anklageschrift gegen mein Land sein, gegen die Zeit, gegen unsere vergessliche, egozentrische Menschheit. Ich kann Madison schon hören: »Ach, wie unglaublich romantisch von dir. In Wirklichkeit sind Romantiker doch nur in sich selbst verliebt.«

*

Der acht Pfund schwere Säugling wurde auf den Namen des Schutzpatrons der Schuster getauft und drei Tage später mit viel Tamtam auf das Familienanwesen in Swanee gebracht. Am Eingangstor waren handbemalte Segeltuchbanner aufgehängt worden. Dutzende von Feldarbeitern säumten die Schotterstraße, die Strohhüte feierlich an die Brust gedrückt. Sie reckten den Hals, um durch die Fenster des silbernen Packard einen Blick auf das Kind zu erhaschen. Manche hatten ihr Halstuch aufgeknotet und winkten damit, als wären es Fähnchen. Als der Wagen vorbeifuhr, ertönte ein Pfiff, und wie auf Kommando jubelten die Arbeiter und warfen ihre

Hüte in die Luft. Der Wagen hielt vor dem zweistöckigen Herrensitz, und das Hauspersonal, das sich in seinen beigen Uniformen nach Wichtigkeit in einer Reihe aufgestellt hatte, angefangen von der Majordoma bis zum Stallburschen, brach in Beifall aus. Leonora stieg aus dem Wagen, nahm Salvador von Ursie entgegen und zeigte ihn stolz herum. Seine rosafarbenen Wangen wurden berührt, sein Nasenrücken wurde wieder und wieder gezwackt und sein bereits recht dichter blonder Haarschopf voller Bewunderung gestreichelt. Alle staunten über seine haselnussbraunen Augen. Bis Salvador drei Jahre alt war - zwei Jahre, nachdem seine Haare braun geworden waren, und noch während der ersten Kriegsmonate -, lautete sein Spitzname beim Personal »Goldjunge«. Als diejenigen, die ihn so genannt hatten, zu ihren eigenen Familien flohen oder den Kämpfen zum Opfer fielen, geriet dieser Name in Vergessenheit, und Salvador selbst erfuhr erst davon, als er schon erwachsen war.

— Aus der im Entstehen begriffenen Biografie
Crispin Salvador: Eight Lives Lived von Miguel Syjuco

*

Hier ist ein Erinnerungsstück, das ich an mich genommen habe, aus dem einzigen Bilderrahmen auf Crispins Schreibtisch. Eine alte, vier mal fünf Zoll große, sepiafarbene Fotografie, aufgenommen vor dem Stammsitz der Salvadors ein Stück außerhalb von Bacolod. Von links nach rechts (alle mit zusammengekniffenen Augen wegen der Sonne): Ursie, klein und stämmig; Lena, so dünn wie ein Schilfrohr, in ihrer Schuluniform; Narcisito mit zerzaustem Haar, seinen Spielzeugsegler in der Hand; Crispin, fast schon zu groß für seinen Kinderwagen; der förmlich gekleidete Mortimer J. Gladstone, ihr Hauslehrer aus Boston; im Hintergrund geht Yataro, der japanische Gärtner, an den Rosenbüschen entlang, das Gesicht im Schatten seines Strohhuts verborgen.

*

»Bist du sicher, dass du dich an alles erinnern wirst, was wir gesagt haben? Cristobal, hörst du mir zu?«

Er antwortet nicht. Er nimmt die Taschenuhr vom Tisch und schaut sie lange an. »Der Zug nach Barcelona geht in einer Dreiviertelstunde«, sagt er. Er zieht die Uhr bis zum Anschlag auf. Er versucht mit viel Mühe, die Kette daran zu befestigen. Nach einer Weile gelingt es ihm, und er lässt die Uhr in seine Westentasche gleiten.

Yciar steht vom Bett auf. Sie greift nach dem seidenen Morgenrock auf dem Boden und zieht ihn an. Cristo betrachtet ihre Silhouette, die sich vor den schmalen, hellen Linien des Sonnenlichts abzeichnet, die durch die Fensterläden hereinfallen. Wie Schnittwunden sehen diese Linien aus. Auf ihr, auf allem.

Barfuß durchquert sie das Zimmer und stellt sich auf seine Füße. Umfasst seine Taille. Sie machen ein paar Walzerschritte.

»Ganz sicher«, sagt er.

»Denk an mich, wenn du auf dem Schiff bist.«

»Ich werde meine Briefe hierherschicken lassen, sobald wir in Port Said anlegen. Auch wenn wir in Hongkong umsteigen. Und natürlich sofort, wenn wir in Manila ankommen.«

»Du gehörst hierher. Nicht dorthin.«

»Das weiß ich«, sagt er.

Sie mustert sein Gesicht, als hätte sie ein schlechtes Gewissen, und senkt den Blick. Als sie wieder zu ihm hochschaut, lächelt sie. Sie rückt seinen Schlips zurecht. »Nein. *Ich* weiß das. Du musst so schnell wie möglich nach Hause und ins Krankenhaus, um dich um deine Mutter und deine Schwester zu kümmern. Das ist jetzt deine Pflicht.« Sie reckt sich, um die Unterseite seines Kinns zu küssen. »Du wirst gerade rechtzeitig eintreffen, um das Jahr 1895 zu begrüßen. Versprich mir, dass du mich nicht vergisst. Das Einzige, was man von einer verlorenen Liebe erwarten kann, ist, dass sie an einen denkt. Ich werde an dich denken, *Don* Cristobal Narciso Patricio Salvador.« Sie lacht über seinen langen Namen. »Cristo«, sagt sie. »Du siehst überhaupt nicht wie ein Patriarch aus.« Sie zwackt ihn in die Nase. »Nicht einmal wie ein frischgebackener Patriarch.«

»Ich werde zurückkommen«, sagt er.

»Bevor du gehst«, sagt sie und stellt sich auf die Zehenspitzen, um ihm etwas ins Ohr zu flüstern. Ihre Stimme ist so leise, dass er sie kaum hören kann. »Bevor du gehst, muss ich dir ein Geheimnis verraten.«

— Aus: *The Enlightened* (Seite 52) von Crispin Salvador

*

Endlich fragt mich mein Sitznachbar, ob er sich mein Exemplar der *Philippine Gazette* leihen kann. Seit Stunden schon lugt er neugierig herüber. Ich ziehe die Zeitung aus der Sitztasche vor mir. Er schlägt sie auf und blättert darin. Ts-ts-ts, sagt er und schüttelt den Kopf. Er schiebt meinen Ellenbogen von der Armlehne und deutet auf einen Artikel. Zwei weitere Selbstmordanschläge, erst heute Morgen. Dieses Mal unten im Süden, auf Mindanao. Sechs Tote und zwölf Verletzte bei der ersten Explosion in einer Lottofiliale vor dem Rathaus von General Santos City – die meisten städtische Angestellte, die das Gehalt, das ihnen gerade ausbezahlt worden war, setzen wollten. Die zweite Bombe explodierte während eines Kindergeburtstags in einem McDonald's in der Cotabato Plaza Mall von Lupas Landcorp, dabei wurden neun Grundschulkinder getötet und sechs verletzt. Bisher hat sich noch niemand zu den Anschlägen bekannt. Die Estregan-Regierung verdächtigt mehrere Gruppierungen: die Abu Sajaf von Mindanao, die Moro-Islamische Befreiungsfront, die Jemaah Islamiyah aus Indonesien, Al Qaida aus dem Nahen Osten. Es wird davon ausgegangen, dass die Anschläge Vergeltungsmaßnahmen für den von alliierten Streitkräften angeführten Einmarsch in Afghanistan sind, an dem uns Präsident Fernando Valdez Estregan beteiligt hat. Ich schaue meinen Sitznachbar an und schüttle den Kopf über den Artikel. Dann tue ich so, als würde ich einschlafen.

Kurz darauf höre ich ihn kichern. Ich öffne ein Auge. Er liest den Artikel über den »Prozess des Jahrhunderts«. Darauf bin ich bereits im Netz gestoßen. Sogar ich war schockiert darüber, dass das philippino-chinesische Ehepaar freigesprochen worden war; sie hatten ihr Dienstmädchen umgebracht, indem sie es gezwungen hatten, Bleichmittel zu trinken. Das Dienstmädchen sollte auf ihren Sohn aufpassen, als dieser in der Badewanne ertrank. Sie hatte in der Zeit fleißig SMS geschrieben. Ich war nicht wegen der Sensationsmache rund um die Verhandlung darauf aufmerksam geworden. Diese minderbemittelte Regenbogenpresse ist mir zuwider. Ich hatte damals auf den Link geklickt, weil die betroffene Familie Changco hieß. Ich wollte wissen, ob sie mit Dingdong Changco jr. verwandt war, der in *TBA* eine so große Rolle spielt. Wie sich herausstellte, war sie das nicht. Dann wäre sie auch mit Sicherheit nicht in diesen Schlamassel hineingeraten.

Der Prozess des Jahrhunderts zog immer weitere Kreise, bis die Medien ihn »Prozess des Jahrtausends« nannten. In den darauffolgenden Wochen war in Artikeln zu lesen, dass das Ehepaar dem Vorsitzenden Richter eine große Geldsumme angeboten hatte. Das Ehepaar behauptete, er hätte sie angenommen; der Richter stritt das ab. Die Changcos drohten mit einer Klage. Ermittlungen bestätigten, dass das Ehepaar zwei Millionen Pesos abgehoben hatte, aber auf dem Konto des Richters tauchte kein einziger Centavo auf. Blogs machten sich über die Art und Weise lustig, wie Mr Changco auf einer Pressekonferenz erklärt hatte: »Jetzt sind wir um zwei Millionen Pesos ärmer.« Die kurzsichtige Mrs Changco hatte rasch hinzugefügt: »Und unser jüngster Sohn ist tot.«

Dann erhielt der Fall fast mythische Züge. Nach Abschluss des Verfahrens schwor der Freund des ermordeten Dienstmädchens, ein Wachmann namens Wigberto Lakandula, der ebenfalls für die Familie gearbeitet hatte, »grausame Rache«. Drei Tage später kamen Mr und Mrs Changco nach Hause und fanden im Wohnzimmer ihres Hauses, das sich in einer bewachten Wohnanlage befand, ein Blutbad vor: Ihre drei preisgekrönten Chihuahuas waren geköpft worden. In den beiden vergangenen Wochen hat diese Geschichte von Liebe und Vergeltung aus Lakandula eine Berühmtheit gemacht – kaum erfuhren die Medien, dass er seine verstorbene Geliebte mit selbstverfassten Liedern auf der Gitarre umworben hatte, wurde er zum Schwarm der Nation. Boulevardzeitungen und Magazine kauften zu exorbitanten Preisen Fotos von ihm. Mein Sitznachbar betrachtet eine Aufnahme, die Lakandula als Bauarbeiter in Saudi Arabien zeigt, wie er mit entblößtem muskulösen Oberkörper an einem Schaufellader lehnt. Er lächelt strahlend, der Schutzhelm sitzt ihm schief auf dem dichten schwarzen Haar. Lakandula sei, so behauptet die Bildunterschrift, derzeit »auf der Flucht vor dem langen Arm des Gesetzes«.

*

Ich kann nicht schlafen und nehme mir wieder meine Notizen vor. Dazu gehören Zettel voller Witze, einige in meiner Handschrift. Crispin beschäftigte sich unentwegt mit unserer mündlichen Erzähltradition, und geradezu besessen war er davon, philippinischen Humor ins Englische zu übersetzen. Er nannte Witze »unsere wahre gemeinsame Geschichte«, »unseren bittersüßen Kommentar«.

»Witze sind teuflisch schwer zu übersetzen«, sagte er einmal. »Es besteht immer die Gefahr, dass man sie nicht richtig trifft. Zum Beispiel ist die Abwertung eines anderen eigentlich die Abwertung der eigenen Person.«

»Glaubst du das wirklich?«, entgegnete ich. »Ich finde, wir sind einfach nur gemein.«

»Nein. Das würde uns ja entzweien. Wenn man eine vertraute Pointe hört und darüber stöhnt, wie abgedroschen sie doch ist, stärkt das das Zusammengehörigkeitsgefühl. Witze wirken ebenso verbindend wie Sprichwörter«, sagte er. »Ohne sie würden wir einander nicht verstehen.«

Für Crispin und mich wurde es nach und nach zur Gewohnheit, abgedroschene Witzklassiker auszutauschen, vor allem solche über unsere ausgezeichneten Bildungseinrichtungen; wir schrieben sie auf Schmierzettel, und wenn wir uns dann wiedersahen, steckten wir sie uns zu wie Schibboleths.

»Drei Studenten hängen in der Shoe Mart Mall herum«, stand auf einem Zettel. »Einer kommt von der exklusiven Ateneo de Manila University, einer von der rivalisierenden De La Salle University, und der Dritte, der Erning Isip heißt, vom AMA Computer College, auf das jeder gehen kann. Die drei Studenten sehen ein ausgesprochen hübsches, hellhäutiges Mädchen. Jeder von ihnen versucht, sie für sich einzunehmen. Der Atenenista sagt: ›Hallohallo. Ich sollte vielleicht meinen Fahrer bitten, mit meinem BMW vorzufahren, damit er uns zum Polo Club bringt, wo wir Gindara essen können.‹ Der Lasallista sagt: ›Wow, du bist ja so was von hammerhübsch, um nicht zu sagen wahnsinnswunderschön. Hast du überhaupt Hunger? Lass uns meinen CRV nehmen und zu *Denico's Grillbar* fahren, da gibt's gebratene Hühnerhaut und haufenweise Cuba Libres für uns.‹ Erning Isip, der Student vom AMA Computer College, nähert sich schüchtern dem Mädchen, kratzt sich am Hinterkopf und sagt: ›Miss, bitte, Miss, Sie mir geben Autogramm?‹«

*

Aus dem Fenster kann man jetzt Manila sehen. Regen schliert seitlich über die Scheiben. Plötzlich sackt das Flugzeug ab. Der Magen drückt in den Hals. Passagiere kreischen los, richten sich auf und halten die Armlehnen umklammert. Viele schauen noch einmal nach, ob der Sicherheitsgurt auch richtig sitzt, und nicht wenige nehmen einen Rosenkranz heraus und bewegen die Finger synchron mit ihren Lippen. Verdammte Scheiße. Hoffentlich wird das keine Wasserlandung. Der Pilot meldet sich: »Die Crew bitte auf die Plätze.« Das Flugzeug fängt sich wieder. Das Licht wird gedimmt. Aus den Lautsprechern ertönt Fahrstuhlmusik – die Titelmelodie von *Der Pate*, auf einem Klavier geklimpert. Mein Sitznachbar ist der Einzige, dem das alles nichts ausmacht. Er greift nach meinem Fläschchen Desinfektionsmittel, zieht die Socken aus und reibt sich die Füße damit ein. Während er das Plastikfläschchen zwischen den Zähnen hält, knetet er mit sämtlichen Fingern die Zehen. Geräuschvoll saugt er den Speichel ein. So viel zu meiner Flasche Alco-Gel! Das Flugzeug wird erneut ordentlich durchgeschüttelt.

Ich schließe die Augen. Die Melodie aus dem *Paten* lässt mich an Gangster in Seidenstrümpfen denken, die geschmeidig über den spiegelblanken Boden eines Ballsaals gleiten. Liberace auf dem Podium an seinem Klavier hält erwartungsvoll nach der bevorstehenden Bruchlandung Ausschau, bei der alles in Millionen kleine Stücke gehen wird.

Ich bin froh, dass ich mich nicht mit den Männern unterhalten muss, die Granma sonst immer schickt, damit sie mit mir am Zoll vorbeisausen, mein Gepäck vom Band zerren und mich nach Hause fahren. Ich bin überglücklich, dass ich nicht meinen Großvater begrüßen muss. Das neue Leben ohne Madison ist herrlich – ich muss sie nicht anrufen, um ihr zu sagen, dass ich wohlbehalten gelandet bin. Meine Beteuerungen wurden immer mit unmäßigen Tränen beantwortet, die mir zwar das Gefühl gaben, ich würde geliebt, die mich aber auch belasteten. Unabhängigkeit ist ein Segen. Wirklich.

Ich kann mich noch gut daran erinnern, wie Madison und ich beschlossen, uns in Brooklyn eine eigene Wohnung zu suchen – das waren meine ersten richtigen Schritte Richtung Unabhängigkeit. Ich hatte damals ein äußerst schlechtes Gewissen, weil ich Madison in der Wohnung meiner Großeltern im Trump Tower versteckte, ohne dass Grapes mir das erlaubt hatte. Ich weiß noch genau, wie ich ihn in Manila angerufen habe, um ihm und Granma meine Entscheidung mitzuteilen. »Hauptsache, du schrubbst den Boden ordentlich«, sagte Grapes, »damit wir schnell Nachmieter finden.« Einerseits war ich entgeistert, dass er so gleichgültig war – dass er mich nicht bat zu bleiben. Andererseits war ich aber auch erleichtert, dass alles so glattgelaufen war. Madison und ich zogen mit unserem ganzen Kram in unsere schäbige kleine wunderbare neue Bude. Als ich den Transporter zurückbrachte, kam ich mir vor, als nähme ich mit meiner neuen Yacht Kurs auf ein Inseldomizil, wo Pilates-Trainerinnen in String-Tangas Urlaub machten und wo sich in der Mitte des Pools eine Bar befand, alles im Preis inbegriffen.

Im Monat darauf kehrten meine Großeltern überraschend in die Staaten zurück. Wir gingen mehrmals mit ihnen aus, sahen uns Broadway-Shows an, die mir, nach anfänglicher Skepsis, großen Spaß machten. Wir ließen uns zum Abendessen einladen, wobei wir endlich einmal wieder satt wurden, und nach ein paar Tagen war Madison so gut wie überzeugt, dass meine Klagen über Grapes und Granma übertrieben waren. Sogar ich begann, an mir zu zweifeln. Vielleicht, so dachte ich, respektierten sie meinen Schritt in die Unabhängigkeit. An ihrem letzten Abend in New York wollten sie dann alleine mit mir sprechen; am nächsten Tag würden sie nach Tel Aviv fliegen, um sich mit einem Mann zu treffen, der äußerst fruchtbare Hühner züchtete.

Grapes stand in ihrem Zimmer im Holiday Inn neben dem Tisch. Das Hotel stimmte mich traurig, ja, es stieß mich sogar ab. Seit ich klein war, erinnerte mich Großvater mit schöner Regelmäßigkeit daran, dass er seinen Reichtum seiner Sparsamkeit zu verdanken hatte. Sein dichtes silbernes Haar war ungekämmt, und er trug Boxershorts und ein Unterhemd. Es war auf links gedreht. Als er sich umwandte, um etwas aus seinem Koffer zu holen, sah ich, dass die Hausangestellten mit einem Filzstift »Sir« auf das Wäscheschildchen geschrieben hatten. In derselben Handschrift und mit demselben Stift war »Migs« auf alle meine Schildchen geschrieben worden. Grapes drehte sich in meine Richtung und setzte sich an den Tisch. Er stellte seine 7-Tage-Pillendose vor sich hin, öffnete das Dienstagsfach, nahm Tabletten und Kapseln heraus und legte sie ordentlich nebeneinander auf den Tisch. Sie sahen aus wie Süßigkeiten. Seit ich hereingekommen war, hatte er mich nicht eines Blickes gewürdigt. Granma saß in einer Ecke und betrachtete ihre Hände. Grapes seufzte. Ein brutales, vernichtendes Seufzen. Wie Aiolos, der griechische Gott des Windes, blies er mit allergrößter Leichtigkeit sämtliche Mauern um, die ich rund um mein Selbstvertrauen und mein Selbstgefühl angesichts meines neuen Lebens in mir aufgerichtet hatte. »Erklär uns bitte, warum du uns angelogen hast.« Er seufzte erneut. »Ich weiß, dass du das diesem Mädchen zuliebe machst.« Seufzer. »Du vergeudest dein Leben.« Seufzer. »Ich habe dich auf eine der besten Schulen Amerikas geschickt.« Seufzer. »Warum, um Himmels willen, arbeitest du für dieses Magazin? Du bist auf die Columbia gegangen! Die sollten dich zum Chefredakteur machen. Möchtest du, dass ich mit ihnen rede?« Seufzer, Seufzer, Seufzer.

»Das ist ein guter Job, Grapes.«

»Ach, wirklich? Ich habe mir das Impressum angeschaut. Bist du Redakteur? Schauen wir mal. Brigid Hughes, leitende Redakteurin. Heißt du Brigid Hughes? Ben Ryder Howe, Herausgeber. Heißt du Ben Ryder Howe?«

»Grapes, ich bin Redaktionsassistent. Wenn ich fleißig genug bin, bieten sie mir eines Tages eine Redaktionsstelle an.«

»Hm, schauen wir uns doch mal die anderen Namen an. Oliver Broudy, geschäftsführender Redakteur. Heißt du Oliver Broudy? George Plimpton, Redakteur. Heißt du George Plimpton? Wo steht dein Name, kleiner Miguelito?«

»Ich bin noch neu«, sagte ich kraftlos. »Sie haben das Impressum noch nicht auf den neuesten Stand gebracht.«

»Siehst du, du lügst schon wieder. Immer dasselbe.«

»Ich sage die Wahrheit.«

»Deine Version der Wahrheit. Arbeitest du dort als Hausmeister?«

Ich sah zu Granma hinüber. Sie saß noch immer schweigend in einer Ecke des Zimmers und betrachtete ihre Fäuste. Ich weiß bis heute nicht, ob ich mir zuliebe oder ihr zuliebe Blickkontakt aufzunehmen versuchte. Meine Hände taten mir weh, ich hatte sie so fest geballt, dass ich mir die Fingernägel fast in die Haut gebohrt hätte.

Ich spürte, wie ich zitterte, als ich antwortete. »Grapes«, sagte ich, »du verstehst das einfach nicht.« Wie kindisch das klang! Ich holte tief Luft. »Es geht um meine Kurzgeschichte, habe ich recht? Ich hätte euch das Magazin wirklich nicht zeigen sollen. Es ist immer dasselbe. Warum glaubst du immer, dass du die Vaterfigur bist?«

»Ich habe nie verstanden, warum du keine netten Geschichten schreiben kannst. Geschichten, die deiner Großmutter gefallen und die sie ihren Freundinnen zeigen kann.«

»Granma, ist das der Grund?«

»Warum kannst du nicht über nette Dinge schreiben?«, antwortete Granma überraschend zornig. Dann wurde ihre Stimme etwas sanfter. »Wie soll irgendjemand deine Geschichte lesen und hinterher noch unser Land besuchen wollen?«

»Ein Schriftsteller muss über die Dinge sprechen, über die andere schweigen.«

Grapes knallte seine Pillenschachtel auf den Tisch. »Streite dich nicht mit deiner Großmutter über literarische Ästhetik«, sagte Grapes. »Sie hat recht. Du versuchst immer, die Leute zu schockieren. In deinen Texten passieren furchtbare Dinge. Unchristliche Dinge. Unpatriotische. Und du sagst Sachen, die dir nicht zustehen.«

»Wenn du etwas zu verbergen hast, dann hättest du erst gar nicht in die Situation kommen dürfen. Habe ich nicht recht, Grapes? Wenn du rechtschaffen ...«

»Wage es nicht, so mit mir zu reden! Wer bist du denn? Du hast keine Ahnung, was es bedeutet, Verantwortung zu tragen. Du hast gut reden! Wir haben dir geholfen, mit diesem Mädchen auf der Universität Mann und Frau zu spielen. Was ist dort passiert? Natürlich haben wir dir geholfen. Wir werden dir immer helfen. Weil wir dich lieben. Und wie dankst du uns das?«

»Liebe gründet sich nicht auf Dankbarkeit. Respekt gründet sich nicht auf Verpflichtungen. Ich bin nicht euer Wahlvolk.«

»Wie dramatisch! Hör dir doch mal selbst zu! Wo hast du diesen Quatsch gelesen? Wir wussten schon immer, dass du egoistisch bist. Im Gegensatz zu deinen fünf Geschwistern.«

»Von uns Kindern hat euch nie jemand die Stirn geboten. Wird Zeit, dass ich es tue. Einer von uns sechs. Und ich sage euch, wer ich wirklich bin.« Er sah so aus, als wollte er etwas sagen, doch er schwieg. Gut so. »Ihr ertragt es nicht, dass ich unabhängig bin«, fuhr ich fort. »Dass ihr mich nicht unter den Fittichen habt. Dass ich nicht in die Politik gegangen bin wie du, wie mein Vater ...«

»Das waren Angebote«, sagte Grapes leise. »Ich habe deine Schriftstellerei bezahlt.«

»Ihr habt immer gefragt: Wann hörst du endlich auf, Hemingway zu spielen? Wann kommst du endlich nach Hause und übernimmst deine Rolle in der Politik? Über nichts anderes habt ihr gesprochen. Und was hat es euch gebracht?«

»Ja«, sagte Grapes. »Was hat es mir gebracht!«

Ich hielt mich zurück. Ich wollte ihm wehtun, aber nicht so. Das eigene Leben ist alles, was man hat. Wenn man alt ist, ist es alles, was man jemals haben wird. Deshalb sagte ich: »Was hat es denn meinem Vater gebracht? Einen Heldentod! Ihr glaubt doch nicht, dass ich nicht weiß, was wirklich passiert ist.«

»Ich möchte doch nur«, sagte Grapes leise, »dass du mehr erreichst als ich. Als dein Vater.«

»Wir lieben dich«, mischte sich Granma ein.

»Wenn ich Politiker werde«, sagte ich, »muss ich zu viele faule Kompromisse eingehen, oder ich werde für meine Ideale erschossen.«

Grapes sah mich nicht einmal mehr an. »Du musst immer das letzte Wort haben«, sagte er schließlich. »Habe ich recht?«

Ich überlegte mir, was ich darauf erwidern sollte, aber dann hätte ich wieder das letzte Wort gehabt. Wir schwiegen beide schmollend – mit dieser Pattsituation hatte keiner von uns gerechnet.

Granma sagte ganz leise: »Du gehst jetzt besser.«

Ich konnte es nicht fassen. Ich sah meinen Großvater an und wusste, es war das letzte Mal. Wie alt er aussah! Ich ging in den Flur hinaus. Granma folgte mir. Sie zog ein Bündel Hundert-Dollar-Scheine aus der Tasche und wollte sie mir in die Hand drücken. Ich hielt meine Faust geschlossen. »Nein, Granma. Ich möchte sein Geld nicht mehr.«

»Bitte«, sagte sie und fing an zu weinen. »Nimm es. Es gehört mir. Nimm es mir zuliebe.« Sie stopfte mir die Scheine in die Jeanstaschen, und ich ließ es zu. Ich umarmte sie.

»Warum kommst du nicht mit uns nach Hause?«, fragte sie. »Verlass sie. Du bist nicht verantwortlich für sie.«

»Was soll ich in Manila?«

»Ich weiß es nicht«, sagte sie matt. »In die Politik gehen?« Ihre Stimme war so leise. »Ich werde dir helfen«, fuhr sie fort. »Ich werde dich unterstützen, wo ich kann.« Ich umarmte sie und sagte ihr, dass ich sie liebte. Dann ging ich zum Fahrstuhl. Entschlossen drückte ich auf den Knopf. Da standen wir nun. Granma zog ein Päckchen Tempos hervor und versuchte, es zu öffnen. Ich drückte noch einmal auf den Knopf. Granma verbarg ihr Gesicht in einem Taschentuch. Ich drückte noch einmal auf den Knopf. Granma begann sich zu schnäuzen. Endlich kam der Fahrstuhl. Ich war froh, dass er leer war. Ich wandte mich um und blickte zwischen den Türen hindurch, die sich schlossen, aber meine Großmutter war fort. Der Aufzug fuhr nach unten, immer weiter, bis er anhielt. Die Türen gingen auf, und ich sah mich einer Gruppe junger Männer gegenüber, die aussahen, als kämen sie aus dem Mittleren Westen und seien für ein Ringkampfturnier in der Stadt. »He«, raunte einer von ihnen, »der heult ja.«

Das Flugzeug hat sich beruhigt, fliegt eine Kurve, dann

wieder geradeaus und geht zum Landeanflug über. »Meine Damen und Herren, bitte entschuldigen Sie die Verzögerung«, sagt der Kapitän über die Lautsprecheranlage. »Am Boden gab es ein, äh, Problem.«

Jetzt endlich fragt mich mein Nachbar auf Englisch: »Sie auf Besuch?« Ich nicke. »Ich«, sagt er und lächelt, »ich gehen nach Hause. Für immer.« Er fischt ein dickes Bündel US-Dollar aus seiner Gürteltasche und fährt stolz mit dem Daumen darüber. »Meine Sparnisse. Früher ich arbeiten hart. Ich lange Zeit Geld nach Hause schicken. Jetzt ich machen alles anders.« Ich nicke. Einige Banknoten rutschen aus dem Bündel und landen in seinem und meinem Schoß. Er lacht, während wir sie einsammeln. Ich reiche ihm alles, was ich aufgehoben habe. Die Scheine riechen nach schweißigen Händen und frischgebackenem Brot. Ich freue mich für ihn, von ganzem Herzen. Und habe ein schlechtes Gewissen, weil ich mich über ihn geärgert habe. Und bin traurig, dass ich mit weniger eindeutigen Absichten nach Hause gekommen bin. »Ich arbeiten weit weg«, sagt er, als verstünde ich ihn nicht. »Früher. Jetzt, wegen Zukunft meiner Kinder ich nach Hause kommen.«

Ich sehe seine Familie vor mir, wie sie in der Ankunftshalle auf ihn wartet, ein heller, fröhlicher Knoten in einem chaotischen Flechtwerk. Auf dem Ninoy Aquino International Airport lernt man mein Land gleich richtig kennen. Die Allgegenwart bewaffneter Posten überrascht, die funkelnden Luxusgeschäfte, die zollfrei Schnaps, Zigaretten und letzte Geschenke verkaufen, locken; man taumelt in eine Miefigkeit hinaus wie im Krieg – ein überfüllter Ankunftsbereich mit staubtrockener Klimaanlagenluft, abgewetztem Linoleum und knarzenden Gepäckbändern; ein Quintett blinder Musiker empfängt die Reisenden mit Evergreens wie »La Cucaracha« und »Let It Be«; ein überlebensgroßer, grinsender

Präsident Fernando V. Estregan begrüßt einen von einem Poster herab, das eine ganze Wand einnimmt; auf einem Schild steht: »Willkommen auf den Philippinen, dem christlichsten Land Asiens«; darunter, auf einem weiteren: »Vor Taschendieben wird gewarnt«. Die Habe fest an sich gedrückt beginnt man den Spießrutenlauf vorbei an den wortkargen, aber gründlichen Zollbeamten, bevor man einer Hitze von 35 Grad und einer Luftfeuchtigkeit von 95 Prozent ausgeliefert wird – und den wimmelnden Massen der Familienangehörigen anderer Leute, die einen mit gereckten Hälsen anstarren. Obwohl der Himmel fast weiß und die Sonne fast nie zu sehen ist, tropft einem unaufhörlich der Schweiß aus den Achselhöhlen. Auf der Straße hupen Taxen, die wie für den Karneval geschmückt sind, auf einen ein, die Fahrer stürzen sich auf die Taschen und geben sie erst für ein Lösegeld von zwanzig Cent wieder frei; in den Taxen – die vom Duft von drei verschiedenen Lufterfrischern, Schweinegrieben und Gewürzessig erfüllt sind – wird die Klimaanlage gastfreundlich auf arktische Temperaturen gestellt. Die Stereoanlage wird extra für den Gast bis zum Anschlag aufgedreht, sodass die Bee Gees noch schriller und durchdringender aus den Boxen direkt neben den Ohren dröhnen. Rußbedeckte Polizisten tun ihr Bestes, um die Bestie, unseren Straßenverkehr, zu lenken, wobei ihr nutzloses Gepfeife das Chaos unserer Ordnung nur noch schlimmer macht. Man braucht zwei Stunden, um an sein Ziel zu gelangen, ganz gleich, wo es liegt, und wenn man ankommt, ist es fast schon wieder Zeit aufzubrechen. Willkommen in meinem ersten Land, meiner Dritten Welt.

*

Das Land hat sich so sehr verändert, dass mir meine Kindheitsjahre vor dem Krieg völlig fern erscheinen. Ich weiß nicht, ob ich das alles so erlebt habe oder ob es mir später erst erzählt wurde - die Familienlegenden der Salvadors, die angeblich auch von mir erzählen. Am eindringlichsten sind mir die Tiere auf Tito Odyseos Farm im Gedächtnis geblieben. Bei Einbruch der Dämmerung, wenn sonst kein Mensch mehr unterwegs war, schlichen Lena, Narcisito und ich oft vorsichtig zwischen den Käfigen hindurch. Da gab es einen Jaguar mit riesigen Tatzen. Ein Erdferkelpärchen, das nach dem heiligen Petrus und dem heiligen Paulus benannt war. Einen palawanischen Marderbär. Ringelschwänzige Lemuren. Weißgesichtige Gibbons. Einen affenfressenden Philippinenadler namens Bonifacio. Und eine Giraffe, die noch im Babyalter starb. Zusammen mit meinem Bruder und meiner Schwester jagte ich den trägen Kasuaren nach, die frei herumlaufen durften. An den Sonntagen, wenn alle anderen Familien zu Gast bei Tito Odyseos Familie waren (oder zumindest diejenigen, die gerade in deren Gunst standen), ließ er manchmal die Gazellen heraus, ein flinkes Trio, das sofort losrannte - ohne zu ahnen, dass das Anwesen nur ein größeres Gefängnis war, aus dem es kein Entkommen gab, oder weil ein Dutzend Kinder hinter ihnen herjagte, oder weil sie endlich rennen durften und ihnen das so viel Spaß machte. Ich weiß noch gut, wie wir ihnen nachliefen, und zwar aus genau denselben Gründen. Wenn nur jemand von jenem letzten Picknick ein Bild gemacht hätte! Im Hintergrund die Tiere und davor die ganze Familie. Das war das letzte Mal, dass wir alle zusammen waren, das letzte Mal, dass das Land der Vorfahren noch uns gehörte, das letzte Mal, dass die Geister dort in den Schatten unter den Bäumen anwesend waren.

Als der Krieg kam, stahlen hungrige Feldarbeiter kurzerhand alle Tiere, eines nach dem anderen. Tito Odyseo wurde eines Nachts zusammengeschlagen, als er einschlief, während er die Käfige bewachte.

— Aus: *Autoplagiarist* (Seite 188) von Crispin Salvador

*

Aus dem Fenster kann er Manila sehen. Regen schliert seitlich über die Scheiben. Plötzlich sackt das Flugzeug erneut ab, und in seine Gedanken schleicht sich so etwas wie Verzweiflung ein, wie es in solchen Momenten oft der Fall ist. Er schließt die Augen und versucht, nicht zu beten.

*

Das Flugzeug setzt flach zur Landung an. Von oben betrachtet ist die Stadt noch immer wunderschön. Wir überfliegen das braune Wasser vor der Küste, in geometrischen Mustern angelegte Fischfarmen, die aussehen wie ein Mondrian mit den Augen eines Farbenblinden betrachtet. Über der Bucht geht die Sonne unter – der berühmte Sonnenuntergang, der auf der ganzen Welt einmalig ist. Skeptiker führen die Farben auf die Luftverschmutzung zurück. Dort drüben ist das Land, der große graue Ballungsraum, wo auf kaum 240 Quadratmeilen elf Millionen Menschen leben, einer über dem anderen – vierzehn Städte und drei Gemeinden, Wolkenkratzer und Elendsviertel, die sich alle um den Nullpunkt herum ausbreiten, um das Herzstück jedes Philippinos, die Stadt, die der Metropolenregion ihren Namen gab: Manila.

Wenn man die Städte der Megalopolis aufzählt, klingen sie wie Musik aus den Bergen – lauter Trommeln und Zimbeln und Gongs: Parañaque, Mandaluyong, Makati, Pasay, Navotas, San Juan, Cubao, Quezon City, Caloocan, Taguig, Malabon, Pasig, Las Piñas, Marikina, Muntinlupa. Alle sind sie miteinander verbunden durch das Verkehrsnetz und die gewaltigen Prachtstraßen – Edsa, Rocas, Autora, Taft –, durch zahllose behelfsmäßige Überführungen, unzählige Reklametafeln, Restaurants jeglicher Nationalität und Preisklasse, riesige Einkaufszentren mit Bulgari, Shoe Mart, Starbucks, Nike und dergleichen mehr. Wenn du etwas brauchst, in Manila bekommst du es, in Geschäften und Boulevardzeitungen, schmalen Gassen und Vorstandsetagen. Dort, neben dem Schatten unseres Flugzeugs, liegt der Rizal Park, wo die Statue unseres Helden als hundertjährige Erinnerung an eine gestohlene Revolution steht. Inzwischen fliegen wir tief genug, um die verschlungenen Linien aus Jeepneys und Bussen sehen können, die die Leute von der Arbeit nach Hause bringen; die Menschenmenge dort, die mit den Fahnen, ist ein kleiner Teil von einer Million Gläubigen auf dem Weg zum wöchentlichen, verzweifelten El-Ohim-Gebet, wo Christus die Antwort auf unlösbare boolesche Fragen ist. Beim genaueren Hinschauen erkennt man auf der Bühne Reverend Martin in seinem metallisch glänzenden zweireihigen Anzug und der fröhlich bunten Krawatte: ein Mann Gottes und ein Mann des Volkes, der seinem Glauben finanzielle Sicherheit und eine Villa in einer bewachten Wohnsiedlung zu verdanken hat.

Das moderne Manila. Einst die Perle des Orients, ist sie jetzt eine verlebte Matrone mit Buckel, Ballenzehen und Erinnerungen an einen Charleston, den sie zu den importierten und perfekt nachgespielten Melodien von King Oliver tanzte, an das zu dick aufgetragene Make-up und den Lippenstift, der dick über die schmalen geschürzten Lippen verschmiert war. Sie, die vertrauensselige Tochter von Ost und West, legte sich hin und wurde geschändet, ihre Schönheit von den Bombenteppichen ihrer Befreier zerstört, die sich mehr um ihre eigenen Verluste sorgten; so wurde sie zu einer Blutsverwandten von Hiroshima, Stalingrad und Warschau. Und doch scheint sie von der Luft aus friedlich und ruhig zu sein. Auf dem Boden ist Manila eine Stadt, die sich in gute Absichten und den tyrannischen Willen zu überleben verheddert. Zusammengehalten wird das Leben von der Güte des Herrn und dem großzügigen Einsatz von Isolierband und philippinischer Gewitztheit. Vor fünfhundert Jahren segelten die spanischen Eroberer mit ihren Holzschiffen in den schönsten Hafen der Welt. Sie begannen, gemäß der Historiker, ihre Mission von Gott, Gold und Gewehren; zurückgelassen haben sie neben ihrer gemauerten Festung ihre Religion und ihr Blut. Das Gold haben sie – und andere – mitgenommen oder unter ihren wenigen einheimischen Stellvertretern aufgeteilt. Manila hat sich seither sehr verändert. Und fast gar nicht. Wenn man weiß, wo, ist Manila die aufregendste Stadt der Welt.

Die Räder des Flugzeugs setzen auf. Die Passagiere klatschen.

*

Wie gebannt beobachten die Zuschauer das Geschehen. Auf der Kreuzung drängen sich gestrandete Autos und versperren Antonio den Weg. Unser Held bremst. Adleraugen suchen nach Dominador. Dort ist er! Er hat sein Jetboot zurückgelassen und rennt die Treppe zur Fußgängerüberführung hinauf. »Santa Banana«, murmelt Antonio. »Wenn er es da rüber schafft, ist er im Einkaufszentrum, und in dem Gedränge finde ich ihn nie.« Antonio lässt den Motor seines Jetboots aufheulen. Es rast über das Wasser zwischen Taxen und Bussen hindurch. Die Insassen reiben sich die Augen, weil sie nicht fassen können, was sie da sehen. Antonio beschleunigt, und seine schwarze Lederjacke bauscht sich wie ein Umhang auf. Er reißt sein Gefährt nach rechts und rast direkt auf einen Wagen zu, der sich halb unter Wasser befindet. Antonio beugt sich über den Lenker, und das Jetboot schlittert über die Motorhaube, die Windschutzscheibe hoch und fliegt durch die Luft. Mensch und Maschine schwingen sich immer höher hinauf, und der Motor brüllt wie eine brünstige Todesfee. Antonio landet auf der Fußgängerüberführung, die Unterseite des Jetboots schlägt Funken auf dem Zement. Der flüchtende Dominador dreht sich um, die Augen dümmlich weit aufgerissen. Das Jetboot kommt unerbittlich näher. Antonio setzt über den Lenker, springt wie eine Gazelle durch die Luft und stürzt sich auf Dominador. Die beiden gehen zu Boden. Antonio flüstert Dominador ins Ohr: »Wenn es dir nichts ausmacht, würde ich lieber oben liegen.«

— Aus: *Manila Noir* (Seite 57) von Crispin Salvador

*

Weiter hinten im Flugzeug stößt eine Frau einen Schrei aus, und der Applaus verstummt. Sicherheitsgurte klicken. Passagiere stürmen zu den Fenstern auf der rechten Seite. Über einen vorgebeugten Kopf hinweg sehe ich jenseits des funkelnagelneuen Terminals Regenwolken, dunkle und schwere Regenwolken. Zwei rabenschwarze Rauchsäulen steigen in der Ferne auf und scheinen den Himmel zu stützen. Zu ihren Füßen Feuer.

2

Es geht weitestgehend um folgende Themen: Geheimnisse, Träume, Mythologien, die Tyrannei der Abwesenheit, die Unzulänglichkeiten der Sprache, vergängliche Erinnerungen, Ende und Anfang.

— Aus: *Autoplagiarist* (Seite 188) von Crispin Salvador

*

Diese Sache mit meinem Sitznachbarn im Flugzeug und den heruntergefallenen Geldscheinen ist nicht genau so passiert, wie ich es erzählt habe. Und dass er am Schluss gesagt hat, er käme um seiner Kinder willen nach Hause, war auch nicht ganz richtig. Wenn ich mit ihm gesprochen hätte, hätte er wahrscheinlich genau das gesagt. In gewisser Hinsicht habe ich diesen Abschnitt ihm zuliebe geschrieben. Dadurch wurde er mehr als nur der Mann mit dem schlechten Benehmen neben mir. Was ich gesagt habe, dass er zu mir gesagt hat, konnte ich ihm ansehen. Nein, ich habe natürlich nicht mit ihm geredet. Als er versuchte, ein Gespräch anzufangen, habe ich die Augen geschlossen und so getan, als schliefe ich.

Ich verspreche, von jetzt an die Wahrheit zu sagen.

*

Während der letzten Lebensmonate von Crispin kamen wir uns näher, als ich jemals erwartet hatte. Ab einem gewissen Punkt konnte ich sogar in seiner Gegenwart fluchen. Unsere Freundschaft hatte ihren Anfang genommen, als ich für meinen Kurs bei Lis Harris ein Porträt über ihn schrieb. Crispin und ich saßen mehrere Male steif und förmlich in einem Café oder einem Restaurant, zwischen uns wie Stacheldraht ein Kassettenrekorder. Meistens in *Tom's Restaurant* am Broadway, dem Lokal, wo sie *Seinfeld* gedreht haben. Am Ende des Semesters gab ich mein Porträt ab. Ich hatte den Eindruck, dass Crispin gerne einen Blick darauf geworfen hätte, obwohl er nicht danach fragte und ich es ihm auch nicht anbot. Zwei Wochen nach unserem letzten Gespräch lud er mich auf eine Tasse Lapsang Souchong und ein paar Madeleines in sein Arbeitszimmer ein. Er wirkte sichtlich entspannter, nachdem er nun keinem forschenden Blick mehr ausgesetzt war. Mir fiel auf, dass sein Lächeln überraschend schüchtern war. Wir saßen da, knabberten an unserem Gebäck und redeten über dies und das. Ich weiß nicht mehr, über was. Bücher wahrscheinlich. Das Schreiben allgemein. An der Vorderseite seines Feinstrick-Cardigan blieben Krümel hängen. Als ich ihn am folgenden Tag besuchte, waren sie immer noch dort.

Ich weiß nicht, ob es ihm ein Bedürfnis war oder ob er mich tatsächlich mochte, aber von da an verbrachten wir öfter Zeit miteinander. Anfänglich fühlte ich mich unwohl, weil ich merkte, dass er ganz offensichtlich einsam war. Crispin gehörte auf dem geschäftigen Campus zum Inventar, und seine Einsamkeit war allen so vertraut wie die Bronzestatue der Alma Mater. Jeden Morgen und jeden Nachmittag eilte er die Treppe zwischen der Butler Library und seinem Büro in der Philosophy Hall hinauf und hinunter – mit trübseliger Miene und der Kleidung eines Müßiggängers in Festanstellung. Er erinnerte mich an Touristen aus Tokio mit Cowboyhut; wobei sich Crispin mit seinem affektierten braunen Tweed und seinem zerbeulten roten Filzhut mit der grünen Feder tatsächlich fast sehen lassen konnte. Er trug, unabhängig von der Wetterlage, immer eine Spielart dieses Aufzugs; stets hatte er ein Notizbuch in orangenfarbenem Velours unter dem Arm. Meist starrte er in ein aufgeschlagenes Buch; mit einer Mischung aus Beklemmung und schuldbewusster Erwartung sah ich ihm dann nach und fragte mich, ob er womöglich stolpern oder von einem Fußball oder einer Frisbeescheibe am Kopf getroffen würde.

Während unserer Gespräche dagegen war er selbstbewusst und bei klarem Verstand. Er dozierte über Themen wie das Primat der Literatur als »*die* Kunstform, *die* Darstellungsform des menschlichen Daseins«; oder über die willkürliche Trennung zwischen erzählender und Sachliteratur; oder über die Mängel unserer Nationalliteratur; oder über die Herausforderung, die literarische Bricolage als narrative Struktur darstellte. Von Crispin habe ich viel gelernt. Vieles von dem, worüber er sprach, überstieg meinen Horizont. Aber er gehörte zu den Lehrern, die einem – mittels einer Form von Osmose – halfen, jene Gebiete auszumachen, auf denen man so wenig wusste, dass man sich über sie noch nicht einmal eine falsche Meinung gebildet hatte.

Seiner Ansicht nach war das Triviale ebenso wichtig wie gelehrte Theorien, und dass er plötzlich äußerst leidenschaftlich werden konnte, wenn ein Wort, ein Bild oder ein Gedanke ihn provozierte, machte Gespräche mit ihm unberechenbar. Wenn man ihm zuhörte, lebte man indirekt in den Winkeln eines geradezu allumfassenden Verstandes, in den nahen und fernen Abgründen des Universums, den unendlichen Weiten aller Epochen. Eine müßige Unterhaltung konnte sich zum Beispiel ganz elegant von Fraktalen über philippinischen Slang bis zu den tiefen Seelenqualen und Selbstzweifeln in Steinbecks Tagebüchern erstrecken, um dann zu den persönlichen und gleichzeitig literarischen Geschichtsbüchern Herodots und der Herausforderung überzugehen, »sich in das Spitzenkorsett der Sprache zu zwängen«, zu den Unzulänglichkeiten von Rousseaus Ideal des »Edlen Wilden« und dann weiter zu José Rizals Umwertung des abschätzig gemeinten spanischen »Indio« in ein Zeichen des Stolzes wie in »Los Indios Bravos«, um dann Vergleiche zur aktiven Bedeutungsumkehrung bei der bewussten Aneignung des Wortes »Nigger« durch die Afroamerikaner zu ziehen; darüber hinaus referierte Crispin über die australischen Ureinwohnern und ihre Punktmalerei als »die letzte Grenze der modernen Kunst«, bevor er sich über die geologischen Wunder begeisterte, die aus der prähistorischen *Terra australis incognita* erhalten geblieben sind; er sprach über die dort heimischen Ameisenigel, die Schnabeltiere und andere zoologische Merkwürdigkeiten sowie den Schaffensdrang in der Tierwelt im Allgemeinen, der sich zum Beispiel dadurch zeigt, dass Katzen und Elefanten Bilder malen, und schwärmte schließlich von Berninis barocken Marmorstatuen als dem Gipfelpunkt der Sinnlichkeit, von der Geschmeidigkeit des Materials, von den Fingern des Vergewaltigers Pluto auf den weichen Oberschenkeln Persephones, von Daphnes allmählicher und verblüffender Transformation in einen Lorbeerbaum, während sie für den Betrachter sichtbar vor Apoll flieht; schlussendlich ereiferte sich Crispin über die »Letras y Figuras«-Gemälde von José Honorato Lozano, die, so sagte er, auf geistreiche Weise Landschaften, Stillleben, Typographie und thematische Tableaus zu einem künstlerischen Zugeständnis an die Eitelkeiten der Prominenz Manilas im 19. Jahrhundert verbänden. Und all das, während wir Chili-Nachos aßen und darauf warteten, dass unsere Cheeseburger serviert wurden.

Crispins Monologe wurden immer temporeicher. Seine Vorlesungen in Vergleichender Literaturwissenschaft quollen vor Studenten über, sie waren berüchtigt für ihre mitreißende Leidenschaftlichkeit, für ihre brutalen Abschweifungen, für ihre erstaunlichen Konvergenzen. Und doch wirkte er auf mich so ichbezogen wie viele andere in Einsamkeit erstarrte Menschen auch. Während unserer ersten informellen Gespräche wählte er seine Worte mit Bedacht. Aber es dauerte eine ganze Weile, bis er nicht mehr nur unablässig über sich selbst sprach. Das heißt keineswegs, dass wir dann über mich redeten. Nein, seine Aufmerksamkeit wandte sich anderen Gefilden zu, mit denen er vertrauter war – den wundersamen Eigentümlichkeiten der großen Kosmologien. Mehr als zweimal sprang er auf, um Bücherstapel umzuschichten, wobei die obersten Bände herunterrutschten, nur um eine pikante Passage aufzuschlagen, die er ohnehin mit geschlossenen Augen rezitieren konnte. Ich musste mich anstrengen, ihm zu folgen, wenn er Cid Hamete Benengeli, Julian Carax, John Shade oder Randolph Henry Ash heraufbeschwor. Hinterher saß er immer schweigend da und ließ die Zitate auf sich wirken. Nicht ein einziges Mal fragte er mich, wie mein Wochenende gewesen war. Nur selten fragte er nach meiner Meinung, und wenn, dann wahrscheinlich nur, um mir zu widersprechen.

Wenn Crispin gar nicht mehr aufhören wollte zu reden, schaltete ich manchmal einfach ab und beobachtete seine wild gestikulierenden Hände. Beide waren sie von seltsamen Narben gezeichnet. Beide hatten sie in der Mitte eine leichte, seidige Schwellung von der Größe eines Zehncentstücks, und zwar vorne und hinten. Wie ein Stigma. Persönliche Geheimnisse dieser Art faszinierten mich.

Wenn die Unterhaltung einschlief, was unvermeidlich war, saßen wir stets da und starrten das große Poster über seinem Schreibtisch an, Juan Lunas Meisterwerk *The Spoliarium* – tote römische Gladiatoren, die im Kellergewölbe eines Amphitheaters über den Boden geschleift werden, die Gesichter der Zuschauer von Trauer, Entsetzen, Gleichgültigkeit und grausiger Faszination erfüllt. In solchen Momenten musterte ich Crispin aus den Augenwinkeln, wie er gekrümmt und müde auf seinem quietschenden Stuhl in seinem winzigen Arbeitszimmer saß, in dem es nach einer Ziege roch, die ein teures Rasierwasser benutzte, und ich fragte mich, was für ein Weg ihn wohl dorthin geführt hatte.

*

An jenem Abend hängt Erning Isip, der Student vom AMA Computer College, noch immer mit seinen Freunden von der Ateneo und von der La Salle herum. Sie trinken und schauen sich in einem Biergarten in der Nähe der Padre Burgos Street, dem Rotlichtviertel von Makati, das Spiel Purefoods gegen Shell an. Der Student von der Ateneo erzählt ihnen von seinem Traum, einmal Richter am Obersten Gerichtshof zu werden. Der Student von der La Salle vertraut ihnen an, dass er eines Tages eine Reederei betreiben will. Erning Isip gesteht ihnen, dass er mit der Zahlung seiner Studiengebühren hinterher ist. Ein furchtbar billig aufgedonnertes Mädchen schlendert auf Plexiglasstöckelschuhen vorbei, wie sie bei Striptease-Tänzerinnen so beliebt sind. Sie trägt einen superkurzen Jeansrock und ein Top, unter dem ihr schwabbeliger Bauch zu sehen ist; ihre langen glatten Haare reichen ihr bis über den Rücken.

Der Atenenista sagt: »Mein Gott! Eine veritable Hure Babylons!«

Der Lasallista sagt: »Nyeh! Was für eine Schlampe!«

Erning Isip starrt die junge Frau eine ganze Weile an. Dann ruft er aus: »Uy! Meine Kommilitonin aus der HTML-Einführung!«

*

»Es ist jetzt fast ein Jahr vergangen«, sagte Granma. »Wäre es nicht Zeit, Frieden zu schließen?«

»Es sind erst acht Monate«, sagte ich.

»Warum verbringst du Weihnachten nicht mit uns zu Hause?«

»Wie geht es dem großen Zampano?« Die Verbindung war schlecht, und zwischen unseren Sätzen kam es immer wieder zu Verzögerungen.

»Er ist noch immer dein Großvater«, sagte Granma. Ich hörte ein Hupen und dann den Blinker klicken. »Nicht hier«, wies sie den Fahrer an. »Nehmen Sie das Tor an der Tamarind Street.«

»New York ist wunderschön, Granma. Die ganze Fifth Avenue ist weihnachtlich erleuchtet, dabei ist es noch nicht einmal Dezember. Ich wünschte, du wärst hier. Wie lebt es sich als Gouverneurin?«

»Hallo, kannst du mich hören? Die Verbindung ist immer wieder unterbrochen.«

»Granma? Hallo? Ich habe gefragt, wie das Gouverneursamt ist.«

»Wirklich großartig. Du hättest Gefallen daran gefunden. Es hätte deinen Großvater überglücklich gemacht.«

»Granma ...«

»Und dein Vater hätte vom Himmel herabgeschaut und wäre so stolz gewesen. Weil du ein Politiker gewesen wärst, so wie er.«

»Bitte, Granma, fang nicht ...«

»Es ist wirklich sehr erfüllend. Ich habe unglaublich viel zu tun. Was gut ist. Besonders in dieser Jahreszeit, wo jeder etwas von einem will.«

»Ich habe vom neuesten Skandal des Präsidenten gehört.«

»Von welchem?«

»Er soll mit den Bombenanschlägen zu tun haben.«

»Ach das. Das legt sich wieder.«

»Es gibt noch andere?«

»Es ist doch immer dasselbe. Irgendwelche Leute versuchen immer, ihn aus dem Amt zu drängen. Und die ganze Zeit wird gemunkelt, er stünde kurz davor, das Kriegsrecht auszurufen. Aber ihr Straßenparlament führt doch nur zur Herrschaft des Pöbels.«

»Dann ist an den Skandalen nichts Wahres dran?«

»Was ist wahr?«

»Dass er kurz davor steht, das Kriegsrecht ...«

»Ich meinte, was ist schon wahr?«

»Ach, Granma, kannst du denn gar nichts tun? Gibt es in der Regierung nicht auch Leute, die ... ich weiß nicht. Leute wie du.«

»Ach, Herzchen. Was kann ein Einzelner schon erreichen! So ist das Leben nun einmal. Glaubst du wirklich, du kannst die Welt verändern?«

»Ich kann zu den Veränderungen beitragen.«

»Was wolltest du denn verändern?«

»Alles.«

»Was wäre dann anders?«

»Das weiß ich nicht. Es wäre einfach besser.«

»Ich glaube nicht, dass wir wirklich etwas verändern können. Das ist zu kompliziert.«

»Granma, meinst du das ernst? Bitte sag das nicht.«

»Wie auch immer, ich bin jetzt zu Hause angekommen. Dein Großvater ist zu Hause. Ich möchte nicht, dass er sieht, wie ich telefoniere.«

»Du musst ihm ja nicht erzählen, dass du mit mir gesprochen hast.«

»Ich lege jetzt besser auf. Wie viel Uhr ist es bei dir in New York? Du solltest besser ins Bett gehen.«

»Tschüss, Granma.«

»Ich liebe dich, Miguelito.«
»Ich dich auch.«

*

Aber Dominador ist wie ein Bulle. Er stößt Antonio mit seinen kräftigen Armen von sich weg. Mit einem Knopfdruck lässt der Schurke die Klinge seines Springmessers aufschnappen. »Ich schlitze dir den Bauch auf«, knurrt er, »und dann läufst du aus wie ein Wasserhahn.« Unser Held greift nach seiner treuen Pistole, überlegt es sich dann jedoch anders. Das wäre nicht fair. Dominador grinst spöttisch. »Wo ist deine große Knarre?«, fragt er. Antonio lächelt. »Hier in meiner Hose«, erwidert er. »Aber für hässliche Schweine wie dich hole ich sie nicht heraus.« Er nimmt eine Kung-Fu-Stellung ein und winkt Dominador zu sich heran. Sein Gegner kommt näher, und sein Messer durchtrennt die Luft zwischen ihnen.

— Aus: *Manila Noir* (Seite 57) von Crispin Salvador

*

Ich verbringe die Nacht in einer billigen Pension in der Nähe des Flughafens von Manila. Mein Flug nach Bacolod geht morgen früh.

Der Verkehr war zu stark gewesen, um die Fahrt weiter fortzusetzen. Ich saß auf der Rückbank des Taxis, das ein Spalier von Leitkegeln entlangzuckelte. Auf der anderen Seite der breiten Schnellstraße verschlang eine Flammenwand zahllose Wellblechhütten. Die schwarz schimmernden Schatten von Männern mit ihren riesigen Maschinen bewegten sich vor gelben, roten und orangenen Lichtgebilden, die miteinander im Widerstreit lagen. Hier und dort zuckten grellblaue Flammenzungen empor, drehten sich im Kreis, wechselten die Farbe und fielen wieder in sich zusammen. Der Taxifahrer und ich waren wie versteinert, die Gesichter gegen die warmen Scheiben gepresst. »Zwei weitere Explosionen im Duty-Free-Geschäft vor dem Ninoy Aquino International Airport hatten zur Folge, dass das Feuer auf die umliegenden Wohngebäude übergriff«, sagte der Sprecher von Bombo Radyo in seinem unglaublich schnellen Tagalog. »Lasst uns hoffen, meine Freunde, und lasst uns beten, dass der Regen unsere tapferen Feuerwehrmänner bei ihrer heldenhaften Aufgabe unterstützen wird.«

Als Crispin ein paar Mal erwähnte, dass es heldenhaft von ihm sei, im Exil zu bleiben, begann ich mich doch zu wundern. Was hielt ihn eigentlich davon ab, nach Manila zurückzukehren? Ich habe ihn sogar einmal danach gefragt, und er antwortete, im Ausland zu leben sei schwerer. Dass es mehr Mut bräuchte, ein Schriftsteller von internationalem Rang zu sein. Seiner Stimme mangelte es dabei immer an Überzeugungskraft. Als müsste er sich rechtfertigen. War es möglich, dass er einfach zu verweichlicht war, um in einer solchen Stadt zu leben – an einem Ort, der über ein völlig anderes Gleichgewicht verfügt? Hier verwischt die Not die Grenze zwischen Gut und Böse, und die Allgegenwärtigkeit willkürlicher Gewalt klebt wie Schweiß am Rücken. Das ist etwas völlig anderes als der Zeitgeist der westlichen Welt mit seinem ganz eigenen Chaos, in das durch Filme und Fernsehsendungen Ordnung gebracht wird, das der Allgemeinheit in Zeitungskolumnen und Podiumsdiskussionen und mittels raffinierter Geschichten, die im Netz endlos miteinander verlinkt sind, erklärt wird. Hatte sich Crispin allzu sehr in die Mythologie verliebt, so wie Emma Bovary in Liebesromane vernarrt war? Wie ein Einsiedler mit einer Kreditkarte und einem Telefon lehnte sich Crispin einfach zurück und tat alles ab, was jenseits seiner Wohnungstür geschah. »Die Bettler sind andere geworden, aber die Peitsche ist noch immer allgegenwärtig«, sagte er, »und Salonguerilleros haben sich in den Cyberspace-Dschungel abgesetzt. Hollywood ist allgegenwärtig, die Welt hat Schlagseite bekommen. Kein Wunder, dass sie rotiert.«

Ich war anderer Meinung. Vielleicht wusste ich, weil ich jünger war und die Kolonialzeit nicht mehr erlebt hatte, dass sich die Welt zwar schief drehen mochte, aber trotzdem immer noch *eine* Welt war. Während ein Schmetterling in Chile mit den Flügeln schlug und ein Kindersoldat in Tschad zum ersten Mal tötete, wurde auf Amazon.com ein Kauf getätigt, und innerhalb von zwei Tagen traf ein Buch ein, um die wichtigen Dinge zu erklären, die außerhalb unserer begrenzten Lebenserfahrung passierten. Als ich von Manila nach New York zog, erkannte ich, dass es das globale Dorf mir und meinen Freunden paradoxerweise erleichterte, ungestört mit unserem Leben fortzufahren: Wir dröhnten uns mit in China hergestellten iPods zu; gaben uns unseren Kaufgelüsten hin und belebten so die Wirtschaft; nahmen nur dann an Kundgebungen teil, wenn wir deswegen nicht zu viele Seminare verpassten, denn die Konkurrenz auf dem Arbeitsmarkt und unsere Studentendarlehen wachten neben unserem Gewissen. Aber wir äußerten uns auch leidenschaftlich in den Blogs, allerdings aus der Sicherheit unserer vier Wände heraus, unsere Fenster mit Plastik und Tape zusätzlich isoliert. Meine Freunde und unseresgleichen behielten die Nachrichten auf Fox im Auge, stets darum bemüht, mit einem Gefühl von Überlegenheit die Heucheleien des Feindes zu durchschauen. Dann schalteten wir auf der Suche nach irgendeiner Subjektivität, die wir gerade am befriedigendsten finden mochten, auf einen anderen Sender um. Klar, wir hatten die Philippinen im Stich gelassen, wohnten in Manhattan und beanspruchten nachts die menschenleeren Straßen für uns, wobei wir einander in einem fort zu dem gratulierten, was wir eines Tages tun würden. Klar, uns hielt einfach nichts zu

Hause – uns trieb die Angst um, wir könnten etwas verpassen oder einsam sterben oder einfach alt werden. Klar, wir saßen in den Bars des Big Apple, umgeben von Jukeboxmusik und Zigarettenqualm, tranken Pabst und ergingen uns in Diskussionen über innere Sicherheit und Menschenrechte in einem Land, das uns noch immer keine Green Cards geben wollte. Jede Nacht wankten wir nach Hause, ungebrannt, unglasiert, bereits angeschlagen, ohne es zu wissen. Aber immerhin gaben wir uns Mühe.

Etwa in jener Zeit wurden die Philippinen von westlichen Regierungen auf die Liste terroristischer Krisenherde gesetzt, wofür viele Philippinos nur Spott übrig hatten. Der lebenswichtigen Tourismusbranche eines armen Landes den Sauerstoffhahn abzudrehen, weil eine Handvoll muslimischer Rebellen im südlichen Dschungel von Jolo Verstecken spielt, ist ungefähr so, als würde man Touristen nahelegen, Disneyland nicht zu besuchen, weil der Ku-Klux-Klan in Alabama sein Unwesen treibt. Crispin machte sich nicht nur über die Empfehlung lustig und tat sie mit dem Gebaren eines Menschen ab, der schon alles erlebt hat, sondern er schenkte auch den allgegenwärtigen Geschichten über gescheiterte Putschversuche und illegale Hinrichtungen, die wir Eingeweihten als die dringenderen, wenn auch weniger sensationellen Probleme ansehen, keine Beachtung.

Ich habe ihm das verziehen. Auch wenn ich dachte, dass er im Ausland lebte, weil er vor etwas wegrannte. Möglicherweise war ich deshalb so nachsichtig mit ihm, weil er schon viele Schlachten geschlagen hatte, vielleicht eine zu viel, und jetzt war die Zeit gekommen, dass Leute wie ich zur Tat schritten. Möglicherweise bewunderte ich ihn auch, weil er in eine neue Rolle hineingewachsen war. Wenn Crispin vom Schreiben sprach, war das seine Waffe, die durch Gelehrsamkeit geschärft worden war. Grimmig verteidigte er die Überzeugung, dass es beschränkt und beschränkend, wenn nicht sogar kindisch sei, mit dem Heute auch nur in Berührung zu kommen – schließlich taugte die Morgenzeitung abends bestenfalls noch dazu, Fisch und Pommes darin einzuwickeln. Werke wie *Hundert Jahre Einsamkeit* oder sogar *Autoplagiarist* dagegen werden aus den Regalen gerissen. Ein Mann mit schwieligen Händen ist nur dann erkennbar ein Handwerker, wenn er seine Hände auch benutzt. *TBA* hatte sich wohl ein höheres Ziel gesteckt, als die unzähligen jungen Besserwisser wie ich je anzustreben vermochten. Als die Bombenanschläge aber dann die Städte erreichten, als unsere Verwandten in der Heimat Angst bekamen, in ein Einkaufszentrum zu gehen, da war Crispins Gleichgültigkeit wirklich eine Enttäuschung. Uns Jüngeren mangelt es zwangsläufig an Geduld, die Langmut der Älteren zu ertragen. Wie können sie so gelassen sein, wenn ihnen doch so viel weniger Zeit bleibt als uns? Ich hatte gehofft, Crispin würde eines Morgens in den Spiegel schauen und sagen: Über dich alten Sack ist die Zeit hinweggegangen. Das hätte ihn vielleicht angestachelt, ein letztes Mal zum Angriff überzugehen. Aber das eine Mal, als ich ihn fragte, ob das Exil ihn nicht jeglicher Kraft berauben würde, hielt er einen Moment inne und erwiderte dann: Was kann man tun?

Das Feuer riecht gut. Der Geruch gelangt durch den Lüftungsschlitz der röchelnden Klimaanlage in mein Pensionszimmer. Er ist mir irgendwie angenehm. Der Geruch ausgebrannter Häuser, die mit Freon gelöscht wurden, hat etwas Winterliches, wie die Erinnerungen an gegrillte Marshmallows und Lagerfeuergeschichten. Ich kann noch immer nicht schlafen. Zwei Kakerlaken krabbeln die gegenüberliegende Wand hinauf; sie winken einander mit ihren Antennen zu. Ein betrunkener, wenig heldenhafter Tenor schmettert in der Karaoke-Bar im unteren Stockwerk Vita-Nova-Liebeslieder.

Ich sitze im Bett, überfliege meine Notizen und formuliere die Fragen, die ich morgen Crispins Schwester Lena stellen möchte. Später durchdringt das entfernte Heulen der Sirenen die Stille der Sperrstunde. Donner spaltet die Welt. Der Wind peitscht den Regen mit unglaublicher Wucht gegen die Jalousien.

Ich schlafe.

Ich befinde mich auf einer Insel mitten im Nirgendwo. In dem winzigen Haus sammelt sich der Staub. Ich sehe zu, wie er sich auf den Oberflächen ablagert, auf den Gegenständen. Einem roten Filzhut. Einem Grammofon. Der gerahmten Fotografie eines kleinen Mädchens mit seinen Eltern bei der Erstkommunion. Am Strand horche ich auf ein Boot. Das Meer ist schweigsam und rau. Wie ist es möglich, dass ich nie in etwas so Schönem zu schwimmen gelernt habe? Das Klappern von Schreibmaschinentasten dringt durch das Fenster. Ich eile wieder hinein, und da steht eine Underwood mit eingespanntem Papier. Wieder durchsuche ich das Haus, und mit jeder Runde wächst meine Verzweiflung. Vier Tage sind es schon! Ich döse ein und schrecke wieder auf, kann nicht schlafen, versuche trotzdem verzweifelt, zu einem Gefühl von Normalität zurückzufinden. Mir fällt es zunehmend schwer, Luft zu holen, als würde mein Atem langsam verdampfen. Ich rapple mich auf und sauge – vergeblich – an einem Hahn, der an einer Plastiktonne in der Küche befestigt ist. Als ich gegen die Tonne schlage, hört sich das an wie eine Glocke unter Wasser. Ich lege mich wieder hin, stürze dann jedoch nach draußen, um mich zu übergeben. Ich lege mich erneut hin, renne dann aber mit Durchfall hinaus. Mit klopfendem Herzen wanke ich zum Bett zurück – an die Kopfschmerzen habe ich mich fast schon gewöhnt. Die Nieren beginnen mir wehzutun. Manchmal bildet man sich seltsame Dinge ein. Irgendwie weiß ich, dass mein Blut allmählich sauer wird. Ein hypovolämischer Schock. Den Begriff habe ich in einem TV-Krankenhausdrama aufgeschnappt. Mein Blut entzieht meinem Körpergewebe und meinem Gehirn die Flüssigkeit. Wenn man weiß, was geschieht, heißt das noch lange nicht, dass man etwas dagegen tun kann. Die Laken sind eiskalt. Visionen spielen mit meinem Verstand. Ich hebe ein Kleinkind in die Luft, werfe es in die Höhe; es kichert vor Vergnügen. Ich beuge mich aus dem Fenster eines Autos und blicke himmelwärts, wo ein Feuerwerk erstrahlt und verlöscht. Ich stehe vor einem Museum in einer Warteschlange und schüttle den Kopf über die albernen Gespräche der Touristen. Ich helfe Madison am Abend, bevor ihr Großvater in ein Heim gebracht wird, Namensschilder in seine Kleider zu nähen. Ich halte mir einen Telefonhörer an die Wange, lausche dem Freizeichen und betrachte die vertrauten Nummern auf dem alten Zettel, den ich in der Hand halte. Als die Sonne über der Insel aufgeht, habe ich das Gefühl, dass meine Kehle zu ist. Mit einem Schreck, als hätte ich eben bemerkt, dass meine Mutter mich im Supermarkt stehen gelassen hat, begreife ich, dass ich sterben werde.

Ich wache auf, just in dem Augenblick der ersterbenden Nacht, in dem man alles hinnimmt, für alles offen ist, kurz vor dem Morgengrauen, kurz bevor die Hähne krähen. Ich kann nicht glauben, dass ich mich an meinen Traum erinnere. Ich liege im Bett und versuche, ihn mir ins Gedächtnis zu rufen, bevor er mir entgleitet. Es muss am Jetlag liegen. Der Morgen kommt, erst langsam, dann voller Geräusche. Die klugen Kakerlaken haben die Flucht ergriffen.

*

Der Junge war schon immer auf dem besten Weg, zu einem Helden zu werden, der von seinen guten Absichten und seiner Selbstsicher-

heit in die Irre geführt wird, und möglicherweise ist es das, was ihn interessant macht.

Deshalb erklären wir ihn nun zu unserem Protagonisten. Das dramatische Moment seiner Geschichte beginnt mit immer wiederkehrenden Bildern – wie er in seinem eigenen Schweigen herumzappelt, in menschenleeren U-Bahnhöfen, von Mitschülern umgeben in Klassenzimmern, in einer morgendlichen Menschenschlange vor dem MoMA. Seinem Gesicht ist anzusehen, dass er auf der Suche ist und hofft, dass es ihm gelingt, all die Dinge abzustreifen, die ihn ärgern und herabwürdigen. Er gibt seinem Leben einen Sinn, indem er sich einbildet, ein moderner Ilustrado zu sein – ein Potenzial, das heute alle Ausgewanderten besitzen, ein Präzedenzfall, der auf jene ersten Aufgeklärten des späten neunzehnten Jahrhunderts zurückgeht. Diese jungen philippinischen Bodhisattvas waren aus dem Ausland in die Heimat zurückgekehrt, um ihre parfümierten Körper, ihre einschmeichelnden Phrasen, ihre latinisierten Ideen und die maßgeschneiderte Erziehung dem höchsten Ziel zu widmen. Der Revolution. Viele fielen Kugeln zum Opfer, manche dem ausweglosen Exil, andere ordneten sich unter, wurden mürbe und gerieten in Vergessenheit, wieder andere lernten, erstaunlich mühelos, mit erzwungenen Kompromissen zu leben. Was ist der Unterschied zwischen ihnen und ihm und all den anderen Peripatetikern, sieht man davon ab, dass die früheren Generationen bereits zurückgekehrt waren? Auch seine großen Absichten und Pläne werden eines schönen Tages plattgerollt, um neben unserer Nationalflagge im Wind zu flattern. Also harrte er aus, so wie sie auch, versteckte sich hinter Rechtschaffenheit, so wie sie auch, in Erwartung des Rufs aus der Heimat, dem auch er sich letztlich nicht entziehen würde.

Nachdem er nun zu Hause ist, sehen wir ihn, unseren patriotischen Protagonisten, wie er auf dem Bett sitzt und sich fragt, wo sind die Trompeten?

*

Wenn Cristo sich nicht in seinem Zimmer aufhält und auf dem tragbaren Tischchen schreibt, das er selbst entworfen und mit Federn und Verstärkungen ausgestattet hat, damit er in jedem Transportmittel arbeiten kann, sitzt er da und starrt aufs Meer hinaus, verdrängt die Gedanken an seinen ermordeten Vater, an seine verstümmelte Mutter und seine misshandelte Schwester. Der Ozean, so heißt es, bringt denjenigen Frieden, die ihn verdient haben - bei dem Gedanken versucht er tapfer zu lächeln - ich bin hoffnungsfroh.

Wenn er sich anstrengt, kann er am Horizont Land sehen. Aber wenn er blinzelt, verschwindet es. Er ist ihm nie so nahe, wie er sich erhofft.

— Aus: *The Enlightened* (Seite 92) von Crispin Salvador

*

Offenbar war ich Crispins einziger Freund. Zu meiner Überraschung rief mich Lena irgendwann spätabends an. Das war Stunden, nachdem ich mich mit Madison gestritten hatte, die daraufhin mit dramatischer Geste hinausgestürmt war. Als ich den Hörer abhob, erwartete ich die Stimme meiner Freundin, ganz heiser vor Tränen, und meldete mich in äußerst unfreundlichem Tonfall. Und erschreckte Lena. Sie verhaspelte sich mehrmals. Ihr Akzent verriet, dass sie auf eine britische Schule gegangen war, aber seit langem in Bacolod lebte. Sie bat mich, Crispins Sachen durchzusehen und nach Hause zu schicken, was von Bedeutung war, mir von allem Übrigen zu nehmen, was mich interessierte, und den Rest zu verschenken oder wegzuwerfen. Was hätte ich sagen sollen?

Eine gewaltige Aufgabe, wie sich herausstellte. Es war ein Haufen Zeug. Trotzdem machte mir die Arbeit mit der Zeit Spaß, ich hoffte, dass ich mit Hilfe dessen, was er hinterlassen hatte, sein Leben besser verstehen würde. Jetzt konnte ich in aller Ruhe in seinen Habseligkeiten kramen, mich in seine Sessel fläzen und mich entspannen, mir Tee machen und sogar Fenster öffnen, ohne ihn um Erlaubnis zu fragen. In den Schubladen, dunklen Ecken, Büchern oder hinter Türen gab es keine Geheimnisse mehr. Der eigenartige Zustand, der sich daraus ergab, machte mich neugierig, wütend und außerordentlich depressiv. Ich musste daran denken, wie ich mich oft mitten auf dem Bett wie ein Seestern ausgestreckt hatte, wenn Madison absichtlich bis spätabends fortgeblieben war, um mich zu ärgern. Morgens war sie allerdings immer zurückgekommen.

In Crispins Wohnung befanden sich Hunderte von Büchern. Ganze Wände waren von Regalen bedeckt. Er nannte seine Bibliothek auch gerne »Akasha« – Sanskrit, so sagte er, für eine endlose Bibliothek, in der die Gesamtheit aller Informationen enthalten war. Darunter befanden sich, in einem eigenen Regal, Dutzende seiner Notizbücher in orangefarbenem Velourseinband, die er in einer Werkstatt an einer Gasse am Arno extra bestellt hatte. Auf dem untersten Regalbrett im Wohnzimmer stand seine umfängliche Plattensammlung. Ich schaute sie durch und legte Chuck Berry auf, um die unendliche Stille zu vertreiben. Chuck sang davon, dass er dem Club Nitty Gritty einen Besuch abstatten wolle.

Ich schlenderte in Crispins Arbeitszimmer umher, als befände ich mich in einem Museum. Auf seinem Schreibtisch: eine Schreibmaschine mit abgenutzter Tastatur; eine Karaffe aus böhmischem Glas, mit Wasser gefüllt; daneben ein dazu passendes Wasserglas, auf dessen Oberfläche tote Fruchtfliegen trieben; ein Aschenbecher mit seiner einsamen Pfeife – Meerschaum, der nach Cherry Cavendish stank.

Das war, als ich die Wohnung nach *The Bridges Ablaze* absuchte. Ich fand nichts. Immerhin entdeckte ich einen Einlieferungsschein für ein großes Paket, das er an ein Postfach in der Nähe des Hundred-Islands-Nationalparks auf den Philippinen geschickt hatte. Datiert war er auf den Morgen vor seinem Tod. Auf einem Tisch in einer Ecke standen Crispins Schachfiguren – wir waren mitten im Spiel unterbrochen worden. Ich machte einen Zug: Turm nach e4. Schach.

*

Der Junge sieht die Szene an sich vorbeiziehen. Alle Hütten sind zerstört und so kohlrabenschwarz, als wäre das, was geschehen ist, unausweichlich gewesen. Männer und Frauen und Kinder durchsuchen die nassen Trümmer, ohne jede Hoffnung, ihre Beine und Arme ohne jede Farbe. Unser zorniger Protagonist möchte aussteigen und ihnen helfen, aber was kann er schon tun, außer ihnen im Weg sein? Weiter vorne am Straßenrand fläzen sich langhaarige Soldaten auf die Ladefläche eines gepanzerten Fahrzeugs und schenken alledem keine Beachtung. Die Gewehre haben sie sich zwischen die Beine geklemmt. Diese Männer wissen bereits alles, was sie wissen müssen.

*

Ich habe vergessen zu erzählen, was gestern Abend hinter der Pension passiert ist, in der ich übernachtete.

Ich war müde und schleppte meinen Koffer, mein Handgepäck, meine Laptoptasche und mein orthopädisches Kissen durch den Regen, und natürlich war die Vordertür abgeschlossen. Also ging ich über einen einsamen und finsteren Parkplatz zum Hintereingang. Erst hörte ich, dann sah ich einen jungen Polizisten in Uniform, der zwei kleine Straßenkinder gegeneinander schubste. Die beiden waren wie gelähmt. Eines hielt das verräterische Material umklammert: ein Stück Pappe mit Klebstofftropfen, eingewickelt in eine National-Bookshop-Plastiktüte. Beide Kinder trugen Leis aus

Jasminblüten um den Hals – die nicht verkaufte Ware des Abends. Der Polizist stieß die beiden Kinder mehrmals gegeneinander, als würde er in die Hände klatschen. Wenn sie hinfielen, packte er sie am Bund ihrer Shorts und riss sie wieder auf die Beine. Er wurde immer wütender und durchwühlte auf der Suche nach den Tageseinnahmen ihre Taschen.

Ich stellte mein Gepäck und mein Kissen ab und formulierte bereits in Gedanken, was ich sagen wollte. Ich würde meinen Nachnamen nennen und ihm sagen, wer meine Großeltern waren. Ihm würde die Kinnlade herunterfallen, aber er würde seinen Zorn hinunterschlucken und die Kinder in Frieden lassen. Ich würde von ihm verlangen, dass er mir seinen Namen und sein Revier nennt, und ihm drohen, ihn bei Senator Bansamoro anzuzeigen.

Aber was hätte ich damit erreicht? Manchmal fragt man sich schon, ob es für solche Kinder nicht letztlich besser wäre, überhaupt nicht geboren worden zu sein. Und ein Polizist, der Straßenkinder bestiehlt, hat sicher keine Skrupel, mich zu erschießen.

Vorsichtig nahm ich mein Kissen und mein Gepäck und schlich mich durch den Hintereingang in die Pension. Die elektrischen Ventilatoren an den Wänden quietschten.

Das habe ich vergessen zu erzählen.

*

INTERVIEWER:

Was meinten Sie dann, als Sie schrieben: »Eine Übersetzung tötet, damit ein anderer Text leben kann. Manila ist unübersetzbar.« Haben Sie sich damit noch einmal befasst, und wenn ja, wie?

CS:

Ich wollte damit sagen, dass man einem Ort, der noch nicht geschrieben wurde, kein Leben einhauchen kann, ohne dass dabei etwas Entscheidendes verloren geht. Manila ist gleichzeitig Wiege, Friedhof und Gedächtnis. Mekka, Kathedrale und Bordell. Einkaufszentrum, Pissoir und Diskothek. Ich rede hier keineswegs in Metaphern. Eine undurchdringlichere Stadt gibt es nicht. Wie soll man alldem Ausdruck verleihen? Wenn man über die Logik der Tropen spricht, über Familienbande, den bitteren Nachgeschmack des spanischen Kolonialismus, dann fragen sich die Leser: Ist das magischer Realismus? Also erzählt man von den steinreichen Oligarchen, den geschmierten Reporten und den unterbezahlten Offizieren in ihren Kampfanzügen, von der Macht des Geldes, der Presseausweise und der Gewehre, die sie weder gut noch schlecht macht, sondern nur hungrig und gefährlich. Und die Leser fragen sich: Ist das Afrika? Wie können wir aus den Schubladen anderer Völker klettern? Bisher ist uns das nicht gelungen. Wir müssen das hinkriegen! Und dazu müssen wir herausfinden, wie wir uns angemessen übersetzen können - wie wir vermitteln können, was uns ausmacht. Lassen Sie mich erklären, wie das gehen könnte.

— Aus einem Interview in *The Paris Review* (1988)

*

Mein morgendlicher Flug nach Bacolod geht in fünfundfünfzig Minuten, und ich stecke noch immer im Verkehr fest. Der Taxifahrer blickt die ganze Zeit zu den Trümmern zurück und redet in einem fort über das Feuer. Er sagt, bevor die Leichen fortgeräumt worden seien, habe es dort nach Grillferkel gerochen - ein so köstlicher Duft, dass er sich übergeben musste, bis er fast ohnmächtig geworden sei. Die Ampel scheint schon seit Stunden rot zu sein. Auf einem gepanzerten Fahrzeug vor uns sitzen ein Dutzend Soldaten. Sie tragen Kampfuniformen und, mit einer Ausnahme, schulterlanges Haar. Lässig lümmeln sie sich auf der Ladefläche, die dunklen, sehnigen Arme mit den Ellenbogen aufgestützt. Die Schnellfeuergewehre ragen zwischen ihren Beinen auf wie die Penisköcher der Krieger in Neuguinea.

Das sind nicht die üblichen, verstohlen dreinblickenden Soldaten, die regelmäßig von den Basen um Metro Manila herum angefordert werden. Das sind Spezialeinheiten, die sich in ihrem Gebaren von allen anderen unterscheiden, voll bewaffnet und kampfbereit. Seltsam auffällig. Geduldig. Sie rauchen Zigaretten und wickeln sich T-Shirts um den Hals, um sich vor der Sonne zu schützen. Ihr Sergeant liest die Zeitung von heute. Die fette Schlagzeile des Boulevardblatts lautet: »Philippinische First Corp: Held oder Schurke?« Auf dem Foto darunter ist die Feuerwerks- und Munitionsfabrik des Unternehmens am Pasig zu sehen, aufgenommen vom gegenüberliegenden Ufer. Aus riesigen Rohren schießt dickflüssiger Schlick, der in allen möglichen Farben schillert.

Einer der Soldaten bemerkt mein Starren. Er stößt seinen Sitznachbarn an. Plötzlich starren sie alle zurück. Der Sergeant lässt seine Zeitung sinken und schaut mich an. Ich wende mich ab und betrachte das Playboy-Symbol, das auf die Rückseite der Nackenstütze des Taxifahrers gestickt ist. Die Männer lachen.

*

Erning Isip, ein druckfrisches Diplom vom AMA Computer College in der Hand, besucht seinen Cousin Bobby in Daly City, Kalifornien. Silicon Valley, das weiß Erning, ist nur eine Busfahrt entfernt. Bobby hat eine Anstellung als Krankenpfleger in einer der Kliniken vor Ort und muss jeden Tag zur Arbeit. Anfangs lässt er Erning mit einer Packung Cornflakes vor dem Fernseher alleine, damit er etwas zu essen hat und sein schlechtes Englisch verbessern kann. Nachdem Erning eine Woche lang zu Hause geblieben ist, erklärt er seinem Cousin: »Pinsan, sawang sawa na'ko sa cornplayks.« (Cousin, ich kann keine Cornflakes mehr sehen.) Also zeigt ihm Bobby ein einfaches Restaurant ganz in der Nähe und weist ihn an, der Kellnerin zu sagen, er wolle »Apfelkuchen und Kaffee«. Erning wiederholt die Bestellung, so gut er kann. »Affelkuhe un Kapee.« Er übt den ganzen Morgen. »Affelkuhe un Kapee. Affelkuhe un Kapee.«

An jenem Nachmittag nimmt Erning seinen Mut zusammen und wagt sich in das Restaurant. Die Kellnerin kommt an seinen Tisch. »Was woll'n Sie?«, fragt sie. Schockiert stammelt Erning fast tonlos: »Affelkuhe un Kapee.« Zu seiner Bestürzung und Erleichterung geht die Kellnerin sofort wieder. Kurz darauf bringt sie ihm ein Stück Apfelkuchen und eine Tasse Kaffee. Erning ist außer sich vor Freude.

Nachdem er eine Woche lang in das Restaurant gegangen ist, die Kellnerin ihn mit »Was woll'n Sie?« angeredet und er Apfelkuchen gegessen und Kaffee getrunken hat, fühlt sich Erning schon fast wie ein Weltbürger. Bevor sein Cousin Bobby zur Arbeit in die Klinik geht, erklärt ihm Erning: »Pinsan, sawang sawa na'ko sa Affelkuhe un Kapee.« (Cousin, ich kann keinen Apfelkuchen und Kaffee mehr sehen.) Also rät sein Cousin ihm, »Cheeseburger, medium, mit einer großen Cola ohne Eis« zu bestellen. Bobby legt großen Wert auf das »ohne Eis«, damit Erning für sein Geld mehr von seinem Erfrischungsgetränk bekommt. Mutig übt Erning den neuen Satz vor dem Spiegel. »Chisborger, midjum, un krose Kola ohn Eis.« Er übt den ganzen Morgen: »Chisborger, midjum, un krose Kola ohn Eis.« Als endlich Mittagessenszeit ist, macht er sich auf den Weg zu dem Restaurant. Wie ein fröhliches Liedchen summt er den Satz leise vor sich hin: »Chisborger, midjum, un krose Kola ohn Eis.«

Erning sieht die Kellnerin auf seinen Tisch zukommen. Er hält den Atem an. »Hallo, mein Kleiner«, sagt sie überraschenderweise. »Was kann ich dir bringen?«

»Affelkuhe Kapee!«, platzt es aus Erning heraus. »Affelkuhe Kapee!«

*

Neben dem Schachbrett in Crispins Arbeitszimmer steht ein großer stählerner Aktenschrank. Nachdem ich ihn aufgebrochen hatte und mich dabei fast verletzt hätte, fand ich darin: ein Fotoalbum, Kameras, Schnellhefter voller Negative und Kontaktabzüge, Kartons mit diversen Schwarzweißbildern und übersättigten Farbfotos (kunstvolle Akte, Aufnahmen von Märkten und nächtlichem Treiben, von traditionellen visayanischen Herrenhäusern aus Holz und Stein, von alten Freunden aus dem *Cinco Bravos*-Kreis, die in verrauchten Bars trinken und debattieren, sowie eine Reihe schlichter Duplexdrucke von Flagellanten während der alljährlichen Prozessionen in Pampanga).

*

Nation, wir müssen das gründlich abwägen: Hat der Präsident nicht das Recht zu versuchen, seine Amtszeit zu verlängern? Schließlich verzichtet er zum Wohle des Landes auf einen behaglichen Ruhestand! Als der Oberste Gerichtshof 1998 seiner Bitte stattgab, sich noch um eine weitere Amtszeit bewerben zu dürfen (und damit seiner Argumentation folgte, dass er zu dem Wechsel vom Vizepräsidenten zum Präsidenten gedrängt worden sei – er sei, nach seinen Worten, »widerstrebend, aber bereit«), war den öffentlichen Protesten juristisch der Wind aus den Segeln genommen. Es folgten Jahre der Stabilität. Daran hat sich bis heute nicht viel geändert. Doch noch immer hält die Opposition die Fahne der Demokratie hoch. Jede Präsidentschaft ist endlosen Vorwürfen ausgesetzt (Menschen sterben, politische Strategien scheitern, Diebe stehlen, bis sie erwischt werden), und ein Straßenparlament untergräbt das Gefüge unserer konstitutionellen Demokratie. Wir kennen das Motto des Präsidenten: Nicht mitten im Strom die Pferde wechseln! »Volle Kraft voraus« ist oft die mutigste Option, wenn auch nicht immer die perfekteste. Demokratische Politik kann nicht perfekt sein.

— Aus einem Editorial in
The Philippine Sun (2. Dezember 2002)

*

Der Vater von Salvadors Vater war der Sohn von Hauptmann Cristobal Salvador de Veracruz, ein spanischer Garnisonsoffizier, der von Alburquerque in der Provinz Badajoz in der Region Extremadura auf die Philippinen emigrierte. Aus seiner Heimat stammen viele große spanische Konquistadoren, darunter Hernán Cortés, Francisco Pizarro, Pedro de Alvarado und Pedro de Valdivia. (Der Vater des Hauptmanns war der berühmte extremadurische Stierkämpfer El Narciso Splendido, der 1846 in Ronda aufgespießt wurde und starb.) Der fünfundzwanzigjährige Hauptmann wäre auf der Reise zu den Islas Filipinas 1860 fast einer Lungenentzündung erlegen, weshalb er für den Rest seines Lebens eine krankhafte Furcht vor längeren Seereisen hegte. Er sollte nicht mehr in seine Heimat zurückkehren.

Nach kurzer Dienstzeit in Fort Santiago in Intramuros, dem vollständig von Mauern umgebenen Stadtteil Manilas, wurde der Hauptmann auf die Insel Negros versetzt, ein Standort, der für einen Soldaten mit bäuerlichen Wurzeln angemessener gewesen sein dürfte. 1865 wurde er aus dem aktiven Dienst entlassen, nachdem er sich bei einem Reitunfall die Hoden gequetscht hatte. Kurz darauf heiratete er eine einheimische Schönheit namens Severina »Stevie« Moreno, deren amerikanische Mutter 1849 von Brookline, Massachusetts, auf die Visayas-Inseln emigriert war – sie war die Frau des katalanischen Weltreisenden Patricio Moreno i Monzó, der auf den Visayas als Reeder reich geworden war.

Der Hauptmann und seine junge Braut gewöhnten sich rasch an das privilegierte Leben des neuen spanischen Adels. 1868 bekamen sie einen Sohn, den sie – nach ihren jeweiligen Vätern – Cristobal Narciso Patricio Salvador tauften. Sein Spitzname lautete Cristo. In den darauffolgenden Jahren bekamen sie auch eine Tochter, Paz Isabel. Der genügsame Hauptmann investierte seine Ersparnisse und seine Offizierspension in eine Textilfabrik und in die Viehzucht und verdiente damit ein bescheidenes Vermögen. Als aus Manchester importierte Stoffe in den 1870er Jahren den Markt überfluteten und der florierenden Textilindustrie von Iloilo den Garaus machten, ließ sich der Hauptmann zunächst nicht beirren und gab seine Webstühle erst 1874, eher zu spät, auf. Von da an widmete er sich ganz seinem kleinen Grundbesitz beiderseits der Meerenge von Guimaras, wo er eine hochwertige Bullenzucht betrieb.

Einige Jahre, nachdem der junge Cristo nach Madrid gereist war, um dort zusammen mit anderen jungen Männern seines Alters eine angemessene Erziehung zu erhalten, wurde der Hauptmann zu einer Fußnote der Geschichte. Seine eigenen Viehtreiber hackten ihn 1894 während eines Aufstands in Stücke; seine Frau und seine Tochter erlagen wenige Wochen später ihren Wunden und Infektionen. Die drei wurden in der nahe gelegenen Kathedrale San Sebastian bestattet (die Kirche aus Korallenstein, zu deren Bau sie durch ihre Spenden beigetragen hatten). Cristo traf nicht mehr rechtzeitig aus Europa ein, um dem Begräbnis beizuwohnen. Er erbte das Land und das Ansehen seiner verstorbenen Eltern und war nun ganz alleine in einem neuen Leben.

Das Einzige, was er teilte, war ein dunkles Familiengeheimnis, das jeder in der vornehmen Gesellschaft kannte.

— Aus der im Entstehen begriffenen Biografie *Crispin Salvador: Eight Lives Lived* von Miguel Syjuco

*

Dominador verzieht das Gesicht zu einer wilden Grimasse. Mit seinen spitz gefeilten Zähnen sieht er aus wie ein Wolf. Antonio zeigt auf etwas und ruft: »Ay, punyeta! Achtung, hinter dir!« Dominador lacht nur. »Das ist der älteste Trick der Welt«, sagt er. Antonio erwidert: »In meinen Büchern bestimme ich die Spielregeln!« - und springt von der Brücke ins Wasser. Als er wieder an die Oberfläche kommt, sieht er acht Polizisten hinter Dominador her rennen. Sein Gegenspieler ist für seine Größe erstaunlich schnell. »Ich kriege ihn in einem späteren Kapitel«, murmelt Antonio, bevor er untertaucht, damit die Bullen ihn nicht entdecken.

— Aus: *Manila Noir* (Seite 58) von Crispin Salvador

*

Ich glaube, am meisten vermisse ich Madisons ganz eigene Leidenschaft.

Gemeinsam lasen wir äußerst gewissenhaft die Tageszeitungen. Diskutierten über Politik. Trennten unseren Müll. Kauften stets eine Kleinigkeit - einen Hotdog von *Gray's Papaya*, eine heiße Tasse Kaffee - für die Penner, die auf den kalten Gehsteigen bettelten. Wir boykottierten sogar China. Unserem Wissen nach gehörten wir zu den Ersten, die das taten. Nach langen Debatten kamen wir überein, nicht in 99-Cent-Läden einzukaufen; Moral, sagte Madison, hat ihren Preis. Wir würden uns auch die Olympiade in Peking nicht anschauen - ein Plan, den sie für ein Ereignis schmiedete, das noch Jahre in der Zukunft lag. Nicht einmal die Eröffnungs- und Abschlusszeremonien wollte sie uns zugestehen, und das ärgerte mich wirklich; würde es den Sponsoren nicht schon genug schaden, wenn wir während der Werbepausen den Fernseher ausschalteten? Was war mit den verdienten Athleten? Ich meckerte wiederholt über Freunde und Kollegen, die in China Geschäfte tätigten. Madison schwieg dann und ließ mich reden; nur einmal, auf einer Party, warf sie mir in der Gästetoilette wütend vor, ich würde die ganze Zeit auf ihren Exfreund anspielen, einen reichen Bauunternehmer chinesisch-amerikanischer Abstammung, der nach Schanghai gezogen war. Gemeinsam lamentierten Madison und ich darüber, dass CNN aufgehört hatte, vom »kommunistischen China« zu sprechen, außer in negativen Berichten über verlorene Arbeitsplätze in Amerika oder Verstöße gegen den Verbraucherschutz. Auf Partys hörte ich oft, wie Madison andere Leute fragte: Was ist mit Tiananmen? Mit Falun Gong? Mit der Zensur? Mit den vom Aussterben bedrohten Tierarten, die der Quacksalberei geopfert werden? Ich hielt mich dann meist auf der anderen Seite des Raumes auf und erklärte: Tibet sollte wirklich in die Unabhängigkeit entlassen werden, das IOC sollte seinen Einfluss geltend machen, solange es dazu in der Lage ist. Der Penchen Lama ist eine tragische Figur. Und davon, dass sie die Junta in Burma unterstützen, will ich gar nicht anfangen.

China: einer der vielen, möglicherweise beliebigen Sachverhalte, über die wir uns beide entrüsteten. Dazu gehörten außerdem Geländewagenfahrer, unkontrollierter Kapitalismus, Pelzträger, Leute, die in der Öffentlichkeit ausspuckten, und die missliche Lage der Palästinenser. Allesamt Obsessionen, die uns in unserer Spirale aus frustrierter, aber edler Empörung einte.

*

Am Flughafen warten zwei Damen in der Schlange, um ihre Golftaschen einzuchecken.

»Wirklich unglaublich, ich habe gehört, er soll umwerfend aussehen«, sagt die kleine Frau mit dem toupierten Haar.

»Was Sie nicht sagen!«, erwidert die hochgewachsene Frau, die von Kopf bis Fuß Gucci-Imitationen trägt.

»Oh ja, wie ein Matinee-Star. Wie ein junger Fernando V. Estregan, nur muskulöser. Warum habe ich kein Wachpersonal, das so aussieht?«

»Er soll ein moderner Lin Feng sein. Aber vielleicht ist er doch eher ein Robin Hood. Er soll als Überseearbeiter in Saudi-Arabien etwas Geld verdient und nach seiner Rückkehr in der Heimat investiert haben. Dann ist er wohl leider einem dieser Schneeballsysteme zum Opfer gefallen. Es heißt, er könnte hinter diesen ganzen Bombenanschlägen stecken. Aber ich kann das nicht glauben. Er will sich nur an dem Ehepaar Changco rächen.«

»Ich weiß! Das muss man sich mal vorstellen. Aus Liebe! Aus Liebe hat er völlig den Verstand verloren!«

Das Gucci-Girl holt eines dieser glamourösen Promimagazine aus ihrer Tasche. Sie hält es ehrfürchtig hoch. Auf dem Titelbild ist die unscharfe Aufnahme eines dunkelhäutigen, gutaussehenden Mannes in einer blauen Wachmannuniform zu sehen. Er hat etwas ungemein Würdevolles an sich. Das hat mit seinen Epauletten und dem Gewehr zu tun, das er sich über die Schulter geworfen hat. Mit seiner hochglanzpolierten Dienstmarke, seinem widerspenstigen Haarschopf, der sich von der für Wachpersonal vorgeschriebenen Kappe nicht bändigen lässt. Gebieterisch starrt er in die Welt, als hätte er sein ganzes Leben lang auf eine Gelegenheit gewartet, über sich selbst hinauszuwachsen.

»Wirklich unglaublich!«, sagt das Gucci-Girl. »So was von zum Anbeißen!«

»Und was für ein vornehmer Name! Wigberto Lakandula!«

*

Unser seltsamer Protagonist neigt vor der Beharrlichkeit des Jetlag den Kopf – die Augen geschlossen, als das Flugzeug nach Bacolod abhebt, das Dröhnen der Motoren wirkt wie ein plumpes Beruhigungsmittel. In seinen Träumen tippt er ein paar Zeilen. Oder vielleicht tippt jemand anderes. Er weiß es nicht genau. Es sind nur Hände zu sehen. Buchstaben reihen sich aneinander. »Du musst dich entscheiden. Es wird dir nicht leichtfallen. Du musst Partei ergreifen. Du darfst nicht unbeteiligt zuschauen. Wenn du das tust, bist du ein Deserteur. Kein Mensch ist eine Insel, ein Isthmus, ein Atoll, ein Kontinent oder eine Hemisphäre. Im Westen gehört alles dir, im Osten ihnen. Was auch immer sie sagen mögen, deine Geschichte gehört ganz dir. Du bist verantwortlich für sie wie ein Vater für ein Kind. Verflucht sollen deine Kritiker sein, deine bestürzt dreinblickende Familie. Sie können dir deine Geschichte nicht wegnehmen, nur weil sie darin eine Rolle spielen. Sie können darauf keinen Anspruch erheben. Sie haben ihr Leben bereits gelebt. Zu spät! Vorbei. Jedem das Seine. Daran lässt sich nichts ändern, Pozzo. Du kannst nicht warten, bis sie sterben, nur weil ihnen dann auf jeden Fall Respekt gebührt. Mal ehrlich, was für ein Saulus-Erlebnis brauchst du, um eine Entscheidung zu treffen? Reichtum und Ruhm? Ein Feuerwerk? Eine Sintflut? Ein Aufruhr? Ein brennender Fluss? Noch mehr Tote? Es bedarf einer Entscheidung. Liebe oder Freiheit. Armer kleiner reicher Junge. Ein Vater kann sich seinen Sohn als Verdienst anrechnen, aber ein Sohn niemals seinen Vater.«

*

Cristo war nicht allein. Sein Vater, ein frommer Katholik, hatte Anfang der 1860er Jahre außerehelich ein Kind gezeugt. Obwohl dies nirgendwo dokumentiert ist, beharrt die Familie verschämt darauf, dass diese Geschichte den Tatsachen entspricht. Der illegitime Sohn des Hauptmanns – Cristos Halbbruder – schloss sich den Rekollekten an. Fray Augustino Salvador wiederum schwängerte, so hieß es, im Beichtstuhl die vierzehnjährige Sita Reyes, Tochter von Joselito, dem Scherenschleifer von Bacolod. Joselito war für seine hervorragende Baritonstimme berühmt, die erklang, wenn er seinen Wetzstein von Straße zu Straße schleppte. Sita wurde verstoßen und brachte ihr Kind in einem Hospiz zur Welt. Als die Nonnen ihr den Säugling aus den Armen nahmen, um ihn, frei von Sünde, im Waisenhaus von San Lorenzo in Ilolio aufzuziehen, verlor Sita ein für alle Mal den Verstand. Fortan irrte sie auf der Suche nach ihrem Kind durch die Straßen von Bacolod und versuchte, jeden unbeaufsichtigten Säugling als ihren eigenen an sich zu reißen – wie eine Figur aus den Büchern Rizals. Unter der Obhut der Nonnen entwickelte sich Sitas Sohn, Respeto Reyes, zu einem mächtigen Politiker, der im Laufe seiner Karriere den Enkel des Hauptmanns, Junior, immer wieder herausfordern sollte. Reyes baute um sich herum erfolgreich einen Personenkult als echter visayanischer Patriot auf: ein Waisenkind, ein Sohn des einfachen Volkes, der sich gegen die spanischstämmige Hegemonie stellt und dem auch die Amerikaner nichts anhaben können. In der Salvador-Familie wurde diese Geschichte stets umgangen, und wenn sie doch irgendwo zur Sprache kam, war die Reaktion ein gequältes und herablassendes Lächeln. Junior dagegen reagierte heftiger: Wann immer er mit entsprechendem Tratsch konfrontiert wurde, erklärte er: »Die Familie Salvador hätte nie einen Bastard gezeugt.«

— Aus der im Entstehen begriffenen Biografie
Crispin Salvador: Eight Lives Lived von Miguel Syjuco

*

Im Flugzeug aufgeschnappt:

»... und natürlich bekommen sie deswegen ernsthaft Ärger«, sagt ein Mann hinter mir. »Umweltsünden lassen sich zu Hause unter den Teppich kehren. Aber sobald die internationalen Medien davon Wind bekommen, steht die Regierung am Pranger.«

»Das gilt aber nicht für die Marines!«, erwiderte ein anderer Mann. »Das ist vollkommen umsonst, glaub mir. Weißt du noch, wie sie ihre Asbestfabrik in die Luft gejagt haben? Freispruch! Der Richter hat sogar die Versicherung verdonnert zu zahlen.«

»Aber wie ist es möglich, dass *das* jetzt keine Konsequenzen hat? In der asiatischen Ausgabe des *Time Magazine* war das eine Titelgeschichte. Und diese Umweltschützer von World Warden machen auch Ärger.«

»Dabei kommt nichts heraus. Weißt du noch, einundneunzig? Als PhilFirst Timber illegal Bäume gefällt hat, was in Ormoc einen Erdrutsch zur Folge hatte? Über zweitausend Tote. Und was ist passiert? Sie haben die Verantwortlichen laufen lassen. Changco hat sich sogar noch eine goldene Nase verdient! Und beim letzten Treffen im Elite Club hat Dingdong gesagt ...«

»Da war ich nicht. Ich hatte in Hongkong zu tun. Du hättest sie sehen sollen! Eine russische Blondine, fast eins neunzig groß. Rosarote Brustwarzen, Jake! Rosarot. Nicht größer als eine Peso-Münze ...«

»Im Elite Club erklärt Dingdong seinen Zuhörern: Das chinesische Schriftzeichen für Katastrophe ist dasselbe wie für günstige Gelegenheit.«

»Ich kann kein Chinesisch lesen.«

»Das stimmt wirklich. Ich habe ihm hinterher gesagt: ›D. D., das mag ja sein, aber auf Philippinisch gibt es nur ein Wort für Erfolg: Bargeld.‹ Darüber mussten wir beide lachen.

Stell dir das mal vor: Zweitausend Menschen werden ins Meer gespült. Und was ist mit D. D.? PhilFirst Funerals verdient sich dumm und dämlich …«

»Haha!«

»PhilFirst Construction hat diese Pastellhäuser bauen lassen. PhilFirst Homes hat sie verkauft. PhilFirst Holdings hat in dem Quartal Rekordprofite eingefahren. Und wo die Leichen sich gestapelt haben, steht jetzt eine PhilFirst Super-Mall.«

»Du kennst den Slogan des Unternehmens: ›Der Fortschritt schreitet ewig voran.‹«

»Na los. Verkauf deine Aktien. An mich! Estregan hört auf D. D.«

»Ich würde eher sagen, er frisst ihm aus der Hand. Aber was ist mit Bansamoro? Diese ganze Sache könnte Estregan den Kopf kosten. Ich wette, dass es mit PhilFirst dann den Bach runtergeht.«

»Die Wette gilt! Ein Wochenende in den Tagaytay Highlands. Wir wohnen in meinem Chalet und spielen zwei Runden. Und essen Kobe-Steaks. Und machen den Petrus auf.«

»Und wenn du gewinnst?«

»Dann fliegen wir mit dem Hubschrauber zu deinem Strandhaus. Du besorgst die Mädchen. Aber keine mit gefärbten Haaren. Die reizenden Studentinnen vom AMA sind mir lieber. Die können dann wenigstens ihre Studiengebühren bezahlen!«

*

Ich aß im *La Perle d'Bacolod City* zu Mittag. Verbrachte einige Zeit in einem einsamen Internetcafé. Noch immer keine Antwort von crispin1037@elsalvador.gob.sv. Ich schaute sogar in meinem Spamordner nach, aber darin war nur der übliche Mist. Dann setzte ich mich auf der Public Plaza unter einen Baum und las in meinen Lonely-Planet-Reiseführer.

Ich brauchte nicht lange, um die Stadt wiederzuerkennen, die Crispin in seinen frühen Erzählungen beschrieben hatte: die uralten Akazienhaine mit den ausladenden Ästen, der prächtige alte Bischofspalast und die Kathedrale San Sebastian, der gemauerte Pavillon mit seinen Türmchen und den Namen von Mozart, Beethoven und Haydn, die an der Überdachung prangen – verfallende Sehenswürdigkeiten, die tapfer zwischen stinkenden Fahrzeugen ausharren, umgeben von ausspuckenden Fußgängern in ärmellosen Fubu-Shirts, Reklameschildern für Telefonkarten, süßlichen, mit Technobeats neu abgemischten Radiohits, der grellen Beleuchtung der Bacolod Olaza Mall von Lupas Landcorp. Auf den Stufen des neoklassizistischen Gouverneurssitzes – jetzt das Zuckermuseum – hatte Crispin früher gespielt, wenn er unter den wachsamen Augen von Gorio, dem Chauffeur, der stets Reiterkappe und Reiterstiefel trug, auf seinen Vater wartete. In dem Museum sind heute eine Vielzahl von Gerätschaften untergebracht, die von den Zuckerplantagen stammen, sowie eine gestiftete Spielzeugsammlung.

Bis zu meiner Verabredung mit Lena schlenderte ich zwischen den Ausstellungsstücken umher und bin angesichts dieses für unser Land typischen Museums gleichermaßen gerührt und traurig: Die Erläuterungen in Schreibmaschinenschrift enthalten oft Tippfehler und sind mit spröde gewordenem Klebeband befestigt, das sich langsam ablöst; die alten Fotografien und Gemälde sind von der hohen Luftfeuchtigkeit stark in Mitleidenschaft gezogen; viele Dioramen und präparierte Exponate sehen aus, als hätten sie die Krätze; am Boden der Plexiglas-Spendenbüchse liegen ein paar fast wertlose Münzen, Plastikstrohhalme und Kaugummipapierchen. Ich hörte dem uralten Kurator zu, der einem

Paar unangenehm riechender blonder Rucksacktouristen eine Führung gab; sein Englisch, in der Kolonialzeit geschult, war einwandfrei, und er erzählte mit einer solch erfrischenden Ernsthaftigkeit, dass man meinen konnte, er gäbe seine eigenen Erinnerungen zum Besten. Die Rucksacktouristen hatten einige Schwierigkeiten, ihm zu folgen.

Jetzt befinde ich mich auf dem Weg nach Swanee, dem Anwesen der Salvadors. Die langen Straßen, die zu den Haziendas führen, sind beängstigend eng und von hohem grünem Zuckerrohr gesäumt; nur hin und wieder erhasche ich einen Blick auf das ferne Meer. An einer Kreuzung blicke ich im Vorbeifahren in einen der langen grünen Korridore, an dessen Ende zwei unterschiedliche Blautöne schimmern.

*

Niemand hatte auf der Silvesterparty mit Cristo gerechnet. Unter seinen alten Freunden löste sein Erscheinen einige Aufregung aus. Etliche von ihnen hörten auf zu tanzen und kamen herbeigeeilt, um ihm die Hand zu schütteln. Sie hatten sich seit einigen Jahren nicht mehr gesehen - seit fünf, um genau zu sein -, aber zu seiner Überraschung hatten sich seine Altersgenossen nur wenig verändert. Lediglich ihre Oberlippenbärte und ihre Kleider waren nicht mehr dieselben, sondern entsprachen der neuesten europäischen Mode. Nach einer überschwänglichen Begrüßung wandten sich seine Freunde wieder ihren Kreisen zu, und Cristo trat auf die Veranda hinaus.

Der Mond ist bereits aufgegangen. Vierzig Nächte lang sah er ihn jede Nacht über dem Deck seines Schiffes auf- und untergehen, und jetzt ist er schon fast wieder voll. Größer, als er in Madrid jemals war. Hier ist die Luft viel kühler als in Manila. Konnten die Mauern und Straßen der Hauptstadt die Wärme tagelang speichern, oder hatten die heißen Gerüchte über eine Revolution abgestrahlt, von der er hinter verschlossenen Türen hatte reden hören? Hier, zu Hause in Bacolod, scheint der Abend freier zu atmen. Vielleicht, so denkt er mit einem Lächeln, erliege ich auch nur der Nostalgie dieses Ortes. Er zündet seine Pfeife an.

Erst nachdem er sie fertig gestopft hat und sie gut brennt, wird ihm bewusst, dass er nicht alleine auf der Veranda ist. Ein Stück entfernt in einer Ecke neben einer großen Topfpflanze stecken drei Gestalten die Köpfe zusammen und flüstern eindringlich. Er überlegt, ob er nicht hineingehen soll, bevor sie ihn bemerken, aber dann unterbrechen die Schatten unvermittelt ihr konspiratives Gespräch und wenden sich ihm zu. Erst ruft einer erfreut seinen Namen, dann ein Zweiter und ein Dritter. Sie lösen sich aus der Dunkelheit, ein breites Lächeln auf den Gesichtern, packen ihn am Arm, schütteln ihm die Hand, klopfen ihm auf den Rücken, heißen ihn in der Heimat willkommen und wünschen ihm ein gutes 1895. Es sind seine alten, engen Freunde Aniceto Lacson, Juan Araneta und Martin Claparols. Alle drei lachen zu laut, als wären sie plötzlich verlegen, weil sie etwas Schändliches zu verbergen haben.

— Aus: *The Enlightened* (Seite 122) von Crispin Salvador

*

Jede schicksalshafte Fügung birgt komplexe, nur ungenügend ausgelotete Abgründe. Jeder von uns ist nach der Geburt bestimmten Gefahren ausgesetzt ... selbst Freiheit aufgrund von materieller Sicherheit schafft ein Vakuum, eine »vierte Sehnsucht«, die befriedigt werden muss, entweder indem wir Chancen nutzen oder uns der Langeweile hingeben, oder durch jede nur denkbare Kombination von Ablenkung, Glaube, Erfolg, Neurosen oder gesellschaftlicher / familiärer Störung. Bemitleidet die Elite nicht, aber verachtet sie auch nicht nur. Das kann nicht das Interesse des fortschrittlich denkenden Bürgers sein ... Verunglimpfung führt per Definition zu einem antagonistischen Ringen, zu einer »Wir oder Sie«-Mentalität, die uns alle in einen sinnlosen, fürchterlichen Krieg stürzt. Aus den Sklaven von heute werden die Tyrannen von morgen – das Proletariat entmachtet den Alleinherrscher und schwingt sich selbst zum Alleinherrscher auf, nur um letztlich von einem Proto-Alleinherrscher entmachtet zu werden, der selbst wiederum seine Position nicht halten kann. Dieser schwindelerregende Kreislauf treibt die Menschheit dazu an, dem Schwanz hinterherzujagen, den sie vor Jahrtausenden verloren hat ... Die Entfremdung der Elite ist die unpolitische Folge des Politischen. Dies bedeutet für die Plutokratie eine legitime und durchaus menschliche Enttäuschung angesichts einer immer stärkeren Abwertung ihrer conditio humana und ist nicht nur das Unbehagen, besitzende Klasse zu sein.

— Aus dem Essay »Der unzufriedene Sokrates« (1976)
von Crispin Salvador

*

Das Anwesen, das von Salvadors Großeltern Cristo Patricio Salvador und Maria Clara Lupas »Swanee« getauft worden war, liegt siebeneinhalb Meilen von Bacolod entfernt, der größten Stadt der Insel, die in die Provinzen Negros Occidental im Nordwesten und Negros Oriental aufgeteilt ist. Die Plantage schmiegt sich genau zwischen Talisay und Silay und liegt direkt unterhalb der ersten Ausläufer des Mount Mandalagan. Über drei Generationen lang wirkte das Anwesen weit isolierter als heute, was nicht zuletzt an der nur zeitweiligen Verlässlichkeit der unasphaltierten Straßen sowie den zahlreichen, von Wasserbüffeln gezogenen Karren und den mit Zuckerrohr beladenen Lastern lag. Der Strand, der mit Pferd oder Fahrrad rasch zu erreichen war und zu dem ein direkter Weg von der Haustüre aus führte, war für die Kinder der Familie Salvador eine völlig andere Welt – ein felsiges Halbrund aus weißem Sand, das sich flüsternden Wellen öffnete. Im Sommer war das Wasser so klar, dass die Meeresbewohner in der Luft zu schweben schienen – Galaxien von Seeigeln, in allen Regenbogenfarben schillernde Anemonen, riesige Fischschwärme. Während der Regenzeit wurde Erde von den kahlen Bergen und Hügeln gespült, und das Wasser färbte sich geheimnisvoll trübe und wirkte leicht bedrohlich. In den Monaten, wenn der stürmische Habagat sich regte, war jeder Winkel Swanees von Meeresluft erfüllt; und wenn der Amihan blies, trug der Wind den Sirupgeruch der Zuckermühle Horno Mejor herüber.

Swanee steht inmitten von fünf Zuckerplantagen, die von dem Klan angelegt worden waren, nachdem der ältere Salvador das Land im Januar 1890 für einen Apfel und ein Ei von Gobernadorcillo Bernardino de los Santos erworben hatte. Die fünf Parzellen – die am Neujahrstag 1905 die Namen Swanee, Kissimmee, Mamie, Clementine und Susanna erhielten – wurden an die fünf Salvador-Söhne vererbt. Als Crispin erwachsen war, hatten verschwägerte Familien des Lupas-Klans allerdings bereits zwei der Plantagen gekauft. Auf dem Hügel, der die fünf Besitzungen überragt, steht das Herrenhaus, das Salvadors Großvater Cristo ganz aus Kokosholz hatte erbauen lassen. In dem Innenhof erhebt sich ein alter Turm aus der Zeit der spanischen Besatzung, der nacheinander als Leuchtturm, Glockenturm der Gemeinde, Einsiedelei und Ausguck für Scharfschützen gedient hat. Während Salvadors Kindheit hatte sich der weißhauptige Patriarch dorthin zurückgezogen und sich mit Büchern, Sternenkarten, Flinten, Vogelkäfigen und glänzenden Messingteleskopen umgeben. Von dort aus überwachte der alte Salvador, der seit 1925 Witwer war, die Arbeit in seiner Zuckermühle und auf den Plantagen seiner Söhne. Stunden verbrachte er damit, durch das Okular seines großen Spiegelteleskops zu spähen und das Kommen und Gehen seiner Familie sowie ihre seltsamen Hobbys zu beobachten und mittels Brieftauben seiner Familie Anweisungen und grundlose Beschwerden zukommen zu lassen, die niemand beachtete. Noch als er fast schon auf dem Totenbett lag, bestand Cristo darauf, sich um seine Geschäfte zu kümmern, und ließ sich jeden Montag von einem Quartett stämmiger Dienstmädchen (seine »Sargträger«, wie er sie nannte) auf einem Feldbett zur Mühle bringen.

— Aus der im Entstehen begriffenen Biografie
Crispin Salvador: Eight Lives Lived von Miguel Syjuco

*

Wenn ich so darüber nachdenke, war ich nicht weiter überrascht, als Crispin mir anbot, seine wissenschaftliche Hilfskraft zu werden. Inzwischen hatte sich so manches geändert. Er hatte begonnen, mich mit dem vertraulichen philippinischen »pare« anzusprechen, als wären wir Landsleute, die sich schon lange kannten. Manchmal alberte er sogar herum, indem er das weiche »pah-reh« so aussprach wie ein amerikanischer GI auf Landurlaub, mit harten Konsonanten und übermäßig langgezogenen Silben – »pair-ree«. Diese plötzliche Unbekümmertheit machte viel aus.

In jener Zeit überlegten Madison und ich ernsthaft, nach Afrika zu ziehen – wir wollten für Jimmy Carters »Habitat for Humanity« Häuser bauen oder in Swasiland für das Friedenscorps arbeiten. Ausgedacht hatte sie sich das. Sie war überzeugt, dass sie davon profitieren würde, wenn sie sich später für einen Studienplatz an der School of International and Public Affairs an der Columbia University bewarb. Sie war auch der Meinung, dass es mir als Schriftsteller guttun würde, »wirkliches Leid« kennenzulernen. Dabei war ich doch auf den Philippinen aufgewachsen. Als hätte ich auf den Wahlkampfreisen meiner Großeltern nicht genug Slums und braches Ackerland gesehen. Afrika verlangte ganzen Einsatz. Ich wollte aber nicht alles aufgeben, was ich in New York hatte, um mich irgendwo südlich der Sahara wiederzufinden, nachdem mich Madison wegen eines deutschen Archäologen verlassen hätte, der Wagner sang und eine große Schaufel schwang.

Ich wusste, dass Crispin an *TBA* arbeitete, und ich wollte ihm dabei helfen. Bei einem Gespräch deutete ich vorsichtig an, dass ich einen Job gebrauchen könnte, weil ich sonst gezwungen wäre, New York zu verlassen. Natürlich stellte ich klar, dass ich viel lieber etwas für mein eigenes Land tun wollte (Crispin war der Auffassung, dass jeder, der über die Philippinen der Zukunft schrieb, etwas für sein Land tat). Mit wohlwollender Geste machte er mir ein Angebot. Ich nahm an, obwohl sich plötzlich gewisse Befürchtungen in mir regten, die den Verlauf unserer Beziehung betrafen – ein Dandy mit nur wenigen Freunden, von seiner Familie entfremdet, ohne Kinder und mir ungewöhnlich zugewandt. Das alles hatte nichts Offensichtliches. Aber worauf gründete sein Interesse? Vermutlich sagt das alles ebenso viel über die Zweifel aus, die ich an meinen eigenen Fähigkeiten und an meiner Charakterfestigkeit hegte, wie über meine Wahrnehmung seiner liberalen, pedantischen Gewohnheiten. Ich war enttäuscht, als er mich nicht an *TBA* mitarbeiten ließ, sondern mich dazu degradierte, seine Kurse vorzubereiten.

Um Crispin die Grenzen unserer Freundschaft aufzuzeigen, sprach ich oft von Madison. Zum Beispiel darüber, wie aufgebracht sie war, dass wir nicht zusammen fortgingen, und über ihr Verhalten, nachdem sie ihre Absagen wegen Afrika gemailt hatte. Die Stunde unserer Abreise ins Herz der Finsternis war gekommen und verstrichen. Als Wiedergutmachung hatte ich ein romantisches Abendessen mit Tofurkey gekocht. Wir aßen schweigend. Dann, nachdem wir die letzte Folge der aktuellen Staffel von *Survivor* gesehen hatten, die ich fürsorglicherweise mit unserem alten VHS-Rekorder aufgenommen hatte, explodierte Madison. Crispin lauschte diesen Geschichten mitfühlend, lehnte es jedoch ab, mir irgendwelche Ratschläge zu geben.

Letztlich gelangte ich zu der Überzeugung, dass er eher der Onkeltyp denn ein Päderast war. Manchmal war er geradezu väterlich, und dann tat er mir wirklich leid. Er hätte einen guten Vater abgegeben. Zumindest glaube ich das. Allem Anschein nach konnte er meine Sehnsucht nach jenen obskuren Dingen nachvollziehen, die ich mir noch nicht angeeignet hatte. Nach den Dingen, die im großen Zusammenhang von Bedeutung waren. Dazu muss man wissen, dass Grapes immer nur von Einzelheiten sprach, von Ergebnissen, von Anerkennung. Zu meiner Überraschung entdeckte ich, dass Crispin auf eine sanfte Art tolerant war, allerdings erst, nachdem er sich selbst davon überzeugt hatte, dass er mir vertrauen konnte. Er war auf eine Weise liebenswürdig, wie es nur unnachsichtige Menschen sein können. Je näher wir uns kamen, umso häufiger fragte er mich nach meiner Meinung, auch wenn er diese normalerweise falsch fand. Außerdem war es nicht schwer, für ihn die Drecksarbeit zu machen, selbst wenn er mich oft bat, seine Halbschuhe zu polieren oder seine Bonsaibäumchen zu stutzen.

*

Während das Zuckerrohrfeld entlang der Straße nach Swanee verschwimmt, muss ich an meine Mutter denken. Sie ist hier in der Gegend geboren worden, wie ich auch. In gewisser Hinsicht bin ich wie ein Lachs, der nach Hause zurückkehrt, um zu laichen, wobei mir der Ort meiner Herkunft so fremd erscheint, dass ich Zweifel an meiner Geburtsurkunde hege. Aber mit ein wenig Fantasie kann ich mir vorstellen, was für ein Leben sie geführt hat, denn Bacolod verändert sich nur langsam. Für diejenigen, die hier leben und sterben, ist das bestimmt beruhigend.

Die einzige Konstante in meinem Leben waren Erinnerungen aus zweiter Hand an sie und Papa, die in mir archiviert sind wie uralte Postkarten in einem Kuriositätenkabinett. »Wir wären so gerne bei dir«, könnte auf der Rückseite einer solchen Karte stehen, in einer Handschrift, die heute kaum noch jemand lesen kann. Anstelle von Wurzeln, die einen mit der Heimat verbinden, sind mir weit zurückliegende Augenblicke geblieben, die ich nicht selbst erlebt habe, die jedoch in verspiegelten Bilderrahmen auf dem Stutzflügel meiner Großmutter verewigt sind. Mama in Venedig, wie sie eine Zigarette raucht und sich über die Reling eines Vaporetto beugt; auf dieser Reise hatte sie zu viel für eine antike Maske ausgegeben, und sie und Papa hatten sich gestritten. Er wusste, dass er allzu heftig geworden war, und ging heimlich zurück in den Laden, um ihr die teuerste Maske dort zu kaufen. Mein Vater bei einer großen Kundgebung, wie er auf einem der maroden Traktoren steht, die von US-amerikanischen Entwicklungshilfeorganisationen gestiftet werden, den Kopf im Nacken und die Arme weit ausgebreitet wie die Oblation-Statue an der University of the Philippines – am Vorabend seines ersten Wahlsieges, ein junger Mann, dessen Träume Wirklichkeit geworden sind. Meine Eltern, wie sie auf einer Hochzeit im Garten eines alten Herrensitzes irgendwo auf dieser Insel Walzer tanzen; Papa flüstert ihr etwas ins Ohr, und Mama zieht ihn lachend an sich, während die Umstehenden zuschauen – so erinnere ich mich am liebsten an meine Eltern.

In dieser Gegend haben auch zwei von Crispins Leben begonnen. Das erste mit seiner Geburt. Das zweite mit seiner Unabhängigkeit. Das war 1975, ein Jahr wie gemacht für diese romantischen Tragödien, denen die Begüterten misstrauen, die die Armen so sehr lieben und die die Mittelschicht – mit einem schlechten Gewissen – als Seifenoper goutiert: Familien aus Bacolod, die kurz vor einer Katastrophe stehen, die sich wie Hunde um einen Kadaver zanken, urplötzlich ihren Glauben an Gott wiederfinden und darauf warten, dass der Markt sich wieder erholt, wie Regenmacher, die hoffnungsvoll himmelwärts blicken.

Es ist ein faszinierender Anblick: Zucker, der wie Berge von Goldstaub Badewannen füllt, Ballsäle, Garagen, Pelota-Spielfelder. Junior, der an der Eingangstür steht und schreit, dass jegliche Erörterungen seiner ehelichen Indiskretionen Leonora nur noch mehr wehtäten. Crispin, dem Betrachter den Rücken zugewandt, wie er sich seinen Koffer auf die Schulter wuchtet, um die staubige Straße entlangzugehen, die von Swanee wegführt, nachdem sein Vater verboten hatte, dass irgendjemand seinen Sohn in den Ort fährt. Mit Stechpalmenzweigen aus Plastik geschmückte Fenster, ein Weihnachtsmann nebst Rentier aus bemaltem Sperrholz auf dem Dach. Narcisito und Lena, die wie kleine Kinder weit oben aus einem Fenster spicken, die Gesichter ganz verzerrt und verschwitzt von ihrer Ohnmacht. Crispins schwindende, schrumpfende Gestalt in der gelben Hitze, wie er stehen bleibt, um sich ein letztes Mal seinen Geschwistern zuzuwenden, seinem Kindheitsparadies, dem Schwimmbecken voller Zucker, der einsamen Zufahrt, wo ihn niemand verabschiedet hat.

Damals begann die Familie auseinanderzufallen.

3

Aus Marcel Avellanedas Blog »The Burley Raconteur«, 2. Dezember 2002:

Hier die neuesten Gerüchte: Die gestrige Rede des Präsidenten vor Angehörigen der alliierten Streitkräfte geriet ins Stocken, als sechsundzwanzig Zwischenrufer wegen »Erregung öffentlichen Ärgernisses« verhaftet wurden. Beim Abtransport zum Revier wurden die Festgenommenen von der Menge tätlich angegriffen, zu ernsthaften Verletzungen kam es jedoch nicht. Näheres kann man im Blog von Ricardo Roxas IV., »My Daily Vitamins«, nachlesen, und zwar hier.

Weitere Nachrichten: Der »Unanimity Walk« des Präsidenten wurde heute Vormittag wegen des für diese Jahreszeit ungewöhnlichen Taifunwetters erneut abgesagt. Politiker und Würdenträger warteten, bis der Regen nachließ, während Fotografen Aufnahmen von ihnen machten, wie sie gähnten, Textnachrichten tippten, sich zwischen den Zähnen herumstocherten und in den Himmel starrten. Das war der zwölfte »Einmütigkeitsspaziergang«, der abgeblasen wurde. Das gab Anlass zu dem Gerede, dass die Unanimity Party zwar aus mächtigen Seilschaften bestehe, aber sogar Gott und Mutter Natur sich auf die Seite der GLOO geschlagen hätten.

Wenn wir schon bei der GLOO sind: Angehörige der GLorreichen OppOsition, insbesondere Senator Nuredin Bansamoro, haben aufs Schärfste den Gerüchten widersprochen, es stünde ein Staatsstreich bevor. Bansamoro, der ausgesprochen selbstsicher und präsidentabel wirkte, erklärte: »Ein Staatsstreich ist nur dann wahrscheinlich, wenn er von der Regierung als Ablenkungsmanöver lanciert wird.« Außerdem sagte er: »Ein gespaltenes Haus ist wie ein psychisch Kranker« und »jede bewaffnete Auseinandersetzung würde IKEA und andere ausländische Investoren davon abhalten, sich hier niederzulassen.« Das von einem Mann, von dem behauptet wurde, dass er der führende Kopf hinter der Kidnappingwelle des vergangenen Jahrzehnts sei. Ein vollständiger Insiderbericht findet sich in Cece Cebus Syutukil-Blog. Ebenso wenig entgehen lassen sollte man sich die witzigen, nicht autorisierten Fotos von umherlaufenden Politikern, die Regenwolken anstarren, zu finden auf Bayani-akos Bayan Bayani.

Einige Posts auf dem Message Board darunter:

— Wirklich witzig! (derridalover@skycable.ph)

— Kaufen Sie Mobiltelefone bei CellShocked.com.ph! Alle entsperrt. Bei jedem Kauf gibt es eine echte Gürteltaschenkopie von Louis Vuitton kostenlos dazu. (Paulojavier@cellshocked.com.ph)

— Estregan ist klüger, als er aussieht. (radiohead@destiny.ph)

— Weiß irgendjemand, was die 26 Zwischenrufer gesagt haben? Das würden wir zu gerne hören. (joey@excite.com)

— Nuredin Bansamoro macht mir Angst. Könnte es sein, dass er etwas mit den Anschlägen auf Mindanao zu tun hat? Immerhin ist er ein Muslim. (Miracle@Lourdes.ph)

— Miracle, weißt du nicht, dass Bansamoro dafür bekannt ist, seinen Glauben und seine politischen Aktivitäten streng zu trennen? Er hat einmal gesagt: »Meine Religion und meine Arbeit als Regierungsvertreter gehören zwei verschiedenen Welten an. Sie werden niemals aufeinandertreffen, noch werden sie sich miteinander verbünden.« Seine Taten haben das bewiesen. (Theburleyraconteur@avellaneda.com.ph)

— Wer interessiert sich denn für diesen ganzen Mist? Ihr verschwendet doch alle nur eure Zeit, wenn ihr etwas in diesen Blogs postet. (cutiepie.gomez@philfirstcorp.ph)

— Kaufen Sie Mobiltelefone bei CellShocked.com.ph! Alle entsperrt. Bei jedem Kauf gibt es eine echte Gürteltaschenkopie von Louis Vuitton kostenlos dazu. (Paulojavier@cellshocked.com.ph)
— Kaufen Sie Mobiltelefone bei CellShocked.com.ph! Alle entsperrt. Bei jedem Kauf gibt es eine echte Gürteltaschenkopie von Louis Vuitton kostenlos dazu. (Paulojavier@cellshocked.com.ph)
— Hey, Marcel, was ist mit deinem Blog los? Melde dich bei mir, dann sag ich dir, wie du die Spammer erledigst. (Linuxlover@me.com.ph)
— Danke, Linuxlover. Ich habe das repariert. Es sollte jetzt kein Problem mehr sein. (Theburleyraconteur@avellaneda.com.ph)
— Kauft bloß um Himmels willen nix bei CellShocked! Das sind miese Abzocker. Die Gürteltasche ist aus Plastik, die Farbe löst sich innerhalb kürzester Zeit ab. Caveat emptor! Totaler Schuss in den Ofen, ihr Idioten. (gundamlover@hotmail.com)
— Hat irgendjemand schon gehört, was diese Möchtegerndiva Vita Nova zu erzählen hat? Heute Morgen habe ich eine SMS bekommen, in der stand, dass sie ziemlich üble Dinge über Estregan wüsste. Irgendwas von einem Sextape. (chis-miss@pldt.ph)
— Kaufen Sie Mobiltelefone bei CellShocked.com.ph! Alle entsperrt. Bei jedem Kauf gibt es eine echte Gürteltaschenkopie von Louis Vuitton kostenlos dazu. (Paulojavier@cellshocked.com.ph)

*

An gesicherte Tatsachen über Salvadors Kindheit heranzukommen, ist unmöglich. Bekanntermaßen stimmt seine Autobiografie in vielerlei Hinsicht nicht mit den vielgelesenen Erinnerungen seines Vaters überein, die 1993 in der *Philippine Gazette* als Fortsetzung erschienen sind und später von dem Sender PhilFirstTV unter dem Titel *Geständnisse eines Staatsmanns: Die wahre Lebensgeschichte von Narciso »Junior« Salvador* als Mehrteiler verfilmt wurden.

Glaubt man *Autoplagiarist* und anderen Quellen, dann musste Crispin Salvador während seiner ganzen Kindheit auf die Zuneigung seines Vaters verzichten, während er von dessen politischen Aktivitäten umso mehr mitbekam. Schließlich war er der Goldjunge von Junior Salvador, und noch bevor der kleine Crispin sprechen konnte oder seine ersten Schritte tat, war er bereits »der künftige Präsident unserer Nation«. In der Zeit zwischen dem Philippinisch-Amerikanischen Krieg und dem Zweiten Weltkrieg waren überschwängliche nationalistische Gefühle dieser Art nichts Ungewöhnliches; einmal abgesehen von dem ewigen Gerangel um Posten und Macht, war die Unabhängigkeit in vielen Kreisen ein ständiges Thema. In jenen Jahren sahen die jüngeren Salvador-Kinder ihren Vater kaum – seine Stellung innerhalb der gesetzgebenden Versammlung der Philippinen erforderte seine Anwesenheit in Manila; die aufkeimende Rivalität zwischen ihm und dem glühenden Nationalisten Respeto Reyes nahm seine ganze Aufmerksamkeit in Anspruch.

Dass Junior gezwungen war, getrennt von seiner Familie zu leben, kam seinem launenhaften Wesen entgegen – Manila war in den 1930ern voller Energie und Intrigen, ein pikantes Gemisch globaler Einflüsse, in dem diejenigen, die sich für die Unabhängigkeit einsetzten, von gewissen Cognoscenti als edle Streiter für das Vaterland angesehen wurden, selbst wenn sie sich auf notwendige Kompromisse einlassen mussten.

Es war eine herrliche Zeit in einer der herrlichsten Städte der Welt. Auf den Straßen trafen Unternehmergeist und Historie aufeinander, und schwitzende Archetypen – Geschäftsleute, Scharlatane, Flüchtlinge, Glücksjäger – kamen von überall her und blieben: Juden, die aus Europa geflohen waren, Deutsche, die Glashütten betrieben, portugiesische Glücksspieler aus Macao, chinesische Kulis aus der Provinz Fujian, japanische Hilfsarbeiter, indische Geldverleiher, Imame mit zotteligen Bärten aus Moro, lateinamerikanische Industrielle in feinen Leinenanzügen, spanische Insulares, die auf den Phillipinen geboren waren, und Peninsulares, die aus der spanischen Heimat stammten, holländische Kaufleute, sogar die Nachfahren von desertierten Sepoys aus den zwei Jahren, in denen die Briten unseren Archipel regiert hatten. Die dreistesten Immigranten waren die Amerikaner; manche von ihnen legten ein geradezu herrisches Gebaren an den Tag, viele hatten gute Absichten, alle waren sie von William McKinleys »wohltätiger Assimilation« inspiriert – Verwaltungsbeamte, Missionare, Lehrer, Soldaten, Geschäftsleute, Ehefrauen. Die neuesten Sitten und Moden wurden aus den abgelegensten Winkeln des Planeten importiert. Die Einheimischen eigneten sie sich zielsicher an und machten sie in ihrer übertrieben energischen Art zu Parodien. Mit seinem Talent für Sprachen fühlte sich Junior in der Stadt wie zu Hause. Er wurde oft im Polo- oder in einem der Armee- und Marine-Clubs gesehen, wobei er stets einen neuen Hut trug, oder er ließ sich mit wichtigen Figuren wie General Mac Arthur fotografieren, den er oft, mit Geschenken beladen, im Manila Hotel besuchte.

Als Leonora mit Crispin schwanger war, stellte sie Junior ein Ultimatum: Entweder er verließ seine Geliebte in Manila, eine unbekannte, aber schöne Schauspielerin beim noch jungen philippinischen Film, oder sie würde ihn verlassen und die Kinder mitnehmen. Ob nun aus Liebe oder aus Angst vor einem Skandal, Junior verbrachte nun zunehmend mehr Zeit bei seiner Familie in der Provinz, und Leonora, die im siebten Monat war, begleitete ihn häufig auf seinen Ausflügen nach Manila. Das führte dazu, dass Crispin nach seiner Geburt in die Rolle eines »Aussöhnungskindes« gezwungen wurde und – sofern seine Eltern zu Hause waren – Zeiten erdrückender Zuwendung durchstehen musste, bei denen er in übermäßig gestärkte Matrosenanzüge gesteckt und erbarmungslos verhätschelt wurde. Wenn seine Eltern abwesend waren, folgten befreiende Wochen, in denen er mit seinen Geschwistern spielen und Zeit mit seinem Hauslehrer und seinem geliebten Gärtner verbringen konnte. Selbst Juniors distanzierte Einstellung den Kindern gegenüber wurde von Leonora beeinflusst, die ihren allgemeinen Mangel an mütterlicher Wärme wettzumachen versuchte, indem sie sich auf die Kinder stürzte, wann immer ihr Ehemann anwesend war. Ansonsten kümmerte sie sich nur sporadisch um sie, sodass die Kinder völlig verstört waren und den Absichten ihrer Mutter grundsätzlich misstrauten. Crispins erste Erinnerung besteht tatsächlich darin, »den Affen gegeben zu haben«. In *Autoplagiarist* beschreibt er, wie ihm gesagt wurde, er solle sich »so aufrecht wie eine Heiligenstatue aus Stein hinsetzen und das verfluchte Alphabet für den Vater aufsagen und dann das Gebet an den Heiligen Crispin für Mama. Meistens machte ich Fehler, und sie waren enttäuscht, was zur Folge hatte, dass mein Hauslehrer, mein Kindermädchen und meine Geschwister gescholten wurden – weil sie angeblich meine Erziehung vernachlässigt hatten.«

Als es zu dem ersten von zahlreichen Zwischenfällen kam, erhielt die mühsam aufrechterhaltene Idylle einen Knacks. An einem Abend in der trockenen Jahreszeit, der heißesten Woche seit Menschengedenken, als die Kinder bereits schliefen, erwachte Crispins Schwester Lena, weil die Türe des Kinderzimmers aufging. Sie sah die Gestalt ihres Vaters, die sich vor dem Hintergrund des Flurlichts abzeichnete, und der Darstellung von Crispins Bruder zufolge konnte sie »die schluchzenden Schreie aus dem Schlafzimmer unserer Mutter hören und das verzweifelte Rütteln am Knauf der offensichtlich abgeschlossenen Tür«. Lena, so schrieb Salvador, hörte ihren Vater laut atmen – »ein unvergessliches, grausames Geräusch« – und roch den Gin. Salvador schilderte, wie sie voller Angst, und dabei doch erleichtert, mit ansah, wie ihr Vater an ihr vorbeiging und über dem schlafenden Narcisito stehen blieb. Ein ganzes Stück den Flur hinunter hämmerte ihre Mutter noch immer schreiend gegen die Tür. Lena beobachtete, wie ihr Vater »seine Rattanreitpeitsche schwang, weit ausholte und so lange zuschlug, bis der arme Narcisito um Gnade flehte«, und wurde Zeuge, »wie sie wieder und wieder herabfuhr, bis unser Bruder nur noch leise vor sich hinwimmerte«.

— Aus der im Entstehen begriffenen Biografie
Crispin Salvador: Eight Lives Lived von Miguel Syjuco

*

Nach dem Tod meiner Eltern wurden wir Kinder aus dem von Trauer kontaminierten Manila in die frische, fröhliche Atmosphäre des Flughafens von Vancouver geflogen, wo die Großeltern, die wir kaum kannten, in der Ankunftshalle auf uns warteten. Ich kann mich noch vage an die entsetzliche Angst erinnern, mit der wir das Flugzeug bestiegen hatten, denn wir waren uns seiner erheblichen Mängel nur allzu bewusst. Ganz entfernt entsinne ich mich auch der Trauer, an die ich mich während des siebzehnstündigen Fluges klammerte – auch wenn ich manchmal das Gefühl habe, dass sie mir, meinen Eltern zu Ehren, noch deutlicher vor Augen sein sollte. Im Gegensatz dazu durchdringt das darauf folgende Glück meine Erinnerungen sehr lebhaft: das Leuchten der frischen Farbe im nagelneuen Haus meiner Großeltern, das sie gekauft hatten, um uns alle unterzubringen; das Frühstück in der Küche vor dem großen Fenster, durch das wir beobachteten, wie sich die Krähen auf den Telefonleitungen sammelten; unsere überschäumende Freude angesichts des ersten Schnees; Granmas Gute-Nacht-Geschichten über Grapes hochfliegende politische Träume, die Aufregung während der Kundgebungen, die langen Wahlkampfwochen, den Ruhm, den er eines Tages wieder genießen würde; Grapes, der tagsüber schlief, damit er nachts wach bleiben konnte, wenn es irgendwo anders Tag war – eine unsichtbare Parallelwelt, die noch immer unsere Heimat sein sollte, auch wenn wir das zunehmend anzweifelten.

Um wiedergutzumachen, was wir in unserer Kindheit bis dahin verpasst hatten, ließen uns Grapes und Granma auf dem Boden ihres Schlafzimmers unser Lager aufschlagen und öfters die Schule schwänzen, als gut für uns war. Ich fand mich in ihrem Zimmer zurecht, mochte es noch so dunkel sein, Grapes' Schnarchen wies mir ebenso den Weg wie Granmas Duft in den Laken – Oil of Olaz und Zigaretten. Wenn Grapes aufwachte, kletterte ich voller Freude zu ihm ins Bett, trapste auf seinem Rücken herum oder versteckte mich mit ihm unter der Decke – wir taten, als wären wir Soldaten, die sich in einer Schützenmulde vor den Vietcong verstecken. Nachts fertigten wir in der Garage Munitionskugeln: Ich kann mich noch gut an das Klicken der Maschine erinnern, die die Kupferhülsen herstellte, an den Geruch des Bleis und die geheimnisvolle Gussform, die Befriedigung darüber, die Bleikugel in die Form zu pressen. Mit Granma las ich laut, bis sie und nicht ich einschlief. Ich zerbröselte ihre Zigaretten, damit sie aufhörte zu rauchen. Jedes Mal, wenn ich sie mit Grapes streiten hörte, stellte ich mir vor, wie ich einen Trotzanfall bekam; mein Gezeter hätte ihr Geschrei und ihre Vorwürfe angesichts der gebrochenen Versprechen übertönt, der widerstreitenden Träume, die sich ebenso aus Granmas Sehnsucht nach Frieden wie aus Grapes' Verzweiflung darüber speisten, dass er wahrscheinlich im Exil sterben würde, ohne sein Ziel erreicht zu haben. Ich hatte aber nie den Mumm, mein Ablenkungsmanöver wirklich in die Tat umzusetzen. Noch war mir nicht klar, welche zusätzlichen Schäden entstehen würden, wenn sich eine Dynamik der anderen unterwarf; auch wenn ich bereits wusste, dass niemand seine Großmutter weinen sehen sollte.

Dann wurden wir Kinder aus unserem warmen Haus in die traurige, feuchte Luft des Flughafens von Vancouver gefahren, wo unsere Großeltern ihre Unmengen von Taschen eincheckten – genug für all die Monate, die sie fort sein würden. Ihre folgenden Reisen waren länger als die erste; sie wollten sehen, wie es in der Zeit nach Marcos war, ob Grapes in die Politik zurückkehren konnte, sie wollten sich um das Reißverschlussgeschäft kümmern und sich bei den Gouverneurswahlen aufstellen lassen. Es war immer dasselbe: Wir winkten hinter riesigen kalten Fenstern, während das Flugzeug langsam rückwärtsrangiert wurde, und fragten uns, ob Grapes und Granma uns von ihren Sitzen aus noch sehen konnten. Wir winkten, bis es abhob, bis es nur noch ein Punkt am Himmel war, und dann winkten wir einfach noch ein wenig weiter.

Wir kehrten mit der einzigen Buslinie, die davor hielt, in unser Haus am Square zurück; in unser Heim, voller goldener liegender Buddhas und Möbel aus dunklem Holz, die nach Politur rochen; in dem ein Kopierer und ein Fernschreiber standen; in dem Grapes ein Zimmer nur für seine Anzüge hatte, mit einem Laufband und einem Massagestuhl und einer dieser Vorrichtungen, die Grapes auf den Kopf stellten, zur Verbesserung seines Kreislaufs und seiner Haltung. Durch seine Abwesenheit war er noch allgegenwärtiger. Wir waren viel zu sehr damit beschäftigt, ihn zu vermissen, um unseren Vater zu vermissen.

Meine älteren Geschwister wurden zu meinen Eltern.

Mein ältester Bruder Jesu mit seinen Inuitmokassins und E-Gitarren lehrte mich durch seine Art, was es bedeutete, cool zu sein. Dank ihm entdeckte ich eine Welt jenseits der Bücher. Wir zelteten im Hinterhof, bestiegen Berge, bauten ein ferngesteuertes Modellflugzeug zusammen. Er war es, der an jenem Nachmittag, als meine Stützräder abmontiert wurden, mein Fahrrad mit ausgestrecktem Arm am Gepäckträger festhielt, damit ich zum ersten Mal ungehindert davonschießen konnte.

Meine älteste Schwester Claire, eine geborene Mutter, war es gewohnt und deshalb umso mehr darauf bedacht, von jedem geliebt zu werden. Oft saß ich bei ihr auf der Frisierkommode und schaute zu, wie sie Make-up auflegte, völlig begeistert, wenn sie mir ein Veilchen schminkte. Wenn sie in der Küche mit ihrem Freund telefonierte und dabei leise kicherte, freuten wir Jüngeren uns darauf, irgendwann einmal selbst verliebt zu sein.

Mein zweitältester Bruder Mario, der mit mir und Jerald Ringkämpfe veranstaltete, wurde nie zu alt dafür, um mit uns »André the Giant« und den »Iron Sheik« zu spielen. Manchmal rief er mich von unserem zweiten Telefonanschluss aus an und tat so, als wäre er Irene Cara; ich wurde dann rot und fing nicht selten an zu weinen. Oft schlich ich mich morgens auf Zehenspitzen in sein Zimmer, schlängelte mich zwischen Socken, Taschentüchern und Tennisbällen hindurch und weckte ihn, damit er mich zur Schule brachte, in der Gewissheit, dass er mich später am Nacken packen und zum Bus halb führen, halb tragen würde.

Meine zweitälteste Schwester Charlotte, das »Handvoll«, beeindruckte mich mit ihren berüchtigten Frisuren und ihrer Varsity-Volleyball-Jacke. Sie nahm mich und Jerald mit zu Baskin-Robbins, um uns Ananaseisbecher zu spendieren und sich unterwegs auf zehn Minuten mit ihrem heimlichen Schatz zu treffen. Von ihr lernte ich, dass ich über mein Leben selbst bestimmen konnte.

Und natürlich mein kleiner Bruder Jerald, der mein bester Freund war und ich der seine, bis ich in die Pubertät kam und er noch nicht. Einmal sparte er Plätzchen für mich auf, die er in der Schule bekommen hatte – ich weigerte mich, sie zu essen, weil sie mit Clownsgesichtern glasiert waren – das war etwas für unreife Kleinkinder. Aber selbst das tat unserer Freundschaft keinen Abbruch.

Unsere wahren Eltern waren von jeher eine Abfolge von Yayas, die meine Großeltern von zu Hause importierten. Sie kamen als provinzielle Pinays, lernten die westliche Kultur kennen und verließen uns, um ein Leben zu führen, das sie sich nie zu träumen gewagt hätten: Sula, die uns alle aufzog, die barfuß durch den Schnee lief, um mich in die Notaufnahme zu bringen, als ich Krämpfe hatte, und die mir das Herz brach, als sie heiratete; Estellita, mager, streng und elegant, die sich um uns kümmerte, obwohl sie nicht wusste, wie sie mit uns spielen sollte; Juanita, die uns in die Spiele und Lieder ihrer gerade erst beendeten Kindheit einweihte und die wir wegen ihres Akzents und ihrer fremdartigen Reime verspotteten; die Schwestern Bing und Ning, beide gleichermaßen geduldig, gleichermaßen liebevoll, beide von uns nicht ausreichend geschätzt.

Woran ich mich erinnere: grauer Regen; Fahrten über die Lion's Gate Bridge; wie wir auf dem Rücksitz saßen, während auf CFOX Level 42, Huey Lewis und Steve Winwood liefen; Eishockeysammelkarten von O-Pee-Chee; brennende Knie vom Rosenkranzbeten; mein violetter Schulpullover mit Krawatte; Gerüchte über Brüder, die höhere Klassen unterrichteten und in Internaten in New Brunswick oder Ontario Schüler sexuell belästigt hatten; wie ich mir bei einer Schulveranstaltung in die Hosen pinkelte, weil ich mich nicht traute, auf die Toilette zu gehen, und hinterher behauptete, ich hätte mich auf etwas Feuchtes gesetzt; das Eis in meinem Rücken, der Herzschlag in meinen Ohren und der Himmel in meinen Augen, als ich versuchte, den Schlittschuhlehrer zu ignorieren, der meinen Namen rief. Dann die Pubertät: die erste skurrile Frisur; die unergründlichen Triebe; die anhaltenden Schwellungen; die verzweifelten Experimente an einer Wand oder mit Klopapierrollen; wie ich Marios zitronenfrisches Deodorant klaute, um den Flaum unter meinen Achseln zu glätten; wie ich mit schwerem Atem die perfekt gezeichneten europäischen Mädchen in den *Heavy Metal*-Comics, die Jesu unter seinem Bett aufbewahrte, anstarrte; wie ich dank des Rückenmassagegeräts, das Grapes neben seinem Lehnstuhl griffbereit hielt, endlich Erlösung fand – die herrliche Synchronizität eines geschickt platzierten »Hitachi Magic Wand« und eines Videos von Madonna oder Alannah Myles auf MuchMusic. Ich hörte, wie meine Stimme tiefer wurde, ich ließ mir Kontaktlinsen verschreiben, ich schaute jeden Abend Arsenio Hall, ich nannte die New Kids on the Block »voll geil«, trug Schildkrötkragen und machte den Saum meiner weiten Hosen enger, sprayte mir die Haare so hoch wie möglich, tanzte den Running Man und den Roger Rabbit, hing mit meinen Freunden im Einkaufszentrum herum, nannte die New Kids on the Block »voll scheiße«, ging auf Schulpartys und versuchte immer wieder vergeblich, die Hand auf den Hintern des Mädchens zu legen, mit dem ich zu »Stairway to Heaven« tanzte, bis Page, Plant, Jones und Bonham richtig loslegten und sie und ich gezwungen waren, uns mit einem letzten sehnsüchtigen Blick voneinander zu trennen, bevor das Licht anging.

Gerade als es richtig gut wurde, riefen Grapes und Granma uns sechs Kinder zu einem Gespräch zusammen. »Es ist

Zeit«, sagte Grapes mit ernster Miene, »dass wir alle auf die Philippinen zurückkehren.«

*

Aus Crispins 1990 erschienener Erzählung »Noblesse Oblige«: »Efren Del Pais ist ein reicher Grundbesitzer mit guten Absichten.« Er akzeptiert bereitwillig, wenn auch nicht gerade mit Begeisterung, die CARP, die umstrittene Agrarreformgesetzgebung. Sie verfügt die Enteignung von Privatbesitz und die Verteilung von Parzellen an die Pächter, die diese bebauen. Die meisten Landbesitzer widersetzten sich der Reform – oft mit Gewalt und unter Einsatz von Milizen, die arme Bauern und örtliche Beamte einschüchtern. Die schlaueren Landbesitzer machen sich eine Gesetzeslücke zunutze und kaufen das Land von den Pächtern zurück, die es sich nicht leisten können, es zu bestellen. Del Pais möchte allerdings mit gutem Beispiel vorangehen. Der alternde Haziendero, der von Jesuiten erzogen wurde und die Schriften von John Locke und Thomas More gelesen hat, opfert seine riesige Farm und behält nur den Stammsitz seiner Familie, wo er und seine Kinder geboren wurden. Seine Frau ist tot, sein Sohn nach England gezogen, seine Töchter gut verheiratet, und Del Pais findet seine Erfüllung, indem er den Pächtern, die sein Land übernommen haben, »gute Ratschläge und Kredite zu christlichen Bedingungen« gibt. Schließlich kennt er die meisten von ihnen schon sein ganzes Leben lang. »Del Pais richtet in den letzten Jahren seines Lebens seine Aufmerksamkeit auf seine Seele und setzt sein Vertrauen in Gott und die Gesetze der Menschen.«

An diese Geschichte kann ich mich aus zwei Gründen erinnern. Zum einen beschreibt Crispin in ihr Swanee aufs Schönste (die beiden Banyanbäume vor dem Garten; die Narra-Holzböden, die so glatt poliert sind, »als sollten sie

Frauen in Röcken einschüchtern«; die Schnitzereien an der Decke des Esszimmers; die Perserteppiche, die einen würzigen Geruch nach Schimmel verströmen, der in der feuchten Luft gedeiht; der Kartentisch mit den Rillen, »die von Ellbogen, Sorgen, Hoffnungen und Glück« stammen, und an dem seine Mutter mit Gästen Mahjong und Tsikitsa spielte). Zum anderen geht es in der Geschichte um eine Moral, die mit veränderten Verhaltensnormen und der schwierigen Wirklichkeit der neofeudalen Gesellschaft zu tun hat. Sie offenbart sich, als das Land, das Del Pais so bereitwillig den Pächtern überlassen hat, von benachbarten Grundherren erworben wird, die auch ihren eigenen Landbesitz zurückgekauft haben. Del Pais bleiben nur der Stammsitz und die Zinsen aus seinem begrenzten Vermögen. »Das Land seiner Väter ist verloren, und er ist auf allen Seiten von habgierigen Männern umzingelt, die einst mit ihm auf einer Stufe standen, ihm jetzt allerdings auf einmal in vielerlei Hinsicht überlegen, andererseits aber auch unterlegen sind.« Die letzte Szene beschreibt den alten Mann, wie er in seinem Garten steht und sein Haus anstarrt, »als stünde es in Flammen«.

*

Unser jugendlicher Protagonist ist von Lenas Erscheinung überrascht – »Crispin im Fummel«, wird er später schreiben, »eine wenig überzeugende Vogelscheuche in einem Chintz-Mu'umu'u« – und von Swanee enttäuscht. Ja, das Anwesen ist noch immer grün, die Banyanbäume sind riesig, der Rasen so gepflegt wie ein englischer Golfplatz. Der große Steinturm, der vor langer Zeit von Artillerie zerstört wurde, ist renoviert worden und wird von Telekom-Unternehmen als Mobilfunkstation genutzt. Aber das Haus selbst erscheint abweisend – die Farbe blättert ab, die undichten Klimaanlagen rosten, das Muschelglas hinter den Fliegenfenstern ist gesprungen oder herausgebrochen, fehlende Dachziegel sind durch Metallblech ersetzt worden. Interviewer und Interviewte sitzen draußen. Auch von der Schwester ist er enttäuscht, obwohl er nicht hätte sagen können warum. Sie fuchtelt nervös mit ihrem Spazierstock herum. Walt Whitman vorzutragen, so sagt sie, sei dem Begräbnis ihres Bruders mehr als angemessen gewesen – eine gute Wahl für einen toten Atheisten, der an die Göttlichkeit aller Dinge glaubte.

*

»Wo?«, fragte Dulcé.

»Dort drüben«, erklärte Gärtner dem Mädchen. »Der mit den Ästen, die wie Wurzeln aussehen. Wenn wir nicht aufpassen, kehren wir vor unserer Zeit dorthin zurück.«

Dicke Äste hingen wie sehnige Ranken am Stamm herab und bohrten sich tief in die Erde. Dulcé musste an Vorhänge denken, und die Wurzeln erinnerten sie an Gärtners knorrige Zehen. Eine Lehrerin in der Schule hatte Dulcé die heimischen Namen der Bäume dieser Gegend beigebracht - Narra, Bakawan, Almaciga, Kamagong, Molave - wie auch ihre fremdländischen Bezeichnungen. Dieser Baum war ein Balete oder Moraceae, auch Würgebaum genannt. Allein der Name jagte Dulcé einen Schauer über den Rücken.

»Wenn du an seinem Fuß schläfst«, sagte Gärtner, »wachst du als Gefangene in seinem Inneren auf. Niemand wird dich finden. Einmal habe ich nachts gesehen, wie sich die Äste geteilt haben und eine leuchtende Tür zum Vorschein kam.«

»Was ist hinter der Tür«, fragte Dulcé misstrauisch.

»Woher wir kommen und wohin wir gehen.«

Dulcé war skeptisch. »Mein Stiefpapa hat gesagt, wir kämen ursprünglich aus Spanien«, sagte sie.

Gärtner spuckte geringschätzig auf die Erde. »Ich weiß nur«, sagte er, »dass wir alle auf dem Weg in diesen Baum sind.«

— Aus: *Kapatid*, Buch 1
von Crispin Salvadors *Kaputol*-Trilogie

*

Zum ersten Mal geriet meine Achtung vor meinem Großvater in einer Kirche ins Wanken, Jahre, bevor wir nach Manila zurückzogen. Das war an dem Tag, als mein Onkel Marcelo begraben wurde. Oder vielleicht schon viel früher. Wer weiß? Vielleicht war Tito Marcelos Begräbnis nur der Tag, an dem es mir richtig bewusst wurde. Oder die letzte Hürde, bevor meine Beziehung zu meinem Großvater an ihren endgültigen Tiefpunkt gelangte.

Grapes ließ mich die Grabrede schreiben, die er halten würde. Mir war das nicht recht, denn ich hatte den Eindruck, dass ich mich damit in einen Streit einmischte, der mich nichts anging. Ich verstehe es bis heute nicht. Schön und gut, Grapes hatte uns im Laufe der Jahre immer wieder erzählt, wie Marcelo die bestmögliche Erziehung genossen hatte, nur um sich dann als weitgehend erfolgloser Künstler durchzuschlagen, der sich ausgerechnet – tiefer hätte er in unserer Gesellschaft nicht sinken können – als Wachmann verdingte, weil ihm das erlaubte, während der Arbeit zu schreiben und zu zeichnen. (Granma sagte, er hätte dem guten Namen unserer Familie Schande gemacht.) Oder wie Tito Marcelo heimlich Granmas Gemälde preisgekrönter Künstler – Bilder, die ein Vermögen wert waren – entwendet und sie durch selbstgemalte Kopien ersetzt hatte, um die Originale weit unter Preis zu verkaufen. (Granma erzählte, dass er als Junge oft mit Sachen aus dem Internat nach Hause gekommen war, die er seinen Mitschülern gestohlen hatte.) Oder wie er einen wenig schmeichelhaften Roman über Grapes und Granma geschrieben hatte, auch wenn das Buch während der Weltausstellung 1904 in St. Louis, Missouri, spielte und von einem Stammesangehörigen der Igorot handelte, den die Amerikaner wie ein Tier zur Schau gestellt hatten. (Granma war überzeugt, dass sie und Grapes die Vorlage für die Organisatoren der Ausstellung gewesen seien.) Oder wie Marcelo vor fünf Jahren zu meinen Großeltern gekommen war, um sich mit ihnen auszusöhnen, weil er Darmkrebs hatte und Geld für die Chemotherapie benötigte, das er dann allerdings für Glücksspiele und Huren ausgab. (Über diesen angeblichen Betrug sagte Grapes, mein Onkel würde »schon noch dafür bezahlen«.) Obwohl Tito Marcelo tatsächlich an Darmkrebs starb, liebten wir unsere Großeltern aufgrund dieser Geschichten nur umso mehr und die Tanten und Onkel, bei denen wir nicht aufwuchsen und die wir nicht kennenlernen würden, umso weniger. Und nun musste ich mir elegische Phrasen aus den Fingern saugen, um eine makellose elterliche Liebe zu beschreiben, die ich nur aus der Fantasie kannte.

Grapes stand am Altar und las, was ich geschrieben hatte. Er schlug einen Ton an, als spräche er zu einer Menge hungriger Wähler, die nur deswegen zuhörten, weil ihnen im Anschluss eine Mahlzeit versprochen worden war. Ich hatte in der Rede versucht, in bester Weise in Worte zu fassen, was Grapes angesichts des Todes seines Sohnes eigentlich hätte empfinden müssen. Vielleicht konnte er das selbst nicht, weil sein Verlustgefühl so groß war, und ich wusste es nur nicht. Vielleicht war es, nachdem sein Lieblingssohn – mein Vater – und das schwarze Schaf der Familie – mein Onkel – gestorben waren, einfach zu viel für Grapes, seine beiden Jungen zu verlieren. Wer weiß das schon? Also gab ich mir die größte Mühe, eine gute Rede zu schreiben. Um dem Ganzen etwas Würde zu verleihen, hatte ich ein paar Zitate aus *König Lear* eingefügt. Irgendetwas darüber, dass es die Sterne seien, die unsere Sinnesart bilden. Und darüber, dass wir bei unserer Geburt weinen, weil wir auf diese große Narrenbühne geraten sind. Das tat ich nicht etwa, weil ich der Meinung war,

Grapes sei Lear irgendwie ähnlich. Im Rückblick begreife ich, dass seine aufbrausende Art vielleicht in den Zitaten mitschwang. Ich hatte jedenfalls die Verse einem Zitatebuch entnommen, weil ich nicht wusste, was ich sonst in eine Grabrede aufnehmen konnte, die ja etwas hermachen sollte. Danach sang meine Cousine ein wunderschönes Lied, das sie für ihren Vater geschrieben hatte; als sie fertig war, wollten mein Bruder und ich klatschen, aber Granma hielt unsere Hände fest und sah uns streng an.

Während der Totenwache waren urplötzlich mehrere Uniformierte aufgetaucht, um meinem Onkel das letzte Geleit zu geben – ehemalige Kollegen von der Gewerkschaft der Sicherheitsdienste, aus der er vor Jahren ausgetreten war, natürlich im Streit, und natürlich war es um Geld gegangen. Jetzt nahmen sie neben dem Sarg Aufstellung, um ihren langjährigen Schatzmeister zu Grabe zu tragen. »Los!«, drängte Granma mich und meine Brüder. Wir eilten zum Sarg, stießen die Wachleute beiseite und umklammerten die Griffe. Der Sarg kippelte und wäre uns fast aus der Hand gerutscht.

Am Grab wurde der Deckel ein letztes Mal geöffnet. Meine Tita Natty, Tito Marcelos dritte Frau, hielt die Hand des Toten und blickte laut klagend himmelwärts. Ich nahm seine andere Hand, in der Hoffnung, mich ihm nahe zu fühlen. Ich hatte noch nie einen Toten berührt. Und habe es seither auch nicht mehr getan.

Zu dem anschließenden Empfang ging ich nicht. Ich hatte Angst, Grapes würde mir stolz auf die Schulter klopfen und allen erzählen, dass ich die Grabrede geschrieben hatte.

Als ich nach Hause kam, hörte ich Granma in ihrem Zimmer weinen.

*

Erning hat Schwierigkeiten, einen guten Job als Ingenieur zu bekommen, weil die Amerikaner seine ausländischen Qualifikationen nicht anerkennen. Also schaut er sich die Stellenanzeigen in der Zeitung an und findet: »Anstreicher für Veranda gesucht.« Erning wird ganz aufgeregt und denkt bei sich: Wow. Das ist großartig! Auf den Philippinen habe ich einen Haufen Dinge angestrichen. Die Wände unseres alten Hauses. Den Hühnerstall meines Onkels. Das Fahrrad meiner Nichte. Ich bin hochgradig qualifiziert!

Also bewirbt Erning sich und steht in aller Frühe vor dem Haus seines Arbeitgebers. Der stämmige blonde Mann erklärt ihm mit lauter Stimme, was er von ihm erwartet, wobei er jedes Wort betont: »Okay, Freundchen. Ich habe keine Ahnung, wie ihr das bei euch zu Hause macht, aber ich will meine Veranda an einem Tag gestrichen haben. Als Erstes musst du alle Oberflächen gründlich abschleifen. Dann eine Schicht Grundierung auftragen. Wenn die trocken ist, trägst du zwei Schichten von dieser rosa Farbe auf. Kriegst du das hin?«

Erning wundert sich über das, was er da tun soll. Er findet nicht, dass Rosa eine gute Farbe ist. Aber schließlich ist er hier in Kalifornien. Außerdem bringt es nichts, die Amerikaner verstehen zu wollen. Schon gar nicht die Reichen. »Jawohl, Sir«, sagt er eifrig. »Ich kann sehr gut Farbe abschleifen und Farbe auftragen, vielen Dank auch!«

»Okay, Freundchen«, sagt der Amerikaner. »Du hast den Job. Ich habe das ganze Material schon aus dem Kofferraum ausgeladen.«

Nur zwei Stunden später hört der Amerikaner ein Klopfen an seiner Haustür. Er öffnet, und da steht Erning, von oben bis unten mit Farbe bespritzt und sichtlich stolz. »Sir, der Auftrag ist erledigt!«

»Klasse, Kumpel«, sagt der Amerikaner. »Und das in nur

zwei Stunden! Bist du sicher, dass du erst die ganze Farbe abgeschliffen hast?«

»Jawohl, Sir. Ganz sicher!«

»Und du hast die Grundierung gut trocknen lassen?«

Erning nickt.

»Und dann hast du zwei Schichten Rosa aufgetragen?«

»Menschenskind, darauf kannst du wetten«, sagt Erning. Er ist völlig begeistert über das, was er geleistet hat, und denkt bei sich: Wenn die Amerikaner von unserer Arbeitsmoral so beeindruckt sind, dann habe ich in null Komma nichts einen hochbezahlten Ingenieursjob.

Der Amerikaner ist tatsächlich beeindruckt. »Wow, ihr Mexikaner macht wirklich gute Arbeit. Okay, Freundchen, du hast dir eine Zulage verdient. Hier hast du noch mal zehn Mäuse!«

Erning ist überglücklich. »Sir, vielen Dank, Sir!« In dem Gefühl, ein erstklassiger Arbeiter zu sein, fügt Erning hinzu: »Aber ich muss Ihnen sagen, Sir, denn vielleicht kennen Sie sich mit solchen Sachen nicht so gut aus: Sie haben gar keinen Veranda. Ihr Wagen ist ein Ferrari.«

*

Neben Lateinisch, Spanisch, Altgriechisch und Französisch lernte der junge Salvador auch die Grundlagen des Nippongo, wenn auch von Yataro, dem japanischen Gärtner der Familie, der, wie sich Salvador erinnerte, »eine krankhafte Aversion dagegen hatte, fotografiert zu werden«. Die Sätze, die der Junge lernte, sollten sich später, während des Krieges, als lebenswichtig erweisen. Aber bis dahin beaufsichtigte »der komische kleine Yataro« viele Jahre lang die Instandhaltung der Grünanlagen. Yataro galt als »sehr gelehrt« und führte Salvador in die Bonsaipflege ein, indem er ihn »bei der Arbeit zuschauen ließ und ihm voller Ungeduld die Tugend der Geduld erklärte«. Yataro ließ ihn außerdem Haiku-Verse von Bashō, Buson und Issa wiederholen und »lachte voller Entzücken« über die Fortschritte des Jungen. Yataro genoss dank seines »militärischen Gehabes und seiner beständigen Plackerei« bei der Familie großen Respekt, weshalb ihm auch die Verantwortung über drei Gärten auf den Visayas übertragen wurde. Wenn er ein Gartenprojekt abgeschlossen hatte, ersuchte er jedes Mal um Urlaub. Dem wurde in der Regel stattgegeben, und er reiste viel auf den Philippinen herum, »seine treue Leica III um den Hals«. Für die Kinder brachte er immer kleine Souvenirs und Naschereien aus entfernten Provinzen mit – aus Romblon einen Marmormörser mit Stößel, von Bohol »süßen, klebrigen Reisbrei in einer Kokosnussschale«, aus Mindanao einen Kris mit einer kunstvoll geschwungenen Klinge, von Leyte eine Schneckenmuschel, aus Ilocos Norte eine geschnitzte Fruchtbarkeitsgottheit. Von Yataro erfuhr Salvador erstmals, »wie unermesslich und vielfältig die Kulturen unserer Inseln sind. Dabei hatte ich nicht die geringste Ahnung, dass Yataro mein Leben nicht nur verändern, sondern es auch retten sollte.«

— Aus der im Entstehen begriffenen Biografie
Crispin Salvador: Eight Lives Lived von Miguel Syjuco

*

Für mich sah Lena aus wie Crispin im Fummel, eine wenig überzeugende Vogelscheuche. Ihre Stimme war dünn, aber ohne das Tremolo vieler alter Menschen. Ihr Händedruck war überraschend fest. Ein Übermaß an Talkum und provenzalischem Lavendel umgab sie wie eine unsichtbare Aura. Ihre schlecht braun gefärbten Haare, die fast einen orangenen Ton hatten, hatte sie auf ihrem Kopf streng zu einer Art

Mandarine gesteckt. Sie trug einen bunten Chintz-Mu'u-mu'u, Lederpantoffeln, eine mit Diamanten besetzte Sonnenbrille und zahlreiche klirrende Armreife.

Wir saßen draußen auf der schattigen Veranda. Tee und Teller mit aufgeschnittenen Guaven und Papayas standen in Reichweite. Ein Dienstmädchen in minzgrüner Uniform tauchte aus dem Nichts auf und fächelte uns wie in einem Rudolf-Valentino-Film mit einem großen Strohfächer Kühlung zu. Aus dem Haus drang – viel zu laut – der näselnde Jazzstandard »Misty« zu uns heraus. Als Lena meinen Blick bemerkte, schickte sie das Dienstmädchen, die CD zu holen. »Umwerfend, nicht wahr? Ich *liebe* diese Musik. Viel besser als Richard Clayderman.« Das Dienstmädchen kam zurück, und Lena wies mit einer Geste auf mich, als würfe sie eine Frisbeescheibe. Anerkennend betrachtete ich das Cover: *Romance of the Oboe*.

Während Lena Whitman rezitierte, schloss sie die Augen, wie auch ihr Bruder es oft getan hatte. »›Was denkst du, ist aus den Frauen und Kindern geworden? Sie leben irgendwo, und es geht ihnen gut, der kleinste Spross zeigt, dass es wahrlich keinen Tod gibt, und wenn es ihn je gab, brachte er das Leben voran und wartet nicht am Ziel, es aufzuhalten. Und endete in dem Augenblick, als das Leben erschien. Alles geht weiter und hinaus, nichts scheitert, und zu sterben ist anders, als alle meinen, und glücklicher.‹«

Ich hole Block und Bleistift hervor und beginne das Interview mit einer Frage über Crispins Tod.

»Ich weiß nichts über seine Not«, sagt sie.

»Nein, ich meine, wie denken Sie ist er gestorben?«

»Ob ich glaube, dass er in welchem Orden war?«

»Entschuldigen Sie, äh – lassen Sie mich nachschauen – hm, haben Sie beide einander geschrieben, wenn er in New York war?«

»Nein, in New York habe ich ihn nie besucht. Ich hätte das gerne gemacht, es gab aber keine Gelegenheit.«

»Haben Sie ihm Briefe dorthin geschrieben?«

»Verzeihung, können Sie etwas lauter sprechen?«

»Ich habe gefragt: Haben Sie ihm oft Briefe dorthin geschrieben?«

»Ja. Jede Woche. Seit den fünfziger Jahren schon, als ich auf die KGV in Hongkong gegangen bin. Vor ungefähr zehn Jahren haben wir es sein lassen. Keine Briefe mehr von ihm zu bekommen war, als hätte ich aufgehört zu rauchen. Aber ich war viel zu sauer auf ihn.«

»Weswegen?«

»Verzeihung?«

»Ich fragte, weswegen.«

»Wegen seiner Memoiren.«

»Wie meinen Sie das?«

»Allerdings! Sie waren gemein! Wenn nicht sogar berechnend. Er mag ja gewartet haben, bis Mama starb, aber was war mit uns anderen? Mein Bruder sagte dazu: ›Aber das ist Kunst! Es ist die Wahrheit!‹ Als wäre er deswegen hier. Glauben Sie, dass die Menschen in diesem Land etwas von Kunst verstehen? Die Hälfte von ihnen kann nicht einmal den eigenen Namen schreiben. Trotzdem lassen wir sie wählen. Die andere Hälfte, die kann dieses Buch über uns lesen. Das kann nichts Gutes bringen. Früher habe ich dem Buch die Schuld an den psychischen Problemen meines Bruders gegeben. Ich habe Crispy sogar meine Kindheitstagebücher überlassen, in der Hoffnung, dass er aufrichtig schreiben würde.«

»Was hat Sie besonders geärgert?«

»Ach, wissen Sie.«

Das Dienstmädchen neben uns nimmt den Fächer in die andere Hand und wedelt weiter damit. Den müden Arm schüttelt sie aus.

»Hat es Sie getroffen, was er über Narcisito und Ihren Vater gesagt hat?«

»Er hat böse Dinge über die Heilige Kirche gesagt.«

»Was hatte das mit Narcisito zu tun?«

»Außerdem hat Crispin grässliche Dinge über die Verbindungen der Familie zu diesem Faschisten Respeto Reyes geschrieben. Oder seine versteckten Andeutungen, mein Vater hätte ihn körperlich misshandelt, was nun wirklich nur dem Zeitgeist geschuldet war. Dasselbe gilt für die Frauen, denen mein Vater sich zuwandte, wenn Mama krank war. Schließlich war Papa ein Mann! Wo sonst hätte er Trost suchen sollen? Und Crispin hat private Dinge über die politischen Ambitionen meines Vaters veröffentlicht.«

»Waren diese Dinge unwahr, oder ...«

»Die Dinge, die er sagte, waren unwahr. Mein Vater war ... Papa war ein Mann, der versuchte, so vielen Menschen wie möglich zu helfen. In Crispys Erinnerung kannte Papa keine Skrupel. Was für ein Heuchler! Und ob mein Vater Skrupel kannte – aber seine politischen Überzeugungen blieben davon unberührt. Jemand, der Skrupel hat, kann nicht gut regieren. Das weiß jeder.«

»Und Ihre Mutter?«

»Narcisito versuchte, Papas Erwartungen gerecht zu werden, so gut er konnte.«

»Nein, ich fragte nach Ihrer Mutter.«

»Oh. Ich bin überzeugt, dass sich meine Mutter im Grab umgedreht hat, bis ihr schwindelig geworden ist. Mögen Engel sich ihrer erbarmen. In Crispins Darstellung war sie eine bemitleidenswerte Frau.«

»Also hat er gelogen?«

»Natürlich hat sie ihn nicht betrogen!« Lena starrte mich wütend an. »Meine Mutter war der Inbegriff von Treue.«

»Nein, ich habe gefragt, ob Crispin gelogen hat.«

»Ach so. Sie sprechen so leise. Sind Sie Seminarist? Also, gelogen hat er wohl nicht. Aber *wir* hätten das völlig anders ausgedrückt. Wäre meine Mutter noch am Leben, hätte sich Crispin respektvoller verhalten.«

»Halten Sie es für möglich, dass Crispin das Buch geschrieben hat, weil er seiner Familie ein Denkmal setzen wollte? Als Chronik von Wahrheiten, die andernfalls der Familie verloren gegangen wären?«

»Das ist ein bisschen zu dick aufgetragen. Sie haben eine viel zu hohe Meinung von meinem Bruder. Er war im Fegefeuer der Bedeutungslosigkeit und wollte seine Wiederauferstehung. Und wie tut er das? Er drückt sich um seine Pflichten und tritt diejenigen, die ihn lieben. Lange habe ich dieser albernen Sadie Baxter die Schuld gegeben, einer Studentin aus Topeka, Kansas. Sie war halb so alt wie er. Alle waren entsetzt darüber, dass *er* einen schlechten Einfluss auf *sie* ausüben könnte. Wie wissensdurstig sie doch war! Und wie blond und unverdorben! Dabei hatte *sie* einen schlechten Einfluss auf *ihn*. Nicht das Alter korrumpiert uns, sondern die Jugend. Außerdem war sie, glaube ich, Jüdin. Papa machte sich Sorgen, sie könnte hinter unserem Geld her sein. Ihre Familie hat ihren Namen geändert, ursprünglich hieß sie Bachman oder Bachstein oder so etwas in der Art. Warum ändert jemand seinen Namen, wenn er nichts zu verbergen hat? Nun ja, Crispin war verrückt nach ihr. So verliebt hatte ich ihn nicht mehr erlebt seit der Affäre mit Mutya Dimatahimik.«

»Wann war das? Darüber habe ich nirgendwo etwas gelesen.«

»Ende der Sechziger. Diese lange Liaison hat ihm nur Schande gebracht. Sie hat ihn erheblich mitgenommen. Die *Cinco Bravos* haben sich letzten Endes deswegen getrennt. Deshalb hat er auch nichts darüber geschrieben. Er hätte sich strafbar gemacht. Sadie war auch der Grund, warum er sich nicht an seine geliebte Dulcinea herantraute und warum diese Beziehung so tragisch zum Scheitern verurteilt war ...«

»Was meinen Sie damit? Dieser Name steht auf meiner Liste von Leuten, die ich aufsuchen möchte.«

»Diese winzige Sadie Baxter hat bei meinem Bruder pubertäre Wahnvorstellungen hervorgerufen, ihn egoistisch und leichtsinnig gemacht. Vielleicht weil sie ihn unentwegt fotografierte, mit dieser Kamera, die sie immer mit sich herumtrug. Urplötzlich nimmt er jeden Morgen Ginseng und Ma-Huang und Nashornpulver. Lächerlich! Ja, ich mache mich darüber lustig, aber nur, weil ich ihn liebe. Mein Bruder war wirklich dumm. Ich weiß jetzt, dass ich Sadie verachtet habe, um mir meine Liebe zu Crispin bewahren zu können. Aber mein Hass auf sie hat zu unserem Zerwürfnis geführt. Was hätte ich tun sollen? Müssen wir nicht alle immer irgendjemandem die Schuld geben?«

»Können Sie mir etwas über Dulcinea ...«

»Ist das der Füllfederhalter meines Bruders?«

»Äh. Ja. Sie sagten, ich könnte ihn mir nehmen ...«

»Behalten Sie ihn. Schon in Ordnung.«

»Er bedeutet mir viel. Ich schreibe damit seine Biografie. Ich dachte, das würde passen ...«

»Schon in Ordnung. Wirklich. Es war nur eigenartig, ihn in der Hand von jemand anderem zu sehen. Bevor Crispin ihn hatte, gehörte er meinem Vater. Verzeihung, worüber haben wir gerade gesprochen? Ach ja. Nachdem klar war, dass er mit seiner Autobiografie gescheitert war, hat Sadie Baxter ihn verlassen.«

»Aber ich habe gehört, dass er ...«

»So war es, und nicht anders.«

Das Dienstmädchen mit dem Fächer verlagert das Gewicht auf die andere Hüfte und seufzt.

»Immerhin hat Ihr Bruder ihr *Autoplagiarist* gewidmet.«

»Ich weiß. Man muss der kleinen Draufgängerin zugutehalten, dass es damals nicht leicht war, mit meinem Bruder zurechtzukommen. Er konnte es nie ertragen, wenn ihm etwas misslang. Nein, Sadie trifft keine Schuld. Sie war jung. Sie schaute hoffnungsvoll in die Zukunft. Außerdem war sie *anders*. Nicht die typische Jüdin. Sie war ja im Westen aufgewachsen. Woher sollte sie da wissen, wie heilig uns die Familie ist? Die lassen ihren Nachwuchs doch von der Leine, kaum ist er achtzehn. Das arme Mädchen ist später bei einem Fahrradunfall in Monaco gestorben. Ich bin überzeugt, dass sie ein so schweres Leben hatte, weil sie nie getauft wurde.«

»Entschuldigen Sie bitte, aber ich muss noch einmal fragen. Verzeihen Sie meine Direktheit. Aber glauben Sie, dass Crispin sich umgebracht hat?«

Lena seufzt und runzelt die Stirn. Sie denkt einen Moment lang nach. »Die kurze Antwort lautet: nein. Nicht direkt. Zum einen, weil es eine Todsünde ist, und ich hoffe sehr, dass Crispin doch noch zu seinem Glauben zurückgefunden hat. Zum anderen hatte er nicht das Zeug dazu. Schön und gut, er war nicht ganz gescheit. Aber Selbstmord?«

»Was meinen Sie damit – ›nicht ganz gescheit‹?«

»Es hat angefangen, als meine Mutter im Sterben lag. Crispins Gefühl von Zerrüttung. Ich habe ihm erklärt, es sei eine Prüfung, er solle an Abraham denken. Daran, wie der Herr Abraham geprüft hat, indem er ihn aufforderte, seinen Sohn Isaak zu opfern! Aber nachdem Mama gestorben war, war Crispin untröstlich. Er war von New York hierhergeflogen, um sie zu sehen, und traf an dem Tag vor der Nacht ein, in der Gott sie zu sich nahm. Er eilte ins Krankenhaus, aber Papa erlaubte ihm nicht, zu ihr ins Zimmer zu gehen, um Lebewohl zu sagen. Das tat er zum Besten meiner Mutter. Mein Vater hat sie wirklich sehr geliebt. Er hoffte noch immer, dass der Krebs sich durch Gebete besiegen lassen würde. Er war sogar bis zum Vatikan vorgedrungen und spendete dort ein Vermögen an die Kirche. Papa fiel auf die Knie und flehte den Papst an, bei unserem Herrn Fürbitte einzulegen. Mama hatte solche Schmerzen. *Solche* Schmerzen! Crispin hatte schon seit Wochen gesagt, dass es vielleicht an der Zeit sei, sie gehen zu lassen. Das sagt sich so leicht, wenn man in Manhattan Martinis schlürft. Deshalb war es nicht verwunderlich, dass Papa ihn nicht zu unserer Mutter ließ. Er erklärte meinem Bruder, dass Mama ihn nicht sehen wollte. Vielleicht war das ein wenig unfair. Danach kehrte Crispin nach New York zurück und schrieb seine Autobiografie. Er weigerte sich, an der Totenwache teilzunehmen, und kam auch nicht zur Beerdigung. Als *Autoplagiarist* erschien, fühlte sich mein Vater verraten. Schließlich hatte er Crispin das Buch finanziert. Papa hatte Crispin andauernd Geld gegeben, als eine Art Wiedergutmachung. Mein Vater war sehr wütend. Wie immer ließ er seine Wut an dem armen Narcisito aus. Er behandelte ihn schlechter als den Hund der Nachbarn. Narcisito opferte Papa sein ganzes Leben. Und weil er das tat, wurde er nie von Papa respektiert. Ich habe Narcisito noch im Rehabilitationsheim ›Ein neuer Anfang‹ besucht; nachdem ich gegangen war, hängte er sich in seinem Zimmer auf. Ich frage mich oft ... wenn ich geblieben wäre ... oder ihn an dem Tag gar nicht besucht hätte ...«

Lena lehnt sich schweigend zurück, den Blick in die Ferne gerichtet, als säße sie einem Maler Modell. Ihr Gesicht findet langsam wieder zu seiner ursprünglichen Gelassenheit zurück, und sie lächelt ein wenig.

»Nun ja«, sagt sie. »Keine ungewöhnliche Geschichte in einer reichen Familie.«

Das Dienstmädchen mit dem Fächer blickt zum Haus hinüber. Sie streckt irgendjemandem, der sich im Haus befindet, die Zunge heraus, rümpft die Nase und blinzelt mehrmals auf äußerst sonderbare Weise.

»Was war mit Crispin?«

»Wenn Sie älter werden, werden Sie die Erfahrung machen, dass man einem Menschen, den man so sehr hasst, auch unbedingt verzeihen möchte. Aber man kann sich nicht entscheiden, ob das so ist, weil man das wirklich will, oder weil man einfach nicht mehr hassen möchte. Ich weiß bis heute nicht, ob Vergebung ein selbstloses oder ein eigennütziges Gefühl ist. Vielleicht beides. Als junger Mann war Crispin so begabt! Und so pfiffig. Aber er konnte so wütend werden! Darin zeigt sich eine gewisse Berechnung. Und auch eine gewisse Naivität.«

Die letzten Oboenklänge von »Smoke Gets in Your Eyes« verhallen. Die CD fängt wieder von vorne an, und »Misty« erfüllt die Luft.

»Konnten Sie sich mit Crispin aussöhnen, bevor er starb?«

»Vor seinem Tod war er das letzte Mal in Manila, als ... das war im Februar, vor diesem schrecklichen Fiasko bei der Preisverleihung ... ja, da hat Crispy mich besucht. Er ist einfach so aufgetaucht. Die Dienstmädchen sagten, ich hätte Besuch, und ich bin hinuntergegangen, und da stand er, neben sich einen Koffer, und fächelte sich mit seinem Panamahut Luft zu. Ich war überzeugt, dass ich ein Gespenst sehe. Ich bekreuzigte mich sogar. Als er aufblickte und auf diese für ihn typische provokante Weise lächelte, fragte ich ihn: ›Wie kommst du darauf, dass du hier willkommen bist?‹ Zu meiner eigenen Überraschung meinte ich das aber gar nicht so.«

»Er kam hierher? Hat er erwähnt, dass er an *The Bridges Ablaze* schreibt?«

»Über seine Arbeit haben wir nicht gesprochen.«

»Wie lange war er hier?«

»Ob wir Bier getrunken haben? Was für eine Rolle spielt das?«

»Nein, ich wollte wissen, wie lange er hier war.«

»Verzeihung?«

»Wie lange war er hier?« Allmählich verlor ich die Geduld.

»Ach so. Weniger als eine Woche.«

»So lange?«

»Waren Sie nicht mit ihm befreundet?«

»Doch, das war ich. Entschuldigen Sie, ich bin es noch immer.« Jetzt bekomme ich doch ein schlechtes Gewissen. »Ich war damals auch nicht in der Stadt. Meine Freundin und ich waren in Costa Rica, wir haben bei einem Brunnenbauprojekt mitgemacht. Meine damalige Freundin.«

»Warum nicht auf den Philippinen? Ist Costa Rica nicht vergleichsweise gut dran?«

»Das wussten wir vorher nicht. Was ich Sie fragen wollte – hat Crispin irgendetwas recherchiert, als er hier war? Sich Notizen gemacht oder Ähnliches? Oder ...«

»Nein. Nichts dergleichen. Wirklich, es war großartig. Ich muss zugeben, dass ich mich nicht getraut habe, ihn nach seiner Arbeit zu fragen. Es war einfach wundervoll, ihn hier zu haben. Das wollte ich nicht kaputtmachen. Er war alt geworden. Er spazierte barfuß im Garten umher. Aß viel und gut. Wir gingen zum Strand, wo wir als Kinder schwimmen waren. Und redeten nur über schöne Dinge. Er hat mir jeden Abend vorgelesen. Das haben wir als Kinder auch immer getan, vor allem während des Krieges. Er konnte es immer am besten von allen. Er sagte dann so was wie den ›Raben‹ auf und rollte dabei das R. Ich hätte wissen müssen, dass es zu schön war, um nicht das letzte Mal zu sein.« Lena hält inne. Sie reibt sich die Augenwinkel.

»Es tut mir leid. Es ist nur ... Als wir klein waren, hatten wir bloß uns drei. Papa war immer fort. Und Mama war ja nie richtig anwesend. Auch wenn in Crispins Memoiren etwas anderes steht. Mama kam nicht immer klar mit ihren Gefühlen. Wegen Papa hatte sie sich zurückgezogen und sich ganz der Malerei und der Botanik gewidmet. Ich habe sie nur selten lachen sehen. Außer mit ihrer besten Freundin, Miss Florentina. Die Sie noch befragen werden, nehme ich an. Nicht? Das müssen Sie! Eine erstaunliche Frau. Sie lebt noch immer allein. Die Erzengel wachen über sie. Sonst lässt sie sich von niemandem helfen. Sie war eine sagenhafte Schönheit. Ganz im Unterschied zu mir.«

»Nein«, sagte ich. »Äh, ich bin sicher, dass das nicht stimmt.«

Das Dienstmädchen mit dem Fächer verdreht die Augen. Sie fährt über den Saum ihrer Schürze und spielt mit einer Stelle, an der der minzgrüne Stoff ausgefranst ist.

»Der Name von Miss Florentina wurde am spanischen Königshof *geflüstert*. Fragen Sie sie nach ihren vielen Verehrern, darüber wird sie sich freuen. Sie waren verrückt nach ihr. Sie hätte aus Dutzenden wählen können. Aber keiner bekam sie. Nicht einmal im Gespräch. Nehmen Sie sich in Acht: Wenn Sie glauben, ihr etwas vormachen zu können, ist sie Ihnen schon einen Schritt voraus.«

»Wie stand sie zur Familie?«

»Wir waren zwar nicht verwandt, aber sie war unsere liebste Tita. Zuerst war sie eine Freundin unseres Tito Herculeo. Wissen Sie, dass mein Vater nicht zu seiner Beerdigung gegangen ist? Sein eigener Bruder! Tito Herculeo war, wie man so sagt, ein eingefleischter Junggeselle. Damals war das keineswegs normal. Tito Herculeo trug immer die schönsten Anzüge, und sein Gazpacho war von hier bis Schanghai berühmt. Verzeihung, worüber haben wir gesprochen?«

»Sie haben von Crispins letztem Besuch erzählt. Ist Ihnen da etwas Seltsames aufgefallen?«

»Jetzt, wo Sie es sagen – etwas hat mich schon überrascht. Ich engagiere mich seit langem für diese Kinder. Meine alte Klassenkameradin von der Assumption, Shirley Nuñes, eine Nonne und lebende Heilige, kümmert sich in zwei Orten der Provinz Antique um die Kindererziehung. Ich habe Crispin erklärt, dass sein Besuch zu einer unpassenden Zeit käme, weil ich zu ihr fahren wolle. Diese Reise mache ich jeden Februar, bevor es heiß wird. Ich habe Kinder immer geliebt. Jedenfalls wollte Crispin mich begleiten. Überleg's dir, sagte ich. Das hältst du keinen Tag aus! Aber er ist mitgekommen. Wir sind zwei Tage und eine Nacht dortgeblieben und haben uns die Heimarbeitsprojekte angeschaut, die ich finanziere. Weberhandwerk, müssen Sie wissen. Erinnern Sie mich daran, dass ich Ihnen einen Lendenschurz mitgebe, der dort hergestellt wurde. Als Tischläufer sind sie großartig. Die Kinder haben sich gefreut, dass wir da waren. Verstehen Sie, viele der Eltern sind fort. Wenn die Kinder dann ein bestimmtes Alter haben, verlieren ihre Augen jeglichen Glanz. Verzeihung? Ja, die Eltern arbeiten auf den Fischfarmen in den Mündungsgebieten an der Küste. Milchfisch. Viele gehen auch als Haushaltshilfen oder Leiharbeiter nach Manila. Manche auch nach Brunei oder Saudi-Arabien. Es ist alles andere als einfach. Meine Freundin Shirley wird immer älter, und diese Leute bekommen in einem fort Kinder. Ich weiß noch, wie Shirley den Leuten dort Kondome geben wollte und ich sie daran hindern musste. Können Sie sich das vorstellen?! Ich habe zu ihr gesagt: ›Wenn du das tust, spende ich nichts mehr! Ich werde dich bei der Diözese melden.‹ Ich weiß wirklich nicht, warum diese Männer und Frauen sich nicht beherrschen können. Ich konnte es doch auch. Wie die Tiere! Gott segne sie alle, aber trotzdem. Shirley sagt, dass viele Kinder für die Familien natürlich eine Absicherung darstellen. Ich weiß ja nicht. Verstehen Sie mich nicht falsch, Sie sollten diese Kinder sehen. Jedes Einzelne ein kleines Wunder.

Jetzt kommt der seltsame Teil. An dem Tag, an dem wir nach Hause fahren, will uns Shirley mit zwei Kindern bis in den Ort begleiten, wo die Fähre ablegt. Als wir in den Wagen steigen, bemerkt Crispin, dass einige der anderen Kinder weinen. Ein paar sind sehr gemein zu den beiden Kleinen, die mit uns fahren. Was ist los?, fragt er Shirley. Sie erklärt uns, dass sie jedes Jahr mit den beiden Kindern, die die besten Noten haben, einen Ausflug ans Meer macht. Nur mit zweien, weil sie es sich nicht leisten kann, alle mitzunehmen. Die meisten Kinder haben noch nie das Meer gesehen, obwohl es nur drei Stunden entfernt ist. Es ist sehr abgelegen dort. Sie haben da nicht einmal Fernsehen – woher sollen sie also wissen, wie das Meer aussieht? Shirley sagt: ›Ihr solltet hören, wie sie versuchen, es ihren Freunden zu erklären. Es gelingt ihnen einfach nicht. Ich versuche, ihnen zu helfen, aber dann wird mir klar, wie unmöglich das ist.‹ Nun, Crispy wird ziemlich wütend. Sie kennen das ja. Er zieht seine Brieftasche hervor und schickt Shirley mit unserem Wagen los, damit sie im nächsten Ort Jeepneys mietet. Anschließend hockte Crispy einfach nur da und wartete, wie ein Maultier, das Gras kaut. Fast zwei Stunden lang schwieg er. Ich glaube, er schämte sich. Dabei hat er Kinder immer *gehasst*. Er dachte wohl, ich würde mit ihm schimpfen. Das Schulmotto auf der KGV lautete ›Honestas ante Honores‹. Ehrlichkeit vor Ruhm. Aber an solches Zeug glauben philippinische Männer nicht. Ich muss schon sagen, auf dieser letzten Reise hat Crispy eine Kehrtwende gemacht. Wie der Heilige Augustinus.«

Eine Uhr im Haus macht elektronische Kuckucksgeräusche, vier Mal. Ein Dienstmädchen in einer rosafarbenen Uniform kommt heraus. Sie nimmt den Platz des Dienstmädchens in Minzgrün ein und fächelt uns sanft Luft zu. Das

Dienstmädchen, das sie abgelöst hat, bleibt ein paar Meter vor dem Haus stehen und schneidet jemandem Grimassen, der sich im Schatten der Sala aufhält.

»Also haben wir *alle* Kinder ans Meer mitgenommen. Siebenunddreißig waren es. Das werde ich niemals vergessen. Viele Kinder, vor allem die älteren, hatten Angst vor dem Wasser. Einige ganz Mutige sind direkt hineingesprungen. Vor allem die Jüngeren, wirklich unglaublich. Ein paar, die sich erst trauten, kamen jedes Mal, wenn eine Welle heranrollte, zu uns zurückgerannt. Am Ende waren sie alle im Wasser, tollten und spritzten herum. Noch nie habe ich Kinder so lachen sehen! Und Crispy stand einfach nur da, als ginge ihn das alles nichts an, die Hände in den Taschen, die Hosenbeine hochgerollt, während das Wasser seine Knie umspülte. Er hatte schon immer diese selbstgefällige Art, seine eigenen Melodien zu pfeifen, als wären wir anderen Luft. Oder als wüsste er alles besser als wir. Narcisito und ich haben das gehasst! Aber als Crispy an jenem Nachmittag so vor sich hinpfiff, da war das mehr als in Ordnung.

Hinterher habe ich dann einen Fehler gemacht. Auf der Fähre, als ich mich neben ihn an die Reling lehnte und unsere Insel am Horizont betrachtete, war ich wohl etwas nostalgisch gestimmt. Ich fragte ihn, ob er je daran dachte, was er hinterlassen würde. Diese Kinder waren mir wirklich nahegegangen. Crispin wurde zornig und stürmte davon. Auf dem ganzen Heimweg im Wagen sprach er kein Wort mehr. Und ging dann direkt ins Bett. Am nächsten Morgen war er fort.«

*

Eigentlich vermisse ich Madison gar nicht. Ich bereue auch nichts. Ich weiß, dass alles einmal ein Ende hat. Wie ich ebenfalls weiß, dass man aus Dingen erst schlau wird, wenn sie aus und vorbei sind. Sie war die Liebe meines Lebens, bis sie es plötzlich nicht mehr war.

Die unergründliche Madison Liebling. Das Mädchen, in dessen albernen Namen ich mich zuerst verliebte. Studentin der Umweltwissenschaften und fast schon eine lokale Berühmtheit, weil sie die Tochter der Lieblings aus Lincolnshire war, der Kugellagermagnaten. Ihr unscheinbarer Vater hatte gegen die Konventionen nach seiner Dienstzeit an der US-Botschaft in Manila unter David W. Newson unter großem Aufsehen seine philippinische »Begleiterin« geheiratet. Madison – so steif wie eine Reiterstatue und so anständig, als sei sie aus einem Benimmbuch, mit ihrer unwahrscheinlich schmalen Taille, ein Auge blau und das andere braun (Sommersprossen auf der makellosen Nase). Wir waren füreinander gemacht. Einmal abgesehen von unseren Unterschieden natürlich. Wie konnten unsere Idiosynkrasien uns derart beeinträchtigen? Trotz ihrer puritanischen Vorfahren, ihres eigenen Mischlingshintergrunds, ihrer von fernöstlicher Philosophie und Heilkunst beeinflussten Eltern, ihrer ausgedehnten Reisen als Teenager, ihrer hochkarätigen Ausbildung am Seven-Sisters-College und ihrer in der Upper East Side kultivierten Umgangsformen konnte sie die Nuancen unseres gemeinsamen Hintergrunds weder entschlüsseln noch verstehen. Identität war für sie nie etwas, wonach sie suchen musste. Wir sprachen dieselben Sprachen, redeten jedoch über so unterschiedliche Welten, dass Worte nicht genügten. Die entscheidenden Dinge blieben bis zum Schluss ungesagt; sie wichen Nebensächlichkeiten, einstmals liebenswerten Fehlern, die irgendwann zu unerträglichen Marotten wurden. Zum Beispiel hatte sie ihre Abschlussarbeit darüber geschrieben, welche Auswirkungen elektrische Händetrockner in öffentlichen Toiletten im Vergleich zu Recyclingpapiertüchern auf die Umwelt haben. Trotzdem ließ sie in unserer

Wohnung ständig das Licht brennen, wenn sie wegging. Oder sie drehte, wenn sie ihre Lieblingsserie *The Golden Girls* schaute, den Fernseher mit schöner Regelmäßigkeit zu laut auf, obwohl ich im Zimmer nebenan arbeitete. Ganz besonders schlimm fand ich, dass sie, trotz meiner wohlformulierten ästhetischen Einwände, eine Fotografie vergrößert, gerahmt und in unserer Wohnung in Williamsburg über dem Kamin aufgehängt hatte: die blaue Erde, wie sie über dem Mondhorizont aufgeht. Der Astronaut James Lovell hatte die Aufnahme während der Apollo-8-Mission gemacht. Madison und ich saßen oft auf dem Sofa, rauchten unsere Wasserpfeife und starrten das Bild an. Sie liebte diese Fotografie. Sie sagte, alles sähe so friedlich aus. Keine Menschen, keine Nationen, keine Grenzen. Ich fand es kitschig. Ich sagte ihr, ich könnte das Ozonloch sehen. Darüber ärgerte sie sich jedes Mal. In der Regel saßen wir schweigend da und stießen Rauchwolken aus.

*

Obwohl sich alle darüber einig sind, dass er ein guter Ehemann und Vater ist, kann sich Cristo seinen Ängsten nicht entziehen. Was ist mit den Gerüchten? Und den Verbindungen? Das ist nicht besser als die Inquisition, und oft wird auf schuldig befunden, bevor die Unschuld bewiesen werden kann.

Später an jenem Abend, lange, nachdem die Gäste sich verabschiedet haben und seine Frau und die Kinder schlafen gegangen sind, schreibt er in sein Tagebuch: »Die Entwicklungen in den Provinzen um Manila wecken in mir Angst vor Unruhen wie auch die Hoffnung darauf. Darauf haben wir so lange hingearbeitet! Unser Ziel rückt näher, und mir schnürt die Angst die Luft ab. Ich erwache weinend, allein in meinem Zimmer. Plötzlich rücken die Wände immer weiter von mir weg, als befände ich mich auf dem offenen Feld. Die Schatten sind Mönche, Soldaten, Verräter, die knapp außerhalb meines Gesichtsfelds durch das Unterholz huschen. Wenn ich schon nachts leide, wie muss dann erst jene letzte Nacht für meinen alten Freund José [Rizal] gewesen sein? Nur wenn ich Maria Claras Zimmer betrete und sie und die Kinder atmen höre, finde ich den Mut, meine Gedanken an die Unabhängigkeit beiseitezuschieben. Ihnen zu lauschen, stärkt meinen Glauben an die Reformbewegung, meine Überzeugung, dass Mutter Spanien uns bald Zugeständnisse machen wird - vielleicht sogar in Form einer Vertretung in den Cortes. Und doch ist kaum ein Jahr vergangen, seit José wegen dieser mehr als billigen Forderung vor ein Erschießungskommando gestellt wurde. Mir kommt es vor, als sei es erst gestern gewesen, dass er und ich zusammen in Madrid waren, junge Männer, die selbstverliebt in die Zukunft blickten. Der Morgen graut. Die arme Maria Clara hält meine Müdigkeit fälschlicherweise für Melancholie und gibt sich die Schuld. Ihre Tränen verzehren mich. Aber ich muss mein Kreuz alleine tragen. Um meiner Söhne willen. Sie sind mein ganzer Stolz! Narciso Junior, der Elternschreck auf zwei Beinen. Klein-Achillo, der allmählich beginnt, den Kopf zu heben. Mein drittes Kind, das noch in Maria Claras Schoß ist. Wenn sie mich morgens begrüßen, verbanne ich die heroischen Gedanken aus meinem Kopf. Und doch, ein Abend wie der heutige verwirrt mich. Aniceto, Juan und Martin kommen zum Essen. Unsere Ideen und die Aussicht, dass die Dinge sich tatsächlich ändern, unsere Ungeduld erfüllen die Luft wie der dichte Qualm unseres Tabaks. Wieder entflammen sie das Feuer, das für eine weitere schlaflose Nacht in meinem Kopf lodert. Bis der infernalische Vorgang sich im Morgengrauen erneut wiederholt.«

Cristo legt seinen Federhalter hin und reibt sich die Augen. Er grübelt über die Entscheidungen nach, die er fällen muss; er windet sich, weil sie ihm so verworren erscheinen, und ruft aus: »Geheiligte Maria, Mutter Gottes, steh mir bei!«

— Aus: *The Enlightened* (Seite 165) von Crispin Salvador

*

An jenem Morgen, als meine Schwester Charlotte fortging, regnete es stark. Soweit ich mich erinnere. Ich war erst dreizehn, und trotzdem hatte sie nur mir ihre Entscheidung anvertraut. Unsere Zimmer in dem Haus in Iligan, das unsere Familie gemietet hatte, nachdem wir von Vancouver weggezogen waren, waren durch ein Bad miteinander verbunden. Vielleicht standen Charlotte und ich uns aber auch einfach nahe. Ich weiß es nicht mehr genau. Als sie es mir erzählte, hatte sie die Taschen bereits gepackt. Ich wollte sie aufhalten, aber ich wollte auch, dass sie glücklich war. Also behielt ich das bedrückende Geheimnis für mich. Ich glaube, es ist das einzige Mal, dass ich das jemals wirklich geschafft habe.

Meine Großeltern waren fünfhundert Meilen weit weg, in Manila. Das waren nur drei Stunden mit dem Flugzeug, aber sie waren wieder einmal nicht da. Grapes und Granma hatten sich in letzter Zeit schlimm gestritten und ihre Wut an Charlotte, an mir, an uns allen ausgelassen. Granma war sich sicher, dass Grapes etwas mit einer anderen Frau hatte, und weigerte sich deshalb, von seiner Seite zu weichen. Sie war überzeugt, dass die Politik ihm als Entschuldigung für seine Sünden diente oder ihm dabei half, sie zu begehen. Aus diesem Grund begleitete sie ihn nach Manila, als er zu einer nationalen Gouverneurskonferenz fuhr – die letzte in seiner Amtszeit.

Als sie zurückkehrten, war Charlotte fort.

Bevor irgendjemand bemerkte, dass ihr Zimmer verlassen war, setzte ich mich dort zwischen ihre verwaisten Besitztümer. Das Zimmer roch noch nach ihr, nach jenem frischen Duft, an den ich mich nicht gut genug erinnere, um ihn beschreiben zu können, auch wenn ich mich immerhin so gut an ihn erinnere, um zu wissen, dass es ihrer war. Ich blätterte ihren Stapel *Elle* durch, schnitt alle Fotos von Mädchen in Badeanzügen aus und steckte sie mir unter das

Hemd, um sie später zwischen den Seiten meiner Bibel aufzubewahren.

Ich war jung, aber ich konnte sie verstehen. Wieso sollte ich meiner Schwester auch Vorwürfe machen? Sie hatte ihren Highschool-Schatz zurücklassen müssen und war in dieses Paradies aus abgedroschenen Klischees entführt worden – goldene Mangos, sonnenüberflutete weiße Sandstrände, Rifftauchen und eine Sprache, die uns noch immer so fremd war, dass die Einheimischen unwillkürlich lächelten, wenn sie uns sprechen hörten. Wir Kinder hatten Leibwächter, Fahrer und Dienstmädchen, die sogar unsere Socken bügelten. Wir schwelgten in einem Luxus, der das Gefühl von Freiheit, das wir in Kanada empfunden hatten, erst verstärkte und dann zersetzte. Es war schrecklich, Charlotte unten in einer Ecke des Spielzimmers weinen zu hören, wenn sie ein Ferngespräch führte. Ich hasste meine Großeltern – weil sie mich hierhergebracht hatten, auf eine neue Schule; weil sie Charlotte anschrien; weil sie uns gezwungen hatten, in ein Zuhause zu ziehen, in dem sie sich selbst nur selten aufhielten.

Das Bett in Charlottes Zimmer war noch immer nicht gemacht. Ich saß an seinem Fußende und schaute die CDs durch, die sie nicht mitgenommen hatte. Auf dem neuen Ghettoblaster, den Granma ihr zum Geburtstag geschenkt hatte, ließ ich Whitney Houstons »The Greatest Love of All« laufen. Es war eines von Charlottes Lieblingsliedern, das sie so wunderbar schmettern konnte. Sie begleitete sich dabei auf dem Stutzflügel, den Grapes ihr gekauft hatte. Whitney sang: »I believe the children are the future, teach them well and let them lead the way.« Als sie beim Refrain ankam – in dem es darum ging, sich zu entscheiden, in niemandes Schatten zu wandeln, mit der eindrucksvollen Stelle über Gewinnen oder Verlieren und darüber, dass sie zumindest ein Leben führte, an das sie glaubte – und Whitney davon sang, dass es darauf ankäme, die Würde zu wahren, konnte ich mich nicht mehr beherrschen: Ich brach in Tränen aus, wie so oft, wenn ich keinen Ausweg mehr weiß. Unter meinem Hemd zerknitterten die Seiten mit den leicht bekleideten Mädchen.

Die Wochen und Monate und schließlich Jahre, nachdem sie weggegangen war, glichen einem schlechten Film. Grapes verstieß sie in aller Form und zwang uns, neue Gesellschafterverträge zu unterschreiben, aus denen ihr Name als Anteilseigner gestrichen war. Er hat die Liebe zu seiner Familie stets auf materielle Weise zum Ausdruck gebracht. Den Leuten erzählte er, er hätte einen Enkel weniger. An Granma habe ich aus jener Zeit kaum Erinnerungen, was heißt, dass sie sich allzu oft in ihrem Zimmer aufhielt. Wie muss es sie getroffen haben, dieses Mal ein Enkelkind zu verlieren?

Mario erzählte mir, er habe Granma das letzte Mal so erlebt, als ich noch zu jung war, um mich daran zu erinnern – als meine Eltern starben. Er erklärte mir, dass Granma selbst damals, als sie herausfand, dass Grapes sich mit anderen Frauen traf – als Granma ihn verließ und mit uns Kindern für über einen Monat in eines der besten Hotels des Landes zog, und alles auf Grapes' Kreditkarte –, um unseretwillen den Kopf nicht verloren hätte. Mein Bruder versuchte, mir Mut zu machen, mir zu versichern, dass Granma das schon durchstehen würde. Aber indem er diese Last mit seinem dreizehnjährigen Bruder teilte, offenbarte er mir letztlich, wie einsam er sich selbst fühlte und wie gefährlich er durch den Weggang meiner Schwester aus der Bahn geworfen war. Mario und Charlotte waren fast gleichaltrig, und sie hatten sich ständig gestritten, wie es Menschen eben tun, die so viel gemeinsam haben. Mario bekam zunehmend Schwierigkeiten an der Universität. Er ging zu keinen Vorlesungen mehr.

Wer wollte schon auf eine Universität gehen, wo alle den regionalen Dialekt sprachen, den man selbst aber nicht verstand, und wo man sogar verspottet wurde, weil man wohlhabend war und nur Englisch sprach? Ich weiß noch, wie meine Großeltern eines Abends im Spielzimmer mit Mario schimpften. Er saß zwischen ihnen, Grapes lehnte ein Stück weiter weg an der Wand, und Granma stützte sich auf den Pooltisch. Die Wortkargheit meines Bruders brachte meine Großeltern sehr wahrscheinlich ebenso auf wie früher Charlottes Überheblichkeit. Granma war so außer sich, dass sie nach einer Billardkugel griff. Und sie auf den Boden schleuderte. Die Kugel titschte wieder nach oben und traf Grapes mitten auf der Stirn. Bis heute lachen wir Kinder darüber, auch wenn meine Großeltern dazu noch nicht in der Lage sind.

Mein ältester Bruder Jesu kam am besten mit all den Veränderungen klar. In gewisser Hinsicht schien er aufzublühen – er fing mit Sporttauchen an, trug seine Haare lang und einen Haifischzahn um den Hals. Er arbeitete mit Grapes in der Zentrale der Reißverschlussfabrik, als sein Protegé und seine rechte Hand, und opferte unserem Großvater die letzten Jahre seiner Jugend, einem Mann, dem man es eigentlich nie recht machen konnte. Was vielleicht daran lag, dass Grapes' Hingabe an uns so groß war, in ihrer Ehrlichkeit so zerbrechlich und in ihrer Grenzenlosigkeit so vollkommen, dass er im Gegenzug forderte, ebenfalls ohne jede Einschränkung geliebt zu werden. Jesu verlangte er alles ab. All die Jahre, von denen ich fälschlicherweise glaubte, dass es meinem Bruder gut ging, schrieben sich seiner aufgesetzten Ernsthaftigkeit später als verblassende Widersprüche ein. Jesu gab sich größte Mühe, uns Kinder zusammenzuhalten, er ließ nichts unversucht, um Granma davon abzuhalten, sich in eine trauernde alte Frau zu verwandeln, und wurde dabei immer starrsinniger. Ich hätte ihn am liebsten geschüttelt, um den Menschen wiederzuhaben, den ich mal gekannt hatte.

Claire war unterdessen bereits geflohen – sie hatte einen charmanten Mann mit einem Schnauzbart geheiratet und lebte in Kalifornien. Hin und wieder rief sie an, und dann weinte sie, und wir stimmten in ihre Tränen ein. Aus ihrer Stimme sprach das schlechte Gewissen darüber, dass sie nicht bei uns war.

Jerald und ich wuchsen so unbekümmert auf, wie nur Kinder das können, trotz der Risse im Familienfundament. Wir lernten den rauen lokalen Dialekt. Spielten in derselben Basketballmannschaft. Verpassten einander einen Igelschnitt. Trugen die gleichen Goldkettchen. Droschen den Mini-Basketball in den niedrigen Korb, den Grapes hatte aufhängen lassen. Jerald und ich machten Fotos voneinander, wie wir durch die Luft flogen: Ich war Manute Bol, Jerald war Muggsy Bogues. Zusammen mit Granma gingen wir oft zu *Ingo's*, dem Feinkostladen eines schwerfälligen Deutschen, der eine muntere Einheimische geheiratet hatte. In einem Umkreis von hundert Meilen gab es nirgends sonst Brie, Bratwurst, Räucherlachs oder Pastete; wir aßen importierte Steaks, die nicht so ledern waren wie die von hiesigen Kühen. Allerdings mussten wir Granma versprechen, dass wir unserem Großvater nichts davon erzählten.

Zwei Jahre, nachdem Charlotte fortgegangen war, wurde die Villa meiner Großeltern endlich fertiggestellt. Das Haus krallte sich weit oben in den Bergen über Iligan City seitlich in eine uralte, winddurchtoste Schlucht. Von den sieben Stockwerken blieben die unteren vier unausgebaut; sie waren uns Enkelkindern für unsere zukünftigen Familien vorbehalten. Für die Inneneinrichtung hatten Grapes und Granma Bücher über Frank Lloyd Wright und japanisches Zen gewälzt und ganze Stapel *Architectural Digest* durchgeblättert. Schließlich sollte es ihr Traumhaus werden, ihr Alterssitz, wo sie zufrieden sterben wollten – das moderne Stammhaus der Familie. Sie tauften es »Ourtopia« und ließen den Namen in Grapes' verschlungener Schrift auf ein Schild gravieren.

Von ihrem Zimmer im obersten Stock aus konnte man, zwischen zwei Hügeln hindurch, tagsüber das tiefblaue Meer sehen und nachts die funkelnden Lichter des städtischen Ballungsgebiets. Für Jerald und mich hatte Grapes ein Basketballfeld anlegen lassen, für Granma einen mit Tatami ausgelegten Gebetsraum und für unsere gemeinsamen Mahlzeiten einen japanischen Teegarten mit einem koreanischen Grill. Grapes machte das Anwesen zu seiner Burg, inklusive Schießstand, Künstleratelier und sogar Schwimmbecken, das nur einen Meter zwanzig tief war (Grapes hatte solche Angst davor, einer von uns könnte ertrinken, falls es tiefer wäre). Jeder seiner Enkel hatte ein Zimmer mit Aussicht. Wenn Claire und ihr Ehemann nicht da waren, wurde ihr Zimmer zeitweilig zu einem Lagerraum für alte Kleidungsstücke umfunktioniert. Als sich abzeichnete, dass Charlotte nicht zurückkehren würde, zog Grapes mit seinem Computer und einem riesigen Drucker in ihr Zimmer, um dort in schlaflosen Nächten digitale Kunstwerke zu schaffen, eine Gewohnheit aus all den Jahre auf der anderen Seite der Welt. Er versuchte, sich von den Gedanken an die Politik abzulenken, die er sehr vermisste. Kurz nachdem wir in Ourtopia eingezogen waren, war Granma in eine düstere Depression verfallen und hatte sich geweigert, ihr Bett zu verlassen, bevor Grapes nicht dem zeitraubenden politischen Leben abgeschworen hätte.

Damals war es nicht leicht, Grapes etwas recht zu machen. Er wurde schnell wütend, und irgendwo in der Kluft, die zwischen uns immer größer geworden war, hatte er sehr eigenwillige und falsche Vorstellungen von seinen Enkeln entwickelt – sie hatten damit zu tun, ob wir ihm zuhörten oder welche persönlichen Krisen wir gerade durchmachten. Gemeinsame Mahlzeiten waren die Hölle, und ich lernte, mich mit Unwohlsein herauszureden. Wenn Grapes in der Nähe war, ging ich nur auf Zehenspitzen oder zog mich in mein Zimmer zurück. Dort, in meinem Zufluchtsort, der mit Büchern, Trainingsgeräten und geklauten *Playboy*-Heften aus den Siebzigern vollgestopft war, beobachtete ich oft aus der schwindelerregenden Höhe über den Bäumen der Schlucht die kleinen Geckos, die die Fliegenfenster hinaufkletterten und Jagd auf die Insekten machten, die durch unsere Lampen angelockt wurden. Unser Licht war das einzige im Umkreis von einer Meile, von den fremdartigen Sternen und der fernen Stadt abgesehen. Die kleinen Echsen waren am nächsten Morgen immer noch da – mit vollgeschlagenen Bäuchen hingen sie vor meinem Fenster. Wenn die Sonne schien, konnte man das bohnengroße Reptilienherz in ihren durchsichtigen Körpern schlagen sehen. Ich schnippste mit dem Finger gegen die Innenseite des Fliegengitters und sah zu, wie die winzigen Geschöpfe Shuriken gleich in die bodenlose grüne Tiefe unter uns stürzten. Vom Töten völlig fasziniert, schnippte ich Echse um Echse hinunter, was mich von dem langsamen Verfall ablenkte, der jenseits meiner Zimmertür um sich griff.

Meine Highschool-Jahre verbrachte ich in Iligan, einer Stadt, die nicht einmal ansatzweise versuchte, über sich selbst hinauszuwachsen. Die Dinge, die ich damals lieben lernte, bildeten das Fundament dessen, was mir bis heute Freude macht. Meilenweit wanderte ich über die trockenen Reisfelder hinter den Häusern meiner Schulkameraden. Auf meiner Honda 50cc erkundete ich die parzellierten Hügelkämme unserer neu erschlossenen Trabantenstadt. Ich machte lange Spaziergänge am Strand, wobei mich das Meer ebenso faszinierte, wie es mich einschüchterte. Ich war immer auf den Beinen, immer in Bewegung, um meinen Platz in der Welt zu finden.

Darüber hinaus kann ich mich an viele Abende erinnern, die ich auf den ungepflegten, unbeleuchteten Straßen von Santo Niño Village verbrachte und bei meinen Klassenkameraden Ping-J und JP zu Hause, den Söhnen von philippinischen Missionaren. Dort lernte ich, was Freundschaft bedeutet, und erklärte sie zu meinen besten Freunden, ganz gleich, ob sie das ihrerseits auch machten oder nicht. Voller Sehnsucht betrachteten wir Bilder der neuesten Air-Jordan-Turnschuhe. Fuhren in der Mittagspause mit Jeepneys ins Stadtzentrum, um den Mädchen in ihren blauweißen Uniformen nachzuschauen. Als der erste McDonald's in der Provinz aufmachte, standen wir stundenlang Schlange. Abends setzten wir uns über alle Grenzen des Erlaubten hinweg, hockten zu dritt und ohne Helm auf meinem winzigen Motorrad, die Beine angewinkelt und die Füße nur Zentimeter über dem Boden – um Mädchen zu besuchen, denen wir den Hof machen wollten, um in den Freiluftdiskos zu tanzen und zu posieren, um schaudernd und voller Mitleid bei den Freakshows auf den Fiestas mit den nackten Glühbirnen und Glücksspieltischen vorbeizuschauen, wo es nach brachliegenden Feldern roch. Wir umwarben die Mädchen, für die wir schwärmten. Führten sie in Kinos aus, wo Filme ohne feste Anfangszeiten liefen, die wir ab der Hälfte bis zum Ende sahen und dann von vorne und noch einmal bis zum Ende. Irgendwann hatte ich schließlich eine hübsche Freundin mit scheußlichen Zähnen. Sie hieß Darlene, und ich traute mich nie, sie zu küssen. Immerhin erzählte ich ihr, ich hätte in Vancouver einer philippinischen Bande angehört und einen Mann niedergestochen, um herauszufinden, wie das so sei. Sie fragte mich, ob er gestorben sei, und ich sagte, das wüsste ich nicht und die Tatsache, dass ich es nicht wüsste, würde mich bis an mein Lebensende verfolgen. Als Darlene mit mir Schluss machte – sie schickte mir einen Brief mit ein paar Zeilen aus »Hold On For One More Day«, einem Hit der Girlgroup Wilson Philips –, hätte ich mich am liebsten ganz aus dem Leben verabschiedet. Wenn das Liebe war, wollte ich nichts damit zu tun haben. Wie konnte ein Gefühl, das eine solche Leere in einem zurückließ, solche Schmerzen verursachen? Ich versuchte, sie zurückzugewinnen, schrieb ein Gedicht für sie, ging mit dem Text verlegen zu Jesu und bat ihn, mir ein Lied zu komponieren, das ich für sie singen konnte. Er erklärte mir behutsam, dass Musik – wie andere Dinge auch – in diesem Fall nichts taugte.

Ich erholte mich wieder. Irgendwann verknallte ich mich in ein Mädchen namens Leanne – eine wahre Liebe, neben der alles, was ihr vorausgegangen war, verblasste und unwahr erschien. Später fand ich heraus, wie es war, jemandem wehzutun, dem man das Gegenteil versprochen hatte. Und wie es war, das, was man getan hatte, wirklich zu bereuen. Ich beging also die Fehler, die alle in ihrer Jugend begehen. Ich lernte. Ich machte meinen Abschluss. Bei der Highschool-Abschlussfeier warf ich meinen Hut in die Luft.

1993 zog meine Familie nach Manila. Damit ich dort aufs College gehen konnte. Damit Granma im Rehabilitationsheim »Ein neuer Anfang« behandelt werden konnte. Damit Grapes für Jesu und Mario ein neues Familienunternehmen gründen konnte, das sich auf den Export von Duftkerzen spezialisierte. Und obwohl es nie erwähnt wurde, kehrten wir auch in die Hauptstadt zurück, weil Grapes sein Versprechen zurückgenommen hatte und sich wieder der Politik verschrieb – er bekam einen einträglichen Posten in der

Verwaltung unter dem neugewählten Präsidenten Estregan. In der Hauptstadt unseres Landes wurde unsere zerstrittene Familie wieder Teil jener Welt, die schon immer ihren Schatten auf Iligan geworfen hatte. Ourtopia stand leer, und die Hauswartin und ihr Mann gingen von Zimmer zu Zimmer, um einmal am Tag das Licht einzuschalten, die Wasserhähne aufzudrehen und die Fenster zu öffnen und zu schließen, damit sie nicht zurosteten. Grapes versuchte, das Haus zu verkaufen, aber niemand wollte es haben. Träume sind immer eine offenkundig persönliche Sache. Inzwischen hat eine Schule das Haus gemietet, die Japanern gehört und in der Englisch als Fremdsprache unterrichtet wird.

*

Im Tagebuch von Lena Salvador, das sich in einem kleinen alten Koffer in der verschlossenen Truhe in Crispins Schlafzimmer fand, gibt es einen Eintrag, der für eine Schülerin des Assumption College typisch ist. Unter dem Datum 25. Dezember 1941 steht da: »Heute hat die Familie die Christmette in der Malate Church besucht. Viele Familien, die wir kennen, sind nicht erschienen. In den letzten Tagen haben alle amerikanischen Soldaten die Stadt verlassen, und wir haben Angst. Mama sagt, sie würden uns den Japanern ausliefern, aber Papa sagt, dass wir in einer ungeschützten Stadt sicherer sind. ›Es gibt keinen Grund, die Kinder zu beunruhigen‹, sagte er. Wann wird er endlich begreifen, dass ich kein Kind mehr bin? In der Kirche haben wir für diejenigen gebetet, die nicht unter uns sind. Ich habe ein Glaubensbekenntnis für Tito Jason gebetet, der zu unserem Schutz in der Stadt geblieben ist. Nach der Messe hat sich Pater O'Connor als Weihnachtsmann verkleidet, obwohl er zu dünn ist, um die Kinder zu täuschen, und sie haben ihn auch sofort erkannt.

Er hat eine armselige Figur abgegeben. Auf dem Heimweg hat Crispin meine Hand genommen und mir erklärt, er würde nicht mehr an den Weihnachtsmann glauben.

— Aus der im Entstehen begriffenen Biografie
Crispin Salvador: Eight Lives Lived von Miguel Syjuco

*

Dulcé und Jacob schauten sich um, während sie weiterrannten. »Ich hab dich gewarnt«, sagte Jacob und schnaufte wütend. »Die fressen uns bei lebendigem Leibe! Wir hätten da hingehen sollen, als es noch hell war. Wir hätten auf den alten Gärtner hören sollen.«

Am Ende des Zauns angelangt, gingen sie in Deckung. Die Dwende kamen im bläulichen Schein des Vollmondes die Gasse entlanggehüpft. Sie waren zu sechst. Ihre Augen leuchteten wie irre Glühwürmchen, und ihre langen silbernen Bärte wallten wie Rauch. Sie blieben stehen und schnüffelten. Sie waren klein und sogar ziemlich niedlich, aber ihnen war auch anzusehen, dass mit ihnen nicht gut Kirschen essen war.

»Wir können nicht nach Hause gehen«, flüsterte Dulcé. »Die finden bestimmt raus, wo wir wohnen, und dann ist meine Familie in Gefahr.«

»Ich hab dich gewarnt«, war alles, was Jacob herausbrachte. »Ich hab dich gewarnt. Wir hätten ihren Baum in Ruhe lassen sollen. Ich hab dich gewarnt.«

Plötzlich hatte Dulcé eine Idee. »Komm mit«, flüsterte sie, bevor sie auf die Gasse sprang, wo die Dwende sie sehen konnten. Jacob duckte sich, vor Schreck wie erstarrt. Er war es gewohnt, Dulcés Verrücktheiten mitzumachen, aber das war dann doch zu viel. Die Dwende lächelten, klatschten begeistert in die Hände, entblößten ihre rasiermesserscharfen Zähne und schossen wie der Blitz auf das Mädchen zu. »Komm, schnell!«, rief Dulcé und packte Jacob am Hemd. Die beiden rannten los, auf Dulcés Hinterhof zu. Ihr eigener

Atem, das Pochen ihrer Herzen und das Knacken des Unterholzes waren die einzigen Geräusche, die sie hörten.

— Aus: *QC Nights*, Buch 2
von Crispin Salvadors *Kaputol*-Trilogie

*

Den Rest des Nachmittags verbringt unser wissbegieriger Protagonist mit Lena. Als er sie wiederholt nach Crispins Tod fragt, hört sie ihn nicht, sondern will wissen, wer seine Eltern sind. Er sagt es ihr. Wie vor den Kopf gestoßen erwidert sie bestürzt: »Ich habe Ihre Eltern gekannt. Sie waren brave Leute. Ihr Vater hätte nicht noch einmal hineinrennen sollen. Bobby Pimplicio war nicht mehr zu retten. Nein, verzeihen Sie. Ihr Vater war ein Held. Ein echter Patriot. Wenn Pimplicio überlebt hätte, wäre er zum Präsidenten gewählt worden, und das Land wäre heute ein anderes.« Diese Bemerkung hört unser Protagonist nicht zum ersten Mal, und sie weckt zwiespältige Gefühle in ihm – Stolz und unbeschreibliche Traurigkeit. Lena läutet mit einer kleinen Messingglocke. Ein Dienstmädchen in einer babyblauen Uniform eilt mit einem Tablett vor der Brust herbei. Sie räumt das Geschirr ab. Aus der Düsternis des Hauses taucht das Dienstmädchen in der minzgrünen Uniform auf, ein etwa zweijähriges Kind auf den Armen. Der Junge ist dunkelhäutig, trägt einen roten Overall und hat offenbar schlechte Laune. In einem fort wiederholt er das Wort »Donut«. So, wie er es sagt, klingt es nach einer Warnung. Lenas Augen beginnen zu leuchten, als sie das Kind an sich nimmt. Sie setzt sich auf und wirkt auf einmal viel lebendiger, als verleihe ihr die Nähe des Kindes neue Kraft.

»Das ist mein Sohn«, sagt sie, »Moses, das Kind meiner Waschfrau. Sie ist vor wenigen Monaten gestorben, selbst noch fast ein junges Mädchen. Eines Morgens ist sie einfach nicht mehr aufgewacht. Den Vater haben wir nie gekannt. Wahrscheinlich einer der Landarbeiter. Jetzt gehört der Junge mir. Die Mutter hatte ihm einen ande-

ren Namen gegeben, einen ziemlich albernen, ich habe ihn geändert. Moses passt recht gut zu ihm, finden Sie nicht?«

Das Dienstmädchen steht hinter ihnen und nickt Moses zu. »Sag es der Mama«, fordert sie den Kleinen auf. »Komm schon. Sag es ihr.«

»Ich hab dich lieb«, murmelt Moses.

»Was für albernes Zeug haben sie dir da beigebracht? Ich habe dich nicht verstanden. Noch einmal.«

»Ich hab dich lieb«, sagt Moses.

»Was?«, sagt Lena. »Liderlich? Was für ein Unfug!« Das Dienstmädchen schaut enttäuscht drein. »Uuh! Ich glaube, du brauchst eine neue Windel. Geh wieder zu deiner Yaya.« Lena hält Moses dem Dienstmädchen hin, das ihn entgegennimmt und wieder ins Haus bringt.

»Dieser Junge macht mich so unbeschreiblich glücklich. Mein ganzes Leben lang war ich damit beschäftigt, mich um Papa zu kümmern, seinen Rollstuhl zu schieben. Aber es ist ja auch nichts Schlimmes daran, wenn man stolz darauf ist, dass der eigene Vater stolz auf einen ist. Papa ist vor fünf Jahren gestorben. Mama … wie lange ist das jetzt her? Der Krebs hat sie vor fast einem Jahrzehnt dahingerafft. Narcisito ist dieses Jahr Weihnachten schon drei Jahre tot. Und Crispin, das wissen Sie ja, wann das passiert ist. Warum soll ich mir nicht auch mal etwas Gutes tun? Moses ist mein kleiner Goldjunge. Alles, was uns hier in Swanee geblieben ist, wird einmal ihm gehören. Wer sollte es ihm auch streitig machen? Crispins Tochter wohl kaum. Dulcinea ist eine selbstbewusste Frau. Manchmal frage ich mich, ob sie sich überhaupt daran erinnert, dass der Mann, der sie großgezogen hat, nicht ihr wirklicher Vater ist. Nun ja, wahrscheinlich ist er das doch. Als ihre Mutter erstochen wurde, habe ich mir sogar überlegt, an der Totenwache teilzunehmen. Aber dafür hatte ich dann doch zu große Achtung vor der Entscheidung meines Bruders …«

Lena hält überrascht inne. Erst jetzt bemerkt sie den Gesichts-

ausdruck unseres zartfühlenden Protagonisten. »Was?«, sagt sie. »Wussten Sie das nicht? Ich dachte, das sei ein offenes Geheimnis?«

*

Von der Highschool in der Provinz wechselte ich auf ein College im weltoffenen Manila, wo ich ein vergleichsweise aufregendes Leben führte. Ich lebte von Wochenende zu Wochenende, von Party zu Party – eine Zeit, die in meiner Erinnerung nur aus Höhepunkten zu bestehen scheint. Bei meiner ersten Party: San-Miguel-Bier, die frustrierten Wiegenlieder von Kurt Cobain, ein kühler Nachthimmel über Quezon City, und später hoben alle ihre Flaschen, um den Text von *Iisang Bangka Tayo* von The Dawn mitzusingen. Ich lernte das erste Großstadtmädchen kennen, das es wert war, dass ich mich Hals über Kopf in sie verliebte: Anais mit den strahlenden Augen, die den ganzen Abend mit mir flirtete, mit mir darüber stritt, was besser war, José Cuervo Silver oder Gold, und mich schließlich bat, sie nach Hause zu bringen. Ich fuhr langsam, und wir redeten über Comics, darüber, welche Dozenten wir in unserer Theologieeinführung hatten, über die Impressionisten. Sie schien einigermaßen beeindruckt, dass ich Manet und Monet auseinanderhalten konnte. Nachdem ich sie abgesetzt hatte, raste ich in meinem tiefergelegten Corolla den Edsa entlang. Die Fenster hatte ich heruntergekurbelt, die Stereoanlage dröhnte, und das Leben machte mich so trunken, wie es nur ein Teenager sein kann – ich hätte vor unerklärlicher, unvergesslicher Freude schreien, fast weinen können. Ich war in den Abgrund der Liebe gestürzt. Drei Monate später machte sie am Telefon mit mir Schluss. Du klammerst zu sehr, sagte sie. Ich möchte frei sein, sagte sie. Ich möchte dich nicht »betütern«, sagte sie. Das Wort kannte ich nicht, hielt sie aber lange genug hin, um mit dem schnurlosen Telefon ins Arbeitszimmer zu gehen und es nachzuschlagen. Dann weinte ich und machte alles nur noch schlimmer. Als Verlassener trauerte ich tagelang, wochenlang, und schließlich vergingen zwei Monate. Jung und unverwüstlich, wie ich war, wachte ich eines Morgens auf und stellte fest, dass ich sie vergessen hatte.

Dann rief sie mich unerwartet an, mit leiser, zitternder Stimme. Weil ich aufrichtig schreiben und mich selbst besser verstehen möchte, wünschte ich, ich könnte mich erinnern, was genau sie zu mir sagte. *Ich bin schwanger*, nehme ich einmal an. Ich bilde mir ein, dass ich ihr sofort die richtige Antwort gab. Ich hoffe, dass ich mich trotz meines jungen Alters heldenhaft verhielt.

Wahrscheinlich habe ich Anais gefragt, was sie machen wolle. An meine Worte erinnere ich mich mit an Sicherheit grenzender Wahrscheinlichkeit: *Ich möchte das Richtige tun.* Ihre Antwort weiß ich noch genau: *Wir werden sehen.*

4

Im Taxi auf dem Weg zum Flughafen von Bacolod hole ich Crispins Fotoalbum hervor. Der Kunstledereinband wirft Falten und riecht nach altem Plastik. Ich blättere darin: ein kolorierter Abzug von Crispin als Kleinkind neben seinem Vater; beide tragen identische Ausgehuniformen und salutieren. Ein überbelichteter Schnappschuss von Crispin als bärtiger junger Mann im Kampfanzug; er hält eine Kalaschnikow wie eine Gitarre; hinter ihm ein mit grünem Pelz besetzter Berg. Ein Polaroidfoto von einem »Happening« der *Cinco Bravos*; im Vordergrund Miggy Jones-Matute und Danilo de Borja im Lendenschurz; dahinter, zwischen Marcel Avellaneda mit Brille und der winzigen Mutya Dimatahimik, Crispin im Hawaiihemd, die Arme um ihre Schultern gelegt. Weitere Familienfotos: die vierzehnjährige Lena schlägt ein Rad, ihr langer roter Rock öffnet sich gen Himmel; der neunjährige Narcisito, wie Sherlock Holmes gekleidet, pustet Seifenblasen aus einer Pfeife; Junior und Leonora während des Wahlkampfs vor einer alten Baldwin-Lokomotive, mit strahlend violetten Strohhüten, die Arme umeinandergelegt; Crispin zusammen mit seinen Cousins und Cousinen aus der Familie Lupas bei einem Treffen in einem Badeort am Meer (einer der Cousins trägt ein T-Shirt mit Juniors Gesicht, darunter der Schriftzug: WIEDERWAHL VON SALVADOR). Außerdem noch das Foto eines hübschen Mädchens von etwa drei Jahren mit haselnussbraunen Augen und bernsteinfarbenem Haar. Es hat kein Datum und verblasst bereits.

*

Dulcé und Jacob flitzten, so schnell sie konnten, um das Schwimmbecken herum. Jacob rannte, als stünden seine Hosen in Flammen, Dulcé ein verschwommenes Knäuel aus schlaksigen Armen und Beinen und goldenen Locken. Sie deutete auf den Schuppen, in dem Gärtner seine Geräte aufbewahrte. »Da rein«, flüsterte sie. »Aber sie müssen uns unbedingt sehen.«

Jacob konnte nicht fassen, was er da hörte. »Meinst du das ernst?«

Dulcé nickte. »Ich habe einen Plan.«

Die beiden verschwanden in dem dunklen Schuppen. Dulcé schnappte sich ein Stück Seil und band es am Türknauf fest. Sie rollte es auf und kauerte sich damit in die hinterste Ecke des Raumes.

»Okay«, sagte Dulcé. »Ich bleibe mit dem Seil hier drin. Du gehst raus und zeigst dich ihnen.«

»Was ...? *Ich?* Dul, du spinnst!«

»Ich bin einen Monat älter als du, also musst du gehen. Außerdem hast du erst neulich gesagt: Ich bin nur ein Mädchen.«

»Aber ... aber ... aber«, stammelte Jacob. »So hab ich das nicht gemeint. Außerdem sitzen wir dann hier mit ihnen in der Falle.«

Dulcé blickte Jacob in die Augen. »Vertrau mir«, sagte sie.

Als Jacob hinaustrat, hatten die Dwende gerade den Garten erreicht. Sie schauten sich um, und einige von ihnen bewunderten die Blumen. Jacob dachte: Das ist eine schlechte Idee! Aber Dulcé hatte sie schon so oft aus der Bredouille gerettet, dass er ihr einfach vertrauen musste. »Hey!«, rief er. »Hey, ihr dummen Zwerge! Hier sind wir!«

Die Dwende drehten sich zu ihm um, klatschten begeistert in die Hände, bleckten ihre Zähne, die wie Eispickel aussahen, und kamen auf den Schuppen zugehüpft. Jacob rannte hinein und kauerte sich neben Dulcé nieder.

»Bereit?«, flüsterte Dulcé. Sie warteten eine lange, lange Zeit. Schließlich waren sechs orangene Augenpaare in dem dunklen Schuppen zu sehen. Sie schwebten in der Luft, glitten zur Seite, neigten sich nach oben und blickten nach unten. Dann richtete sich ein Paar von ihnen auf die Kinder. Ein grässliches Kichern hallte durch die Finsternis. Alle sechs orangenen Augenpaare wurden rot und blickten sie direkt an.

— Aus: *QC Nights*, Buch 2
von Crispin Salvadors *Kaputol*-Trilogie

*

»Sag, dass es nicht von dir ist«, sagte Grapes. »Woher willst du wissen, dass es von dir ist?«

»Ich weiß es eben.«

»Woher? Vielleicht hat sie einen *guapo*-Fahrer oder einen Houseboy?«

»Grapes. Bitte. Ich weiß es einfach.«

»Du weiß es, weil sie im Moment dein Ein und Alles ist. Aber was passiert, wenn sie nicht mehr dein Ein und Alles ist?«

»Du und Granma, ihr habt mir beigebracht, was richtig und falsch ist.«

Grapes saß in seinem Allerheiligsten, einem geräumigen begehbaren Schrank, zusammengesunken am Schreibtisch. In einer weit geöffneten Wandtür war hinter Hemden und Hosen, die zur Seite geschoben worden waren, ein Gestell mit Pistolen zu sehen. Grapes' stiller Druck war weit unangenehmer als Granmas zorniges Geschreie. Granma saß draußen im Schlafzimmer. Sie war heiser.

»Deine Großmutter ist wegen dir ganz außer sich. Sie hat einen Brandy getrunken. Du weißt, dass das nicht gut für sie ist.«

»Was soll ich deiner Meinung nach tun?«

»Vertrau uns. Opfere nicht deine Jugend.«

»Natürlich vertraue ich euch. Das ist es ja gerade. Aber

wenn ich mein Zuhause verlassen und mir einen Job suchen muss, dann werde ich das tun.«

»Warum musst du immer so selbstsüchtig sein?«

»Wie definiert ihr selbstsüchtig? Ich bin bereit, alles aufzugeben. Damit dieses Kind ein anständiges Leben haben kann.«

Grapes schüttelte nur den Kopf und seufzte erneut. »Du hast gerade erst mit dem Studium angefangen«, sagte er.

»Damit höre ich auf, wenn es sein muss.«

»Du bist siebzehn Jahre alt.«

»Wenn ich Manns genug bin, ein Kind zu zeugen, dann sollte ich auch Manns genug sein, ein Kind großzuziehen.« Das hatte ich in dem Film *Boyz n the Hood* gehört.

»Warum gehst du nicht in dein Zimmer und denkst in Ruhe darüber nach?«

»Das habe ich bereits.«

»Dann denke noch ein wenig länger darüber nach.«

*

Ich kann mich noch gut daran erinnern, wie ich zum ersten Mal auf den Namen Crispin Salvador gestoßen bin. Oder eher gestoßen wurde. Die leidenschaftlich phlegmatische Mrs Lumbera hatte mir während meines ersten Semesters an der Ateneo »One Stone for Two Birds« zugeteilt. Crispins Worte erreichten mich in Form von blauer Tinte auf holzhaltigen Matrizenabzügen. Wir lasen Werke wie *May Day Eve* von Nick Joaquin, *Flood in Tarlac* von Gregorio Brillantes und die bahnbrechende Erzählung »Dead Stars« von Paz Márquez-Benítez. Aber Crispins Kurzgeschichte beeindruckte mich am meisten.

Darin stolpert der junge, wohlhabende Protagonist, der zufälligerweise Miguel heißt, in einer dunklen Gasse über einen fremden Mann, der brutal niedergestochen wurde. Miguel spricht dem Sterbenden, »der seine Eingeweide im Schoß umfasst hält, als wären sie das ganze Leben, das er vor dieser Chiaroscuro-Szene gelebt hat«, Mut zu. Der Mann trägt einen »puterroten Filzhut« und hat diesen vorsichtig abgenommen und auf einen leeren Karton gelegt, damit er nicht »von der dunkleren Farbe des Blutes verunreinigt« wird.

»Diese Männer«, so schrieb Crispin, »waren ein Paar, das durch unglückliche Umstände zusammengeführt wurde, beide waren durch einen unglückseligen Zufall an einem dunklen Februarabend in die kalte Gasse in Tondo geraten, ihre Umarmung war von der Dringlichkeit einer nicht vollzogenen Liebe beherrscht, die in einer verblassenden letzten Nacht von einem Augenblick auf den nächsten möglich geworden war.« Das eigentlich Dramatische dieser Erzählung folgt jedoch erst später, als das Opfer seinen letzten Atemzug tut, just in dem Moment die Polizei eintrifft und Miguel fälschlicherweise für den Mörder hält. »Würde sich dieser junge Mann, dieser Grünschnabel, dem Druck der Verantwortung stellen? Oder würde er fliehen?«

*

Lena weigerte sich, ihm noch irgendetwas zu erzählen, und bat ihn, sofort zu gehen. Unser verwirrter Protagonist erreichte den letzten Flug von Bacolod nach Manila.

Er schaut zum Fenster hinaus. Der Airbus löst sich von der Erde und fliegt über das intensiver werdende Blau. Der Schatten des Flugzeugs gleicht einem Wasserskifahrer auf dem Meniskus des Unbekannten. Unser Protagonist schließt die Finger fester um seine Armlehne. Er zieht die Fensterblende herunter, und nach einer Weile entspannt sich sein Körper.

Er schwimmt auf den Gehsteig zu und verschluckt eine Handvoll Wasser. Es ist warm, wie Schleim. Entsetzen durchströmt ihn. Er kann den fernen Gehsteig sehen und die Scheinwerfer des Lexus, die über das Wasser gleiten und es berühren, als wollten sie ihn verspotten. Er kann den Nachthimmel sehen, der erst rot schimmert, dann blau, dann gelb. Sterne fallen. Sein aufrechter Körper strampelt wie wild mit den Beinen, doch da ist kein Boden. Er fuchtelt mit den Armen, als wäre er gerade durch ein Spinnennetz gelaufen. Seine Finger durchstoßen die Oberfläche. Für einen Moment spürt er Luft. Aber sein Körper lässt ihn nicht atmen. Seine Epiglottis hat sich unwiderruflich geschlossen. Das Leben wird von dem Gefäß, das es umfängt, erwürgt. Er verliert das Bewusstsein und sieht sich schweben, in friedlicher, leicht gekrümmter Haltung wie eine sich schließende Hand. Sein Gesichtsausdruck allerdings ist der eines Mannes, der gerade hintergangen wurde.

Voller Panik wacht er auf, als hätte er eine Prüfung verschlafen. Da spürt er, wie sich das Flugzeug langsam neigt und zur Landung übergeht. Ich kann mich nie – denkt er – an meine Träume erinnern.

Als er das Inlandsterminal erreicht, färbt sich der Himmel allmählich dunkel. Er verlässt das Flughafengebäude und kommt sich dabei seltsam vor. Nackt. Er ist sich jeder seiner Bewegungen bewusst, als wären es nicht seine. Er nimmt ein Taxi nach Makati. Befindet sich im Stau wie ein Patient, der auf den Zahnarzt wartet. Vor dem sich verdunkelnden Horizont nähern sich langsam die Wolkenkratzer, die weißen Fenster flackern eines nach dem anderen auf, erst hier, dann dort. Auf dem Gehsteig winken Pendler den Jeepneys, Bauarbeiter treiben ihre Späße mit Kindern, die sie als Helfer angeworben haben. Zwischen den unübersichtlichen Autoschlangen bieten Händler Zeitungen, Zigaretten oder Süßwaren feil, und Straßenkinder verkaufen auf Zahnseide aufgefädelte Jasminblüten. Dieses Diorama stimmt ihn immer traurig, so wie ein ständig leeres Restaurant, an dem man vorbeischlendert, und wenn man einen Blick hineinwirft, sitzt dort erwartungsvoll die ganze Familie des Inhabers in Uniform.

Biegen Sie dort ab, sagt er plötzlich zu dem Fahrer. Sie folgen einer Haarnadelkurve und fahren eine ruhige Straße entlang, die von hohen, mit Stacheldraht gekrönten Mauern gesäumt ist. Halten Sie hier, sagt er leise zu dem Fahrer. Dann reicht er ihm fünfzig Pesos. Der Fahrer lächelt, fast entschuldigend, und steigt aus dem Taxi. Unser nachdenklicher Protagonist verweilt auf dem Rücksitz und starrt die weiß getünchte Grundstücksmauer an. Er betrachtet das große Stahltor, als hätte er einen Röntgenblick und könnte das dahinter liegende Haus sehen. War die Mauer früher nicht niedriger? Gerade noch kann er den Wipfel des Baumes sehen, auf den sie oft kletterte, als sie vier Jahre alt war, während er die Hände ausstreckte, um sie aufzufangen, falls sie abrutschte. Wann haben sie das Tor orange lackiert? Ich glaube, die Mauer war früher wirklich niedriger. Leben sie überhaupt noch hier?

Der Junge denkt an Grapes. Alles, was er über das Vatersein weiß, hat er von ihm gelernt. Der Junge denkt an Crispin. Hat er seine Tochter auch nur einmal erwähnt?

Er schaut sich die Mauer an, als wäre sie eine Leinwand, auf die Filmaufnahmen von seiner Familie projiziert wurden. Er hofft, dass sich plötzlich ein Tor öffnen wird. Was, wenn es tatsächlich passiert? Was würde er dann tun?

Der Taxifahrer geht zu der Mauer hinüber und stellt sich mit dem Gesicht zur Wand davor. Er sieht aus, als würde er auf ein Erschießungskommando warten. Zwischen seinen Füßen breitet sich ein dunkler Fleck aus. Als zerflösse sein Schatten. Der Fahrer blickt dankbar himmelwärts. Das Tor des Anwesens geht auf. Der Wachmann späht hinaus. Der Junge erinnert sich an ihn. Der Taxifahrer hüpft über die Straße und zieht sich dabei den Hosenstall zu. Sie rasen davon.

*

Kaum verlasse ich das Flugzeug und den Flughafen, habe ich das Gefühl, beobachtet zu werden. Die Menschenmenge besteht nur aus Gesichtern, wie ein Blumenfeld, wenn Blumen denn die Stirn runzeln, spucken und auf die Uhr schauen könnten.

Ich winke, um ein Taxi auf mich aufmerksam zu machen. Das Gefühl bleibt. Eilig steige ich in den ersten Wagen, der hält. Durch das Heckfenster sehe ich, wie die Fahrzeuge nach uns ebenfalls rasch auf die Straße abbiegen und uns folgen.

Auf dem Weg zu meinem günstigen Hotel in Makati geraten wir in einen Stau und kommen nur noch im Schneckentempo vorwärts. Als würde man beim Zahnarzt sitzen. Vor einer Jollibee-Hamburgerfiliale schreitet ein Bienenmaskottchen auf und ab. Pendler machen Jeepneys ein Zeichen, die mit unverminderter Geschwindigkeit weiterfahren. Auf dem Gehsteig reißen zwei Jungen mit Hammer und Meißel den Asphalt auf. Auf einem Schild daneben steht: Vorsicht, Straßenarbeiten! Arbeiter mit Schutzhelmen und papierdünnen Flipflops umstehen den Karren eines Händlers, der Fischfrikadellen verkauft, unterhalten sich und rauchen Zigaretten. Vor einem gähnenden Abgrund wartet ein staubiger Presslufthammer. Einer der Arbeiter, ein fetter Kerl in einem löchrigen Armani-Exchange-T-Shirt, ruft den Kindern etwas zu und deutet auf eine andere Stelle auf dem Gehsteig. Die Jungen ziehen die Augenbrauen hoch. Einer der Jungen lächelt und reckt den Daumen in die Höhe. Der Bauarbeiter watschelt zu ihm hinüber und setzt ihm den Schutzhelm auf. Dem anderen Jungen hält er die Handfläche hin, um sich abklatschen zu lassen, allerdings vergeblich.

Straßenhändler winden sich an den stehenden Fahrzeugschlangen vorbei. Sie tragen Kisten mit losen Zigaretten und Süßigkeiten. Einige balancieren, wie Kellner, die mehrere Teller tragen, Zeitungen auf den Armen. Nachrichten gibt es für jeden Geschmack: *The Sun*, *The Times*, *Gazette*, *TeenBeat*, *Abante*, *Bulgar*.

Eine Zeitung verkündet: »Exklusive Bilder! Changcos Siegesfeier! Dienstmädchenmörder im Freudentaumel!«

Eine andere schreibt: »Vom Pasig verschlungen!« Den Aufmacher kann ich gerade so entziffern: »Der junge Mariano Bakakon, 28, ein hervorragender Schwimmer aus dem Barangay Ilog, hat gestern im Pasig den Tod gefunden. Die Überflutung des Pasig hatte offene Kanalschächte unsichtbar werden lassen. Bakakon fiel in einen Schacht, konnte sich retten, erlag aber kurze Zeit darauf den Schadstoffen, denen er ausgesetzt war.« Daneben das kleine Bild einer Leiche auf einem Krankenhausbett und das Foto eines Kanalschachts ohne Deckel – ein alltäglicher Anblick in einer Stadt, wo diese gestohlen und als Schrott verkauft werden.

Mein Blick fällt auf das grellbunte Titelbild des *Bulgar*: das obligatorische Foto eines halbnackten, drallen Mädchens – die neueste *Artista*, die zurzeit überall zu sehen ist: Vita Nova. Fast fällt die Stripperin aus der Seite. Die Löcher in ihrem winzigen, zerrissenen T-Shirt sind so platziert, dass ihr pralles Dekolleté und ihr eingezogener Bauch betont werden. Sie ist wie ein Vergewaltigungsopfer gekleidet, dabei unerschütterlich kokett, als sei dies ihre einzige Möglichkeit, Macht auszuüben. Sie hat sich nach der neuesten Tanzmode, dem *Mr Sexy Sexy*, in Pose gestellt: vorgebeugt, das Hinterteil hochgereckt, die Hände auf den federnden Knien, das Gesicht dem Betrachter zugewandt, lächelnd und zu einem Kussmund gespitzt.

Der Taxifahrer biegt von der Hauptstraße ab und folgt einer Haarnadelkurve. Ich werde nervös. Wir kommen in eine ruhige Gegend, und der Wagen hält an. Der Fahrer lächelt, fast entschuldigend, steigt ohne ein Wort aus und schlendert die Straße entlang. Er stellt sich an eine weiß getünchte Mauer, wie vor ein Erschießungskommando. Auf der Wand vor ihm zeichnet sich ein dunkler Fleck ab und breitet sich zwischen seinen Beinen aus. Als zerflösse sein Schatten in der Hitze. Der Fahrer blickt himmelwärts. Das orangene Tor des Anwesens geht auf, und ein Wachmann späht heraus. Der Taxifahrer rennt über die Straße und zieht dabei den Hosenstall zu. Wir fahren davon. Er dreht sich um und schaut mich an.

»Alles in Ordnung?«, fragt er.

»Natürlich.«

»Aber Sie … äh … möchten Sie ein Taschentuch?«, fragt er freundlich. »Wie wär's mit Radio?« Er stellt auf laut.

Der Moderator fragt einen Bobby nach einem Kommentar, und die Stimme eines Amerikaners, der vor Aufregung kaum sprechen kann, antwortet: »Ganz großartig! … Zeit, dass jemand der verdammten USA die Fresse poliert …« Der Akzent klingt, als käme er aus Brooklyn und sei nicht mehr der Jüngste. »… Zeit, der USA ein für alle Mal den Hahn abzudrehen …«

Da ist das Gefühl wieder. Als würde ich beobachtet. Wie wenn man sich im Kino einen Horrorfilm angeschaut hat und dann nach Hause in eine leere Wohnung kommt. Ich blicke durch die abgetönten Scheiben des Taxis in die Wagen neben uns. In einem sitzt eine Frau am Steuer und singt sich die Seele aus dem Leib, mit einer Haarbürste als Mikrofon. In einem anderen starrt der Fahrer unverwandt geradeaus, als wollte er den Verkehr kraft seiner Gedanken zwingen, sich weiterzubewegen; sein Arbeitgeber auf dem Rücksitz bohrt in der Nase und begutachtet dann seinen Fund.

Aus dem Radio dröhnen Lasergeräusche, dann der sich überschlagende Bericht eines Reporters auf Tagalog: »Meine Landsleute, gerade haben wir erfahren, dass Wigberto Lakandula die Familie Changco in ihrem Haus in Binondo als Geiseln genommen hat. Meine Landsleute, es heißt, Lakandula sei in das Haus eingedrungen und habe zwei Angestellte der

Familie erschossen, einen Leibwächter und einen Fahrer. Unmittelbar danach habe er das Ehepaar und ihren sechs Jahre alten Sohn sowie zwei Dienstmädchen in seine Gewalt gebracht. Ein Polizeikordon riegelt inzwischen die ganze Gegend ab, und mehrere SWAT-Teams sind ausgeschwärmt. Außerdem haben sich zahlreiche Mädchen in der Nähe des Hauses versammelt und verlangen schreiend nach ihrem Helden. Polizeipsychologen sagen, Lakandula werde von seiner permanenten Frustration über die Gesellschaft angetrieben, und deshalb sei er gewaltbereit und unberechenbar. Die Behörden fordern alle Bürger auf, sich vom Ort des Geschehens fernzuhalten, um sich nicht dem Risiko einer Verletzung auszusetzen.«

*

Schließlich wird der amerikanische Traum für Erning Isip doch noch Wirklichkeit. Siegreich kehrt er während seines ersten Urlaubs in die Heimat zurück, in der erhobenen Hand das Bündel Scheine, das er in seinem neuen Job beim Tech Support von Lehmann Brothers verdient hat. Zu Hause fängt er sich allerdings einen Magenvirus ein, als er philippinisches Wasser trinkt, das er nicht mehr gewohnt ist. Er geht zu einem Arzt im Makati Medical Center. Der Arzt untersucht ihn. »Ich habe eine schlechte Nachricht«, sagt der Arzt, »und eine gute Nachricht.« Erning möchte die schlechte Nachricht zuerst hören. »Die schlechte Nachricht ist«, sagt der Arzt, »dass ich einen kleinen Eingriff vornehmen muss.« Erning fragt nach der guten Nachricht. »Die gute Nachricht ist, dass dafür nur eine örtliche Betäubung nötig ist.«

Erning erschrickt zutiefst und erwidert: »Eine örtliche Betäubung?! Kann ich keine importierte haben?«

*

Als sie in Makati eintreffen, fragt der Taxifahrer: »Hotel Happy International Inn, stimmt das, Sir?« Er hat das jetzt schon vier Mal gefragt. »Ja«, antwortet unser entnervter Protagonist, bevor er wieder aus dem Fenster blickt. Er kann es kaum noch erwarten, aus dem Wagen herauszukommen.

Die ihm vertraute Gegend zieht quälend langsam an ihm vorbei, Fußgänger überholen das vorwärtszuckelnde Taxi. Die funkelnden, prachtvollen Einkaufszentren. Die bewachten Tore von Forbes Park, wo unser Protagonist, der den Kontakt zu seiner Familie abgebrochen hat, aufgewachsen ist. Der Manila Polo Club, wo er und Jerald Tennisspielen lernten; sie versuchten immer, den Ball über den hinteren Zaun zu befördern, um den Balljungen dabei zuzuschauen, wie sie affengleich hinterherkletterten. Das große Haus des US-amerikanischen Botschafters mit den Kameras und hohen Mauern. Das noch größere Haus der philippinischen Mätresse des Bruders des Sultans von Brunei. Die Kirche Santuario de San Antonio, wo alle Verwandten und Freunde des Protagonisten getauft, vermählt und beerdigt worden sind und immer getauft, vermählt und beerdigt werden würden. Der protzige zehnspurige Edsa Boulevard, Schauplatz von vier Revolutionen. Alle, die nach Manila zurückkommen, behaupten immer allzu gerne, dass sich nichts verändert hat, aber das stimmt nicht. Noch mehr hochfliegende Überführungen türmen sich übereinander. Noch mehr Reklametafeln, auf denen hübsche Mestizinnen, wohl aus Brobdingnag, tiefsitzende Jeans oder Dessous zur Schau stellen, reihen sich wie Dominosteine aneinander. Gegenüber des Santuario befindet sich jetzt ein Starbucks (man kann sich die Hostie mit einem Grande Mocha Frappuccino hinunterspülen). Von seinem Platz im Auto aus zählt er sechs riesige, Pirouetten drehende Kräne und vier neue Wolkenkratzer, von denen jeder höher hinaus will als der andere und sowieso als die, die schon vor ihnen dort standen. Das Tempo des Fortschritts ist in Asien offensichtlich. Makati ist weiß Gott nicht arm.

Die Shell-Tankstelle unmittelbar in der Nähe von Forbes Park, wo er früher getankt hat: Die Blinklichter von Streifenwagen und Löschfahrzeugen – erst blau, dann rot, dann schwarz, dann blau, dann rot, dann schwarz – locken Zuschauer von jenseits des Kordons. Passanten starren aus sicherer Entfernung auf etwas, das neben der Zapfsäule auf dem Boden liegt. Ein Matchbeutel. Zwei Polizisten nähern sich ihm ängstlich. Wie pubertäre Jungs bei einer Schulfete schieben sie sich an der Wand entlang auf ihn zu. In ihren braunen Uniformen und Mützen wirken sie unglaublich verletzlich. Einer der Polizisten kauert sich neben die Tasche und zieht vorsichtig den Reißverschluss auf, wobei er den Arm ausstreckt und den Kopf wegdreht. »O mein Gott!«, sagt der Taxifahrer. »Tu's nicht, tu's nicht!« Der andere Polizist reckt den Hals und blickt in die Tasche. Der Taxifahrer bekreuzigt sich. Beide Polizisten weichen plötzlich zurück. Alle starren die Tasche an. Nichts geschieht. Die beiden Polizisten nähern sich ihr langsam wieder. Zerren sie vorsichtig von den Zapfsäulen weg. Bis kurz vor die Mauer von Forbes Park. Ein plötzlicher Lichtblitz, Rauch, die Fenster des Taxis klirren, ein Donnerschlag, und die beiden Männer sind nicht mehr. Die Alarmsicherungen zahlloser Autos heulen los. Niemand bewegt sich. Plötzlich bewegen sich alle. Der Taxifahrer bearbeitet seine Hupe und schimpft auf die Wagen vor ihm, die wiederum genau dasselbe tun. Jetzt, nachdem es vorbei ist, möchte niemand mehr etwas mit der Sache zu tun haben. Der junge Mann krümmt sich, atmet ganz langsam, darum bemüht, sich nicht in die Power-Ranger-Papiertaschentuchhalterung des Taxis zu übergeben.

*

Ich blicke im fünften Stock des Hotels Happy International Inn aus dem Fenster und genieße die Anonymität meines Zimmers, das sicher zwischen all den anderen verborgen ist. Es ist ein Aufenthaltsort für gesichtslose Geschäftsleute und andere Nomaden mit Kreditkarten. Angesichts der dünnen weißen Laken, der Tetley-Teebeutel und des Plastikwasserkochers mit der verkalkten Heizspirale fühle ich mich sonderbarerweise wie zu Hause.

Die Nacht draußen ist neonfarben. Lichter locken wie Revuetänzerinnen ohne Höschen: *Pussycat's Karaoke and Grill, 7-Eleven, Bacchus Hydro-Massage, 8-Twelve, Tapa-King, Ichiban Singalong Bar*. Das Sostenuto-Greinen der 150-Kubik-Taxitrikes wird vom Ostenato-Bass der Diskotheken begleitet. Amerikaner und Europäer schlendern schon ziemlich beschwingt die Straße auf und ab, betreten und verlassen Bars. Sie begaffen und begrapschen die jugendlich zarten Körper der G.R.O.s – eine eingängige Abkürzung für einen cleveren Euphemismus: »Guest-Relations Officer«. Spaßoffiziere für die Touristen. Eine der jungen Frauen sieht aus wie ein kleines Mädchen mit dem Make-up ihrer Mutter. Ich frage mich, was ihre Eltern hätten anders machen können.

Die laminierte Speisekarte des Zimmerservice verspricht »glückliche internationale Delikatessen *inn* der behaglichen Umgebung ihres *Hotel*zimmers«. Ich bestelle mir einen Schinkencheeseburger. Ein Hotelboy bringt ihn herauf, bleibt auffällig lange an der Tür stehen und verbeugt sich vor mir, als wäre ich ein Japaner. Ich gebe ihm sein Trinkgeld in Pesos; er starrt die Münzen an, dreht sich auf dem Absatz um und rennt fast den Korridor hinunter.

Während ich über das nachdenke, was ich über Crispins Kind erfahren habe, hebe ich mechanisch den Schinkencheeseburger an die Lippen. Kaum haben der klebrige Käse und das nur leicht angebratene Rindfleisch meinen Gaumen berührt, durchläuft mich ein Schaudern, und ich erstarre mitten in der Kaubewegung.

Crispin und ich hatten eine gemeinsame Vorliebe für Hamburger. Seine Wohnung lag über dem berühmten *Corner Bistro*, und einmal sagte er, das sei, als lebte man über seinem Lieblingsbordell. Wenn wir an seinem Schreibtisch arbeiteten, wehte mehr als einmal die Erotik gegrillten Käses und leicht angebratenen Rindfleischs durch das Fenster herein, und dann schnappten wir uns unsere Mäntel, um ein weiteres der großen Lokale in New Yorker City von unserer Liste abzuhaken – *Soup Burg, Peter Luger's, JG Mellon.* Es war, als glaubten wir, dass sie uns eine Erklärung für das bieten konnten, was wir in Amerika suchten.

An einem warmen Herbsttag ließen wir unsere Arbeit ruhen, um uns im *Burger Joint* an der 57. Straße West etwas zum Mitnehmen zu holen, und schlenderten dann zum Central Park weiter, um unser Spiel fortzusetzen. Beim letzten Mal hatten wir aufgehört, als ich mit Turm und Springer seinen König bedrängte, während einer meiner Bauern der Königinnenwürde entgegensprintete. Crispin war fast ebenso begeistert darüber wie ich, dass ich ihn vielleicht zum ersten Mal schlagen würde. »Du hältst dich wohl für Bobby Fischer«, hatte er mich gehänselt. »Jeder braucht ein Idol«, erwiderte ich.

Es fing an zu regnen, und er und ich rannten wie ein Liebespaar in einer romantischen Komödie zum *Chess and Checkers House.* Niemand war dort, bis auf drei Kinder, die sich in den Eingang duckten und ungeduldig gen Himmel blickten. Kaum hatten wir die Figuren aufgestellt, hörte es zu regnen auf. Die Kinder begannen, über die Wasserlachen zu springen, und das Älteste von ihnen, ein Junge von vielleicht elf Jahren, lachte wie eine Möwe.

Wir packten unsere Burger aus. Ich zog meinen Bauern nach d8 und wartete auf Crispin. Ich weiß noch, dass er sich sehr lange Zeit ließ; ich blickte vom Brett auf. Er schaute den Kindern beim Spielen zu. Als er meinen Blick bemerkte, lächelte er. »Manchmal«, sagte er, »frage ich mich, was solche Dinge eigentlich wert sind. Vielleicht hätte ich doch den Mut aufbringen und ein Kind großziehen sollen.«

Ich studierte das Brett. »Ich glaube, dass du die richtige Entscheidung getroffen hast«, sagte ich schließlich. »Die Welt ist überbevölkert. Glaubst du nicht, dass wir alle unsere Rolle haben? Deine Bücher werden sehr wahrscheinlich wirkungsvoller sein.« Ich biss in meinen Burger.

Crispin wies mit dem Daumen auf die Kinder. »Aber wenn ich *TBA* nicht für unsere Nachkommen schreibe, für wen dann?« Einen Moment lang beobachtete er sie. »Eines Tages wirst du mich verstehen.«

»Ich verstehe dich jetzt schon. Aber das heißt nicht, dass ich derselben Meinung bin.«

»Du wirst auch schon noch feststellen, dass Literatur ihre Grenzen hat. Das wird dir guttun, wenn du das herausfindest.«

»Grenzen bringen uns dazu, darüber hinauszuwachsen.«

»Nach dem *Tractatus* wurde Wittgenstein ...« Crispin nahm seinen König und stellte ihn dann wieder hin. »... Grundschullehrer. Rimbaud wurde die Dichtung leid und machte sich auf nach Afrika. Duchamp gab die Kunst wegen ebendem Spiel auf, das wir hier spielen.« Crispin zog seinen König neben meinen Springer. »Mit jedem Jahr stoßen wir auf neue Dinge, die wir bereuen, Miguel. Dir wird es nicht anders ergehen.«

»Das ist sehr herablassend, was du da sagst«, entgegnete ich, von der Schärfe meiner Stimme selbst überrascht. »Ich bereue schon genug.«

»Es tut mir leid, dass du deine Eltern nicht gekannt hast. Aber das Leben hat noch mehr zu bieten als das.«

»Du verstehst es nicht.« Ich konnte ihn nicht anschauen. Ich wünschte, ich hätte es getan. Vielleicht hätte mir das die Augen geöffnet. Aber ich redete einfach weiter. »In der Literatur kann ich wenigstens kontrollieren, was geschieht. Wir sind schöpferisch tätig, wir können etwas neu bearbeiten. Es beim nächsten Mal besser machen. Wenn wir scheitern, tun wir niemandem weh außer uns selbst ...«

»Das ist nicht ganz richtig.«

»Aber wenn wir erfolgreich sind, können wir die Welt verändern.« Ich zog meinen Springer. »Schach.« Ich blickte zu ihm hoch.

So wie Crispin jetzt hätte mich wohl auch mein Vater angesehen – großmütig und amüsiert. »Die Welt zu verändern«, sagte er, »ist eine gute Sache, wenn du dazu in der Lage bist. Aber ist es nicht auch eine optimistische Geste, in dieser Welt ein Kind zu bekommen?«

»Puhh. Das erscheint mir doch ein bisschen zu betulich.«

»Im Ernst, rein vom Verstand her. Denk mal kurz drüber nach.«

»Manchmal haben wir einfach nicht die Wahl.« Mir war nur allzu bewusst, wie sich das anhörte. Heute schäme ich mich dafür.

»Wir haben immer die Wahl.« Crispin zog seinen König. »Schachmatt«, sagte er. Er hatte recht, mir blieb kein Ausweg mehr. Crispin stand auf und sah mich mit unverhüllter Enttäuschung an. Oder war es Mitleid? Dann steckte er die Hände in die Taschen, ging hinaus und schaute den Kindern dabei zu, wie sie herumplanschten. Ich erinnere mich noch an die Melodie, die er zu pfeifen anfing.

*

An einem der letzten Tage, bevor die Stadt an die Japse fiel, säumten wir den Dewey Boulevard; zu Dutzenden standen wir entlang der breiten Prachtstraße, während die Brise, die von der Bucht hereinwehte, gerade kühl genug für eine Gänsehaut war. Ich hockte auf Tito Jasons Schultern, und ich weiß noch, wie ich die Vögel beobachtete, die sich am Himmel über der langgezogenen Krümmung des

Wassers unbekümmert Duelle lieferten. Als ein Signalhorn ertönte, flohen sie in die endlose Weite hinauf.

Dann sah ich die Männer auf ihren Pferden, die sich mit großer Geste verabschieden kamen. Majestätisch, großgewachsen, wie Zentauren, die durch Weizen schreiten, zog das 26. Kavallerieregiment der Philippine Scouts durch die Menge. Amerikaner und Philippinos ritten in Formation und langen Kolonnen Seite an Seite. Noch immer höre ich die Ausrüstung klirren, das gemächliche Klappern der Hufe, noch immer sehe ich, wie sich die Sonne in den auf Hochglanz polierten Martingalen ihrer Pferde spiegelt, auf den Brustschnallen der Männer und auf den Abzeichen mit dem Pferdekopf und dem erhobenen Säbel darüber. Das Metall an ihren Körpern erglühte wie unsere Herzen. Die Japaner würden in Lingayen landen, und die Kavallerie machte sich auf den Weg, um zu den Ersten der USAFFE zu gehören, die ihnen entgegentraten. Wir, das Volk, waren still, und dann jubelten wir; Frauen streckten die Hände aus, um die Stiefel und Beine der Soldaten zu liebkosen, um die Mähnen und Flanken der Pferde zu streicheln - ganz so, wie hoffnungsvolle Gläubige die Hände heben, um in einer Kathedrale die Füße eines Heiligen zu berühren.

Ich weiß noch, dass ich mir die Ohren zuhielt, als die Menge jubelte, und bereue das. Seither habe ich nie wieder etwas Vergleichbares gehört. Tito Jason hob mich zu einem der Reiter hinauf, seinem Bruder, meinem Onkel, Tito Odyseo, der mich eine Weile lang vor sich sitzen ließ. Bis zum heutigen Tag erinnert mich der Geruch von Leder und Pferden und männlichem Schweiß an diesen einzigartigen Augenblick, als ich mit der Kavallerie ritt.

Als ich schließlich von Onkel zu Onkel zurückgereicht wurde, strampelte ich, weil ich nicht zurückgelassen werden wollte. Ich weinte. Die Kavalleriekolonne benötigte einen ewig langen Moment, um an uns vorbeizureiten. Als die Zuschauer die Lücke hinter ihr schlossen, schüttelten die Umstehenden den Kopf und bekreuzigten sich. Vielen standen Tränen in den Augen. Ich konnte spüren, dass Tito Jason krampfartig zitterte, als er seinen Bruder aus den Augen verlor. All die Nächte, die Tito Jason seine lächerlich platten Füße unter Schmerzen auf Cola-Flaschen hin- und hergerollt hatte, waren, wie sich herausstellte, umsonst gewesen - mein Vater hatte ihn angefleht zu bleiben und zusammen mit ihm die Familie zu beschützen. Ich klammerte mich an meinen Onkel, während wir lauschten, wie das Geräusch der Hufe langsam leiser wurde.

Mein Kleinjungengedächtnis mag die Einzelheiten aufgebauscht haben, aber so erinnere ich mich an jenen Tag.

Vor der Stadt Morong ritten diese tapferen Männer und diese kräftigen Pferde am 16. Januar 1942 den letzten Kavallerieangriff in der US-amerikanischen Militärgeschichte. Nach ihnen sollte diese uralte Tradition aussterben. Viele von ihnen wurden vor den japanischen Stellungen durch anonyme Kugeln und Granaten feige niedergestreckt. Diejenigen Angehörigen der 26., die den Angriff überlebten, kämpften als Infanterie weiter. Schließlich sah sich General Wainwright, selbst ein Kavallerieoffizier, gezwungen, den Befehl zu geben, die Pferde zu schlachten, damit seine Männer zu essen hatten. Wie grausam dieses Fleisch geschmeckt haben muss! Seither besteht die Kavallerie der Vereinigten Staaten und der Philippinen aus Panzern und Helikoptern - Maschinen, die nicht wissen, was es heißt, im Namen von Tapferkeit und Ehre Opfer zu bringen.

— Aus: *Autoplagiarist* (Seite 865) von Crispin Salvador

*

Sein Nokia ringringt. Unser einsamer Protagonist richtet sich im Bett auf und tastet in der Dunkelheit danach. Er starrt das helle Display seines Mobiltelefons an. Eine Textnachricht von seinem alten Kumpel Markus: Willkommen zu Hause, Bruder! Im Club *Coup d'Etat* laufn diese Woche OldSchoolSounds. Die ganze Crew is da, zus mit Charlie. Du bist eingeladen. DJ Supermodeldiva legt phette Beats auf. *Als das Display ausgeht, scheint das Hotelzimmer kleiner zu werden.*

Das wäre verdammt klasse, sagt er zu sich, loszuziehen und die alte Crew zu sehen. Wenn sie mir ein Baggy in die Hand drücken wollen, werd ich cool bleiben – mich bedanken, aber bestimmt ablehnen, freundlich sein, aber nicht nerdy. Er weiß, dass er nicht den Selbstgerechten spielen sollte, künstlich den Starken mimen, den ehemaligen User. Sie kennen ihn einfach zu gut. Egal, sagt er sich, ich kann auch nur mit Alkohol Spaß haben. Ich werde ein paar Runden schmeißen. Gesegnet sei der allmächtige Dollar. Ich sollte mein Nickerchen fortsetzen, damit ich mit den anderen mithalten kann. Allzu spät sollte es jedenfalls nicht werden.

*

Ihm wird schwindlig vor Schmerzen. Er versucht, nicht das Bewusstsein zu verlieren. »Dieser Hundesohn«, stöhnt Antonio. »Den mach ich zu Hackfleisch!« Er lehnt sich an einen Baum und betrachtet das Springmesser, das in seinem Oberschenkel steckt. Er ringt darum, nicht laut zu schreien und seinen Standort zu verraten. Er hat Glück, dass die Klinge nicht den Knochen erwischt hat, und er weiß das auch. Auf dem Hügelkamm tauchen zwei von Dominadors Handlangern auf. Verdammte Hacke. Sie entdecken Antonio, deuten auf ihn und kommen den Hügel heruntergerannt. Der eine schwingt ein Nunchaku, der andere hat ein Dschungel-Bolo gezogen. Antonio überprüft seine Pistole, weil er wissen will, wie viele Kugeln er noch hat. »Santa Banana«, sagt er, »nur eine.« Die beiden Männer kommen mit lautem Gebrüll näher. Antonios Spiegelbild in ihren Pilotenbrillen wird größer. Der eine Schläger lässt das Nunchaku so schnell kreisen, dass es nicht mehr genau zu erkennen ist. Der andere hält die rasiermesserscharfe Machete hoch erhoben. Antonio packt Dominadors Messer, beißt die Zähne zusammen und zieht es sich aus dem Bein. Schmerz rast ihm die rechte Körperseite hinauf. Antonio japst nach Luft, um nicht ohnmächtig zu werden, und hält die Klinge vor den Lauf seiner Pistole. Er drückt ab. Die beiden Angreifer fassen sich an die Brust, stoßen einen Schmerzensschrei aus, überschlagen sich und rollen den Hang hinunter. Ihre leblosen Körper bleiben vor Antonios Füßen liegen. »Nicht heute, Jungs«, sagt er. »Ich habe Kopfweh.« Er klappt die Klinge ein und hinkt dann hastig davon, bevor noch mehr finstere Gestalten auftauchen. Am Waldsaum sucht er einen Ort, um seine Wunde zu verbinden. Er weiß, dass er sich beeilen muss, sonst wird es ihm niemals gelingen, seine geliebte Mutya aus den klebrigen Klauen von Dominador zu befreien.

— Aus: *Manila Noir* (Seite 102) von Crispin Salvador

*

Aus Marcel Avellanedas Blog »The Burley Raconteur«, 3. Dezember 2002:

Ich weiß ja nicht, was die Medien rauchen, aber allzu sehr sollten wir uns von dem Bestechungsskandal um die Gewinne aus den Klingeltönen zu dem beliebten Tanz *Mr Sexy Sexy* und dem vorgeblichen schlechten Gewissen von Vita Nova und ihrem Überagenten Boy Balagtas nicht aus der Fassung bringen lassen. Ebenso wenig sollten wir vorwegzunehmen versuchen, was Präsident Estregan in der Hand hat, wenn er Nova schon im Vorfeld für schuldig erklärt, noch bevor sie das berüchtigte Sextape veröffentlichen kann, das El Commandante-in-Chief mit den Anschlägen in Verbindung bringt. Ich für meinen Teil kann nicht glauben, dass er so dumm war, das Band während eines Telefonats mit dem Innenminister mitlaufen zu lassen.

Wenden wir uns stattdessen der Gewissheit alles Göttlichen zu. Heute untersuchen wir, wie sich Reverend Martins Loyalität in zwei Berichten niederschlägt: In Pearls Before Swine beschreibt Felix Resureccion die schädlichen Auswirkungen der Einmischung von El Ohim – als Königsmacher ist Reverend Martin vielleicht der mächtigste Mann im Land. Resureccion geht sogar so weit und beschreibt ihn als »Unser Vater, der du bist in einer lukrativen Position«. In My Daily Vitamins stellt Ricardo Roxas IV. die Frage nach den moralischen Verpflichtungen des Kirchenführers – Reverend Martin trägt eine Verantwortung für all die Hoffnungen und Sehnsüchte, die er auf dieser Welt bei seinen Anhängern schürt.

Einige Posts auf dem Message Board darunter:
— Ich möchte Vitas Arschspalte lecken. (gundamlover@hotmail.com)
— Wen, bitte, interessiert das? (edith@werbel.com)
— reverend martin ist ein heiliger! soll er doch seine villa haben. er hat die nation beflügelt und menschen zusammengebracht, die einander fremd sind. das problem mit unserem land ist, wir können es nicht ertragen, wenn jemand erfolg hat. an anderen finden wir immer etwas auszusetzen. das ist traurig. und das ist nicht nur neid. eher suchen wir nach einer erklärung, warum wir solche probleme haben, während andere erfolgreich sind. wie arm ist das denn? (ningning.baltazar@britishairways.com)
— Abwehrmechanismen haben manchmal durchaus ihre Berechtigung, Ning. Aber dabei dürfen wir es nicht belassen. Symptome weisen auf eine tiefer liegende Krankheit hin. Reverend Martin beutet die Bedürfnisse derjenigen aus, die am meisten gefährdet sind. Und dafür gibt es keine Rechtfertigung. (Ricardoroxas4@yahoo.com)

*

Cristo sagt kein Wort, als Maria Clara die Gäste verabschiedet. Als er und Aniceto sich voneinander verabschieden, schaut Letzterer ihn vielsagend an und ergreift mit beiden Händen Cristos Hand. Juan setzt seinen Hut schief auf und schreitet die Stufen in so stolzer Haltung hinunter, dass Cristo unwillkürlich lächeln muss. Martin dagegen ist äußerst nachdenklich, sagt kein Wort und hebt auch nicht die Hand, als er in die Kutsche steigt. Seine Frau beugt sich über ihn, um ein letztes Mal zum Abschied zu winken, doch Martin bekommt davon nichts mit.

Maria Clara berührt Cristo an der Schulter und geht dann hinein. Er bleibt vor dem Haus stehen, bis das Klappern der Hufe und das Knirschen der Kutschen auf dem Kiesweg gänzlich verklungen sind. Dann geht er auf sein Zimmer, um seine Entscheidung zu überdenken.

Nur wenige Tage später, am 6. Dezember, erfährt Cristo, was ohne sein Zutun geschehen ist. Während eine kleine Mahlzeit aufgetragen wird, kommt ein Mann vom Anwesen der Claparols atemlos nach Swanee gerannt und bittet die Diener, sie möchten ihren Herrn herbeirufen. »Don Cristo«, sagt er, »Don Martin schickt mich mit einer Botschaft. Die Spanier haben die Kapitulationsurkunde unterschrieben. Es wurde kein Blut vergossen.«

Cristo bestürmt den Mann mit Fragen, und dieser erzählt ihm die Geschichte mit allen blumigen Details. Von ihrem Erfolg in den umliegenden Dörfern gestärkt, hatten sich Aniceto und Juan mit ihren Männern am Tag zuvor den anderen angeschlossen, um gegen Bacolod zu ziehen. Die Männer rüsteten sich mit allem, was an Waffen greifbar war – Bolos, Messer und ein paar Pistolen – gegen den Feind. Ihr Arsenal war jedoch kleiner gewesen, als sie ursprünglich gehofft hatten, deshalb hatten sie geschnitzte Nipastöcke und zusammengerollte Bambusmatten schwarz angemalt. Diese stapelten sie möglichst auffällig auf offene Karren. Aus der Ferne sahen sie tatsächlich wie Gewehre und Kanonen aus. Die beiden Revolutionärsgruppen bezogen an den Flüssen Lupit und Mandalagan Stellung, um die Stadt in die Zange zu nehmen. Der spanische Kommandant, Coronel de Castro y Cisneros – dessen Späher meldeten, dass die Philippinos über eine große, wohlbewaffnete Streitmacht verfügten – ergab sich bald darauf.

Stotternd dankt Cristo dem Überbringer der Botschaft. Nachdem der Besucher die Tür hinter sich geschlossen hat, droht Cristo das Gleichgewicht zu verlieren und taumelt zu seinem Sessel. Die Herrschaft der Spanier ist beendet! Die Revolution ist ein Erfolg! Dreihundertsiebenundsiebzig Jahre Besatzung sind vorbei. Cristo verriegelt die Tür und schenkt sich einen Brandy ein. Er kippt ihn hinunter und gießt sofort nach. Die Flasche nimmt er mit zum Sessel.

Als Maria an jenem Abend die Tür aufbrechen lässt, trifft sie ihren Gatten betrunken an, ohne Hemd und in Tränen aufgelöst. »Ich bin kein Mann«, sagt er zu ihr. »Wie konnte ich nur tatenlos zuschauen?«

»Cristo«, sagt sie und hält seinen Kopf so, dass sie ihm direkt in die Augen sehen kann. Ihre Stimme ist fest, und sie spricht mit Nachdruck. »Cristo. Hör mir zu. Cristo. Komm, ich helfe dir beim Anziehen. Du und ich, wir müssen zum Anwesen der Claparols. Martin hat versucht, sich das Leben zu nehmen.«

— Aus: *The Enlightened* (Seite 198) von Crispin Salvador

*

Unser nostalgischer Protagonist sitzt auf dem Bett und blättert wieder einmal im Fotoalbum seines toten Mentors. Mit jeder Seite, die er aufschlägt, wird er mutloser.

Wo stehe ich im Leben?, fragt er sich. Was ist aus all meinen Freunden geworden, den Jobs, die mir angeboten wurden, der kleinen Familie, die ich gründen wollte? Was ist aus dem vielversprechenden jungen Mann geworden, der sich so gewählt ausdrücken konnte? Meine Pläne, der Jüngste, der Beste zu sein – auf dem klebrigen Fußboden irgendeiner Toilettenkabine in der Lower East Side weggeschnupft. Mein Selbstvertrauen, das mit jedem High anstieg und mit jedem Absturz wieder verebbte. Was ist mit den Millionen von Pesos, die meine Großeltern – unter großen Verlusten – in Dollars tauschten, für eine »bessere« Erziehung im Ausland? Was haben diese Dollars gebracht? So viele unfertige Erzählungen. Romane, die über zwei Kapitel nicht hinauskamen. Und diese verdammten verwirrenden Stilexperimente! Es geht darum, geradlinig eine Geschichte zu erzählen. Das ist der Trick – keine Tricks. Zurück zu den Wurzeln. Halte dich an Auf der Suche nach Indien. *Schreib Crispins*

Biografie. Spinne das Garn, nimm die Fäden auf. Du wirst niemals der Jüngste sein, für alles Weitere muss man sehen. Er schließt das Album.

Vielleicht wird man erwachsen, denkt er bei sich, wenn man versteht, dass das Leben nur aus einer geringer werdenden Anzahl von Möglichkeiten besteht.

Aber wer wollte behaupten, er sei verständig?

*

INTERVIEWER:

Und was denken Sie nun, nach dem Zusammenbruch der Sowjetunion?

CS:

Die Sowjetunion hatte die Arbeiterklasse verraten. Tyrannen verstecken sich meist hinter edlen Idealen. »Je ne suis pas marxiste«, hat Marx gesagt. Das würde ich so unterschreiben. Wenn überhaupt, dann bin ich heute Groucho-Marxist. Aber nur weil eine Ideologie stirbt, heißt das nicht, dass die ihr zugrundeliegenden Ideen wertlos sind. Damals war ich der Überzeugung, dass der Kommunismus der richtige Weg sei, weil er meinem Land die einzige Chance bot, sich wirklich weiterzuentwickeln. Inzwischen glaube ich nicht mehr, dass das auf diese Weise möglich ist. So tugendhaft sind wir einfach nicht. Ich glaube noch immer, dass revolutionäre Veränderungen das einzige Mittel sind, ans Ziel zu gelangen, aber sie werden durch etwas weit Einfacheres ausgelöst werden. Ein Volksaufstand vielleicht. Ein starker Militär, der aus dem Volk stammt und weiß, wann es genug ist. In einer Gesellschaft, deren ständige Erneuerungsversuche dazu führen, dass die alten Strukturen lediglich mit neuen Ungerechtigkeiten überdeckt werden, war der Kommunismus eine verlockende Möglichkeit. Man kann sagen, dass der Kommunismus meine jugendliche Reaktion auf den geschmacklosen Konservatismus der unbeugsamen Elite war. Welcher unterdrückte junge Mann, der vor Patriotismus nur so strotzt, würde nicht einer barbusigen Lady Liberty folgen, die das Volk anführt? Ich war ein Narr. Alle Revolutionäre sind Narren. Gott sei Dank.

— Aus einem Interview in *The Paris Review* (1988)

*

Der schwierigste Augenblick des Krieges war für uns weder die Besetzung noch die Befreiung, auch wenn der Albtraum der Letzteren angesichts der Zerstörung von Manila für viele schwerer zu ertragen war als das Herzeleid, das Erstere mit sich brachte. Der schwierigste Augenblick für unsere Familie war die Eroberung.

Nachdem wir stundenlang zusammengepfercht auf einem Platz gewartet hatten, wo wir anstanden, um uns wie gewöhnliche Kriminelle registrieren zu lassen, platzte meinem Vater, der für seine Wutanfälle berüchtigt war, der Kragen, und er marschierte mit meiner Mutter und uns drei Kindern an die Spitze der Schlange. Er wollte, dass wir sehen, wie er den kleinen japanischen Beamten beschimpfte. Dieser nahm an einem Schreibtisch die Namen auf; während er sie langsam tippte, spähte er über seine dicken Brillengläser hinweg wie eine Karikatur aus einem Nachkriegshollywoodfilm. Einer der wachhabenden Soldaten legte mit der Arroganz, die für die Eroberer im Laufe des ersten Jahres so charakteristisch war, eine Hand auf sein Samuraischwert und trat mit der Absicht vor, meinen Vater in zwei Hälften zu teilen. Ich wusste, dass wir als Nächste dran sein würden. Als er die Klinge zog - was für ein Geräusch sie machte, wie zerreißendes Metall -, ertönte ein Schrei. Der Soldat erstarrte, die Waffe hoch über dem Kopf. Durch die Menge drängte sich, kraftvoll und aufrecht, ein japanischer Offizier. Plötzlich erkannte ich ihn. Es war Yataro, unser kluger Gärtner. Wie sich herausstellte, war er, und das schon die ganze Zeit, Geheimdienstoffizier bei der Kempeitai. Er revanchierte sich auf seine Art für die Liebenswürdigkeit, die ihm meine Familie entgegengebracht hatte. Seine Freundschaft sollte sich als unschätzbar erweisen.

— Aus: *Autoplagiarist* (Seite 992) von Crispin Salvador

*

Erning kehrt von seinem Urlaub auf den Philippinen zurück und lernt auf der Poolparty eines Freundes ein hübsches Mädchen kennen. Ihr Name ist Rocky Bastos, und sie stammt aus derselben Provinz in der Heimat wie er. Im Unterschied zu den anderen philippinischen Mädchen auf der Party trägt sie einen zweiteiligen Badeanzug. Die Männer versammeln sich um den Grill und unterhalten sich über ihren flachen Bauch. Um ihre Aufmerksamkeit auf sich zu ziehen, macht Erning eine Arschbombe nach der anderen, wenn er ins Wasser springt. Sie schaut jedes Mal in seine Richtung. Er versteht das als Kompliment. Er reibt sich mit einem Handtuch zweideutig über die Brust und fragt sie, ob sie mit ihm ausgehen möchte. Zu seiner Freude sagt sie ja.

Er führt sie in das *Red Lobster* aus, weil er genau für einen solchen Zweck Gutscheine gesammelt hat. Danach fragt sie ihn, ob er noch mit zu ihr kommen möchte, um Red Passion Alizé zu trinken. Der Abend steht im Zeichen der Farbe Rot, und sie erröten beide gleichzeitig, als sie einander im Aufzug ansehen. Erning ist sich sicher, dass er immer mit ihr zusammen sein könnte. In ihrer Wohnung sitzen sie schüchtern auf dem Sofa, als warteten sie auf den Bus. Der Cocktail aus Cognac und Passionsfrucht ist ihnen zu Kopf gestiegen. Rocky lebt schon einige Zeit in Amerika und hat sich bereits amerikanische Wertvorstellungen angeeignet.

Rocky: »Lass uns Verstecken spielen. Wenn du mich findest, erlaube ich dir, mit mir zu schlafen.«

Erning: »Äh, und wenn ich dich nicht finde?«

Rocky: »Ganz einfach, ich bin oben, hinter der Badezimmertür!«

*

In den letzten Monaten unserer Beziehung fragte mich Madison ständig, was ich noch immer vor ihr zu verbergen hätte. Was ich denn tun würde, wenn ich die Tür meines Zimmers, in dem ich schrieb, abschlösse? Sie glaubte nicht, dass ich arbeitete. »Du hörst dich an, als würdest du da drin weinen«, sagte sie. »Warum kannst du mich nicht an dich heranlassen?« Also erzählte ich es ihr.

Ich erzählte ihr, dass ich mir Pornos anschaute. Das stellte ich möglichst spaßig dar. Ich versuchte sie daran teilhaben zu lassen, ihr zu zeigen, was ich daran anregend fand. Schließlich hatte Madison auch Gefallen an den anderen Vorlieben gefunden, die ich im Laufe unserer Beziehung mit ihr geteilt hatte. Sie fand es toll, mit mir neben dem Reflexionsbecken im Lincoln Center einen Joint zu rauchen, bevor wir uns in die Philharmonie schlichen und uns in einer Pause auf frei gewordenen Sitzen niederließen, während das Orchester Schumanns »Kreisleriana« oder Vinteuils »Septet« spielte; anfangs hatte sie allerdings noch Angst davor, erwischt zu werden. Sie liebte es schließlich, im Ramble im Central Park die Vögel mit ihren Hauben und dem bunten Gefieder zu beobachten, obwohl sie mich zunächst dafür als Nerd verspottete; allerdings weigerte sie sich, sich mit Klappstühlen und Ferngläsern gewappnet auf der Straße zu zeigen. Pornos, so hoffte ich, würden sich bald bei diesen sonderbaren Vergnügungen einreihen.

Madison lächelte unsicher. Sie versuchte, auf mich einzugehen. Wie ein Connaisseur, der auf Hebel, Getriebe und Lagersteine in einem Uhrwerk aufmerksam macht, das ihn begeistert, zeigte ich ihr die besten Videos auf meiner Festplatte. Ich stellte ihr meine Lieblingshuren vor: Jenna Haze, Belladonna und die Philippino-Amerikanerin Charmane Star. Ich erzählte ihr von meinem Traum, ein Buch über sie zu schreiben, das bei einem bedeutenden Literaturverlag erscheinen würde. Von Zeit zu Zeit nickte sie und räumte widerwillig ein, ja, Jenna sei wirklich scharf und Bella habe was drauf. Dann wandte sich Madison zu mir um und fragte, warum sie mir nicht genüge.

Fairerweise muss ich sagen, dass sie sich in den Wochen darauf mit ihrem Federkitzler, ihrer Reitgerte und ihrer Zimmermädchenlatexuniform große Mühe gab. Letzten Endes widerte sie das jedoch alles zunehmend an, und sie machte mir Vorwürfe. Dann wurde sie allmählich paranoid: wann immer ich die Tür abschloss (selbst wenn ich tatsächlich arbeitete), wann immer sie vor mir ins Bett ging und ich nicht sofort nachkam (obwohl ich oft an Schlaflosigkeit leide).

Die wenigen Male, die wir danach noch versuchten, miteinander zu schlafen, sah sie mich seltsam an. Als würde sie mich nicht mehr richtig lieben.

Es ist töricht zu glauben, dass man in einer Beziehung vollkommen ehrlich sein sollte.

*

»Bereit?«, flüsterte Dulcé.

»Äh, klar«, flüsterte Jacob zurück. »Schon eine Ewigkeit.«

Die Augen der Dwende kamen näher und näher. Ihre Zähne waren so scharf, dass sie sogar in dem dämmrigen Licht schimmerten.

»Jetzt!«, schrie Dulcé, zog an der Schnur und knallte die Tür des Schuppens zu, sodass es im Innern nun schwärzer als schwarz war. Die roten Augen schauten sich um, schauten wie wahnsinnig nach oben. Sechs Stimmchen stießen seltsame, würgende Rufe aus, und die Augen, die gerade noch rot gewesen waren, wurden erst orange, dann gelb, bis sie schließlich verblassten und verschwanden.

»Was hast du gemacht?«, fragte Jacob, offenkundig erleichtert. Er schaltete das Licht an. Die Kinder vernahmen das Summen der Leuchtstoffröhre und das Geräusch, das die Motten machten, wenn sie dagegenflogen, ansonsten waren sie allein. Auf dem Boden lagen sechs winzige Hüte, die sich vor ihren Augen in Luft auflösten.

»Als ich klein war«, sagte Dulcé, »hat mir mein Stiefpapa von den Dwende erzählt. Du weißt doch, er ist Volkskundler an der Universität.«

»Ja, ich weiß.«

»Vor langer Zeit, als ich noch ganz klein war, hat er mir erzählt, dass die Dwende so dumm sind, dass sie, wenn sie sich in vollständiger Finsternis befinden, ohne auch nur das Licht der Sterne zu sehen, einfach verblassen. Sie hören auf zu existieren. Sie verwechseln die Dunkelheit mit dem Tod.«

»Dein Stiefpapa hat dir das gesagt? Warum hat er uns dann kürzlich nicht geglaubt, als wir ihm von dem magischen Baum erzählt haben?«, wollte Jacob wissen.

»Ich weiß es nicht«, sagte Dulcé, sichtlich verwirrt. »Ich weiß es wirklich nicht.«

— Aus: *QC Nights*, Buch 2
von Crispin Salvadors *Kaputol*-Trilogie

*

Ich lege Crispins Fotoalbum beiseite und stehe auf, um mich auf das Kunstledersofa fallen zu lassen. Es quietscht unter meinem Gewicht. Ich öffnet eine Dose San-Miguel-Bier aus der Minibar und schalte den Fernseher ein. Es gibt Kabel! Ich switche zwischen den Sendern hin und her.

Gerade läuft ein Basketballspiel – die San Miguel Beermen gegen die Lupas Land Mallers. Zwei afroamerikanische Importe beziehen unter dem Ring Stellung; die Uhr zählt die letzten Sekunden. Der winzige philippinische Aufbauspieler versucht es mit einem Drei-Punkte-Wurf. Ich schalte um.

Werbung. Ein Orchester spielt *Joy to the World*, während verstümmelte Hände, fehlende Finger, amputierte Gliedmaßen über den Bildschirm zucken. »Bitte seien Sie über die Feiertage vorsichtig«, sagt eine Männerstimme, »wenn Sie Feuerwerkskörper zünden. Das war ein Fernsehspot zur öffentlichen Sicherheit von der Philippines First Corporation!« Ich schalte um.

Schlagzeilen prangen auf dem Bildschirm: »QUALLEN-ANGRIFF!!!« Der Reporter berichtet, dass ein Seebeben in der Celebessee Massen von Quallen flussaufwärts getrieben hat, die auf Mindanao ein Wasserkraftwerk verstopft und der ganzen Inselgruppe einen plötzlichen Stromausfall beschert haben. Aufnahmen vom Schauplatz der Katastrophe. Ein Colonel vor Ort im Kraftwerk Rajah Tuwaang erklärt in gebrochenem Englisch, dass der Stromausfall nichts mit den Moro-Rebellen zu tun habe. Hinter ihm schaufeln Soldaten Quallen auf Muldenkipper. Einer der Haufen ist mindestens zweieinhalb Meter hoch. Ich schalte um.

Das Heim der Familie Changco wird von einer Menschenmenge belagert. Einige blicken zu dem Hubschrauber des Nachrichtensenders hinauf und schreien ungehört. Eine Männerstimme aus dem Off spricht von über tausend Menschen mit Kerzen und Jasminblumenkränzen, die Lieder singen und Schilder schwenken, auf denen sie Wigberto Lakandula anfeuern. Auf einem Banner steht: OPFER DES SCHNEEBALLSYSTEMS UNTERSTÜTZEN LAKANDULA. Auf einem anderen: WIGGY, WIR ♥ DICH, HEIRATE UNS! – ASSUMPTION HS KLASSE VON 2004. Bereitschaftspolizisten sind in Stellung gebracht worden, um die Ordnung zu wahren. Ich schalte um.

Ein Infomercial wirbt für das Ped Egg. Eine Hand reibt

damit über einen Fuß, während eine Stimme sagt: »Es ist ideal für Freunde oder Freundinnen, für Mütter, für Väter, für Oma und Opa, für Schwestern, für Brüder …« Ich schalte um.

Eine langsame Kamerafahrt über Reisterrassen in einer bergigen Provinz. Stufenförmig wie bei einer spiegelnden Zikkurat ragen sie in den wolkenlosen Himmel. Die Nahaufnahme einer Ansammlung von Hütten zeigt, wie weitläufig die Bebauung im Vergleich ist. Überblende auf einen alten, zahnlosen Ifugao-Mann mit dunkler Lederhaut, der aus dem Inneren einer Hütte zu uns spricht. Er bereitet währenddessen Betelnuss zu; die Zutaten nimmt er aus einem mit Schnitzereien verzierten Kasten. Untertitel: »Einmal kam ein Amerikaner und hat mir gesagt, unsere Terrassen seien das achte Weltwunder. Ich weiß nur, dass wir so unseren Reis anbauen. Schon seit viertausend Jahren …« Ich schalte um.

Wieder Nachrichten. Von dem vertrauten Bild des Reverend Martin, der in seinem karierten Burberry-Anzug eine Predigt hält, wird auf ein Bild geschnitten, wie er in Handschellen aus seiner Villa geführt wird. Er ist von Polizisten umgeben, hat den Kopf gesenkt, das Gesicht von den Fernsehkameras und den Reportern mit den Schaumstoffmikrofonen abgewandt. Er trägt einen roten Seidenschlafanzug. Der Kommentator sagt etwas in schnellem Tagalog, was ich kaum verstehe. Etwas über Veruntreuung in der El Ohim. In dem Lauftext am unteren Bildrand heißt es, dass der Phisix heute mit einem Plus von zwei Punkten abgeschlossen hat. Ich schalte um.

Ein Konzert der »fünfzig besten Elvis-Imitatoren« des Landes im Araneta Coliseum. Alle tragen den gleichen mit Pailletten besetzten Overall und die gleiche Sonnenbrille, von der Haartolle ganz zu schweigen. Allerdings unterscheiden sie sich in Größe und Gewicht, was lustig aussieht. Zwei sind Drag Queens in Netzstrümpfen und blauen Veloursederschuhen mit hohen Absätzen. Ich schalte um.

Chinesische Nachrichten. Etwas über Schanghai, unscharfe Aufnahmen der Skyline, Arbeiter und Baumaterial, die von Kränen in die Höhe gezogen werden. Ich schalte um.

Santos, der Präsident des Obersten Gerichtshofs, spricht auf einem Symposium. »Das Herz unserer Gesetzgebung ist die Moral«, sagt er. »Das Herz der Moral aber ist die Spiritualität. Unser Glaube an den Allmächtigen ist unser bester Führer, wenn wir die Gesetze der Menschen auslegen.« Ich schalte um.

Ein Formel-1-Rennen in Monza. Montoya führt in der vorletzten Runde, dicht gefolgt von Schumacher. Ich schalte um.

Nachrichten über einen weiteren Anschlag, dieses Mal auf Mindanao. General Santos City. In grellem Scheinwerferlicht eine Reporterin, hinter ihr ein zerknautschter Blechklumpen. Das war einmal ein Bus, sagt sie. Zwölf Menschen wurden getötet, weitere zweiundzwanzig ins Krankenhaus gebracht. Schnitt nach Manila, zu Senator Nuredin Bansamoro (bescheiden, bebrillt, die Haare mit Pomade frisiert), von finster dreinblickenden Untergebenen umgeben. »Dies ist der, äh, sechste Anschlag in einem Monat. Wir gehen, äh, davon aus ...«, sagt er in sehr bedächtigem Englisch, wobei er bestimmte Worte geradezu ausspuckt, »... davon aus, äh, dass die, äh, dieselben Zellen heimtückischer Halunken dafür verantwortlich sind, die, äh, die letzte Woche auch die Lotto- und McDonald's-Anschläge verübt haben. Allerdings gibt es in, äh, in diesem Großraum auch extremistische Angehörige des, äh, Abu-Sajaf-Netzwerks. Wir können uns jedoch, äh, nicht sicher sein, dass ein Zusammenhang mit den Explosionen in Manila besteht. Ich widerspreche Berichten, dass all das, äh, Vorboten eines Putschversuchs sind. Ich werde mich nicht zu den Gerüchten äußern, dass unser, äh, geliebter Präsident das Kriegsrecht ausrufen wird. Wenn ich mich denn äußern müsste, würde ich sagen, das ist keine gute Idee, denn, äh, ich werde mich jedenfalls dagegen ...« Ich schalte um.

Eine hübsche Mestizin trägt, nachdem sie geduscht hat, Block & White-Deodorant in den Achselhöhlen auf. Schnitt. Jetzt hat sie eine ärmellose Bluse an und hebt während einer Universitätsvorlesung selbstbewusst die Hand. Ihre dunkelhäutigere Sitznachbarin wirft ihr einen neidischen Blick zu, bevor sie die Arme verschränkt, um ihre Achselhöhlen zu verbergen. Schnitt. Die dunkelhäutige Kommilitonin trägt das Deodorant auf, gefolgt von Davor- und Danach-Fotos. Ihre Achselhöhlen sind ganz offensichtlich aufgehellt, nach »nur wenigen Wochen regelmäßiger Anwendung«. Ich schalte um.

CNN: Eine Sendung über die Antikriegsdemonstrationen letzten Monat in Toronto, Montreal, Vancouver und Halifax. Im Queen's Park behalten berittene Polizisten die Menge im Auge. Ein junger Mann klettert auf einen *Globe and Mail*-Zeitungsautomaten und zieht seine Skijacke aus. Darunter kommt ein T-Shirt zum Vorschein, auf dem MASSENVERNICHTUNGSWAFFE steht. Ein berittener Beamter winkt ihn hinunter. Die Menge ruft: »Holt die Tiere von den Pferden!« Der Nachrichtenticker am unteren Bildschirmrand meldet, dass der Nasdaq und der Dow Industrial gestiegen sind. Ich schalte um.

Eine portugiesische Nonne spricht von den Seligpreisungen. Sie zitiert aus dem Johannes-Evangelium. Gepriesen seien die Sanftmütigen, sagt sie. Ich schalte um.

Eine weibliche Moderatorin auf dem Wetterkanal sagt, der aufziehende Sturm sei sehr sonderbar. Ich schalte um.

Taiwanesische Nachrichten. Provinz Guangdong, Volksrepublik China. Ein Reporter vor einem Krankenhaus trägt eine Atemschutzmaske. Im Innern sieht man zwei bleiche

Patienten in ihren Betten liegen, die in die Kamera blicken, als könnte diese sie retten. Ich schalte um.

Ein Live-Schwenk über eine gewaltige Menschenmenge im Rizal Park; alle halten Kerzen und heben die Hand zum Lob des Herrn. Das sieht aus wie ein müder faschistischer Gruß oder als würden die Leute bei einer Karaoke-Party *Stop in the Name of Love* singen. Der Kommentator berichtet, in den zwei Stunden seit Reverend Martins Verhaftung hätten sich einhunderttausend Menschen versammelt. Manche schwenken Banner, auf denen FRIEDE oder HOFFNUNG steht. Ein Reporter befragt eine Frau in der Menge. Was führt Sie hierher? »Meine Liebe zu Reverend Martin natürlich. Dem Apostel des Volkes.« Warum lieben Sie ihn so sehr? »Weil er mir die Kraft gibt, jede Woche aufs Neue durchzuhalten. Früher war ich drogenabhängig …« Ein muskelbepackter Mann beugt sich über ihre Schulter und ruft: »Ich, ich war früher schwul!« Am Himmel kracht Donner. Manche öffnen einen Regenschirm. Die Mikrofone übertragen Gesang, der sich wellenförmig über die Menge ausbreitet und mein Hotelzimmer erfüllt. Ich schalte um.

Kurznachrichten – das Wichtigste vom heutigen Abend: »Die *Paul Watson*, das Flaggschiff der nordamerikanischen Umweltschutzorganisation World Warden, blieb heute im Hafen von Manila vor Anker, und das trotz der Proteste der japanischen Botschaft nach dem Zusammenstoß mit dem Walfänger *Nisshin Maru* letzte Woche. Die Soldiers for Military Reform wurden von Präsident Estregan begnadigt, obwohl ein Sprecher des Gloriolla-Einkaufszentrums von Lupas Landcorp – das letztes Jahr von SMR-Soldaten gestürmt worden war, die damit drohten, das Gebäude zu sprengen, wenn ihre Forderungen nach Transparenz der Bürokratie nicht erfüllt würden – erklärte, das Unternehmen werde vor einem Zivilgericht Anklage erheben. Die chinesisch-philippinische Gemeinde hat in Binondo eine mehrgeschossige Pagode eingeweiht, ein Denkmal für Geiselopfer, die ums Leben gekommen oder nie gefunden worden sind. Und verpassen Sie in der heutigen Ausgabe von *In-Sight* nicht den exklusiven Bericht über das Leben in Olongapo und Angeles City elf Jahre nach dem Ausbruch des Pinatubo und der Schließung der Militärbasen in Clark und Subic! Geht es uns ohne diese beiden größten militärischen Anlagen außerhalb des nordamerikanischen Kontinents besser? Finden Sie es heraus in *Von der Weltmacht zur Wüste.*« Ich schalte um.

Lakbay-TV, der Reisekanal, Vorspann: *Die uralten Kulturen von Mindanao.* Ein Paar in aufwändigem Tuch und Kopfschmuck. Der Prinzengemahl schwingt ein Schwert mit prachtvoll gezahnter Klinge. Die Braut verbirgt ihr Gesicht hinter einem Fächer und tanzt zwischen zwei Paar über Kreuz gehaltenen Bambusstäben, die von Bediensteten, die zu ihren Füßen knien, forsch gegeneinandergeschlagen werden. Der Prinz folgt seiner Braut, das Schwert über der Schulter und den Schild fest in der Hand, während er in die sich öffnende und schließende Falle hinein- und wieder aus ihr heraustritt. Das Tempo nimmt stetig zu. Die Braut weicht zurück, um ihren Bräutigam zu beobachten, dessen Füße sich so schnell bewegen, dass sie zwischen den gefährlich zusammenkrachenden Stäben kaum noch zu sehen sind. Der sich beschleunigende Rhythmus von Bambus, der auf Bambus trifft, wirkt hypnotisierend, wie das anschwellende Crescendo in Ravels *Bolero.* Ich schalte um.

BBC World News: Hans Blix, Chef der UN-Rüstungskontrollkommission, wird interviewt. Sichtlich entnervt schüttelt er den Kopf angesichts dessen, was über Saddam Husseins Irak gesagt wird. Ich schalte um.

Einer dieser sonderbaren Digitalsender: In einer Ecke des Bildschirms läuft ein Musikvideo von den Eraserheads, die von der unerwiderten Liebe eines jungen Mädchens an einem exklusiven College singen. Auf dem übrigen Bildschirm blinken Textnachrichten, die in Echtzeit aktualisiert werden. Prettypinay89 schreibt: »Hi, Tropang Marikina! Superviel Glück den PhilChemikerinnen bei eurem Examen morgen.« Gothgrrrrl3000 schreibt: »steht hier jemand auf deathmetal? die greyhoundz gehn voll ab! die eraserheads sind echt scheiße!« Und AnAk_Ng_KidlAt schreibt: »Knn mch hr rgndjmnd hrn?«

Ich schalte den Fernseher aus.

*

»Noch eine Sache«, sagte Crispin. »Eine letzte Geschichte.« Er starrte die Schreibmaschine an, die vor ihm stand. »Wenn du so alt bist wie ich, dann werden die unbedeutendsten Erinnerungen plötzlich bedeutungsvoll. Ungerechtfertigte Schuldzuweisungen, unaufdringliche Freundlichkeit, beiläufige Gesten – eines Tages musst du einfach jemand von dem allen erzählen. Als ich ein Junge war, gab es eine Zeit, da wurde mein Vater von Eifersucht verzehrt.« Ich hatte bereits meinen Parka an und meinen Rucksack auf. In einem Arm hielt ich das Bündel Post, das ich verschicken wollte. »Papa war schon immer neidisch auf den Zoo gewesen, den mein Onkel auf seiner Farm unterhielt. Also beschloss er, für sich selbst ein Tier zu beschaffen, das er in unserem Haus in Manila unterbringen wollte. Damit versuchte er, meine Mutter zu beeindrucken und sie dazu zu bringen, dort mehr Zeit mit ihm zu verbringen als in Bacolod.« Ich schenkte Crispin ein Glas Sherry ein; er sah zu mir auf und nickte. »Natürlich verstand mein Vater nichts von Tieren. Er wollte einfach nur welche haben. Wahrscheinlich glaubte er, dass er Leute anstellen konnte, die sich um sie kümmerten. Wie man das eben so macht. Er wollte einen Tiger, und irgendwie hat er auch einen bekommen. Ich weiß nicht, wie, ich war zu jung. Ich kann mich noch erinnern, dass er ihn in einem Käfig neben dem Swimmingpool gehalten hat, in der Nähe des Lanay, wo wir unsere Mahlzeiten einnahmen, wenn wir im Freien aßen. Wenn ich mich nicht täusche, war der Tiger dort in Forbes Park, weil er auf die Farm nach Swanee transportiert werden sollte. Ich weiß es nicht mehr genau.«

Crispin nippte an seinem Sherry. Er hatte seinen ruinierten Barong noch immer nicht ausgezogen. Neben ihm auf dem Boden standen zwei schwarze Kartons mit Manuskripten. Ich lehnte am Türrahmen und blickte auf meine Armbanduhr. Madison wartete zu Hause bestimmt schon mit dem Abendessen – es war Valentinstag. An jenem Morgen hatte sie mir zu meiner Bestürzung erzählt, sie sei auf ein Rezept für Tofu-Pekingente gestoßen, und ich musste noch irgendwo glutenfreie Hoisinsoße auftreiben. Inzwischen hatte ich den Eindruck, dass unsere Beziehung davon abhing, ob ich derartige Besorgungen erfolgreich ausführte. Ich zog meinen Schal aus und öffnete den Reißverschluss meiner Jacke.

»Egal. Damals war das für mich jedenfalls ein ziemlich großer Tiger. Er war riesig. Vermutlich war er aber noch nicht ganz erwachsen, denn so viel Platz war zwischen dem Swimmingpool und dem Lanay gar nicht. Wirkt im Rückblick nicht alles größer? Nun ja, ich kann mir vorstellen, was sich die Nachbarn dachten. Wie arrogant – einen Tiger im Garten zu halten! Unglaublich. Allerdings wollte das Mistvieh nicht fressen. Es war von dem Flug oder der Fahrt mit dem Laster, oder wie es sonst transportiert worden war, traumatisiert. Es ging ihm dreckig. Ich weiß nicht, ob es ein Er oder eine Sie war oder was daraus geworden ist. Das Tier lag immer in der Ecke des Käfigs, wo so gerade keine Sonne hinkam. Der Käfig war kaum groß genug, um darin auf und ab gehen zu können.«

Crispin betrachtete das Manuskript, das in dem offenen Karton neben seiner Schreibmaschine lag. »Einmal frühstückten wir draußen, weil mein Vater das so wollte. Damit wir den Tiger bewunderten. Daran kann ich mich noch gut erinnern. Wir wollten nicht, weil er stank. Säuerlich, irgendwie nach Moschus. Aber wir mussten. Also saßen wir da und kriegten nichts runter. Mama las ihren Taschenbuchkrimi. Mein Vater war guter Laune; er nahm sich ein paar Streifen Speck und näherte sich dem Käfig. Was für ein Macho – er wollte, dass der Tiger ihm aus der Hand fraß! Aber das arme Tier hatte Angst. Es kauerte sich in eine Ecke. Papa wurde wütend und fing an, es anzuschreien. Ich werde nie vergessen, was er gesagt hat. Er brüllte: Was für ein König des Dschungels bist du denn?«

Crispin lachte herzlich und seufzte. »Ja, heute kann ich darüber lachen. Aber damals hatten mein Bruder, meine Schwester und ich furchtbare Angst. Mein Vater warf den Speck nach dem Tiger und traf ihn im Gesicht. Unter dem Tier bildete sich eine Pfütze aus Pisse, es sah aus, als wären irgendwelche giftigen Chemikalien ausgelaufen. Ich sehe es vor mir, als wäre es gestern gewesen. Wie der Tiger in seinem eigenen Urin lag. Und Papa stand schreiend über ihm. Während Mama ungerührt weiterlas. Wir Kinder wandten den Blick ab und schauten zu, wie Fliegen sich auf den Mangoscheiben tummelten, die vor uns auf dem feinen Porzellan lagen.«

Crispin spielte mit dem Aschenbecher und seiner Meerschaumpfeife, stellte die Karaffe nach links und das dazu passende Glas daneben. Dabei beobachtete er völlig desinteressiert seine Hände. »Ich weiß noch, wie ich diese Geschichte Jahre später meiner Freundin Gigi erzählte. Das war seltsam – zwanzig Jahre lang hatte ich nicht mehr daran gedacht. Hinterher weinte ich. Das erste Mal seit meiner Kindheit. Gigi erklärte mir, dass unser Land dringend eine Revolution bräuchte. Klar, dass sie das sagte, schließlich war sie Französin. Ich für meinen Teil habe lange gebraucht, um zu begreifen, dass eine Revolution in unserem Land nicht nur bedeutete, Vater und Mutter zu ermorden. Es bedeutet, seinen Gott zu meucheln. Letztlich glaube ich, dass unsere Erlösung aber einer edleren Tat bedarf. Egal, jedenfalls wollte ich meine Erinnerung an den Tiger schon immer einmal in eine Kurzgeschichte oder in eine Szene in einem Roman einbringen. Aber manche Dinge bleiben besser in der Vergangenheit.« Er zog das Blatt aus seiner Schreibmaschine, legte es auf den Manuskriptstapel und schloss den Karton. Den Karton stellte er auf die anderen beiden. »Ich weiß noch, wie klar mein Blick war, nachdem ich geweint hatte.«

Crispin sah mich an. Das werde ich nie vergessen. Als wäre ich der Heilige Geist. Als hätte er begriffen, was geschehen musste.

»Bis bald«, sagte er mit einem schüchternen Lächeln. »Halt die Ohren steif.«

Ich ging nach Hause zu Madison. Im Wohnzimmer kreischte der Rauchmelder, die Fenster standen weit offen, und in der Wohnung war es so kalt wie im Winter draußen.

Es war das letzte Mal, dass ich mit Crispin gesprochen habe.

5

Auf dem Hügelkamm zügelt Cristo sein neues geschecktes Schlachtross; der Hufschlag der Männer, die ihm gefolgt sind, klingt wie Kriegstrommeln. Das Pferd wiehert nervös. Schon jetzt vermisst Cristo Paloma, und er schwört, dass die Amerikaner dafür büßen werden, dass sie seine geliebte Stute erschossen haben.

Dort, in der Ferne, an einer Biegung des Flusses, steht die Infanterie von Hauptmann Peter Murray. Seinem Erzfeind. Die Lagerfeuer funkeln wie ferne Leuchttürme; Soldaten gehen vor ihnen auf und ab, stellen Zelte auf, holen Wasser, bereiten das Abendessen vor. Sergeant Lupas lässt sein Pferd neben Cristos anhalten.

»Sie ahnen nichts«, sagt Cristo.

»Jawohl, Sir. Aber was ist mit den Frauen und Kindern im Dorf?«

Cristo schweigt.

»Hauptmann, die Männer machen sich Sorgen. Sie fragen sich, ob es nicht besser wäre, sich zu ergeben.«

Cristo senkt die Stimme und sagt mit ungewohnter Schärfe: »Du meinst, *du* fragst dich das. Nicht sie.«

»Ich muss dir nicht meine Loyalität beweisen, Cristo.«

»Begreifst du denn nicht, Ricardo? Genau das wollen die Amerikanos doch. Sie glauben, dass sie einen Kordon bilden können, um das Dorf einzuschüchtern, damit wir aufgeben.«

»Unsere Vorräte gehen bald zu Ende. Wir kriegen fast keinen Nachschub. Und der Tribut, den ihr Kordon fordert ... Cristo, die Dorfbewohner ... die Frauen und Kinder, sie verhungern.«

»Nach drei Jahren sollen wir aufgeben? Glaubt auch nur einer der Männer, ich würde mich nicht um meine Familie sorgen? Nein, Ricardo. Wir spielen dem Feind nicht in die Hände. Nicht nach so langer Zeit. Denk daran, alter Freund, wenn wir erst siegen, haben all diese Sorgen ein Ende.«

»Sie werden nur noch mehr Soldaten schicken, Hauptmann. Und immer noch mehr. Amerika ist ein großes Land.«

»Sie sind also der Meinung, Sergeant Lupas, dass wir bereits verloren haben. Haben wir das?«

»Natürlich nicht.«

»Dann verraten Sie mir einmal etwas. Wer, glauben Sie, ist hier der Jäger und wer die Beute?«

Lupas bleibt die Antwort schuldig. Er nickt nur.

»Die Männer sollen sich für den Angriff bereit machen«, sagt Cristo mit leiser, bedächtiger Stimme. »Sagen Sie ihnen, dass wir siegen werden, oder es ist unser letzter.«

— Aus: *The Enlightened* (Seite 223) von Crispin Salvador

*

Als ich Vater wurde, wollte ich alles besonders gut machen. Anfangs hat das, so glaube ich, bei vielem geklappt. Soweit das einem Siebzehnjährigen möglich ist. Jeder Teenager ist zugleich ein Held und ein Versager. Wenn wir erwachsen werden, müssen wir uns entscheiden, wo in der Mitte wir unseren Platz suchen wollen. Sieht so aus, als hätte ich mich entschieden.

So war es nicht immer. Ich weiß noch gut, warum es mir so leichtfiel, mich anders zu entscheiden. Anais. Wenn ich sie von der Kunsthochschule abholte – unter dem Malerkittel wurde ihr Bauch bereits rund –, dufteten ihre Kleider nach Leinöl. Sie erzählte mir, dass sie davon träumte fortzugehen und unser Kind in Prag, Buenos Aires oder Antananarivo großzuziehen. Sie begeisterte sich für Vincent van Gogh, für E. E. Cummings und dieses Gedicht über die Liebe, die sanfter sei als Regen mit kleinen Händen. Wir gingen zusammen zum Ultraschall und zum Lamaze-Kurs. Wir blätterten zusammen in Namensbüchern, um die vielfältigen Möglichkeiten unserer gemeinsamen Zukunft auszuloten. Wir schliefen miteinander, das Kind in ihr – Hort all unserer Hoffnungen – sicher zwischen uns. Ihre Hausangestellte rief mich mitten in der Nacht an – die Fruchtblase war geplatzt, Anais wurde ins Krankenhaus gebracht. Ich war während der ganzen, langen Entbindung dabei: Ich fütterte sie mit zerstoßenem Eis und sagte mit leiser Stimme, sie solle atmen, atmen, und Anais wandte sich mir zu, um – endlich – »ich liebe dich« zu hauchen. Wie im Kino. Dann kam der Arzt und erklärte uns, es gäbe Probleme. Dann kam der Notkaiserschnitt, und ich lief eine Ewigkeit im Wartezimmer auf und ab. Als ich meine Tochter das erste Mal in den Armen hielt und begriff, dass meine Kindheit vorbei war, war ich hin und weg. Sie war jedes Opfer wert. Dann kam das Windeln wechseln, das Bäuerchen machen, die ersten Schritte und die ersten Worte. Als ich mit dem winzig kleinen Mädchen meine Großeltern besuchte – wie sie gurrten und scharwenzelten, sich mit dem Kind auf dem Arm fotografieren ließen! Hinterher erklärte mir Granma unter vier Augen mit Tränen in der Stimme: »Ihr seht aus, als würdet ihr Vater-Mutter-Kind spielen.« Später meine Bemühungen, meinen Notendurchschnitt auf einem Niveau zu halten, der es mir ermöglichte, auf der Schule zu bleiben. Und natürlich der Monat, in dem ich abwesend war – als meine Großeltern mich zu meinem Bruder Jesu nach London schickten, der dort seinen Betriebswirt machte, damit ich »von den Bäumen wegkam, um den Wald zu sehen«. Anais fühlte sich im Stich gelassen, oder vielleicht hatte sie auch Angst oder kam sich ebenso verloren vor wie ich, und sie drohte mir damit, mich zu betrügen, wenn ich nicht nach Hause käme. Später in jenem Sommer kehrte ich zu spät nach Manila zurück, und Anais hatte ihre Drohung wahrgemacht – sie hatte einen anderen Jungen geküsst.

Zumindest war es in meiner Erinnerung so. Das ist schon so lange her.

Um meiner kleinen Familie willen, um meiner Tochter willen, um meiner selbst willen versuchte ich, Anais zurückzugewinnen. Aber der Treuebruch hatte sich wie ein Stacheldraht zwischen uns geschlängelt. Ich trennte mich von ihr, und sie trennte sich von mir, und wir wollten jeder, dass der andere es bereute. Ebenso wie ich zog sie ein Kind groß, während sie selbst noch eines war. Anais sagte, dass es ihr leid täte, und ich wusste, dass sie es ehrlich meinte. Was ich nicht wusste, war, warum ich ihr nicht verzeihen konnte. Ich fragte mich, wo in unserem Haus der andere Kerl sie wohl geküsst hatte, und ich gewöhnte mir an, diese Stellen zu meiden. Wenn ich daran dachte, dass er mein Kind in den Armen gehalten hatte, drehte sich mir der Magen um. Ich konnte den Blick nicht vergessen, mit dem Anais ihn angeschaut haben musste, als sie einander draußen umarmt hatten, zwischen den Orchideen, die ihre Mutter auf Säulen wachsen ließ, wo wir uns immer umarmt hatten, wo wir uns jetzt solche Mühe gaben, uns zu umarmen. Was hatten sie vorgehabt? Was einander versprochen? Was konnte Anais anderes tun, als zu sagen, dass es ihr leid tat, als mich noch einmal zu küssen und mich zu beschwichtigen?

Ich lege dieses Geständnis ab, ohne auf Absolution zu hoffen.

Eines Morgens tat ich so, als wäre ich verrückt geworden. Vielleicht stellte ich so für mich unter Beweis, dass ich es war. Ich blickte in die Ferne und flüsterte Anais zu: »Jacques Chirac ist hinter mir her. Kannst du ihn hören? Wir müssen uns verstecken.« Ich kauerte mich hinter das Sofa. Anais umarmte mich. Sie glaubte mir. Ich war wie berauscht davon, dass sie sich hatte täuschen lassen, aber auch zornig. Ich konnte es nicht fassen. Sie glaubte mir? Wortlos schloss sie mich fester in die Arme. »Hütet euch vor Jacques Chirac!«, rief ich lauthals.

Anais nahm mein Gesicht in die Hände und sagte ganz ruhig: »Jacques Chirac ist in Frankreich.« Dann fing sie an zu weinen. Ich auch, aus den verschiedensten Gründen.

Danach war ich immer seltener bei ihr, und irgendwann gar nicht mehr.

*

In der zweiten Silvesternacht während des Krieges, nur Minuten, nachdem er sein Glas Sake erhoben und seinem Bruder, seiner Schwägerin und ihren Kindern ewige Liebe und Schutz versprochen hatte, verschwand Salvadors Onkel Jason. »Er war da«, erinnert sich Salvador in *Autoplagiarist*, »und als wir uns umdrehten, nachdem wir einander zur Feier des neuen Jahres hoffnungsvoll, wenn nicht sogar verzweifelt umarmt hatten, war Tito Jason fort. Ich war am Boden zerstört. Lange Zeit standen wir vor einem Rätsel. Erst nach dem Ende des Krieges fanden wir heraus, was ihm passiert war. Was er erlebt hatte und die Geschichten, die er mir später erzählte, veranlassten mich letztlich dazu, die Entscheidungen zu treffen, die ich als junger Mann getroffen habe.«

— Aus der im Entstehen begriffenen Biografie
Crispin Salvador: Eight Lives Lived von Miguel Syjuco

*

Die Menschen strömen aus den Häusern, schauen auf den Regen und genießen die Brise in den Passagen der Greenbelt Mall. Das geschäftige Treiben in den Cafés und Läden ist fast unerträglich. Überall sind Weihnachtslieder zu hören, und ich fühle mich, als würde ich gefoltert. Es ist, als wäre ich in einem dieser Träume, in denen man zur Schule geht, und alle starren einen entsetzt an. Ich schaue nach meinem Hosenschlitz. Ich beschleunige meine Schritte. Manche Gesichter wenden sich ab, ihren Kaffeetassen zu oder dem Lichterschmuck.

Im Club *Coup d'Etat* ist es heiß und düster. Technomusik erfüllt den weitläufigen Saal. Der Bass fährt mir bis in die Knochen. Die Melodien sind hymnisch und unbeschreiblich. Über die Tanzfläche zucken Lichter, erst rot, dann grün, dann blau, dann gelb, dann wieder rot. Heute Abend ist »Old-School Trance« angesagt. Wann wurde Trance old-school? Hier hat sich nichts verändert, nur dass ich niemanden kenne. Sie sind alle so jung. Völlig verschwitzt tanzen sie, als schauten sie sich selbst dabei zu. Im saphirblauen Neonlicht in der Nähe des Eingangs zuckt der Blitz einer Kamera – der kugelrunde Albon Alcantara dreht watschelnd, auf der Suche nach Stoff für seine »Albonanza«-Kolumne in der *Gazette* seine Runde. Seine Leute werfen sich in Pose wie große Fische, die gerade ins Netz gegangen sind. In schummrigen Ecken mühen sich Gestalten, möglichst mit den Kunstledersofas zu verschmelzen. Ein Pärchen versucht es, schamhaften Hunden gleich, in der Dunkelheit einer Entlüftungsöffnung mit unauffälligen Trockenübungen. Ein jungenhafter Tänzer spielt mit Leuchtstäben und malt schlichte Kreise in die Luft. Fast bin ich versucht, sie mir zu leihen und ihm den einen oder anderen Trick zu zeigen. Wie seltsam es doch ist, alt genug zu sein, um nicht mehr ausschließlich von Dingen zu träumen, die nur die Zukunft betreffen.

In meiner Hosentasche vibriert mein Handy. Eine SMS von meinem alten Freund Gabby. Woher wusste er, dass ich wieder hier war? »Edsa 5 brodelt, während du das liest. Fürs Wochenende sind Demonstrationen gegen die Estregan-Regierung geplant! Halt dich auf dem Laufenden. Jeder Einzelne zählt.«

Rausschmeißer hindern mich daran, den VIP-Bereich zu betreten. Ein Bekannter hinter ihnen entdeckt mich und traut fast seinen Augen nicht. Sein Name will mir nicht einfallen. Er war viel jünger und ging auf die International School, während ich auf dem College war. Ich weiß noch, dass ich ihn nicht leiden konnte. Er erklärt den Rausschmeißern, ich sei »cool«. Sie mustern mich zweifelnd. Im VIP-Bereich umarmen mich alte Freunde, heben mich hoch und klopfen mir fest auf den Rücken, schütteln mir die Hände, als hätte ich etwas gewonnen. »Seit wann bist du hier?«, fragt Mico, wobei er schreien muss, damit ich ihn verstehen kann. Er versucht, mir eine Pille in den Mund zu schieben. Ich presse die Lippen aufeinander, lächle, schüttle den Kopf und drücke ihn voller Dankbarkeit an mich. Die ganze Bande ist hier.

Tals (herzlich): »Hallo, Cuz!?«

Mitch (den Blick über meine Schulter hinweg auf einen Schwarm College-Mädels gerichtet): »Pare, schau dir diese Schlampen an.«

Edward: »Wo hast du dich versteckt, Nigga? Warst du im Ausland? Wie lange?«

Angela: »Kann ich bei dir eine Kippe schnorren?«

E.V.: »Na, dann bist du jetzt also zurückgekommen, um den Niedergang des Römischen Reichs mitzuerleben?«

Pip: »O! Wassn los?«

Ria: »Von dir habe ich nichts mehr gehört, seit du dein Friendster-Profil nicht mehr aktualisierst.«

Chucho (der mir energisch die Hand schüttelt): »Was für ein Kerl was für ein Kerl was für ein Kerl.«

Rob (im Spaß): »Dude, wir gehn gleich auf 'ne andere Party. Kommste mit?«

Tricia: »Fucking Trance, Mann, fucking Trance.«

Auch Markus ist glücklich: »Du bist da!«

»Nein«, schreie ich zurück. »Ich komm hier öfter vorbei.«

Wir überschütten einander mit Komplimenten. Er steckt mir ein Baggy in die Hosentasche. Ich will es ihm in die Hand drücken, aber die hat er bereits zur Faust geballt. »Ein Willkommensgeschenk«, schreit er. Ich witzle, dass er drogenabhängig sei. Er entgegnet: »Dude, du bist nur drogenabhängig, wenn dir der Nachschub ausgeht.«

Es ist neun Monate her, seit ich aufgehört habe, mir Nachschub zu besorgen. Fünf Monate, seit ich diese Scheiße das letzte Mal angerührt habe. Ich will diese flatternde Schlaflosigkeit wirklich nicht noch einmal, zu dieser schroffen Schönheit und dem gefährlichen Selbstvertrauen, das beides aus meinem Inneren kommen sollte, es aber nicht tut. Wie sexy das war: Wenn Madison am Wochenende aufwachte, sich nackt umdrehte, souverän in ein dünnes weißes Laken eingewickelt, und sagte: »Hey, lass uns high sein.« Wie einfach das war: Wir mussten nur ein paar Hundert Mäuse zusammenkramen, zum Telefon greifen, die »Autovermietung« anrufen und einen »Cadillac« für Koks bestellen, einen »Mercedes« für Marihuana, einen »Lexus« für Ludes, oder wir baten darum, dass uns der Fahrer einen »Schirm« mitbringen sollte, weil es nach Regen aussah, dabei wollten wir in Wirklichkeit Shrooms, um auf einem Trip dem Natural History Museum einen Besuch abzustatten. Es war leichter, als Pizza zu bestellen, und wir mussten auch kein Trinkgeld geben.

Kokain machte das Leben unkompliziert. Wir mussten nie kochen, wurden nie müde, machten uns nie Sorgen um persönliche Unzulänglichkeiten. Wenn ich so unter Strom stand, konnte ich in einer Nacht zwanzig Seiten schreiben, berstend vor Selbstvertrauen, das irgendwann abnahm, aber sofort wieder da war, wenn ich den Kopf von dem Spiegel auf dem Kaffeetisch hob und mir die Nase rieb. Ich war der beste

Schriftsteller an der Columbia. Der beste Schriftsteller von New York. Der beste Schriftsteller der Welt. Das bestgehütete Geheimnis, das nur darauf wartet, entdeckt zu werden. Ich war von Gott gesandt, um im Namen meines Volkes zu handeln. Madison sagte oft im Spaß, dass wir einen Spiegel für unsere Lines Kokain verwendeten, damit wir uns dabei zuschauen konnten, wie wir Dummheiten begingen. Dann zogen wir uns noch ein paar Lines rein und vögelten uns in den siebten Himmel, was wir mit Liebe verwechselten. Wenn die Beklemmung einsetzte, was unvermeidbar war, und die Wirkung nachzulassen drohte, mussten wir uns nur einen weiteren Drink einschenken oder eine Pille einwerfen, und schon kippten wir um. In jener Zeit war mein Schlaf tief und erholsam.

Ich stecke Markus' Baggy ein. Ich kann Dr. Goldmann, meine Therapeutin in New York, in ihrem Sessel sitzen sehen und hören, was sie sagt: Das ist der erste Schritt auf den Abgrund zu. Aber es wäre unhöflich, ein so teures Geschenk abzulehnen. Ich muss ja nichts einwerfen. Und es ist schon so lange her. Nur einmal probieren. Oder zweimal. Vielleicht eine Line. Oder ein paar Kurze. Vielleicht das halbe Baggy, und den Rest schenke ich meinen Freunden. Wenn ich mir alles allein reinziehe, stört das auch niemanden. Ich bin zu Hause, ich fühle mich sicher und es ist so schön, an einem Ort zu sein, an dem ich schon einmal war. Es ist gnadenlos amüsant, beim Heimkommen gefeiert zu werden, und alle geben sie mir das Gefühl, ein Star zu sein. Ich musste einfach nur lange genug fortbleiben.

*

Der arme Cousin Bobby fällt der Rezession zum Opfer. Er verliert seinen Job im Krankenhaus und schließt sich einer Bande von Pinoys mit aufgemotzten Subarus an. Eines schönen

Tages wird Bobby verhaftet und einem Richter vorgeführt. Er soll eine junge Frau, mit der er ein Date hatte, vergewaltigt haben, nachdem sie gemeinsam *Eyes Wide Shut* angeschaut hatten. Erning sitzt natürlich direkt hinter ihm, um ihn moralisch zu unterstützen. Heimlich fotografiert er seinen Cousin mit seinem neuen Handy, um die Bilder an seine Familie zu Hause zu schicken, aber immer ist nur Bobbys Hinterkopf zu sehen. Der Gerichtsdiener kommt herüber und droht ihm damit, das Handy zu konfiszieren.

Zu Beginn der Verhandlung wendet sich der Staatsanwalt an das Vergewaltigungsopfer: »Jhanelle, bitte beschreiben Sie dem Gericht die Person, die Sie sexuell missbraucht hat.«

Das Vergewaltigungsopfer antwortet und kann dabei nur mühsam die Tränen zurückhalten: »Sehr dunkle Haut. Klein. Kurze schwarze Haare. Schmale Augen. Dicke Ohren. Eine breite Nase mit einem flachen Nasenrücken.«

Erning springt auf und ruft wütend: »Hören Sie auf, sich über meinen Cousin lustig zu machen!«

*

»Sprich nicht in so einem Ton mit mir«, hatte Madison gesagt.

»In was für einem Ton?«

»In diesem Ton.«

»Madison, ich rede doch nur.«

»Aber warum so?«

»Schatz. Liebling. Madison. Was meinst du damit?«

»Liegt es an der neuen Zahnpasta?«

Madison und ich hatten dringend einmal wieder etwas Zeit miteinander verbringen müssen, und so hatte ich sie zum Abendessen eingeladen. Wir bestellten »Forststeak«-Burger in ihrem veganen Lieblingslokal in Chelsea. Es wurde von einem vergesslichen Hippie-Pärchen betrieben, und das

Essen dort war nicht besonders gut, aber Madison hatte eine Schwäche für schlecht gehende Restaurants. Sie sagte, dass sie es nicht ertragen könnte, wenn Menschen die Träume entglitten. Zum Dessert teilten wir uns einen Johannisbrot-Brownie und spazierten Händchen haltend Richtung Museum. Als wir im Vorraum einer Bank am Geldautomaten standen, um Bares abzuheben, betrachtete Madison die Wand mit den abgegriffenen Flyern, auf denen nach Vermissten gesucht wurde. Sie sammelte die Blätter, die heruntergefallen waren, vom Boden auf und patafixte sie wieder fest. Dann ging sie hinaus und wartete auf mich. Als wir zum MoMA gelaufen waren, hatte ihre Laune den Tiefpunkt erreicht.

»Es liegt nicht an der Zahnpasta«, erklärte ich ihr.

»Warum hast du dann die Krise gekriegt, als ich auf ein anderes Programm umgeschaltet habe?«

»Liebling, bitte sprich hier nicht so laut.«

»War es wegen dieser Sendung mit Prinz William und Prinz Harry?«

»Warum das?«

»Ich hätte es dir nicht erzählen sollen.«

»Was denn genau?«

»Dass ich einmal in sie verknallt war.«

»Bitte! Warum sollte mir das etwas ausmachen? Ich war in Phoebe Cates verknallt. Ich verstehe sowieso nicht, was du an ihnen findest. Das sind doch nur Prinzen.«

»Sie haben unter tragischen Umständen ihre Mutter verloren.«

»Ich auch.«

»Du sprichst nur über deine Eltern, wenn es dir etwas bringt. Wusste ich doch, dass es um William und Harry geht. Oder liegt es *auch* an der Zahnpasta? Warum sind dir biologisch hergestellte Produkte so zuwider? Ich dachte, Mutter Erde ist dir wichtig.«

»Das ist sie ja auch. Ich weiß nur nicht, warum sie so selbstgefällig ist. Komm schon, lächle mal. Darüber haben wir uns doch schon heute Morgen gestritten. Ich habe dich gefragt, warum du diese Zahnpasta gekauft hast. Und du hast gesagt …«

»Nein. Ich wollte dich damit überraschen, nach dem Motto: Schau doch mal! Und dann hast du gesagt … Was hast du gesagt?«

»Nein. Das ist nicht wahr. Ich habe gesagt: Schätzchen, wenn du Tee aufbrühst, kannst du mir bitte eine Tasse Rotbusch machen. Und du hast gesagt …«

»Nein, jetzt bringst du wieder alles durcheinander. Erst hast du …«

»Madison. Ich weiß, was ich gesagt habe.«

»Was stört dich dann an der Zahnpasta?«

»Du weißt, dass wir unsere Kreditkarten hemmungslos überzogen haben?«

»Und daran bin ich jetzt schuld? Wenn du nicht jedes Wochenende Geld zum Fenster rauswerfen würdest, um einen draufzumachen, hätten wir was auf der hohen Kante.«

»Ich dachte, du wolltest mich beim Schreiben unterstützen.«

»Das will ich auch.«

»Schreiben ist mir wirklich sehr wichtig. Und du redest davon, Kinder in Tasmanien zu füttern.«

»Tansania, nicht Tasmanien. Siehst du? Du kriegst gar nicht mit, was um dich herum abläuft. Ich möchte nur etwas Gutes tun. Ich verstehe deine Crispin-Manie einfach nicht.«

»Hör mal, wir streiten uns hier über Zahnpasta. Heute Morgen habe ich nur gesagt … Ach, vergiss es.«

»Schön. Das ist nicht schwer. Sogar ein Vergnügen. Die ganze Zeit, die du in der Bibliothek bist! Und immer an deinen toten Freund denkst.«

»Ich arbeite. Wenn ich *TBA* finde, bedeutet das einen großen Karrieresprung. Kapierst du das nicht? Außerdem ist das Kunst. Und Kunst ist wichtig.«

»Dass ich nicht lache.«

»Ein toter Crispin ist besser als eine lebende Madison.«

»Jetzt komm mal runter«, erwiderte sie und holte tief Luft, um sich zu beruhigen. »Miguel, ich liebe dich. Warum habe ich immer das Gefühl, dass dir etwas fehlt? Ich gebe mir die größte Mühe, damit ich …« Ihre Stimme brach, und sie schüttelte angewidert den Kopf. »Du hörst mir nicht mal zu. Ist doch alles scheiße.« Sie ließ mich stehen und ging sich einen riesigen Pollock anschauen. Sie konnte Pollock nicht leiden. Ich fand ihn großartig, vor allem den dort. Als hätte jemand alle Feuerwerksraketen gleichzeitig gezündet. Madison sah aus wie ein kleines Mädchen, das am 4. Juli himmelwärts blickt. Ich überlegte, ob ich zu ihr hingehen und ihre Hand nehmen sollte. Vielleicht hätte ich das tun sollen. Aber ich wusste nicht mehr ein noch aus. Jemandem, der immer nur rumnörgelt, kann man nicht vertrauen. In ihrer Stimme schwingen immer ihre verborgenen Motive mit.

Alle anderen Menschen in dem Raum schritten einher, wie man das eben so tut in Gegenwart unerbittlicher Kunst. Wie Zombies. Ich hätte zu Madison gehen sollen. Stattdessen blieb ich vor dem blauen Gemälde von Yves Klein stehen und hoffte, dass seine ozeanische Spannung bannen würde, was in mir aufschäumte.

In der Nähe unterhielt sich eine Touristin, deren dicke Fußknöchel unter dem Gewicht der Jahre und der I ♥ NY-Souvenirs bebten, auf Russisch mit ihrer jüngeren Begleiterin. Wie Untote kamen sie auf mich zugewankt und blieben neben mir stehen. Die alte Dame musterte das Gemälde eingehend, allem Anschein nach von seiner Schönheit völlig hingerissen. Schließlich wandte sie sich ihrer Begleiterin zu, deutete auf die Leinwand und verkündete mit ihrem starken Akzent: »Blue Man Group.«

Dann gingen die beiden weiter und gesellten sich vor dem Pollock zu Madison.

*

Aus Marcel Avellanedas Blog »The Burley Raconteur«, 4. Dezember 2002:

Die Gerüchte von heute: Die Regierung ließ verlauten, Sprengstoff- und Ballistik-Experten aus Israel, Amerika und Australien seien sich einig, dass die Explosionen in der McKinley Plaza Mall am 19. November *nicht* durch einen Unfall verursacht wurden. Das sind die neuesten Entwicklungen in einem Streit zwischen der Regierung, die am Status quo festhalten möchte (»Die Wirtschaft ist rückläufig! Überall explodieren Bomben!«, schreien sie. »Wechselt nicht mitten im Strom die Pferde!«), und der Lupas Landcorp (»Die Ursache waren schadhafte Propangaskanister von der PhilFirst Gas Corp«, sagte Arturo Lupas in einer Presseerklärung. »Unsere Sicherheitsvorkehrungen sind ausgezeichnet, und wir sprengen uns nicht selbst in die Luft. Wir müssen keine Versicherungsansprüche geltend machen – wir sind Lupase, keine Changcos. Wir werden Estregan nicht noch bei seinen Verschleierungsversuchen behilflich sein.«).

Ihr Freunde der Wahrheit, worum geht es bei alledem *wirklich*? Versucht die Regierung Estregan, echte Probleme unter den Teppich zu kehren, um an der Macht zu bleiben? Oder tut die Regierung nur so, als kehre sie echte Probleme unter den Teppich, damit es so aussieht, als hätte sie alles im Griff, und um ihre Stellung weiter zu festigen? Oder tut der alte Geldsack höchstselbst so, als kehre er Probleme unter den Teppich, die ES NICHT GIBT? Oder, was am unheimlichsten wäre: Fabrizieren Estregan und sein Wurf pausbäckiger Kätzchen, der ihn umgibt, emsig selbst Probleme, um ihren Machtzuwachs zu rechtfertigen? *Hors d'œuvres* vor dem Kriegsrecht gefällig? Hmm. Klingt allerdings irgendwie allzu sehr nach etwas, das sich Marcos ausgedacht hätte. Oder besteht die Verschleierungstaktik in der Offensichtlichkeit des Ganzen? Meine Freunde, bis zur Wahl sind es nur noch zwei Jahre, und wahrscheinlich sind alle aufgezählten Lügen, Halblügen, Halbwahrheiten und verborgenen Wahrheiten zutreffend.

Unser Netzwerk von unermüdlichen Bloggern verfolgt auf jeden Fall jede heiße Spur und bemüht sich, die Wahrheit den Klauen der Fehlinformation zu entreißen. Monkey See lässt die Luft aus der Theorie von den schadhaften Propangaskanistern, von denen die Regierung behauptet, sie seien nicht der Grund für die Explosionen in der Lupas McKinley Mall gewesen. My Daily Vitamins unseres unnachahmlichen Ricardo Roxas IV. hinterfragt, warum die genannten Experten aus dem Westen nicht von den hiesigen Medien interviewt werden durften. Und Wasak stellt die unsachliche, aber äußerst sachdienliche Frage, ob irgendetwas von alledem für irgendjemand von Bedeutung ist: »Ganz gleich, wer an der Macht ist«, schreibt er, »unser Leben wird mit den üblichen Problemen weitergehen.«

Innerhalb dieses Kaleidoskops wechselnder Interessengruppen – und immer vorausgesetzt, die Anschläge im Süden wurden tatsächlich von militanten Islamisten ausgeführt – kommt ein bestimmter Vorfall nicht zur Sprache: Was ist mit der Explosion an der Shell-Tankstelle in der Nähe von Forbes Park? Hmmm. Sag bloß, Sherlock. Weiterbohren, Watson.

Zu guter Letzt beschäftigen wir uns in der heutigen Ausgabe mit den Reden pro und contra der tollkühnen Schlacht, die der ehemalige Wachmann Wigberto Lakandula schlägt: Pro, von Senator Nuredin Bansamoro, finden Sie hier; und contra, vom älteren, aber noch immer eloquenten Solon, dem Abgeordneten Respeto Reyes, findet sich hier.

Genug für heute! Bis zum nächsten Mal, Freunde der Wahrheit.

Einige Posts auf dem Message Board darunter:

— Der Kampf zwischen den Lupasen und den Changcos läuft aus dem Ruder, und wir stecken dazwischen fest. (chuck@localvibe.de)

— »diebe kennen keine ehre« (ningning.baltazar@britishairways.com)

— Wow, gute Analyse, Marcel. Du hast mit allem recht, was du aufgezählt hast, würde ich sagen. BTW, Estregan weiß doch selbst nicht, was er da treibt, aber irgendetwas treibt er. IMHO will er uns davon überzeugen, dass er alles unter Kontrolle hat. Und beweist damit das Gegenteil. (gundamlover@hotmail.com)

— Warum müssen die Experten aus dem Ausland holen, wo unsere Experten doch mindestens genauso gut sind? (bayani.reyes@up.edu.ph)

— Kann es sein, dass Bansamoro beide Seiten gegeneinander ausspielt, um seine eigene Position zu stärken? Nur so eine Idee. (pe1234@yehey.com)

— Bayani, ich denke, dass die ausländischen Experten angefordert wurden, um dem Bericht Objektivität und Glaubwürdigkeit zu verleihen. (theburleyraconteuer@avellaneda.com)

— Ist nicht zu befürchten, dass wenn Estregan abgesetzt wird, alle seine erfolgreichen Programme gestoppt werden? Er ist genauso schlimm wie alle anderen, warum bleiben wir dann nicht bei ihm? Wir brauchen einen wohlwollenden Diktator, wenn aus diesem Land etwas werden soll. Schaut euch doch Singapur an! (mano.s@thehandsoffate.com)

— Ich bin überzeugt, dass die Bombe an der Shell-Tankstelle von Islamisten gelegt wurde. Wer weiß, ob der muslimische Senator da nicht die Finger mit drin hatte? Unschuldig bis zum Beweis des Gegenteils, aber ist Vorsicht nicht besser als Nachsicht? Möge der Heilige Geist uns beschützen! (miracle@Lourdes.ph)

*

Während der von den Japanern protegierten Zweiten Philippinischen Republik machte Juniors Karriere große Fortschritte, obgleich ihn die Allgegenwart sinnloser Gewalttaten nervös machte. Er beharrte darauf, dass Leonora und die Kinder ihn begleiteten, wann immer er von Bacolod in die Hauptstadt reiste. »Er glaubte, wir wären bei ihm sicherer«, schrieb Salvador in seinen Memoiren. »Vielleicht hatte er unrecht und setzte uns unnötigen Risiken aus, aber er wollte sich lieber irren, wenn wir bei ihm waren, als dass etwas in seiner Abwesenheit vorfiel. Das ist der makellose Fehler aller Väter.«

Während sich die Okkupation verhärtete wie trocknender Zement, kristallisierte sich eine neue Ordnung heraus, auch wenn sie in vielerlei Hinsicht wie die alte Ordnung aussah. In jenen Jahren wurde der junge Salvador Zeuge der Privilegien, welche die Familie genoss, weil sein Vater innerhalb der mit den Besatzern kollaborierenden Regierung eine Stellung bekleidete. Zum ersten Mal in seinem Leben lernte er die Verlockungen notwendiger Heuchelei kennen – und gab sich ihnen hin.

Das Domizil der Salvadors in der Nähe der Malate Church schien den Kindern eine Zuflucht zu sein, in der sie vor den Dingen, die direkt vor ihrer Haustür geschahen, sicher waren. In diesem Haus lernte der junge Salvador irgendwann 1943 jenen Mann kennen, dessen Leben seine Vorstellung von Patriotismus durcheinanderbringen sollte. Der betagte Artemio Ricarte besuchte Junior des Öfteren. Als sich die beiden Männer während seines dritten Besuchs zurückzogen, um sich in Juniors Arbeitszimmer zu unterhalten, rannte Narcisito nach oben und flüsterte seinem Bruder ins Ohr: »Er ist wieder da, die Schlange ist wieder da!« Die beiden schlichen auf Zehenspitzen nach unten und warteten vor der Tür des Arbeitszimmers, um einen Blick auf den alten Krieger zu erhaschen.

Ricarte, dessen Revolutionsname »El Vibora« lautete, was auf Spanisch »Die Viper« heißt, war als General deshalb so berühmt, weil er sowohl gegen die Spanier als auch gegen die Amerikaner gekämpft hatte, und er war der Einzige unter den besiegten *revolucionarios*, der sich weigerte, der USA die Treue zu schwören. Daraufhin wurde er auf Lebenszeit aus seinem Land verbannt und war gezwungen, 1903 von Hongkong aus illegal in die Heimat zu reisen, wo er den Krieg fortzusetzen beabsichtigte. Später wurde Ricarte von seinem Kameraden General Pio del Pilar – auch als »Der Pimpf« bekannt – verraten und eingesperrt. Immerhin sorgte sein legendärer Status dafür, dass er von hochrangigen US-Beamten besucht wurde, darunter Charles Fairbanks, Vizepräsident von Theodore Roosevelt. Im Jahr 1910 wurde Ricarte aus dem Gefängnis entlassen. Da er sich ein zweites Mal weigerte, den Treueschwur auf die USA abzulegen, wurde er wieder des Landes verwiesen. Es verschlug ihn schließlich zusammen mit seiner Frau nach Yokohama in Japan. Dort lebte er im Exil, bis ihn die Japaner im Zweiten Weltkrieg auf die Philippinen zurückbrachten. Der alte General kehrte im Triumph heim, wobei er zu seiner Überraschung feststellen musste, dass eine Vielzahl seiner Landsleute sich mit Haut und Haar den Amerikanern verschrieben hatten. Ricartes Aufgabe bestand darin, die Philippinos davon zu überzeugen, dass ihre Besatzer, die immerhin auch aus Asien stammten, den westlichen Imperialisten vorzuziehen seien. Nachdem der Präsident der besetzten Philippinen, Jose P. Laurel, sich geweigert hatte, den Japanern zu gestatten, Philippinos zum Wehrdienst heranzuziehen, konspirierte Ricarte mit Junior Salvador, um eine projapanische Anti-Guerilla-Bewegung ins Leben zu rufen, die »Makapili« genannt wurde.

Die Besprechungen von Junior und Ricarte währten oft bis spät in die Nacht hinein. Narcisito und Crispin saßen dann vor der Tür des Arbeitszimmers, bis ihnen die Augen zufielen. In *Autoplagiarist* erinnert sich Salvador: »Ich wurde von der Viper höchstpersönlich aus dem Schlaf gerissen! Der freundliche Siebenundsiebzigjährige beugte sich steif über mich und meinen Bruder, legte jedem eine Hand auf den Kopf und zerzauste uns das Haar. ›Als Beobachtungsposten hätte ich euch beide längst vors Kriegsgericht gestellt‹, sagte er. Er nickte uns seufzend zu und schlurfte zum Sofa im Sala, wo wir auf ihn raufkletterten. Wir lauschten seinen Kriegsgeschichten, in denen er an der Seite von Helden gekämpft hatte, die wir bewunderten. Am lebhaftesten kann ich mich dabei jedoch an meinen Vater erinnern, der in einem Sessel dem Sofa gegenüber saß und uns, seine beiden Söhne, mit unverhohlenem Stolz ansah.«

— Aus der im Entstehen begriffenen Biografie
Crispin Salvador: Eight Lives Lived von Miguel Syjuco

*

»O Mann, das hättest du sehen sollen«, sagt Mitch. Er ist total aufgedreht und läuft vor den Toiletten des Clubs, wo wir Kerle zusammenstehen, auf und ab. Markus, E.V., Edward, Mitch und ich. Aus Mitchs Mundwinkeln schäumen Speichelblasen. »Unser Haus, also, das steht an dem einen Ende vom Forbes, und direkt auf der anderen Seite der Mauer ist die Shell-Tankstelle. Ja, *ja*, genau! Ich weiß! *Die* Shell-Tankstelle. Ich war nicht zu Hause, aber das Dienstmädchen hat erzählt, das beschissene Seladon-Porzellan ist von den Ständern in den Vitrinen gerutscht. O Mann, hört euch das an. Also, ich und mein Bruder, wir kommen am nächsten Morgen früh vom Feiern. Wir konnten noch immer den Geschmack von E und K und dem anderen Zeug im Mund spüren. Also, wir rauchen auf dem Hof noch einen von Melvins

Joints. Damit wir schlafen können, klar? Weil, unsere Mom, die riecht es immer, wenn wir im Haus rauchen. Klar, oder? Was beweist, dass sie selbst in ihrer Jugend gekifft hat. *Also*, Melvin und ich sitzen da auf der Bank in der Nähe von Moms Springbrunnen – genau, der pissende Gipsjüngling. Wir genießen unsere Tüte und schauen zu, wie am Himmel die letzten fucking Finger der Finsternis verschwinden ...«

»Du bist ein fucking Dichter«, sagt E.V.

»Fick dich doch selbst«, erwidert Mitch. »Jedenfalls, Mel, er setzt sich in den Kopf, dass er noch schwimmen will. Aber unser Hausboy hat uns, als er das Tor aufgemacht hat, gesagt, der Pool sei für heute gesperrt, weil sie da Chemikalien reingekippt hätten. Und ich sag zu Mel, glaubst du, der lügt uns an? Und Mel schaut zu mir rüber und sagt: Meinst du? Und ich sag zu ihm, warum sollte er uns anlügen? Mel sagt, keine Ahnung, aber vielleicht tut er's ja. Also glotzen wir den Boy an, der in einer Ecke des Hofs mit seiner arschgroßen Schere die Hecke stutzt. Und er sieht tatsächlich so aus, als würde er lügen. Als würde er nicht mitkriegen, dass wir ihn verdächtigen, uns angelogen zu haben. Und ich sag, aber klar, ich glaub, der lügt eindeutig. Und Mel sagt, aber warum sollte er das tun? Und ich sag, Mann, schau ihn dir doch an. Und Mel schaut ihn an und sagt, du meinst also, wir sollten einfach drauf scheißen und schwimmen gehen? Und ich sag, klar doch, ja. Und ratzfatz zieht sich Mel das Hemd aus und steht in Boxershorts vor mir. Dann kommt er zu mir rüber und fragt: Und du? Und ich sag: Nee, ich hab keinen Bock auf Schwimmen. Und Mel in seinen Boxershorts mit Bildern von Kondomen drauf ist schon auf halbem Weg vom Springbrunnen zum Pool mit den scheiß ekligen Chemikalien, als er über etwas stolpert, das auf dem Rasen liegt. Er fällt hin und rollt sich ab wie ein verdammter Flash Gordon. Und wir beide machen uns fast in die Hose vor Lachen. Aber als ich zu ihm rübergeh, um ihm aufzuhelfen, seh ich erst, auf was er da ausgerutscht ist! Mann, da liegt ein verdammter *Kopf*! Wirklich und tatsächlich ein Kopf! Von einem der Bullen. Ein verdammter Bullenkopf. Und der Hammer ist, vor lauter E und Acid und Shit machen wir zwar große Augen, aber ekeln tun wir uns nicht! Mel und ich glotzen den Kopf nur an. Irgendwie ist er schön. Der blutige Hals ist zum Teil von Gras bedeckt, und das, was da auf dem Rasen liegt, sieht so aus, als hätt unser Rasen ein Gesicht und würd schlafen. Ganz schön unheimlich. Aber nicht eklig. Einfach nur der Kreislauf des Lebens, versteht ihr das?«

Wir hören ihm gebannt zu und merken dabei gar nicht, dass die Toilette frei ist. Ein Typ, der hinter uns steht, sagt etwas. Wir gehen in die Toilette rein, der ganze Haufen, wie junge Kerle, die sich in einer Videothek in die Pornoecke schleichen. Als ich die Türe schließe, wirft uns der Typ draußen einen merkwürdigen Blick zu. Für einen Moment fühle ich mich unwohl. Für einen Moment. Dann fällt es mir wieder ein. Ich bin in Manila. Es ist schön, zu Hause zu sein.

In der Toilette machen ein paar Baggys die Runde, und wir ziehen uns von unseren Schlüsseln was rein. Mein eigenes Baggy behalte ich in der Hosentasche. Als ich an der Reihe bin, bediene ich mich und reiche das Baggy dann an Mitch weiter. Er nimmt seinen kleinen Finger – er hat sich extra den Fingernagel wachsen lassen.

»Es ist dieses Arschloch Nuredin Bansamoro«, sagt E.V. und tippt gegen sein Baggy, um abzuschätzen, wie viel noch übrig ist. »Glaubt mir, der hält die Regierung zum Narren. Bei dem ist alles nur Schall und Rauch. Wie wir in der Literatur gelernt haben: ›Der Fürst der Finsternis ist ein Edelmann.‹«

»Fligga, red kein Scheiß«, sagt Markus. »Die Muslime sind schuld. Der Abu Sajaf.«

»Bansamoro und der Abu Sajaf«, sagt E.V. »Sind das nicht alte Kumpels?«

»Mann, das ist dumm und rassistisch«, erwidert Markus. »Nur weil sie beide Allah anbeten, stecken sie noch lange nicht unter einer Decke.«

»Es heißt«, mischt Edward sich ein, »dass es da um eine Dreiecksgeschichte mit dem verdammten Präsidenten Östrogen und dieser Tusse Vita Nova geht.«

»Verdammt witzig, Dude. Präsident *Östrogen*!«, sagt Mitch und lacht laut los.

»Hinter jeder Geschichte«, sage ich, »verbirgt sich eine Dreiecksgeschichte.«

»Östrogens Titten sind schuld, Pare«, sagt Edward. »Jeder Mann wird von der Angst getrieben, im Alter Titten zu kriegen.«

»Vita Nova!« Mitch lässt die Hüften kreisen. »Aber hallo! Hoffentlich veröffentlicht jemand dieses Sextape. Der Soldat, mit dem ich Basketball spiele, Marine Sergeant Joey Smith, der sagt immer: Rödel meinen Dödel, das ist aber eine verdammt scharfe LBFM. Mann, Vita hat die Abschusscodes für meine Interkontinentalrakete.«

»Was ist eine LBFM?«, will ich wissen.

»Little Brown Fucking Machine«, erklärt E.V. »Kleine braune Fickmaschine.«

»Fligga, bitte«, geht Markus dazwischen. »Das ist doch so was von Abu Sajaf. Kann ich noch eine Ladung haben?«

»Und was, bitte, ist ein Fligga?«

»Philippino Nigga«, sagt E.V.

»Was ist dann passiert?«, fragt Markus.

»Mit was?«, sagt E.V.

»Mit dem Kopf von dem Typen«, sage ich.

»Na ja«, fährt Mitch fort, »wir haben den Boy rübergerufen. Der Typ hat vielleicht dumm aus der Wäsche geschaut!

Weicht glatt einen Schritt zurück, dreht sich um und verabschiedet sich von seinem Frühstück. Fünf Meter weit hat der Kerl gespuckt. Ist explodiert wie im Exorzist. Aber Mel und ich, uns ist er unheimlich, klar, weil, wir dachten, der will uns verarschen wegen dem Pool. Wir sind überzeugt, dass er den Kopf dort hingelegt hat, damit wir ihn finden. Also sagen wir, er soll ihn entsorgen. Doch er glotzt uns nur an. Dann läuft er davon und kommt mit dem Fahrer zurück. Der Boy mit einem Poolnetz, der Fahrer mit einer Schuhschachtel. Sie versuchen, den Kopf in die Schachtel zu bekommen, aber das Scheißding passt da nicht rein. Sie rollen ihn auf dem Rasen hin und her, und er starrt sie nur an, von wegen: Was soll der Scheiß? Also gehen sie zurück ins Haus. Als sie wiederkommen, folgen ihnen ein paar Dienstmädchen, aber die bleiben auf der Treppe stehen und wollen nicht zu nahe ran. Der Boy hat eine Hutschachtel von meiner Mom dabei. Mit dem Poolnetz bugsieren sie den Kopf da rein. Und Volltreffer, das Ding passt genau. Mel und ich gehen in unser Zimmer und pennen. Mann, was dann passiert, ist wirklich seltsam … irgendwann am Spätnachmittag kommt Ma in unser Zimmer und weckt uns, damit wir in die Kirche gehen. Mel hat mir später erzählt, er hätte es gerade Palmela Handerson besorgt und wäre kurz davor gewesen, dass ihm einer abgeht, als unsere Mom hereinkam. Jedenfalls war Ma stinksauer und mault uns im Dunkeln an, von wegen: »Warum habt ihr keine Plastiktüte genommen oder sonst was? Die Hutschachtel war von Bergdorf's!« Mel und ich, wir ducken uns einfach unter der Decke und kichern. Meine Mutter schaltet das Licht an und haut dann wieder ab. Sie lässt die Tür offen stehen, damit die Luft aus der Klimaanlage abzieht. Verdammte Zicke.«

*

In der Musik und der Dunkelheit und den Lichtern steht unser Protagonist von vertrauten Stimmen umgeben und zieht ein langes Gesicht. Wenn seine Freunde lächeln oder lachen, macht er das auch, selbst wenn er ihre Witze nicht hören kann. Bei jeder Gelegenheit prostet er ihnen zu. Er trinkt sein Glas rasch leer, um eine Entschuldigung zu haben, die Gruppe zu verlassen. Diese ihm wohlvertraute Taktik sorgt stets dafür, dass er als Erster betrunken ist. Heute Nacht klappt es sogar noch schneller. Erneut geht er an die Bar.

Der Barkeeper bringt unserem beschwipsten Protagonisten einen Lagavulin Single Malt. Eine Frau mit einem Kurzhaarschnitt, eine alte Freundin aus Collegetagen, kommt auf ihn zu und begrüßt ihn herzlich. »Hallo, Sara«, sagt er, seine Stimme so einladend wie eine ausgestreckte Hand. Eine Weile unterhalten sie sich leise. Als sie wieder geht, lässt er seinen Lagavulin unberührt auf der Theke stehen und verschwindet heimlich. Er drängt sich durch die Menge an der Tür, schiebt die Leute wie einen Vorhang beiseite. Verwirrt sehen sie ihm nach.

Er nimmt ein Taxi zu seinem Hotel und legt sich, tief in Gedanken versunken, auf sein Bett. Das Baggy mit dem Kokain wartet auf dem Tisch. Seiner Therapeutin hat er einmal erzählt, Madison sei der Grund, warum er clean werden wollte. Aber ganz stimmt das nicht. Er hat Dr. Goldmann nie gesagt, dass er Vater ist. Er denkt daran, was Sara ihm erzählt hat. Und an all das, was er ihr hätte erwidern sollen. Er weiß noch, wie er einmal Crispin an seiner Schreibmaschine beobachtete – die Buchstaben, die sich zu Wörtern zusammensetzten, l'esprit de l'escalier. An diese Redewendung muss er öfter denken. Der Geist, herbeigerufen von der Oberflächenstruktur des Türknaufs, dem Klimpern der Schlüssel, dem Aufschnappen des Riegels, dem Klacken seines Absatzes, das die Treppe hinunterhallt wie Gelächter, ha, ha, ha, ha. All die unausgesprochenen Antworten, Beschwichtigungen, Entschuldigungen, Erwiderungen. Er befürchtet, dass, wenn denn die Zeit gekommen ist, um alles wiedergutzumachen, er nicht wissen wird, was er sagen soll.

Er geht zum Tisch, nimmt das Baggy und hält es über die Toilette. Laut sagt er: »Was soll's!« Er richtet sich auf der Tischplatte ein paar schiefe Lines. Sie sehen aus wie Pfeile, die in unterschiedliche Richtungen weisen.

Später hat er das Gefühl, jemand beobachtet ihn. Redet über ihn. Verurteilt ihn. In der Ferne kräht ein Hahn, und der Himmel wird allmählich heller. Sein Herz schlägt im Rhythmus des billigen Weckers auf dem Nachttisch. Es wird langsamer, bis es sich wieder beruhigt hat. Auch die Zeit scheint ihr Tempo zu verringern. Das Licht der Welt schwindet.

Er sitzt an einer Underwood und tippt. Dann wird ein Laptop daraus, und er recherchiert Kreuzigungen für eine Kurzgeschichte, als er auf einen sonderbaren Namen stößt: Erzbischof Joachim von Nizhny-Novgorod, der 1920 auf der Königstür der Kathedrale von Sewastopol mit dem Kopf nach unten gekreuzigt wurde. Da es noch nicht so lange her ist, wird er neugierig und schaut in Wikipedia nach, findet dort aber nur: »Er war ein großer fetter Mann und der beste Frewnd Satansund er issts Kinder, deshalb wurde er von Affen gekreuzigt.« Weitere Recherchen widerlegen dies. Die Bolschewiken haben ihn umgebracht. Er verlässt das Arbeitszimmer, geht den Flur entlang und findet die blaue Tür weit offen vor. Draußen auf der Jane Street ist es sandig und blendend hell. Ein Mann schleift eine Leiche übers Pflaster, als sei sie Unrat, der am Montagmorgen abgeholt wird. »Du bist spät dran«, sagt er und lässt das Handgelenk von Crispins Leiche los. Der Mann stößt ihn in die Menschenmenge. Sie reißen ihm die Kleider vom Leib. Er sieht, dass er eine Erektion hat, und schämt sich zutiefst. Ein Wachmann in einer blauen Uniform wuchtet ihm einen schweren Balken auf die Schulter. »Das wird Patibulum genannt«, flüstert ihm eine Frau ins Ohr. »Wenn du dich davon befreien kannst, wirst du dein Kind finden.« Jemand schubst ihn, und er schließt sich der Prozession an. Schließlich erreicht er den Hügelkamm. Irgendwo in der Menge läuft in einem blechernen Transistorradio Air Supply. *Das ist ein Traum. Ich kann ihn beeinflussen, wenn ich mir Mühe gebe. Er wird auf den Rücken geworfen, und lange Nägel werden zwischen seine Radii und seine Karpalknochen getrieben. Sein Patibulum wird auf einen senkrecht stehenden Pfahl gehoben. Ein weiterer Nagel wird durch die intermetatarsalen Zwischenräume seiner Füße gehämmert. Erst als er den Ekel und das Mitleid auf den Gesichtern der Menge sieht, spürt er die Schmerzen. Er kann kaum atmen. Er zieht sich an seinen aufgespießten Handgelenken hoch, um nach Luft zu schnappen. Ich kann entkommen. Feuerblitze zucken seine Arme hinunter, seine Beine hinauf. Er hat bald keine Kraft mehr. Er zieht sich wieder hoch, um auszuatmen. Ich kann von diesem Ding hinuntersteigen. Die Schmerzen sind umso entsetzlicher, je vertrauter sie ihm werden. Die Sonne wird heißer. Frauen gehen vorbei. Sie wedeln mit Plastikfächern, auf die das Gesicht seines Großvaters gedruckt ist. »Schaut euch seinen verschrumpelten Pimmel an«, sagt Anais. »Und seine Hühnerbeine!«, sagt Madison. Dr. Goldmann blickt auf ihre Armbanduhr und ermahnt ihn: »Vermeiden Sie Situationen, denen Sie nicht standhalten können.« Robert De Niro in der Rolle des Al Capone stellt sich vor ihn. Er trägt einen Smoking und schwingt einen Baseballschläger. Plötzlich verwandelt sich Capone in Präsident Estregan, der in einen grünen Boxerkimono aus Satin gehüllt ist. Der Schläger trifft ihn zweimal mit elegantem Schwung. Seine Beine sind gebrochen. Da er sich nicht mehr halten kann, bekommt er keine Luft mehr. Es gibt noch so viel, was ich tun muss. Aus dem Zimmer nebenan hört er ein Klackern wie von einer Schreibmaschine.*

Plötzlich setzt er sich im Bett auf und schaut den Fernseher an, das Fenster, durch das er andere Fenster sieht, und die Teebeutel neben dem Wasserkocher auf der Theke. Für wenige Sekunden hat er keine Ahnung, wo er ist. Das Plätschern des Regens draußen ruft es ihm wieder in Erinnerung.

*

Es ist Nachmittag, und mein Taxi fährt durch den Regen nach Norden. Ich bin zu einer Lyriklesung anlässlich einer Buchveröffentlichung unterwegs. Dort hoffe ich, von einigen der Anwesenden mehr über Crispin zu erfahren. Obwohl es in Strömen regnet, stehen Männer in gelben Plastikcapes auf Leitern und schmücken die Straßenlaternen mit Lichterketten und Kränzen. Wie Schotter prasselt der sintflutartige Regen auf das Dach des Taxis, und ich frage mich, wie die Männer sich dort oben halten können. Der Taxifahrer flucht und öffnet die Tür, um kräftig auszuspucken.

Aus dem Radio dringt, durch Rauschen verzerrt, der Nachrichtenjingle von Bombo Radyo. Eine Stimme sagt knisternd auf Tagalog: »Meine Genossen, bleiben Sie dran, gleich bringen wir Ihnen die wichtigsten Nachrichten zur Stunde: Der Regen überschwemmt weite Teile des Landes; Reverend Martin, der in Camp Crame inhaftiert ist, wird nicht auf Kaution entlassen; internationale Umweltaktivisten protestieren vor der Munitions- und Feuerwerksfabrik der Philippines First Corporation in San Mateo; SWAT-Teams haben einen Rammbock vorbereitet, um die Lakandula-Geiselnahme zu beenden; und unser ganzer Stolz, Efren ›Bata‹ Reyes, gewinnt erneut die 8-Ball-Weltmeisterschaften. Ausführliche Nachrichten pünktlich um drei Uhr.« Es folgen die weihevollen Gitarrenakkorde von »Every Rose has its Thorn« von Poison.

Den ganzen gestrigen Abend und den heutigen Vormittag habe ich damit zugebracht, mich von dem Kokaingelage zu erholen. Ich wollte niemanden sehen. Ich konnte einfach nicht. Meine Verbindung zur Außenwelt bestand in Dutzenden von Textnachrichten, die ich von irgendwelchen Leuten erhielt – sie forderten mich dazu auf, den Demonstranten vor dem Haus der Changcos Essen und Wasser zu bringen. Ich saß mit meinen Büchern auf dem Bett und suchte in

Crispins Memoiren, Notizbüchern und verstreuten Schriften nach Hinweisen auf seine Tochter. Mir fiel nichts Bestimmtes auf, auch wenn seine Werke plötzlich alle mit Bedeutung befrachtet waren – jeder heroische Protagonist eine Kompensation, jeder Verlust eine neue Metapher, jede Erwähnung eines Vaters oder eines Sohnes mehr, als jemals auf den Seiten gestanden hatte. Ich breitete seine Bücher auf dem Bett aus und betrachtete sie wie Teile eines Puzzles, bei dem das Bild erst zu erkennen ist, wenn es vollständig ist. Miss Florentina ist meine einzige Chance, mehr zu erfahren. Wenn mir nicht der eine oder andere Schriftsteller auf der Lesung Genaueres erzählen kann.

Der Taxifahrer biegt nach rechts auf den Edsa. Der Verkehr stockt. Hält an. Überschwemmungen vielleicht? Der Regen hört augenblicklich auf. Der Fahrer schaltet die Scheibenwischer ab. Der Wind fegt die verbliebenen Tropfen, die sich außerhalb der Reichweite der Scheibenwischer angesammelt haben, horizontal über die Windschutzscheibe. Der Fahrer beobachtet mich andauernd im Rückspiegel. Er ist jung, und seine Haare sind so stachelig wie ein Seeigel. Versunken wackelt er im Rhythmus der Rockballade mit dem Kopf und singt lautlos den Text mit. Schließlich sagt er: »Kein Regen mehr«, und grinst, als sei er dafür verantwortlich. »Ich heiße Joe«, fügt er völlig unmotiviert hinzu.

Der Verkehr schleicht durch einen Korridor aus handgemalten Filmplakaten, die drei Stockwerke hoch die Hausbesetzergegend abriegeln wie ein potemkinsches Dorf, das aus Zelluloidträumen besteht. Die Metapher ist nicht überstrapaziert. Jemand, der sich da auskennt, hat mir mal erzählt, die Philippinen verfügten über die viertgrößte Filmindustrie der Welt, nach Bollywood, Hollywood und Nigerias Nollywood. Phollywood nannte er es und lachte gemein. Diese Reklametafeln sind die Spitze des Eisbergs einer melodramatischen Tradition, die alle Genres miteinander verbindet: *Rumble in Manila 4; Shake Rattle and Roll Part 9 – Christ Have Mercy; I Will Wait For You in Heaven; Please Teacher Don't Touch Me There* und *High Skool Hijinks.* In dem grellen, von der Sonne geküssten, ockerfarbenen Akryl wirken die riesigen Gesichter der *Artistas* ungemein mächtig. Fort sind die makellosen Teenagerprincesas und die harten Helden der Achtziger, die Ikonen meiner Jugend – manche sind bereits tot, andere haben überirdische politische Karrieren eingeschlagen oder sind in die Hölle einer Ehe mit den Söhnen von Bonzen entschwunden.

Alten Traditionen folgend hat diese neue Spezies die Nachnamen der Elite des Landes angenommen: Lisa Lupas, Ret-Ret Romualdez, Cherry-pie Changco, Pogi-boy Prieto, Heart Aquino. Andere bedienen sich bei der amerikanischen Kultur: Pepsi Paloma IV., Keana Reeves, Mike Adidas. Am meisten ins Auge sticht jedoch – wieder einmal – Vita Nova mit ihren wogenden Brüsten; mit ihrem Sex-Appeal hat sie es aus ihren bescheidenen Ursprüngen in Pampanga bis ins Scheinwerferlicht des *Classmate* gebracht, dem neuen Stripclub, wo die Tänzerinnen in die Uniformen von katholischen Schulmädchen schlüpfen und dann wieder heraus. Ihren Durchbruch hatte sie, laut der Zeitungen, mit Karaokevideos, angefangen mit »Unchained Melody«, in dem sie an einem Teich entlangstöckelt und schmachtend in die Kamera blickt. Nach dem Erfolg ihres *Mr Sexy Sexy*-Tanzes hat sich der Wert ihrer weiblichen Reize drastisch gesteigert – Vita ist inzwischen ein Megastar. Das Plakat behauptet, sie sei »in ihrer wichtigsten Rolle der Welt« zu sehen, die ihren »Durchbruch auf der großen Leinwand« bedeute. Das ist möglicherweise nicht ganz zutreffend. Wenn die Gerüchte wahr sind, dann gebührt diese Ehre der Videokamera, die Nova in ihrem Schlafzimmer versteckt fand. Jedenfalls, wenn sie tatsächlich das postkoitale Handygespräch aufgezeichnet hat, das zu Estregans Amtsenthebung führen könnte. Die Leute nennen es bereits *Sexysexygate*.

Joe der Taxifahrer reißt das Steuer herum und weicht nur knapp einer Wagenkolonne aus. Er bekreuzigt sich und schreit: »Deine Mutter ist eine Hure!« Die Kolonne (Ford Explorer, Stretch-BMW, Toyota Tamaraw mit offener Pritsche voller finster dreinblickender Schlägertypen) teilt mit dem Heulen und Kreischen seiner Sirenen den Verkehr. Widerwillig machen die anderen Autos Platz. »Der hält sich wohl für was Besonderes«, sagt Joe, und sein Blick im Rückspiegel zwingt mich zu einer Reaktion. Ich lächle und runzle in mitfühlender Verzweiflung die Stirn. Kolonnen wie diese gibt es wie Sand am Meer.

Den BMW kenne ich doch! Oder vielleicht meine ich das auch nur, weil er dieselbe arrogante Aura hat wie alle Luxuslimousinen. Oder vielleicht bin ich nur wieder paranoid. Der BMW rast davon. Auf seiner Stoßstange prangt ein Aufkleber. »PRO Schusswaffen: Schusswaffenbesitzer sind friedlich und verantwortungsvoll.« Daneben ein zweiter. »PRO Kirche: Lobt, preist, gehorcht dem Herrn.« Ich ducke mich auf meinem Sitz. Die Hand vor dem Gesicht spicke ich zwischen den Fingern hindurch. Die Stoßstange hinten rechts hat eine Delle. Vor Jahren, als ich meinen Toyota Corolla noch nicht so gut in unserer engen Garage einparken konnte, habe ich genau so eine Beule in den BMW gefahren. Auf der Hutablage hinter dem Rücksitz steht eine Figur mit Wackelkopf: Präsident Estregan. Die habe ich meinem Großvater damals zu seinem siebzigsten Geburtstag geschenkt.

Joe schaut mich mitfühlend an. »Keine Angst, Pare«, sagte er. »BMW. Breitmaulwagen. Große Gosche, nichts dahinter.« Er schüttet sich aus vor Lachen. »Solche Leute haben mehr Angst vor uns als wir vor ihnen.« Er lässt den Gang einrasten und gibt Gas. Mit einem stolzen Brüllen reiht das Taxi sich hinter der Wagenkolonne ein.

»Nein«, rufe ich, was mich selbst überrascht. Joe, der ganz begeistert davon ist, seine Taxifahrerkünste zu demonstrieren, beachtet mich nicht. Wir sausen dahin, folgen der Kolonne, die sich durch den Verkehr keilt. Soldaten lassen sie ungehindert eine Straßensperre passieren und dann verschwindet sie in der Ferne, wie eine Erscheinung aus der Vergangenheit.

*

Gestern Abend im Club, als ich mir zwei Fingerbreit Lagavulin holen ging, bin ich Sara begegnet, einer alten Freundin vom College. Ich weiß nicht, warum ich das erzähle. Wir hatten seit Jahren kein Wort mehr miteinander geredet – nach meiner Trennung von Anais hatte ich noch einmal völlig von vorn angefangen. Sara trug einen neuen Bürstenhaarschnitt, und erst war ich mir nicht einmal sicher, ob sie es war. Sie gehörte zu Anais' Umfeld. Wahrscheinlich schäme ich mich so sehr, dass ich mir nur selten eingestehe, wie oft ich an meine Tochter denke. Sara hat mich herzlich begrüßt. Wir sprachen leise über alte Zeiten. »Hey, hast du gehört«, fragte sie beiläufig und erzählte mir dann, dass Anais geheiratet hatte und ihre neue kleine Familie in eine andere Stadt zog. Mein Kind wollte sich vorher mit mir treffen. Eine neue Schule, ein neuer Anfang, eine Gelegenheit, mit meiner Abwesenheit fertig zu werden und mit alldem abzuschließen. Die Idee stammte von meiner Kleinen. Ich war mir eigentlich schon immer sicher gewesen, dass es keine Frage von *ob* war, sondern von *wann*. Aber Anais hatte gesagt, es sei besser, wir würden uns nicht treffen.

Sara fragte mich: »Wenn deine Tochter Kontakt mit dir aufnehmen möchte, was wäre dann der beste Weg?« Ich wusste nicht, was ich sagen sollte. Ich sagte: »E-Mail ist okay.« Es klang merkwürdig, irgendwie verkehrt. E-Mail? Nachdem Sara gegangen war, fielen mir Hunderte von besseren Antworten ein. Ich ließ meinen Scotch stehen, ging ins Hotel zurück und warf mich aufs Bett. Aus irgendeinem Grund konnte ich nicht schlafen. Ein Hahn krähte, und der Himmel wurde heller. Mein Herz schlug im Takt eines billigen Weckers auf dem Nachttisch.

Ich bin von den vielfältigen Möglichkeiten gelähmt, wie ich mit meiner Tochter noch einmal von vorne anfangen könnte. Ich habe sie alle durchgespielt, sie in Gedanken abgetastet, wie man mit den Fingern über einen alten Rosenkranz fährt. Sie und ich werden in einem Café sein, in ihrem Wohnzimmer stehen oder auf dem Parkplatz vor ihrer Schule, wir werden zufällig in einem Einkaufszentrum auf Rolltreppen aneinander vorbeischweben, uns bei einer Signierstunde in einer Buchhandlung über einen Tisch hinweg anschauen, in einem protzigen Restaurant, das ich ausgesucht habe, essen gehen, oder sie wird an das muffige Bett treten, auf dem ich im Sterben liege. Sie wird mich umarmen oder mir eine Ohrfeige geben, sie wird Tränen weinen, die mir jede Hoffnung rauben, oder sie wird mir mit einem Schluchzer signalisieren, dass es für mich eine neue Chance gibt. Sie wird, frostig, Vater zu mir sagen oder Miguel oder, zutreffend, Arschloch. Mein Kind wird das Geschenk anstarren, das ich ihm mitgebracht habe, und zum Ausdruck bringen, wie sehr es mich hasst. Meine Tochter wird den Blick abwenden und sagen, dass sie versuchen möchte, mir zu verzeihen. Mein Kind wird mit seinem Kaffeelöffel spielen und gar nichts sagen. Meine Kleine wird mir in die Augen blicken und fragen: Warum? Wie konntest du nur? Hast du mich nicht geliebt? Und obwohl ich alles durchgespielt habe, werde ich nicht wissen, was ich erwidern soll. Wenn sie wegrennt, laufe ich ihr dann durch die Menschenmenge hinterher, oder lasse ich sie ziehen? Wenn sie sagt: Verpiss dich!, soll ich dann den Kopf senken, mich davonschleichen und in der Männertoilette heiße Tränen weinen, oder soll ich mich vor ihr aufplustern, die Arme in die Seiten gestemmt, um ihr zu zeigen, dass ich dieses Mal bleiben werde? Kann ich zu ihr sagen, dass ich sie liebe, obwohl das, was ich in der Vergangenheit getan habe, alle künftigen Versprechungen zweifelhaft erscheinen lässt?

Ich bin starr vor Angst, weil es so viele Möglichkeiten gibt, meine Abwesenheit zu beenden. Soll ich sie jetzt anrufen? Nächsten Monat? Oder dann, wenn ich endlich jemand bin, auf den sie stolz sein kann? Soll ich ihr einen Brief schreiben? Eine E-Mail an ihre Mutter schicken? Wie können die einfachsten Dinge so kompliziert sein? Soll ich ihr an ihrem sechzehnten Geburtstag ein Geschenk schicken? Soll ich ein Buch schreiben, in dem sich die Botschaft verbirgt, dass ich einen Fehler gemacht habe, dass es mir leid tut, dass ich für sie da bin, wann immer sie möchte?

*

Yataro hat uns ein zweites Mal geholfen, wenn auch indirekt. Als sich die Japsen in Schimpf und Schande zurückzogen und dabei überall verbrannte Erde hinterließen, war meine Familie in das vergleichsweise sichere Swanee geflohen. Eines Nachts stießen drei japanische Infanteristen, die von den Hauptstreitkräften getrennt worden waren, auf unser Haus. Das Licht und das Klappern des Bestecks auf den Tellern inmitten des Zirpens der Insekten und des schwermütigen Zwielichts hatte wohl ihre Aufmerksamkeit geweckt. Das Orchester der Grillen in der Abenddämmerung erinnert mich stets an diese Szenerie. Meine Mutter war diejenige, die den Soldaten entgegentrat, als sie die Auffahrt heraufkamen. Sie hatte von den

Greueltaten in anderen Ortschaften gehört, von den Kleinkindern, die auf Bajonette aufgespießt, von den Frauen, die vergewaltigt und dann erschossen worden waren. Die Eindringlinge hätten zu keinem schlechteren Zeitpunkt kommen können: Mein Vater war mit den Männern auf den Feldern, um die Gewehre auszugraben, die sie vor der Okkupation dort versteckt hatten.

Die Soldaten blieben wie angewurzelt stehen, als sie meine Mutter mit der erstbesten Waffe, die sie hatte finden können, aus der Tür treten sahen: der uralten doppelläufigen Holland & Holland-Flinte meines Großvaters. Sie legte sie an und zielte. Das Gewehr hatte eine Ladehemmung, und die Soldaten lachten. Dann gingen sie auf meine Mutter zu. Der Erste senkte sein Bajonett, der Zweite zog sein Schwert, der Dritte löste seinen Gürtel. Während Lena und Narcisito von der Eingangstür aus zuschauten, sprang ich vor und warf mich, meinen acht Jahre alten Körper, zwischen die Japsen und meine Mutter. Auf Japanisch rief ich Worte, von denen ich gar nicht wusste, dass ich sie kannte: »Yagate shini / keshiki ha miezu / semi no koe!« Zwei der Männer lachten. Sie kamen näher. Der mit dem Schwert schien plötzlich nachdenklich geworden zu sein, denn er blaffte die anderen an. Alle drei drehten sich um und gingen auf den Wald hinter dem Haus zu, in dem sie schließlich verschwanden. Erst Jahre später erinnerte ich mich, dass es sich bei diesen Worten um ein Haiku von Bashō handelte, das mir Yataro in meiner Kindheit beigebracht hatte: »Nichts an dem Schrei der / Zikaden lässt uns ahnen / dass sie bald sterben.«

— Aus: *Autoplagiarist* (Seite 1063) von Crispin Salvador

*

Sehet den Balladensänger, er allein kennt den Anfang und das Ende seiner Sippe: Als seine Kinder in die Stadt zogen, um Hausmeister und Kamerabühnenmann und Schnulzensänger zu werden, wurde er heiser und zog sich, schweigend und krank, in seine Hütte zurück. Als er starb, ging eine Version der Wirklichkeit für immer verloren.

— Aus dem 1988 erschienenen Essay *Tao* (*People*)
von Crispin Salvador

*

Irgendwo oben singt jemand schlecht. *Total Eclipse of the Heart*. Ich schließe mich den Menschen an, die nach und nach das Balay Kalinaw der University of the Philippines betreten. In dem zweistöckigen Allzweckgebäude in pseudotraditionellem Stil hallen Gratulationen und freundliches Gelächter wider. Der Regen ist schwer und laut, und alle schreien, um ihn zu übertönen. Am oberen Treppenabsatz stehen Tische, auf denen sich frisch gedruckte Exemplare von *And Then the Locusts Came: The Socio-Political Relevance of Melodrama in Philippine Literature in English* stapeln. Die Sängerin verstummt, und es ertönt spärlicher Beifall, im Hintergrund läuft seichte elektronische Musik. An den Wänden drücken sich kleine Grüppchen und schlingen fettige Pansitnudeln hinunter. Man flachst, plaudert und stopft sich das Essen rein, um ja allzeit bereit für eine Zwischenbemerkung, eine Meinung oder eine Pointe zu sein. Das sind philippinische Intellektuelle: fröhliche, abgeklärte, unerschütterliche Vertreter der Mittelschicht, die dem Luxus frönen, sich mit Literatur in der Sprache der Privilegierten zu beschäftigen. Viele sind ehemalige Maoisten. Ich hoffe, dass der Kritiker Avellaneda hier ist.

In einer Ecke, neben dem Podium, entdecke ich eine Schriftstellerin, die vor Jahren bei meinem ersten College-Workshop meine Geschichte als »von bürgerlicher Existenzangst durchdrungen« abgetan hat; sie nippt an einem Glas mit kostenlosem Perlwein, der, wie auf einem Werbebanner zu lesen ist, vom Lupas Landcorp Book Fund gestiftet wurde.

Der für sein Alter noch sehr rüstige Autor des Buches, dessen Erscheinen heute gefeiert wird, hält neben einer großen Topfpalme Hof – junge Studenten hören ihm zu und nicken, als stammten seine Ideen ursprünglich von ihnen. »Natürlich muss die Welt uns lesen«, verkündet er. »Wenn die Menschen uns für exotisch halten, dann ist das so. Es ist unsere Verantwortung, unsere Gesellschaft so darzustellen, wie sie ist ...« Zerstreut schiebt er einen Palmwedel beiseite, der ihn am Ohr kitzelt. »... und auch die brutalen Gegebenheiten unseres Lebens. Das Ausmaß unserer Armut, zum Beispiel. Junge verliert Mädchen, weil er sie beide nicht ernähren kann. Geliebter Wasserbüffel stirbt an unerklärlicher Krankheit oder wird von den Autos der Reichen angefahren. Jedes Jahr wird alles von den Überflutungen zerstört. Und dann ...« – er hebt die Hände wie ein Priester bei der Wandlung – »... und dann kamen die Heuschrecken.«

Ich begrüße eine Gruppe von Schriftstellern, die mich wiedererkennen. Wie die letzten paar Cheerios in einer Schüssel Milch drängen sie sich in einer Ecke zusammen. Eine Ewigkeit ist das her!, ruft einer von ihnen. Wie lange bleibst du hier?, will ein Zweiter wissen. Eine Woche, erwidere ich. Nur?, sagt ein Dritter. Was hast du in all den Jahren getrieben?, fragt ein Vierter. Ich erzähle ihnen, dass ich an einem Buch arbeite. Sie ziehen die Augenbrauen hoch und lächeln gezwungen. Worum geht es?, fragt ein Fünfter. Um sie aus dem Konzept zu bringen, sage ich: »Es geht um einen jungen Schriftsteller, der bei einer Überschwemmung umkommt, und darum, wie sein Mentor anschließend über das schreibt, was hätte sein können, um diesen sinnlosen Verlust wettzumachen.« Faszinierend!, äußert ein Sechster herablassend. Wo spielt es denn? Ich erwidere: »Auf den Philippinen.« Ein Siebter fragt: Wie kommst *du* dazu, über die Philippinen zu schreiben?

Eine pickelige junge Frau rettet mich aus dieser peinlichen Situation, indem sie auf das Sperrholzpodium springt. Sie bellt »Test, Test« ins Mikrofon. Es ist an einer riesigen alten tragbaren Karaokeanlage angeschlossen, die mit einer roten und grünen Gummispinne auf einer Sackkarre festgeschnallt wurde. Die Frau sieht aus wie eine hässliche Alice B. Toklas. Sie trägt ein weißes Siebdruck-Shirt mit einer stilisierten philippinischen Flagge und den Worten AFEMASIAN darauf. Sie nimmt ihren Rattanrucksack ab und holt ein Notizbuch heraus. Sie gibt Verse zum Besten, wobei sie jedes Wort überbetont und maßlos in die Länge zieht, als spräche sie eine alchemistische Beschwörungsformel. Einige Leute hören zu, aber die meisten tun nur so, einige Grüppchen reden unhöflicherweise weiter, das allerdings mit höflich gesenkter Stimme. Ich nehme Kurs auf die Erfrischungen.

In einer Ecke in der Nähe der Getränke, des gewürfelten Käses und der Schinkenröllchen auf Zahnstochern unterhalte ich mich mit zwei Schriftstellern, mit denen mich früher ein zwangloses Mentor-Mentee-Verhältnis verband. Furio Almondo ist ein Hansdampf in allen Gassen, ein Schreiberling mit einem hochglanzpolierten Haupt, dem unablässigen Ehrgeiz, es zum Alphamännchen der Nation zu bringen, und einem proletarischen Stolz auf seinen ausgeprägten Körpergeruch; seine Texte sind von Magischem Realismus durchdrungen und dem für die Siebziger Jahre typischen Hochmut eines Mannes, der unter Marcos eingekerkert war und überlebt hat. Am besten gefällt mir eines seiner neueren Prosagedichte in Form einer Reportage, das den Titel »Borges vom Internet enttäuscht« trägt. Neben Almondo, in olfaktorisch sicherer Entfernung, steht Rita Rajah, die muslimische Dichterin aus Mindanao; ihre Augenbrauen sind so dünn und sorgfältig gestaltet wie ihre Verse, ihr großzügiges Make-up trägt der Tatsache Rechnung, dass sie beinahe eine große Schönheit war und noch immer wehmütige Erinnerungen daran hegt, es fast gewesen zu sein. Ihr literarischer Ruhm gründet auf fünf Gedichten, die sie 1972, ’73 und ’79 geschrieben hat.

Ich frage die beiden nach Crispin.

»Crispin wer?«, erwidert Furio und schenkt mir einen verdutzten Blick.

»Böser Junge«, sagt Rita, lacht und versetzt ihm einen Klaps auf die Schulter.

Furio kichert. »Jeder hier im Raum hätte ihm gerne einen Zapfhahn in den Bauch geschraubt und ihn aufgedreht«, sagt er. »Wie es so schön heißt.«

»Aber wer hatte den Mut dazu oder die Fähigkeit?«, entgegnet Rita. »Oder einfach Zeit und Lust. Ihr könnt mir glauben«, flüstert sie verschwörerisch, »die meisten Leute hier waren nur neidisch auf ihn.«

»Ich nicht«, sagt Furio. »Worauf sollte ich neidisch sein?«

Rita: »Wir hätten uns einfach gewünscht, dass der bekannteste philippinische Schriftsteller der Welt etwas philippinischer gewesen wäre.«

Furio: »Dass er auf Tagalog geschrieben hätte oder in einem der Dialekte.«

Ich: »Aber Crispin war doch mit Leib und Seele Philippino.«

Furio: »Nun ja, weißt du ...«

Rita: »Nach seiner Autobiografie hat sich alles schlagartig verändert.«

Ich: »Also war es Neid, der zu der Szene im CCP führte?«

Rita: »Nein. Seien wir doch mal ehrlich, jemandem am Zeug zu flicken, ist doch unser Nationalsport. Dieses Mal war einfach Crispin an der Reihe. Wir alle sind Krabben, die einander zurück in den Topf zerren. Crispy dagegen hielt sich für einen Hummer.«

Ich: »Ihr glaubt also nicht, dass jemand ihn sozusagen gekocht hat.«

Furio: »Niemand von hier.« (Er wedelt mit dem Finger.)

Rita: »Ich war's nicht!«

Ich: »Ich auch nicht. Aber vielleicht einer der Leute, über die er in diesem Buch geschrieben hat ...«

Furio: »Das geheimnisvolle *Bridges Ablaze*! Begreifst du das nicht, Pare? *Niemand* hat etwas auf Crispin gegeben. Er war einfach nicht relevant!«

Rita: »Was mein Kollege sagen möchte – es ist eine traurige Tatsache, dass dieses Land nichts auf seine Schriftsteller gibt.«

Furio: »Nein. Was ich sagen wollte – niemand hat einen Pfifferling auf dieses geleckte Arschloch gegeben.«

Rita: »Crispin und Avellaneda waren vielleicht die Einzigen, die glaubten, ein Schriftsteller könnte dieses Land verändern ...«

Furio: »Dann kriegten sie Krach wegen einer Frau. Typisch.«

Rita (blickt Furio wütend an): »Ich sage es nicht gerne so unverblümt, aber die beiden waren die letzten Verfechter ihrer Sache. Mich schaudert, wenn ich mich das sagen höre. Aber zu Hause zu sitzen und Geschichten zu schreiben ...« (Sie zieht eine Augenbraue hoch.) »... das ist Luxus! Und dann noch auf Englisch ...« (Sie schüttelt abschätzig den Kopf.) »... das ist der Gipfel an in Luxus schwelgender Arroganz! Aber zu Hause in Greenwich Village zu sitzen, im New Yorker Penthouse, vom Erbe der Familie Salvador zu leben und zur Unterhaltung von Ausländern auf Englisch über die Philippinen zu schreiben ...« (Sie verdreht die Augen.) »... also, nicht einmal die jungen Schriftsteller haben ein Schimpfwort für etwas so Widerwärtiges.«

Furio: »Das ist der Gipfel der Widerwärtigkeit.«

Ich: »Aber Crispin hat nichts geerbt, und er wohnte auch nicht in einem …«

Furio: »Um nicht zu sagen abscheulich.«

Die Dichterin auf der Bühne beendet ihren Auftritt, und alle applaudieren. Auch ich klatsche. Ich bin froh, dass sie aufgehört hat. Sie verlässt das Podium, und an ihre Stelle tritt ein fetter Mann, der genau die gleiche Montur trägt wie sie. Er faltet die Hände vor der Brust und trägt mit demselben hochtrabenden Tonfall wie sie ein Prosagedicht vor; es klingt, als zöge er sich zerlaufenen Käse aus den Mundwinkeln. Es handelt von einem Schweißer in Abu Dhabi, der seine Seele einem jemenitischen Wahrsager verkauft. Dieser verleiht ihm dafür die Fähigkeit, wunderschön zu singen. Der Schweißer singt für seine Kameraden in den Arbeiterbarracken, und seine Lieder handeln von der Heimat, nach der sie sich alle sehnen. Die Texte des Sängers sind so herzzerreißend, dass seine Kameraden ihm die Kehle durchschneiden. Der Dichter neigt den Kopf, als hätte ihm jemand die Kehle durchgeschnitten. Ein Trio, das ein wenig abseits steht, klatscht begeistert. Sie tragen alle AFEMASIAN-Shirts. Weiter hinten in der Menge kündigt ein Handy mit seinem Gezwitschere eine Textnachricht an. Der Dichter blickt zur Decke und beginnt mit einem weiteren Gedicht, wobei er rhythmisch mit den Fingern schnipst. Es ist eine poppige Nummer über die Suche nach einer Geliebten.

»Dort«, liest der Dichter, »in der Lupas Landcorp Mall …«

Rita (die Stimme leicht gesenkt): »Hör mal zu, mein Lieber. Glaubst du, dass ein Schriftsteller, der über Korruption schreibt, die Korruption ausmerzen wird?«

Dichter: »… öffnen die Männer ihren Hosenstall …«

Furio: »Wenn ein Schriftsteller über Sex schreibt, wird auch niemand schwanger. Versteh doch, Pare. Das hat alles nichts mit Crispin oder seinen berüchtigten *Bridges* zu tun.

Es mag ja ein brillantes Exposé gewesen sein, aber wir wissen bereits, dass unser Land ein feudales Königreich ist.«

Dichter: »... nahe bei der Schuhvitrine ...«

Rita: »Ganz ehrlich, ich glaube, das war für Crispin eine Entschuldigung, um im Ausland leben und den Realitäten des Hier und Jetzt entfliehen zu können.«

Dichter: »... nahe bei der fröhlichen Biene ...«

Furio: »Das Problem ist doch, ich zitiere, die Li-te-ra-tur! Die bewegt einfach nichts. Wir müssen unsere Federhalter zu Pflugscharen umschmieden und unsere Pflugscharen zu Schwertern.«

Dichter: »... nahe bei den saftigen Früchtchen ...«

Rita: »Hallo! Erde an Furio – die Revolution wird inzwischen als Stream im Internet übertragen. Die Siebziger sind vorbei, Genosse. Gott ist von Reverend Martin zu neuem Leben erweckt worden. Die Roten Bücher haben wir vor Jahrzehnten weggeworfen, damit unsere Kinder sie bloß nicht lesen ...«

Dichter: »... nahe bei dem gefrorenen Kreis aus Eis ...«

Rita (fährt fort): »Wir müssen Häuser abbezahlen. Und für den Privatunterricht und die Ballettstunden der Kinder blechen. Estregans Diktatur wird sich nicht halten. Marcos ist eingefroren und wartet auf einen finalen Stromausfall, damit er endgültig auftauen und vergessen werden kann. Vielleicht schaffen es die Quallen ...«

Dichter: »... wie schwülstig die Heten doch reden ...«

Furio: »Ich weiß ja nicht! Ferdinand Marcos jr. und der Rest seiner Brut haben alle hohe Ämter. Herrgott noch mal, Imelda ist Kongressabgeordnete! Wir vergessen so leicht ...«

Dichter: »... in einem Schrank eingesargt ...«

Rita: »Wer soll vergessen haben? Immerhin hat Bansamoro in der heutigen *Gazette* geschrieben, der wirtschaftliche Boom stehe vor der Tür.«

Dichter: »… die Einsamkeit des Machos …«

Furio: »Bansamoro versucht, seine eigene Dynastie zu etablieren. Der Boom ist künstlich, das sind nur Überweisungen von Arbeitern aus Übersee. Dollars aus der Ersten Welt, die ein Schwein in der Dritten mästen.«

Dichter: »… wie ein schnapsschnäuziger Schmetterling …«

Ich: »Ich war seit Jahren nicht mehr hier, aber ich habe nicht den Eindruck, dass die Überweisungen aus dem Ausland das Investitionsklima anheizen.«

Dichter: »… in einer perlmuttenen Puppe …«

Rita: »Nicht, wenn du Wigberto Lakandula bist.«

Dichter: »… auf dem Teller vor mir …«

Furio: »Armer Bastard. Ein Sklave im Schneeballsystem irgendeines Yetis.«

Dichter: »… Mein Mund, mein Löffel. Mein Schwanz, meine bebende Gabel.«

Rita (erhebt ihre Stimme, um den Dichter zu übertönen): »Hör mal, mein Lieber. Ich bin kein alternder Revolutionär wie Furio hier. Die Wahrheit ist – wenn du etwas schreiben willst, das die Welt verändert, dann musst du Journalist sein. Verfechter der Wahrheit gibt es nicht mehr, seit Mutya Dimatahimik 1981 vor dem Gebäude ihrer Zeitung erstochen wurde …«

Furio: »Das war ’82. Ich bin noch immer der Überzeugung, dass Marcos dahintersteckte. Der alte Avellaneda ist nie wieder derselbe geworden. Wenn er nicht ihr Kind hätte, um das er sich kümmern muss, wäre es ihm ebenso ergangen wie Crispy. Plemplem.«

Rita: »Früher dachte ich, Mutya sei umsonst gestorben. Schließlich werden noch immer Reporter erschossen. Aber das ist eben der Preis, den man in einem gesetzlosen Land für die freie Presse bezahlt. Crispin dagegen … ich meine, niemand geht in die Vereinigten Staaten und ermordet jemanden, an den sich niemand erinnert und der ein Buch schreibt, das niemand je gesehen hat. Sobald der Killer in den USA wäre, würde ihm der erstbeste Fabrikverkauf den Verstand rauben, und er würde sich in Luft auflösen.«

Furio: »Und kurz darauf wieder auftauchen, als Manager einer Taquería in West Hollywood. Mit einer Greencard in der Tasche.«

Rita: »Der Einzige, der Crispin umbringen wollte, war Crispin.«

Furio: »Na ja, und jeder hier in diesem Raum, früher oder später. Ehrlich. In *Autoplagiarist* hat er wirklich ausgeteilt ...«

Rita: »Die Wahrheit tut weh.«

Furio: »Nur Crispin wäre boshaft genug, um jemanden umzubringen. Sich selbst eingeschlossen.«

Rita: »Sich selbst ganz besonders.«

Furio: »Man kann halt nur so viele Misserfolge schlucken.« Ich: »Findet ihr wirklich, dass er gescheitert ist? Immerhin hat er Preise gewonnen. Ihm ist es zu verdanken, dass die Literatur unseres Landes im Scheinwerfer...«

Furio: »Preise sind nur Glückstreffer in einer literarischen Lotterie, Pare. Die machten ihn noch nicht zum Busfahrer. Und selbst wenn er hin und wieder am Steuer saß, hätte er da nicht so das Megaarschloch raushängen lassen müssen.«

Ein dritter Dichter steigt auf die Bühne und liest ein Gedicht auf Tagalog vor. Er trägt ebenfalls ein AFEMASIAN-Shirt, hat sich aber auch eine gewebte Stammesschärpe um den Kopf gebunden. Seine Gedichte sind Übersetzungen von Emily Dickinson. Er stößt jedes Tagalog-Wort wütend hervor, und seine rechte Hand fährt wie eine Löwenkralle herab, um jeden Reim zu betonen.

Ich: »Ihr glaubt also, dass etwas anderes als literarisches Versagen ihn gequält hat?«

Rita: »Weißt du, mit wem du reden musst? Mit Marcel Avellaneda. Wenn irgendjemand etwas weiß, dann er.«

Furio (kichert): »Klar doch. Viel Glück bei dem Versuch, ihn zu einem Gespräch zu kriegen. Oder dazu, mehr zu sagen, als was für ein Stümper Crispy doch war.«

Ich: »Gefiel irgendjemandem von euch irgendetwas, das Crispin geschrieben hat? Was ist mit seinem Meisterwerk – *Because of* ...«

Furio: »*Dahil Sa'Yo*? Nicht authentisch genug. Es hat nicht die Essenz dessen eingefangen, was einen Philippino ausmacht.«

Rita: »Das Problem mit dem Buch ist, dass es sich so in das Neue verrannt hat, dass es dabei doch nur altbacken wirkte.«

Furio: »Mir sind die Sachen von ihm lieber, die er nur aus kommerziellen Gründen gemacht hat.«

Ich: »Und das *Europa-Quartett*?«

Furio: »Elitärer Kram! Aber total.«

Ich: »Die *Kaputol*-Serie war ziemlich g...«

Rita: »Du liebe Güte! Viel zu sehr auf Manila fokussiert.«

Ich: »*Red Earth*? Schließlich handelte es von marxistischen Bauern ...«

Furio: »Zu provinziell.«

Rita: »Und polemisch.«

Ich: »*The Enlightened*?«

Rita: »Igitt. Postkolonialer Machismo.«

Ich: »Dann hat euch *Autoplagiarist* wohl auch nicht gefallen?«

Furio: »Und ob!«

Rita: »Nur, weil es so schlecht war. Schadenfreude ist die beste Freude.«

Furio: »Nein, Schwester. Weil er mit nichts hinter dem Berg gehalten hat. Aber wenn du den Mächtigen die Wahrheit sagst, dann versuche, sie nicht zu langweilen. Bring sie wenigstens zum Lachen.«

Rita: »Das Problem mit *Autoplagiarist* ist, dass es nicht so sehr an Philippinos gerichtet ist, sondern nur von ihnen erzählt.«

Furio: »Das ist die Sorte Bücher, die Amerikanern gefällt und Philippinos zuwider ist. Wir müssen für unsere Landsleute schreiben.«

Rita: »Männer wie Frauen.«

Ich: »Warum hat er dann im Ausland dafür keinen Verlag gefunden?«

Furio: »Aus demselben Grund, aus dem es auch wir anderen Philippinos schwer haben.«

Ich: »Gab es etwas, das Crispin insgeheim bereut hat oder ...«

Rita: »Wie gesagt, frag Marcel. Crispin war nicht mehr derselbe, nachdem die *Cinco Bravos* in den Siebzigern auseinandergegangen waren. Darum ist er auch in die Staaten abgehauen.«

Furio (den Blick auf den Dichter auf der Bühne gerichtet): »Ich habe ihn immer für einen heimlichen Homosexuellen gehalten. Dachte, dass er und Avellaneda ein Paar wären. Darum hassten sie einander auch so sehr.«

Rita: »Da ist sie wieder, die gute alte Homophobie! Wie bei allen Philippinos, wenn sie eifersüchtig sind.«

Furio: »Na komm schon, war Crispys Ableben etwa nicht maßlos theatralisch? Was für eine hysterische Tussi! Mit ausgestreckten Armen und Beinen. Fehlte nur noch das Kreuz.«

Rita: »Oder das Pentagramm.«

Furio (kichert): »Daraus könnte man ein gutes Buch machen.«

Rita: »Gibt es das nicht bereits? Pentagramme kommen doch nur in Bestsellern vor.«

Furio: »Seht ihr den düsteren Zusammenhang? Würdet ihr nicht eure Seele verkaufen?«

Rita: »Wofür?«

»Genug Geld«, sagt Furio, »um eine italienische Villa zu kaufen. Habt ihr jemals das Haus von Gore Vidal gesehen?«

»Ach je«, seufzt Rita. »Du Seelenverkäufer.« Sie versetzt ihm einen Klaps auf die Schulter.

»Wenn ich nur könnte!« Furio lächelt.

Sie betrachten einander zufrieden.

»Gehst du nachher Abendessen?«, fragt sie ihn, als sei ich gar nicht da.

»Nein«, erwidert er. »Ich bin auf eine Party für Arturo Lupas in Forbes Park eingeladen. Ich ghoste sein Buch über das Erbe der Lupas. Es werden Kanapees und Blue Label Scotch serviert.«

Ich trinke meinen Champagner aus, damit ich mein leeres Glas hochhalten kann. Furio und Rita mustern mich mit hochgezogenen Augenbrauen und drehen sich in unterschiedliche Richtungen um, jeder nach einem anderen Gesprächspartner Ausschau haltend.

Eine vierte Vortragende, schlaksig und burschikos, erklimmt die Bühne. Ich schaue, dass ich wegkomme.

In der Buchhandlung im Erdgeschoss suche ich nach Büchern über oder von Crispin. Die Gänge zwischen den Regalen sind leer. Sie riechen nach Klebstoff und Moskitomittel. Die Bücher sind in übersichtliche Kategorien eingeteilt; allerdings haben die Leute sie auf dem Weg zum Mittagessen ohne Sinn und Verstand zurückgestellt, den Buchrücken auf dem Kopf, die Plastikhüllen nachlässig darumgeschlagen. Eine trutschige Verkäuferin sitzt hinter der Kasse und textet auf ihrem Handy. Sie wirkt verärgert, als gebe sie mir die Schuld daran, dass sie hier sein muss. Die Verse der Dichterin dringen als Murmeln in den Laden herunter. Ihre Stimme wird leiser und von Applaus übertönt. Die klatschenden Hände verschmelzen mit dem Regen. Ein Mann schreit: »Willkommen auf meiner Buchparty! Vielen Dank, dass Sie dem Ende der Welt ins Auge blicken!« Gelächter und Beifallsrufe.

Ein einsames Exemplar von *The Enlightened* steht mit der Buchvorderseite mitten in einer Bücherreihe. Als ich danach greife, wird es nach hinten ins Regal gezogen. Die Bücherreihen, die es vorher getrennt hatte, sinken gegeneinander. »Hee!«, rufe ich. *The Enlightened* verschwindet durch die Lücke. Hinter dem Regal bewegt sich jemand. Ich spähe durch die Buchreihen. Mein neugieriger Blick wird von einem hübschen Auge erwidert, das halb hinter einer schwarzen Locke verborgen ist. Eine Hand schiebt die Haare beiseite (zum Vorschein kommt ein Ohr mit einem Diamantstecker). Ein goldenes Armband mit Glücksbringern klimpert (Steigbügel, Hufeisen, Sattel, Stiefel). Das Auge wird zugekniffen. Ein Kichern. »Oh, fuck!«, sagt eine Stimme, wie die eines Kindes, das das Wort gerade erst gelernt hat. »Sorry!«

Ich gehe zum Ende des Ganges und schaue um die Ecke.

Ein umwerfend süßes Mädchen steht vor mir, lächelt und hält mir das Buch hin. »Du hast es zuerst berührt«, sagt sie. Sie ist zierlich, Anfang zwanzig. Sie wickelt sich eine Locke ihres langen Haars um den Finger. Sie trägt khakifarbene Caprihosen und eines dieser T-Shirts, die so bedruckt sind, dass sie wie ein Smoking aussehen.

»Nein, nein«, erwidere ich, »schon in Ordnung. Es gehört nicht zu seinen Besten. Vielleicht ist es sogar sein Unoriginellstes.«

»Ach, großartig. Danke.« Sie streicht mit einer Hand über den Umschlag. Darauf ist ein Mann auf einem Pferd abgebildet, der eine Gruppe von Reitern anführt, alles sehr comichaft gezeichnet. Nicht einmal der sonnengebleichte Schädel im Vordergrund fehlt, dessen Schatten die Buchstaben des Titels bildet. »Starkes Cover«, sagt sie.

»Das ist ein Frühwerk. Ich würde eher die späteren Sachen lesen.«

Sie schenkt mir ein schiefes Lächeln. »Wenn ich das nur könnte. Ich schreibe eine Abschlussarbeit über ihn, für meinen Bachelor. Noch ein Seminar, dann bin ich frei. Juhuu!«

»Ich habe ihn gekannt. Salvador, meine ich. Ich habe alles von ihm gelesen. Er war, ähem, so etwas wie ein Mentor für mich. In New York City.«

»Du bist aus New York? Wie cool! Und du hast ihn wirklich gekannt?«

»Ziemlich gut sogar. Und ja. Ich meine, ursprünglich bin ich von hier. Aber seit ein paar Jahren wohne ich in Manhattan. Um meinen Master zu machen.«

»Wirklich? Wo?«

»Ach, an der Columbia. Bist du Schriftstellerin?«

»Davon träume ich! Ich schreib gern Gedichte. Und Kurzgeschichten. Aber deshalb bin ich noch lange keine Schriftstellerin. Noch nicht. Erst muss ich was erleben.«

»Ich habe meinen Master in Kreativem Schreiben gemacht.« Ich schwitze an den Händen. Sie hält den Blick weiter auf das Buch gerichtet. »Ich schreibe übrigens seine Biografie. Wenn du willst, kann ich dir bei deiner Arbeit helfen.« Wird sie rot?

»Bist du dir sicher«, sagt sie, »dass du das Buch nicht haben willst? Ich kann es mir aus der Bibliothek besorgen. Ich kaufe mir Bücher nur, weil das Ausgaben sind, die ich rechtfertigen kann – so was wie eine zulässige Shoppingtherapie, wie CDs mit klassischer Musik. Andere Mädchen kaufen Schuhe, ich kaufe Bücher. So komme ich mit der Kreditkarte meiner Eltern voll auf meine Kosten.« Ist sie nervös? »Ich lese sie nicht mal alle. Sie sind eher so was wie eine tolle Innenausstattung. Grenzenlose Möglichkeiten, die sich da eröffnen. Deshalb sind Buchländen in letzter Zeit so beliebt geworden. Konsum ohne schlechtes Gewissen.« Sie lächelt wieder ihr schiefes Lächeln.

»Ich weiß, was du meinst. Ich bin genauso.« Was bin ich doch für ein Volltrottel. »Hee, äh ...«

»Sadie. Ich heiße Sadie.«

»Sadie. Cool. Warum schreibst du deine Abschlussarbeit über ihn?«

»Ach Gott. Lange Geschichte. Meine Eltern. Meine Mom, genauer gesagt. Er ist ihr Lieblingsautor. Ziemlich seltsam, was? Die meisten Mütter mögen Danielle Steele. Bestenfalls Jane Austen. Ich bin mit seinen Kinderbüchern aufgewachsen, der *Kaputol*-Serie über diesen Wildfang Dulcé und ihre Bande. Dann habe ich mit seinen Krimis weitergemacht. Ich war in Antonio Astig verknallt. Total lange – voll peinlich, sag ich dir. Ich wollte Detektivin werden, so wie er. Seine Midnight Special mit dem Perlmuttgriff fand ich großartig, genau wie seine maßgeschneiderten Barongs und Schlaghosen. Und seine Sprüche! ›Oh, Pare, akala mo astig ka? Astig ako!‹ Echt groovy, wie Dirty Harry! Du hältst dich für taff? Mein Name ist taff! Hihi. Ich habe die Bücher gerade noch einmal verschlungen. Kaum zu glauben, dass ich diese ganzen Doppeldeutigkeiten damals überlesen habe. Die Metaebene. Meine Eltern haben mich dazu angehalten, philippinische Autoren zu lesen. Sie waren Nationalisten. Wie das eben in den Siebzigern so war.«

»Meine, äh, Leute stammen da aus einer konservativeren Zeit. Leider.«

»Hast du noch immer Verwandte hier, oder machst du nur einen Abstecher aus dem Big Apple?« Dabei hebt sie die gespreizten Hände, als würde sie Charleston tanzen.

Erneut schüttle ich den Kopf. »Nein. Keine Familie hier. Nur auf Besuch.«

»Warum heißt es überhaupt Big Apple? Schläft die Stadt wirklich nie? Hey, rauchst du? Zigaretten meine ich. Wusste ich es doch. Gehen wir kurz raus? Der Regen tut gut.«

»Bist du nicht wegen der Buchparty hier?«

»Ich habe mich schon blicken lassen«, sagt sie. »Ich bin meinem Lyrik-Prof zuliebe hier. Nein, nicht was du denkst. Von wegen! Nachher nennst du mich noch Lolita.«

»Lo-li-ta«, sage ich. »Licht meines Lebens. Feuer meiner Lenden.«

»Was? Stammt das aus dem Buch? Jedenfalls, Kreatives Schreiben ist mein Hauptfach an der Ateneo. Mein Dad ist fast ausgerastet. Aber so ist das eben: Ich lese gerne, also dachte ich, Schreiben macht vielleicht auch Spaß. Der Weg des geringsten Widerstands. Hey, wie heißt du eigentlich?«

»Oh. Sorry. Miguel. Miguel Astig. Nein, war nur ein Witz.« Sie lacht ein bisschen. Deutlich weniger, als ich gehofft hatte. Wir gehen zur Kasse, und sie bezahlt das Buch. Draußen stellen wir uns unter den Carport. In gleichmäßigen Rinnsalen plätschert der Regen von seinen Ecken herunter. Das Licht und die Dunkelheit bilden ein akkurates Rechteck um uns, und ich komme mir vor wie in einem Gemälde von Edward Hopper. Sadie reicht mir das Buch. Sie steckt mir eine Marlboro in den Mund und zündet sie mit einem Zippo mit einem Pin-up darauf an. Ich rauche gerne, aber richtig inhaliert habe ich nie. Deshalb werde ich wahrscheinlich auch nicht süchtig danach, obwohl das meinem Charakter entspräche. Mir gefällt einfach, dass man beim Rauchen Dinge tun kann, ohne wirklich etwas zu tun. Das behalte ich aber für mich. Ich sage: »Übrigens, äh, Sadie, John Cheever hat immer über solche Dinge wie das Rauchen gesprochen. In einem Interview hat er erzählt, wie auf einer Totenfeier für einen Freund die Witwe ›Zigaretten rauchte, als seien sie schwer‹. Das will mir nicht mehr aus dem Kopf.«

»Das ist wirklich gut«, sagt sie. Sie versucht, eine Frau zu mimen, die eine schwere Zigarette raucht, führt sie ach-so-langsam an den Mund, während ihre Hand ach-so-leicht zittert.

»Wusstest du, dass der Name Sadie …«

»Ja. Ein Beatles-Song. Bitte sing jetzt nicht. Außerdem bin ich froh, dass sie sich aufgelöst haben. Wenn nicht, hätten wir jetzt nicht diese extrem persönlichen Stücke von John.«

»Nein, ich wollte sagen, dass Salvador …«

»Ich weiß. Sadie ist eine Figur in seinen Büchern. Im *Europa-Quartett*. Meine Mom ist ein wirklich großer Fan! Sie hat die Serie in ihrem letzten Trimester gelesen. Sie fand es toll, wie eigensinnig und unerschrocken die Figur der Sadie war. Ich bin mir ziemlich sicher, dass ich meinen Namen daher habe. Von einer verruchten Frau. Weil ich, als ich aus dem Schoß meiner Mutter kam, geschrien habe wie ein Hund, dem man eine Ladung Schrot verpasst hat. Aber mein Vater sagt, der Name stammt von den Beatles. Zumindest habe ich ihn nicht von irgendeiner Heiligen. Oh, fuck. Sorry. Ich bin halt Atheistin.«

»Gott sei Dank«, sage ich und lache. »Mir gefällt Miguel eigentlich ganz gut. Ich bin nach dem Bier benannt worden, nicht nach dem Erzengel. Du kennst das Sprichwort – ›Es gibt keinen Gott, und Maria ist seine Mutter‹?«

Sadie lächelt, schüttelt den Kopf.

»Ich glaube, das stammt von«, sage ich, »hm, Santayana, glaube ich. Richtig?«

»Dem Gitarristen?« Sadie summt *Oye Como Va*.

»Nein, äh. Egal. Gott ist tot, oder hat es ihn überhaupt je gegeben? Wirklich, ich wette, du bist auch Veganerin und kaufst Fair-Trade-Kaffeebohnen. Kennst du das Sprichwort: ›Ein Kompromiss ist, wenn niemand glücklich ist‹?«

»Nee.«

»Crispin hatte übrigens eine Freundin namens Sadie. Sadie Baxter, die amerikanische Fotografin. Ihre Sachen sind übrigens großartig.« Ich fange an, mich zu wiederholen. »Du solltest wirklich mal im Internet nach ihr suchen. ›Sadie Baxter.‹ Seine Liebe zu ihr war so stark, dass ihre Beziehung daran zerbrach. Wirklich ziemlich romantisch.«

Sie nickt und schürzt die Lippen. Ist sie interessiert? Sie ist ein ganzes Stück hübscher als Madison. Kleiner, sodass ich mir vorstellen kann, sie hochzuheben und sie beherzt ranzunehmen. Außerdem versteht sie ganz offensichtlich mehr von Literatur. Aber Mann, warum fahre ich bloß immer auf Mädchen ab, die ich bestimmt nicht kriegen kann?

»Oh fuck«, sagt Sadie plötzlich, als hätte ihr jemand von hinten einen Stoß versetzt. »Weißt du, wie viel Uhr es ist? Ich muss um sieben zum Abendessen zu Hause sein.«

»Es ist zehn vor sieben. Ist das ein Trick?«

»Ja, klar, Mann, und du hast mich voll durchschaut.« Sie lässt ihre Zigarette fallen und tritt sie mit ihren Flipflops aus: modische rote Havaianas mit der philippinischen Flagge darauf. Mein Blick bleibt an ihrem Fuß hängen. Ihre Zehennägel sind sorgfältig pink lackiert. Sie hat schmale Füße. Wie ein Kaninchen. Ganz im Unterschied zu Madison. Mir fehlen die Worte.

Sadie schiebt sich ein Pfefferminzbonbon in den Mund. »*Curiously Strong*. Oh, fuck, tut mir leid. Das ist mein Letztes, und meine Eltern ... du weißt schon. Sie rauchen nicht. Nun ja, offiziell raucht mein Dad nicht. Wer raucht heutzutage überhaupt noch?«

»Ich nicht«, sage ich und drücke meine Kippe auf dem Pflaster aus.

»Ja, ich auch nicht. Hey, war nett, dich kennenzulernen. Ich muss los.« Sie öffnet einen Regenschirm, auf dem von innen ein Ausschnitt aus der Sixtinischen Kapelle zu sehen ist. Dann rennt sie aus dem Licht hinaus und verschwindet. Das Flappen ihrer Flipflops wird leiser. Ich hebe ihre zerdrückte Kippe auf und betrachte den Filter. Ihr Lippenstift hat Spuren darauf hinterlassen. Ich rieche daran. Kirsch.

Scheiße, was habe ich mich blamiert! »Sexy Sadie«, singe ich leise vor mich hin und versuche, wie John zu klingen, »oooh, what have you done?« Eine Weile schaue ich in den Regen.

Plötzlich bremst neben mir ein Wagen. Was zum Teufel? Mein Herz beginnt zu rasen. Es ist ein schwarzer Lexus. Soll ich wegrennen? Die Scheiben sind dunkel getönt. Vielleicht sollte ich um Hilfe rufen. Die Fenster gleiten nach unten. Klassischer Hip-Hop weht heraus. Am Steuer sitzt Sadie und lächelt, ihr Gesicht sanft von der Steuerkonsole beleuchtet.

»Hey, Nigga«, sagt sie. »Ich hab was vergessen.«

Ich bemühe mich, meine Erleichterung zu verbergen, und lächle selbstbewusst. »Tatsächlich?«

»Ja, mein Sohn. Du hast noch mein Buch.«

Ich senke den Blick. Ich halte *The Enlightened* in den Händen. Ich reiche es ihr durch das Fenster hinein. »Sorry. Hab ich vergessen.«

»Netter Trick.«

»Du hast mich total durchschaut.«

Sadie sieht in dem weichen Licht ausgesprochen hübsch aus. Ihr Gesicht glänzt, noch immer nass von dem Moment, als sie den Regenschirm schließen musste, um in den Wagen zu springen. Ich kann das Leder der Polster riechen, Pfefferminzatemspray und Sadies Vanilleparfüm.

»Hey, Miguel«, sagt sie. »Du hast doch hier keine Familie

und siehst so verloren aus – möchtest du zum Abendessen mitkommen? Na los. Das Chicken Adobo unserer Köchin wird dein Leben verändern!«

6

Lena, Narcisito, unsere Eltern und ich kehrten von Bacolod nach Manila zurück und fanden dort eine Vision der Woche nach dem Armageddon. Unser Haus war eines der wenigen in unserer Straße, die noch standen. Viele unserer Nachbarn waren ums Leben gekommen. Jeder Familie fehlte wenigstens ein Mitglied. Alles in allem starben bei der Befreiung der Stadt geschätzte einhunderttausend Zivilisten.

Dieses Meer von Traurigkeit wurde eines Morgens von Tito Jason geteilt – triumphierend hupend kam er in einem ramponierten Jeep angebraust. Er lebte noch. Und wie! Seit jener Silvesternacht, in der er verschwunden war, hatte er sich sehr verändert. Die glänzende Waffe, die er am Gürtel trug, seine Haut, die schimmerte wie neues Leder, seine laute und glückliche Stimme – all das trotzte dem Tod, der uns umgab. Abends saß ich häufig mit ihm auf der Veranda, während er sich, vor dem ungewohnten Lärm der Familie flüchtend, eine Camel gönnte. Er erzählte mir von seinem Leben bei der Guerilla. Meine Lieblingsgeschichte handelte davon, wie er während der Befreiung der Stadt als Scout beim 2. Bataillon des 148. US-Infanterieregiments diente und sie auf das Gebäude der Balintawak Brewing Company stießen. Mein Onkel lachte Tränen, wenn er beschrieb, wie er und die anderen in kniehohem Bier schwammen und tanzten, wie sie ihre Feldflaschen und Helme mit der eiskalten Flüssigkeit füllten, die aus den Bottichen floss. Sie waren von den Japsen auf dem Rückzug zerstört worden. Hatte Tito Jason gute Laune, zeigte er mir die Narben von seinen Schussverletzungen, die wie Kriegsmedaillen geformt waren. Wenn ich die richtigen Fragen stellte, erklärte er mir seine Vorstellungen von dem, was einen Mann gut und einen guten Mann besser machte. Von ihm erfuhr ich das erste Mal etwas über kommunistische Ideale. Ich war fast zehn und glaubte, schon beinahe ein Mann zu sein. Ich habe nie wieder etwas gehört, das mit dem vergleichbar gewesen wäre, was er zu sagen hatte.

Später ging er in den Dschungel zurück, um in der Armee der Huks zu kämpfen, dieses Mal gegen einen anderen Feind als die Japaner - die philippinische Bourgeoisie, die durch die sich nun zurückziehenden Amerikaner an die Macht gekommen war. Und trotz seines zweiten plötzlichen Verschwindens hatte ich nicht das Gefühl, im Stich gelassen worden zu sein. Tito Jason war mein Held. Meine jugendliche Einbildungskraft machte ihn ganz bestimmt zu weit mehr, als er jemals war, aber vielleicht spielt das auch keine Rolle. Als die Nachricht eintraf, dass er von Soldaten der Regierung in Tarlac in einem Hinterhalt erschossen worden war, festigte meine Trauer über seinen Märtyrertod das Bild von ihm als strahlendes Idol. Ich habe mich immer gefragt, ob mein Vater von diesem Angriff vorher gewusst hat.

— Aus: *Autoplagiarist* (Seite 1088) von Crispin Salvador

*

In dem Vergewaltigungsverfahren wurde Cousin Bobby von jeder Schuld freigesprochen, doch nachdem er es mehrere Male wieder mit dem Gesetz zu tun bekommen hat, steht er nun erneut vor Gericht, dieses Mal, weil er Raubkopien von Porno-DVDs importiert haben soll.

Richter: »Das ist doch frustrierend! Jetzt begegnen wir uns nach zwei Jahren schon wieder in diesem Gerichtssaal.«

Erning, der hinter seinem Cousin sitzt, springt auf: »Einspruch, Euer Ehren! Herr Richter, mein Cousin kann nichts dafür, dass Sie nicht befördert worden sind!«

*

Sadie geht auf ihr Zimmer, um sich frischzumachen, und ich benutze die Gästetoilette im Erdgeschoss.

Die Gonzales' sind eine typische Oberschichtfamilie – bestimmt würden sie meinen Großeltern gefallen. Grapes und Granma hatten Madison nie gemocht, vielleicht weil ihr Dad ein Ausländer war, und auf jeden Fall, weil ihre Mutter die Sorte Philippina war, die es darauf angelegt hatte, einen Ausländer zu heiraten.

Das Anwesen der Gonzales' liegt im feudalen Dasmariñas Village, das direkt an Forbes Park angrenzt. Es ist von hohen Mauern umgeben, die als hängende Gärten mit einer Grotte gestaltet sind, in der die Jungfrau und das Christkind thronen. Die Gästetoilette ist in rosa Marmor gehalten, mit kleinen muschelförmigen Seifen, dazu passenden Kerzen und einem seltsam bemalten Schild, auf dem steht: »Wenn du spritzt, weil du nicht sitzt, dann sei ein Schatzi und putz das Platzi.« Das Badezimmer stinkt nach Desinfektionsmittel, Babyöl und Lavendelduftsträußchen.

Ich sitze im Wohnzimmer auf dem Sofa und fühle mich unwohl. Das alles ist mir so vertraut. Meine Großmutter war ganz vernarrt in diesen philippinisierten Pueblo-Stil der Spanier – pastellfarbene Wände, auf alt gemachte Holzbalken an der Decke, Lampen aus Capiz, chinesische Möbel, buddhistische Antiquitäten, diverse Heiligenköpfe aus Elfenbein. Die geschnitzten Köpfe mustern mich eingehend.

Ich bin so nervös, dass ich nicht weiß, wohin mit mir. An ein und demselben Tag ein Mädchen kennenzulernen, das mir gefällt, und dann noch ihren Eltern vorgestellt zu werden! Ich komme mir vor, als sei ich beim Karaoke nach Caruso an der Reihe. Auf dem Couchtisch liegt die Zeitung von heute. Auf der Gesellschaftsseite posiert Dingdong Changco jr. zusammen mit Albon Alcantra, Arturo und Cettina Lupas, Vita Nova und Tim Yap auf der Eröffnungsfeier der »Havaianas selbstgemacht«-Woche in der Rockwell Mall. Dingdong sieht schmieriger aus denn je. Wenn ich neben ihm stünde, müsste ich schnell nach Hause und mich abschrubben.

Sadie kommt die Treppe herunter, frisch und sauber. Mir scheint, sie hat sogar Make-up aufgelegt. »Hallo, Pare«, sagt sie mit einem schiefen Lächeln. »Hab ich dir doch gesagt, dass wir zu früh dran sind. Philippino-Zeit. Warum kommst du nicht hoch in mein Zimmer? Ich möchte dir etwas zeigen.«

Ihr Zimmer riecht unschuldig, wie ein Mädchen, bevor die Modemagazine sie in eine Frau verwandeln. In einer Ecke steht eine Fender Stratocaster. »Lass mich das Gedicht suchen, das ich dir unbedingt vorlesen möchte«, sagt sie. »Setz dich irgendwo hin.« Ein Messingbett ist fast vollständig unter Plüschtieren begraben. Ich bleibe stehen. Von der Wand starren mich aus einer Götterwelt Steely Dan, die Spiders from Mars und ein nassgeschwitzter Neil Diamond an. Sadie bückt sich, um in einer Schreibtischschublade zu kramen, und entblößt dabei ihren roten Stringtanga und die feste Ritze ihres Maurerdekolletés. Inmitten des ganzen Wirrwarrs auf ihrem Schreibtisch entdecke ich ein Hello-Kitty-Tagebuch, einen Skizzenblock und einen offen stehenden Waffenkoffer, in dem dreckige Lumpen und eine auseinandergenommene Glock liegen.

»Hey, cool«, sage ich und betrachte die Pistole. »Wusstest du, dass Tschechow gesagt hat, wenn in einer Geschichte eine Schusswaffe vorkommt, dann muss sie am Schluss auch losgegangen sein?«

»Findest du das auch?«

»Klar.«

»Wo zum Teufel ist mein Notizbuch?«, sagt Sadie. Sie sucht überall und wirft dabei schmutzige Kleider durch die Gegend. Ich durchstöbere die Bücherregale an der Wand, die von Abad und Aischylos bis Zafra und Zola sortiert sind. Neben ihrem Bett stapelt sich, was sie gerade liest: Hobbes, Mill, *Calvin and Hobbes*, John C. Evans, *Betty and Veronica Double Digests, A History of the Ilustrado Propaganda Movement* 1880-1896. »Schullektüre und Bücher, um bei Verstand zu bleiben«, erklärt Sadie.

»Was liest du im Moment?«

»Das da. *Death of the Sunbird*. Von dem amerikanischen Schriftsteller Evans.«

»Wovon handelt es?«

»Dem Leben von Snowboardlehrern in Colorado.«

»Ist das interessant?«

»Wenn etwas gut geschrieben ist, ist alles interessant. Außerdem habe ich eine Vorliebe für zeitgenössische amerikanische Literatur. Das ist vielleicht kolonialistisch, aber mir gefällt's.«

Auf einem kleinen Tisch, neben einer Vase mit Chrysanthemen, erhebt sich ein Monolith aus den Büchern von Crispin Salvador. »Ja«, sagt Sadie und betrachtet den Stapel. »So was wie eine ›Unheimliche Begegnung der wortreichen Art‹.«

»Wenn wir schon von Aliens reden – bist du sicher, dass ich in deinem Zimmer sein darf?«

»Bleib cool. Seit ich einundzwanzig bin, sehen sie es mit den Regeln nicht mehr so eng. Sie sind aufgeklärt. Manchmal glaube ich, dass sie in den Siebzigern Swinger waren. Igitt, was für eine grässliche Vorstellung. Jedenfalls sagen sie, dass es ihnen lieber ist, wenn ich offen und ehrlich zu Hause bin, als dass ich mich irgendwo herumtreibe und etwas vor ihnen verberge. Was auch immer. Außerdem wird eh nichts passieren.«

Als sie sich umdreht, um weiter nach ihrem Lyrik-Tagebuch zu suchen, schaue ich rasch nach, ob mein Hosenladen auch zu ist. Jeglicher Nervenkitzel darüber, so unerwartet in ihrer Nähe zu sein und bald eines ihrer Gedichte zu hören, hat sich in Luft aufgelöst. Es wird eh nichts passieren? Ich prüfe, ob ich Sand in den Augenwinkeln habe. Jetzt ist wohl nicht der richtige Zeitpunkt, um sie zu küssen.

»Hey«, sage ich und betrachte die Poster. »Ich steh total auf Steely Dan.«

»Ja, ich auch.«

»Das Gitarrensolo in *Bad Sneakers* find ich klasse.«

»Welches Gitarrensolo?«

»Na, du weißt schon, das mit den, äh, Gitarren.«

»Aha.«

»Ja.« Verdammt. Wie dämlich ich mich wohl anhöre? Ich hätte sagen sollen, wie sehr ich auf Donald Fagens ausgefuchste Songtexte stehe. Verdammter Treppenwitz.

»Hey! Von wegen Salvador ...« Sadie setzt sich an ihren Schreibtisch und wühlt in dem Chaos. »Mir fällt gerade ein, meine Mom war eine Schülerin seiner Tante, an der Assumption. Ich könnte wetten, dass die gute alte Mama etwas über das Kind weiß, von dem du mir im Auto erzählt hast. Du weißt, wie es in Manila ist, jeder kennt jeden ... aber wo zum Teufel ist mein Lyrik-Tagebuch?«

»Ist es das Hello Kitty direkt vor dir?«

»Das ist mein Traumtagebuch.«

»Und das mit Fabio vorne drauf?«

»Das ist mein richtiges Tagebuch.«

»Wie sieht das Lyrik-Tagebuch denn aus?«

»Es ist grün und, äh ... da ist es ja! Ich sitz darauf. Hihi.« Sie schlägt es auf und blättert nach hinten. »Bist du bereit? Ach, ich hoffe so sehr, dass es dir gefällt. Na ja, wir werden sehen. Sei total ehrlich zu mir und sag, was du denkst, okay? Aber sei trotzdem nett, ja? Also, jetzt geht's los.«

Sie holt tief Luft und liest das Gedicht in einem verzweifelten Ton, der nicht zu ihr passt. Sie betont jedes Wort, als würde es Unmengen wiegen: »Die Nacht bricht herein / wie ein überstrapaziertes Leitmotiv / die Flut steigt an / ein Meer aus schlechten Metaphern. / O Blume / O Regen / O Baum. / Oje! Klischeehafte Lyrik! / Wird sich mir die Wahrheit erst im letzten Satz enthüllen? / Oder ist die Auflösung nur irre Täuschung? / Was, wenn die Offenbarung / schon vorbei ist / und ich habe nichts bemerkt / weil ich ferngesehen habe?« Sadie verstummt. Sie sieht aus, als würde sie gleich losheulen. Ganz gleich, wie sehr ich sie lobe, nichts kann sie davon überzeugen, dass mir ihr Gedicht gefallen hat.

*

Die vier Jungen erkennen Cristo nicht wieder, als er sie in den Arm nimmt. Narciso Junior strampelt, die drei jüngeren weinen. Maria Clara schimpft mit ihnen. Sie legt Cristo die Hand auf den Rücken. »Vielleicht, wenn du dir den Bart abrasiert hast«, sagt sie.

Neben dem dampfenden Waschbecken in seinem Zimmer zieht er sein Rasiermesser ab. Er blickt in den Spiegel. Sein Gesicht wird von einem buschigen Bart verdeckt, der mit leuchtend roten Strähnen durchzogen ist. Sollte ich mich schämen, denkt er, weil ich erleichtert bin, zu Hause zu sein? Er macht sein Gesicht nass. Heute werde ich am Tisch sitzen und ordentlich zu Abend essen. In einem Becher schäumt er die Seife auf. Vielleicht singt Maria Clara ein Lied für mich. Er seift sich das Gesicht ein. Vielleicht kann ich mit den Jungen einen Spaziergang über das Grundstück machen. Er rasiert sich die linke Wange. Wir können uns die Sterne anschauen. Er spült das Rasiermesser ab. Zumindest die Sternbilder werden mir vertraut sein. Er rasiert sich die rechte Wange. Aber was sollen wir tun, jetzt, da wir verloren haben? Erneut spült er das Rasiermesser ab. Meine alten Freunde haben sich schon bei den Amerikanern eingeschmeichelt. Er rasiert sich das Kinn, fährt vorsichtig die Rundungen entlang. Sogar diejenigen, die tapfer gegen die Spanier gekämpft haben.

Er rasiert sich unter der Nase und betrachtet sich im Spiegel. Wer ist dieser Mann?, fragt er. Er sieht aus wie jemand, den ich einmal gekannt habe.

Nach dem Abendessen macht Cristo einen Spaziergang mit seiner Frau und den Kindern. Die Nachtluft ist weit tröstlicher als die Lichter des Hauses. Die Jungen misstrauen ihm noch immer, aber Maria Clara ist lebhaft und reizend. Sie scherzt unbefangen mit den Kindern und bringt sie zum Lachen. Er beneidet sie.

Auf dem Weg zurück sieht Cristo sein Haus vor sich, die Fenster hell erleuchtet. Die Jungen rennen darauf zu. Maria Clara hält seine Hand. Er sagt zu ihr: »Lass uns noch eins bekommen. Vielleicht wird es ein Mädchen.«

Sie bleibt stehen und umarmt ihn fest.

»Wir werden Amerikaner sein«, sagt Cristo. »Unsere Kinder werden Amerikanisch lernen. Wenn sie alt genug sind, schicken wir sie zum Studium nach Amerika. So, wie ich nach Europa gegangen bin. Dieses ganze Land wird ihnen gehören, wenn sie zurückkommen. Sie werden zurückkehren und alles verändern.«

»Du kannst endlich deinen inneren Krieg beenden«, sagt Maria Clara.

»Ja«, erwidert Cristo. »Vielleicht.«

— Aus: *The Enlightened* (Seite 270) von Crispin Salvador

*

Ich weiß noch gut – bevor es zu Ende war, war es bereits wochenlang furchtbar gewesen. »Was werden wir nur tun, wenn wir einander nicht mehr haben?«, wollte Madison von mir wissen. Ich sah zu, wie meine Eiscreme in dem Schüsselchen schmolz.

So lange schon hatten wir Pläne geschmiedet. Wenn man verliebt ist, schmiedet man die ganze Zeit Pläne. Vielleicht war das aber auch nur bei uns so. Für alles gab es ein durchdachtes und ausgefeiltes Konzept. Unsere nichtreligiöse Trauungszeremonie. Unsere umweltfreundlichen Beerdigungen. Wir wollten an einem heiligen Ort heiraten, aber nicht unter den Augen irgendeines Gottes, sondern nur mit unserer Liebe, uns selbst und, wie Madison sich ausdrückte, der wunderbaren Gemeinschaft der uns nahestehenden Menschheit. Wir wollten nicht auf einem Friedhof beerdigt werden, sondern unter Bäumen, in Musselinschleier gehüllt, der Erde nahe, die uns wieder aufnehmen würde; wir wollten, dass unsere Verwandten jegliche Kohlenstoffemissionen vermieden und unserer stattdessen in den Städten, wo sie wohnten, auf säkulare Weise gedachten. Wir planten den Soundtrack unseres Lebens (Lakmés Arie für ihren Gang zum Altar; die Überleitung aus Eric Claptons *Layla* für meinen Leichenzug). Wir kamen zu dem Schluss, dass Adoption die einzige moralische Entscheidung in der heutigen Welt war, und diskutierten, aus welchem Land wir ein Waisenkind retten würden. Manchmal sagte Madison allerdings: Vielleicht will ich doch ein Eigenes; oder: Vielleicht wäre es doch nett, in einer Kirche zu heiraten. Worauf ich eine logische und vernünftige Antwort hatte.

Ich blickte von meinem schmelzenden Eis auf. »Was werden wir nur tun, wenn wir einander nicht mehr haben?«, wiederholte sie, jetzt mit Tränen in den Augen. Ich konnte ihr eine ehrliche Antwort geben und sagen, dass wir beide schon klarkommen würden. Oder ich konnte ihr, wie sie erwartete, eine unehrliche Antwort geben und sagen, dass wir beide schon klarkommen würden. Ich weiß noch, dass sie über den Tisch langte und meine Hand hielt. Der Ärmel ihrer weißen Bluse saugte sich mit Ketchup voll. Wir liebten auf unterschiedliche Weise. Ich hatte das Gefühl, dass jeder gemeinsame Tag ein Geschenk für uns war. Sie hielt es für selbstverständlich, dass wir für immer zusammen sein würden. »Wir ... ich meine uns«, sagte sie. »Wir bekommen das schon hin. Daran glaube ich fest.«

Madison und ich waren beide römisch-katholisch erzogen worden. Gemeinsam loteten wir unseren Atheismus aus. Gegenseitig führten wir einander durch das Gewirr hartnäckiger Fragen. Wie sollte es möglich sein, dass es keinen Schöpfer gab? Wie sollte es möglich sein, dass unser Leben einfach aufhörte, wenn wir starben? Dieses Ringen um Rationalität schweißte uns fest zusammen. Unsere Familien mit ihren frommen Textnachrichten und ihren aufgebrachten E-Mails, in denen sie dagegen wetterten, dass wir uns auf die Organspenderliste hatten setzen lassen, sorgten dafür, dass Madison und ich uns noch verlorener fühlten und uns deshalb auch mehr aneinanderklammerten. Wir brachten viele Abende damit zu, unser Glaubenssystem auszuarbeiten, und mir kamen nur dann Zweifel daran, wenn ich außer mir war vor Glück; ich konnte einfach nicht hinnehmen, dass es keine höhere Macht geben sollte, der ich danken konnte.

»Kannst du es nicht einfach sagen? Dass wir das schon hinbekommen werden?«, drängte mich Madison. Die Kellnerin näherte sich unserem Tisch, um uns Eistee nachzuschenken, drehte sich aber auf dem Absatz um, als sie Madison weinen sah. »Psst, Liebling«, sagte ich etwas zu laut. »Alles wird gut«, fügte ich in der Hoffnung hinzu, die Leute würden es hören. Madison war es immer scheißegal gewesen, was irgendwer mitbekam. Wir waren beste Freunde in einer einsamen Welt, und das war alles, was zählte. »Versprich es mir«, sagte sie. Oft müssen wir andere anlügen, um sie glücklich zu machen. Trotzdem erklärte ich ihr: »Das kann ich nicht.« Ich sagte das, als hätte ich es für meine erste Rolle in einer Seifenoper geübt. Etwas in mir war glücklich, als sie weinte.

Nachdem ich aus dem Trump Tower ausgezogen war und

die – auch finanziellen – Bande gelöst hatte, die mich an meine Großeltern fesselten, entwickelten Madison und ich einen perversen Spaß daran, uns im Leben auf das Nötigste zu beschränken. Unsere Genügsamkeit – eine privilegierte Armut, die nur in Städten wie New York möglich ist – brachte uns schließlich dazu, der Religion des Konsumkapitalismus zu entsagen. Das war schwer, vor allem deshalb, weil wir in den Vereinigten Staaten lebten – wie gerne standen wir in den Gängen von Whole Foods, vollkommen überfordert davon, wie viele verschiedene Senfsorten und Getränke es gab! Die Gesellschaft schien uns zur Heuchelei verführen zu wollen. So, stellte ich mir vor, mussten sich muslimische Terroristen im Untergrund fühlen. Wir brauchten nur den Fernseher einzuschalten, eine Zeitschrift aufzuschlagen oder ins Internet zu gehen. Aber die Gewohnheit abzustreifen, Dinge zu kaufen, die wir nicht benötigten, gelang uns erst, nachdem wir zwei Jahre lang dazu gezwungen gewesen waren und viele ontologische Probleme gewälzt hatten. Das war fast genauso schwer, wie dem Koffein zu entsagen. Madison bummelte aber immer noch gerne an den Läden entlang, um sich die Schaufenster anzuschauen, und wenn sie nach Hause kam, wirkte sie stets wehmütig. Ich warf ihr dann vor, sie würde künstlich Sehnsüchte in sich wecken. Umgekehrt konnte Madison meine Lust auf Fleisch nicht verstehen, und sie erinnerte mich immer wieder daran, wie viel Methan Viehherden produzierten oder wie viel Land, Wasser, Futter und Grausamkeit vonnöten waren, um die Kuh für den Cheeseburger aufzuziehen, den ich mir mit Crispin einverleiben würde. Sie fing an, mir zum Frühstück Tempehwürstchen zu servieren und unsere kohlenhydratreduzierten Wraps mit Tofugehacktem zu füllen, weil sie glaubte, ich würde es nicht bemerken. Sie hatte recht.

Madison rieb meine Hände. »Warum siehst du nicht«,

sagte sie, »dass sich das, wonach du suchst, direkt vor dir befindet?« Dieses Mantra war mir nur allzu vertraut – als hinge das Fortbestehen unserer Beziehung nur von mir ab. Ein kleiner Junge in dem Séparée hinter ihr spickte immer wieder über die Lehne der Sitzbank hinweg. Er hatte die Papierhülle seines Strohhalms an einer Seite abgerissen und sich den Strohhalm in den Mund gesteckt. Über Madisons Schulter hinweg zielte er mit der Papierhülle auf mich. »Anfangs dachte ich, es läge daran, dass du ein Mann bist«, sagte Madison. »Unfähig zu kommunizieren. Dann dachte ich, du wärst verloren und müsstest gefunden werden. Jetzt weiß ich nicht mehr, was ich denken soll.«

Wie alle Menschen suchten wir nach Rechtfertigungen, um mit den Schuldgefühlen fertig zu werden, dass wir unseren eigenen Anforderungen nicht gerecht wurden. Wir konnten es uns jetzt nicht leisten, gesund und gleichzeitig ethisch unbedenklich zu essen. Wir hatten noch nicht genug Zeit, um ehrenamtlich tätig zu sein. Wir machten einen Bogen um die Greenpeace-Nicks, die auf den Straßen Flugblätter über den Walfang vor der Küste der Antarktis und den schmutzigen Ölsandabbau in Kanada verteilten – wir waren hier in New York, wer hatte da schon Zeit, stehen zu bleiben und sich zu unterhalten?

»Vielleicht ist es das«, sagte Madison. »Vielleicht frisst uns New York einfach auf. Wir müssen so was von cool sein, so angesagt, so lebendig, dass wir in uns etwas abtöten.« Der kleine Junge über ihrem Kopf zog Grimassen. Madison schüttelte meine Hände. »Warum gehen wir nicht einfach weg?«, sagte sie, und Hoffnung machte sich auf ihrem Gesicht breit. »Wir nehmen unsere Pässe und fahren los«, sagte sie. »Heute Abend. Wir fahren zur Penn Station und steigen in den nächstbesten Zug. Einfach mal schauen, wohin es uns verschlägt. Europa. Asien. Afrika! Ich versuche schon seit einer Ewigkeit, mit dir dorthin zu fahren«, sagte sie. »Wir können die Welt verändern!«

In den zwei Jahren, die Madison und ich zusammen waren, wuchs in uns der Glaube an die Menschheit, vor allem deshalb, weil wir an uns selbst glaubten. Wir fanden unser Glück, indem wir jedem Fatalismus abschworen. Wir genossen die Synchronizität, die es uns erlaubte, gemeinsam am Leben zu sein, solange uns das eben vergönnt war und vergönnt sein würde.

»Komm schon«, sagte sie. »Liebling.« Dicke Tränen rannen ihr über die Wangen. Ich wünschte, ich hätte gewusst, ab welchem Zeitpunkt wir aufgehört hatten, den anderen zu beeindrucken. Etwas veranlasste mich zu sagen: »Unsere Probleme werden uns folgen.« Ich bin der Meinung, dass wir alle nur eine beschränkte Anzahl austauschbarer Phrasen benutzen, wenn wir uns streiten. Wenn wir frisch verliebt sind, sagen wir immer die gleichen Dinge. Vielleicht kannte ich die Worte einfach nicht, die alles wieder ins Lot gebracht hätten. Ich schaute zu, wie sie weinte.

Ihre Tränen hatten mir immer gezeigt, dass ich wichtig war. Wenn man jung ist, ist ein Streit zwischen zwei Liebenden das Furchtbarste auf der Welt. Und ich genoss es jedes Mal! Ich verdrehte die Dinge, quälte Madison, bis sie mich irgendwann um Verzeihung bat. Ich wünschte, mir wäre bewusst gewesen, ab wann sie mir egal war. Wenn ich es wüsste, würde ich es aufschreiben, damit es ganz bestimmt nicht wieder vorkommt.

»Was machen wir jetzt?«, fragte sie, zog ihre Hand zurück und setzte sich aufrecht. Ich sah sie an, meine Madison. Gleich würde sie von nachgiebig auf unnachgiebig umschalten, und ich musste entschieden handeln, wenn ich meinen Vorteil nicht verlieren wollte. »Wir werden es weiter versuchen«, sagte ich. »Du musst daran glauben.« – »Don't stop believing«. In meinem Kopf hörte ich den alten Journey-Song. Ich wollte, dass Madison wieder meine Hand nahm. Wenn jemand deine Hand hält, erinnert dich das daran, wo du stehst.

Eine Woche später machte sie während des Teekochens Schluss. Ich war wie gelähmt.

*

Bebot erinnert sich noch gut daran.

Es war 1955, und Dolores machte sich für ihr erstes Gipfeltreffen fertig. Er kam in ihr Zimmer. Ich dachte, du wärst fertig, sagte sie zu ihm. Das bin ich auch, erwiderte er, mein Barong muss nur noch gebügelt werden. Von wegen fertig, fauchte sie. Nachdem sie sich geschminkt hatte, ging sie zum Wagen hinaus. Elmer hatte den Impala vorgefahren und den Motor angelassen, die Lüftung lief auf voller Stärke. Wo ist mein Mann?, fragte sie Elmer, als sie einstieg. Ich weiß es nicht Ma'am. Dolores beugte sich über das Lenkrad und drückte auf die Hupe, bis Bebot aus dem Haus gestürzt kam. Ohne ein Wort zu sagen, setzte er sich neben sie. Während sie sich der Gedenkstätte näherten, fragte er sie: Gehen wir hinterher essen? Ich schon, sagte sie. Hat Leslie aus Madrid telegrafiert?, fragte er. Dolores schwieg. Ich hoffe, dass sie eine gute Reise hatte, sagte Bebot.

Als sie ankamen, stand die Sonne tief am Himmel. Das Licht schimmerte grell auf den Blechblasinstrumenten der Kapelle neben der Bühne. Zwei nackte Fahnenstangen flankierten das verhüllte Denkmal. Die Zuschauer hatten sich bereits auf den Sitzen niedergelassen. Hab ich dir doch gesagt, fauchte Dolores, ich wusste es. Bebot blieb ihr die Antwort schuldig. Seite an Seite schritten sie den langen Pfad entlang, der über den neuen Rasen führte. Bebot musterte sie unverwandt. Heute wird alles gut werden, sagte er. Es ist lange her. Dolores sah ihn an, als hätte er sie gerade beleidigt. Mein Bruder und meine Mutter sind umgekommen, sagte sie. Ich weiß, sagte Bebot, ich weiß.

Das Paar eilte zu den Plätzen, die in der ersten Reihe für sie reserviert waren. Dolores' Sekretär, Tadio, wartete bereits auf sie. Guten Tag, Frau Abgeordnete, guten Tag, Sir. Hier sind Ihre Programme. Dolores richtete es so ein, dass Tadio zwischen ihr und Bebot saß. Tadio sah aus, als hätte er sich am liebsten in Luft aufgelöst.

Bitte erheben Sie sich für die Nationalhymne, verkündete jemand durch den Lautsprecher. Alle erhoben sich. Die Philippinos unter den Zuschauern legten die Hand auf die Brust. Zwei Soldaten in Ausgehuniform zogen langsam die philippinische Flagge hoch, während die Kapelle *Lupang Hinirang* spielte. Als das Lied zu Ende war, herrschte eine merkwürdige Stille. Alle schauten die Flagge an, die auf Halbmast flatterte. Bebot sah zu Dolores hinüber. Sie starrte auf eine lange Kolonne von Ameisen, die vor ihr über eine Steinplatte krabbelten.

Dolores war in Erinnerungen versunken. Sie dachte daran, wie sie und ihr Bruder Manito Windspiele aus den Patronenhülsen gebastelt hatten, die sie in der Nähe ihres Hauses in der Jorge Bocobo Street aufgesammelt hatten. Und jeden Tag trainierten sie ihre Muskeln zum Kämpfen, indem sie den großen Bus hochhoben, der voller neuer Geldscheine war, voller Micky-Maus-Geld (für einen Sack bekam man eine Tasse Reis). Manchmal übten sie sogar die Vokabeln für den Unterricht am nächsten Tag, sagten mit schmalen Augen und schriller Stimme die fremdartigen Worte auf.

So haben wir uns unsere Unschuld bewahrt, dachte sie jetzt. Als sie aufblickte, hatte die japanische Flagge bereits fast die halbe Höhe der Fahnenstange erreicht, und die Kapelle spielte die letzten Takte des *Kimi Ga Yo*.

Als Bebot zu seiner Frau hinüberblickte, sah er, dass sie weinte.

— Aus der Kurzgeschichte »Manila Banzai Blues« (1973)
von Crispin Salvador

*

In Barcelona wohnte Salvador in einer Einzimmerwohnung im Barri Gòtic. Die Jahre, die er dort während seines Studium zubrachte, waren aufgrund zweier verschiedener Beziehungen von Bedeutung: die zu Gigi Mitterand und die zu Max Oscurio. Über die erste Begegnung mit ihnen bei derselben Picknickparty berichtete er in *Autoplagiarist*.

Über Oscurio: »Am Eingang des Parks, neben dem mit Bruchkeramik geschuppten Drachen von Antoni Gaudí, der sich an die Treppenbrüstung klammert, erblickte ich die beiden Bertys, Roberto Pascual und Edilberto Dario, die ich seit unserer Begegnung in Manila nicht mehr gesehen hatte. Pascual erzählte aufgeregt von einer Stripteuse, die er in Paris angestaunt hatte, eine Montrealesin, die auf der Bühne Sex mit einem schwarzen Schwan simuliert hatte. Es tat gut, wieder mit ihnen gemeinsam zu lachen. Sie stellten mich ihrem älteren Begleiter vor, der trotz zerzauster Haare und eingefallener Wangen mit seinen enervierenden Augen das Interesse auf sich zog. Sie schienen so schwarz zu sein wie die Rasputins. Er lehnte sich an das Geländer und streichelte den blauen Kopf des Drachen, als sei der sein Haustier. Als ich die Gruppe begrüßte, hellte sich seine Miene auf, und er streckte mir sofort die Hand entgegen. Seine Fingernägel waren lang und wie die einer Frau lackiert, Tiroler Grün. Als ich versuchte, ihm die Hand zu schütteln, packte er fest zu, führte meine Finger an die Lippen und drückte mir einen Kuss auf die Knöchel. Ich war so verblüfft, dass ich ihn nicht daran hindern konnte. ›Max Oscurio, mein hübscher Junge‹, sagte er. ›Wie ist es möglich, dass ein Prinz wie du sich noch nicht unserer Clique angeschlossen hat?‹ Er widerte mich an, auf der Stelle.«

Über Mitterand: »Ach, Trompeten – Trompeten über Trompeten, die vor Freude erschallten! Sie war allein, gönnte sich, ein Stück entfernt von der Masse der Picknickenden, eine Zigarette. Ihr Haar erinnerte mich an Messing, kurz bevor es anläuft. Trompeten! Sie sprach Spanisch mit einem französischen Akzent und hatte Schwierigkeiten mit dem gerollten R – sie zog es nach, wie das nur Franzosen dürfen. Wie kommt es, dass solche Makel bei der richtigen Person wunderschön wirken? Sie saß wie im Damensattel auf einer langen Bank, die wie ein mediterraner Krake aussah, und das Mosaik war farblich perfekt auf ihre rubinroten Ohrringe abgestimmt, als hätte der Hellseher Gaudí diesen Augenblick vorausgeahnt. Wie konnte ich nur nicht erraten, dass sie eine Violinistin war, mit diesen langen, schlanken Fingern, die Essstäbchen aus Elfenbein glichen, wie sie da die rot glühende Zigarette hielten? Mein Herz schlug so schnell, dass ich das Gefühl hatte, meine Lunge würde gleich kollabieren. Ich fragte sie, ob ihr der Park gefiel. Sie erwiderte, das Fortbestehen von Gaudís Werk sei ›ein Rüffel für Franco‹. Was mir wie eine jener dezidierten, dummen Meinungen vorkam, die auf ihre Art so liebenswert sind. Aber ihre Brüste in ihrer tief ausgeschnittenen Bluse waren imposant, ihre Figur schlaksig bis zur Unbeholfenheit. Ihre weißen Hosen enthüllten ihre gebräunten Waden, ihre Fesseln waren so zart, dass ich sie mit den Fingern umfassen wollte, von Staunen erfüllt, dass sie ihr Gewicht tragen konnten. Sie erklärte, dass die Eindellung in der Bank von dem Hintern eines nackten Arbeiters stammte, den Gaudí angewiesen hatte, sich auf den Lehm zu setzen. Natürlich glaubte ich ihr nicht. Sie zog mich neben sich und wir rutschten in der Wölbung der Bank hin und her. Sie roch nach Orange und Pastis. Dann stand sie auf, sah sich um, zog ihre Hosen hinunter und ließ ihren nackten, milchweißen Hintern in die Vertiefung sinken. ›Siehst du?‹, rief sie und interpretierte meine verblüffte Miene als Zeichen dafür, dass ich meine Niederlage eingestand. Ich wandte höflich den Blick ab, schaute ihr stattdessen in die Augen, die mich mit einem herrlich infantilen Funkeln anlächelten. Sie hatte mir noch nicht einmal ihren Namen verraten, da gehörte ihr bereits mein Herz. Wie grausam dann der Augenblick an jenem Nachmittag, als sie mir Raoul vorstellte, ihren spanischen Verlobten, der zu allem Überfluss auch noch ein extremadurischer Graf war!«

— Aus der im Entstehen begriffenen Biografie
Crispin Salvador: Eight Lives Lived von Miguel Syjuco

*

Die Atmosphäre war angespannt, seit sie von ihrem Tagesausflug auf die kleine Landenge der Insel L___ zurückgekehrt waren. Dieses Rendezvous unterschied sich grundlegend von den unbekümmerten Ausflügen, die sie im Jahr zuvor unternommen hatten. 1958 war ein unglaubliches Jahr, denkt er jetzt, sowohl für jene Kiste Chateau L'Arrosée wie auch für ihre Liebe.

Pipo schaut ihr dabei zu, wie sie sich die Zähne putzt. Er hat sie schon immer gerne heimlich beobachtet. Wie jetzt. Seine Augen sind wie eine Filmkamera, fangen für die Ewigkeit die Architektur ihrer Fesseln ein, die Art und Weise, wie sie sich auf ihren Fußballen hebt, um sich wie der Stiel einer Lilie über das Becken zu beugen und auszuspucken, wie ihr Fußgewölbe sich einem Bogen gleich spannt, wie ihre Fersen sich wieder absenken und sanft wie ein Kuss die Fliesen berühren. Sadie schüttelt ihre langen blonden Haare aus und knotet sie im Nacken zusammen. Sie hüllt das Handtuch fest um sich, kommt in das Schlafzimmer zurück und betrachtet ihn, wie er noch immer in dem Ledersessel sitzt und so tut, als lese er die drei Tage alte Ausgabe von *Le Canard enchaîné*. Ist es wirklich schon so lange her, seit sie das letzte Mal das Zimmer verlassen haben?

»Wie ich dir bereits erklärt habe ...«, sagt Sadie. Er wird ihren britischen Akzent vermissen, die Art und Weise, wie sie das S und das T betont. Wie leidenschaftlich das klingt! »... du weißt ja, dass ich zu den Menschen gehöre, die in einen stürmischen Himmel blicken und denken: ›Dieses Unwetter wird bald vorbei sein.‹ Und dass ich daran glaube, dass ich eines Tages an all die Orte zurückkehren werde, die ich geliebt habe, und dass die Welt klein ist und ich dich unweigerlich wiedersehen werde. Ich weiß, dass das, was uns verbindet, noch immer da sein wird, wenn wir uns das nächste Mal begegnen, auch wenn ich nicht weiß, was es ist. Verstehst du das?« Sie lässt das Handtuch zu Boden gleiten, legt sich seitlich auf das Bett und sieht Pipo bedeutungsvoll an. Er mustert den Schwung ihrer Taille, die tiefe Wölbung, die einem Herbsttal zwischen Winterbergen gleicht. Er fängt ihren Blick ein und zwingt sie dann zuzuschauen, wie *er* den Blick abwendet. Er will nicht sagen, was er gleich sagen wird.

»Du tust so, als ob mich das glücklich machen sollte.« Er legt eine Pause ein, um seine Worte wirken zu lassen. Dann spricht er deutlich leiser weiter, obwohl er weiß, dass er das nicht tun sollte. Aber er will es so. »Das Problem ist, dass man nicht begreift, was Liebe ist, bevor man nicht andere sieht, die sich lieben, und man merkt, was einem fehlt. Man sieht ein Liebespaar - auf der Straße, in einem Café, auf einer Fotografie, Herrgott noch mal - und man denkt: Genau so sollte Liebe aussehen. Unsere sieht nicht im Entferntesten so aus. Manchmal schon, aber dann gehst du wieder. Zurück zu deinem spanischen Edelmann.« Die letzten Worte spuckt Pipo geradezu aus. »Dann weiß ich nicht mehr, was ich sehe. Das ist alles.« Es ist noch nicht alles. Aber er schweigt.

Er steht auf und betrachtet sie, wie sie da zwischen den riesigen Kissen liegt, die die Europäer so sehr lieben, denen er jedoch noch nie etwas abgewinnen konnte. Sie setzt sich auf, zieht die Beine an die Brust und legt ihr Kinn auf die Knie wie ein Origamivogel, der gefaltet wird. Sadie erwidert seinen Blick. Herausfordernd. Dann mustert sie ihre Hände, dreht sie hin und her, inspiziert sie, als wären sie neu. Als wäre dies nicht das Ende.

Pipo zögert, und ihm wird klar, dass dieser Augenblick in seiner Erinnerung ewig währen wird. Selbst jetzt findet er es wundervoll, dass sie eine Frau ist, die sich gerne anschauen lässt, sogar fotografieren, ohne große Geste, ohne Übertreibung, zu jeder Zeit, sie zeigt sich einfach. Diese Ehrlichkeit hat er schon immer geliebt, auch wenn das bedeutete, dass sie sich weigerte, sich zwischen ihm und dem extremadurischen Grafen zu entscheiden. Dann verstreicht der Augenblick des Zögerns, und Pipo wendet sich ab. Die Tür fällt völlig geräuschlos ins Schloss, als er hinausgeht.

Er weiß, dass es nicht vorbei ist.

Das Ende.

— Aus: *Vida* - Buch III des *Europa*-Quartetts
von Crispin Salvador

*

Beim Abendessen sind Dr. und Mrs Effy und Raqel Gonzales ausgesprochen freundlich. Gemeinsam mit ihrem Sohn Toofy, der einige Jahre jünger ist als Sadie, sitzen wir in ihrem weitläufigen Wohn- und Esszimmer. Raqel bemerkt, wie ich einen mit feiner Hand bemalten Wandschirm bewundere. »Späte Edo-Zeit«, erklärt sie. »Der Verkäufer hat mir gesagt, darauf seien populäre Hokaidō-Mythen dargestellt.« Sie bewegt die Drehplatte so, dass ich mich zuerst aus jeder Schüssel bedienen kann. Die ganze Familie schaut mir dabei zu, wie ungeschickt ich mich mit dem Servierbesteck anstelle.

Ich habe das Gefühl, all das schon einmal erlebt zu haben, und mir wird leicht übel. Wenn ich allerdings in ihre Gesichter blicke, sehe ich nur fremde Menschen. Effy, ein ergrauender Bär, direkt von der Arbeit gekommen, im Bürobarong mit einem Mont Blanc in der Knopfleiste, riecht nach Zigaretten und Paco Rabanne. Raqel, die sich dank regelmäßiger Stunden im Fitnessclub Polo gut gehalten hat, in eleganten Leinenhosen à la Anne Taylor und maßgeschneiderter Baumwollbluse. Sadies Bruder Toofy (sein Name bedeutet »Effy jr.« oder »Effy zwei« - Sadies Erklärung habe ich nicht bis in jede Einzelheit verstanden) ist schmächtig und hat die Angewohnheit, mit seiner Unterlippe zu spielen. Er hat mir nicht die Hand geschüttelt und scheint vom Essenstisch zurückzuschrecken.

Sadie sitzt neben mir. Ich spüre, wie sie unter dem Tisch den Fuß an meinem reibt. Ich starre die Serviette an, die zu einem Schwan gefaltet neben dem Teller ruht. Sadie hört nicht auf, ihren nackten Fuß an meinem Knöchel zu reiben. Schließlich versetzt sie mir einen Tritt. Ich blicke auf, und sie starrt mich verärgert an. Dann beugt sie sich zu mir herüber und flüstert: »Vergiss nicht, Mom nach Dulcinea zu fragen.«

»Ihr müsst nicht flüstern! Nur nicht schüchtern!«, sagt Raqel, die uns gegenübersitzt. »Fühlen Sie sich wie zu Hause. Wir freuen uns über Ihren Besuch! Wir freuen uns wirklich. Ist das nicht nett, Daddy?« Ihr Mann krempelt sich gedankenverloren die Ärmel hoch.

Ein alter Mann in Schlafanzughosen, Filzpantoffeln und einem zu großen gelben T-Shirt, auf dem »Don't worry, be happy« steht, kommt aus der Küche geschlurft und umkreist langsam den Esstisch. Leise brummt er etwas vor sich hin. Niemand scheint ihn zu bemerken. Er hält einen Löffel in der Hand.

Raqel fährt fort: »Also, Miguel, du bist aus New York? Aber aufgewachsen bist du hier? Ateneo oder La Salle? Ah, gut, gut.«

»Nun ja, ich bin auf die La Salle gegangen«, sagt Effy.

Raqel: »Das ist nicht deine Schuld, Schatz. Toofy geht übrigens hier auf die Southridge, das machen die Opus-Dei-Leute sehr ordentlich. Hast du auf der Ateneo Latein gelernt? Seit wann wird es da nicht mehr unterrichtet? Dann wird Toofy uns nachher ein wenig Thukydides im Original aufsagen müssen, was meinst du, Toofs?«

Toofy (greift nach dem Reis, murmelt): »Thukydides war Grieche.«

Effy: »Dieser Regen hört ja gar nicht mehr auf. Immerhin hält er diese muslimischen Fanatiker im Zaum.«

Raqel: »Das stimmt! Auf dem Heimweg von meinen Freunden beim CCP-Mittagessen in Manila habe ich fast zwei Stunden im Verkehr festgesteckt. Ich dachte, es hätte schon wieder eine Straßensperre gegeben. Das nimmt zurzeit kein Ende. Ich war ganz schön erleichtert, dass es nur Hochwasser war. Dieser dämliche Bonifacio hätte beim Durchfahren beinahe den Wagen abgewürgt. Ich hatte schon befürchtet, du müsstest den Fahrer mit dem Geländewagen schicken.«

Sadie: »Globale Erwärmung. Vielleicht sollte man alle Autos mit Ansaugschnorchel ausrüsten wie die Geländewagen.«

Effy: »Das ist doch lächerlich. Ich glaube nicht an die globale Erwärmung.«

Sadie: »Weil du für Petron arbeitest.«

Der alte Mann schreit: »Hört doch! Es geht los. Wir müssen wachsam sein.« Er schwingt seinen Löffel, als wäre es ein Messer.

Effy: »Pop, der Krieg ist vorbei, die Japaner haben kapituliert.«

Raqel (an mich gewandt): »Beachten Sie meinen Schwiegervater gar nicht. Es geht ihm nicht gut. Die Dienstmädchen füttern ihn in der Küche, aber zwischendurch läuft er gerne herum.«

Toofy (beugt sich vor wie ein Spion in einem überfüllten Suq): »Wir sagen ›Spooky Lolo‹ zu ihm.«

Raqel: »Miguel, entschuldigen Sie, wenn ich frage. Ich bin neugierig. Wer sind Ihre Eltern?«

Ich sage es ihr.

Raqel: »Ah, ich kannte Ihre Mutter von der Assumption.

Sie war ein paar Jahre älter. Wir wissen, was mit Ihrem Dad passiert ist. Sie hätten dieses Flugzeug niemals besteigen sollen.«

Effy (funkelt seine Frau an): »Das war eine echte Tragödie. Das Land wäre sonst ein völlig anderes geworden.«

Ich: »Vielen Dank, Sir.«

Raqel: »Ich glaube immer noch, dass die CIA dahintersteckte. Bobby Pimplicio war ihnen als Senator zu nationalistisch.«

Effy: »Die Leute haben ›Bob Hope‹ zu ihm gesagt. Ich kann mich noch an den Wahlkampf-Spruch erinnern. ›Werft eure Stimme nicht weg, gebt sie Mr Hope.‹«

Sadie: »Im Geschichtsunterricht haben wir gelernt, dass jeder das Triebwerk hätte sabotieren können. Die Regierung, die großen Konzerne, sogar die Kommunisten.«

Ich: »Die ganzen Erklärungen haben mich nie interessiert. Von Bedeutung war nur, dass meine Eltern nicht mehr da waren und ich sie nicht gekannt habe.«

Toofy: »Wetten, das war ein gehässiger Gott.«

Ich (Toofy zulächelnd): »Ich würde dem zustimmen.«

Effy: »Und Ihr Lolo, wie geht es ihm? Hin und wieder habe ich ihn im Manila Golf gesehen. Das ist allerdings schon eine Weile her.«

Sadie: »Hast du nicht gesagt, dass du hier keine Familie hast?«

Ich: »Meinem Lolo geht es gut, Sir. Er ist ein Heißsporn wie eh und je.«

Raqel: »Wie viele Kinder sind Sie?«

Ich: »Sechs, Ma'am. Meine Eltern haben so lange Kinder bekommen, bis sie eins hatten, das ihnen wirklich gefiel.«

Raqel: »Welche Nummer sind Sie in der Familie?«

Ich: »Nummer fünf.«

Raqel: »Das ist witzig! Ist das nicht witzig, Effy?«

Effy: »Wir hatten das Glück, erst ein Mädchen und dann einen Jungen zu bekommen. Wir mussten es nicht weiter probieren.«

Sadie: »Miguel ist übrigens Schriftsteller. Und ein verdammt guter dazu.«

Toofy: »Hast du überhaupt schon mal was von ihm gelesen?«

Raqel: »Ach! Was schreiben Sie denn, Miguel? Meine Tochter liest viel. Diese Weltoffenheit hat sie von mir. Ich habe ihr viel vorgelesen, vor allem ...«

Effy: »Womit verdienen Sie eigentlich Ihren Lebensunterhalt, Miguel? Ich nehme mal an, dass Ihre reichen Großeltern Ihr Hobby finanzieren.«

Raqel: »Effy!«

Sadie: »Dad!«

(Toofy lässt sein Besteck auf den Teller fallen.)

Spooky Lolo: »Das hast du nicht von mir. Ich weiß noch, wie du dein Hündchen umgebracht hast, weil ich wütend auf dich war.«

Effy: »Nein, Miguel, ich bin nur neugierig. Wirklich. Meine Tochter bekommt doch immer ihren Willen, nicht wahr? Ich möchte nur wissen, wie viel ich für sie beiseitele...«

Sadie: »Daddy, bitte.«

Raqel: »Sie müssen meinen Mann entschuldigen. Geld ist sein Geschäft.«

Ich: »Ein schwieriges Geschäft, Ma'am. Aber ich verdiene genug, um mich selbst über Wasser zu halten. Als freier Autor und dergleichen.«

Effy: »Hier auf den Philippinen geht das nicht, oder? Dabei springt einfach nicht genug heraus. In den Vereinigten Staaten vielleicht, ja, aber hier ...«

Raqel: »Ich wollte übrigens auch Schriftstellerin werden. Dann wurde ich schwanger, und es gab hier plötzlich so viel zu tun. Der Haushalt, meine Arbeit bei der Chosen Children Foundation, Weihnachtsbasare, Pilates, et cetera.«

Sadie: »Früher hat sich meine Mama mit Dichtern und maoistischen Revolutionären herumgetrieben.«

Effy: »Wo wir gerade von Revolutionären sprechen – im Büro hat mir jemand erzählt, die Gerüchte seien wahr. Über *Sexysexygate*. Vita Nova hat ein Video, das dem Präsidenten eine Menge Ärger machen wird.«

Raqel: »Ein Beispiel von in flagrante derelicto.«

Sadie: »Igitt!«

Toofy: »Das heißt *delicto*.«

Effy: »Der arme Kerl, von seiner eigenen Geliebten hintergangen.«

Sadie: »Ich habe gehört, dass Reverend Martin ihn trotzdem weiter unterstützt. Von wegen Moral und so.«

Raqel: »Warum können philippinische Männer nicht monogam sein? Ich verstehe das nicht! Wie die Hunde auf der Straße.«

Effy: »Einzig und allein wegen ihrer Frauen.«

Raqel (ignoriert ihren Mann): »Das ist das Problem mit einem charismatischen Orden wie dem von Reverend Martin. Sie werden nicht von der Kirche anerkannt, aber sie können sich alles erlauben ...«

Sadie: »Sie sorgen für Wählerstimmen.«

Effy: »Ich denke, sie geben den Leuten Hoffnung.«

Raqel: »Wie viele Millionen Mitglieder hat die El Ohim? Zehn? Das sind Königsmacher. Aber ganz gleich, wie populistisch du bist – wenn dich der Papst nicht anerkennt, was für ein Christ bist du dann schon?«

Spooky Lolo: »Ich sage euch, Satan ist als Jesus zu uns gekommen.«

Effy (geduldig leidend): »Papa, bitte keine Gotteslästerung.«

Sadie: »Mom, Miguel schreibt eine Biografie über Crispin Salvador. Das ist doch einer deiner Lieblingsautoren, oder?«

Raqel: »Nun, einer meiner Lieblingsautoren von hier. Er ist kein Paulo Coelho. *Der Alchimist* hat mein Leben verändert. Aber es ist toll, dass Sie Salvadors Biografie schreiben. Wie schön für Sie. Endlich traut sich das jemand.«

Sadie: »Mom, wusstest du, dass Crispin ...«

Effy: »Meine Frau war einmal in ihn verliebt, Miguel. Seine Fotografie hing in ihrem Spind in der Schule.«

Raqel: »Das war eine großartige Aufnahme. Salvador sah aus wie ein Stummfilmstar. Aber Dr. Gonzales übertreibt. Ich hatte damals an der Assumption einen Fotografiekurs belegt, und meine Lehrerin, die berühmte Miss Florentina, legte uns nahe, bei den Porträts die Ausleuchtung dieses Fotos nachzuahmen.«

Effy: »Aber dann hast du alle seine Bücher gelesen.«

Raqel: »Also, du bist wirklich seltsam. Sadie, ist dein Dad nicht seltsam, wenn er eifersüchtig ist? Das wird bestimmt eine gute Biografie. Salvador war ein Original. Ich habe ihn einmal bei einem Vortrag auf dem Campus erlebt. Er hatte immer so etwas Melancholisches ...«

Ich: »Ich werde ein Interview mit Miss Florentina führen ...«

Raqel: »Ach wirklich! Grüßen Sie sie von mir. Wenn Sie sich noch an mich erinnert. Es ist so lange her. Sie war wirklich temperamentvoll, diese Frau. Ihre Gedichte und ihre Reisen und ihre Männergeschichten waren einfach unglaublich. Bei der Lebensfreude kamen wir Studenten uns alt vor! Und sie war so unglaublich gerissen. Sie hat sich immer dumm gestellt, um uns im Zaum zu halten.«

Toofy: »Ich habe in einem Blog gelesen, dass sich Salvador umgebracht hat.«

Sadie: »Mom, hör mal. Wusstest du, dass …«

Raqel: »Tatsächlich? Du meine Güte! Wie traurig.«

Toofy: »Du solltest eben ab und an Zeitung lesen, Ma.«

Effy: »War Salvador nicht ein Homo?«

Sadie: »Dad!«

Toofy (pfeffert wieder seine Gabel auf den Teller): »Darf ich bitte aufstehen?«

Raqel: »Nein, das darfst du nicht. Wir haben noch das halbe Essen vor uns.«

Sadie: »Mom, lass ihn doch. Er hat so viele Hausaufgaben.«

Effy (mustert seinen Sohn): »Wo ist das Problem? Gibt es hier irgendwelche Homosexuellen? Natürlich nicht.«

Raqel: »Toof, du bleibst hier. Bete heute Abend für einen Putsch, wenn du nicht zur Schule gehen willst.«

Spooky Lolo: »Irgendwann wird jemand anderes die Wahrheit sagen, und dann wird sich alles verändern.«

Raqel (mit leicht erhobener Stimme): »Papa, bitte! Es ist Zeit für den nächsten Löffel. Warum gehst du nicht in die Küche?«

Effy: »Miguel, wo haben Sie denn studiert?«

Sadie: »Miguel ist auf eine Eliteuniversität gegangen und hat dort seinen Master gemacht. In Kreativem Schreiben. Jede Wette, dass du nicht gewusst hast, dass auf Eliteunis Kreatives Scheiben unterrichtet wird.«

Effie: »Ich habe meinen Master in Harvard gemacht und meinen PhD in Princeton. Einen MBA und dann einen Doktor in Wirtschaftswissenschaften. Und Sie?«

Raqel: »Mein Mann hat das Studiengeld seiner Eltern für Trips nach New York ausgegeben. Er hat im Plaza gewohnt und alles mit blonden Tussen durchgebracht.«

Ich: »Columbia, Sir.«

Effy: »Das stimmt nicht. Das habe ich nur ein Semester

lang gemacht. In meinem letzten. Da hatte ich ein Stipendium für Studenten aus der Dritten Welt, also war das Studiengeld eine Zugabe.«

Raqel: »Wie konntest du dich nur mit weißen Frauen einlassen? Die benutzen doch nicht einmal Wasser, wenn sie sich auf der Toilette den Hintern wischen.«

Toofy: »Das nennt man ›Trockenwischen‹.«

Raqel: »Toof! Bitte, wir essen.«

Effy: »Verzeihung, Miguel, haben Sie Columbia gesagt? Also keine der ganz großen Unis, oder?«

Ich: »Sir, ich glaube, sie gehörte sogar zu den ersten vier Gründungen.«

Effy: »Nein, das waren Harvard, Yale, Pennsylvania und Princeton.«

Ich: »Da irren Sie sich, Sir. Ich glaube, das war Columbia, nicht Princeton. Es hängt wohl davon ab, wen man fragt.«

Effy: »Ich bin mir sicher, dass es Princeton war.«

Raqel: »Wer möchte Mangos? Wir haben sie von der Farm in Cebu einfliegen lassen.«

Ich: »Vielen Dank, Mrs Gonzales, sehr gerne.«

Raqel: »Bitte sagen Sie Tita Raqy zu mir.«

Ich: »Vielen Dank, Tita Raqy.«

(Mrs Gonzales läutet ein zierliches Silberglöckchen, das auf der Drehplatte steht, und schaut zur Küchentür nach dem Dienstmädchen. Als niemand kommt, läutet sie noch einmal.)

Effy: »Das Glöckchen funktioniert nicht. Es ist nicht laut genug. Ich benutze lieber die Fernbedienung.«

Raqel: »Das Ding ist so unfein. Das Glöckchen ist viel eleganter!«

(Dr. Gonzales greift nach der Fernbedienung auf dem Buffet neben sich. Er drückt auf den Knopf, und in der Küche ertönt eine elektronische Glocke – »Ding, Dong, Dang, Dong« –, als schlüge Big Ben die Stunde. Einen Augenblick später kommt das Mädchen mit einem Tablett herein.)

Effy: »Wenn das System nicht kaputt ist, sollte man nicht versuchen, es zu reparieren.«

Raqel (auf Cebuano): »Inday, bitte räum den Tisch ab und bring ein paar aufgeschnittene Mangos. Eine für jeden ...«

Sadie (reibt ihren Fuß an meinem und flüstert dann): »Frag meine Mom nach Dulcinea.«

Ich: »Versuch ich doch.«

Raqel: »... schneide sie in zwei Hälften, dann schäle die Haut vom Stein und stecke ein Messer in den Stein. Wiederhole meine Anweisungen.«

(Das Mädchen wiederholt die Anweisungen auf Cebuano. Sie geht zurück in die Küche.)

Raqel: »Sie ist neu. Wir sind noch dabei, sie einzuarbeiten.«

Spooky Lolo: »Als du jung warst, warst du so schön. So viel Idealismus ist beeindruckend.«

(Mr Gonzales läutet die elektronische Glocke, und das Mädchen kommt wieder herein.)

Effy (auf Tagalog): »Ich glaube, mein Vater möchte gerne weiteressen.«

(Das Mädchen führt Spooky Lolo am Arm in die Küche.)

Toofy (wieder in verschwörerischem Tonfall): »Ich sag Ihnen, dieses Mädchen – am Anfang, frisch aus der Provinz, hat es sich die Füße in der Toilette gewaschen.«

Raqel: »Toofy, mein Junge, sei christlich! Sie wissen doch, Miguel, wie diese Mädchen sind. Es ist so schwer, eins zu finden, das etwas taugt, und dann muss man es auch noch einarbeiten. Man muss ihnen alles, was sie machen sollen, dreimal sagen. Beim ersten Mal vergessen sie's. Beim zweiten Mal machen sie es falsch. Und beim dritten Mal haben sie es sich dann endlich richtig gemerkt. Meine Freundin Jessica

Rodriguez hat mir eine Geschichte über ihr neues Dienstmädchen erzählt ... kennen Sie die Rodriguez? Sie wohnen in Forbes Park, in der Nähe des Polo Club. Von ihrem Pool aus kann man die Ställe riechen.«

(Spooky Lolo kommt wieder aus der Küche und schlurft kauend um den Esstisch herum.)

Effy: »Gehört Ihrer Familie dort nicht ein Anwesen, Miguel?«

Ich: »Meinen Großeltern und meinen Tanten, Sir. Aber es ist kein Anwesen, nur ein paar Grundstücke.«

Effy: »Stellt euch vor, ein Anwesen in Forbes Park! Ich hätte auch in Reißverschlüsse und Politik machen sollen.«

Raqel: »Was ich gerade sagen wollte ... Jessica hat letzte Woche zu einem Essen eingeladen, und es gab Lechón. Sie kennen das, gegrilltes Spanferkel.«

Sadie: »Mom, Miguel ist auf den Philippinen aufgewachsen.«

Raqel: »Ach, Entschuldigung. Das vergesse ich immer. Sie haben gar keinen philippinischen Akzent mehr! Gut für Sie. Jedenfalls, Jessica Rodriguez erklärt ihrem Mädchen, sie soll das Ferkel auf einer großen silbernen Servierplatte hereintragen, aber mit einem Apfel in der Schnauze. Wer will denn schon die Zähne und die Zunge des Ferkels sehen, nicht wahr? Das Mädchen geht hinaus, und die Gäste warten begierig darauf, dass der Lechón aufgetragen wird. Als das Mädchen zurückkommt, Sie werden es nicht glauben, da liegt das Ferkel auf einer Servierplatte, und das Mädchen hat den Apfel im Mund. Du meine Güte, die Gäste konnten gar nicht mehr aufhören zu lachen! Das arme Kind wusste nicht, wie ihr geschah. Als sie den Lechón auf den Tisch stellte und anfing, das Fleisch aufzuschneiden, hatte sie den Apfel immer noch im Mund.«

Sadie: »Das ist doch ein urbaner Mythos. Das passiert immer der Tita Soundso von irgendjemandem. Das ist so wie mit der Weißen Frau vom Balete Drive in einer stürmischen Nacht.«

Toofy: »Eine Nacht wie heute.«

Raqel: »Das ist wirklich wahr. Es ist Jessica passiert. Sie hat es mir erzählt, als wir uns im Salon des Polo Club gesehen haben. Warum sollte sie lügen?«

(Das Mädchen kommt mit den Mango-Tellern herein, wir schweigen, während sie uns bedient. Spooky Lolo bleibt unterdessen stehen und beobachtet das Dienstmädchen.)

Ich (an Toofy gewandt): »Und du, Toofy, was willst du studieren?«

Toofy: »Keine Ahnung.«

Raqel: »Inday, von rechts bedienen, von links abräumen. Bitte wiederhole das.«

Inday: »Von rechts nach links bedienen.«

Raqel: »Nein. Von links bedienen, von rechts abräumen.«

Ich: »Weißt du schon, auf welches College du gehen willst?«

Toofy: »Nicht so genau. Weit weg.«

Inday: »Jawohl, Ma'am. Von links bedienen, von rechts abräumen.«

Raqel: »Gut. Du kannst jetzt gehen.«

Spooky Lolo: »Von rechts mit der rechten Hand bedienen, von links mit der linken Hand abräumen.«

Effy: »Mein Vetter ist übrigens Kongressabgeordneter, Miguel. Vielleicht ist Ihr Großvater mit ihm befreundet? Manoleto Gonzales, für den zweiten Distrikt von Ilocos Norte.«

Ich: »Tut mir leid, Sir, der Name sagt mir gar nichts.«

Effy: »Er ist in Bacolod aufgewachsen, aber seine Frau stammt aus Ilocos. Mit Mädchennamen heißt sie Changco, aus der Magnatenfamilie dort. Dingdongs Cousine zweiten Grades, glaube ich.«

Sadie: »Mom, Miguel war gerade in Bacolod, um für sein Buch über Salvadors Leben zu recherchieren.«

Raqel: »Ach, richtig, er kommt ja von dort. Was für ein moderner Ilustrado, nicht wahr? Von den Zuckerrohrfeldern Bacolods bis nach Europa und Amerika! Wie romantisch!«

Sadie: »Und Miguel hat herausgefunden, dass ...«

Effy: »Mein Vetter stammt aus einer dieser wohlhabenden Familien in Bacolod. Wie die Salvadors. Ein einziger Inzesthaufen, jeder ist mit jedem verwandt, damit das Geld und die helle Haut in der Familie bleiben. Schlechte Zähne und faul. Hatte eine dritte Brustwarze oder so was. Ein verwöhnter Prinz. Was für ein Reich erben Sie denn mal? Hat es Ihnen in Bacolod gefallen, Miguel?«

Sadie: »Hör doch mal, Mom, Miguel hat sich mit Salvadors Schwester getroffen. Kanntest du sie?«

Ich: »Bacolod war nett, Sir. Ziemlich ruhig.«

Effy (beugt sich über den Tisch): »Sag ich doch immer. Dieser Vetter und sein Bruder hatten ein Faible für Schusswaffen, sie haben sich oft so sehr gelangweilt, dass sie mit ihren Leibwächtern und dem Militär und der Polizei auf die Jagd gegangen sind. Er hat mir immer davon erzählt – wie sie, um der Hitze zu entgehen, vor Tagesanbruch aufgestanden und durch den Nebel geschlichen sind. Sie haben Boy-Bastos-Witze gerissen und mit offenem Mund Wrigley's-Kaugummis gekaut. Wie im Kino.«

Toofy: »Was für Witzfiguren.«

Spooky Lolo: »Und die Tochter von Boy Bastos sagt: ›Die Zukunft schwimmt in Scheiße!‹« (Kichert in sich hinein.)

Effy: »Mein Vetter war ein Spinner, wie er im Buche steht. Er hat damit angegeben, dass er auf den Geruch von Waffenöl und Achselschweiß stand. Sie haben Jagd auf kommunistische Guerilleros gemacht. Und Soldaten der Neuen Volksarmee wie Tiere abgeknallt.«

Raqel: »Ach, Effy, dass du immer so dramatisch sein musst.«

Sadie: »Mom. War Lena Salvador nicht deine Chorleiterin, als du auf dem College warst?«

Toofy: »Was waren das für Tiere?«

Raqel: »Sadie. Hör doch auf mit dem Chismis. Es ist unfein, über andere Leute zu reden, nur weil man sonst nichts Interessantes zu sagen hat. Wieso, was ist mit ihr?«

(Toofy holt sein Handy aus der Tasche und fängt an, Textnachrichten zu schreiben.)

Raqel: »Toofy, bitte. Nicht bei Tisch. Miguel, bitte entschuldigen Sie meinen Sohn. Er ist völlig in sein Handy vernarrt.«

Effy: »Das ist die Wahrheit, seit er dreizehn war. Mit Patronengurten und Faustfeuerwaffen und allem, was dazugehört. Ich habe Fotos von ihm als jungem Kerl gesehen, wie Rambo oder so.«

Raqel: »Als ob du nicht auf Schusswaffen stehen würdest, Effy. Du machst ja sogar Schießübungen mit deinen Kindern.«

Sadie: »Mom. Lena hat gesagt, Salvador hatte eine Tochter. Sie hieß Dulcinea. Offenbar eine Künstlerin.«

(Toofy fängt wieder an zu texten, dieses Mal unter dem Tisch. Er gibt sich keine Mühe, es zu verbergen, aber außer mir gibt niemand darauf acht.)

Spooky Lolo (erhebt die Stimme, um gehört zu werden): »Wenn ihr einkaufen geht, dann bringt mir bitte ein Ped Egg mit. Ihr vergesst das immer.«

Raqel: »Pa, wenn du nicht leise bist, sagen wir dem Mädchen, sie soll dich nach oben bringen.«

Effy: »Ich weiß nicht, was du immer noch gegen Schusswaffen hast. Die Bösen haben doch auch welche. Selbstverteidigung ist wichtig, und Schusswaffen sind Garanten für den Frieden. Da überlegst du zweimal, bevor du die Beherrschung verlierst. Also, mein Vetter, der Spinner ... der gehört jetzt der Regierung an. Stellen Sie sich das einmal vor, wenn er neue Schuhe kauft, dann muss sein Leibwächter sie eine Woche lang anziehen, damit das Leder weich wird und ihm die Schuhe nicht wehtun. Eigentlich eine gute Idee. Ich frage mich, ob Imelda diesen Trick kannte. Sechstausend Paar Schuhe müssen erst mal eingelaufen werden.«

Spooky Lolo (murmelt fast unhörbar): »... verstehe nicht, was euch am Kriegsrecht nicht gepasst hat ... auf den Straßen war es wieder friedlich ... sie haben gestohlen, aber auch Sachen zurückgegeben.«

Raqel: »Effy, das ist ekelhaft! Wolltest du, dass Ricardo deine Schuhe trägt? Du lässt ihn ja nicht mal deinen Porsche einparken. Außerdem möchte ich nicht, dass du so ins Bett kommst, wenn du Schuhe getragen hast, die er anhatte.«

Toofy: »Da kriegst du die chinesische Fußpest.«

Sadie: »Hör doch, Mom. Mom. Jetzt sucht Miguel nach Dulcinea. Wahrscheinlich hat sie das verschollene Manuskript, über das alle reden.«

Effy: »Das spielt doch eh keine Rolle, Ragy, ob meine Füße sauber sind oder nicht. Wir schlafen doch gar nicht im selben Bett. Dir ist es sogar egal, ob ich nach Hause komme.«

Raqel: »Noch eine Mango, Miguel? Ich werde für Sie nach dem Mädchen läuten.«

(Mrs Gonzales läutet ihr kleines Glöckchen.)

Sadie: »Mom, hörst du mir überhaupt zu? Mom?«

Toofy: »Kann ich jetzt aufstehen? Sind wir fertig?«

(Mrs Gonzales läutet ihr kleines Glöckchen.)

Spooky Lolo: »Das muss doch alles nicht sein. Wir sind doch eine Familie.«

Effy: »Du tust so, als würdest du nichts mitkriegen, als würdest du schlafen ...«

(Mrs Gonzales läutet ihr kleines Glöckchen.)

Effy: »… mit dem Rosenkranz um die Faust. Wie viele Jahre ist es her, seit wir das letzte Mal miteinander …«

Raqel (ruft nach dem Dienstmädchen): »Inday! Du Miststück, wo bleibst du?«

Sadie: »Soll ich sie für dich holen, Mom?«

Toofy: »Verdammt noch mal, sind wir jetzt fertig?«

(Raqel steht unvermittelt auf und geht nach oben. Effy dreht die Platte und tut sich auf. Sadie sieht aus, als würde sie gleich in Tränen ausbrechen. Toofys Handy vibriert – er hat eine neue Textnachricht bekommen; er hält das Gerät unverhohlen über dem Tisch und schreibt eine Antwort. Ein Mädchen kommt aus der Küche und führt Spooky Lolo am Ellbogen zurück zu seinem nächsten Löffel Suppe.)

*

Im Jahr nach dem Tod meines Tito Marcelo fing der Streit um das Vermögen an. Grapes hatte YKK Philippines verkauft, die Reißverschlussfirma, die er von seinem Vater geerbt hatte. Einerseits, weil er damit seinen bevorstehenden Wahlkampf finanzieren wollte, bei dem er sich um den Posten eines Senators bewarb, aber auch, weil er sich gerade außergerichtlich mit dem Patentinhaber in den USA wegen nachgewiesener Produktpiraterie geeinigt hatte, und das hatte ihn viel Geld gekostet. (YKK Philippines wurde für die Rekordsumme von einer Milliarde Pesos an Dingdong Changco jr. verkauft und später in TKK Philippines umbenannt. Es ist immer noch der größte Hersteller von Reißverschlüssen im östlichen Südostasien.)

Der Verkauf ging nicht so glatt über die Bühne, wie Grapes es sich erhofft hatte. Er musste das Unternehmen auf den Namen seiner Kinder überschreiben – vorgeblich, um sie vor Erbschaftssteuern zu schützen, aber wahrscheinlicher war, dass er sein Vermögen vor dem prüfenden Blick seiner politischen Gegner verstecken wollte. Dadurch konnten meine Tanten die Klausel anfechten, die es Grapes gestattete, die Firma in ihrem Namen zu führen. Was folgte, war eine mörderische Zankerei nebst geheimen Treffen, um neue Bündnisse zu schließen, wobei jeder jeden verriet. Sämtliche Geschwister verklagten Grapes. Tito Marcelos Ehefrau verklagte meine Tanten. Eine der Tanten, die der Überzeugung war, dass der Stress meinen Großvater bald umbringen würde, reichte eine Präventivklage gegen Granma ein. Selbst wir Enkel nahmen Schätzungen vor, wie viel jeder von uns bekommen würde (da der Name meines Vaters nicht im Gesellschaftsvertrag stand, weil meine Eltern tot waren, waren meine fünf Geschwister und ich glücklicherweise nicht in die Auseinandersetzungen involviert).

Letztlich gewann Grapes jeden einzelnen Prozess, denn er hatte vor Jahren die Berufung eines Richters an den Obersten Gerichtshof finanziert. Es blieb weiterhin sein Vermögen. Seine Kinder redeten kein Wort mehr mit ihm und Granma, obwohl sie auf der gegenüberliegenden Straßenseite in Häusern wohnten, die er ihnen geschenkt hatte, als sie ihre eigenen Familien gründeten. Wenn Grapes auf Wahlkampfreise war, wurde uns nahegelegt, Granma Gesellschaft zu leisten. »Vielleicht kriegen wir ja Geld«, sagten wir zueinander. Allerdings war es eher die Vorstellung, wie sie so alleine dasaß, die uns an ihre Schlafzimmertür klopfen ließ. Ihre Geldbörse holte sie nur selten hervor. Für gewöhnlich forderte sie uns auf, etwas aus dem Koffer auszusuchen, der vor gefälschten Rolex und Omegas überquoll – ihre Beute von ihrer letzten Einkaufstour nach Hongkong. Ich stand dann immer vor dem offenen Koffer, betrachtete die zahllosen Sekundenzeiger, die asynchron vor sich hin tickten, und dachte, wie fremd mir meine Großeltern doch geworden waren. Anfangs dachte ich, es würde daran liegen, dass ich allmählich erwachsen wurde. Aber nachdem ich mich ungefähr ein Dutzend Mal zu meiner Großmutter gesetzt hatte, fing ich wieder an, sie zu meiden. Wenn sie an meine Zimmertür klopfte, reagierte ich nicht. Es war mir unangenehm, dass sie die ganze Zeit davon sprach, wie missraten ihre Kinder doch waren.

Es kam sogar so weit, dass wir, wenn wir irgendwo unseren Titos und Titas begegneten, nicht wussten, ob wir sie grüßen sollten. Auf wessen Seite sollten wir uns in dieser Angelegenheit schlagen? Manchmal frage ich mich, ob Granma das nicht sogar so gewollt hatte.

Eines Nachmittags entdeckte ich meine Cousine Esmie auf einem Crosstrainer im Fitnessstudio des Polo Club. Wir waren einmal gut befreundet gewesen. »Du meine Güte«, sagte sie. »Wir sind gerade mit Granma aus Bangkok zurückgekommen. Sie hat mich und meine Mom eingeladen. Grapes weiß nichts davon!«

»Ich wusste nicht mal, dass Granma verreist war.«

»Eines der Zimmermädchen im Hotel hat sie dabei erwischt, wie sie Kulis und Seifen von ihrem Servicewagen gestohlen hat. Mann, war das peinlich! Sie haben den Sicherheitsdienst gerufen, und Granma wurde ins Foyer geführt, um mit dem Manager zu reden. Auf dem Heimflug hatte Granma sage und schreibe vierzehn Koffer dabei, alle randvoll mit billigem Krimskrams. Sie hat über viertausend Dollar für Übergepäck hingeblättert. Und dreimal darfst du raten, wem ich kürzlich begegnet bin? Tita Baby, letzte Woche. Sie ist gerade aus L. A. da. Wir haben ihren fünfzigsten Geburtstag bei uns zu Hause gefeiert. Sie und meine Mom sind jetzt Freundinnen. Beide haben sich mit Grapes versöhnt, und er hat sie mit einer kleinen ›vorgezogenen Erbschaft‹ bedacht. Schau mal, was ich bekommen habe!«

Esmie hielt die Hand hoch, um mir ein funkelndes Tennisarmband zu zeigen.

»Cartier. Jedenfalls, nach dem Abendessen sind wir auf die Toilette gegangen – ich, meine Mom und Tita Baby –, und Tita knöpft plötzlich ihre Bluse auf und schaut uns erwartungsvoll an. Sie sagt: ›Mädels! Seh ich nicht toll aus?‹«

»Was?«

»Ich wollte nicht hinschauen.«

»Was meinst du?«

»Sie war beim Schönheitschirurgen von Michael Jackson!«

»Das ist doch ein Witz. Grapes hat erzählt, sie sei mordsmäßig verschuldet.«

»Nicht mehr.«

»Und, hat sie toll ausgesehen?«

»O ja. Das hat sie, wirklich!«

*

Sadie ist wie verwandelt, als sie ihn zum Hotel bringt. Wortlos fahren sie durch den Regen. Unser tapferer Protagonist weiß nicht, was er sagen soll, also sagt er nichts. Das Radio läuft. Plötzlich schaltet sie es aus. Fragt ihn, sehr ernst, wann er nach New York zurückfliegt.

»Bald«, erwidert er. »Vielleicht.«

»Ist es da wirklich wie in Sex in the City*?«*

»Besser.«

Sadie fängt an zu weinen.

»Was ist los?«, fragt er. Sadie schüttelt den Kopf, schlägt mit der Faust auf das Lenkrad, wendet den Blick ab. Sie halten vor seinem Hotel. »Komm schon«, sagt er. »Was ist los?«

»Ich wünschte, du hättest das nicht miterleben müssen. Warum machen sie solchen Scheiß, wenn sie uns lieben?«

»Das ist in allen Familien dasselbe«, sagt er. Zum ersten Mal

nimmt er ihre Hand. Sie lässt es zu. »He«, sagt er. Sie schaut ihn an. »Wenn du mal wieder mit deiner Mom sprichst, meinst du, du könntest sie dann nach Dulcinea fragen?«

Sadie zieht ihre Hand zurück. »Bitte geh«, sagt sie. Er steigt aus, bleibt im Regen stehen und wartet darauf, dass sie ihn bittet, wieder einzusteigen. Sadie rast davon und spritzt dabei einige der GROs voll, die sich in den Eingang des Massagesalons geduckt haben. Sie fluchen wie die Kesselflicker.

Der junge Mann betritt das Foyer und schüttelt den Regen ab. Er weiß, dass er sie auf ihrem Handy anrufen sollte, dass er hätte mitfühlender reagieren sollen. Aber das Essen mit ihrer Familie hat ihn nachdenklich gestimmt – ob nicht sogar die sagenumwobene Liebe seiner Eltern irgendwann ihren Glanz verloren hätte? Vielleicht ist es besser zu sterben wie sie, bevor es bergab geht. Er muss an Spooky Lolo denken und daran, wie seine Familie ihn behandelt. Und an die Lücke, die Crispins einsames Leben hinterlassen hat.

Im Aufzug unterhält sich ein Pärchen, als wäre er nicht da. Der Mann sagt: »Glaub mir, das war alles nur ein Jux. Die Quallen waren aus Gummi. Das Ganze war inszeniert.« Die Frau erwidert: »Du meinst also, dass das mit den Anschlägen zusammenhängt?« Der Mann sagt: »Na, um die Werbetrommel zu rühren – du weißt schon, für wen. Die unterstützen PhilFirst, und die wiederrum unterstützen den ach so netten Präsidenten Estregan.« Die Frau sagt: »Ich finde, dass die Leute aufhören sollten, schlecht von PhilFirst zu reden. Immerhin sind sie der größte Arbeitgeber des Landes, und sie treiben unsere Wirtschaft voran.« Der Mann erwidert: »Das sagst du nur, weil sie deine Rechnungen bezahlen. Wusstest du, dass die Amerikaner …« Die Frau sagt: »Ich frage mich, ob sie essbar sind.« Der Mann erwidert mürrisch: »Die Amerikaner?« Die Frau fährt fort: »Um die Armen damit zu ernähren. Mit Quallen, meine ich.« Der Mann mustert sie entgeistert. »Ich gebe auf«, sagt er. »Das hat doch alles keinen Sinn mit dir.« Das Paar dreht sich zu unserem Protagonisten um und schaut ihn wütend an.

Nachdem er ins Bett gegangen ist, wirft er sich unruhig hin und her. Schließlich spürt er seinen Körper nicht mehr.

Er wäscht sich sorgsam und genussvoll die Hände. Eine Frau mit einem Headset kommt auf ihn zu und fährt mit einem Packbandabroller über sein schwarzes Poloshirt und seine Bluejeans. Sie führt ihn einen Korridor hinunter. Er nimmt an einer lateinamerikanischen Talkshow teil und sitzt auf einem Eames Lounge Chair. Der Moderator ist braungebrannt und erklärt ihm, dass er viel cooler sei als Pablo Neruda. Der junge Mann winkt ab. Der Moderator wendet sich an die Zuschauer und sagt auf Spanisch: »Wer hätte geahnt, dass Blanc Neige so nett ist?« Frenetischer Applaus. Die Scheinwerfer blenden ihn, und er kann die Zuschauer kaum erkennen. Mit Ausnahme von Madison, die in der ersten Reihe sitzt und wütend aussieht. Der Moderator steht auf und geht zu einem Bügelbrett. Er fängt an, ein schwarzes Polohemd zu bügeln. »Blanc Neige ist ein internationaler Star!«, sagt er, während er das Shirt umdreht, um die Rückseite zu bügeln. Die Zuschauer lachen gehässig. Der Moderator verlässt die Bühne, und als er zurückkommt, trägt er ein schwarzes Polohemd und Bluejeans. Die Zuschauer jubeln. »Schaut her«, sagt der Moderator in drolligem Englisch. »Ich bin Blanc Neige!« Die Zuschauer johlen. Nach der Sendung sucht er nach Madison. Die Frau mit dem Headset sagt: »Oye, Blanc Neige ist mit dem Moderator in einen Toyota Lite-Ace Kombi gestiegen.« Draußen regnet es in Strömen. Der Kombi steht auf einer Waldlichtung und schaukelt hin und her. Er geht zurück in das Studio und flirtet mit einer Hongkong-Chinesin, deren Kaninchenfüße in Sandalen stecken. In einer Höhle am Strand bläst sie ihm einen. Er geht nach Hause, aber Madison ist nicht da; dafür sitzt Crispin an der Schreibmaschine. Er sagt zu Crispin: »Hast du nicht genug damit zu tun, tot zu sein?« Der Schriftsteller erwidert: »Ich kann noch nicht sterben. Ich schreibe deine Geschichte.« Er lässt Crispin allein und geht durch die blaue Tür in das Restaurant, das ihm und Madison gehört. Da ist sie. Sie ist wunderschön. Er hilft ihr, den Schuppen hinterm

Haus sauberzumachen. Sie tragen die Sommerteller sowie die Sangria-Krüge in das Restaurant. Er überlegt, was er ihr sagen soll, doch ihm fällt nichts ein. Er geht hinaus und raucht eine Zigarette. Als er zurückkommt, hat sich Madison mit ihrem Gürtel aufgehängt. Er ist an einem Küchenregal befestigt. Sanft schwingt sie hin und her und stößt dabei gegen die Pfannen, die neben ihr hängen. Sie klingen wie Kirchenglocken. Nein, sagt er. Madison, nein. Er umarmt ihre Beine, vergräbt das Gesicht in ihren Kniekehlen. Jetzt hat er nichts mehr. Er weiß, was als Nächstes geschehen wird. Sein Gürtel wird ihm die Halsschlagader zusammendrücken und den Blutfluss zum Gehirn abschneiden. Sein Gehirn wird anschwellen und das obere Ende seiner Wirbelsäule verstopfen, den Nervus vargus abklemmen und sein Herz zum Stillstand bringen. Seine Augen werden aus den Höhlen treten, und sein Schließmuskel wird nicht mehr funktionieren. Er wird leiden. Aber er muss es tun. Oben hört er Crispin. Draußen hämmern die Typen schwarze Buchstaben in den weißen Himmel. Sie bleiben in der Luft hängen. »Mein(e) sehr verehrte(r) Herr / Frau …«, steht da. »Als Erstes möchte ich Sie in dieser Angelegenheit um vollständiges Stillschweigen bitten. Ich bin die Enkelin des Politikers und Finanzministers der Philippinen. Ich brauche Ihre Hilfe als gottesfürchtiger Mensch. Nach dem Toht meines Vaters, der unter müsteriösen Umständen gestorben ist, hat mir unser Anwalt, Clupea Rubra, mitgeteilt, mein Papa, der zu jener Zeit falsche Machenschaften der Regierung aufdeckte und das Familienvermögen verwaltete, habe ihn, Clupea Rubra, zu sich gerufen, durch seine Wohnung geführt und ihm drei schwarze Pappkartons gezeigt. Inzwitschen ist mein Papa unter müsteriösen Umständen gestorben, und Regierung ist hinter uns her, belästigt uns, überwacht uns und hat unsere Bankkonten eingefrort. Wir benötigen Ihre hildenhafte Helfe, um das Vermächtnis meines Vaters wiederaufzustöckeln und seine verabscheuenswerten Mörder zu zerkauen. Weitere Informationen folgen in Bälde.« Die Schreibmaschine hämmert munter weiter. »Ich suche nach einem Geschäftspartner in

Übersee, der mir dabei helft, zu überweisen $ 21.230.000, davon Sie, der Kontoinhaber, werden 20% erhalten. Bitte schicken Sie uns Ihre Kontodaten ...«

Unser schlummernder Protagonist erwacht. Jemand klopft an seine Zimmertür. Er blickt auf die leuchtenden Zeiger der Uhr. Es ist vier Uhr morgens. Das Klopfen hört auf. Noch völlig verschlafen eilt er zur Tür, um sie zu öffnen. Niemand da. Kaum hat er sich wieder hingelegt, fängt er erneut an zu träumen.

*

Es bestehen keine Zweifel, dass mein Vater, der große Junior Salvador - möge er in Frieden ruhen -, seine politischen Ziele immer ganz genau kannte. Deshalb war er überall innerhalb jedweder Regierung einsetzbar. Als Kongressabgeordneter, Senator, Minister, Berater. Seine Fähigkeit bestand nicht darin, etwas aus nichts zu machen - dafür wurden andere bezahlt. Die Fähigkeit meines Vaters bestand darin, nichts aus etwas zu machen. Das versuchte er mir beizubringen, als ich, nach meinem Universitätsabschluss frisch aus Europa zurückgekehrt, in den Sechzigern an seine Seite trat. Genau das hat mir die Lust auf die Politik verdorben. Er war Experte darin, für Zustimmung zu sorgen. Dabei wandte er intuitiv die Methoden von Edward Bernays an - Freuds Neffe und der Vater der Öffentlichkeitsarbeit -, verdrehte sie jedoch und machte sich örtlich begrenzte Bedrohungen und Ängste zunutze. Kriegsrecht, Kommunismus, massive gesellschaftliche Instabilität, Verlust ausländischer Investoren - all das führte er an, um die Öffentlichkeit von ihren legitimen Anliegen, Einwänden und Beschwerden abzulenken. Sorgen wie leere Speisekammern, geplünderte Staatskassen, verkommene Politiker wurden allesamt zu Nebensächlichkeiten im Vergleich mit Bomben auf den Straßen und Gewehren in den Händen gottloser Kommunisten oder fanatischer Muslime. Vor den Augen der landesweiten Öffentlichkeit, die nicht wusste, was sie da eigentlich sah und was nicht, spielte mein Vater den politischen Schönheitschirurgen, auf den kein Präsident verzichten konnte. Und wohlgemerkt, das nicht, indem er Dinge unter den Tisch kehrte, sondern mit perfiden Taschenspielertricks, bei denen es stets darauf ankommt, die Zuschauer abzulenken, und nicht so sehr mehr darauf, Dinge verschwinden zu lassen. Sein Vermächtnis besteht darin, dass seine Methoden auch heute noch häufig angewandt werden. Und obwohl er und ich unsere Differenzen hatten, stellte ich, während ich heranwuchs, an mir dieselben Charakterzüge fest. Einerseits wehrte ich mich gegen sie, andererseits benutzte ich sie als Orientierung, um zu verstehen, wer er war und – folgerichtig – was aus mir werden konnte, wenn ich nicht vorsichtig war. Allein dafür stehe ich tief in seiner Schuld.

— Crispin Salvador 1997, kurz nach dem Tod seines Vaters,
in einem Interview für die Zeitschrift *The Nation*

*

Die Rezession wird immer schlimmer, außerdem spart Erning auf einen Verlobungsring für Rocky, also nehmen er und Cousin Bobby einen Job als Wachmänner bei Wal-Mart an. Erning, der im Leben bereits eine Menge gelernt hat, versucht, eine Gewerkschaft zu gründen. Als er jedoch erfährt, dass das Unternehmen eher die Filiale schließen wird, als eine Gewerkschaft zuzulassen, macht er einen Rückzieher. Wie alle Philippinos ist er darauf bedacht, seinen Status quo zu wahren. Außerdem hat ihm das Leben in Amerika vier überzogene Kreditkarten und Zahlungen für zurückgelegte Ware bei Costco aufgebürdet. Daneben hat er Freude an der Aufgabe, Menschen und ihr Eigentum zu schützen.

Eines Tages, während sie Dienst haben, hören sie die Stimme ihres Vorgesetzten aufgeregt über das Sprechfunkgerät rufen: »Wachen, im Laden befindet sich ein Handtaschendieb. Sofort alle Ausgänge blockieren!«

Später nähern sich Bobby und Erning verlegen ihrem Vorgesetzten.

Bobby (massiert belämmert seinen Trizeps): »Äh, Sir, der Dieb ist entkommen.«

Vorgesetzter: »Wie ist das möglich?«

Erning (kratzt sich belämmert am Kopf): »Äh, Sir, er ist durch den Eingang verschwunden.«

*

»Das ist eine schwierige Frage«, sagte Crispin.

Wir schlenderten den Hudson entlang durch den Riverside Park, auf den Anhöhen von Manhattan, wo der Fußpfad nicht direkt am Ufer verläuft. Wie Krabben suchten wir uns einen Weg über die großen Steine. Ich ahnte bereits, was Crispin erwidern würde, dass er sich in derber Weise über seine philippinischen Altersgenossen ereifern würde. Ich hielt die Luft an.

Stattdessen wurde er ernst. Er blieb auf einem Felsen stehen und nahm seine Brille ab (kreisrund, schwarzes Plastikgestell, wie es für gewöhnlich angesagte Ärzte und asiatische Architekten tragen). Crispin putzte sie sorgfältig. Ich wartete. Er setzte sie wieder auf, fischte einen Taschenkamm aus seinem Mantel, fuhr sich damit durch das brillantineglänzende, grau melierte Haar. Hatte ich ihn verstimmt? Die Sonne verschwand hinter New Jersey. Der Hudson stand in Flammen, und Crispins Gesicht zeichnete sich davor als dunkle Silhouette ab. Er setzte seinen Weg über die Felsen fort. Als sei die Unterhaltung gar nicht ins Stocken geraten, fing er an zu dozieren:

»Die wunderschöne Dichterin Mutya Dimatahimik legte sich vor einen heranrollenden Panzer. Sie war im fünften Monat schwanger. Der Panzer fuhr an der Spitze einer Kolonne von Militärfahrzeugen, die zum Malacañang Palace unterwegs waren, um einen Protestmarsch von Studenten, Arbeitern und Kommunisten aufzuhalten. Das war im Januar 1970, und wir drohten Marcos mit erhobener Faust. In einem solchen Zustand beobachtet man sich wie von außerhalb seines Körpers und genießt den Anblick all der heldenhaften Menschen, zu denen man ja schließlich selbst gehört. Mutya ist einfach hingegangen und hat sich auf die Straße gelegt. Ich wollte sie daran hindern, aber ich wurde von einem Bullen festgehalten. Der Panzer rollte auf sie zu. Die Straße bebte. Der Panzer wurde nicht langsamer. Erst ein, zwei Meter vor ihrem kleinen Körper hielt er an. Wir alle, die wir zuschauten, wären fast wieder zu Katholiken geworden. Drei Soldaten kletterten heraus. Sie zerrten sie schreiend aus dem Weg. Ich sollte vielleicht dazusagen, dass es die Soldaten waren, die schrien. Mutya sagte kein Wort. Sie schlugen sie. Dabei verlor sie einen Zahn, und fast hätte sie auch ihr Kind verloren. Ein Mädchen, wie wir damals herausfanden. Im Krankenhaus stand ich weinend an ihrem Bett und fragte sie, was nur in sie gefahren sei, so etwas zu tun. Sie sagte, sie habe an José Rizals Widmung in *Noli Me Tangere* gedacht. Kannst du dir das vorstellen?! Die Stelle, wo es darum geht, der Wahrheit alles zu opfern. Der Tod bedeute ihr nichts, wenn ihr Land im Sterben lag.«

Crispin hielt inne. Er wirkte sehr traurig.

»Wahrlich, was für ein romantischer Quatsch, wenn man darauf zurückblickt«, sagte er. »Und trotzdem ...« Er wedelte mit dem Zeigefinger. »Und trotzdem ... ›Kein Gedicht hat je einen Panzer aufgehalten‹, das hat Seamus Heaney gesagt. Auden hat gesagt, dass ›Lyrik nichts bewegen kann‹. Alles Unfug! Ich weise das voll und ganz zurück! Was wissen die schon von der Mechanik eines Panzers? Wie kann irgendjemand die ballistischen Eigenschaften von Wörtern bemessen? Unsichtbare Dinge geschehen in unfassbaren Momenten. Genau deshalb sollten wir weiterschreiben – weil Explosionen im Rahmen des Möglichen liegen. Wenn nicht das, was dann? Vor einhundertzehn Jahren löste Rizals Werk eine Revolution aus. Damals gab es keine Panzer. Als er sein großes *Noli* und *El Filibusterismo* schrieb, sorgte er sich mehr um die Gegenwart als um die Zukunft, und er sorgte sich um beides weit mehr als um die Vergangenheit. Für Schriftsteller wie dich ist das ein wichtiger Anhaltspunkt. Rizals Bücher waren gut, aber die Gedichte auf dem Papier waren ganz bestimmt nutzlos gegen die Guardia Civil, von den Panzern ganz zu schweigen. In den Köpfen und Herzen der jungen Heißsporne lösten die Gedichte jedoch etwas aus, und das war es auch, Mr Heaney, was sie zu Panzerbrechern machte.

Und jetzt, einhundertundzehn Jahre in der Zukunft, in unserer Gegenwart, scheint es so, als wäre auf unseren sonnenverbrannten Inseln seither nichts mehr geschrieben worden. Natürlich sind mit Rizal selbst, dem malaiischen Renaissancemenschen in Reinkultur, neue Wege beschritten worden. Wie mit Sun Yat-sen in China. Und Ho Chi Minh in Vietnam. Rizals Bücher haben literarisch und historisch Maßstäbe gesetzt. Wir geben noch immer gerne mit unserer Revolution an, mit der ersten demokratischen Republik in Asien. Wie sie amerikanischen Verrätern und Imperialisten zum Opfer fiel. Wir reden davon, als wären wir persönlich dabei gewesen! Mit der Remington in der Hand. Peng! Als hätten wir mit unseren Macheten spanische *cabezas* gespalten. Zack! Das sind unsere größten Errungenschaften und unsere traurigsten Tragödien. Und seither soll nichts mehr passiert sein?«

Die Sonne war ganz untergegangen. Die Laternen an den Fußwegen waren weit weg; sie sahen aus wie von den Baumästen zersplitterte Monde. Blätter und Zweige strichen uns übers Gesicht. Die Stadt schien nur noch ein Gerücht zu sein. Crispins Schweigen veranlasste mich, seine Frage nicht nur rhetorisch zu verstehen. »Nun, was ist mit …«

»In der Tat!«, sagte er und wedelte wieder mit dem Finger. »Vergessen wir nicht Ferdinand Marcos! Und seinen stählernen Schmetterling Imelda. Und ihre Schuhe! Wie viele? Eintausend? Dreitausend? Sechstausend? Spielt das eine Rolle? Diese Geschichte war vor fünfzehn Jahren zu Ende. Vor fünfzehn Jahren! In der Tat, Miguel, wir als Nation beschäftigen uns viel zu sehr mit der Vergangenheit. Selbst wenn wir im Hier und Jetzt verankert sind, neigen wir uns leicht rückwärts, während die Zeit uns doch vorwärtsdrängt. Wir sind wie ein *probinsyano*, der Englisch lernt. Weißt du, was ich meine? Bevor wir etwas sagen, überlegen wir, was wir im Unterricht gelernt haben. Aaappfel, Jun-ge, Ka-pi-ta-liss-mus, Dä-mo-kra-tie. Das ist das Problem – wir haben ein Buch geschrieben, und es ist immer und immer wieder mit einem neuen Einband versehen worden. Die vielen Kriegsschilderungen, die Mühen der Habenichtse, die Volksrevolutionen auf dem Edsa und dergleichen mehr. All die philippinischen Schriftsteller, die fleißig kritisieren. All die Kritiker, die unermüdlich schreiben. Über erfolglose Revolutionen in den 1970ern, über häusliche Dramen in den 1990ern. Oder die Philippino-Amerikaner, die sich begierig jedes Klischee aneignen und darüber schreiben, was für ein kultureller Verlust es bedeutet, wenn man in einem fremden Land groß wird oder nicht nur eine braune Hautfarbe hat, sondern auch eine Frau, eine Lesbe oder halb blind ist, oder der unteren Mittelschicht angehört oder was auch immer. O Gott, was für ein Verbrechen gegen die Menschlichkeit, dass die Welt keine philippinische Literatur liest! Das ist dein Erbe. Simon Leys hat in einem Artikel über D. H. Lawrence geschrieben, dass ›unsere Vorstellungskraft erst dann eine Stadt oder ein Land vollständig erfassen kann, wenn ein Dichter‹ – hat er Dichter gesagt oder Schriftsteller? Egal – ›wenn ein Schriftsteller sie für uns erfunden hat.‹ Wir verwirklichen uns also in den Worten von jemand anderem. Vielleicht lassen wir uns nicht mehr erfinden, uns verwirklichen, weil wir anderen die Schuld an unserer Sprachlosigkeit geben. Wir suhlen uns in der Tatsache, dass wir als Volk noch keine Einheit sind. Daran lässt sich nichts ändern, Pozzo.«

In den Schatten, die ich für Pflanzen gehalten hatte – für Farne oder Bäume, die ich nicht kannte –, hörte ich undeutliche Stimmen. Ein Leuchtkäfer flimmerte vor uns über den Weg und verschwand. Er leuchtete nicht noch einmal auf. Das Flüstern hielt an. Ich tat so, als würde ich es nicht bemerken, und lieferte Crispin das Stichwort, sein Schweigen zu brechen. »Als du noch geschrieben hast …«

»Was heißt hier *geschrieben*? Ich schreibe immer noch. Pass auf, dass du nicht auf Dr. Freuds Bananenschale ausrutschst! Du könntest sonst in den Fluss fallen. Was habe ich gesagt? Ach ja, ich sagte, das alles ist eine globale Verschwörung. Deshalb sind meine Bücher auch nicht mehr erhältlich. Wie in den *Protokollen der Weisen von Zion*. Eine koloniale Verschwörung gegen die Philippinen. Wir Armen. Ja, wirklich. Hör zu, du – *wir* – sollten nicht länger einer Tradition Vorschub leisten, die auf Nostalgie gründet. Eine Retrospektive aller vergangenen Frustrationen. Vergiss es – das ist vorbei, das ist Geschichte. Sehr komisch. Haha! Wir müssen unser Land verändern, indem wir verändern, wie es dargestellt wird. Was zeichnet die philippinische Literatur aus? Sie führt eine Randexistenz, lebt in einer längst vergangenen Zeit, einer Zeit der Niederlagen, des Exils, des Selbstmitleids, des postkolonialen Identitätsdiebstahls. Hin und wieder werden – exotisch kursiviert – Wörter auf Tagalog eingestreut, um dem Text einheimische Farbe zu verleihen.

Ewig lange Sätze und naturgetreue Nachbildungen des ›Magischen Realismus‹, die sich hinter der Erklärung verstecken, dass wir Pinoys das doch schon Jahre vor den Südamerikanern betrieben haben. Weißt du, dass ich eines meiner Bücher einmal in der Lateinamerika-Abteilung einer renommierten Buchhandlung entdeckt habe? Ich hatte sogar mal einen philippinischen Studenten, der ›Fiesta‹ in einer seiner Geschichten kursiv geschrieben hat. Fiesta? Da siehst du's. León María Guerrero hat mir einmal erklärt: ›Wir Philippinos geben anderen die Schuld an unseren Fehlern, aber unsere Tugenden gehören ganz uns.‹ Erst wusste ich nicht genau, ob er es ehrlich meinte oder sarkastisch. Aber er konnte es nur sarkastisch gemeint haben. Unsere Sehnsucht nach Heimat ist so allumfassend, dass wir sie nicht überwinden können, selbst dann nicht, wenn wir zu Hause sind und nie fort waren. Auf unserer Fantasie wächst Moos. Deshalb enthält jeder philippinische Roman eine Szene darüber, wie herrlich es ist, Reis zu kochen, und wie sinnlich tropische Früchte doch sind. Jede Kurzgeschichte geht schlecht aus oder endet mit einer rettenden Erleuchtung. Oder mit entsprechenden Spielarten. Ein allem zugrundeliegender kultureller Glaube an den Deus ex machina. Gott steigt vom Himmel herab, um zu richten oder noch schlimmer zu machen.

Der erste Schritt lautet: Finde dich damit ab, Mann. Ich weiß nicht mehr, welcher Jazzer einmal gesagt hat, dass es lange dauert, bis man so spielt wie man selbst. Sei ein internationaler Schriftsteller, der zufällig von den Philippinen stammt, und lerne, mit der Kritik zu leben, dass du ein Twinkie bist. Deine wahre Heimat wird das vertraute Land zwischen dir und deinem Leser sein, das du mit deinem Werk bestellst. Mal ehrlich, wer will schon etwas über die Ängste einer abgelegenen tropischen Nation lesen? Davon hat jeder selbst genug, vielen Dank. Angst ist kein allgemeinmenschliches Befinden, sie ist ein Fegefeuer, das zwischen dem liegt, was wir haben, und dem, was wir haben wollen, aber nicht bekommen können. ›Schreib über das, was du kennst‹, steht jenseits dieser beschränkten Obsession. Das mag zunächst die Diaspora bedeuten, das große philippinische Varieté. Schön und gut. Aber unter all den Dingen, an die wir Pinoys uns so verzweifelt zu erinnern versuchen, was sind da die anderen Dinge, die wir so erfolgreich vergessen haben? Das finde heraus und schreibe darüber. Hör auf, dich hinter unseren Stärken zu verstecken, sondern steh zu unseren Schwächen und sage: »Das sind meine! An denen arbeite ich, um sie zu überwinden! Lerne, vollkommen ehrlich zu sein. Dann wird dein Werk über Kalender und Grenzen hinausweisen. Goethe hat das ›Weltliteratur‹ genannt. Er sagte: ›National-Literatur will jetzt nicht viel sagen, die Epoche der *Welt-Literatur* ist an der Zeit.‹ Er sagte, jeder Einzelne könne diese Entwicklung vorantreiben. Wie lange ist das her? Oder halte dich, um den Kreis zu schließen, an Mr Audens Rat: ›Sei wie ein Bergkäse – bodenständig, aber überall geschätzt.‹«

Wir wandten uns vom Fluss ab und gingen wieder den Pfad entlang, der durch den Park führte. Mit unseren Ellbogen schoben wir die Äste beiseite, ließen die Wildnis hinter uns.

»Seltsam, dass ich dir das alles erzähle, was? Denk daran, Miguel – weise Männer sind die, die bereits alle Fehler begangen haben. Ich habe viel verstanden, viel für mein neues Buch verstanden. Die Sünden einer Gesellschaft sind die Sünden der ganzen Menschheit. Ich wünschte wirklich, ich könnte dir mehr über *TBA* erzählen. Aber das kann ich nicht. Noch nicht. Nur das eine kann ich dir verraten: Es ist ein notwendiges Werk. Denn es wird sie alle anprangern. All diejenigen, die sagen, es sei hoffnungslos zu hoffen, und sich stattdessen angewöhnt haben, mit den Augen einen Teil der

Beute zu erbetteln. Oder die sich in ihren Häuser verbarrikadieren und die Heilige Schrift lesen und warten, ohne zu wissen, dass Gott das Unterlassen härter bestrafen wird als das Begehen einer Sünde.

Glaub mir, so verbittert, wie ich klinge, bin ich nicht. Na ja, vielleicht sagen das nur diejenigen, die wirklich verbittert sind. Aber lass mich noch ein Letztes anfügen. Es ist wichtig. Ich habe einen Fehler gemacht. Als ich jung war, habe ich meine Tage und Nächte darauf verschwendet, künftige Generationen zu beeindrucken. Verschwendet! Sie sind dahin. Und das nur, weil ich entsetzliche Angst davor hatte, vergessen zu werden. Und dann folgte das Bedauern. Das Schlimmste vom Schlimmsten. Aber daraus habe ich ein winziges Stück Weisheit gewonnen. Ein Ziel. Denn die Vergangenheit wiegt umso schwerer, je kürzer die Zukunft wird. Und so feilsche ich jetzt, flehe um eine letzte Gelegenheit, ein Buch über all die Lektionen, die ich im Laufe meines Lebens mühsam gelernt habe, hinterlassen zu dürfen. Vielleicht wird es das Leben aller anderen ein klein wenig einfacher machen.

Früher dachte ich, *The Bridges Ablaze* würde mein Meisterwerk. Inzwischen bin ich mir nicht mehr so sicher, ob das überhaupt noch irgendeine Rolle spielt. Das musst du lernen, solange du noch jung bist. Lebe im Hier und Jetzt. Und schreibe, um dir und anderen die Welt zu erklären. Wenn du in die Zukunft schaust, dann bloß bis zu dem Sommer mit deinem ersten Cabrio. Schau nur nach vorne, wenn sich vor dir ein Spiegel befindet. Denn eines Tages wirst du fast nur noch damit beschäftigt sein zurückzublicken, und du wirst das Gefühl haben, es sei ständig Winter. Falls du es immer noch nicht kapiert hast, Pare, dann sage ich es jetzt in aller Deutlichkeit. Schreibe, und schreibe gerecht. Und zur Hölle mit Ezra Pound. Dichter lügen, wenn auch wunderschön. Mach die Dinge nicht neu, sondern richtig.

7

»Per Post wird es eintreffen
in gewichtigen Paketen, fest umwickelt
mit geknotetem Zwirn.
Ohne Rücksendeadresse.
Geöffnet, sind sie leer.
Du bist bereits voll von dem, was war,
Geheimnisse eines früheren Ichs
an ein künftiges. Bedauern
bedeutet nur, die Wahrheit
zu spät zu erfassen.«

— Aus dem Gedicht *Adressierter Freiumschlag* (1982)
von Crispin Salvador

*

Rocky heiratet Erning in einer bescheidenen Zeremonie in der Kirche Iglesia ni Kristo in San Jose, Kalifornien, bei der lediglich zweihundert Freunde und Verwandte anwesend sind. Rocky sieht wirklich wunderschön aus in dem Kleid, das sie, findig wie sie ist, in einem Secondhand-Fachgeschäft namens »Am Altar zurückgelassen« in Haight-Ashbury gekauft hat. Erning trägt den grünen Barong, den er bisher nur einmal anhatte, und zwar bei seiner Abschlussfeier. Er ist ihm zu eng, aber Erning ist so glücklich, dass sein Lächeln ansteckend wirkt. Ihre Flitterwochen verbringen sie in Disneyland. Das Foto, das sie haben machen lassen, wie sie sich vor Aschenputtels Schloss küssen, steht jetzt gerahmt auf ihrem Kaminsims. Ein Jahr vergeht. Eines Abends sitzen sie auf dem Sofa und schauen philippinisches Fernsehen.

Rocky: »Schatz. Ich muss dich etwas fragen. Bitte sei nicht sauer. Okay? Liebling, hast du kein Geschenk zum Hochzeitstag für mich?«

Erning: »Aber du hast doch gesagt, ich soll dich überraschen!«

*

Es sind die kleinen Dinge, die irgendwann über die Maßen wichtig werden. Letzte Woche zum Beispiel hat es mich fast wahnsinnig gemacht, dass Madison mit sämtlichen Spiegeln fremdging, an denen sie zufällig vorbeikam. Als ich das erwähnte, sagte sie, sie wolle nur, dass ich sie hübsch fände. Mir waren ihre schmollenden Lippen, ihre Dreiviertelposen einer Möchtegern-Paris-Hilton zuwider. Ich nahm mir vor, ihr, wenn wir später, in der Nacht, miteinander schliefen, mit den Händen – was sie total anturnte – die Luft abzudrücken, dabei aber zu schwer und zu lange auf ihr liegen zu bleiben, nur um zu sehen, wie sie vor Angst die Augen weit aufriss, weil sie nicht genug Luft bekam, um unser Safeword – »Bananen!« – zu rufen.

In jenen Tagen, bevor es zu Ende war, blendeten wir ein für alle Mal und vollständig das, was wir an dem anderen so sehr liebten, sämtliche Feinheiten unserer Beziehung, zugunsten weniger irritierender Konstanten aus. In der Hoffnung, dass sie Wunder wirken würden, wiederholten wir die drei Worte »Ich liebe dich« immer wieder. Ich denke, wir beide wussten, dass wir sie weniger deshalb sagten, weil wir daran glaubten, sondern weil wir hören wollten, wie der andere reagierte.

An jenem Morgen – ein Montag, wenn ich mich nicht täusche, nach einem angespannten Wochenende, das wir in einer »Strandhütte« an der Mündung eines reizenden Flüsschens in der Nähe von East Egg verbracht hatten – wurde uns beiden gleichzeitig bewusst, dass wir einander von etwas zu überzeugen versuchten, das es nicht mehr gab. Während wir warteten, bis das Teewasser kochte, sprach Madison davon, wie gerne sie draußen auf dem Land war. Wie sehr wir diesen Freiraum brauchten. Wie sehr sie es morgens liebte, wenn ich noch schlief, und dieser Frieden ihre Yogasitzungen irgendwie »transzendent« werden ließ.

Als der Kessel pfiff, war ich derjenige, der sich geschlagen gab. Ich war derjenige, der sagte, was gesagt werden musste. Dabei hätte ich erwartet, dass sie in Tränen ausbrechen und mich anflehen würde, es mir noch einmal anders zu überlegen. Aber sie saß einfach nur da und füllte Kokopelli-Summer-Mist-Tee in ihr Edelstahl-Teeei. Sie goss Tee in ihren Becher, aber nicht in meinen. Madison blieb so ruhig wie das Opfer in einem Gerichtssaal, verschmäht, aber aufrecht, und deshalb auch diejenige, die unsere mietpreisgebundene Wohnung mit dem funktionierenden Kamin bekommen würde. Ich sagte noch ein paar Dinge und ging dann zur Middle Neck Road, um in die Stadt zu trampen. Dabei schaute ich immer wieder über die Schulter, nur für den Fall, dass sie mir folgte.

Zu Hause angekommen, packte ich meine Sachen zusammen. Ich war lange damit beschäftigt, unsere CDs und Bücher auseinanderzuklamüsern. Es dauerte den ganzen Tag und bis in den Abend hinein. Als ich fertig war, prägte ich mir ein, wie die nächtlichen Schatten durch unser Schlafzimmer wanderten und schließlich an der gegenüberliegenden Wand verblassten. Als der Tag anbrach, erst leise, dann immer lauter, schaute ich aus dem Fenster, sah jedoch niemanden. Ich machte mir etwas zu essen, aß und packte meine Taschen zusammen. Es waren weniger, als ich erwartet hatte. Ich schaute noch einmal nach, ob ich auch ja nichts Wichtiges vergessen hatte, und da sah ich es auf ihrem Kopfkissen liegen. Madison zog im Bett gerne meine T-Shirts an, nachdem ich sie getragen hatte. Mein Lieblings-Led-Zeppelin-Shirt lag gefaltet auf ihrem Kopfkissen, wo sie es hingetan hatte, nachdem sie in ihm geschlafen hatte. Es roch nach ihr und nach mir. Ich legte es auf das Kissen zurück. Vielleicht würde sie mich vermissen, wenn sie es dort vorfand. Dann pisste ich auf die Toilettenbrille, küsste zum Abschied unsere beiden Katzen und legte meine Schlüssel auf das Bücherregal neben dem Eingang. Hinter mir fiel die Tür ins Schloss. »Tu's nicht«, schien sie zu sagen.

Während der nächsten beiden Wochen rief Madison nicht ein einziges Mal an, und ich verbrachte die Nächte bei mehreren mitfühlenden Freunden im Wohnzimmer auf dem Sofa. Dann hörte ich, Madison habe, obwohl sie doch Freiraum benötigte, sofort unsere Wohnung aufgegeben und sei zu unserem Vermieter gezogen, der direkt über uns wohnte, dieser Gothic-Typ, von dem es hieß, er sei der Sohn von Cat Stevens, und der gelbe Kontaktlinsen und künstliche Vampirzähne hatte. Bei einer Party im Haus hatte ich mich einmal mit ihm unterhalten (er sagte, er habe sich von einem Zahnarzt auf seine Eckzähne Keramikkronen machen lassen) und erfahren, dass das Arschgesicht Dokumentarfilme über die wild lebenden Tiere in Afrika drehen wollte (bei der Party erklärte er einer Gruppe junger Frauen: »Die Massai glauben, dass Elefanten die einzigen anderen Tiere sind, die eine Seele haben. Wie können wir hier in Brooklyn bleiben, auf unseren Poäng-Sofas abhängen und Reality-TV glotzen, wo doch Wilderer unsere beseelten Brüder schänden?«). Fast kann ich Madisons Erklärung hören: Er versteht mich, er füllt die Leere aus, das Loch, das ich mein ganzes Leben lang in meinem Innern hatte.

Klar doch.

Yeah. Sie hat uns einfach so losgelassen.

*

Am nächsten Morgen rufe ich bei Sadie an, doch sie nimmt nicht ab. Draußen sind auffällig wenig Taxen unterwegs. Ich gehe zur Bushaltestelle. Ich werde zu meinem Interview mit Miss Florentina zu spät kommen. An der belebten Ecke der Buendia Avenue und der Makati Avenue plärrt das Radio eines Straßenhändlers, der gegrillte Bananen verkauft.

Die Stimme eines Amerikaners mit einem inzwischen vertrauten Brooklyn-Akzent schallt zu mir herüber.

»… sie werden lediglich sagen, dass diese feige Tat bestraft werden muss …«, zetert er, dann nennt er Demokratie einen Haufen Scheiße. Seine Aggressivität ist erstaunlich. Er spricht davon, wie sich die amerikanische Bevölkerung gegen die Juden erheben wird. Dass die Weißen abhauen sollen und die Schwarzen nach Afrika zurückkehren werden, und wie die indianischen Ureinwohner wieder die Verantwortung für das Land übernehmen werden, das ihnen einst gehörte.

In meiner Tasche summt mein Handy, und ich nehme es heraus. Eine Textnachricht. Endlich eine Antwort von Marcel Avellaneda: »Verzeihen Sie die späte Rückmeldung. Führe Regie bei einem Film. Treffe mich gerne mit Ihnen. Von Ihnen genannte Zeit okay. Wir sehen uns vor dem Metropolitan Theater. Werde Ihnen im Einzelnen erklären, was Crispin getan hat, um mich und all die anderen so wütend zu machen.« Ich stecke das Telefon wieder ein.

Die Männerstimme im Radio fährt fort. »Nieder mit den USA«, ruft sie. »Größere Lügner und Bastarde gibt es nicht. Heute ist ein wundervoller Tag.«

Werbepause. Eine Frau singt den bekannten Zigarettenjingle: »Ein Licht der Hoffnung brennt überall, wo jemand sich eine ›Hoffnung‹ ansteckt.«

Verzerrtes Rauschen, die Erkennungsmelodie, dann eine dröhnende Stimme. Ein anderer Moderator sagt: »Sie hören eine Wiederholung des Telefoninterviews mit der Schachlegende Bobby Fischer, das am 12. September 2001 nach den Anschlägen auf das World Trade Center live in Baguio geführt wurde. Liebe Landsleute, unmittelbar im Anschluss an diese Wiederholung senden wir ein aktuelles Live-Interview, gleich nach diesem kurzen Beitrag unserer Sponsoren ...«

Ich hatte die Gerüchte gehört. Fischer auf der Flucht: Die US-Regierung suchte ihn schon lange, weil er gegen ein Embargo verstoßen und zu einer Partie nach Jugoslawien gereist war. Er hatte die amerikanischen Behörden gegen sich aufgebracht, weil er das Spielverbot der USA mit Verachtung gestraft und sich an die internationalen Medien gewandt hatte. Wie Fischer gefunden wurde: Jemand hatte ihn erkannt, trotz seines Bartes und seiner struppigen Haare – er hatte mit den alten Lolos im Burnham Park in Baguio City Schach gespielt und sie mit übermenschlicher Leichtigkeit geschlagen. Fischer im Exil: Er wohnte bei dem philippinischen Großmeister Eugene Torre, der ihm auch Justine Ong vorstellte, eine Einundzwanzigjährige, die später Fischers Tochter Jinky zur Welt bringen sollte.

Ich gehe weiter, und seine Schimpftirade wird von dem Ächzen und Pfeifen und dem Geschrei der Straße übertönt.

Was würde Crispin sagen? Er hatte vor Wut geschäumt, nachdem Susan Sontag für ihre Reaktion auf die Anschläge vom 11. September öffentlich gekreuzigt worden war. Das war keine feige Tat, hatte sie gesagt. Es war unrecht, aber nicht feige. Crispin hatte sich an seinen Computer gesetzt, um ihr eine E-Mail zu schreiben, in der er ihr zustimmte und ihr versicherte, dass er sie unterstützen würde. Als er mir davon erzählte, musste ich zu meiner Beunruhigung feststellen, dass ich mit ihm einer Meinung war. Mir wurde angst und bang. Am meisten bestürzte mich der Gedanke an die verdrehte Vorstellung, die unser Zeitalter von Mut und Feigheit hatte, und von dem glitschigen Gefälle dazwischen. Ich hegte die Befürchtung, dass meine verdrehte Vorstellung von Heldentum obsolet war.

Die Straßenhändlerin, die neben ihrem Karren kauert, sieht mich an. Sie lächelt unentwegt. Sie hat nur drei Zähne – zwei oben, einen unten. Ich schaue mich um. Nichts Ungewöhnliches. Das Lächeln der Frau wird breiter. Sie müht sich auf die Beine und kommt auf mich zu.

Der Bus fährt heran, bremst ab. Ich renne los, um ihn zu erwischen.

*

Während Salvadors Beziehung zu Oscurio im Laufe der folgenden Jahre enger wurde, wiederholte sich seine Affäre mit Mitterand gerade häufig genug, dass er keine anderen Liebesverhältnisse anstrebte. Salvadors Memoiren zufolge traf er sich während seiner vier Jahre in Europa immer dann mit Mitterand, wenn sie sich in Barcelona aufhielt (was recht oft der Fall war), außerdem zweimal, als sie beide gleichzeitig Paris besuchten, und bei dreiundzwanzig weiteren Gelegenheiten, die ausdrücklich ihre verbotenen Stelldicheins zum Anlass hatten: ein Rendezvous auf dem Simplonpass, ein Skiurlaub am Matterhorn in Zermatt, ein Sommerurlaub in Ligurien, zwei »unvergessliche Ausflüge nach London, um überflüssige Theaterstücke anzusehen«, ein Monat in der korsischen Provinz nahe Ajaccio, eine längere Weinreise durch Haute-Loire, ein Restaurantmarathon in Essen (der mit einer öffentlichen Kabbelei in Düsseldorf endete, die sich einem Übermaß an Killepitsch verdankte) und andere

Treffen, die durch Gigis Konzertreisen möglich wurden und durch ihre Teilhaberschaft an Raouls Lieferunternehmen, das Delikatessen für Läden wie Fortnum & Mason, El Corte Inglés und Fauchon einkaufte.

»Wie kann ein solcher Kretin nur einen so guten Geschmack haben?«, schrieb Salvador über Raoul. »Aber den Titel hat ihm ja auch sein Vater besorgt, ein algerischer Emigrant, der mit undurchsichtigen Geschäften mit Olivenöl erfolgreich war. Die Neureichen pflegen eben ihre Macken und haben auch mehr Sinn für solche Dinge. Gigi mit ihrem irritierenden Gespür für das Absurde hat mir immer edel verpackte Geschenke mitgebracht, meist ausgerechnet frisches Haggis, über das gelacht, das aber nicht gegessen wurde.«

— Aus der im Entstehen begriffenen Biografie
Crispin Salvador: Eight Lives Lived von Miguel Syjuco

*

Auf ebenjener Silvesterparty veränderte sich unser teurer Freund ein für alle Mal. Pipo war gerade von einem Rendezvous mit Sadie in einem kleinen Hotel auf dem M__ zurückgerast gekommen. Wie er später ziemlich betrunken erzählte, hatte ihn Sadie an diesem Wochenende in dem feuchten, zerwühlten Bett mitleidslos davon in Kenntnis gesetzt, dass sie, die unerreichbare Sadie, ebendas bleiben würde, da sie, mit Raoul, nach Norden nach Aigues-Mortes zurückkehren wolle, um mit ihm und ihrer Familie dort die Sommerferien zu verbringen. Es war, als wäre die vergangene Nacht bereits ebenso vergessen wie die Versprechen, die sie einander einen Monat zuvor Arm in Arm am Strand von La Concha gegeben hatten. Pipo und Sadie hatten so wildromantische vier Tage im Hotel Maria Cristina verbracht, dass er auf der ganzen Zugfahrt nach Hause Meile um Meile unentwegt selbstzufrieden grinsen musste, in der Überzeugung, dass sie nun endgültig ihm gehörte. Das erzählte er mir, ohne die Eifersucht zu bemerken, die sich auf meinem Gesicht abzeichnete.

Jetzt lallte er mich mit noch mehr Unsinn voll. »Welchen Sinn«, wollte Pipo wissen, wobei sein Atem nach Amontillado und Erbrochenem stank, »hat dieser peinigende Glaube, der mich an eine bereits gebundene Frau fesselt, als hätte ich von diesen Verfehlungen, die sie sich Raoul gegenüber zuschulden kommen lässt - diesem gehörnten extremadurischen Möchtegerngrafen, der in Hendaya Geschäfte macht, mit seiner großen Nase und ... was habe ich gerade gesagt?«

»Verfehlungen«, erwiderte ich hilfsbereit.

»Ach, ja. Als hätte ich von diesen Verfehlungen persönlich etwas? Die Liebe zu der verbotenen Frucht hat sich als wahre Liebe ausgegeben. Davon bin ich überzeugt. Jetzt. Vielleicht liegt es nicht so sehr daran, dass ich sie liebe. Sondern dass ich ihn hasse.«

Ich gab mir Mühe, weiterhin wütend auf ihn zu bleiben, auf ihn und seine Leichtfertigkeit und Gefühllosigkeit. Pipo war mit meinem Bugatti den M__ hinuntergerast, durch von nordafrikanischen Staubstürmen schlammig gefärbte Regenschauer. Als der Wagen mit quietschenden Bremsen zum Stehen gekommen war, konnte man kaum noch durch die Windschutzscheibe sehen. Fast wäre er in die Tische vor dem *Els Quatre Gats* gerast, wo wir, seine Freunde, unter dem herrlichen aufklarenden Himmel saßen und tranken. Die unverantwortliche nächtliche Talfahrt hatte ihn nicht nüchterner gemacht. Ich war, natürlich, äußerst erbost. Aber Pipo war schon immer zu charmant gewesen und zu gutaussehend, als dass ich längere Zeit auf ihn hätte wütend sein können.

Dann rieb er Salz in die Wunde. In der großen Clique, die er später zu sich in seine Wohnung einlud, befand sich Max, mein ehemaliger Liebhaber. Und mit ihm rauchte Pipo, wie sich später herausstellte, auf dem Dach des Hauses zum ersten Mal Opium. Am nächsten Morgen gingen bösartige Gerüchte darüber um, was in der Abgeschiedenheit des mondlosen Himmels wohl geschehen war.

Ich stellte ihn beim Frühstück zur Rede, wobei ich mich bemühte, mich nicht zu verraten und nicht dauernd den nackten Oberschenkel anzustarren, der unter dem kurzen Morgenrock hervorlugte, den ich ihm geschenkt hatte. Pipo erwiderte: »Mein Allerwertester, wir haben über Liebe gesprochen, die größer ist als jene, die sich nur auf ein Objekt der Begierde oder auf Familienangehörige richtet. Max hat mir von asexueller Liebe erzählt, einer polymorphen, pflichtgemäßen Liebe für die ganze Menschheit. Er hat von der Verantwortung gesprochen, die wir alle auf uns nehmen müssen. Er erinnert mich an meinen Onkel, den kommunistischen Guerillero, auch wenn die beiden ihrer äußeren Erscheinung und ihres Gebarens nach nicht verschiedener sein könnten. Ich fürchte, dass Max weniger exzentrisch und widersprüchlich ist, als ich dachte.«

Was am nächsten Abend geschah, war der Grund, warum ich – wir – Pipo für immer verloren.

— Aus: *Amore* - Buch IV des *Europa*-Quartetts
von Crispin Salvador

*

Da auf den Straßen keine Taxis unterwegs sind, kommt der Bus gut voran. Auf dem Roxas Boulevard stockt der Verkehr allerdings. Der Himmel über der Bucht von Manila ist so weiß und flach wie ein Blatt Papier. Auf der Wasseroberfläche schwimmen Tausende toter Fische, so groß wie Sardinen. Sie heben und senken sich mit den Wellen.

Ich höre Musik. Fröhliche Musik. Und dann sehe ich sie: die *Paul Watson*. Das Schiff aus den Nachrichten, das die Regierung wegen seiner Eigentümer am liebsten des Landes verweisen würde – den World Warden. Es ist immer sonderbar, im wirklichen Leben auf Menschen und Dinge zu treffen, die man zuerst im Fernsehen gesehen hat. Zwischen den Luxusyachten im Manila Yacht Club wirkt der Kahn farblos. Seine gewaltige Größe und der graue Rumpf passen ostentativ nicht zu den schnittigen weißen Booten um ihn herum.

Auf dem Kai sitzen zwei Sicherheitsleute Rücken an Rücken auf einem einzigen Plastikstuhl. Der eine blickt auf das Meer hinaus, sein Gesichtsausdruck der eines gerade entdeckten blinden Passagiers. Der andere schreibt Textnachrichten, als sei er Kriegskorrespondent. Eine Gruppe von Straßenkids, fünf an der Zahl, der Älteste vielleicht acht Jahre, lungert um den Landungssteg herum. Der Kleinste fordert die anderen heraus, sich auf das Schiff zu trauen. Auf Deck genießen vier World Warden in bunten Liegestühlen sitzend die Regenpause. Sie spielen Monopoly und trinken Rotwein; dabei hören sie irgendeine Weltmusik aus Trommeln und Hörnern.

Die Straßenkids rufen den Ausländern etwas zu. Ein schlaksiger Weißer mit Halbglatze und Koteletten stellt sein Glas ab und verschwindet im Schiffsinneren. Als er wieder auftaucht, trägt er Coladosen im Arm. Er schlendert den Laufsteg hinunter, der unter seinen Schritten knarrt. Dabei strahlt er übers ganze Gesicht. Die Kinder jubeln. Er reicht ihnen die Coladosen. Die Jungen stecken sie sich in die Taschen ihrer Shorts. Sie fangen an, an den Kleidern des Umweltschützers zu zerren und an dem Kufiyahalstuch, das er sich um den Hals gewickelt hat. Die Augen der Jungen werden größer, und ich kann hören, wie sie die Nasen hochziehen. Ihre Stimmen sind rau: »Hey, Joe, wie wär's mit US-Dollars?« Sie zerren stärker an den Enden der Kufiya: »Kann ich das haben? In den Staaten gemacht?« Der Umweltschützer schiebt sie beiseite, erst höflich, dann zunehmend panisch. Das Halstuch umschnürt seinen Hals immer fester, und sein Gesicht wird rot.

Einer der Wachleute faucht den Kindern etwas zu. »Ssssst! Tama na yan!«, brüllt er und kommt auf den Laufsteg zugejoggt. Er hält die Sachen fest, die an seinem Gürtel hängen, damit sie nicht abfallen. Sicherheitshalber geht er schließlich etwas langsamer. Die Kids zeigen mit dem Finger auf ihn und lachen. Der Wachmann öffnet die Klappe an seinem Holster. »He, Kumpel«, sagt der World Warden. »Das ist nicht nötig, oder?« Die anderen Ausländer blicken nervös vom Bug herüber. Die Kids rennen weg, den Boulevard hinunter. Der Umweltschützer bleibt zurück, das Halstuch in Unordnung, eine Tasche seiner Cargoshorts umgestülpt. Als die Kids weit genug weg sind, dreht sich ein Junge um und tanzt höhnisch einen *Mr Sexy Sexy*. Er zeigt den Wachleuten seinen Hintern und fuchtelt mit den Händen über dem Kopf herum. Ein Furz hallt über den Kai. Die Kids schütten sich aus vor Lachen. Dann fläzen sie sich auf die Ufermauer und trinken ihre Cola. Mit den leeren Dosen werfen sie nach den toten Fischen, die im Wasser schaukeln.

*

Das alles beobachtet er aus dem Bus heraus. Die Fische wirken wie ein Detail von dort, wohin er geht, wenn er einschläft. Seine Träume quälen ihn. Teilweise wegen des Inhalts, aber vor allem, weil er sich an sie erinnern kann. Ging es mir früher besser, ohne Gedächtnis? Hatte ich schon immer solche Albträume?

In der vergangenen Nacht war es am schlimmsten. Er war um vier Uhr morgens aufgewacht, nachdem er geträumt hatte, er sei gehörnt und aufgehängt worden. Als er wieder einschlief, ging es sofort weiter.

Er hatte neben seinem Fenster im Trump Tower gesessen, das auf den East River hinausgeht. Aus dem Telefonhörer ertönt Warteschleifenmusik, ein Lied, das er schon lange nicht mehr gehört hat. »I'd die for you girl but all they can say is, he's not your kind.« Als er gerade anfängt, Gefallen daran zu finden, nimmt ein Sachbearbeiter den Anruf entgegen. »Natürlich, Mister Zieh-ju-tschi«, sagt der Sachbearbeiter. Er verbessert den Sachbearbeiter: Sie-hu-koh, nicht

Zieh-ju-tschi. Der Sachbearbeiter sagt: Mr Sie-joh-kohl, ich werde Ihren Vertrag natürlich umgehend stornieren. Aber beantworten Sie mir eine Frage: Warum möchten Sie nicht mehr einhundert Prozent gegen alles abgesichert sein?« Er legt auf, weil ihm bewusst wird, dass er spät dran ist. Draußen winkt er außer Atem ein Taxi heran. Auf der Rückbank zieht er einen Fotostreifen aus der Tasche, der aus einer Kabine im U-Bahnhof Châtelet-Les-Halles stammt. Er und Madison strecken die Zunge heraus oder küssen sich innig, aber verschämt, wie Filmstars, oder formen mit den Fingern ihrer umgedrehten Hände Monokel. Voller Übermut hatten sie sich in die Kabine gedrängt. Da begreift er – sie hatten beide gewusst, dass er eines Tages auf der Rückbank eines Taxis sitzen und traurig die Fotos anschauen würde. Der Mann am Lenkrad beobachtet ihn, wie er die Bilder betrachtet. Der Fahrer ist Philip Glass. Der Komponist sagt zum Rückspiegel: »Sehnst du dich nicht danach, endlich zu genießen, was das Leben zu bieten hat, anstatt nur Schnappschüsse zu machen?« Er will gerade antworten, da sieht er, dass Glass in das Headset seines Handys spricht. Als er schließlich in der Bar ankommt, ist er fast schon mit seiner Lesung dran. Madison unterhält sich mit dem Typen mit den Fangzähnen. Sie sagt: »Ich lese gerade etwas über Schönberg und warum Dissonanzen von einem wissenschaftlichen Standpunkt betrachtet für das Trommelfell so anstrengend sind.« Fangzahn entgegnet: »Trommelfelle haben einen Standpunkt?« Madison zieht ein Buch hervor und sagt: »Lass mich dir etwas vorlesen ...« Fangzahn entgegnet: »Du bist wirklich interessant.« Der MC ruft seinen Namen, und er überlässt Madison und Fangzahn ihrem Gespräch und steigt auf die Bühne. Er liest aus seinem Notizbuch vor: »Mit fünfunddreißig lief sie mit einem Zirkusfreak davon, der in Wirklichkeit ein toskanischer Graf war, der auf seinen neunzehnten Geburtstag wartete, jenes Alter, in dem er der Prophezeiung des Orakels zufolge eine Armee aufstellen und in einer Reihe von Waffengängen wider den Großvater ziehen würde, der ihn als Kind in eine Pfählungsgrube geworfen hatte, um ihn zu töten, und die bluti-

gen verlorenen Schlachten des Grafen vor seinem wundersamen Sieg würden eine neue Epoche aufgeklärten Friedens einläuten, sie würde die Größe Roms und die Herrlichkeit Griechenlands besitzen, mit – natürlich – ihr als Königin, ihr Bildnis von allen geliebt wie das des Königs von allen gefürchtet, doch selbst als Monarchin mit ihrem Gold und ihren prächtigen Kleidern lag sie oft in ihrem Milchbad und masturbierte, während sie daran zurückdachte, wie sie sich in der verhangenen Kutsche geliebt hatten, während sechs weiße Pferde sie von einem Schlachtfeld zum nächsten zogen, er noch immer ihr bartloser toskanischer Graf, sie die Tochter eines IT-Magnaten aus Topeka, Texas.« Er verstummt. Er zittert. Ihm ist ganz schwindlig, als er zwischen den Tischen hindurchgeht. Die Leute schauen ihn erschrocken an, die Augen weit aufgerissen, die Münder wie die schwarzen Löcher, die er als Kind in den Sachbüchern abgebildet sah. Sein alter Freund Valdes steht auf und geht einen Schritt auf ihn zu. Sein alter Freund Clinton hält sich an der Tischkante fest. Sadie steht auf und wirft dabei ihren Stuhl um. Er sieht, wie sie zuschauen, als er aus unerklärlichen Gründen vornüberfällt. Er würde fliegen, wenn er sich nur nicht so schwer fühlte. Alle starren und deuten auf den Tisch vor ihm. Gläser zerspringen, erst zögerlich, dann auf Anhieb. Die Ecke eines Tisches bohrt sich ihm in die Schläfe. Seine mittlere Hirnhautarterie platzt und verursacht eine Epiduralblutung. Während das Blut sein Gehirn quetscht, sieht er, wie alle über ihm stehen. Manche zeigen mit dem Finger auf ihn, andere schießen mit ihrem Handy Bilder, wieder andere halten die Hand vor ihre schwarzen Münder. Markus sagt: »Heilige Scheiße, Kumpel, was machst du da?« Grapes steht auf und sagt: »Jetzt hast du es tatsächlich getan.« Madison sitzt dort, wo eben noch Sadie saß, und sie sagt: »Jetzt hast du alles kaputtgemacht.« Gütiger Himmel, denkt er. Dieses Mal ist es kein Traum. Ich werde schlicht und ergreifend sterben. Ohne irgendetwas wiedergutgemacht zu haben.

Er wachte auf. Er weinte. Seine Schlafanzughosen und das Bett waren völlig durchnässt. Er brachte die frühen Morgenstunden da-

mit zu, die Laken in der Badewanne zu waschen, weil er sich dafür schämte, was die Zimmermädchen denken würden. Als er sie trocken geföhnt hatte, war es Zeit, zu Miss Florentina zu fahren.

*

Erning und Rocky Isip stellen fest, dass sie unbedingt etwas ändern müssen. Nachdem sie endlich genügend US-Dollar gehamstert haben, kehren sie auf die Philippinen zurück und lassen sich dort nieder. Ihre Ersparnisse investieren sie in eine Schaumtee-Konzession. Rocky bekommt ein Kind, das sie »Boy« nennen. Das Paar hat trotzdem noch immer das Gefühl, dass sie nur wenig miteinander verbindet, und so bekommen sie noch ein weiteres Kind, das sie »Tiny« nennen.

Vor lauter Kindern finden Rocky und Erning kaum noch Schlaf und streiten sich mehr denn je. Sie klammern sich verzweifelt an die Liebe, die sie noch füreinander empfinden, und schwören einander, sich mehr Mühe zu geben. Sie verbringen viele gemütliche Abende damit, sich die neuesten raubkopierten DVDs anzuschauen. Sie gehen bei Couples for Christ zur Beratung. Sie schicken einander liebevolle und witzige Textnachrichten. Trotzdem entfremden sie sich immer mehr voneinander. Es macht ihnen nicht einmal mehr Spaß, Hand in Hand durch das Einkaufszentrum zu bummeln. Da es auf den Philippinen nicht möglich ist, sich scheiden zu lassen, beantragen sie eine Annulierung der Ehe und trennen sich.

Erning wird depressiv und fett. Rocky trainiert Kickboxen, nimmt ab und fängt etwas mit einem Eventplaner Schrägstrich DJ an, um dann urplötzlich ein Verhältnis mit einem Kongressabgeordneten einzugehen, der doppelt so alt ist wie sie. Rocky nimmt wieder ihren Mädchennamen an – Bastos – und erhält das Sorgerecht für Boy, der ihr große

Probleme bereitet. Erning behält Tiny, die sehr religiös wird und damit zur Lieblingsschülerin der Nonnen an der Assumption.

Eines Tages bekommt der arme Erning während einer Golfrunde einen Schlaganfall. Im Krankenhaus erklärt ihm der Arzt: »Mr Isip, von jetzt an dürfen Sie nur noch Tiere essen, die schwimmen können.« Mehrere Wochen vergehen, und Erning erscheint nicht zu seiner Nachsorgeuntersuchung. Der Arzt, der sich Sorgen macht, fährt bei ihm zu Hause vorbei, schließlich sind sie Nachbarn im Valle Verde. Der Arzt klingelt an der Tür.

Mädchen: »Ja, bitte, Sir?«

Arzt: »Wo ist Mr Isip?«

Mädchen: »Er ist im Pool, Sir.«

Arzt: »Sehr gut! Was macht er denn?«

Mädchen: »Er bringt dem Schwein Schwimmen bei.«

*

Ich habe vergessen zu erwähnen, dass ich mich gestern Abend ziemlich mies gefühlt habe, weil Sadie mich aus dem Wagen geworfen hatte, und da habe ich den Fehler begangen, ein bisschen zu koksen. Als ich schließlich das Bewusstsein verlor, schlief ich unruhig. Um vier Uhr morgens glaubte ich, jemand an der Tür klopfen zu hören, aber das müssen wohl die nebenan am Vögeln gewesen sein. Ich konnte eine ganze Weile nicht wieder einschlafen. Da habe ich noch mal in Crispins Sachen gekramt. Und einen Stapel Fotografien genauer unter die Lupe genommen, wobei ich auf etwas Seltsames gestoßen bin: Crispin, an ein Kreuz gebunden, die Hände mit Eisennägeln durchbohrt, mit offenen Handflächen, als würde er um etwas flehen und sich gleichzeitig zur Schau stellen.

Auf der Rückseite des Abzugs stand der Name »Sadie Baxter«. In derselben schlampigen Schrift: »f / 2.8 & 500«. Darunter Ort und Datum: »März 1994. Pampanga«.

Dann noch eine Nahaufnahme: Crispins Gesicht, himmelwärts gewandt, die Pupillen so weit nach oben gerollt, dass es aussieht, als betrachte er die unerforschte Oberfläche seines Gehirns.

Als ich heute Morgen aufwachte, war das Bett völlig durchnässt, und das Foto hatte ich immer noch in der Hand.

*

Nachdem ich Spanien zusammen mit Max Oscurio verlassen hatte, traf ich als ein völlig anderer Mensch in Manila ein. Genau gesagt fühlte ich mich nicht anders, aber die Straßen waren von einem neuen, unhörbaren Geräusch erfüllt, die Akazien duckten sich trauriger, die Staubgefäße der Bougainvilleen und Hibisken reckten sich erwartungsvoll. Das Licht war träger als auf dem Kontinent - vielleicht barg es mehr Möglichkeiten, oder vielleicht war es auch nur die Luftfeuchtigkeit, die in meiner Erinnerung nicht so aufdringlich gewesen war, als hätte sie sich im Laufe der Jahrhunderte mit den Ausdünstungen unserer namenlosen Brüder und Schwestern gestärkt. Vielleicht war Balikbayans wie mir das Salz des Schweißes fremd geworden. In Europa nannten meine Freunde und ich uns »die neuen Ilustrados« - die neuen Aufgeklärten - und nahmen das Joch der Revolution als Preis für unsere materiellen Privilegien auf uns.

Natürlich hatte ich meine Zweifel. Wenn wir demselben Pfad folgten wie die Väter der Revolution, konnten wir jemals in ihre Fußstapfen treten, die sechzig Jahre alt waren? Wie sie waren wir Botschafter in die Außenwelt und auch deren Schüler. Von meinen Erfahrungen gereift kam ich nach Manila. Ich war den *paseos* von General Luna gefolgt, hatte dem Widerhall auf den Ramblas gelauscht, wo Lopez Jaena und Rizal miteinander debattiert hatten, und meinen morgendlichen Kaffee in einem schäbigen Café getrunken, wo die Ilustrados *La Solidaridad* gedruckt hatten. Ich hoffte, dass ich die Größe dieser Männer eingesaugt hatte. Ich kam nach Manila und war äußerst verunsichert, denn von Max abgesehen war ich völlig allein - wir beide bildeten eine jämmerliche Vorhut -, von Verwandten und Freunden umgeben, die noch immer blind waren.

Fast augenblicklich gerieten Max und ich in Schwierigkeiten mit der Obrigkeit. Was im Gefängnis vorfiel, war alles andere als angenehm.

— Aus: *Autoplagiarist* (Seite 1982) von Crispin Salvador

*

Miss Florentina hat die vollkommensten bogenförmigen Augenbrauen der Welt. »Schauen Sie sich das an«, sagt sie und deutet auf die *Gazette* von heute. »Und das ist erst der Anfang. Sind diese Leute nicht unmöglich?« Auf der Titelseite ist ein mit Fischauge aufgenommenes Foto abgebildet, das Reverend Martin zeigt, wie er in seiner Zelle in Camp Crame glückselig grinsend eine Gebetsversammlung abhält. Zahlreiche Polizeibeamte, Soldaten und Politiker stehen in dem beengten Raum im Kreis und halten sich an den Händen. Einige davon sind hochrangige Kumpane von Estregan. Senator Bansamoro, der Oppositionsführer, hält Reverend Martins rechte Hand umfasst. Mein Großvater hat seine linke Hand genommen. Ich erkenne ihn sofort an den dichten silbernen Haaren. Die Bildunterschrift lautet: »Ewiger Glaube, Frömmigkeit, Treue und Hingabe.«

Direkt daneben ein kürzerer Artikel mit einer Aufnahme der Bereitschaftspolizei, die vor der Munitionsfabrik der Philippines First Corporation Demonstranten verhaftet. Auf dem Pasig schwimmt ein Kanonenboot, ein wunderbares Beispiel von des Schlechten zu viel. Inmitten des Durcheinanders aus Demonstranten und Polizisten steht, sie alle überragend, ein Mann mit langem goldenen Haar und Sonnenbrand auf Wangen und Nase, was wie Kriegsbemalung aussieht. Er ist weit über zwei Meter groß und hält die Hände hinter dem Rücken, damit ein kleiner Polizist ihm Handschellen anlegen kann. Der Riese beugt höflich die Knie. Sein Gesicht ist dem Himmel zugewandt. Er gleicht dem Heiligen Sebastian auf den alten Gemälden, an den Pfahl gebunden, nur Augenblicke, bevor sich ihm Pfeile in die Brust bohren. Die Bildunterschrift lautet: »›Wir kriegen euch schon noch!‹ – terroristische Umweltschützer stoßen Drohungen aus, während sie verhaftet werden.«

»Der Anschein von Tugend ist weit wichtiger als die Tugend selbst«, sagt Miss Florentina. Ich weiß nicht genau, auf welches Bild sie sich bezieht. »Ach ja, ich habe einen Brief für Sie«, fährt sie fort. »Er ist hier irgendwo. Hoffe ich jedenfalls.« Miss Florentina lacht. Es klingt eher wie ein Gackern. Auf der Liege, auf der sie ruht, herrscht ein heilloses Durcheinander, als hätte eine Stadtstreicherin ihren Einkaufswagen darauf ausgekippt. »Haben Sie den neuesten Tratsch gehört?«, sagt sie, während sie die Sachen um sich herum durchwühlt. »Lakandula hat die Dienstmädchen hinausgeschickt, weigert sich aber, das Kind der Changcos freizulassen. Das Ehepaar und ihr Sohn sind die einzigen verbleibenden Geiseln. Ich verfolge genau, was da passiert, ich kann einfach nicht anders. Es ist unglaublich. Von einem Augenblick auf den anderen kann sich Wigberto Lakandula in einen Nationalhelden oder in den meistgehassten Mann des Landes verwandeln.« Miss Florentinas Stimme ist auf entwaffnende Weise kraftvoll. Menschen wie sie erstaunen mich häufig. Sie sind von einer Energie erfüllt, die dem Verfall ihres Körpers zu trotzen scheint. In dem schummrigen Licht wirkt sie fast wie ein Orakel. Die Dunkelheit sammelt sich in den tiefen Falten ihrer schlaffen Haut; dadurch sieht sie wie ein Kind aus, das den Pulli seines Vaters trägt. Ihre Arme sind von Flecken bedeckt wie eine alte Banane. Ihr Haar ist lang und weiß.

»*Voilà!*«, sagt sie und balanciert einen Umschlag auf ihrem Bauch. »Hier kommt man sich ja vor wie im Herzen der Finsternis.« Sie klatscht in die Hände, und eine Lampe geht an. Ihre Augenbrauen sind auftätowiert. »Schon besser«, sagt sie. Miss Florentina ist eine Insel in einem Meer aus Krimskrams. Bücher, zerknitterte Briefe, eine Fernbedienung. Mit Lippenstift beschmierte Taschentücher, Kontaktabzüge, ein Transistorradio. Nicht zueinanderpassende Socken, ein schnurloses Telefon, ein Notizblock. In Reichweite steht ein schäbiger Rollstuhl. Zum ersten Mal bemerke ich den ekelhaften Geruch. Talkumpuder, Jasmin und Tod. Miss Florentina fischt einen Brieföffner aus dem Chaos und schlitzt den Umschlag auf.

Durch eine Lupe, die an einer ausgefransten Schnur um ihren Hals hängt, betrachtet sie den Inhalt. Ich warte.

»Na also. Das ist doch mal ein netter Brief.« Miss Florentina klatscht erneut. Die Lampe geht aus.

»Können Sie mir sagen, was darin steht?«

»Da steht, dass Sie Dulcinea finden möchten. Weil Sie glauben, dass sie etwas für Sie hat. Weil Sie auf der Suche sind. Sind wir das nicht alle? Nehmen wir doch zum Beispiel diesen armen Kerl, Mr Lakandula, der nach Gerechtigkeit sucht, die so selten ist. Einem der freigelassenen Mädchen hatte er eine Botschaft angeheftet. Ein Manifest, das die Massen zur Revolte aufruft. Nach dem Radiobericht kam es offenbar zu einem Handgemenge zwischen der Polizei und den Zuschauern. Ein Wasserwerfer wurde aufgefahren. Der Druck war so niedrig, dass die Demonstranten darin getanzt haben. Einer hat von irgendwoher ein Stück Seife hervorgezaubert und sich die Achseln geschrubbt. Sehr possierlich. Deshalb mache ich mir überhaupt noch die Mühe, Zeitung zu lesen.«

»Miss Florentina, ich würde gerne …«

»Natürlich mache ich mir die Mühe«, sagt sie. »Meine Tage sind schließlich gezählt. Ich würde gerne wissen, wie die Geschichte ausgeht.« Sie erinnert mich an Lena, und auch Crispin konnte manchmal so sein. Alte Menschen verhalten sich so, als genügte es, dass sie gelebt haben, und schon können sie anderen etwas Wichtiges vermitteln. Das ist auch der Grund, warum wir Jungen ihnen manchmal bereitwillig zuhören und sie manchmal nicht einmal besuchen. »Das gibt ein Ende mit Tränen, möchte ich wetten«, fährt sie fort. »Es ist immer dasselbe. Eines schönen Tages wird aus dieser Wohnung ein merkwürdiger Geruch dringen, und alle Probleme der Welt werden mich nichts mehr angehen. Die jungen Leute, die auf der Warteliste dieses Hauses stehen, werden sich freuen. Die hohen Decken flößen ihnen Ehrfurcht ein.«

»Wohl wahr«, sage ich.

»Ich bin mir nicht sicher, ob ich Ihnen sagen sollte, wie Sie sie finden können. Sie ist jetzt frei, müssen Sie wissen.«

»Verzeihung?«

»Dulcinea.«

»Ich verstehe. Glauben Sie nicht, dass sie sich spätnachts oder wenn sie den Namen ihres Vaters in der Zeitung liest … hin und wieder Gedanken macht?«

»Sie ist dabei, ihren Weg zu finden. Kann irgendjemand mehr verlangen? Freiheit ist das Einzige, was wir im Leben fordern müssen, denn alle anderen guten Dinge haben in ihr ihren Ursprung. Das kann ich sagen, weil ich es am eigenen Leib erfahren habe.« Sie deutet auf ihren Rollstuhl. »Aber das ist in Ordnung. Jetzt kommt die Welt zu mir. So ist das eben, wenn man etwas hat, was die Leute brauchen.« Sie lacht. Ihr Lachen macht mich verlegen und wirkt fast arglistig. Miss

Florentinas Blick richtet sich wieder auf den Brief. Sie nickt und behält ihn auf dem Schoß. Ihre Fingernägel gleichen Klauen.

Sie senkt die Stimme. »Ich glaube, dass einer meiner Verehrer mir Bücher stielt. Fragen Sie nicht wie. Sie verschwinden einfach. Aber was rede ich da.«

»Was steht noch in dem Brief, wenn ich …«

»Aber natürlich muss man weitermachen! Man darf sich nie ausruhen, sonst holt es einen ein. Ich habe keine Zeit für den Tod. Allerdings habe ich nie zu denjenigen gehört, die von diesem Thema so besessen sind, dass es sie ganz kaputtmacht. Wie Lena. Seit damals. Sie hat sich einfach keine Mühe mehr gegeben. Schließlich soll das Leben nach dem Tod *so* viel besser sein. Sie hätte aus ihrem Leben alles machen können. Stattdessen blieb sie Papas kleines Mädchen. Hat ständig seinen Rollstuhl herumgeschoben, wenn er nur den Finger gehoben hat. Wie sehr sie sich jedes Mal geschämt hat, wenn er einfach aufstand, fidel wie ein Teenager. Dann versteckte sie sich immer hinter ihm und folgte ihm mit dem leeren Rollstuhl. Ihre Ernsthaftigkeit ist mir aber immer noch lieber als die Schamlosigkeit dieser Leute, die sich als »soundsoviele Jahre jung« bezeichnen. Crispins Mutter war so eine. Vielleicht war das eine Folge der Krebserkrankung. Wir kommen alle auf unterschiedliche Weise damit zurecht. Während der letzten Monate ertappe ich mich doch tatsächlich dabei, wie ich denke: Ich bin fünfundneunzig Jahre jung.« Sie verzieht das Gesicht. »*Das* ist mein Fegefeuer. Even though we cannot make our sun stand still yet we will make him run.«

»Marvell. *To His Coy Mistress*.«

»Sehr gut! Und ich dachte, die jungen Leute würden nur aufgepeppte Drinks goutieren und keine Gedichte.«

»Ein wenig von beidem.«

»Sie gefallen mir«, sagte sie. »Come live with me and be my love.«

»And we will all the pleasures prove.«

»Ach, Sie erinnern mich wirklich an Crispin. Er konnte ganz schön leidenschaftlich sein. In der Dunkelkammer haben wir uns immer Verszeilen zugerufen. Du liebe Güte, das klang jetzt bestimmt verrucht. Er wollte Fotograf werden, wurde dann aber Schriftsteller, nicht zuletzt dank mir.«

»Glauben Sie, dass ihn sein Schreiben getötet hat?«

»Warum finden junge Leute solchen Gefallen an unappetitlichen Dingen?«

»Ich habe mich nur gefragt ...«

»Glauben Sie, dass Sie dann eher ernst genommen werden? Ganz im Gegenteil!« Miss Florentinas Blick fällt wieder auf den Brief. »Bitte entschuldigen Sie, ich möchte nicht unwirsch klingen. Erzählen Sie mir doch, wie ist es heute draußen? Ich sehe den Himmel durch das Fenster, aber das ist nicht dasselbe. Ich vermisse es, die ersten Regentropfen zu spüren. Wenn es mit mir zu Ende geht, möchte ich in den Regen hinausgeschoben werden und dort stehen bleiben. Wissen Sie, was ich noch ganz furchtbar vermisse? Mein Auto. Ich bin immer selbst überallhin gefahren. Ich hatte einen so süßen BMW. Ein A 1974 3.0S. Dasselbe Modell wie Jacqueline Kennedy Onassis. Sehen Sie, ich kenne mich sogar mit Autos aus! Ich habe ihn an einen Sammler verkauft. Irgendwann habe ich ihn nur noch aus der Garage geholt, um damit zur Kirche zu fahren. Wenn das Ende in Sicht ist, wird man wieder so gottesfürchtig wie in Jugendtagen. Aber kaum hatte ich zu unserem Herrn zurückgefunden, gaben meine Beine den Geist auf. Und der Aufzug in diesem Haus ebenfalls. Wenn man vom Teufel spricht. Jetzt bringe ich meine Tage damit zu, hier und dort nach ihm Ausschau zu halten. Nein, das ist nicht wahr.«

»Miss Florentina, hat Crispin Sie besucht, als er das letzte Mal hier war?«

»Solange ich etwas zu tun habe, bin ich nahe bei Gott. Simone Weil, haben Sie etwas von ihr gelesen? Sie hat gesagt, inbrünstige Aufmerksamkeit sei wie ein Gebet. Auf Hoffnung trifft das auch zu, glaube ich. Irgendwo hatte ich ihr Buch doch gerade noch. Als Weil sechs Jahre alt war, weigerte sie sich, Zucker zu essen, aus Solidarität mit den Soldaten an der Front. Kinder wissen manchmal am besten, was nottut, und wir tadeln sie, weil sie frühreif sind. Dann werden wir alt und werden wieder wie die Kinder, und es heißt, wir wären weise. Ich habe Crispin getroffen, als er das letzte Mal hier war. Vor seiner Rede im CCP, der alberne kleine Provokateur. Er hatte sich im *Aristocrat* Essen einpacken lassen. Als ich ihn musterte, wie er da saß, wo Sie jetzt sitzen, wurde mir klar, was ihm zu schaffen machte. Obwohl ich es besser wusste, sagte ich zu ihm: Na los, mach dich auf die Suche nach Dulcinea. Er tat so, als wäre er wütend, dabei hatte er offenbar nur Angst.«

»Wovor?« Ich ziehe diskret Notizbuch und Füllfederhalter hervor.

»Davor, alles zu verderben. Oder davor, dass sich etwas ändern könnte. Sein Leben zu verändern, ist schwer. Ich bin die Letzte, die ihn kritisieren könnte. Aber Crispy war nicht frei. Wenn man mit dem Leben unzufrieden ist, wird man immer selbstsüchtiger.«

»Wollte er sie denn finden?«

»Natürlich. Aber es war seltsam. Wir haben kaum über sie geredet. Als er jenes letzte Mal hier war, fragte er, ob ich mit ihr in Verbindung stünde. Da habe ich zu ihm gesagt: Mein Lieber, geh zu ihr, bevor es zu spät ist. Aber es war immer bereits zu spät.«

»Also werden Sie mir helfen, sie zu finden? Ihm zuliebe?«

Sie schüttelt den Kopf und lächelt traurig. Unter großen Mühen dreht sie sich um und schiebt den Vorhang vor dem Fenster hinter sich beiseite. Licht fällt schräg ins Zimmer, und die Schatten weichen einem Victrola, der in einer Ecke steht, und Wänden voller Bücherregale und gerahmter Fotografien, Gemälde von Galicano und Nuyda und Olmeda und Plakate ihrer Eine-Frau-Shows in Berlin und Barcelona und Buenos Aires. Aus diesen Repositorien der Außenwelt schöpft sie bestimmt Trost. Miss Florentina fischt eine Zigarette aus der Rocktasche. Mit ruhiger Hand zündet sie sie an.

»Schlichte Freuden«, sagt sie und stößt seufzend Rauch aus, »sind bleibende Freuden. Das werden Sie später auch merken. Hören Sie, mein Kind. Ich bewundere Ihre Beharrlichkeit. Aber es gibt Dinge, die ich nicht erzählen darf.«

Wir sitzen schweigend da. Meine Augen gewöhnen sich an das Licht. Der Himmel über der Bucht von Manila hinter ihr bleibt zutiefst weiß, wie eine Seite, die darauf wartet, beschrieben zu werden.

»Ich glaube«, sage ich schließlich, »dass ich begreife, was Crispin durchgemacht hat.« Ich weiß nicht, warum ich das sage.

»Genießen wir doch unsere Unterhaltung und unseren Wein, ja? Du hast doch eine Bouteille mitgebracht, oder?«

»Verzeihung? Nein, habe ich nicht vergessen. Es ist nur erst elf Uhr vormittags, und ich dachte …«

»Ach, du hast dich kein bisschen verändert. Vergesslich wie immer.«

»Ich? Ich verstehe nicht, was …«

»Wie schade! Meine ersten beiden Verehrer bringen mir den neuesten Tratsch und Essen mit, aber mein dritter vergisst den Wein. Du bist eifersüchtig. Gib es zu, Crispinito. Was willst du eigentlich von mir?«

»Möchten Sie, dass ich eine Flasche holen gehe …«

»Nein! Bitte nicht. Möchtest du nicht den Tag mit mir hier verbringen?«

»Ich weiß nicht, ob ich …«

»Crispin … ich meine, ich werde Ihnen alles über Crispin erzählen. Ja. Ich werde Ihnen von Crispin erzählen. Ich habe ihm beigebracht, was wirklich wichtig ist, wussten Sie das? Zum Beispiel: Der Augenblick, bevor etwas völlig scharf zu sehen ist, ist viel aufregender als jede Gewissheit. Das sollten Sie notieren. Bei der Fotografie, mein Kind, geht es um das Dahinschwinden der Zeit. Das Festhalten ist Sache der Literatur. Zeitlosigkeit ist die Aufgabe von Musik und Malerei. Ein guter Fotograf nimmt die Zeit auf, so wie eine Vase das Wasser aufnimmt. Das Wasser verdunstet mit der Zeit, und die Vase wird zu einem Mahnmal für das Wasser. Der Unterschied zwischen einem Schnappschuss und einem Meisterwerk ist, dass ein Meisterwerk eine Metapher für Geduld ist …«

»Ja, aber …«

»Was haben Sie es denn so eilig, Kind?«

»Es ist wirklich wichtig, dass ich Dulcinea finde.«

»Können Sie nicht einfach mit mir zu Mittag essen? Sie bleiben doch noch, nicht wahr? Lassen Sie mich überlegen, womit kann ich Sie noch locken? Sie müssen wissen, Crispin ist nicht gestorben, weil die Kunst ihn verlassen hat, sondern weil er der Liebe entsagt hat. Klingt wie ein Liebesroman, stimmt's? Zornige Männer haben nicht mehr viel, wofür sie leben können, wenn ihre Wut wirkungslos wird. In anderer Hinsicht blühen sie allerdings auf!«

»Sie glauben also, dass Dulcinea etwas mit seinem Selbstmord zu tun hatte?«

»Du warst schon lange tot, bevor du diese Welt verlassen hast.«

»Miss Florentina, ich bin nicht …«

»Ich meine *er* ... Ach, ich weiß nicht mehr, was ich meine. Worüber haben wir gerade gesprochen?« Sie wirkt sichtlich verwirrt, von einem Moment auf den nächsten welk und in sich zusammengesunken. Dann lächelt sie. Ihre Augen funkeln arglistig. Von dem Zigarettenqualm und dem Gestank, der von ihrer Liege ausgeht, wird mir übel.

»Sagen Sie es mir doch, mein Kind. Warum müssen Sie sie unbedingt finden?« Sie mustert mich eingehend. »Wissen Sie das überhaupt?«

»Natürlich.« Ich halte ihrem Blick stand. »Ja. Ich möchte sie fragen, was ihr Vater hätte tun sollen.«

»Warum?«

»Weil ich der Meinung bin, dass es wichtig ist, das zu wissen.«

»Und es hat nichts mit diesem teuflischen Buch von ihm zu tun?«

»Ich mache das alles nur Crispin zuliebe.«

Miss Florentina hält inne, atmet die Stille ein. Hinter ihr fliegt ein Vogel über den Himmel – das erste Zeichen natürlichen Lebens, das ich sehe, seit ich hier bin. Er lässt sich von einer Luftströmung tragen, so schwarz wie ein Buchstabe auf einer ansonsten leeren Seite – ein »m«. Miss Florentina lächelt gequält. »Nun gut, mein Kind«, sagt sie. »Ich werde Ihnen sagen, wo sie ist.« Eigentlich wirkt ihr Lächeln eher triumphierend.

»Wirklich?«

»Ich vertraue Ihnen. Sie lebt in der Nähe des Golfes von Lingayén. Auf einer der ›Hundert Inseln‹. Eine der schönsten Gegenden der Welt. Waren Sie jemals dort?«

»Ich kann mich nicht daran erinnern. Meine Großeltern haben mich einmal dorthin mitgenommen, als ich noch auf der Highschool war. Meine Eltern sind dort ums Leben gekommen, dort steht auch ein Denkmal. Eine große

Stahlskulptur im Wald. Ein Engel mit gebrochenen Flügeln.«

»Umso mehr ein Grund, dorthin zu fahren.«

»Vielen Dank.« Ich merke, wie mir fast die Tränen kommen.

Miss Florentina nickt und lächelt. »Das *Spoliarium* zeigt eine Figur, die Sie sich anschauen sollten. Eine Frau im Hintergrund. Sie trägt ein rotes Gewand, das sie sich halb vors Gesicht hält. So, wie sie aussieht, könnte man meinen, Juan Luna hätte Dulcinea gekannt, als er sie malte.«

»Vielen Dank.«

Miss Florentina wühlt in dem Krempel, von dem sie umgeben ist, und holt ein kleines Notizbuch hervor.

»Wo sind nur meine Bleistifte?«, sagt sie.

»Ich habe einen Stift.« Ich reiche ihn ihr.

»Den kenne ich doch«, sagt sie und betrachtet den Parker. Sie schreibt etwas auf den Block, wie ein Arzt, der ein Rezept ausstellt. »Jetzt habe ich eine Frage an Sie, Miguel«, sagt sie. »Warum, glauben Sie, hat Crispin sein Kind nicht aufgesucht?«

»Er hatte Angst.«

»Ich glaube, dass es mehr war als das. Verzeihen Sie die Analogie, aber ich bin eine alte Fotonärrin. Manchmal wartet man zu lange auf den perfekten Augenblick, bevor man ein Bild schießt. Und merkt nicht, dass man nur die Perspektive hätte ändern müssen. Das war es. Crispin dachte, er würde sich vorwärtsbewegen, dabei hat er sich lediglich von allem entfernt. Er lebte im Ausland, weil er glaubte, dort ehrlicher schreiben zu können. Einmal hat er mir erklärt, dass er das Beste aus sich machen wollte, damit Dulcinea ihn würde finden wollen. Und sehen Sie, was passiert ist!«

»Was ist mit der Mutter?«

»Allein das Kind zählt. Das Mädchen hat noch sein ganzes Leben vor sich.« Miss Florentina blickt mich entschlossen an.

»Was wissen Sie über *The Bridges Ablaze*?«

»Vergessen Sie das. Suchen Sie Dulcinea.« Sie reißt ein Blatt von ihrem Block, faltet es und reicht es mir.

»Was ist mit dem Buch?«

»Sie haben gesagt, das hätte damit nichts zu tun.« Sie wirkt ungehalten.

»Tut mir leid. Ich weiß einfach nicht, wen ich sonst fragen soll. Ich treffe mich demnächst mit dem Kritiker Avellaneda. Aber das wird bestimmt ... Sie wissen schon. Sie sind die Letzte, die ...«

»Crispin, Kind, hör auf. Du änderst dich nie. Das Essen fällt aus. Geh jetzt.«

»Nur noch eine Frage ...«

»God so commanded and left the command sole daughter of his voice ...« Sie wendet sich mir mit geradem Rücken herausfordernd zu. Ihr Lächeln wirkt sehr selbstzufrieden. »Du bist dran.«

»Ich verstehe Sie nicht.«

»Hallo? Crispinito? *Paradise Lost*?«

»Ja, aber ...«

»John Milton. Ach, Kind, es ist zwecklos mit dir. Wie geht es weiter? ›Sole daughter of his voice; the rest, we live law to ourselves; our reason is our law.‹«

*

»Wenn du daran glaubst, ist es auch möglich«, sagte Kap, das Gesicht in den Qualm seiner Zigarre gehüllt. Dulcé atmete den Duft von Nelken und Limonen ein. Sie ließ die Beine baumeln und versuchte, nicht von dem Ast hinunterzuschauen. Sie hatte einfach Angst, sie konnte nicht anders. Aus dieser Höhe schien der Boden meilenweit weg zu sein. »Glaube einfach daran«, sagte Kap. »Nicht daran, dass du fliegen kannst, sondern dass du leichter bist als Luft. Vielleicht bekommst du es nicht gleich beim ersten Mal hin, und vielleicht auch nicht beim zweiten Mal. Aber ich verspreche dir, dass ich dich auffangen werde.« Kap sah sie ernst an.

Dulcé musterte ihn skeptisch. Kap spaßte nicht.

Kap war gewiss stark genug, dass sie ihm vertrauen konnte - er hatte einen muskulösen Körper, und seine Augen leuchteten wie magische Rubine. Und Dulcé hatte schon immer bewundert, mit welcher Leichtigkeit er sich durch die Bäume schwang. Eigentlich hatte sie auch erst einmal gesehen, wie er auf der Erde ging, denn Kapres verlassen ihre Bäume nicht. Niemals. Das eine Mal, als Kap sie vor Miriam, dem Rottweiler ihres Nachbarn, gerettet hatte, war die Ausnahme gewesen. Und du meine Güte, was hatte Kap da unbeholfen gewirkt! Er schien sogar Angst gehabt zu haben, dabei war es doch nur ein Gehweg. Diese Tat war für einen Angehörigen des Volkes der Kapre so untypisch, dass Kap, nachdem er Dulcé mit einer Hand vom Boden emporgerissen und auf dem höchsten Ast abgesetzt hatte, nachdem er Miriam angeknurrt hatte, bis der Hund jaulend davongelaufen war, dass er nach alledem verlegen zu Dulcé hinaufgeklettert war und sie angefleht hatte, niemandem etwas zu erzählen. Niemals. Kap sagte zu Dulcé, dass er es wissen würde, falls sie ihn verriet, weil er spüren würde, wie sich die Luft kräuselte. Er erklärte ihr, dass Dinge wie Verrat, Lügen oder auch nur gemeine Gedanken Schockwellen auslösten, die nur Leute mit empfindlichen Ohren und empfänglichen Herzen hören konnten, obwohl jedes Geschöpf auf Erden sie spüren mochte, irgendwo in seinem Inneren, selbst wenn es das nicht wusste.

Also vertraute Dulcé ihm. Kap war ihr Freund und würde sie nicht im Stich lassen. Sie sprang von dem Ast herunter. Sie wünschte sich mit aller Macht zu fliegen. Es klappte nicht. Der Boden raste auf sie zu. Sie strengte sich noch mehr an. Die Erde war schon gefährlich nahe. Sie gab sich allergrößte Mühe. Dulcé spürte, wie sich

Kaps gewaltige Hand um ihre Taille legte und sie so langsam und sanft emporzog, dass ihre Füße den Boden mit einer Leichtigkeit berührten, als wäre sie aus dem Bett gestiegen.

»Wir versuchen es noch einmal«, sagte Kap geduldig. »Fliegen lernen ist wirklich schwer.«

— Aus: *Ay Naku!*, Buch 3
von Crispin Salvadors *Kaputol*-Trilogie

*

Die 1960er Jahre erwiesen sich als ein schwieriges Jahrzehnt für Salvador. Nach seiner Rückkehr aus Europa hatte er sich mit Oscurio bitterlich darüber zerstritten, was für ihr Land angemessener wäre, Maoismus oder Trotzkismus. Er hatte Petra Chingson kennengelernt, die an der University of the Philippines Politikwissenschaften studierte. Was seine Eltern sehr verdross, denn sie war eine bekannte Aktivistin, die jede fremde Einmischung in innerphilippinische Angelegenheiten ablehnte. Die Geringschätzung, die seine Eltern für seine Beziehung zu Petra empfanden, und Salvadors Verachtung angesichts von Juniors Opposition gegen Präsident Macapagals Landreform veranlassten den jungen Mann, jeglichen Kontakt zu seinen Eltern abzubrechen – zum ersten, aber nicht zum letzten Mal. Salvador zog in ein Einzimmerapartment über einem Ermita-Nudelhaus, wo er zusammen mit Petra spartanisch, aber glücklich lebte, auch wenn ständig über ihre wilde Ehe getratscht wurde.

Der Einfluss, den Petra auf Salvador hatte, wurde bald offenkundig. Als junger Reporter für die *Philippine Gazette* wurden seine Artikel zunehmend parteiisch. Am 22. Januar 1965 schrieb Salvador über die Belagerung der philippinischen Zentralbank. Am 22. März desselben Jahres berichtete er furchtlos über den »Stonehill«-Regierungsskandal und entlarvte den Geschäftsmann Harry Stonehill aus Chicago und sein sogenanntes »Schwarzes Buch«, in dem alle philippinischen Politiker standen, die Stonehill in der Tasche hatte (in *Autoplagiarist* erzählt Salvador, dass sein Vater ihn gebeten hatte, keine Nachforschungen in diese Richtung anzustellen, da sonst die Regierung Macapagal in die Sache hineingezogen werden könnte). In den darauffolgenden Monaten wurde Salvador, der zum ersten Mal mit dem jungen Journalisten Marcel Avellaneda zusammenarbeitete, für die beste Reportage über die Wahl ausgezeichnet, bei der Macapagal von dem jungen Ferdinand E. Marcos geschlagen wurde. Ihr Essay »Der wahre Jakob«, mit dem sie dem neuen Präsidenten Rückendeckung gaben, ist ein Beispiel für jugendlichen Optimismus, der sich im Lichte späterer Entwicklungen als voreilig erweisen sollte.

So richtig in Schwung kam Salvador 1966. Seine Berichterstattung über das Massaker, das Militär und Polizei in Culatingan an Bauern verübten, wurde hochgelobt. Allerdings wurde er damals auch erstmals als »kommunistischer Sympathisant« bezeichnet, wobei seine Gegner die Beteiligung seines Onkels Jason an der Hukbalahap als Grund anführten, seine journalistische Objektivität anzuzweifeln. Später im selben Jahr berichtete Salvador über das Gipfeltreffen in Manila aus Anlass des Vietnamkonflikts, und er gehörte zu den Reportern, die als Erste die Nachricht verbreiteten, dass US-Präsident Lyndon Johnson die Regierungschefs und Repräsentanten der teilnehmenden Länder Südvietnam, Thailand, Australien, Neuseeland, Südkorea und die Philippinen unter Druck gesetzt hätte. Seine mutige Berichterstattung hatte zur Folge, dass die *Gazette* ihn entließ. Im Dezember gründete er zusammen mit Avellaneda, dem Fotografen Miggy Jones-Matute, der Dichterin Mutya Dimatahimik und dem Cineasten Danilo de Borja die *Cinco Bravos*, die sich als eines der einflussreichsten Künstlerkollektive in der Geschichte des Landes erweisen sollten.

Im Januar 1967 verschwand Salvadors geliebte Petra auf dem Weg zu einer Kundgebung vor dem US-Luftwaffenstützpunkt Clark Airfield. Verschiedene Gerüchte kursierten, in denen abwechselnd Marcos, Macapagal, amerikanische Soldaten, die Kommunisten oder irgendwelche Briganten verantwortlich gemacht wurden. Ihr übel zugerichteter Leichnam, dem die Hände fehlten, wurde schließlich gefunden, aber Salvador konnte sich nicht dazu durchringen, ihn zu identifizieren. Er verließ ihr Heim über dem Nudelhaus, wobei er nicht einmal in der Lage war, seine Habseligkeiten einzupacken, und zog zu seinen besten Freunden, Dimatahimik und Avellaneda.

— Aus der im Entstehen begriffenen Biografie
Crispin Salvador: Eight Lives Lived von Miguel Syjuco

*

Auf dem Weg zum Nationalmuseum gießt es in Strömen, und ich komme mir vor wie Hühnchen Junior. Ich bin völlig durchnässt, es ist weiter, als ich dachte, und meine Einlegesohlen fangen aus irgendeinem Grund an wehzutun. Ich renne von Baumschatten zu Baumschatten. Eine Frau mit einer schwarzen Mülltüte auf dem Kopf starrt mich verwundert an. Sie trägt einen grünen Mundschutz. Ich stürze zum nächsten Baum. Es sind Würgefeigen. Ihre Luftwurzeln bohren sich in den geborstenen Gehsteig. Die Rinde sieht aus wie das Fleisch von Wachsfiguren. In den Wölbungen und Hohlräumen fließen die Schatten wie Wasser ineinander. Ich sehe die Gesichter von Kapren, von Dwenden, von Tianaks. Ich blinzle. Sie sind fort.

Tropfnass steige ich die Stufen zum Museum hinauf. Die Leute starren. Zwei Wachleute mustern mich misstrauisch. Eine Gruppe von Schulkindern versucht, nicht mit dem Finger auf mich zu deuten. Ein Mann und eine Frau, die an der Garderobe Händchen halten, klammern sich fester aneinander. Sie tragen beide Mundschutz.

Die gewundene Treppe hinauf in den zweiten Stock. Den Schildern nach. Ich gehe rasch auf die Toilette, um mir von meinem Schlüssel ein wenig Kokain reinzuziehen. Nach der zweiten Ladung fühle ich mich etwas besser. Zurzeit schlafe ich nicht gut. Im Ausstellungsraum lesen die Touristen der Reihe nach einen Aushang: Juan Lunas *Obra maestra* ist »der Öffentlichkeit derzeit wegen Restaurationsarbeiten nicht zugänglich«.

Auf der großen leeren Wand haben die Kuratoren eine kurze Geschichte der Entstehung, Bedeutung und fortwährenden Renaissance des Gemäldes aufgehängt sowie eine kleine Kopie. Sie hat dieselbe Größe wie der Druck, der in Crispins Arbeitszimmer hing.

Ich betrachte das Tableau.

In einem Raum unter dem Kolosseum werden die Leichen zweier Gladiatoren von nur mit Lendenschurz bekleideten Dienern über die Steinplatten geschleift. Vor Anstrengung stehen sie in einem Winkel von fünfundvierzig Grad zum Boden. In der Dunkelheit wartet eine Gruppe Menschen auf die noch warmen Körper. In einer Ecke stapeln sich zerbeulte Helme und Rüstungsteile. Ein grauhaariger Mann mit nacktem Rücken steht vornübergebeugt da und schärft etwas, vermutlich ein Schwert. Eine junge Frau ist erschöpft zu Boden gesunken. Ihre Haltung spiegelt die des alten Mannes wider; allerdings bezeugen das verfilzte Haar, das ihr ins Gesicht fällt, und das Gewand, das ihr von der Schulter rutscht, wie plötzlich sie zusammengebrochen ist, entweder aufgrund erdrückender Hoffnungslosigkeit oder von Trauer überwältigt. Weil die Frau im Vordergrund kauert, im Licht, ist sie, in ihrem weißen und grünlich-blauen Gewand, die hellste Figur auf dem Gemälde – ein Signalfeuer der Verzweiflung.

Ich frage mich, ob das Gemälde diejenigen, die es restaurieren, bis in ihre Träume verfolgt.

Links im Bild hält ein gebrechliches älteres Paar einander an den Armen und starrt mit erschütterter Miene einen Leichnam an, der an einem Seil, das ihm um das Handgelenk gebunden ist, über den Boden gezerrt wird; sein Kopf hängt schlaff herab, sein lebloser Körper noch wenige Augenblicke zuvor gottgleich in seiner Jugendlichkeit. Neben ihnen wird ein Mann von einem Diener beiseitegeschoben, der einen weiteren Leichnam hinter sich herzieht, als handle es sich dabei um den Müll, der am Montagmorgen abgeholt werden soll. Der Mann weicht entsetzt zurück, und noch während er einen Schritt nach hinten macht, senkt sich sein Kopf in ungläubigem Begreifen.

Die Restauratoren verfallen gewiss Zentimeter um Zentimeter, Figur um Figur dem Wahnsinn.

Im Hintergrund drängen sich zahllose Gesichter auf einer matt erleuchteten Treppe, manche bloß neugierig, andere erwartungsvoll. Die Art und Weise, wie sie ihren Gesichtsausdruck zu beherrschen versuchen, erinnert mich an den berühmten Spiegel in dem Van-Eyck-Gemälde der Arnolfini-Hochzeit: Was darin zu sehen ist, ist der Schlüssel zu dem, was wirklich geschieht.

Diese Gesichter werden den Restauratoren bestimmt nicht mehr aus dem Sinn gehen, ihnen in dämmerigen Jeepneys auf dunklen Straßen erscheinen oder im Dampf, der von kochendem Reis aufsteigt, oder in der Leere hinter ihren Augen, bevor sie in den Schlaf sinken.

Dann entdecke ich ihr Gesicht in der Menge: die Frau in dem roten Gewand. Sie hat es sich über den Kopf gezogen, um ihren Mund bedecken zu können. Sie scheint mich anzustarren. Ausdruckslos oder gelassen. Abwartend. Sich verbergend oder trotzig. Geduldig. Das Einzige, was ich mit Sicherheit weiß, ist, dass sie eine Antwort hat.

*

INTERVIEWER:
Was, glauben Sie, muss oder kann dann getan werden?

CS:
Aktivismus, Revolution, Gewalt, sogar Tod - all das ist vertretbar, wenn von uns erwartet wird, dass wir die Versäumnisse einer Regierung billigen, die das Volk knechtet. Auf jede Aktion wird irgendwann eine gleichwertige, entgegengesetzte Reaktion erfolgen. Das ist ein moralisches Gleichgewicht. Natürlich spreche ich von einem Land, dessen System ein Import aus anderen Nationen ist. Was also hier [in den USA] sakrosankt ist, muss in meiner Heimat noch lange nicht so sein. Von uns wird erwartet, dass wir auf die abstrakten Unbedingtheiten des Glaubens vertrauen, politisch wie religiös. Alles schön und gut - in der Theorie. Aber ein Abstraktum wie die Wahrheit ist nie die ganze Wahrheit. Freiheit wäre eine wundervolle Sache, würde sie für alle gelten. Und Demokratie ist nur ein mit Fehlern behaftetes experimentelles System. Kapitalismus ist unter all diesen Abstrakta das fragwürdigste, und sein Absolutheitsanspruch gründet nur auf seinem Durchhaltevermögen. Seit wann führt ein System, das auf privatem Laster basiert, zu öffentlicher Tugend? Ein Mangel an Alternativen sollte nie die unbedingte Akzeptanz einer einzelnen Möglichkeit bedingen. Die Menschheit sollte einfallsreicher sein und auch verantwortungsbewusster.

INTERVIEWER:
Aber Sie stammen doch selbst aus einer privilegierten Familie. Es wird behauptet, Sie hätten Ihresgleichen verraten.

CS:
Ich mag meine Klasse verraten haben, aber der Menschheit insgesamt bin ich treu geblieben. O Gott, das klingt nach verlogenem Heldentum. Aber Heldentum und Heiligkeit sind keine abgehobenen Dinge. Für gewöhnlich entstehen sie aus Selbstekel, Opportunismus, sublimierten Ängsten - die wir in uns selbst erkennen und deshalb auch, verstärkt, in anderen. Wenn das, was du bist, auch das einschließt, was du hasst, dann trägst du etwas um den Hals, das dich täglich daran erinnert, was sich auf der Welt ändern muss. Alles Gute steht mit etwas Schlechtem in Beziehung. Unsere derzeitige Präsidentin, Corazon Aquino, steht, so heilig sie erscheinen mag, mit der Bedrohung, die ihr vorausging, in Beziehung, der Marcos-Diktatur. Wer glaubt, nur Gutes zu tun, macht sich etwas vor und ist maßlos selbstgerecht. Konkupiszenz ist ein fester Bestandteil dessen, was uns ausmacht. Orwell hat über Gandhi gesagt, Heilige sind so lange vermeintlich schuldig, bis ihre Unschuld bewiesen ist. Nur weil meine Landsleute mich für schuldig hielten, heißt das noch lange nicht, dass ich jemals ein Heiliger war oder bin oder sein werde. Aber es sagt sehr viel über diejenigen aus, die diese Anschuldigungen erheben.

— Aus einem Interview in *The Paris Review* (1988)

*

Unser naiver Protagonist rennt durch den Regen, vom Museum zu einem Baum, von dem Baum zur Bushaltestelle. Tropfnass, wie er ist, zieht er sein Notizbuch aus seinem Rucksack. Schraubt den Stift auf und beugt sich über die Seite. Der junge Mann schreibt.

Für *Eight Lives Lived*: Salvador hat einmal geschrieben, es sei eine ...

Er zögert. Schaut zu, wie die schwarze Tinte von der Feder des Parker Vacumatic läuft. Wie ein Fluss durch Schnee, denkt er. Wie Nekromantie. Die Wörter zerfließen auf der Seite.

... Metapher für die Lage der Philippinen unter spanischer Herrschaft. Für viele ist das *Spoliarium* der Inbegriff ...

Der junge Mann hält inne. Streicht »der Inbegriff« durch.

... ein sine qua non ...

Er denkt einen Moment nach. Nimmt sich vor zu überprüfen, ob er diesen Begriff korrekt gebraucht. Fährt fort.

... des philippinischen Daseins, obgleich die meisten Philippinos, darunter ich selbst, das Bild nie persönlich gesehen haben, da es sich entweder unter Obhut der Spanier befand oder in unserem eigenen Nationalmuseum versteckt wurde ...

Plastische Lettern landen in rascher Folge. Typenhebel sausen herab, von einem alten, mit dicken Adern durchzogenen Paar Hände bewegt, die wie die Hände eines Zauberkünstlers über die Tasten fliegen. Der Wagen erreicht den Anschlag. Ein Glöckchen bimmelt.

Das *Spoliarium* ist allerdings eine Ikone, an deren geheimnisvollem Charakter die meisten Philippinos keinen Gefallen finden oder die sie nicht wirklich verstehen. Sein Erfolg ist die eigentliche Frechheit: Das rund vier mal sechseinhalb Meter große Gemälde gewann 1884 die Goldmedaille bei der Exposición de Bellas Artes in Madrid und schlug die Spanier, die uns für Indios und Barbaren hielten, mit ihren eigenen Waffen.

Der Tintenfluss lässt nach, und er schüttelt den Stift. Daraufhin fließt die Tinte wieder problemlos.

... Diese morbide Darstellung der Abgründe einer verlorenen Zivilisation zeigt, dass wir es durchaus mit anderen aufnehmen können. An seiner Historizität, seiner Infamie, der leeren Wand, an der es hängen sollte, der verschwommenen Kopie und dem achtlosen Begleittext erkennt man, in toto, den gegenwärtigen Zustand von Salvadors Nation. Dennoch, im Mittelpunkt des Bildes steht eine reglose Figur, die für den Panther im Exil eine tiefgründige Bedeutung gehabt haben könnte.

Ein Glöckchen ertönt. Die Buchstaben hasten ruckartig weiter, und auf der Seite erscheint ein Sternchen.

*

Ich springe in einen Bus, der Richtung Lupas Place Mall fährt. Ich bin auf der Suche nach einem Internet-Café, um meine E-Mails zu checken, bevor ich mich mit Avellaneda treffe. Meine Spambox hat sich mit allem möglichen Mist gefüllt, und ich habe noch immer keine Antwort von crispin1037@elsalvador.gob.sv erhalten.

Der Bus ist proppenvoll und riecht nach durchnässten Hosensäumen. Ein pummeliger junger Mann hält sich ein Taschentuch vor Mund und Nase und starrt sein Hightech-Handy an. Es macht »boing-boing«. Er drückt auf einen Knopf, und die Anzeige leuchtet auf. Der Mann gibt ein Quieken von sich, kann nicht mehr an sich halten und schreit: »Hoy! Hört euch das an!« Er liest von seinem Telefon ab. »Eilmeldung. Verhaftungen bei der Lakandula-Belagerung. Seid Gottes Gefäß – demonstriert für Veränderungen und steht zu euren Schwestern und Brüdern. Schaltet das Radio ein und hört, was gerade passiert.« Jemand ruft: »Ein Radio, wer hat ein Radio dabei?« Wir wenden uns alle dem Fahrer zu, der mit den Schultern zuckt und auf einen brandneuen Sechsfach-CD-Wechsler deutet, der mit dickem Klebeband am Armaturenbrett befestigt ist. Der pummelige junge Mann hält sein Telefon in die Höhe wie die Freiheitsstatue. Es ist auf Lautsprecher geschaltet, und ein Radiomoderator sagt etwas über das Ehepaar Changco. Die Fahrgäste zischen einander zu, bis der ganze Bus vor lauter »pst, pst« widerhallt und niemand mehr das Radio hören kann.

Schließlich herrscht Stille, und die blecherne Baritonstimme des Reporters ertönt: »… Menschenmenge wurde fast handgreiflich, als eine junge Frau vor den Rammbock rannte und in Gewahrsam genommen wurde – schon die dritte Verhaftung heute. Während des Tumults waren aus dem Inneren des Hauses Schüsse zu hören. Wir warten noch darauf, etwas über mögliche Opfer zu erfahren. Es wird davon ausgegangen, dass Mr Lakandula die Geiseln noch immer in seiner Gewalt hat. Die Polizei hat ihr Bestes getan, um die Menschenmenge zu beruhigen. Weitere Nachrichten. Die chinesische Grippe hat wieder …«

Die Fahrgäste stöhnen im Chor auf, und eine Frau kreischt hysterisch: »Gütiger Gott, gütiger Jesus, gütige Maria, habt Mitleid mit dem armen Wigbertito!« Ein älterer Angestellter mit einer weihnachtlich gestimmten Bart-Simpson-Krawatte tätschelt ihr die Schulter. Ein makellos gekleideter Mann ruft: »Er sieht doch so gut aus!« Ein anderer Mann fordert den Fahrer auf, an den Bordstein zu fahren und ihn aussteigen zu lassen. Fünf weitere schließen sich ihm an. Einer hebt den Arm und ruft: »Freiheit für Lakandula!« Der ganze Bus jubelt, während die sechs in das Gewitter hinausstürzen; sie halten sich die Hände über den Kopf, was ihnen allerdings nicht das Geringste nützt.

*

Boy Bastos war schon ziemlich altklug, als er noch eine Spermie in Ernings Hoden war. Eines schönen Tages erklärt er seinen Mitspermien, sie sollen sich bereithalten, gleich werde der Druck des Ergusses sie mit sich forttragen. Boy Bastos führt die Meute an, schließlich ist er Boy Bastos. Kurz bevor er aus Ernings Penis zu schießen droht, ruft er: »Alle Mann zurück, das sind nur die Mandeln!« Am nächsten Tag spürt er wieder, wie der Druck steigt, und einmal mehr führt er die Meute an. Dieses Mal ist er von einer unbändigen Entschlusskraft erfüllt. Im letzten Augenblick ruft er wieder: »Zurück, zurück! Das ist nur ein Kondom!« Am nächsten Tag spürt er wieder den Druck, und Boy setzt sich mit kühnem Schwung in Bewegung. Er ist überzeugt, dass dieses Mal die Zeit gekommen ist. Plötzlich dreht er sich um und ruft verzweifelt: »Zurück, zurück! Es ist Scheiße!«

*

Im Bus aufgeschnappt:

»Pare, hast du schon das Neueste gehört?«

»Jellyfish hat Vita Nova vernascht?«

»Nein! Nuredin Bansamoro hat sich mit Präsident Estregan getroffen.«

»Machst du Witze? Das sind doch Erzfeinde!«

»Nun, Bansamoro sagt zu ihm: Herr Präsident, bitte nehmen Sie diesen Mercedes Benz als Zeichen des Friedens an. Ich hoffe, dass Sie mich bei der kommenden Wahl zu Ihrem Vizepräsidenten machen.«

»Und?«

»Estregan erwidert: Tut mir leid, ich lasse mich nicht bestechen.«

»Ach was!«

»Und Senator Bansamoro sagt: Also gut. Dann verkaufe ich Ihnen den Wagen für einen Peso.«

»Warte! Warte! Lass mich die Pointe raten: Estregan sagt zu Bansamoro: In Ordnung. Zu dem Preis nehme ich zwei!«

*

Vielen Dank für die E-Mails, Leute. Hier ist alles okay, auch wenn es in Strömen gießt und an Weihnachten der Verkehr immer ein Albtraum ist. Mir geht es gut, also macht euch keine Sorgen wegen der Anschläge. Danke, Charlotte, dass du deine Ratschläge wegen meiner Füße cc an alle geschickt hast. Ich bin mir ziemlich sicher, dass es etwas damit zu tun hat, dass meine Einlagen nass geworden sind. Ich weiß deine Vorschläge zu schätzen, aber ich glaube kaum, dass meine Füße besser riechen werden, wenn ich in der Dusche auf sie pinkle. Ich werde dich wissen lassen, wie sich die Dinge entwickeln. (Das ist hoffentlich keine Verarsche!)

Was Grapes da so treibt, interessiert mich ehrlich gesagt einen feuchten Kehricht. Typisch, dass er in so etwas wie diesen Philippines-First-Mist verwickelt ist. (Übrigens, habt ihr dieses Bild mit Reverend Martin gesehen?) Über seine Verbindungen zu PhilFirst stand bisher nichts in den Zeitungen, das stimmt (ich wette, dass ihn das scheißviel Geld kostet), aber wir wissen doch alle, dass er mit Dinkdong Changco unter einer Decke steckt – Herrgott noch mal, die größte Fabrik von PhilFirst steht ja schließlich in seiner Provinz! Jaja, ich weiß, ich sollte in Sachen Politik inzwischen etwas abgebrühter sein. Aber ganz habe ich die Hoffnung noch nicht aufgegeben – manchmal, wenn ich über einen Großvater schreibe (oder über irgendeine andere Vaterfigur) und mir dabei Grapes und seine verrückten Gepflogenheiten vorstelle, versuche ich mich, um einen dreidimensionalen Protagonisten zu erschaffen, in ihn hineinzuversetzen. Ich sehe ihn als einen Patriarchen, der seinen Kindern und den Kindern seiner Kinder (wenn auch manchmal widerwillig) alles ermöglicht hat, was sie studieren, werden oder machen wollten. Ich sehe den Mann, mit dem ich als Kind gespielt habe, der stolz auf mich war und nur das Beste für mich wollte (trotz aller Differenzen bestanden *daran* nie irgendwelche Zweifel). Ich sehe jemand, der uns, ganz gleich, was wir angestellt hatten, immer wieder bei sich aufnahm (klar tobte er, natürlich tobte er). Ich sehe einen Mann, der große Träume hatte, aber meist an seiner Hybris scheiterte. Mir kommen oft die Tränen, wenn ich über diese fiktiven Vaterfiguren schreibe, wenn ich ihnen auf dem Papier Leben einhauche, und doch habe ich es mir nie erlaubt, über Grapes zu weinen. Und wenn ich mit dem Schreiben fertig bin, wundere ich mich, dass ich Mitleid für ihn empfinde und, ja, Sympathie.

Tut mir leid, ich schweife ab. Die Sache ist die – während ich versuche, mich abzunabeln (und das habe ich getan), während ich versuche, den Streit in dem Hotelzimmer zu vergessen, als sie mich rauswarfen, und den Hass, den ich empfand, denn was mir gleichgültig ist, macht mich stark – jedenfalls empfinde ich nicht nur Mitleid, sondern auch, ganz merkwürdig, so etwas wie Hoffnung. Ich versuche mich abzunabeln, aber ich weiß, dass er, wenn ich eines Tages meinen Doktor gemacht habe, statt stolz zu sein (auch wenn er behaupten wird, dass er das ist), sagen wird: »Na, ich habe vier.« Dabei sind das nur *honoris causa* von irgendwelchen Provinzunis. Und wenn ich mein Buch schreiben werde, wird er, statt stolz auf die Jahre zu sein, die ich hart gearbeitet habe (auch wenn er behaupten wird, dass er das ist), sagen: »Na, ich habe fünf geschrieben.« Dabei stammt jedes Einzelne von einem Ghostwriter, und alle wurden mit öffentlichen Mitteln publiziert. Ich weiß, dass das kein Wettbewerb ist – und wenn es denn einer wäre, würde ich automatisch gewinnen, weil es mir gleichgültig ist, wer gewinnt. Deshalb versuche ich, gleichgültig zu sein. Wie kann jemand *versuchen*, gleichgültig zu sein?

Mir wäre es lieber, unser Großvater würde in Würde scheitern, als mit dieser Kriecherei Erfolg zu haben. Meine Auffassung von Politik und von den Möglichkeiten, die er mir geboten hat, wäre eine andere, hätte er sich jemals für etwas Edleres eingesetzt als seine persönlichen Interessen und seine guten Absichten. Wenn ich sehe, wie er in diese PhilFirst-Geschichte hineingezogen wird, wenn ich sehe, wie er Granma in die Politik hineinzieht, indem er ihr den Gouverneursposten aufdrängt, den von uns keiner haben wollte, wenn ich sehe, wie er unseren guten Namen in den Dreck zieht, indem er sich in einem Jahr mit Estregan und Changco verbündet und im nächsten mit Reverend Martin und Bansamoro, oder wer auch immer im Laufe der Jahrzehnte auf seiner Seite der Drehtür auftauchte, dann zweifle ich fast noch mehr an ihm. Ich glaube, dass sein Einsatz für dieses Land nur ein Mittel für ihn ist, das Bild, das er von sich selbst hat, zu untermauern. (Ist eine selbstlose Tat jemals wirklich selbstlos? Kann ein selbstsüchtiger Mann niemals selbstlos sein?) Natürlich, er ist so reich, dass er nicht stehlen muss, das sagt zumindest Granma. Aber trotzdem. Einst war Grapes ein Mann, der Anlass zur Hoffnung gab. Jetzt geht er nur noch Kompromisse ein.

Nein, Mario, ich kann nicht, wie du dich ausdrückst, »um des lieben Friedens willen alles in Ordnung bringen«. Ich möchte kein Heuchler sein. (Wobei ich nicht die Schuldgefühle darüber verschweigen möchte, dass Großvaters Scheitern seine Ursache in all den Jahren hat, die er, um uns großzuziehen, im Exil gelebt hat.) Ich empfinde Mitleid und deshalb auch Trauer. Was wird wohl mit ihm geschehen, wenn ihm diese ganze PhilFirst-Geschichte um die Ohren fliegt? Wahrscheinlich rein gar nichts. Trotzdem, *wir* werden wissen, wie oft er nicht Farbe bekannt hat.

Bitte entschuldigt diese Tirade. Aber ihr wolltet wissen, wie es mir geht.

— E-Mail von mir an meine Geschwister,
7. Dezember 2002

*

Die *balimbing*, auf Spanisch als *Carambola* und auf Deutsch als Sternfrucht bekannt, ist eine grasgrüne bis strohgelbe Frucht mit fast schon leuchtendem, zähem Fleisch. Sie wird bis zu dreizehn Zentimeter groß und hat fünf längliche Rippen. Wenn man sie in Scheiben schneidet, sind die Stücke vollkommen sternförmig. Die Frucht schmeckt säuerlich frisch, sie enthält Eisen, die Vitamine B und C, Oxalat und Kalium. Ein Umschlag aus den Blättern der Pflanze wird oft verwendet, um Ringelflechte zu kurieren, während ein Tee aus ihren Samen gegen Asthma und Darmkoliken helfen soll. Wegen der Vielseitigkeit - oder der vielen »Gesichter« - der Frucht wird der Begriff *balimbing* oft abfällig für Politiker oder Verräter verwendet. Für mich steht er auch für den vielseitigen, janusartigen Charakter der Philippinos. Da die Mango offiziell unsere Nationalfrucht ist, seit die Amerikaner sie während der Besatzungszeit willkürlich dazu gemacht haben, ist es naheliegend, die *balimbing* aufgrund ihrer metaphorischen Bedeutsamkeit als inoffizielle Nationalfrucht vorzuschlagen.

— Aus: *My Philippine Islands (with 80 color plates)*
von Crispin Salvador

*

INTERVIEWER:
Sie haben viel über das Bedauern geschrieben. Das scheint für Sie ein Prüfstein zu sein. Was bedauern Sie am meisten?

CS:
Was für eine Frage! Am meisten bedauert man Dinge, die zutiefst persönlich sind. Wenn ich das in meinen Schriften noch nicht zu Genüge mitgeteilt habe, dann sollte es vielleicht besser ungesagt bleiben.

INTERVIEWER:
Es gibt doch bestimmt Dinge, von denen Sie wünschten, Sie hätten sie besser gemacht.

CS:

Also gut. Vielleicht trägt es dazu bei, mich von meinen Sünden reinzuwaschen, wenn ich hier davon erzähle. Mein Vater hatte einen Gegenspieler - eine Nemesis - namens Respeto Reyes. Ein guter Mann, wie sich herausstellte. Sehr einflussreich, wobei allerdings seine kompromisslosen Moralvorstellungen seiner politischen Karriere schadeten. Wäre er kein so guter Mensch, wäre er Präsident geworden. So ist das eben in unserem Land. Als ich anfing, als Journalist zu arbeiten - kurz nachdem ich zu Hause ausgezogen war, 1964, glaube ich -, wollte ich meinem Vater immer noch vieles recht machen. Verstehen Sie, das Wettrennen Junior Salvador gegen Respeto Reyes lief schon eine ganze Weile. Und verbringen wir nicht unser Leben damit, es unseren Eltern recht machen zu wollen, selbst wenn wir ihnen eigentlich eins auswischen möchten? Mein Vater hat mir beigebracht, seine Feinde zu hassen. Meine ersten Schreibaufträge bestanden darin, ihm bei seinen Reden zu helfen. Wir haben alle möglichen schmutzigen Tricks angewandt. Zum Beispiel Reyes unterstellt, er sei homosexuell, was völlig aus der Luft gegriffen war. Oder behauptet, dass er, da ihm noch kein zwielichtiges Verhalten oder Rechtsverletzungen nachgewiesen werden konnten, besonders niederträchtig sein musste und seinen Schmutz einfach besser zu verbergen wusste als alle anderen. Die verdrehte Logik ist klar, nicht wahr? Selbst nachdem ich von zu Hause ausgezogen war, schrieb ich weiterhin Artikel gegen Reyes. Zum Beispiel, als er in den Siebzigern von Marcos eingesperrt und gefoltert wurde, da schrieb ich, dass sogar schlechte Diktatoren manchmal einen guten Tag haben. Ich hab's einfach nicht kapiert. Jahrzehntelang hab ich nicht begriffen, was für ein Staatsmann Reyes wirklich war. Ich sage Ihnen, selbst wenn man seine Eltern hasst, verteidigt man sie letztlich bis zum bitteren Ende. Das geschieht mehr aus Hoffnung denn aus Pflichtbewusstsein oder dem Wunsch nach Versöhnung. Die Enttäuschung, die man seinen Eltern gegenüber empfindet, sagt eigentlich sehr viel darüber aus, wie bedingungslos man ihnen einmal vertraut hat.

Leider war ich nie imstande, das wiedergutzumachen, was ich Reyes angetan habe. Das ist die eine und einzige Sache, die ich in meinem Leben wirklich bereut habe.

— Aus einem Interview in *The Paris Review* (1988)

*

Mein letztes Treffen ist in fünfzehn Minuten. Dann muss ich nur noch Dulcinea finden.

Dieses Interview mit Marcel Avellaneda könnte eine Sensation werden. Niemand hat jemals etwas dazu gesagt, was seine Feindseligkeit gegenüber Crispin auslöste. Sie haben sich befehdet, wie es nur ehemalige beste Freunde können.

Ich habe den falschen Jeepney zum Theater genommen und musste noch ein Stück zu Fuß gehen. Nachdem ich eine Weile durch die labyrinthischen Straßen geirrt war, brachten meine Füße mich fast um. Schließlich fand ich das Theater. Zuerst sah ich seine Türme und Zinnen, und dann seine Fassade, rosafarben und weiß wie eine Muschel zwischen dem grauen Strandgut der anderen Gebäude. Ich kam nicht hinein, das Paradiesvogel-Gitterwerk war fest verschlossen. Schließlich entdeckte ich ein Tor mit einem verrosteten Schloss, das sich öffnen ließ.

Ich schalte mein Handy an und benutze es als Taschenlampe.

Im Foyer komme ich mir vor, als wäre ich in einen Sepiadruck geraten; das Sonnenlicht sickert durch Buntglasfenster und verweilt auf der hohen Decke und den Art-déco-Verzierungen. Kabel sind aus den Halterungen gerissen, und Schutt blockiert die Eingänge zu Räumen, die vielleicht niemand mehr betreten wird. Ein seltsamer Ort für ein Treffen. Auf der schwarzen Haut einer liegenden Statue hat sich eine dicke Staubschicht gebildet, die aussieht wie Schnee. Hinter einer Doppeltür höre ich etwas. Die Stimme eines alten Mannes.

Leise gehe ich in den Konzertsaal. In der Finsternis gleichen die Durchgänge zum Foyer Obelisken aus Licht. Ihre Strahlkraft reicht so gerade, um das Bühnenportal in Grau zu tauchen. Mein Handy, nicht heller als eine Kerze, gibt dem Raum etwas Weihevolles, das eher einer Gedenkstätte angemessen wäre. Fußspuren führen in den vorderen Bereich des Saals. Ich folge ihnen und bleibe vor dem berühmten Portal stehen, das Crispin zu seiner mit dem Palanca Award ausgezeichneten Kurzgeschichte »One-Act Play« inspirierte. Von einem Werk Alain Robbe-Grillets ausgehend, schildert die Erzählung einen Mord, der auf dieser Bühne begangen wurde, und beleuchtet die zahllosen Möglichkeiten, wie sich die Ereignisse abgespielt haben könnten. Crispins Beschreibung der Kulisse bildet den Rahmen des Dramas. Im Gedächtnis geblieben ist mir: »1001 Szenen von 1001 Holzschnitzern, jeder Einzelne ist angewiesen, seiner Vorstellungskraft freien Lauf zu lassen und sich die Geschichten seiner Jugend in Erinnerung zu rufen. Das Ergebnis ist ein gewaltiger Fries, auf dem neben unerreichbaren jungen Frauen auch sämtliche Sorten heimischer Früchte zu sehen sind und darüber hinaus nationalistische Flaggen, ein Hengst, der eine reich verzierte Kalesche zieht, die heroische Schlacht, in der Lapu Lapu Magellan niederstreckte, die beiden Tafeln der Zehn Gebote, die Flora und Fauna der Insel, hochgereckte Fäuste, Kirchen, Intramuros, pausbäckige Söhne und kugelrunde Töchter, Andrés Bonifacio, der einen Angriff der Revolutionäre anführt, ein Spanferkel mit einem Apfel im Maul, Jesus am Kreuz, eine Frau, die in einem spiegelglatten Feld Reis pflanzt, eine Mondsichel, die einen einzelnen Stern umarmt, ein riesiger Löffel und eine riesige Gabel – so viele Etceteras und Etceteras.«

Fiktionen haben leider oft zur Folge, dass man von der Wirklichkeit enttäuscht ist. In das Portal sind lediglich die vier Musen geschnitzt – Dichtkunst, Musik, Tragödie, Komödie. Nichts weiter. Die Schlichtheit der Realität. Hier wurde kurzzeitig auch Crispins Disko-Oper *All Around the World* aufgeführt. Ich habe Fotos von der Premiere gesehen – die Bühne das stilisierte Deck von Magellans Fregatte, der *Victoria*; singende Konquistadoren, die in engen Polyesterhosen an der Takelage hängen; eine Diskokugel, die den Mond hinter dem Besanmast darstellt.

Ich steige auf die Bühne und warte auf Avellaneda. Die Durchgänge werden immer dunkler. Etwas raschelt zwischen dem Schutt. Ich rufe seinen Namen. Dr. Avellaneda! Meine Stimme vervielfacht sich. Als würde mich jemand beobachten. Noch einmal rufe ich seinen Namen.

Was war das?

Die vier Gesichter starren mich an – Tragödie und Komödie gleichermaßen eindringlich, während Dichtkunst und Musik teilnahmslos wirken, gänzlich mit sich selbst beschäftigt.

Ich glaube nicht, dass Avellaneda kommen wird.

Nichts – nicht die Jahre, nicht Salvadors Tod – scheint seinen Zorn jemals besänftigen zu können. Ich warte länger als nötig. Er hat gesagt, dass er mir zeigen würde, was Crispin getan hat. Als es schließlich vollkommen finster ist, gehe ich meiner Wege.

8

»Es gibt nur drei Wahrheiten. Das, was man wissen kann. Das, was man nicht wissen kann. Die dritte betrifft nur Schriftsteller und hat nichts mit den beiden ersten zu tun.«

— Aus dem Essay »Kreuzigungen« (1987)
von Crispin Salvador

*

Boy Bastos ist vier Jahre alt und hat schon eine ziemlich große Klappe. Wegen der in die Brüche gegangenen Ehe seiner Eltern macht er seiner Mutter immer wieder das Herz schwer. Allerdings freut sie sich, dass er zu ihrem Liebhaber, dem Kongressabgeordneten, inzwischen »Papa« sagt. Eines Tages sieht Boy, wie seine Mutter sich umzieht.

»Mama, was ist das, was da so bei dir hängt?«

»Das sind meine Rettungsringe zum Schwimmen.«

»Super! Ich kann ja nicht schwimmen: Darf ich die für den Pool haben?«

»Nein, Boy. Die brauche ich selbst.«

Daraufhin fragt Boy, wobei er sein junges hübsches Kindermädchen meint: »Kann ich dann die von meiner Yaya haben?«

Seine Mutter erwidert verächtlich: »Nein, mein Sohn, in denen ist doch gar keine Luft.«

»Aber das stimmt doch gar nicht«, sagt Boy. »Gestern Abend, als du beim Mahjong warst, habe ich gesehen, wie Papa sie aufgeblasen hat!«

*

Ich esse in der Nähe des Theaters zu Abend, in einem Lokal, das *Beery Good* heißt. Reiskuchen, eine Schüssel Dinuguan und eine Dose Sarsi, serviert von einer mürrischen Frau, die einen Holzkohlegrill anfacht. Der Duft unterschiedlicher Spießgerichte erfüllt den Raum. Ich versuche, Avellaneda mit meinem Handy zu erreichen, aber er nimmt nicht ab. Der Fernseher in der Ecke ist sowieso zu laut.

Außer mir sind zwei Polizisten die einzigen Gäste. Es läuft eine Varietéshow, die von einer umwerfend schönen Philippina-Amerikanerin mit einem greinenden kalifornischen Akzent moderiert wird. Sie versucht, Taglisch zu sprechen, aber eigentlich ist es weit weniger Tagalog als Englisch. Sie bringt die Zeiten der Verben durcheinander.

Vier Studiogäste wetteifern miteinander darum, wer die meisten Schnapsgläser Datu-Puti-Essig trinken kann. Sie verziehen die Gesichter, und die Zuschauer lachen. Schließlich geben alle auf, bis auf Queenie, eine Kantinenköchin in mittleren Jahren aus Barangay Quijote, Quezon City. Sie darf zwischen einem Geldpreis von bis zu zehntausend Pesos wählen – das Gehalt von drei Monaten – oder dem Überraschungspreis, der sich in dem Bayong befindet, einer gewebten Tasche, in der sonst Obst und Gemüse vom Markt oder Kampfhähne transportiert werden.

Die mürrische Frau stellt sich neben mich und schaut zu. Sie faltet die Hände und schüttelt sie, als wollte sie gleich Würfel werfen. Ich befürchte schon, dass sie mich am Arm packt. Queenie entscheidet sich für den Bayong. Eine Nahaufnahme ihrer Lippen. Sie betet. Sie öffnet die Tasche. Zieht einen Lutscher heraus. Die Zuschauer kreischen vor Begeisterung. Queenie muss Tränen zurückhalten und lächelt tapfer.

Die mürrische Frau jammert. »Jesusmariajosep!« Sie stürmt in die Küche. Teller klappern. Bei ihrem Ausbruch haben sich die Polizisten umgedreht. Sie mustern mich. Der eine mit dem hungrigen Gesicht blinzelt, während er sein Red-Horse-Bier austrinkt. Der Tisch ist mit Flaschen übersät, als wären es leere Patronenhülsen oder uneheliche Kinder. Der andere Polizist, dunkelhäutig und so gutaussehend wie ein Filmstar, verzerrt den Mund – offenbar versucht er, mit der Zunge Essensreste zwischen Gaumen und Wange hervorzuholen.

Mir läuft der kalte Schweiß herunter.

Der Hagere steht auf. Reckt sich. Rückt seinen Pistolengürtel zurecht. Kommt auf mich zu. Lächelt irgendwie merkwürdig, als wollte er seine Goldzähne zeigen. Er steht über mir, während ich mein Essen anstarre. »Sir«, sagt er, »macht Ihnen das etwas aus?« Er redet mit einem gekünstelten amerikanischen Akzent. »Können wir auf einen anderen Sender umschalten?« Er deutet mit den Lippen auf den Fernseher. Ich nicke und lächle. Er grinst zurück. »Sie sollten besser nach Hause gehen«, sagt er. »Heute Nacht geschieht noch etwas Schlimmes.« Er rückt seinen Pistolengürtel zurecht und blickt himmelwärts.

Der Fernseher wird auf eine beliebte Nachrichtenshow umgeschaltet. Ein Mann, von dem nur Kopf und Schultern zu sehen sind, lamentiert: »Das ist Umweltterrorismus. Grüner Imperialismus.« Ein glatzköpfiger Mann mit riesiger Brille. »Wieso sorgen sie sich so sehr um die Lebensräume der Fische, wenn sich Menschen – Menschen! – in diesem Land keine regelmäßigen Mahlzeiten leisten können. Stellen Sie sich vor, wie arm dieses Land wäre, stünde nicht die PhilFirst Corporation an seiner Spitze! Diese Ausländer sollten nach den Gesetzen *unseres* Landes vor Gericht gestellt werden. Stattdessen bittet man sie höflich, auf ihrem Schiff zu bleiben. Wo sie Wein trinken und sich die Zeit mit Gesellschaftsspielen vertreiben! Ist das Gerechtigkeit?«

Eine Frau mit Wuschelfrisur erwidert: »Was ist mit den Auslieferungsabkommen?«

Der Mann schüttelt den Kopf. »Nicht anwendbar! Mein Mandant gedenkt, im Interesse und zur Sicherheit der Allgemeinheit eine Untersuchung in die Wege zu leiten, und er wird diese sogenannten World Warden in vollem Umfang belangen. Dafür sind Gesetze schließlich da.«

*

Es war lange her, seit sie es das letzte Mal getan hatte. Dulcé fragte sich, ob sie noch stark genug daran glaubte. Damals war sie jünger gewesen. Jetzt *fühlte* sie sich sogar älter. Der Unterschied zwischen elf und fünfzehn ist gewaltig, fast ein Drittel des Lebens! Sie hatte den Eindruck, dass die Farben der Welt mit jedem Jahr ein bisschen mehr verblassten. Außerdem wäre kein Kap da, um sie aufzufangen.

Dulcé konnte sich durchaus noch an die Gesetze der Magie erinnern, aber in der Schule waren ihr auch die Gesetze der Physik beigebracht worden. Und diese Gesetze waren unveränderlich. Schwerkraft würde immer Schwerkraft sein. Aber vielleicht konnte man sie abbremsen, wenn man fest genug daran glaubte. Den Sturz unter Kontrolle halten. Denn wenn man sich ganz dem Augenblick hingibt, dann ist Fallen eigentlich wie Fliegen, zumindest, bis man auf dem Boden aufkommt. Das hatte Kap immer gesagt. Wovor hatte Dulcé also solche Angst? Es war doch nur eine Frage der Willensstärke. Wie wenn man aufsteht und zur Schule geht, obwohl man noch zu müde ist.

Wie schon so oft zusammen mit Kap sprang Dulcé von dem Ast hinunter. Sie glaubte fest daran, dass sie für die Dinge, die wirklich wichtig waren, noch nicht zu alt war. Sie glaubte fest daran, dass sie wieder leichter als Luft sein konnte. Sie glaubte fest daran, dass sie nicht fallen würde. Sie glaubte.

Dulcé fiel. Wurde langsamer. Sank sanft wie eine Feder nach unten. Kam auf dem Boden auf. Ihre Fußsohlen trugen schließlich ihr ganzes Gewicht, und doch kam sich Dulcé seltsamerweise leichter vor denn je. Sie betrachtete ihre Schuhe. Ja, sie standen sicher auf dem Boden. Aber sie kam sich vor wie ein völlig neuer Mensch.

Die Sterne über ihr leuchteten, als wollten sie applaudieren.

— Aus: *Ay Naku!*, Buch 3
von Crispin Salvadors *Kaputol*-Trilogie

*

Auf dem Rückweg ins Hotel wird mein Taxi an einer Straßensperre angehalten. Der betagte Fahrer, der sichtlich zittert, kurbelt das Fenster herunter. Er zerrt und zwirbelt an den langen Haaren, die aus einem Muttermal an seiner Wange wachsen. Ein Soldat, dem das Wasser über den grün schillernden Regenmantel läuft, bückt sich und leuchtet uns mit einer Taschenlampe ins Gesicht. Über Mund und Nase trägt er eine Staubschutzmaske. »Führerschein, bitte.« Er und der Fahrer reden leise miteinander. Der Soldat geht nach hinten, klopft auf den Kofferraum. Der Deckel geht mit einem Klicken auf. Der Fahrer dreht sich lächelnd zu mir um. »Es ist nichts«, sagt er. »Heute Nacht durchsuchen sie alle Taxis. In der Nähe des Malacañang Palace ist eines explodiert.« Der Soldat knallt den Kofferraumdeckel zu. Kommt zurück.

»Ihr Ersatzreifen hat kein Profil«, sagt er. Er bückt sich wieder und schaut zu uns herein, das Gesicht vom Regen glänzend.

»Wenn ich ihn brauche, wird er's schon tun«, sagt der Fahrer. »Einen neuen kann ich mir nicht leisten.«

»Das gibt einen Strafzettel, und ich muss Ihren Führerschein konfiszieren.«

»Kann ich die Strafe jetzt gleich bezahlen?«

»Das können Sie natürlich.«

»Wie viel?«

»Einhundert Pesos.«

Ich melde mich vom Rücksitz zu Wort. »Dürfen Sie überhaupt Strafzettel ausstellen?«

»Zweihundert Pesos«, sagt der Soldat, ohne mich anzuschauen.

Ich kurbele das Fenster herunter. »Welcher Division gehören Sie an? Ich werde Sie melden, und zwar …«

»Vierhundert Pesos.« Der Soldat starrt mich an.

»Schon gut, schon gut!«, sagt der Fahrer und steckt dem Soldaten vier Scheine zu.

Der Soldat gibt ihm den Führerschein zurück und winkt uns mit seiner leuchtenden Taschenlampe weiter. Der Fahrer seufzt, und die Scheibenwischer quietschen wie zur Antwort. Wütend blickt er in den Rückspiegel. Streicht sich wieder über die langen Haare, die aus seinem Muttermal wachsen. Ich sage ihm, dass ich das übernehmen werde. Er nickt. Versucht ein Lächeln. »Früher waren Bestechungsgelder fix«, sagt er. »Fünfzig Pesos, genug für ein Abendessen. Alles im Rahmen. Aber das hat sich geändert.«

Ich drehe mich um und schaue zu, wie sich der Schein der Straßensperre entfernt. Auf der Heckscheibe des Taxis prangt ein Aufkleber. Im Licht zeichnen sich die schwarzen Buchstaben auf dem weißen Feld ab. Von innen gelesen, steht da: AJUᗡИAꓘAJ ƎƎЯꟻ

*

Nach einer spektakulären Gerichtsverhandlung wurden drei verarmte Bauern des Mordes an Petra für schuldig befunden und zum Tode verurteilt. In der festen Überzeugung, dass die Angeklagten lediglich Sündenböcke waren, machte sich Salvador auf den Weg in die Berge. Sämtlichen Schilderungen zufolge war sein Geisteszustand zu jener Zeit äußerst labil, wobei er in seiner Autobiografie behauptet, er habe ein klares Ziel vor Augen gehabt.

Am Abend des 7. Dezembers 1967 packte Salvador einen Rucksack und reiste mit dem Jeepney, zwei Bussen, einem Trike und schließlich zu Fuß in eine kleine Ortschaft am Fuße des Mount Banahaw, jenem geheimnisvollen Vulkan, der für seine Pilgerstätten bekannt ist. Dort traf er sich mit Ka Arsenio, einem Mann, von dem sein Genosse in der Stadt gesagt hatte, dass er ihn zu den NPA-Lagern in den dahinterliegenden Bergen führen würde. Während ihrer Wanderung sprach Ka Arsenio kaum ein Wort mit ihm. Salvador erinnert sich: »Mein seltsamer Führer hätte mir im Schlaf die Gurgel durchschneiden oder verschwinden können, bevor ich aufwachte, so sehr schien er mich zu verachten. Und doch, am nächsten Morgen kochte er Kaffeewasser über dem Lagerfeuer. Während der drei Tage, die wir schweigend zusammen verbrachten, hätte ich nie erwartet, dass er einmal mein Mentor und bester Freund werden würde.«

— Aus der im Entstehen begriffenen Biografie
Crispin Salvador: Eight Lives Lived von Miguel Syjuco

*

Was ist der Rebell, den ich einst kannte, doch für ein Mensch! Die Waffen hat er niedergelegt und eine abgelegene Höhle zu seinem Wohnsitz gemacht. Seine Gedanken, von all den Abscheulichkeiten besetzt, die er in seinem Leben gesehen hat, lassen ihn allmählich zu einem Bodhisattva werden. Seine Weisheit spricht sich herum. Seine Familie, seine Kumpels aus seiner Kindheit, seine ehemaligen Kampfgenossen – alle machen sie eine Pilgerreise, um sich bei ihm Rat zu holen. Aber sie missachten letztlich seine weisen Worte, denn sie halten sein härenes Gewand, sein asketisches Gebaren, seine Aphorismen für prätentiös.

— Aus dem 1988 erschienenen Essay *Tao* (*People*)
von Crispin Salvador

*

7. Dezember 2002. Samstagabend. Ich habe eine Woche in Flugzeugen, in Taxen, in seltsamen Träumen und Gesprächen zugebracht. Heute ist der erste Abend, an dem ich mich richtig gut fühle. Großartig sogar. Während ich mein Dinuguan aß, hat mir Sadie eine Entschuldigung getextet, dass sie mich hat im Regen stehen lassen. Sie versprach, es wiedergutzumachen. Ich habe im Hotel ein Nickerchen gemacht und bin dann frisch und munter in den Club gegangen - geduscht, die Nase gepudert und von der Gewissheit erfüllt, was mein nächster Schritt sein wird: Ich weiß, wo Dulcinea ist.

Aber heute Abend will ich damit nichts zu tun haben. Heute Abend habe ich ein jungfräuliches Gramm in der Tasche. Heute Abend ist sogar die Musik perfekt. Oknard5 steht am Plattenteller - er ist aus NYC eingeflogen, macht Ferien in der Stadt. Sampelt Elektroklassiker, webt daraus seinen ganz eigenen Klangteppich. Das Publikum ist begeistert.

Und da ist sie. Sexy Sadie, jenseits der Tanzfläche, die in Nebel gehüllt ist. Sie lehnt mir direkt gegenüber an der Bar, die Ellbogen gelangweilt aufgestützt. Sie beobachtet, wie ich sie beobachte. Erneut wird sie von den tanzenden Körpern, den zuckenden Lichtern verdeckt, die erst rot, dann blau, dann gar nicht, dann grün, dann orange leuchten. Dann teilt sich die Menge der Feiernden, und da ist sie wieder, ihr Blick noch immer auf mich gerichtet. Sadie lächelt.

Ihre leuchtenden Schultern wirken zerbrechlich unter

den schwarzen Spaghettiträgern. Das lange, in der Mitte gescheitelte Haar bedeckt so gerade ihre Brustspitzen, die unter ihrem dünnen Satintop nicht zu übersehen sind. Sie erinnert mich an eine der Nymphen in diesem präraffaelitischen Gemälde: der heroische Hylas am Ufer, als er ins Wasser gelockt wird. Der Blick aus ihren dunklen Augen über ihre kecke Nase hinweg hat gleichzeitig etwas Distanziertes und Lockendes. Ich könnte schwören, dass Waterhouse heimlich eine Philippina-Mestizin geliebt hat. Vor meinem geistigen Auge sehe ich Sadie nackt im Wasser, Lilienblüten berühren sanft die Unterseite ihrer aufgerichteten Brüste, eine gelbe Blume leuchtet in ihrem Haar, und sie streckt die zierlichen Arme aus, als ich mit meiner Amphore herbeikomme, um meinen Durst zu stillen.

Nachdem ich zu ihr hinübergegangen bin, ruft sie mir über die Musik hinweg ins Ohr: »Na, Lenny, träumst du von den Kaninchen?«

»Was meinst du damit?«, schreie ich.

»Du sahst da drüben so verloren aus. So unsicher wie eine Maus. Hat der Typ dir ein Baggy zugesteckt?«

»Ich hatte das Gefühl, dass mich jemand beobachtet. Ich wusste nicht, dass du das warst. Mir geht es gut. Es ist einfach überwältigend, wieder zu Hause zu sein.«

»Ich dich beobachten? Ich soll an dich denken? *Was denkst du von mir?*« Sie sagt den muffigen alten Spruch in gewollt süßlichem Tonfall.

Ich lasse mich darauf ein. »Du denkst wohl, *ich denk nur an dich?*«

»Niemals. Ich bin froh, dass du meine Nachricht bekommen hast. Ich hab schon befürchtet, du schaffst es nicht hierher. Der Regen und so. Meine Eltern wollten mich nicht gehen lassen.«

»Warum? Wegen des Geredes über einen Putsch?«

»Nee. Das ist doch der übliche Scheiß. Hab ich recht? Meine Eltern haben sich wegen diesem irren Taifun Sorgen gemacht. Ich musste warten, bis meine Mom ihre Schlaftabletten genommen hat, und mein Dad ist sowieso nicht zu Hause, das Arschloch. Nette Hose, übrigens. Hätte eigentlich nicht gedacht, dass du …«

»Was meinst du damit?«

»Nichts. Ich meine, rock on, Mann!« Sie hebt die Hand und macht den Teufelsgruß.

Ich senke den Blick und betrachte meine engen Lederhosen. Ich habe sie gekauft, nachdem Madison und ich uns getrennt haben. Wahrscheinlich wollte ich mir ein neues Image zulegen. Sadie frotzelt zwar darüber, aber sie ist auch total beeindruckt.

»Hey, Sadie, wird dein Dad nicht …«

»Nein, der Fahrer lässt ihn immer unter dem Vordach raus. Morgen gehen meine Eltern Golf spielen – das ist ihr gemeinsamer Tag. Das ist ihnen so wichtig, dass sie normalerweise nur gemeinsam ihre Bälle holen. Aber bei dem Wetter werden sie bis um elf schlafen.«

»Kann ich dich zu einem Drink einladen?«

»*Kannst* du mich zu einem Drink einladen?« Sie legt mir die Hand auf die Brust. Spürt sie, wie sehr mein Herz hämmert? Es ist so lange her, dass mich jemand so gereizt hat. Ich glaube, wir würden gut zusammenpassen. Bei Madison hatte ich dieses Gefühl nie. Bei Madison hatte ich immer den Eindruck, dass die Not uns zusammengebracht und die Erschöpfung dafür gesorgt hat, dass wir zusammengeblieben sind.

»Weißt du, Miguel. Ich fühle mich dir so nahe. Als hätte ich mein ganzes Leben lang auf dich gewartet. Spendier mir einen Drink, und dann nimm mich mit, für immer.« Fast glaube ich ihr. Dann hebt sie den Handrücken an die Stirn und tut, als würde ihr schwindelig. Ihre Achselhöhlen sind wirklich hübsch.

Ich rufe den Barkeeper herüber. »Ich hätte gerne einen Swinging Balzac.«

»Was?«, sagt er. »Single Malt on the rocks?«

»Nein, einen Swinging Balzac. Ein Teil Cognac, ein Teil Calvados, halb Grand Marnier, einen Spritzer Limone. Mit Eis geschüttelt und durch das Sieb in ein Martini-Glas abgegossen.« Der Barkeeper denkt einen Moment lang nach und nickt dann.

»Was ist das?«, will Sadie wissen.

»Crispins Lieblingsdrink. Den Namen hat er wohl von jemand Klügerem geklaut. Er sagte immer: ›Hast du Lust auf einen Swinging Balzac?‹, und wedelte dabei vielsagend mit dem Finger.«

»Wieso vielsagend?«

»Was möchtest du?«

Sie bestellt einen Double Dickel on the rocks. »Wir immer mit unseren literarischen Prätentionen«, sagt sie und grinst.

Sie hat recht. Es ist großartig.

*

Unser verknallter Protagonist hört, wie der Barkeeper ihre Bestellung in die Kasse tippt. Das Geräusch der Glocke, bevor das Schubfach aufgeht, erinnert ihn an eine vertraute Szenerie. Der alte Mann in seinem Arbeitszimmer, an seinem Schreibtisch, in einem Lichtkreis, der vom Pfeifentabak ganz milchig ist; die Typen hämmern, klickklack, klickklack, bis das befriedigende Bimmeln ertönt.

Der Junge betrachtet sich im Spiegel hinter der Bar, obwohl er doch neben Sadie im zuckenden Licht steht. Er schaut nicht aus Eitelkeit, sondern zur Bestätigung. Ja – denkt er und schaut sich in die

Augen –, es geschieht wirklich. Selbst wenn es mir so vorkommt, als wären wir in einem Film. Selbst wenn es zu schön ist, um wahr zu sein – endlich ein Mädchen, das begreift, was Sache ist; die Beleuchtung ist genau richtig; die Musik ist fantastisch; und er hat das Gefühl, dass gleich etwas Entscheidendes passieren wird. Er schüttelt den Kopf und denkt, Himmel, ich bin jetzt schon high.

*

Boy Bastos wird erwachsen und hat eine Tochter, die ihm wie aus dem Gesicht geschnitten ist; er tauft sie Girly. Girly bekommt Besuch von ihrer Schulfreundin. Sie spielen zusammen mit Boy Bastos Luksong Tinik – »über Dornen springen« –, das traditionelle Spiel, bei dem ein Paar auf dem Boden sitzt und mit ausgestreckten Händen einen Zaun bildet, über den die Teilnehmer springen müssen. Am Anfang ist der Zaun nur wenige Handbreit hoch, und sobald alle gesprungen sind, wird er um eine Handbreit erhöht. Vielleicht kennen Sie das Gemälde von Amorsolo, eine bukolische, sonnendurchflutete Szenerie, die oft in Broschüren oder Büchern verwendet wird, um eine idyllische Jugend darzustellen.

Die Mädchen strecken die Hände aus, und Boy springt darüber hinweg, ohne sich anzustrengen. Er lacht, selbst überrascht, wie viel Spaß ihm das macht. Schließlich ist seine Tochter an der Reihe. Boys ausgestreckte Hand bildet den oberen Rand des Zaunes. Girly vollführt einen wundervollen Sprung, wie eine Schere, die weit aufgeklappt ist, um etwas zu schneiden.

»Du hast mich berührt!«, ruft Boy.

»Hab ich nicht«, behauptet Girly.

»Ich bin mir ganz sicher«, sagt Boy. Sie fangen an, sich heftig zu streiten.

»Papa, warum bist du dir so sicher?«

Boy riecht an seinem Daumen. »Puh!«, sagt er. »Fisch. Sag ich doch, du hast mich berührt.«

*

Sadie: »Was ist das für ein Geruch?«

Unsere Stimmen hallen in der Toilettenkabine wider.

Ich: »Wir sind auf einem Männerklo.«

Sadie: »Ziemlich, äh, eklig.«

Ich: »Dann mal los und nichts wie raus hier.«

Sadie hat etwas Schüchternes, wenn sie kokst – sie schnuppert vorsichtig, als wären es frischgebackene Kekse. Nachdem ich ihr den Schlüssel mit einem Häufchen hingehalten habe, nimmt sie das Baggy und bedient im Gegenzug mich. Wie ein Mädchen kokst, verrät eine Menge über sie. Madison war wie ein provenzalisches Trüffelschwein. Oft hat sie sich beide Lines reingezogen, die für sie und die für mich. Das wurde zu so etwas wie einem wiederkehrenden Witz, auch wenn ich es nicht ausstehen konnte, besonders um drei Uhr morgens, wenn unsere Vorräte zu Ende gingen.

Sadie streckt die Hand aus und wischt mir einen Rest Pulver von der Oberlippe. Ich komme mir vor, als stünde ich auf einer sommerlichen Wiese, auf der obersten Sprosse einer Leiter, und lasse meinen Blick über endlose Sonnenblumenfelder schweifen. Wer braucht schon Drogen, wenn er verliebt ist? Oder zumindest verknallt?

»Weißt du«, sagt sie, »in diesem Buch über die Snowboarder, das ich gerade lese, da stehen diese wirklich großartigen Sätze: ›Wenn man zusammen mit seinen Freunden in einer vollen Bar kokst, dann macht das nicht nur deswegen Spaß, weil man high ist. Es ist das Gefühl, etwas Verbotenes zu tun. In einer Zeit, in der es okay ist, den *Playboy* zu kaufen oder ein Mädchen in Unterwäsche zu sehen, ist das, wie wenn man in einem öffentlichen Schwimmbad unter Wasser einen Steifen bekommt.‹ Weißt du, ich glaube, ich würde mit dir gerne etwas Verbotenes tun, Miguel, das glaube ich wirklich.« Sadie küsst mich aufs Kinn, und ich fühle mich wie ein Löffel, der in der Mikrowelle Funken schlägt. »Los, besorgen wir uns noch was zu trinken.«

Ich halte ihr die Kabinentür auf. Ich mag nicht viele Dinge sein, aber ein Gentleman bin ich auf jeden Fall. Die Rundung, wo Sadies Hals und Schultern ineinander übergehen, sieht verdammt köstlich aus.

Gelächter und Stimmen kommen näher, und plötzlich stolpern ein paar von meinen alten Freunden in die Männertoilette. Ich schniefe und reibe mir die Nase, um Sadies Ehre nicht aufs Spiel zu setzen.

»Dude!«, sagt Gabby. »Seit wann bist du denn wieder da?« Es ist toll, ihn zu sehen. Er hat immer noch diese Augen, als kenne er ein beglückendes Geheimnis, das er dir vielleicht verraten wird.

Rico: »Schön, dich zu sehen, Alter!«

Chucho (schüttelt mir lebhaft die Hand): »Was 'n Kerl was 'n Kerl was 'n Kerl!«

Gabby: »Wie lange bleibst du?«

Ich: »Nur eine Woche. Wahrscheinlich.«

Chucho: »Nicht einmal bis allen ein Licht aufgeht! Du bleibst nicht über Weihnachten?«

Ich: »Na, wie geht's euch so?«

Chucho: »Immer dasselbe, Pare. Immer dasselbe.« Seit ich ihn das letzte Mal gesehen habe, ist er ziemlich in die Breite gegangen. Seit seine Frau schwanger wurde, vermutlich. »Hier verändert sich nichts.«

Rico: »Wohl wahr, Kumpel.« Sein Akzent klingt, als wäre er im Süden Londons aufgewachsen. Vor ein paar Jahren hat er sein Jurastudium an der Ateneo hingeschmissen und wurde auf eine Kochschule ins Ausland geschickt. Seine Eltern kannten den philippinischen Botschafter am Hof von St. James oder etwas in der Art. »Bin erst gestern von Heathrow zurückgekommen. Fast hätte ich es nicht geschafft. Aber ich wusste, dass hier über Weihnachten einiges abgehen würde. In Narita hatte der Flieger sechs Stunden Verspätung, weil sie gewartet haben, bis das Wetter besser wurde. So ein Mist! Mann, hast du diese Attentate mitgekriegt? Diese beschissenen Muslime! Und meine Eltern sind der Meinung, ich wäre zu Hause sicherer als im Winterurlaub auf Ibiza.« Er spricht es »Ibi*th*a« aus.

Gabby: »Du weißt, wie es ist. Es ist schon so lange furchtbar, dass es nicht mehr schlimmer werden kann. Das sind doch nur die Medien. Die bauschen immer alles auf.«

Wir lachen und nicken zustimmend.

Sadie: »So schlimm ist es doch gar nicht.« Offenbar kennt sie alle Anwesenden – typisch für die Kosmologie von Manila. »Manila ist ein einziger großer Rorschachtest. Es sagt viel über jemanden aus, was er über die Stadt denkt.«

Chucho: »Sades, warum treibst du dich mit dieser Missgeburt herum? War nur ein Witz. Ein Witz, ein Witz! Was 'n Kerl was 'n Kerl. Der Wichser war mal der Atomic Shaman! Wusstest du das? Du hättest ihn mit Leuchtstäben tanzen sehen sollen. Aber er hat sich in angenehmere Gefilde abgesetzt. Schaut ihn euch an! Zu viel Milch und Honig und zu viele Pizzas von *Famous Original Ray's*.« Er legt mir kumpelhaft den Arm um die Taille. Ich schiebe ihn weg und zerwuschle ihm die Haare.

Gabby (mit leuchtenden Augen): »Hast du wirklich?«

Rico: »Was?« Seine Miene wird euphorisch, als er begreift, und dann hoffnungsvoll albern.

Die drei Jungs mustern mich erwartungsvoll.

Sadie schaut mich an. Ich schaue Sadie an. Ich schaue die Jungs an.

»Tut mir leid, Freunde. Alles alle.«

Wir verlassen die Toilette im Gänsemarsch. Gabby hat den Arm um Sadie gelegt, und es ist offensichtlich, dass er sie mit mir aufzieht. Chucho tanzt zur Musik und reckt die Faust in die Höhe.

Rico (den Arm um meine Schulter gelegt): »Hey, wie geht's deinem Opa? Alles in Ordnung mit ihm?«

Eigentlich habe ich Rico nie gemocht. Er meint, er wäre dick mit mir befreundet, weil er nach dem College eine Weile für meinen Großvater gearbeitet hat. In der Politik hätte er es weit gebracht. Er ist ein solches Arschloch, dass er nicht einmal merkt, wenn ihn jemand nicht leiden kann. Und seit er das Koksen entdeckt hat, hält er sich für besonders cool.

Ich: »Grandpa geht es gut. Noch immer voll dabei.«

Rico: »Weißt du, dein Lolo ist einer der großartigsten Menschen, die ich je kennengelernt habe. Er mag vieles sein, aber er ist ein ehrlicher Mann in einem verlogenen Umfeld.«

Ich: »Klar.«

Rico: »Er hat mir ganz schön zugesetzt, als ich für ihn gearbeitet hab, aber das hatte ich auch verdient.«

Ich: »Du hättest nicht so oft bekifft bei ihm auf der Matte stehen sollen.«

Rico: »Dude, anders ging das nicht. Das war ein verdammt harter Job. Ich weiß noch, die schlimmste Nacht war, als dieser Kerl an den Toren von Forbes auftauchte und deinen Opa sprechen wollte. Ich bin raus, und der Kerl zetert: ›Ich habe Gouverneur Salvador gewählt. Wegen seiner Programme habe ich Pfleger gelernt und bin nach Manila gekommen.‹ Dem Typ zittern die Hände. Er redet weiter: ›Ich habe mein Bestes versucht. Jetzt habe ich nichts mehr und weiß nicht, wo ich hin soll. Ich brauche Hilfe, um ein Boot nach Hause zu meiner Familie nehmen zu können.‹ Dann schaut er mir in die Augen und sagt: ›Wenn der Gouverneur mir nicht hilft, weiß ich nicht, was ich tun werde. Ich habe Angst vor dem, was ich tun werde.‹ Er sah so aus, als meinte er es wirklich ernst. Ich glaube nicht, dass ich das jemals vergessen werde. Er zupfte die ganze Zeit an seinem Shirt rum, und seine Hände zitterten. Also bin ich reingegangen und hab es deinem Lolo erzählt, und er sagt: ›Das behaupten sie doch alle.‹ Also frage ich ihn: ›Was soll ich machen?‹ Und dein Lolo sagt: ›Kümmer dich drum.‹ Also geh ich raus und sag dem Typ, es tut mir leid. Du hättest ihn sehen sollen. Er hörte auf zu zittern, und sein ganzer Körper fiel in sich zusammen, und dann setzte er sich auf den Boden. Ich wusste nicht, was ich tun sollte. Ich hab ihm alles Geld gegeben, das ich in der Tasche hatte. Ich musste das Tor abschließen, er hockte einfach nur da und starrte die paar Scheine an, die ich ihm gegeben hatte. Ich frage mich oft, was aus ihm geworden ist.«

Ich: »Davon hast du mir nie etwas erzählt.«

Rico: »Ach, so oft haben wir uns nicht mehr gesehen. Du warst immer bei deiner Tusse und dem Kind.«

Ich: »Was für ein verdammter Heuchler mein Großvater doch ist.«

Rico: »Willst du mich verarschen? Seit damals hab ich wirklich Respekt vor ihm. Denn er hatte recht. Glaub bloß nicht, dass so was deinen Lolo kaltlässt. Er weiß einfach, was getan werden muss.«

Ich: »Ich weiß nicht. Man hilft, wo man kann.«

Rico: »Aber klar. Versuch es doch mal! Egal. Bist du sicher, dass du nicht über Weihnachten bleibst?«

Ich: »Ja, ich bin sicher.«

Rico: »Dude, nur wegen der Partys, und dann kannst dich wieder verpissen. Im Ernst. Jedes Mal, wenn ich zurückkomme, wird mir alles klar. Das hier ist eine ausgewachsene Geisterstadt. Hab ich nicht recht?«

*

MAGELLAN: Gimme, gimme, gimme some heathens for my Lord
Some bullets for our muskets and a whetstone for our swords
In ships we come, like a stroke of thunder
To live and die, for salvation and plunder
We name these lands for our king!
PIGAFETTA: Gimme, gimme, gimme my parchment and my quill
The story I have, I know is sure to thrill
I'll record our myths and make you legend
Our faith in God's empire nothing could rend
We name these lands for our king!

— Aus dem Disco-Musical *All Around the World* (1982), das auf dem Leben des Kartografen und Übersetzers Antonio Pigafetta basiert (Libretto von Crispin Salvador, Musik von Bingbong Cadenza)

*

Die Musik geht voll ab. Obskure Elektro-Remixe. Wir lehnen oben auf der Galerie am Geländer und blicken auf die Tanzfläche hinunter. Sadie weist mich auf Vita Nova hin, die auf dem Podest neben der DJ-Kabine abrockt.

»Ich muss ja zugeben«, sagt Sadie, »die ist schon scharf.«

»Yeah. Aber sobald sie den Mund aufmacht ... reiner Gossenslang.«

»Ich hab gehört, dass sie ein totales Flittchen ist«, sagt Sadie. »Voll abgefuckt. Ich kenne jemanden, der sagt, mit ihr zu vögeln sei, wie einen Hotdog durch einen Flur zu werfen.«

»Aber, aber, Miss Gonzales. Ihre Wortwahl.«

»Ich berichte ja nur. Das ist meine Bürgerpflicht. Außerdem hasse ich Flittchen. Sie halten sich für Feministinnen, die sich alles erlauben können, und kriegen nicht mit, dass sie total unterdrückt werden.«

»Glaubst du wirklich, dass sie etwas über den Präsidenten weiß, das ihm den Kopf kosten könnte?« Ich muss zugeben, dass es schwer ist, Vita nicht anzustarren. Ich bemühe mich trotzdem, damit Sadie nichts bemerkt. Die tanzende *Artista* ist ein leuchtender Sternennebel, von dem die Musik auszugehen scheint. Über einer schillernden, weit ausholenden Basslinie singt ein Mann mit einer Stimme wie Schwerkraft Refrains, die einen nicht mehr loslassen. »... Where'd they *come* from? *I* don't know ...« Vita hat die Augen geschlossen und wiederholt immer denselben Move, bei dem ihr Gesicht sich in die eine Richtung bewegt und ihre Hüften in die andere. Wie eine Schlange. Mit einem Wahnsinnsvorbau und einem üppigen Arsch. Die Schlange, die Eva den Apfel gegeben hat, den diese Adam gegeben hat. Der Mann mit der düsteren Stimme singt voller Freude: »... But I'd give away the fames of a hundred Henry James ...« Vita reckt die Hände über den Kopf, eine ekstatische Zurschaustellung dessen, was aus ihr geworden ist. Auch sie hat tolle Achselhöhlen.

Sadie fragt: »Sieht fast so aus, als hättest du Lust zu tanzen. Wollen wir?«

»Eigentlich sehr gerne, aber lass uns erst noch was trinken. Mir tun die Füße weh.«

»Seid ihr New Yorker nicht daran gewöhnt, weite Strecken zu gehen?«

»Klar sind wir das.«

»Dann lass uns unsere Schwanzfedern schwingen. Komm schon!«

»Saufen wir uns lieber die Hucke voll und ziehen uns einen Haufen Schnee rein.«

»Ich bin ein Mädchen. Wir wollen nur unseren Spaß.«

»Und sich die Hucke vollsaufen und Schnee reinziehen macht keinen Spaß?«

Ehrlich gesagt ist es eine Ewigkeit her, dass ich beim Tanzen Spaß gehabt habe. Klar, ich weiß, so kommt man am besten an Miezen ran. Während eines Semesters an der Columbia habe ich sogar für drei Monate Hip-Hop-Unterricht bezahlt. Nach einer ersten Stolperstunde durch den »Grapevine« und den »Robocop« bin ich nie wieder hingegangen. Anfangs dachte ich, mein Fernbleiben wäre Geldverschwendung gewesen. Später wurde mir klar, dass mein Fernbleiben gut angelegtes Geld gewesen war.

»Mir tun einfach die Füße verdammt weh.«

»Ach, sei nicht so schwuchtelig.«

»Bin ich nicht. Schwule tanzen gern.«

»Sag mir einen guten Grund, warum du nicht mit mir tanzen möchtest!« Sie stemmt die Hände in die Hüften und zieht dabei ungewollt ihr Shirt über der Brust straff. Ihre Brustwarzen bohren sich ungehörig durch den Stoff. Oder vielleicht auch ungestüm. Wahrscheinlich beides.

»Es ist nur ... ich habe ... ach, vergiss es.« Entweder tanze ich jetzt einfach, oder ich verwende eine meiner Standardausreden. Die Sache ist die, ich finde nur dann in den Rhythmus, wenn ich die Augen schließe. Und dann remple ich immer andere Leute an.

»Nicht so schüchtern. Miguel, ich bin's. Ich habe das Gefühl, dass wir uns schon seit einer Ewigkeit kennen, hab ich recht?«

»Aber klar.« Vielleicht sollte ich einfach tanzen. Ach, scheiß drauf. Ich denk mir irgendwas aus. Augen zu und durch. »Ich hab halt diese orthopädischen Einlagen.«

»Das freut mich für deine Füße.«

»Die brauch ich wegen meiner Haltung.«

»Aber sie tun dir weh. Und wir wollen tanzen.«

»Sie sind teuer. Und gut für mich.«

»Zieh sie halt aus. Ich stecke sie in meine Tasche.«

»Das möchte ich nicht.«

»Wirklich, das ist okay.«

»Das ist mir zu persönlich. Ich kenne dich kaum.«

»Das wird unser Initiationsritus.«

»Der Typ bin ich nicht. Ich erlaube einem Mädchen nie, beim ersten Date meine orthopädischen Einlagen zu berühren. Außerdem habe ich Angst, sie könnten nach Pisse stinken.«

»Sehr komisch. Okay, ich hab's kapiert. Dein Einfallsreichtum ist wirklich bewundernswert. Du bist sogar ziemlich süß. Dann saufen wir uns eben zu und pfeifen uns noch ein paar Lines rein. Aber das nächste Mal wird getanzt.« Wir schlendern von dem Geländer weg und suchen nach einem Platz zum Hinsetzen. Ich lasse sie vorausgehen, betrachte ihren nackten Rücken und grinse den Typen zu, die sie anglotzen.

»Hey, M.«, sagt Sadie und dreht sich um, »da du so sehr darauf aus bist zu quatschen ... ich habe dich mit Rico reden hören. Bist du sicher, dass du schon vor Weihnachten wieder fahren willst?«

»Hast du gehört, was ich gesagt habe?«

»Ich belausche niemand.«

»Nein? War nur Spaß. Ja, eine Woche, dachte ich. Bevor mich wieder alles runterzieht. Warum so neugierig? Willst du, dass ich bleibe?«

»Im Gegenteil. Ich bin wie eine Gottesanbeterin. Mir kommt es darauf an, meine Männchen möglichst problemlos wieder loszuwerden.«

»Ooh. Wirst du mir den Kopf abbeißen? Ich hätte wissen sollen, dass du ...«

»Es ist nur …« Plötzlich wirkt sie sehr ernst. Sie legt mir die Hände auf die Hüften und zieht mich zu sich heran. »Mein Dad, weißt du?« Sie umfasst meine Taille. »Er behandelt mich wie ein … ach, verdammt.« Sie duftet nach Babypuder. »Weißt du, mein Dad mochte dich nicht. Für was du stehst. Nachdem ich dich ins Hotel gebracht hab, bin ich zu meinen Eltern ins Zimmer gegangen, um meine Mom zu fragen, ob sie etwas über Crispins Tochter weiß. Bevor ich dazu kam, hat mein Dad das Gespräch an sich gerissen und angefangen, sich über dich lustig zu machen. Schau nicht weg. Das war nichts Persönliches. Das galt mir. Und dem, was ich mit meinem Leben machen möchte. Und ich, ich … ich weiß nicht. Na ja, ich habe mich eben gefragt … ich war noch nie in New York, und …«

»Und?«

»Ach, verdammte Scheiße. Nicht der.« Sadie deutet hinter mich. Albon Alcantara hüpft ausgelassen durch den Raum. Seine Kamera blitzt. Er kommt direkt auf uns zu. »Eigentlich dürfte ich gar nicht hier sein, das weißt du doch.« Sadie zieht an meiner Hand. Albon bleibt stehen und fotografiert ein Paar neben der Treppe. Die beiden tragen wirklich dick auf, lächeln betont gleichgültig und tun so, als hätten sie es entsetzlich satt, auf der Gesellschaftsseite aufzutauchen. »Schnell«, sagt Sadie. »Da hinter dem Pfeiler ist es dunkel.« Sie nimmt meine Hand und zerrt daran.

»Ist das wieder so ein Trick?«, frage ich.

Im Schatten drehe ich mich zu ihr um und greife in die Tasche nach meinem Baggy mit Koks. Plötzlich spüre ich ihre tastenden Lippen auf meinen. Sie schmiegt sich an mich, schwankt auf Zehenspitzen hin und her, reckt mir das Gesicht entgegen. Ihre Arme schließen sich um meinen Nacken, ihre Fingernägel fahren mir über den Haaransatz. Jesusmaria. Unsere Zungen berühren sich. Himmelherrgott.

Hoffentlich hat nicht nur das Koks sie dazu ermutigt. Sie weicht zurück, und plötzlich ist sie wieder das schüchterne Mädchen, das ich so anziehend fand.

Aber sie weint. Jetzt ist wirklich Zeit für die nächste Line.

Sie küsst mich erneut. Flüstert mir ins Ohr: »Ich hoffe, du bleibst nicht.«

»Warum nicht?«

»Ich möchte, dass du mich mitnimmst.«

Ich weiß nicht, was ich sagen soll. Also sage ich: »Ähem.« Und dann: »Solltest du nicht erst deinen Abschluss machen?«

Sadie stößt mich weg. Sie wird rot und macht ein bitterböses Gesicht.

Ich: »Nein, ich meine, das ist doch ... ein Collegeabschluss ist eine wichtige Sache.«

Sadie: »Ich muss pissen.«

Ich: »Soll ich mitkommen? Wir können uns noch eine ...«

Sadie: »Nein danke, Dad. Da hast du wirklich furchtbar viel Paco Rabanne aufgetragen. Du stinkst wie mein Vater.« Sie schnappt sich ihr Täschchen und hastet zur Damentoilette.

Ich will ihr folgen, aber Albon hat Kurs auf mich genommen. Ein paar Schritte von mir entfernt wirft er sich plötzlich herum, als sei ihm gerade etwas Originelles eingefallen, und schießt ein Bild von mir. Dann umarmt er mich, reißt mich von den Füßen und klopft mir auf den Rücken. Er hatte schon immer das Auftreten eines Osteuropäers, der in L.A. eine Kunstgalerie betreibt.

»Autsch!«, sagt er, weicht zurück und hält sich den Unterarm. »Mein neues Too.« Auf seinem Handgelenk prangt eine Tätowierung: »V.I.P.« steht da, und sie sieht so aus, als hätte der Rausschmeißer eines Nachtclubs sie draufgestempelt. Sie ist noch frisch, und die Haut schält sich noch ein wenig ab. »Meine Güte, es ist toll, dich zu sehen«, sagt Albon. »Wann bist du zurückgekommen? Warum hast du dich so lange nicht mehr bei mir gemeldet? Bleibst du endgültig hier? Warum weißt du das nicht? Wie lange ist das jetzt her? So lange schon? Bist du immer noch so dekadent? Was treibst du so zurzeit? Ach! Was für ein Buch ist das denn? Ich werde zur Veröffentlichung eine Party schmeißen! Warum bleibst du nicht und, na ja, hilfst uns? Die Szene wird größer, die Leute lernen wirklich, wie man feiert. Manila wird très mondän. Wir brauchen deine Energie. Unserem Land läuft die ganze Intelligenzia davon. Mann, ich arbeite mit dem Amt für Tourismus zusammen, um den Philippinos ein neues Image zu verpassen – als die Brasilianer Asiens. Statt Strände und Samba gibt's hier Strände und Diskomusik. Hör mal, ruf mich an, ja? Wir können im Polo Club Badminton spielen und noch was quatschen. Ich muss in meinem Blog über diesen Event berichten. Ach, übrigens. Morgen findet in meinem Club eine Party statt. Wir nennen das Ganze ›Clubber aller Länder, vereinigt euch!‹ Himmel, hoffentlich hört dieser Regen bald auf. Prado sponsert die Modeshow, und von zehn bis Mitternacht gibt es an der Bar Drinks frei. *Stolichnaya*. Der Erlös geht an das Philippine Literary Project, weil unsere Kids gut lesen können sollen. Ich setze dich auf die Gästeliste.« Albon reicht mir eine Karte. »Hey«, sagt er und mustert mich ernsthaft, »dieses Buch, das du da schreibst, ich hoffe, es hat ein Happyend. Davon können wir noch ein paar mehr gebrauchen.« Er zwinkert mir zu und watschelt davon. Seine Kamera erleuchtet das erwartungsvolle Lächeln der Partygäste.

*

Die Kommunistische Partei der Philippinen hatte eine sehr rigorose Agenda, die sich, wie Salvador bald herausfand, grundlegend von der der Fußsoldaten unterschied, die tatsächlich im »langandauernden Volkskrieg« kämpften. Die Zeit in den Bergen, so sagte er, »hat mich mit dem Besten und dem Schlimmsten vertraut gemacht, das die Menschheit zu bieten hat«.

Von Ka Arsenio lernte Salvador die Fertigkeiten, die er zum Überleben brauchte: wie er seine vor Ort hergestellte Kalaschnikow pflegte und abfeuerte, welche Pflanzen essbar waren, wie er sich nach den Sternen orientierte, wie er einem Feind ein Balisong zwischen die Rippen rammte, um die Lunge zu perforieren, wie er mittels der »Fliegender Panther«-Technik durch ein offenes Fenster springt. Im Gegenzug lernte Ka Arsenio von Salvador lesen und schreiben.

An einem mondlosen Abend im Dezember schlich ihre »Sperlings-Einheit« auf dem Heimweg von einem Treffen mit Regierungssoldaten im Gänsemarsch zwischen zwei ausgetrockneten Reisfeldern hindurch. Die Rebellen hatten ihren Feinden – Offizieren der philippinischen Armee, die Geld für Weihnachten brauchten – Munitionskisten abgekauft. Die Transaktion war in wechselseitigem Einvernehmen und zufriedenstellend abgelaufen, sie fühlten sich sicher – und sie waren auch ein wenig beschwipst von dem Red Horse Beer, das die Soldaten mit ihnen getrunken hatten. Die Kameraden bewegten sich leise und langsam, darauf bedacht, die laue Nachtluft zu genießen. Ihre Kisten trugen sie auf den Schultern, während die einzige Frau unter ihnen, Ka Helen, ihre auf dem Kopf balancierte. Als Salvador dasselbe versuchte, stürzte er polternd in das Reisfeld.

Schüsse ertönten von der anderen Seite der freien Fläche, Lichtblitze erblühten auf der gegenüberliegenden Böschung des Reisfelds. Salvador spürte, wie sich jemand auf ihn warf und ihn zu Boden drückte. Kugeln schlugen in das Bankett zwischen ihnen und ihren Angreifern ein. Ka Arsenio zischte ihm ins Ohr: »Hast du uns verpfiffen?«

Die Schüsse verstummten. Ka Arsenio blickte Salvador in die Augen, unsicher, was er tun sollte. Salvador konnte Ka Helen sehen, die wenige Fuß entfernt von ihnen lag, aber er wusste nicht, ob sie noch lebte oder tot war. In seinen Memoiren erinnert er sich: »Ich habe noch nie eine Nacht gehört, auf der die Stille so sehr lastete.«

Ka Arsenio küsste Salvador sanft auf die Wange. Dann zählte er mit den Fingern eins, zwei, drei. Sie sprangen auf, zielten und feuerten auf die Schatten, die sich auf sie zubewegten. Kugeln flitzten an ihren Köpfen vorbei, »Leuchtkäfer mit einem Ziel vor Augen, die allerdings wie Killerbienen klangen«. Salvador nahm eine näher kommende Gestalt ins Visier. Er sah einen Soldaten, »der in einer Hand ein Gewehr hielt und sich mit der anderen mehrmals bekreuzigte«. Salvador konnte nicht abdrücken. Der Soldat ging auf ein Knie und zielte. Salvador feuerte. Der Soldat fiel hintenüber und blieb reglos liegen. »Ich hoffte, dass er sich bewegen würde«, schrieb Salvador in *Autoplagiarist*, »aber das tat er nicht.«

Das war das erste Mal, dass er jemanden getötet hatte.

Salvador und Ka Arsenio feuerten, bis ihnen die Munition ausging.

Immer mehr Schatten glitten über das Reisfeld und kamen auf sie zu.

— Aus der im Entstehen begriffenen Biografie
Crispin Salvador: Eight Lives Lived von Miguel Syjuco

*

Im Wagen tut Sadie so, als sei nichts geschehen. »Fuck, ich bin so froh, dass wir abgehauen sind. Jede Woche derselbe Scheiß«, sagt sie. »Glaubst du wirklich, dass das eine coole Party wird?«

»Es sind gute Freunde von mir. Ihre Band ist wirklich gut. The Cool Kids of Death. Schon mal gehört von denen? Punk. Ihr Auftritt fängt um 4:30 Uhr an.«

»Ich mach mir Sorgen wegen dem Wetter.«

»Sie haben sogar einen Hit – ›Sabotage Love! Sabotage Love! This is my reality, I am who I want to be …‹«

»Okay, danke. Hey, es tut mir leid wegen …«

»Sadie, das ist okay. Kein Problem. Aber wenn ich fragen darf, dein Dad …«

»Ja, tut mir wirklich leid, der Fahrer hat vergessen, den Player reinzutun, nachdem ich heute Morgen die CDs ausgetauscht hab. Müssen wir wohl Radio hören.«

»Oh.« Wie ist es möglich, dass man mit jemandem in einem Moment auf derselben Wellenlänge ist, und im nächsten ist alles furchtbar peinlich? Sie dreht am Radio und arbeitet sich auf der Suche nach einem Sender durch weißes Rauschen. Der Regen ist unvermindert stark. »Das Unwetter ist wirklich heftig, was?«

»Bitte nicht«, sagt sie bestimmt. »Smalltalk ist unter unserem Niveau.« Dann, freundlicher: »Warum fängt die Band eigentlich so spät an?«

»Sie spielen auf einer Weihnachtsfeier von einem der Callcenter in Libis. Um die Uhrzeit macht das Personal erst Feierabend. Sie kümmern sich um Kunden in den Staaten.«

»Schräg.«

»Ist es. Mein Freund, der Gitarrist, hat mir erzählt, dass diese Leute einen Tagesablauf haben wie Vampire. Ein paar Restaurants und Bars öffnen dort nach Schichtende. Um vier Uhr morgens oder so.«

»Davon habe ich noch nie etwas gehört. Und ich lebe in dieser Stadt.«

»Du kommst halt nie aus Makati raus«, sage ich im Spaß. »Hey, Sadie, willst du noch eine Line?«

»Ich glaube, du solltest mit dem Shit etwas langsamer machen.«

»Kein Problem. Ich kann aufhören, wann immer ich will. Sag mal, hast du wirklich Bock, dir die Cool Kids of Death anzuschauen?«

»Klar, das ist mal was anderes. Besser, als ins Where Else? oder ins Venezia zu gehen. Verdammte Scheiße, wo sind die ganzen Sender?« Sadie dreht am Regler und sucht die UKW-Skala ab.

»Sind denn keine Straßenlaternen mehr an?«, frage ich. »Oder liegt das an deinen getönten Scheiben?«

»Sonst sind da immer welche. Ich weiß auch nicht, was los ist. Vielleicht wieder ein Stromausfall?«

»Hoffentlich nicht noch mehr Quallen!«

»Im Coup d'Etat war Strom.«

»Wahrscheinlich der Generator des Einkaufszentrums. Die Lupases lassen sich doch keinen Cent entgehen.«

In den Hotels brennen die Lampen. Der Springbrunnen vor dem Peninsula ist erleuchtet und sprudelt munter vor sich hin. Das InterContinental glimmt selbstvergessen. Um die Fassade des Shangri-la ist ein riesiger Kranz aus roten und grünen Lichtern gelegt. Andere Gebäude zeichnen sich als schwarze Monumente vor dem aschfahlen Himmel ab. Ich öffne das Fenster und höre Generatoren trotzig kollern. Wasser spritzt herein, und ich schließe das Fenster wieder.

Sadies Handy zwitschert. *Tidelideldüü*. Sie blickt zu mir hoch. Das Telefon scheint der Mond zu sein, und ihre Gesichtszüge sind in sein Licht getaucht. »Eine Freundin, die mir eine Nachricht weitergeleitet hat. Sie sagt, wir sollen heute Nacht zu Hause bleiben, weil irgendeine Kacke am Dampfen ist.« Sadie legt ihr Handy aufs Armaturenbrett.

Als wir den Edsa erreichen, liegt er lichtlos und leer da,

seine zehn Spuren eine verlassene Betonsenke. Die Scheinwerfer des Lexus schneiden einen bleichen, klaustrophobischen Abschnitt der Straße aus dem dichten Regen. Sadie fährt langsam. Hin und wieder braust ein Bus an uns vorbei wie eine Eisenbahn, und eine Welle klatscht gegen den Wagen.

»Versuch es mal auf Mittelwelle«, schlage ich vor. Sie findet Radyo Veritas. Der Moderator klingt, als hätte er heute Abend mehr gekokst, als für ihn gut ist.

»... vorsichtig heute Abend, Landsleute, die Straßen der Hauptstadt sind vielerorts überflutet. Und die neuesten Schlagzeilen: Reverend Martin ist auf geheimnisvolle Weise spurlos aus seiner Zelle in Camp Crame verschwunden. Die Behörden sind ratlos, und Ermittlungen sind im Gange, um ihn ausfindig zu machen ...«

Sadie dreht weiter. »Diese ganzen schlechten Nachrichten machen mich nervös«, sagt sie. »Gibt es denn auf Mittelwelle keine Musiksender?« Wir finden einen, auf dem eine Ballade läuft, *Dahil Sa Iyo*. Der Sänger lässt sich jedes Tagalog-Wort lustvoll auf der Zunge zergehen. »Because of you, I live. Because of you, until I die.« Als das Lied vorbei ist, flüstert der DJ verführerisch auf Englisch: »Dat war Julio Iglesias mit seiner, äh, wunervollen Interprätation von dem neunzehnhunertsibziger Kundiman, um euch in diesem schröcklich regnerischen Abend Gesellschaft zu leisten. Als Nächstes kombt ...«

Sadie greift nach dem Knopf des Radios und schaltet es aus. Die Stille ist wie ein Glockenschlag.

*

Der junge Mann betrachtete den Toten zu seinen Füßen und dann den roten Filzhut, der auf dem Pappkarton lag. Dieses Bild in der

Gasse gehörte ganz ihm, dem jungen Miguel, selbst als er sich mit einer stählernen Entschlossenheit, die einem älteren Mann zur Ehre gereicht hätte, die eisernen Handschellen anlegen ließ. Dies wird - so rief er sich ins Gedächtnis - für immer eines der Dinge sein, die mir niemand mehr wegnehmen kann. All das, die Endgültigkeit dieses einen Abends, das Bild dieses einen Hutes, das Gewicht dieses einen Steins, das Durchtrennen zweier Lebensfäden auf einer dunklen, einsamen Straße.«

— Aus der Kurzgeschichte »One Stone For Two Birds« (1989)
von Crispin Salvador

*

Auf dem Hügelkamm, wo Makati aufhört und man auf dem Edsa nach Mandaluyong gelangt, stoßen wir auf einen Stau. Nichts geht mehr. »Ein Unfall vielleicht?«, fragt Sadie.

»Warum fahren keine Autos nach Makati rein?«

»Ein größerer Unfall vielleicht.«

Wir bleiben eine Viertelstunde auf der Stelle stehen. Fünf Minuten schimpfen, fünf Minuten schmutzige Witze erzählen, fünf Minuten knutschen.

»Da wir sowieso nirgendwohin gehen«, sagt Sadie und öffnet ihren Sicherheitsgurt. »Dein Sicherheitsgurt ist mir im Weg.«

»Ich glaube nicht, dass das eine gute Idee ist.«

»Schieb deinen Sitz nach hinten, Süßer.«

»Moment, Sadie, lass mich ... Wie geht denn das ... Na also.«

»Als Nächstes ist ... dein, fuck ... grrr ... Schnalle ... nicht ganz einf...«

»Vielleicht wäre es mit den Händen einfacher als mit den Zähnen.«

»Na also, geht doch. Verdammter Gürtel. Jetzt noch der Reißverschluss ...«

»Aua!«

»Sorry, Miguel. Das sind diese Lederhosen, sie sind …«

»Einen Augenblick.«

»… wirklich eng. Wie bist du da überhaupt rein…«

»Warte mal. Da gibt es einen …«

»Die sitzen bombenfest.«

»… Trick.«

»Du bist frei! Warum lehnst du dich nicht einfach zurück?«

»'kay.«

»Miguel?«

»Ja?«

»Nichts?«

»Was?«

»Schicke Boxershorts. Ich wusste nicht, dass du auf Segelboote stehst.«

»Du wolltest was anderes sagen.«

»Wirklich. Schon gut. Pssst. Ach, schau mal, ein nistender Balzac.«

»Gefällt er dir?«

»Klar. Aber vielleicht denkst du dann schlecht von mir.«

»Warum denn das?«

»Du weißt schon, ein sittsames Mädchen von der Assumption.«

»Vielleicht denke ich dann öfter an dich.«

»Ja? Oder zumindest lieber. Mmm. Schmeckt gut.«

»O Gott.«

»Und so hart! Mmm …«

Tidelideldüü.

»Sadie, dein Handy … Äh, sollten wir da nicht rangehen?«

»Nee.«

»Im Ernst, vielleicht ist es wichtig.«

»Mmm. Lies du es. Ich bin beschäftigt. Mmm.«

»Okay, es ist, ah, von, uh, Tita Saqy.«

»Die Schwester meiner Mutter. Mmm.«

»Äh, sie sagt – ah, das ist gut – alle sollen zu den Demonstranten gehen und ihnen Essen und Wasser bringen oder – ah, das ist wundervoll – oder wenigstens für sie beten.«

»Vergiss es. Wir haben Besseres zu tun. Mmm.«

»Oh verdammt.«

»Mmm.«

»Sadie?«

»Mm-hm.«

»Ist die Gangschaltung auf *Parken*?«

»Mm-hm.«

»Im Ernst. Der Wagen rollt.«

»Oh. Jetzt steht er. Entspann dich. Mmm.«

»Jesusmaria.«

»Gefällt es dir?«

»Ich bekomme eine Hänsegaut.«

»Witzbold.«

»Das ist umw... Ah! Wow. Ahhrrmm! ... Mist. Ich ... äh, ich glaub, mir ist gerade ein Stück Zahn abgeplatzt.«

Tidelideldüü.

»Schlürf.«

»Nein, im Ernst, das ist so gut, dass ich die Zähne zu fest zusammenbeiße.«

»Mmmm.«

»Wow.«

»Warum nimmst du, mmn, mich nicht mit, mmm, nach New York? Mmm. Wäre das nicht nett? Mmm.«

»Äh, ja. Klar. Natürlich. Ah, das ist umwerfend ...«

»...«

»...«

»Miguel, was ist los?«

»Nichts. Alles okay. Warum legst du nicht mal eine Pau...«

»Was ist los?«

»Nichts, mir ist nur ...«

Tidelideldüü.

»Mach ich irgendwas falsch?«

»Nein, im Gegenteil.«

»Warum klappt es dann nicht mehr?«

»Ich bin einfach nervös.«

»Liegt es an mir? Bin ich so schlecht?«

»Nein, beim ersten Mal ... kommt mich das immer hart an.«

»Kalauer hier nicht rum.«

Tidelideldüü.

»War keine Absicht. Ich bin einfach nervös. Oder zu sehr auf Koks.«

»Hat es dir nicht gefallen? Wie ist es damit ... Mmm ...«

»Komm hier hoch. Küss mich. Ich möchte dich lieber küssen.«

»Du armer Junge. Mensch, du wirst ja rot! Warum bist du so nervös?«

»Lass uns die Sache langsam angehen.«

»Okay. Wir haben alle Zeit der Welt.«

»Wirklich?«

Tidelideldüü.

*

Drei Collegemädels schlendern die Straße entlang, eine von der International School Manila, eine von der Saint Scholastica und die dritte, Girly Bastos, von der Assumption. Das Trio erschrickt über eine große Echse, die ihren Weg kreuzt.

Kreischt das Mädel von der I.S. Manila: »O nein, ein Leguan!«

Kreischt das Mädel von der Saint Scho: »Ay, ein Gecko!«

Kreischt Girly Bastos von der Assumption: »Shieet, Lacoste!«

*

Wir lesen die Textnachrichten gemeinsam.

Die erste ist von Ned, Sadies Dressurtrainer. »Rev Martin ist frei! Unterstützt ihn. Euer Lohn wird das Himmelreich sein! Er hat versprochen, seine Position als Apostel des Volkes aufzugeben und sich um das Präsidentenamt zu bewerben. Verbreitet die gute Nachricht!«

Die zweite ist von Georgie, Sadies Klassenkameradin: »›Landsleute! Zieht auf die Straßen! Für Lakandula! Aber friedlich. Leiser Widerstand ist lauter als zorniges Zetern.‹ Respeto Reyes.«

Der Verkehr kriecht ungefähr eine halbe Meile weiter.

Die dritte ist von Pye, Sadies Yogalehrer: »Bansamoro, Estregan und Reverend Martin treten mit Vita Nova im Krippenspiel auf. Vorstellung leider abgesagt – das Stück erfordert drei weise Männer und eine Jungfrau! Huahahaha. Eine Rose, für Dich @}--;-----«

Wir erreichen den Hügelkamm, von wo der Edsa zur Brücke über den Pasig hinunterführt.

Die vierte ist von Tita Daqy, Sadies anderer Tante: »Estregan und Gesundheitsministerium warnen vor chinesischer Grippe, besonders ansteckend in Menschenansammlungen. Bleibt zu Hause, da seid ihr sicher. Bitte weitergeben. Gott segne euch!«

Eine Phalanx roter Rücklichter erwartet uns. Erloschene Reklametafeln und Neonschilder saugen das Licht unserer Scheinwerfer in sich auf. Mehrere Fahrzeuge an der Spitze der Schlange werfen ihr Licht auf öliges Flusswasser.

»Fuck«, sagt Sadie. »Wo ist die Brücke?«

»Dort drüben, glaube ich. Siehst du die Laternenpfähle?«

Ein Bus rollt vorsichtig ins Wasser und arbeitet sich langsam hinüber. Das Wasser steht ihm bis über die Räder.

»Whoa. So hoch ist es gestiegen?«

Der Bus gelangt auf die andere Seite, nimmt die Steigung und fährt auf dem Edsa nach Norden weiter. Ein Schwerlaster mit einem Anhänger voller Kanalisationsrohre folgt ihm. Als Nächstes ist ein Jeepney an der Reihe. Er bleibt in der Mitte stehen. Zwei Männer steigen aus, blasse Gestalten im Licht der Scheinwerfer der zögernden Fahrzeuge hinter ihnen. Sie versuchen, den Wagen über die Brücke zu schieben. Einer der beiden stürzt und verschwindet. Ein paar Meter stromabwärts taucht er wieder auf. Die zwei Männer klettern auf das Dach des Jeepneys und winken mit den Armen.

»Ich glaube, wir sollten ...«

»Genau«, sagt Sadie und legt den Rückwärtsgang ein. »Aber hier komme ich nicht auf die Gegenfahrbahn. Soll ich versuchen, auf dieser Spur zu wenden?«

»Bei dem Regen sieht man kaum etwas. Was ist, wenn uns ein Laster entgegenkommt, ohne Licht? Versuch es mit der Unterführung Richtung Süden.« Ich öffne das Fenster und strecke den Kopf hinaus. Riesige Regentropfen klatschen mir ins Gesicht. Die Unterführung schlängelt sich unter der Brücke hindurch, ein Betondamm hält das Wasser zurück. »Sieht nicht überflutet aus. Noch nicht.«

Wir überholen die Fahrzeuge, die vor uns festsitzen. Manche rangieren unentschlossen. Ein paar fahren die ganze Strecke rückwärts mit angeschaltetem Warnblinker zurück. Andere wenden und riskieren, mit dem entgegenkommenden Verkehr zu kollidieren. Wie beim Autoscooter vor dem ersten Zusammenstoß. Ein Bus fährt über die Brücke und bremst neben dem Jeepney, um die beiden Männer zu retten.

In seinem Kielwasser schwappt eine Welle gegen den Damm, der die Unterführung absichert. Etwas Wasser spritzt darüber hinweg.

»Ich weiß nicht, Miguel. Das ist nur wegen dieser niedrigen Zementmauer nicht überflutet. Ich will nicht da unten festsitzen.«

»Gib einfach Gas. Wenn es überflutet ist, kommen wir rückwärts wieder raus.«

Sadie fährt hinunter und folgt der Unterführung. Über uns die Brücke. Am anderen Ende wieder hinaus. Wir haben es geschafft. »Platos Höhle«, sage ich möglichst beiläufig. Sadie bleibt mir die Antwort schuldig. Die Straße neigt sich, bis sie wieder auf derselben Höhe ist wie der Fluss jetzt. Über den Damm zu unserer Rechten hinweg kann ich die Wasseroberfläche sehen. Ich bräuchte nur das Fenster zu öffnen, um meine Hand hineinzutauchen.

»Heilige Scheiße«, sagt Sadie, schaltet den Blinker aus und stößt mich an. »Schau mal! Da kommen wir nicht durch.« Sie hat recht. Die Abbiegespur zur entgegenkommenden Fahrbahn steht unter Wasser. Dort kommen wir nicht auf die Schnellstraße zurück.

»Keine Sorge«, sage ich zu ihr. »Fahr einfach geradeaus. Diese Straße wird zur J. P. Rizal, die dem Fluss erhöht folgt und in die Makati Avenue mündet. Mein Hotel ist da ganz in der Nähe. Dort können wir bleiben.«

Sadie fährt weiter, und die Straße steigt etwas an. Wir haben das Schlimmste hinter uns. Sadie seufzt erleichtert und stellt das Radio an. »Fuck«, sagt sie, »ich muss erst mal runterkommen. Das war gruselig.« Sie schaltet auf einen Musiksender.

»Wir sollten vielleicht Nachrichten hören«, sage ich. »Ist das okay?«

Sie macht eine wegwerfende Handbewegung.

Ich suche nach Veritas oder Bombo. Eine aufgeregte Stimme sagt: »...üsse wurden abgefeuert, und eine Gruppe unter Führung von Reverend Martin ist in das Haus eingedrungen, hat die Polizei überwältigt und versucht, Wigberto Lakandula zu befreien ...«

Die Straße zieht sich hin. Ich drehe mich um und betrachte den Fluss. Seine glänzende Oberfläche ist etwas heller als die dunkle Uferböschung. Die Brücke wird hin und wieder von Scheinwerfern erleuchtet, wenn Busse und Lastwagen sie überqueren. Die schwarzen Umrisse der Häuser säumen den Fluss. Mehrere Meilen entfernt sind die Lichter einer Fabrik zu sehen. Wahrscheinlich die Munitionsfabrik der Philippines First Corporation. Bestimmt ist sie mit einem Generator ausgerüstet, aus Sicherheitsgründen, vor allem angesichts des Ärgers mit den World Warden.

Sadies Telefon macht *tidelideldüü*. Weil sie fährt, reicht sie es mir. Ich lese, was auf der Anzeige steht. »Wer ist Maqy?«

»Die andere Schwester meiner Mutter. Liest du es bitte vor?«

Die Textnachricht lautet: »Haltet euch von Demonstrationen fern. Bansamoro warnt vor bewaffneten Banditen und regierungsfeindlichen Randalierern. Gewalttätige Splittergruppen könnten ein Blutbad anrichten.«

»Da würde ich jetzt gerne hin«, sage ich.

»Im Ernst? Das wäre jetzt auch egal.«

Die Straße biegt in Richtung Makati ab. Rechts und links erheben sich lichtlose Gebäude und versperren uns den Blick auf den Fluss. Die schweren Gitterstäbe und hohen Eisentore geben mir das Gefühl, als durchquerten wir eine Geisterstadt. Wir fahren weiter, bis vor uns ein Stück der Straße überschwemmt ist.

»... weitere Einheiten sind entsandt worden, um die Menschenmenge aufzuhalten, die sich Berichten zufolge vom

Haus der Changcos weg und die Claro M. Recto hinunter auf den Malacañang Palace zubewegt …«

Donner grollt. Der überflutete Abschnitt wird von Wind und Regen aufgewühlt und gleicht einem Mahlstrom. Sadie hält am Rand der Wasserfläche an und vergräbt das Gesicht in den Händen.

»Sadie. Keine Angst. Das hat nichts mit dem Fluss zu tun. Das Wasser hat sich nur zwischen den Mauern der Grundstücke gesammelt. Es ist flach. Siehst du, wie es sich bewegt? Wenn du ohne Unterbrechung Gas gibst, läuft das Wasser nicht rein. Da kommen wir durch. Kein Problem. Aber du musst dafür sorgen, dass immer Luft aus dem Auspuff kommt, damit das Wasser nicht …«

»Lass uns auf dem erhöhten Straßenabschnitt warten, den wir gerade passiert haben.«

»… frühere Berichte über Plünderungen haben sich als Falschinformationen erwiesen. Bisher hat sich die Menschenmenge friedl…«

»Hier warten? Mitten im Nirgendwo? Sadie, komm. Das Wasser wird nur noch tiefer.«

»Das geht schon. Ich habe meine Pistole mitgenommen. Sie liegt unter deinem Sitz.«

»Sadie, wir schaffen das. Du musst einfach nur fahren.«

»Also gut.« Sie legt den Gang ein und lässt den Motor aufheulen. Wir fahren in das Wasser hinein. Es schwappt gegen die Kotflügel und den Unterboden. »Ich weiß ja nicht …«, sagt sie.

»Komm, Sadie. Fahr weiter.«

*

Zurück im Lager schleppte Salvador den hinkenden Ka Arsenio in das verfallene Gebäude, das einmal ein spanischer Außenposten gewesen war. Alles lag verlassen da, nur ein Topf Reis ihrer Kameraden kochte auf dem Feuer. Die beiden Männer gingen zum Fenster und sahen Soldaten näher kommen.

»Geh«, sagte Ka Arsenio zu Salvador. »Hinten raus.« Salvador musterte seinen Freund. In seinen Memoiren erinnert er sich: »Ich wusste, dass er sich nicht würde überreden lassen – er wollte bleiben. Oder vielleicht ist das nur die Fiktion, die ich geschaffen habe, um mich zu entlasten.« Salvador reichte Ka Arsenio sein Gewehr. Dann setzte er mit einem »Fliegender Panther«-Sprung Kopf voraus durch das rückwärtige Fenster. Er rannte, »flüchtete vor einem neuerlichen Chor von Gewehrschüssen, dem ich hätte mit meinem Kameraden entgegentreten sollen«.

— Aus der im Entstehen begriffenen Biografie
Crispin Salvador: Eight Lives Lived von Miguel Syjuco

*

Auf der anderen Seite der Wasserfläche fahren Autos die Makati Avenue entlang. »Komm schon, das schaffst du«, sage ich. Ein Stück vor uns führt die Straße am Fluss entlang, aber das verschweige ich ihr. Außerdem ist die Fahrspur dort von einer Betonböschung geschützt.

»... dem Plaza Miranda hat sich ebenfalls eine Menschenmenge zu einer spontanen Kundgebung versammelt, meine Landsleute ...«

»Hey, wenn der Motor absäuft«, sage ich, um die Stimmung wieder etwas zu heben, »dann musst du mich retten. Ich kann nicht schwimmen.«

»Red jetzt keinen Scheiß.«

»Sorry.«

Wir arbeiten uns langsam und stetig durch das Wasser. Unter uns gluckst es.

»... befinden sich auch prominente nationale und lokale Größen, nicht zuletzt ...«

»Ach, Scheiße, fuck, Scheiße«, ruft Sadie. »Verdammte Scheiße.« Sie reißt das Steuer herum, um zu wenden. »Wir müssen das ...« - sie legt den Rückwärtsgang ein - »... einfach ...« - der Motor gerät ins Stottern - »... aussitzen.« Der Wagen macht einen Satz, und der Motor säuft ab.

Wir sitzen schweigend da. Sadie versucht, den Motor zu starten. Er rührt sich nicht. Sie versucht es noch einmal. Und noch einmal. Als wäre es noch nicht genug. Und noch mal.

»Fuck, fuck, fucking fuck«, sagt sie und drischt auf das Lenkrad. »Was machen wir jetzt?«

Ich versuche, ruhig zu bleiben. »Hör mal. Habt ihr zu Hause nicht einen Fahrer? Habt ihr? Also gut. Ruf ihn auf dem Handy an und sag ihm, er soll mit dem Geländewagen kommen. Er kann uns abschleppen oder uns zumindest in Sicherheit bringen. Den Wagen lassen wir hier.«

Sadie wählt. Beißt sich auf die Lippen. Endlich nimmt der Fahrer ab. Sadies Stimme klingt ängstlich und herrisch. Sie erklärt ihm, wo wir sind.

»Großartig«, sagt sie. »Er war gerade eingeschlafen. Und ist jetzt unterwegs.« Sie wirft das Handy über die Schulter hinweg auf die Rückbank. Sichtlich erleichtert umarmt sie mich. »Wenn die Massen etwas sind, dann verlässlich.« Sie kichert nervös. Ihr Lachen ist charmant. Es klingt wie Turnschuhe, die über ein Basketballfeld quietschen.

Wir klettern nach hinten und kuscheln uns aneinander. Ihr Haar duftet nach einem ganz bestimmten Shampoo. *Gee, You're Hair Smells Terrific*. Meine Yayas haben dieses Shampoo immer verwendet, als wir noch klein waren. Ich sage zu Sadie: »Ich hätte gedacht, dass du irgendein ausgefallenes Shampoo benutzt.«

»Tja nun. Ich bin eben ein schlichtes Mädchen.«

Ich vergrabe das Gesicht in ihrem Haar und flüstere ihr ins Ohr: »Riecht nach meiner Kindheit.«

»Hoffentlich war es eine schöne Kindheit.«

»Das war es.«

»Hey, kann ich dich was fragen?«

»Schieß los.«

Dunkle Schatten treiben an unseren Fenstern vorbei. Wir unterhalten uns so leise, dass wir hören können, wie laut der Regen ist.

»Als wir uns das erste Mal begegnet sind, hast du mir erklärt, du hättest keine Familie hier. Beim Abendessen hast du dann von deinem Großvater erzählt. Warum hast du mich angelogen?«

»Mir war das alles zu kompliziert.«

»Es ist total mies, angelogen zu werden.«

»Ich weiß. Tut mir leid.«

Etwas ragt vor uns auf. Ich schaue genauer hin und sehe, dass es nur die Dunkelheit ist.

»Miguel, du kannst mir alles sagen. Ich werde nicht über dich richten.«

»Es tut mir wirklich leid.«

Etwas rumpelt gegen die Motorhaube. Bäume ragen über die Mauern der umliegenden Grundstücke. Sie sehen aus wie gaffende Menschen.

»Kann ich dir noch eine Frage stellen?«

»Natürlich.«

»Was machst du, wenn du Dulcinea findest?«

»Dann finde ich das verschollene Manuskript.«

»Das ist der einzige Grund?«

»Ja.«

Das Rumpeln wiederholt sich. Die Bäume ducken sich. Der Regen, der aufs Dach prasselt, klingt wie eine Kiste Knochen, die geschüttelt wird.

»Dann solltest du sie in Ruhe lassen, finde ich.«

»Warum?«

»Wenn sie etwas mit ihrem Dad hätte zu tun haben wollen, dann hätte sie Kontakt zu ihm aufgenommen.«

»So einfach ist das nicht.«

Etwas schrammt über den rechten Kotflügel, als versuchte jemand reinzukommen.

»Wirst du deine Großeltern besuchen?«

»Auf keinen Fall.«

»Warum nicht?«

»Es ist besser so.«

»So einfach ist das, ja?« Sadie streicht mir die Haare aus dem Gesicht. »Sorry«, sagt sie und küsst mich auf die Stirn. »Sind sie der Grund, warum du aus Manila weggegangen bist?«

»Nein.«

»Warum dann?«

Etwas knallt gegen die Stoßstange. Eine Kühltasche mit dem Aufdruck »San Miguel Beer« schaukelt vorbei. Ein Blitz reißt den dunklen Himmel in Stücke. Wir warten auf den Donner. Vergeblich.

»Mir gefällt einfach nicht, zu was ich hier werde.«

Die Dunkelheit vor uns verschwimmt, als käme die Nacht selbst näher.

»Ist das mein Geländewagen? Wehe, der lässt uns durchs Wasser waten. Dann bekommen wir Hepatitis oder sonst was.«

»Da schwimmt nur etwas.«

Der Regen wird noch stärker. Ich hebe meine Stimme, damit sie mich hören kann.

»Weißt du«, sage ich, »es ist nicht so, dass ich nicht zurückkommen und meinen Beitrag leisten möchte. Es ist alles nur so … ich weiß es nicht.«

»Hoffnungslos? Mach es wie alle anderen. Denk nicht zu viel darüber nach.«

»Das will ich auch nicht.«

»Dann küss mich einfach.«

Ich küsse sie.

»Glaubst du, dass ich in New York zurechtkommen werde?«

»Aber klar.«

»Drück ich mich nicht vor meinen Pflichten? Wenn ich einfach so fortgehe, meine ich.«

»Nein.« Ich mustere Sadie aufmerksam. »Ich weiß es nicht.« Ich betrachte ihr vollkommenes Gesicht. Ihre vollkommene Nase. Ihre untere Zahnreihe ist leicht schief, was mir das Gefühl gibt, dass sie real ist.

»Du wirst trotzdem weiter nach Dulcinea suchen, habe ich recht?«

»Ja.«

»Wann?«

»Morgen.«

*

PENG! Unser Wagen wird von einer Explosion erschüttert. Sadie und ich fahren herum. Gütiger Gott. Etwas ist ... Die PhilFirst-Fabrik brennt lichterloh. Flammen zucken in alle Richtungen. Erst ein Blitz, dann noch einer – dann wird am Himmel ein ganzes Feuerwerk abgefackelt. Grün. Blau. Gelb. Es knallt. Pfeift. Zischt. Alles gleichzeitig. Und eins nach dem anderen. Eine riesige orangefarbene Blume welkt im Regen. Ein mit Perlmutt besetzter Stern zerplatzt, und eine blaue Traube in seiner Mitte erleuchtet eine Plakatwand in der Nähe, auf der Vita Nova zu sehen ist. Eine blutrote Spirale schraubt sich von der Seite in ein Schild, das »Nur Jesus rettet dich« verkündet, und die Neonbuchstaben zerbersten zu einer Wolke aus Glassplittern. Heuler jagen einer nach dem anderen steil in den Himmel, um dann zu zerplatzen und als Lichterhagel wie Staubwolken aus weißer Asche herabzurieseln. Immer mehr Raketen fliegen los. Eines der Fabrikgebäude verwandelt sich in eine Feuerkugel – gerade ist es noch da, im nächsten Moment lodert es auf, und nichts bleibt zurück. Das weißglühende Gerippe taumelt wie ein Skelett ins Wasser. Flammen krabbeln spinnengleich über den Fluss, als würde dort Benzin brennen; orangefarbene und gelbe Zungen verteilen sich langsam überall auf dem verschmutzten Wasser. Der Fluss steht in Flammen. Das Wasser brennt, riecht wie versengtes Haar, wie Schwefel, abgebrannter Zucker. Die niedrige, sanft gewellte Wolkendecke scheint von der chemischen Sonne darunter zu glühen. Sogar der ferne Horizont wird von diesem falschen Morgenrot verfärbt.

*

»Ich bin nicht süchtig! Was macht ihr da?«, schrie Dulcé und stieß ihre Arme weg. »Bitte, warum macht ihr das?«

Sie sah ihre Mutter und ihren Stiefpapa beschwörend an. Mama weinte, Papa schüttelte den Kopf. Der Arzt und die Schwester zerrten Dulcés Arme durch die Zwangsjacke und schnallten sie fest. Sie konnte sich nicht bewegen.

»Aber es ist alles wahr!«, sagte Dulcé. Mama hielt das Tagebuch in Händen.

»Dulcé, liebe Dulcé. Gib es doch zu. Du hast dir diese Geschichten ausgedacht.«

Papa kniete sich vor Dulcé hin und legte ihr die Arme auf die Schultern. »Schätzchen, du bist krank. Diese Leute bringen dich ins Krankenhaus, um dich zu heilen.«

»Du bist nicht mal mein richtiger Vater«, sagte Dulcé. Sie wusste nur zu gut, dass sie nichts Schlimmeres hätte sagen können. Aber sie war so wütend auf ihn, weil er dies zuließ.

Papa zuckte nicht mit der Wimper. »Du bist mein kleiner Schatz, und ich möchte, dass du bald wieder gesund wirst.«

Mama winkte mit dem Tagebuch und sagte in flehentlichem Tonfall: »Dulcé, bitte sag doch, dass das erfundene Geschichten sind. Sag doch, dass du sie nicht glaubst.«

Dulcé wusste nicht, was sie sagen sollte. Wenn sie sagte, was sie sagen wollte, würden sie ihr niemals glauben. Wenn sie sagte, was sie von ihr verlangten, würde sie den Glauben an sich selbst verlieren. Aber vielleicht konnte sie es ihnen beweisen!

Sie schloss ganz fest die Augen und versuchte, sich leichter als Luft zu machen. Du musst daran glauben, dachte sie. Einfach nur daran glauben.

Für einen Augenblick hatte sie das Gefühl abzuheben. Ihre Füße verließen den Boden.

Aber das waren nur der Arzt und die Schwester, die sie zu dem Bett hinten in dem Krankenwagen trugen und sie darauf legten.

— Aus: *Ay Naku!*, Buch 3
von Crispin Salvadors *Kaputol*-Trilogie

*

Sadie springt auf den Fahrersitz und schaltet das Radio ein. Eine Frauenstimme singt: »Wenn du dir eine ›Hoffnung‹ ansteckst, erfüllt das Licht der Hoffnung dein Leben.«

»Ist es denn nicht gefährlich«, fragt sie, »die Autobatterie zu benutzen?«

Ich bleibe ihr die Antwort schuldig. Der Anblick hinter uns schlägt mich in seinen Bann. Flammen zucken über den Fluss. So in etwa muss die Hölle aussehen. »Miguel«, sagt Sadie und reißt mich aus meinen Gedanken.

»... Reverend Martin hat nur wenige Augenblicke, bevor

wir eine Werbepause eingelegt haben, zur Menge gesprochen«, sagt der Kommentator. »Wir schalten jetzt wieder live zum Schauplatz der Ereignisse. Menschen schwärmen weiterhin über die Jones- und MacArthur-Brücke, um sich den Kundgebungen anzuschließen, während die Bereitschaftspolizei an der Ecke Recto und Legarde eine Straßensperre errichtet hat, um einen Marsch auf den Präsidentenpalast zu verhindern. Ich hatte vor kurzem Senator Bansamoro am Telefon, der mir sagte, die Lage sei ausgesprochen angespannt. Ein Stein, ein Pistolenschuss könnte eine Lawine lostreten. Unser Reporter Danjen Adapon ist vor Ort. Hallo Dan?! Kannst du mich hören?«

Tidelideldüü.

»Lies es vor«, sagt Sadie. Die Nachricht lautet:

»Wenn du lächelst, lächelt die Welt mit dir. Wenn du niedergeschlagen bist, werden die Menschen dir den Rücken stärken. Aber wenn du furzt, bist du alleine, weil dann niemand mehr zu dir hält! Niemand außer Jesus! Er ist für unsere Sünden gestorben ...!

```
                                        _____________
   /\      / \                         /    LIEBE     \
   \ \    / /                         /                \
    \ \/ / ***                       /                  \
     \ / / _/                       /
     / \/                          /
    / /\ \                        /
   / /| \/                       /
  / / —/                        / SCHICKE DIESE NACHRICHT
 / / / |                     __/   AN ZEHN FREUNDE, UND
/ / /  |                    / DEINE GEBETE WERDEN ERHÖRT!«
\/ \   \_          ___/
_______________/
```

Ich reiche ihr das Handy. »Sadie, lass uns im Radio nach …« Aber sie wählt bereits die Nummer ihres Fahrers.

»*Fuck*!«, sagt sie. »Jetzt ist der Akku leer!«

»Mist. Ich hab mein Handy im Hotel gelassen.«

»Laut und deutlich, Rolly. Laut und deutlich. Was hier vor sich geht, ist schwer zu beschreiben. Während ich jetzt mit dir spreche, stehe ich auf dem Dach des Restaurants *Chow King* an der C. M. Recto. Ich würde sagen, die Menge, also, es sind zweihunderttausend Menschen. Vielleicht sogar fünfhunderttausend. Ein Meer von Menschen. Berichten zufolge sind verschiedene Gruppen hierhergerufen worden, um gegeneinander zu demonstrieren, aber soweit ich das sehen kann, ist alles friedlich. Die meisten Leute sind schon seit Stunden hier und warten darauf, was ihre Anführer tun werden. Mit jeder Minute treffen mehr ein. Menschen stehen gemeinsam unter Regenschirmen und teilen das mitgebrachte Essen. Viele singen. Die Atmosphäre gleicht einem Karneva… äh … das … Einen Moment. O nein. Gerade kommt es zu einer Konfrontation zwischen Reverend Martin und Wigberto Lakandula. Auf einer Bühne, die auf der Ladefläche eines Lkws errichtet wurde. Sie liefern sich einen Wortwechsel. Du meine Güte, Reverend Martin hat Lakandula zu Boden gestoßen! Lakandula wehrt sich nicht. Jetzt wird er von einigen Anhängern weggeführt. Ich erkenne den bejahrten Kongressabgeordneten Respeto Reyes. Er hält Lakandulas Hand. Äh, einen Moment bitte, Rolly.« Der Reporter unterhält sich mit jemandem; ihre Stimmen sind nicht verständlich, wirken jedoch gehetzt. »Äh, Rolly, es heißt gerade, dass Lakandula seine Anhänger friedlich abzieht. O nein, jetzt scheint es Ärger zu geben. Jemand aus der Menge hat eine Schaufensterscheibe eingeschlagen. Eine große Gruppe scheint sich in Richtung Makati zu bewegen. Ein Auto, nein, ein Taxi ist auf den Kopf gestellt worden. Sie werfen mit Steinen nach den

Polizisten. Und nach Fenstern, in denen Licht brennt. Du meine Güte, sie werfen Steine nach uns …«

*

Noch während er zuhört, fragt sich unser feuriger Protagonist, ob heute Nacht die Revolution stattfindet, nach der sich Crispin so lange gesehnt hat. Er bedauert, dass er sich nicht der Menge angeschlossen hat.

Er denkt über eine Möglichkeit nach, wie das Leben verlaufen kann. Ein alter Mann, müde über seine Schreibmaschine gebeugt, während sich die Welt um ihn herum wandelt. Ein alter Mann, der ungestüm, aber ohne Heldenmut auf die Tasten einhaut. Ein alter Mann, der für einen Moment einem jungen Mann Leben einhaucht, wie jetzt. Eine stürmische Nacht jenseits geschlossener Fenster. Die drohende Sterblichkeit weit, weit weg. Entscheidungen, denen er aus dem Weg gegangen ist und für die er nie bezahlt hat.

*

Der Fluss schwillt durch die plötzliche Hitze an. Die Wassermassen des Passig, der längst nicht mehr flach und sanft aussieht, rollen auf uns zu. Das Hochwasser, in dem unser Wagen steht, fließt nach hinten weg, entgegen der Strömung des Flusses. Irgendwo vor uns muss es einen Durchbruch oder einen Überlauf geben. Das Wasser steigt, sein Pegel zeigt sich an der Motorhaube, die langsam verschwindet. An der Fabrik sind noch immer Lichtblitze zu sehen, ein buntes Flackern überall: Die Straße ist rot, dann schwarz, dann grün, dann gelb, dann orange, dann schwarz, dann orange. Ein Stuhl treibt auf uns zu, prallt auf die Stoßstange, schwebt links von uns vorüber. Sadie nimmt die Batterie aus ihrem Handy und steckt sie wieder hinein. »Saft!«, ruft sie.

Und wählt. »Scheiße«, sagt sie, »nimm schon ab. Verdammt, nimm ab, bitte nimm ab, du Arschloch. Bitte. Ach, Scheiße. Schon wieder kein Saft mehr. Was machen wir jetzt?«

»Im Wagen sind wir am sichersten. Dein Fahrer wird bald hier sein.«

Dunkle Umrisse kommen näher. Sadie hält den Atem an. Sie schaltet die Scheinwerfer ein, aber die befinden sich bereits unter Wasser. Das bisschen Licht, das sie abgeben, streicht über die Wasseroberfläche, als stünde unser Wagen am Rand eines Teichs, in dem sich der Mondschein spiegelt. Die drohenden Umrisse nehmen Gestalt an.

Sie entpuppen sich als einer dieser Eiswagen, die von Verkäufern mit einer Glocke in der Hand durch die Stadt geschoben werden. Er ist weiß lackiert, mit kecken blauen und roten Verzierungen. Auf die Seite ist mit Schablone das Wort »Starbucks« gemalt. Der Wagen kommt ins Stocken und wird dann von einer Strömung weitergetragen, die stetig stärker zu werden scheint. Die Schatten dahinter bewegen sich. In einem grünen Lichtblitz werden zwei Kinder sichtbar, die auf dem Wagen hocken. Ein blauer Lichtblitz lässt erkennen, dass es sich dabei um ein etwa zehnjähriges Mädchen handelt, das ein nacktes Kleinkind umklammert hält.

*

Während er all das sieht, hört er wie aus einem fernen Traum die Schreibmaschine. Ein alter Mann, der nachdenkt und aufschreibt, was gesagt werden muss.

Armer kleiner reicher Junge. Es muss Stellung bezogen werden. Wenn du dich zu den Deinigen gesellst, entscheidest du dich für Unterdrückung, Brudermord, Gleichgültigkeit – unter den Deinigen wirst du nie zufrieden sein. Reicher kleiner armer Junge. Wenn du dich für die Gegenseite entscheidest, schlägst du dich auf die Seite des Ver-

rats, des Vatermords, des Vertrauensbruchs – und wirst nie wirklich als der akzeptiert werden, der du bist. Die Religion hat dich gelehrt, die Familie zu ehren. Die Erziehung hat dich gelehrt, die Mehrheit über die Wenigen zu stellen. Etwas muss getan werden, Pozzo. Das kannst du nicht aussitzen. Das Flugzeug ist gelandet. Die Leute haben geklatscht. Ein letztes Atemholen. Jetzt stehst du auf der Bühne.

Er sitzt im Lampenschein und denkt über eine zweite Möglichkeit nach, wie das Leben verlaufen kann. Geduld ist jedoch nur ein anderer Name für Tatenlosigkeit.

*

Ich beobachte, wie sie ruckelnd vorbeitreiben. Der Wagen hängt immer wieder an der überschwemmten Straße fest. Als Schatten sind sie weniger erschreckend als hell erleuchtet und hilflos.

*

Noch während er seinen Gedanken nachhängt, versucht er, sich eine dritte Möglichkeit auszumalen, wie das Leben verlaufen kann.

Voller Mut ins Wasser eintauchen, um die Kinder zu retten, um sie die wenigen Meter in Sicherheit zu ziehen, um ihnen nachzublicken, wie sie wieder in ihren Verstecken verschwinden, um ein Held mit stolz geschwellter Brust zu sein, während Trompeten freudig seine unbelastete Rückkehr nach Amerika verkünden, nachdem er seine Schuldigkeit getan hat, um mit der formbaren jungen Sadie in Park Slope ein neues Leben zu beginnen, und mit dem Selbstvertrauen, das davon kommt, von einer jungen Schönheit geliebt zu werden, wird er sich hinsetzen und meine Biografie zu Ende schreiben, und darin wird er Erfüllung finden, denn er wird sie mit dem Elan desjenigen verfasst haben, der sich frei fühlt, denn er wird sich, mit einer einzigen klatschnassen Tat, von der Last unserer Sünden befreit haben.

*

»Wenn du die Tür öffnest, ist der Wagen hin«, sagt Sadie. Sie weint. »Mein Dad wird mich umbringen.«

Wir drehen uns beide um. Die Straße, die gerade noch wenige Meter hinter uns zu sehen war, ist jetzt vollständig überschwemmt.

»Mein Fahrer ist bestimmt jeden Moment hier.«

Ich starre in das Wasser. Was, wenn es zu tief ist? Ich denke an meinen Vater, wie er sich in das brennende Flugzeug gestürzt hat. Was, wenn er nicht so leichtfertig gewesen wäre? Ich möchte nicht in dieses Wasser hinaus. Was, wenn er seinen Kindern gegenüber nicht so egoistisch gewesen wäre? Nein. Die Menschen, die wir lieben, müssen für uns Helden sein. Wir müssen wissen, dass uns irgendwo jemand, der besser ist als wir, retten kann.

»Bitte nicht«, schluchzt Sadie. Sie klammert sich an das Lenkrad, als wäre es ein Rettungsfloß. »Niemand wird dich sehen.«

Ich will nicht hinaus. Aber ich habe Angst vor dem, was ich sonst werden würde. »Sadie, komm mit mir.«

»Ich kann nicht«, sagt sie. »Und du musst auch nicht.«

Die Türe ist schwer und geht nicht auf. Was ist, wenn sie recht hat? Ich lehne mich mit meinem ganzen Gewicht gegen die Tür, doch sie gibt kaum nach. Wasser strömt in den Wagen hinein. Sonderbar warm fließt es mir über Füße und Knöchel. Ich bekomme die Tür nicht auf. Ich muss nicht hinaus. Mein Blick schweift zu Sadie. Sie hat die Knie bis an die Brust gezogen, Manolo Blahniks in den Händen, die Füße über Kreuz. In dem Bodenraum des Wagens steigt das Wasser. Ich ziehe die Tür zu. Ich öffne das Fenster. Der elektrische Motor surrt und ruckelt. Ich möchte, dass es klappt, aber ich möchte auch, dass es nicht klappt. Es klappt. Das Wasser steht fast bis zum Fenster. Im Schein des Feuerwerks wirkt seine dunkle Oberfläche spiegelglatt. Ich sehe mich selbst darin, beobachte mich dabei, wie ich mich durch das Fenster ziehe und vorwärtsfalle, Gesicht auf Gesicht, in den braunen, schleimigen Schmutz hinein. Meine Füße suchen zappelnd den Grund. Sadie schreit. Vielleicht hat sie recht. Ich finde Halt. Ihr Flehen treibt mich weiter. Das Wasser ist brusthoch.

Eine orangefarbene Feuerwerksrakete erleuchtet den Himmel und verblasst. Die Strömung ist stark. Der Boden unter meinen Füßen gibt mir Sicherheit. Ich wanke auf die Kinder zu. Eine rot leuchtende Feuerwerksrakete zeigt die Distanz zwischen uns. Das Mädchen beobachtet mich mit ausdrucksloser Miene. Wird zu einem Schatten. Die Finsternis zwischen den Lichtblitzen ist grenzenlos intim. Sie und ihr Bruder sind hellgelb. Ich lächle und winke. Was zum Teufel tue ich da? Sie schiebt sich ihren Bruder noch höher die Schulter hinauf, versucht, mit Händen und Füßen an dem Eiswagen Halt zu finden. Ihr Bruder versteckt sein Gesicht an ihrer Schulter. Finsternis. Unsichtbare Dinge berühren meine Beine, schlingen sich mir um die Taille, werden von der Strömung weitergetragen. Die Kinder sehen aus wie Gespenster. Sie sind zu durchnässt oder zu verängstigt oder zu erschöpft, um nur ein Geräusch von sich zu geben. »Ich hab es gleich geschafft«, rufe ich auf Tagalog. Dann sind wir alle herrlich blau, und es ist nicht mehr weit. Noch fünf Schritte. Das kleine Mädchen flüstert ihrem Bruder etwas zu. Er dreht den Kopf und lächelt, seine runden Wangen und seine Stirn ein verblassender himmelblauer Schimmer, dann ein helles, sattes Gelb. Die Zähne des Mädchens blitzen zitronengelb. Noch drei Schritte. Die Kinder starren wie Statuen in meine Richtung, strecken die Arme nach mir aus. Noch zwei Schritte. Ihre Gesichter, auf der einen Seite orange, auf der anderen smaragdgrün, sind wie die der lächelnden Kinder, die ich bei Feierlichkeiten am vierten Juli am Ufer des East River gesehen habe. Noch ein Schritt.

Mein Fuß sucht nach festem Boden. Mein ganzer Körper stürzt ins Nichts.

9

In der finsteren Leere gleicht das Licht der Korona einer Sonnenfinsternis. Der Knauf fühlt sich nass an. Vielleicht ist auch seine Hand nass. Zwei Linien durchziehen seine Handfläche wie benachbarte Flüsse. Oder vielleicht sind es verschiedene Läufe desselben Flusses. Die Tür schwingt auf. Ich rufe ihm von innen zu: »Da bist du ja, mein Protagonist.«

Vorsichtig setzt er einen Fuß auf den sandigen Boden. Ich sitze in einem Lichtkreis an meinem Schreibtisch. »Ein Traum ist ein Palimpsest«, sage ich. Meine Schreibmaschine vor mir dampft. Die Fingerspitzen meiner rechten Hand sind von den Tasten umschlungen. Meine andere Hand halte ich ihm entgegen, ein blutiges Loch in der Handfläche, wo einst eine Narbe war. Ich erzähle ihm einen unserer Witze. »Warum kann Jesus keine Smarties essen?« Der junge Mann schüttelt den Kopf. »Weil ihm die Smarties immer durch die Löcher fallen.«

Er dreht sich um, will davonstürzen, bewegt sich jedoch äußerst langsam. Als würde er durch Wasser rennen. Im Flurspiegel ist er nackt. Er beugt sich seinem Spiegelbild entgegen. Er sieht mich, wie ich einmal war. Er streckt die Hand aus. Oder folgt seine Hand der meinen? Unsere Finger berühren sich. Der Spiegel schlägt Wellen.

*

Die Oberfläche des glasigen Himmels erbebt. Seine Füße berühren den Grund. Er richtet sich auf, indem er seinen Armen durch das Wasser und aus ihm hinaus folgt und krampfhaft mit den Fingern nach einem Halt in der Luft sucht. Unser heldenhafter Protagonist steht da und hustet; seine Lunge hebt und senkt sich dankbar. Das warme Wasser schmeckt wie Schleim. Es reicht ihm bis zur Brust. Die beiden Kinder sind mehrere Meter von ihm entfernt, ihr Eiswagen steckt fest. Ein belaubter Ast treibt rasch an ihm vorbei, der Kopf einer haarlosen Barbiepuppe, eine leere Flasche Silver-Swan-Sojasoße, quallengleiche Plastiktüten. Er watet durch den Schlamm, jede Bewegung wie in Zeitlupe. Hauchdünne Zeitungsseiten wickeln sich ihm um Arme und Brust und lösen sich auf. Wie - fragt er sich - ist die Entfernung zwischen uns nur so groß geworden?

Er erreicht die Kinder. Das Feuerwerk geht weiter, taucht ihre Gesichter in grünes, blaues, rotes, gelbes Licht. Er nimmt den Knirps fest in die Arme. Die Schwester klettert ihm auf den Rücken. Sie sind überraschend leicht. Jetzt ist es unser junger Mann, der sich sicher fühlt.

Die zum Fluss gewordene Straße wird plötzlich in gleißendes weißes Licht getaucht. Sein Schatten, der sich bis zu einer Betonziegelwand erstreckt, verwandelt sich in ein dreiköpfiges Ungeheuer. Er dreht sich um. Die Zwillingssonne von Scheinwerfern. Ein Geländewagen.

*

Mutya lässt die Hand über Antonios nackte Brust gleiten. »Mr Astig«, sagt sie und fährt über seine zahlreichen Narben. Er setzt sich auf, bevor sie fragen kann, woher er sie hat, und zieht sich die Satindecke über die Schultern. Sie haben sich gerade geliebt, und zwischen ihren üppigen Brüsten rinnt der Schweiß. Er beugt sich vor und leckt ihn auf.

»Nachdem du die Jungfrau gerettet hast«, sagt Mutya und streicht ihm durchs Haar, »was bleibt jetzt noch zu tun?«

»Ich habe eine alte Daumenschraube aus Eisen, auf der Dominadors Name steht.«

»So soll die Geschichte enden?«

»Für ihn. Nicht für mich.«

»Tony, du hast ihn unter eine Dosenfüllmaschine gelegt, und er hat seine Hoden verloren ...«

»Aber er ist entkommen! Was ist mit all den toten Frauen? Geht das Leben einfach ohne sie weiter?«

»Wenn du gegen Korruption kämpfen möchtest, Schätzchen, solltest du bei dir selbst anfangen.«

Antonio steht auf und geht zum Fenster. Aus dieser Höhe wirkt Metro Manila unbeschwert.

»Antonio, es tut mir leid.« Mutya wickelt sich in das Laken und geht zu ihm. Sie legt die Wange auf seine Schulter und betrachtet die graue Stadt. »Es geht um mehr als nur Dominador. Ich weiß. Aber manchmal ist Mut nur eine andere Form von Feigheit. Manchmal ist es am mutigsten loszulassen.«

»Es gibt zu viel zu tun.«

»Spiel nicht den Helden.«

»Ich habe nie behauptet, dass ich einer sein möchte.«

— Aus: *Manila Noir* (Seite 182) von Crispin Salvador

*

In dem F150 sagt Sadie kein Wort. Sie sitzt einfach nur da, als würde sie gleich abgrundtief losschluchzen. Nur ihre dunklen Augenhöhlen sind zu erkennen, sodass man meinen könnte, die Augen wären ihr ausgestochen worden. Ihr Fahrer hat kein Gesicht, und er hält vor dem kleinen Polizeirevier hinter dem Hotel InterContinental. Sie lassen das durchnässte Trio aussteigen und brausen dann wortlos davon. Die roten Rücklichter des Geländewagens verschwimmen, verblassen und verschwinden dann im Regen. Der Polizeileutnant wirkt überrascht. Aber vielleicht ist er auch gerade erst wach geworden. Er holt Decken für die Kinder, kniet sich hin, um ihnen die Haare zu trocknen, rubbelt ihnen die Schultern ab und blickt dann zu dem jungen Mann auf. Ein anderer Polizist, der plüschige Schlafzimmerlatschen und ein Muskelshirt trägt, hockt hinter einem Schreibtisch und spielt Gitarre. Die alte Rockballade »Patience«. Ein dritter Polizist sitzt auf dem Schreibtisch, seinen bloßen Fuß in der Hand, und schneidet sich die Zehennägel. Der Leutnant zeigt den Kindern, wo sie sich hinlegen können. Dann sagt er freundlich zu unserem mutigen Protagonisten: »Sie sollten schnellstmöglich nach Hause gehen.« Der junge Mann rennt durch den Regen, seine Arme und Beine locker und frei. Mit unbändiger Freude patscht er durch die Pfützen auf dem Bürgersteig. Plötzlich steht er vor dem Hotel. Der Strom ist ausgefallen. Der Empfang ist nicht besetzt. Oben auf seinem Zimmer steht er bei Kerzenschein nackt und aufrecht unter der Dusche und reckt die Arme in die Höhe. In der Dunkelheit sieht das Badezimmer mit seiner abblätternden Farbe und den tibetanischen Gebetsfahnen an den Fenstern ganz genauso aus wie das Badezimmer, das Madison und er in Brooklyn hatten. Das Wasser ist kalt, so kalt, wie er es gerade noch aushalten kann. Es ist so kalt, dass es sich schon gar nicht mehr kalt anfühlt, sondern beruhigend, reinigend, klar.

*

»Was schreibst du da?«, flüsterte Millicent.

»So Sachen halt«, erwiderte Dulcé.

Sie saßen in einer Ecke des Gemeinschaftsraums unter der Plastikbonsai-Pappelfeige. Andere Patienten spielten am Kartentisch Pusoy Dos oder malten am Basteltisch Porträtbilder von irgendwelchen Fantasiegeschöpfen.

»Was für Sachen?«, wollte Millicent wissen.

»Sachen halt.«

»Lass mich raten. Einen Brief an deinen echten Vater? Oder, hmm. Vielleicht einen Fluchtplan?«

»Nur Sachen, die ich mir ausdenke. Geschichten.«

Ceferina, die in der Nähe saß, blickte von der dreiköpfigen Katze auf, die sie malte. Sie starrte Dulcé an und rief: »Schwester Erlinda! Ich glaube, Dulcé redet wieder mit sich selbst!«

Überall im Raum erstarrten Bleistifte, Spielkarten und Pinsel, und alle sahen Dulcé an. Schwester Erlinda, die am Basteltisch saß, blickte herüber. Sie lächelte traurig. »Ceferina, Dulcé schreibt nur etwas für sich auf.« Josie, die neben Schwester Erlinda saß und malte, sagte mit schüchterner Stimme: »Vielleicht betet sie.«

Leise wandten sich alle wieder ihrer Tätigkeit zu. Nach ein paar Sekunden flüsterte Dulcé mit gesenktem Blick: »Millie, ich hab dir doch gesagt, dass du leiser sein sollst!«

»Meine Güte! Verzeeeeeihung.« Millicent zupfte an ihren purpurroten Locken, wie sie das immer tat, wenn sie aufgebracht war. »Wahrscheinlich weiß Ceferina, dass dein echter Vater uns hier rausholen wird.«

»Da gibt es nichts zu wissen. Ich geh nirgendwohin.«

»Hey, Dul, wenn wir hier raus sind, was machst du dann?«

»Nichts.«

»Ich glaube, ich wäre gern Pilotin.«

»Ich glaube nicht, dass sie das erlauben werden.«

»Das ist aber nicht nett, dass du das sagst.«

Dulcé legte ihr Notizbuch beiseite und musterte ihre Freundin, die die Locken in ihrem Wuschelkopf langzog und zuschaute, wie sie sich wieder aufrollten.

»Tut mir leid, Millie«, sagte Dulcé. »Du hast recht. Tut mir leid.«

»Also, wenn wir hier raus sind, was machst du dann?«

»Ich glaube, ich werde Schriftstellerin.«

»Was willst du denn schreiben?«

»Ein Buch.«

»Was für ein Buch?«

»Ein Buch voller Möglichkeiten.«

Aus: *Ay Naku!*, Buch 3
von Crispin Salvadors *Kaputol*-Trilogie

*

Als er am Nachmittag aufwacht, wundert er sich nicht, dass die Träume ausgeblieben sind. Es ist, als hätte er nur kurz die Augen geschlossen, und aus Nacht ist Tag geworden. In seinen Ohren schwappt noch immer Wasser, wie ein Widerhall vertrauter Dinge. Unten sitzt wie immer die Portiersfrau hinter dem Empfang und schläft mit dem Kopf auf dem Anmeldebuch. Sie schreckt hoch und begrüßt unseren heiteren Protagonisten, der aus dem Hotel tritt. »Hallo Sarge«, ruft sie ihm nach. Auf der anderen Seite der nassen, geschäftigen Straße wartet im *Tapa King* bereits das Frühstück.

Die heutigen Schlagzeilen der *Gazette* verkünden: »8. Dez. 2002 – ein Morgen für die Demokratie! Menschenmenge sammelt sich für Edsa 5!« Eine große Aufnahme zeigt Senator Bansamoro, der beschützend neben Präsident Estregan vor dem Malacañang Palace steht. Bansamoro trägt Jeans und eine kugelsichere Weste, in der Hand hält er eine ArmaLite. Estregan – über dessen Wanst sich das grüne Satin seines Bademantels spannt, der noch aus seiner Zeit als Boxer stammt und ihm über den Beinen gefährlich weit hochgerutscht ist – lächelt sein Schweinelächeln. Um sie herum stehen Soldaten der Spezialeinheiten in voller Montur. Der Artikel sagt, dass die unruhigen Massen kurz davor gewesen waren, die Bereitschaftspolizei zu überwältigen und den Palast zu stürmen. Tränengaskanister hatten bereitgestanden, und Gummigeschosse waren geladen worden. Taschen waren mit Steinen gefüllt gewesen, und Feuerzeuge hatten über den Dochten von Molotowcocktails verweilt. Ein Blutbad hatte in der Luft gelegen. Dann jedoch tauchte Bansamoro zusammen mit Soldaten, die er früher befehligt hatte, vor dem Palast auf, hob eine Pistole und feuerte einen einzigen Schuss in die Luft. (Die Regenbogenpresse taufte ihn den »Schuss, der das Land rettete!«) Die Menschenmenge wogte wie auf Kommando zurück. Vor Tagesanbruch waren die Straßen leergefegt.

Bei Sonnenaufgang – ließ ein anderer Artikel verlauten – verschaffte die Polizei sich Zugang zum Anwesen der Changcos und fand das Ehepaar erschossen vor. Ihr Sohn hatte sich in dem riesigen

Gefrierschrank des Hauses unter einem großen Truthahn versteckt, seit die ersten Schüsse gefallen waren. Er hatte eine leichte Unterkühlung erlitten. »Zum Glück ist er äußerst fett«, sagte Doktor Manuel Manabat, der behandelnde Arzt im Philippine General Hospital.

Auf Seite 3 steht, dass die Ursache für die Explosion in der Philippines First Corporation noch nicht abschließend geklärt werden konnte. Das Büro von CEO Dingdong Changco jr. äußerte sich dahingehend, dass ein undichtes Dach und schadhafte Kabel dafür verantwortlich gewesen seien.

*

Ich kann mich noch an den letzten Witz erinnern, den ich ihm erzählt habe.

Boy Bastos Tochter Girly fragt ihren Vater: »Daddy, was ist Politik?« Boy ist sehr stolz auf ihre Wissbegierde. Mit der Zeit – während er das kleine Vermögen, das ihm sein Vater Erning hinterlassen hatte, ausgab und wiedergewann, sich einen Namen als Politiker machte, miterlebte, wie seine Tochter heranwuchs, sein Sohn geboren wurde, seine Ehe an Glanz verlor – ist ihm klar geworden, dass unser größtes Unglück ist, Kinder großzuziehen, die dieselben Fehler machen wie wir.

Er sagt: »Nun, Girly-girl, lass es mich so erklären. Ich bin der Kopf der Familie, also bin ich der Präsident. Deine Mom stellt die Regeln auf, also ist sie die Regierung. Wir sind da, um uns um deine Bedürfnisse zu kümmern, also bist du das Volk. Deine Yaya Inday arbeitet für uns, und wir bezahlen sie für ihre Arbeit, also ist sie die Arbeiterklasse. Und dein kleiner Bruder Junior ist die Zukunft. Jetzt denke über alles nach und prüfe, ob du es verstehst.«

Girly geht ins Bett und grübelt über das nach, was sie gehört hat. Mitten in der Nacht wacht sie auf. Sie hört ihren kleinen Bruder Junior weinen, also schaut sie nach ihm und stellt fest, dass er seine Windeln vollgeschissen hat. Girly geht ins Schlafzimmer ihrer Eltern, wo ihre Mutter tief und fest schläft. Wegen der Schlaftabletten, die sie jede Nacht nimmt, bekommt Girly sie nicht wach, und so geht sie zum Zimmer ihrer Yaya. Doch die Tür ist abgeschlossen. Girly spickt durchs Schlüsselloch und sieht ihren Vater mit Inday im Bett liegen. Girly geht wieder ins Bett.

Am nächsten Morgen am Frühstückstisch sagt Girly zu ihrem Vater: »Daddy, ich glaube, ich verstehe jetzt, was Politik ist.«

Boy ist stolz. »Wow!«, ruft er aus. »Du bist wirklich schlau! Dann erkläre uns doch mal in deinen eigenen Worten, wie Politik funktioniert.«

»Nun«, erwidert Girly, »der Präsident fickt die Arbeiterklasse. Und die Regierung schläft und schläft immer nur. Auf das Volk achtet niemand. Und die Zukunft, also, die Zukunft schwimmt in Scheiße.«

Boy Bastos küsst sie stolz auf den Kopf.

Schließlich wird Girly erwachsen. Sie heiratet den prominenten Anwalt Arrayko und wird die berühmteste Volkswirtschaftlerin, Senatorin und dann Vizepräsidentin des Landes. Nachdem der damalige Präsident nach einer der zahlreichen Revolutionen auf dem Edsa des Amtes enthoben wird, wird Girly seine Nachfolgerin. Als sie ihren Amtseid ablegt, erinnert sie sich an all die weisen Lektionen, die ihr bilderstürmerischer Vater Boy ihr erteilt hat, und an das Vermächtnis ihres emsigen Lolos Erning. Präsidentin Girly Bastos Arrayko wird zur Hoffnung der Nation. Am Ende erweist sich jedoch, dass der Witz auf unsere Kosten geht, und wir alle kennen die Pointe.

*

Der Taxifahrer fragt vergnügt: »Forbes Park, Sir?«

»Ja«, erwidert der junge Mann. »Wie haben Sie das erraten?«

Der Fahrer pfeift die Melodie aus der Marlboro-Reklame. Das Fenster ist heruntergekurbelt, und seine Hand vollführt zufriedene, geschmeidige Bewegungen im kühlen Wind. »Noch keine Sonne«, sagt der Fahrer. »Aber auch kein Wind.«

»Aha. Deshalb sind Sie so gut gelaunt.«

»Jawohl, Sir. Außerdem haben sie Lakandula noch nicht erwischt.«

Während der Wagen durch einen unter Wasser stehenden Abschnitt des Edsa stiebt, übt der junge Mann tonlos ein, was er ihnen sagen wird.

*

In Forbes Park ist die ganze Flame Tree Road von einem Teppich aus orangeroten Blüten bedeckt. Die Zweige sind immer noch voller tiefroter Blumen, denen der Taifun nichts anhaben konnte. Das Taxi gleitet durch diesen Feuertunnel.

In seiner Kindheit überquerte er die Straße oft zusammen mit seiner Mutter und seinem Vater, um Grapes und Granma zu besuchen. Das ist eine der wenigen Erinnerungen, die er an seine Eltern hat – die Blüten der Flammenbäume, weich und üppig unter seinen Füßen, erhaben und lodernd über ihm, wie Tausende von Linsen, die das Sonnenlicht brechen – das Sonnenlicht Tausender künftiger Kindheitsnachmittage, die längst vergangen sind.

Er bezahlt den Taxifahrer und geht langsam zum Tor des Anwesens seiner Großeltern hinüber. Während er sich die Augen reibt, klingelt er. Jenseits der Tür applaudieren Hauslatschen. Floyd, der einäugige Boy, öffnet das Tor. Er ist sichtlich überrascht und erklärt dem jungen Mann, dass seine Großmutter und sein Großvater gerade dabei seien, ihre Merienda zu sich zu nehmen. Floyd trägt die Koffer. Im Hof hat die Akazie, auf die unser wehmütiger Protagonist als Kind oft kletterte, vor dem Sturm kapituliert; ihre Äste sind abgebrochen und entblößen das knochenweiße Fleisch des Stamms. Das Haus jedoch ist unverändert.

Der nächste Augenblick ist die einfachste Szene, die ich je getippt habe.

Im Glas der Schiebetüren spiegelt sich der Gesichtsausdruck unseres Protagonisten, der nicht zu deuten ist. Sein zielstrebiger Schritt ist gleichzeitig unsicher. Die Fliegengittertür zum Wohnzimmer glei-

tet geräuschvoll auf. Granma blickt vom Tisch herüber, um zu sehen, wer gekommen ist. In freudiger Panik berührt sie Grapes am Arm. Die beiden stehen mühsam auf und begrüßen das Kind, das sie für immer verloren geglaubt hatten. Ihm wollen die Worte, die er sich zurechtgelegt hat, nicht einfallen. Er versteht, dass er sie letztlich doch nicht brauchen wird.

Die Worte wären ihm später eingefallen, und dann hätte der junge Mann gewusst, was er hätte sagen müssen. Von den beiden Wahlmöglichkeiten, die er sein ganzes Leben lang vor sich gesehen hat, hätte er sich für die harmlose dritte entschieden. Kompromisse bedeuten, dass niemand unglücklich ist, so hätte er sich, als Variation über ein Thema, selbst versichert, wohl wissend, dass er erst herausfinden musste, ob dies auch wirklich so war. Aber seine Rückkehr nach Hause hätte immerhin gezeigt, dass er es auf einen Versuch ankommen lassen wollte – als Kind seiner Großeltern und ja, nachdem er den Mut gefunden hatte, auf Vergebung zu hoffen, als Vater seines eigenen Kindes, wenn auch mit großer Verspätung. Jahre später hätte er sich daran erinnert, wie alles abgelaufen war, und er hätte darüber so ehrlich wie nur eben möglich geschrieben.

10

Aber erst musste er ein Geheimnis lüften.

Während das Flugzeug auf der Flucht vor der spätmorgendlichen Sonne in den Landeanflug überging, saß unser Protagonist gottgleich auf seinem Fensterplatz und stellte sich vor, er könnte des Rätsels Lösung berühren, einfach die Hand ausstrecken und sie ergreifen, umdrehen und die in winzigen Buchstaben geschriebene Antwort darauf lesen. Eine dieser Inseln gehörte ihr. Dort befand sich der Ort, den Miss Florentina in ihrer fast unlesbaren Krakelschrift beschrieben hatte. Das Juwel in Form eines Kommas, beschützt von einer Kette von sieben mit Zucker bestäubten Smaragden, die auf einem Stück blauem Samt lagen. Nach Jahrtausenden der Namenlosigkeit zivilisiert und mit einem Namen versehen. La Isla Dulcinea.

Als dieser Tag angebrochen war, hatte er über Folgendes nachgedacht: Das ist die letzte Taxifahrt, die letzte Flugreise, bevor alles im Reinen ist. Von der ersten Morgenröte dazu angeregt hatte er während des Starts erwartungsvoll und hellwach, die Stirn an das brummende Glas gepresst, aus dem Fenster geschaut.

Unter ihm war alles zurückgeblieben - erst die schemenhaften Dächer der Elendsviertel, wie kubistische Landschaften mit Lichtern gespickt; Zuckerrohr am dunklen Horizont, sich planlos windende Straßen, so blass wie lange Narben in der Dämmerung; schließlich warfen die geborstenen Spiegel der Reisfelder die ersten Pizzicato-Strahlen des Morgens zurück. Als die Sonne über Pampanga aufging, stockte ihm angesichts der nachhaltigen Zerstörung des Pinatubo der Atem.

*

Geschichten mit offenem Ende haben, weil sie eine Vielzahl von Optionen bieten, etwas Befreiendes.

Wie wäre es mit diesem Schluss?

Die Titelseite der Zeitung: Die Schlagzeile lautet »Textnachricht-Revolution – Was nach Edsa 5 geschah!« Eine Großaufnahme zeigt Reverend Martin in Handschellen vor Präsident und Oberbefehlshaber Fernando V. Estregan, der vorwurfsvoll die Stirn runzelt. Neben dem Paar ein ernster Senator Bansamoro, der, wie die Bildunterschrift erklärt, »den aufwieglerischen Geistlichen persönlich gefasst hat«. Ein kleinerer Artikel stellt die Frage: »Bansamoro: Estregans Kampfhahn für das Amt des Vizepräsidenten bei den nächsten Wahlen?« Eine Karikatur zeigt einen Berufspendler, der von anderen Pendlern eins übergezogen bekommt, als er fragt: »Wieso heißt es Edsa 5, wenn es nicht auf dem Edsa Boulevard stattgefunden hat?« In einer Randspalte erfährt man, dass sich Wigberto Lakandula noch immer auf der Flucht befindet und auf Baguio, Mindanao und anderorts gesehen wurde.

*

Unser emsiger Protagonist zog seinen Füllfederhalter hervor und schrieb Erinnerungen an das Jahr 1991 in sein Notizbuch.

Nach einem vier Jahrhunderte währenden Schlummer beförderte eine Rauchpilzeruption Asche bis nach Singapur und Phnom Penh. Die ganze Region wurde von Erdbeben erschüttert. Ein Taifun fiel über den Berg her und verwandelte die Asche in Lahar – eine gewaltige Teigmasse, die sich Zentimeter um Zentimeter vorwärtsschob und fünfhundert Quadratmeilen Ackerland unter einem Fuß Tephra und bimssteinartigen Sedimenten begrub. Um den Strom aufzuhalten, wurden in aller Eile riesige Dämme errichtet, die aber aufgrund dubioser Machenschaften brüchig waren. Sie hatten der eisigen Beharrlichkeit des Lahar nichts entgegenzusetzen.

Dort unten ließ Crispin seine Handgelenke mit Reinigungsalkohol abtupfen und sich Nägel ins Fleisch treiben, wobei er dem Schlag des Hammers lauschte, bis er auf gekreuzten Planken über der Menge aufgerichtet wurde. Ein Osterritual, das eher ein Versprechen enthielt, als dass es der Buße diente. Haben die Versprechen, um die wir bitten, eine größere Bedeutung als diejenigen, um die wir gebeten werden? Kann irgendjemand von uns die Dinge verändern, die das Leben sowieso verändert? Die Frau, die dir das Leben geschenkt hat, wird eines Tages an etwas sterben, das nie ganz nachvollziehbar sein wird. Der Mann, der dich großgezogen hat und inzwischen alt und kraftlos geworden ist, wird dir in versöhnender Geste die Hand reichen, und du wirst zögern, sie zu ergreifen. Eine Geliebte, von der du wünschtest, dass du sie noch so lieben könntest, wie sie es verdient hat, wird dir für immer entrissen werden. Und du wirst bereuen, dass du nie die definitive Entscheidung getroffen hast, die dich von den Toten in ein Leben erhoben hätte, das du einst für möglich gehalten hast. Wenn Gott nimmt, was er uns gegeben hat, ist unser Zorn dann berechtigt?

Diese Gedanken gingen ihm durch den Kopf, während sein Blick über die vertraute Wüste schweifte, die unter ihm lag. Er fragte sich auch, ob ein Déjà-vu-Erlebnis deshalb so verstörend ist, weil es uns vor Augen führt, dass wir jeden Moment mehr würdigen sollten, als wir es tatsächlich tun. Es ruft uns in Erinnerung, dass jeder Augenblick es wert ist, erinnert zu werden.

Er nahm Fotos aus einer Mappe. Scharfe, kontrastreiche Duplexaufnahmen. Überbelichtete Farbabzüge. Ein römischer Soldat, der weiße Shell Toes von Adidas trägt. Flagellanten mit Kapuze, aber ohne Hemd, die Taille ihrer Levi's schwarz von Blut. Die Nahaufnahme einer blutigen und leicht gekrümmten Bambusrute, wie sie gerade hingebungsvoll niedersaust. Lange Reihen von Männern und Frauen, die wie Jesus angezogen sind und aussehen wie die zweite Besetzung bei einem Passionsspiel. Rote und blaue Wimpel, die an einem Schild aufgehängt sind, auf dem steht: »Hier stürzte Jesus ein zweites Mal - voller Stolz präsentiert von San Miguel Beer«. Sadie Baxter, die Pentax um den Hals, das blonde Haar wie ein strahlender

Heiligenschein vor dem Hintergrund der braunen Haut der Menge um sie herum.

Er betrachtete eine Fotografie, die ihn schon lange beschäftigte. Crispin an seinem Kreuz, die Arme himmelwärts ausgestreckt, die Augen nach oben gerollt. Was hatte er in dem Moment gesehen? Zu seinen Füßen heben zwei alte Frauen und ein Leprakranker ohne Finger Taschentücher in die Höhe, um sein Blut aufzufangen. Zum ersten Mal fiel ihm auf, dass in der Menschenmenge hinter Crispin ein Mann der Kamera die Zunge herausstreckte, die Daumen in den Ohren und die Finger abgespreizt.

Unser treuer Protagonist blickte zum Fenster hinaus. Das ist auch, dachte er bei sich, die Landschaft, die meine Eltern in ihren letzten Stunden gesehen haben. Sie hat sich allerdings grundlegend verändert.

Ein Jeepney unter ihm wirbelte auf seinem Weg durch die Einöde Staub auf, der gleich einer Rauchfahne emporstieg, eine Säule bildete und zu einer Wolke auseinandertrieb. Weiter vorne die obere Hälfte einer im Sand vergrabenen Kirche. Auf Tagalog und Sambal, so erinnerte er sich, hieß Pinatubo »wachsen lassen«.

Da! Der Schatten unseres Flugzeugs. Warum begeistert uns das jedes Mal so, wenn wir ihn entdecken? Vielleicht, weil es uns bestätigt, dass uns noch immer etwas mit unserer Heimat verbindet, auch wenn es nur Schatten sind.

*

Oder mit diesem?

Die Titelseite der Zeitung: Die Schlagzeile lautet »Textnachricht-Revolution – Was nach Edsa 5 geschah!« Eine Großaufnahme zeigt, wie die Polizei Dingdong Changco jr. in Camp Crame in seine Zelle eskortiert. Weiter unten ist auf einer kleineren Aufnahme zu sehen, wie Präsident Fernando V. Estregan und Reverend Martin auf einer Bühne, die von zahllosen Menschen umgeben ist, die Arme hochreißen. Der Artikel führt aus, dass Estregan nach den Krawallen den Notstand erklärt hat. Das Militär hat verschiedene Prominente fest-

genommen, darunter den Retter des Präsidenten, Nuredin Bansamoro, der mit seinen Frauen und Kindern beim Frühstück saß. Alle Verhafteten wurden der Verschwörung und des Verrats im Zusammenhang mit den jüngsten Anschlägen angeklagt. In einem »Exklusiv!«-Bericht am unteren Seitenrand erklärt Reverend Martin, seine Ernennung zum geistlichen Ratgeber des Präsidenten sei »ein Geschenk des Himmels«. Während einer Dankeskundgebung vor dem Palast, bei der Millionen seiner Anhänger zugegen sind, beschreibt er seinen unbändigen Drang, in Zungen zu sprechen. In einer Randspalte steht, dass der Präsident Wigberto Lakandula begnadigt habe und dieser zum Volkshelden erklärt worden sei. Er wolle sich um das Amt eines Kongressabgeordneten bewerben, und voraussichtlich werde er den Sitz von Respeto Reyes übernehmen, der sich pensionieren lässt.

*

Das Flugzeug geht in den Sinkflug über, das spürt er im Bauch. Eigentlich übersehen wir doch fast immer diese Wegmarken, denkt er bei sich, diese alltäglichen Übergänge, die sich bei erreichten Zielen, Krisen, Saulus-Erlebnissen und Todesfällen offenbaren. Alles ist so schnell vorbeigegangen, sagen wir von unserer Jugend, von unseren Lieben, von unseren Hochzeitstagen, von der Kindheit unserer Kinder, von unserem Leben.

Irgendwo hat er etwas darüber gelesen, dass es noch immer ein ungelöstes Rätsel ist, wie wir unser Bewusstsein, unsere Erinnerungen, unsere Persönlichkeit erhalten, obwohl sämtliche Zellen unseres Körpers alle sieben Jahre ersetzt werden. Ist Nostalgie - dieses Gefühl des Staunens und der Betrübnis darüber, wie weit wir gekommen sind - nur intuitive Trauer um jenes Selbst, das wir abgelegt haben, Trauer, die wir so stark in jedem unserer Atome spüren, dass wir sie nicht mit dem Verstand erfassen, sondern nur fühlen können? All die Dinge, die ein Vater seinem Kind angetan oder nicht angetan hat, von denen er geträumt oder sich gefürchtet hat - sie alle sind für immer dahin, und die Erinnerung daran macht den Verlust sogar noch schlimmer. Die Finger, die einer nach dem anderen abgespreizt werden, um abzuzählen, wie alt sie ist; das Ergebnis wird stets in Zweifel gezogen, und es muss noch einmal von vorne gezählt werden. Die Nachforschungen im Internet. Die Fragen gemeinsamer Freunde: »Wie geht es ihr? Wie sieht sie denn inzwischen aus?« Jener Augenblick in der Schule, als ihre Mutter sie fortzog und das kleine Mädchen sich verwirrt nach ihm umsah. Die Briefe, die angedacht, aber nie abgeschickt wurden. Die versteckten Anspielungen in einem Buch, das sie, so hofft er, eines Tages lesen wird, sobald sie alt genug ist.

Wenn wir doch nur zurückgehen und die Dinge rückgängig machen könnten, die wir falsch gemacht haben, und die Dinge nachbessern könnten, die wir richtig gemacht haben! Es geht nicht. Nicht weil die Zeit es nicht erlaubt, sondern weil wir selbst völlig andere Menschen wären. Es wäre nicht fair. Du hattest deine Chance. Du stehst nicht mehr auf der Bühne. Der Beifall ist verklungen. Die Trompeten schweigen und sind in Koffer gepackt, auf denen sich bereits der Staub sammelt.

*

Oder vielleicht mit diesem?

Die Titelseite der Zeitung: Die Schlagzeile lautet »Textnachricht-Revolution – Was nach Edsa 5 geschah!« Eine Großaufnahme zeigt Vita Nova, in einem roten Hosenanzug ordentlich zurechtgemacht, wie sie eine Pressekonferenz gibt, neben ihr ein lächelnder Senator Nuredin Bansamoro. Sie hat einer Untersuchungskommission endlich ihr Beweismaterial enthüllt – Abschriften postkoitaler Gespräche von dem berüchtigten Sextape –, das belegt, dass Präsident Fernando V. Estregan nicht nur die Anschläge geplant hat, sondern auch die Krawalle, die von Wigberto Lakandula angeführt wurden (von dem die Armee behauptet, sie hätte ihn getötet, wobei allerdings noch kein Leichnam aufgetaucht ist). »Ganz offensichtlich wollte der Präsident die Nation entzweien«, wird Bansamoro zitiert, »um das

Kriegsrecht ausrufen und die bevorstehenden Wahlen unterlaufen zu können.« Ein Amtsenthebungsverfahren ist im Gange. Ein weiterer Artikel berichtet, Reverend Martin habe aus seiner Zelle in Camp Crame eine Gebetskundgebung ausgestrahlt, in der er seine Anhänger aufforderte, sich »in dieser unserer dunkelsten Stunde« hinter Bansamoro zu stellen. In einer Randspalte steht, dass die katholische Kirche Estregan weiterhin unterstützt, obwohl Beweise für seine Missetaten vorliegen, denn Nova sei »aufgrund ihrer lasterhaften Filme und der jüngsten Fernsehspots, in denen sie sich für Empfängnisverhütung ausspricht, moralisch suspekt«.

*

Das Flugzeug ging in den Landeanflug über, nahm Kurs auf einen kalten, schneidenden Morgen, der einen vollkommen blauen Himmel versprach. Die grünen Hügel sahen aus wie aufbrausende Wellen, die sich von dem elfenbeinfarbenen Küstenstreifen wegbewegten. Das Südchinesische Meer erstreckte sich nach Westen, erst glasklar und ging dann allmählich in einen indigofarbenen Ton über.

Er stolperte die Stufen hinunter und setzte den Fuß auf die Rollbahn. Die anderen Passagiere umarmten bereits Verwandte oder tippten Textnachrichten. Er zitterte und rieb sich die Schultern.

Neben der Landebahn waren auf einer staubigen Straße ein Kramladen und ein Stand mit Erfrischungsgetränken zu sehen. Beide Theken waren unbesetzt. Hier sah es aus wie in den Geisterstädten im Kino, mit wachsamen Fliegen und zwei Hunden, die auf der Suche nach Abfällen die Straße hinunterrannten. Die anderen Passagiere verschwanden nach und nach. Sein Handy bekam keinen Empfang. Die Sonne stand hoch am Himmel und löschte alle Schatten aus. Die Straße führte in beide Richtungen. Der Himmel roch nach Fisch. Irgendwo hörte er das Meer.

In einer Tür tauchte eine Gestalt auf. »Wohin?«, fragte eine kleine Frau.

Sie musterte ihn mit ihrem Hundegesicht mit einer solchen Intensität, dass ihre Iris zu zittern schienen, wie gerade von einem anderen Ort zurückgekehrt, vielleicht aus einem Traum, vielleicht auch nicht.

»Wohin?«, fragte sie.

Er sagte es ihr.

»Ich bringe«, erwiderte sie und verschmolz dann mit den Schatten.

Er wartete.

In der Rikscha sitzend legte er seinen Rucksack auf den Boden und seine Füße darauf. Lehnte den Kopf seitlich aus der Rikscha hinaus wie ein Hund in einem Autofenster. Der Wind noch immer kühl, aber zunehmend weicher. Die Straße, sprichwörtlich schnurgerade, wenn auch staubig. Er schloss die Augen. Das Motorrad brummte. Die Fahrerin pfiff eine unvergessliche, formlose Melodie. Die Luft roch nach Zweitakteröl und Seetang. Er nickte ein.

*

Oder vielleicht leuchtet dieser letztlich am meisten ein?

Eine leere Seite wölbt sich empor und empfängt schwarze Buchstaben; Finger drücken Tasten und ruhen auf den warmen Windungen einer alten Underwood; jedes Mal, wenn der Hammer fällt, erklingen die Karaffen mit dem Sherry und dem Wasser glockengleich. Ich verwandle Erinnerungen in Fiktion. Draußen, unter dem Fenster, geht eine Tür auf, Stimmen überschlagen sich, Fleisch brutzelt, Besteck kratzt über Teller, eine Jukebox spielt zwei Takte, bis ich das Lied erkenne, eine Männerstimme singt: »I'll die for you, girl, and all they can say is, he's not your kind.« Die Tür geht wieder zu. Stille. Nur der kalte Atem der Stadt streicht mir übers Gesicht. Ich verwandle Fiktion in Erinnerungen.

*

Er kam wieder zu sich, als die Rikscha langsamer wurde; die Bremsen pfiffen wie ein kochender Kessel. Mit geschlossenen Augen versuchte er, den Traum in sich zu behalten. Er schien einleuchtend, doch dann war er fort. Der Wind hatte gedreht und war jetzt feucht und schwül. Die Rikscha hielt an. Er taumelte ins Licht. Blattwerk säumte die Straße, nur unterbrochen von einem ausgetretenen Pfad, der zu einem blauen Punkt in der Ferne führte - ein Punkt, der so klein war wie eine Briefmarke. Er wandte sich um, um die Fahrerin zu bezahlen. Die Rikscha war fort. Der Rucksack mit ihr. Die ihm wohlvertraute Panik beseitigte jeglichen Rest von Benommenheit. Hatte er, fragte er sich, überhaupt einen Rucksack dabeigehabt? Ein eindringliches Rauschen vom Meer her war die einzige Antwort. Nichts zu machen. Die Schatten wurden länger, reckten sich westwärts. Er folgte dem Pfad.

Vom Strand aus konnte er die Inselkette sehen. Am Bug eines motorisierten Auslegerkanus stand ein Mann. Auf dem Rumpf prangte in fröhlichen Buchstaben der Name: *Pekod*. Der Bootsführer schaute zu, wie er durch die Brandung watete. Startete den Motor, als er an Bord kletterte. »Isla Dulcinea«, sagte er zu dem Bootsführer, aber der Motor heulte bereits auf. Sie glitten über das Wasser, hüpften über die Wellen. Träume ich?, dachte er.

Sie fuhren an Inseln vorbei, die nur durch Sandbänke miteinander verbunden waren. Sie waren allesamt unbewohnt. Wie ist das möglich - fragte er sich -, dass es noch Orte gibt, die niemand für sich beansprucht? Wenn ich nur eine haben und von vorne anfangen könnte, ohne festzulegen, was festgelegt werden muss. Aber selbstbestimmt zu agieren, macht ihm Angst - sei vorsichtig, was du dir wünschst! Er zählte: eins, zwei, drei, vier, fünf, sechs. Und die siebte. Dort war das Komma. Das Boot hielt am unteren Ende, das dem Festland am nächsten lag, und er setzte neben einem Pfosten, der tief in die Erde gerammt worden war, den Fuß auf den steinernen Anlegeplatz. Ein zerquetschter Reifen hing an dem Pfosten, grau ausgebleicht und halb unter Wasser.

Die Insel war vollkommen: von großen Bäumen beschattet, von denen viele Früchte trugen, und von den hohen Kalksteinfelsvorsprüngen der anderen Inseln beschützt. Das Boot rieb sich an dem Reifen. Der Bootsführer hielt seine schwielige Hand auf, über die sich eine nässende Narbe zog. Unser abenteuerlustiger Protagonist besaß nichts mehr außer dem, was er in den Taschen hatte. Geldbeutel, Handy, Reisepass – all das war im Rucksack gewesen. Wie – so fragte er sich – hatte der Rucksack überhaupt ausgesehen? Sollte ich den Bootsführer bitten, mich zurück auf das Festland zu bringen? Die Fenster des Hauses standen weit offen, und weiße Spitzenvorhänge flatterten in der Brise. Ich werde bleiben. Jetzt bin ich schon so weit gekommen. Hör mal. Ist das ... Ja. Musik. Er kramte in seiner Hosentasche und drückte dem Bootsführer seine letzte Münze in die Hand.

Ein einfacher Bungalow, die Wände aus weiß getünchtem Beton. Irgendwo hatte er dieses Haus schon einmal gesehen. Wasabigrüne Fensterläden. Grauer Rauch quoll aus einem Aluminiumschornstein und strömte nach Norden. Eine Sarimanok-Wetterfahne wies nach Süden.

Er ging zu dem Haus hinüber, den Blick auf den Sand gerichtet, den er mit jedem Schritt aufwirbelte. Dies ist das Paradies, dachte er. Dies könnte mein Himmel sein.

Die Eingangstür stand einen Spaltbreit offen. Er klopfte. Rief. Hallo! Keine Antwort. Ist hier jemand? Das Lied. Ein Tango. Den kenne ich doch. Bingbong Cadenza zu seinen besten Zeit. »Cadenas de Amor.« Es klang wie eine wunderschöne Frau, die innehält und in Erinnerungen schwelgt. Ein Grammofon in einer Ecke verkündete: Tenía una cara tan bonita como una bendición y ella me dijó: Toda la vida es un sueño. Para lograr lo imposible, hay que intentar lo absurdo.

Er klopfte und rief noch einmal: Hallo! Auf einer Fußmatte stand: »Herein, lasst schöne Männer um mich sein!« Cadenza wiederholte den Refrain auf Spanisch: *Ihr Gesicht war mit Schönheit geseg-*

net, und sie sagte zu mir: Das ganze Leben ist ein Traum. Um das Unmögliche zu erreichen, muss man das Absurde versuchen.

Alles schien ihm vertraut.

Die Inneneinrichtung - karg, aber wohnlich - war so idyllisch wie das Äußere. Das Haus war mehr eine große Hütte mit einem offenen Grundriss. Glastüren an drei Wänden. Ein schickes gusseisernes Bett in der Mitte, direkt den Türen gegenüber, die die beiden Inseln einrahmten, die wiederum das Meer einrahmten. Wenn ich auf Wasser gehen könnte, dachte er bei sich, könnte ich bis nach Asien laufen und dann nach Afrika, Amerika und wieder hierher zurück. Eine weiche Mackinaw-Decke war über das Bett geworfen, und auf dem Boden lag mit den Seiten nach unten ein Buch. Ein altes Messingbecken beherbergte Mangostanen, Guyabanos, eine Durian. Auf einem Ofen stand ein Edelstahlkessel, in dem Wasser kochte; allerdings war die Pfeife kaputt. Aus dem Hahn einer Plastiktonne tropfte Wasser. Er ging zu ihr hinüber und klopfte dagegen. Es klang wie eine Glocke unter Wasser. In einer Ecke lehnte ein Gewehr wie jemand, der vor einem Kramladen rumlungert. Auf der anderen Seite des Zimmers, auf einem Schreibtisch: ein Kurzwellenempfänger, ein Stapel Papiere, ein feuerroter Filzhut, ein Bilderrahmen.

Neben der Tür ein unvollendetes Porträt auf einer Staffelei, die Gesichtszüge noch nicht ausgeführt. Der Künstler verfügte offensichtlich über Talent. Neben dem Gemälde ein mannshoher Spiegel.

Vor dem Haus Fußspuren im Sand. Er folgte ihnen in das warme Meer hinein. Fische von der Größe von Sardinen tanzten in der Strömung auf und ab. Als er sie berührte, erwachten sie zum Leben und flitzten davon. Er umrundete das Haus. Ein Generator. Ein Klohäuschen. Ein Schuppen, in dem Dieselfässer standen. Ganz normale Dinge. Greifbare Dinge. Eine kleine Abordnung Hühner gackerte in einem Stall. Er blickte immer wieder zu dem Komma hinaus. Ist das ihr Boot am Landesteg? Nein. Nur der Reifen, der gegen den Pfosten schlägt. Allmählich wird es dunkel.

Er setzte sich auf das Bett. Wie es wohl ausgesehen hat, als sie es mit dem Auslegerkanu transportierten, die zerlegten Teile mit Tauen festgezurrt, eine zusammengerollte Matratze auf den Truhen und Kisten, die das Boot tief ins Wasser drückten, und eine noch immer schöne Frau, die breitbeinig am windigen Bug stand – mit bloßen Füßen, erwartungsvoll wie ein junges Mädchen, ihre Fußsohlen von den Wellen umspielt.

Zu seinen Füßen lag ein Buch. *Der Weg zu Almotásim* von dem aus Bombay stammenden Advokaten Mir Bahadur Ali.

Zwischen den Glastüren passgenau eingerahmt sank eine Blutorange wie die Wintersonne über Stonehenge in ein Tal aus Stratocumuli.

Die Stimme aus dem Grammofon spottete: »Para lograr lo imposible, hay que intentar lo absurdo.«

Der Kessel auf dem Ofen zischte. Er eilte zu ihm. Das Wasser war verdampft. Als er das Gefäß hochhob, seufzte es.

Er stand vor dem Porträt. Das unfertige Gesicht unter dem roten Gewand schien ihn mit seinem leeren Ausdruck zu verhöhnen, wie die Augen griechischer Statuen, ein Gestalt gewordener Tadel, wölfisch, tot. Sein Spiegelbild war zwar vollständig, schien jedoch jeglicher Bedeutung beraubt.

Er ging zum Schreibtisch, wollte um Hilfe rufen, doch die Batterien des Funkgeräts waren leer.

Dort neben dem roten Hut ein Bilderrahmen. Das Mädchen mit den haselnussbraunen Augen. Aus dem Fotoalbum, nur ein paar Jahre älter. Bei der Erstkommunion. Hinter ihr Marcel Avellaneda und Mutya Dimatahimik, beide hatten zärtlich eine Hand auf ihre Schultern gelegt, ein stolzes Lächeln auf den Lippen.

Er griff nach dem orangenen Notizbuch, der Einband weich und angenehm, an manchen Stellen zu einem warmen Karamellton abgewetzt. Darunter kamen drei Manuskriptkartons zum Vorschein. Er konnte hören, wie sein Herz schneller schlug. Am Strand noch immer nichts. Der Horizont so leer, wie es nur ein Horizont sein kann. Die Musik verstummte. Die Schallplatte knisterte. Wie war es möglich, dass sie seit Stunden spielte? Die Nadel kratzte beharrlich, wie der Sekundenzeiger einer Uhr, der hakte.

Ist das ein Außenbordmotor? Er blickte zum Fenster hinaus. Das Grammofon knackte im Rhythmus seines Herzens. Beruhige dich. Beruhige dich. Horche.

Das ist der Motor eines Bootes.

Nein.

Doch.

Das Geräusch wurde lauter und leiser. Lauter, dann leiser. Was es auch war, ob er es nun tatsächlich gehört oder sich nur eingebildet hatte, es war in den Wellen verloren gegangen. Und verschwunden. Er hielt das geschlossene Notizbuch in den Händen, strich mit den Fingerspitzen darüber, genoss die geschmeidige Rauheit von Papier, das zu einem einzigen Zweck zusammengeheftet worden war. Er blickte zum Fenster hinaus. Horchte noch einmal. Liebkoste mit dem Daumen den weichen Einband. Er warf einen Blick über die Schulter. Jemand beobachtete ihn. Er betrachtete die Manuskriptkartons.

Ich werde Dulcinea nicht finden.

Unser Protagonist öffnete den ersten Karton. Er war leer. Er öffnete den zweiten. Leer. Den dritten. Leer.

Er war weder überrascht noch enttäuscht. Das, was verschollen war, unterstrich nur die Bedeutung dessen, was nicht verschollen war. Die leeren Kartons beinhalteten all das, was gelebt worden war, und die Gewissheit darüber, wie es ausgegangen war, wie es für uns alle ausgehen musste. Unser letzter Augenblick in einer Folge letzter Augenblicke, der letzte Blick zurück, bevor du vorwärts ins Licht gehst: jener angedeuteten Morgendämmerung entgegen, dem plötzlich senkrechten Horizont, Sonne und Mond am selben Himmel. Der Rhythmus eines Atemholens, das uns schon immer vertraut war, und die abschließende Folge von Herzschlägen. Der konkave Himmel und die konvexe Erde. Und in der Krümmung dazwischen baumelt das Ende eines Stricks, dieses lange Lebensband, die losen Enden ausgefranst, die einzelnen Flechsen – Augenblicke, die für sich selbst genommen bedeutungslos sind – fest miteinander verflochten.

Wenn man dort steht, wo Anfang und Ende einen Kreis bilden und aufeinandertreffen, kann man nicht anders, man muss einfach anschauen, was da zu seiner früheren Form zurückfindet, die ganzen kleinen geliebten Dinge, die all die Mühe wert sind: die Erleuchtung in letzter Minute, die Erleichterung, wenn der Schmerz nachgelassen hat, der Trost der Vergangenheit, dein alter Stuhl vor deinem Schreibtisch, Papier in eine Schreibmaschine einzulegen, von der Zeit geschärfte Erinnerungen, ein Fenster, das auf das Fenster eines anderen Menschen auf der anderen Straßenseite hinausgeht, das Selbstvertrauen, das auf großer Erfahrung beruht, Zufriedenheit, die nicht auf Kosten von jemand anderem geht, eine Zeitung aufzuschlagen, die Entropie der Liebe, an einem Radio den Sender einzustellen, junge Frauen bewundern, die wissen, dass man zu alt ist, um ihnen gefährlich zu werden, wenn sich etwas ineinanderfügt, das eigennützige Sakrament der Vergebung, die Atmosphäre im Greenwich Village, der Filz eines guten Borsalino, Sünden und all ihre Verstrickungen, die Post aus dem Briefkasten zu holen, das Klimpern der Hausschlüssel, guter Tabak, ein fester Händedruck, die Erleichterung darüber, Schuldgefühle versachlichen zu können, Schuhputzer, der feierliche Geruch in Bibliotheksmagazinen, Antworten auf Fragen, die gar nicht erst hätten gestellt werden dürfen, ein Musikstück, das man zum ersten Mal hört, ein junges Paar, das sich voller Kummer umarmt, der Ursprung ödipaler Unzufriedenheit, parfümierte Liebesbriefe von weither, die noch nicht geöffnet sind, der Trost der Religion, die langgezogene Rundung über ihrer Taille, der Optimismus vor Flugreisen, Schadenfreude, Atlantiküberquerungen, die Tragbarkeit von Aphorismen, Calvados, das utopische Mundgefühl politischer Theorie, in Schweiß auszubrechen, die Atemlosigkeit, wenn man noch nicht weiß, ob man gewinnt oder verliert, Ballerinen, jemanden zu belauschen, Supermärkte im Ausland, der erste Schluck von einem kalten Bier, die Freiheit, mit einem Taxi zu fahren, neu entwickelter Ehrgeiz, der erste Besuch beim Schneider, leere Notizbücher, sich den ersten Kuss vorzustellen, der Geruch von Hamburgern und geschnittenem Zuckerrohr, die Pubertät und sich damit entfaltende Komplexitäten, das alte Manila, das Kratzen, wenn ein Bleistift gespitzt wird, ein Glockenschlag, die Stimme deiner Mutter, die dich zum Abendessen ruft, laut und bedächtig zu lesen, zarter Frost auf den Wangen und das Klacken der Fahrradschaltung, noch ausstehende Herausforderungen, eine Geschmacksrichtung durch Milchglas auszusuchen und zuzuschauen, wie sie auf einer Eiswaffel verteilt wird, durch das Haus zu rennen, in dem man aufgewachsen ist, unerbittliche Einbildungskraft, Staubpartikel, die in Sonnenstrahlen herumwirbeln, wenn man aus einem Nickerchen erwacht, der aufdringliche Geruch von Shampoo, zu hören, wie jemand deinen Namen singt, Gesichter zu sehen, denen das Leben bald Bedeutung beimessen wird, Wärme, die Entdeckung deines ersten Wortes, das Glück, noch nicht zu wissen, dass es jemals ein letztes Wort geben wird.

EPILOG

Nachdem ich an jenem anonymen Morgen im Februar meinen Koffer in der Diele abgestellt hatte, blätterte ich den Stapel Post durch, der während meiner Abwesenheit eingetroffen war. Dieser spezielle Brief war dünn, ohne eine Briefmarke, allerdings mit einem Briefkopf der Universität. Ich ging davon aus, dass er persönlich vorbeigebracht worden war, und öffnete ihn auf der Stelle. Sein Inhalt war so frappierend, dass ich mein Spiegelbild im Flurspiegel anstarrte und nicht mehr weiterwusste. Derartige Nachrichten führen uns stets unsere eigene Sterblichkeit vor Augen.

Verstehen Sie, ich hatte etwas von mir selbst in ihm wiedergefunden. Nicht nur, dass wir aus derselben Gegend stammten und dieselben Schuldgefühle empfanden, weil wir von dort weggegangen waren. Die Nachricht von seinem Tod - durch Ertrinken - hatte mich glauben lassen, dass ich ihn besser kannte, als es tatsächlich der Fall war. Vielleicht lag es nur an meinem Alter oder an meiner Einsamkeit - oder an beidem, denn diese Umstände lassen sich letztlich nicht voneinander trennen. Tatsache ist, dass ich ihn nicht so gut kannte, wie ich ihn vielleicht hätte kennen sollen. Nur von einigen Seminaren, die er besucht hatte, von ein paar Besprechungen in meinem Büro, und dann war da noch dieses Porträt, das er schreiben wollte. Bei zwei Gelegenheiten hatten wir über Cheeseburgern gestelzte Unterhaltungen geführt. Das war alles. Er war nur eines von vielen Gesichtern in meinem Workshop, und ich beneidete und bemitleidete ihn wie alle meine Studenten. Vielleicht etwas mehr. Deshalb überraschte es mich, dass der Brief mich so tief berührte. Es ist oft kaum auszuhalten, wie unspektakulär Unfälle sein können, und ich fragte mich, was wohl geschehen war.

Das Leben ging weiter, vielleicht zu mühelos. Die alltäglichen Pflichten eines neuen Semesters holten mich ein, dazu eine Folge banger Termine bei meinem Proktologen, die Nickerchen am Nachmittag, die wir uns mit unseren morschen Gliedern verdient haben, und das fortgesetzte Bemühen, ein Manuskript abzuschließen, dem ich so lange treu geblieben war wie ein schuldbewusster Ehemann. Ganz oben auf einem Stapel auf meinem Schreibtisch lag der unausgefüllte Fragebogen, den er mir als Vorbereitung für das Interview, das nie stattfand, gegeben hatte. Wochen verstrichen, und zu meiner Beunruhigung musste ich feststellen, dass ich nicht aufhören konnte, an ihn zu denken, an ihn und die Kurzgeschichten, die er in dem Seminar eingereicht hatte: Eine handelte von Großeltern, die einen Enkel bei sich aufnehmen; eine andere von einer scheiternden Beziehung mit einer Freundin; die letzte - und überzeugendste - Erzählung schilderte einen Protagonisten, der verschiedene Möglichkeiten durchging, wie ein Treffen mit seinem Kind verlaufen mochte, das er nicht kannte.

Eines Nachmittags ertappte ich mich dabei, wie ich meinen alten Füllfederhalter aufschraubte und den Fragebogen meines jungen Studenten ausfüllte. Seine denkbar unoriginellen Fragen und der verfrühte Nachruf auf mich, der in der *Philippine Sun* erschienen war - und den ich gerahmt und auf meinem Schreibtisch aufgestellt hatte -, lasteten schwer auf mir. Während es um mich herum erneut Frühling wurde, verbrachte ich - an Busfenstern sitzend, auf dem Weg zu Seminarräumen, sogar mitten in einem Satz vor Studenten - übermäßig viel Zeit damit, meinen Blick auf etwas zu richten, das, wie mir zum allerersten Mal bewusst wurde, die kurze Straße war, die durch den Winter meines Lebens führte. Ich saß an meinem Schreibtisch und betrachtete die vollgekritzelten Manuskriptseiten in den drei schwarzen Kartons: mein Meisterwerk, meine strahlende Rückkehr, mein ehrliches Lied für mein Heimatland.

Um mir darüber klar zu werden, was da mit mir geschah, war ich wie besessen davon herauszufinden, was ihm widerfahren war. Immer wieder kehrte ich zu dem einen Artikel im Internet zurück, der sich mit ihm beschäftigte - ein Abriss von so brutaler Kürze, dass er bereits den Augenblick vorwegnahm, wenn die Welt sich ohne ihn weiterdrehen würde. Ich bekam Angst, die Straße zu überqueren. Vermied es, mir in der Dusche die Fußsohlen einzuseifen. Und so schloss ich mich mit der Unerbittlichkeit eines Sisyphos in meinem Refugium ein und überarbeitete - rettete - unermüdlich das lang erwartete Buch. Dabei glich ich jedoch jenen Männern, die jeden Tag ihren Anzug anziehen, ihre Frau küssen und zur Tür hinausgehen, obwohl sie ihre Anstellung längst verloren haben - das Einzige, was einem solchen Mann bleibt, ist die Gewohnheit.

Aus Tagen wurden Wochen. Aus Seiten wurden Kapitel. Aus Wochen wurden Monate. Aber mit jedem Blatt Papier, das ich füllte, zweifelte ich mehr daran, wie sinnvoll es sein mochte, die Sünden der Vergangenheit aufzuzeichnen. Was waren diese verbrauchten Blätter anderes als verlorene Tage?

Eines Nachts stand ich kurz vor Tagesanbruch von meinem Schreibtisch auf, schwankte zum Papierkorb und übergab mich heftigst. Mir war den ganzen Tag übel, ich konnte nicht stehen, und die Hitze eines weitschweifigen Traumes belagerte meine Gedanken an Dinge, über die ich nie sprach. Durch wieder jung gewordene Augen - nein, durch *seine* Augen - sah ich, was aus mir geworden war. Ein zorniger Mann, der zwangsläufig scheitern würde, der scheiterte, weil er dazu verdammt war, zornig zu sein.

Der Mond war untergegangen, oder vielleicht war er auch noch nicht aufgegangen, oder vielleicht würde er überhaupt nicht aufgehen, als ich zu den mir vertrauten Mülltonnen am Hudson River ging und die drei Manuskriptkartons verbrannte - den alten Albatros, den alten Kormoran, den alten Geier. Ich sah zu, wie das Buch in Flammen aufging. Es verwandelte sich in Rauch. Ich wusste, dass ich, hätte ich es unseren Kindern hinterlassen, nur eine Aufzählung unserer Schandtaten hinterlassen hätte. In jener Nacht schlief ich. Ein todähnlicher Schlaf wie schon seit Jahren nicht mehr.

Der Morgen brach an, ich kehrte an meinen Schreibtisch zurück und schob eine leere Seite in meine treue alte Underwood. Ich wusste nicht, was ich schreiben sollte, aber - dieses Mal, endlich - wollte ich ihm ein Denkmal setzen. Mit allem Drum und Dran.

Da saß ich nun, die Augen geschlossen, die Fingerspitzen in den warmen Ausbuchtungen der Tasten. Draußen, unter meinem Fenster, stand eine Tür sperrangelweit auf, Stimmen überschlugen sich, Musik mischte sich darunter, Besteck kratzte über Teller, vertraute, mir lieb gewordene Gerüche drangen zu mir herauf. Die Erinnerungen an meinen jungen Studenten strömten aus mir heraus, flossen ineinander, bahnten sich einen Weg in eine Landschaft, die sie nie durchquert hatten.

Etwas anderes als seine Jugend hatte er schließlich nicht. Es war etwas Jungenhaftes an ihm, wie bei allen, deren Leben nahtlos von der Pubertät ins Alter übergeht, er bewegte sich unsicher und schien sich dessen bewusst; beim Schreiben war er jedoch derart leidenschaftlich, dass es fast schon zu viel war. Er hatte eine Vorliebe für zerrissene Jeans mit weitem Schlag, Nadelstreifensakkos mit Seitenschlitz und T-Shirts, von denen er ganz offensichtlich hoffte, dass sie seine Persönlichkeit unterstrichen. Auf ihnen stand: YOUR CHIVAS OR MINE? oder JIM LEHRER FOR PRESIDENT. Ständig kam er zu spät zu meinem Workshop, seine Entschuldigungen klangen wie Lügen. Oft sprach er zu schnell, beobachtete seine Umgebung aus den Augenwinkeln und reagierte aggressiv auf die Ideen und Texte seiner Kommilitonen. Ich glaube nicht, dass er beliebt war.

Ohne mir dessen bewusst zu sein, tippte ich im Rhythmus eines Unwetters, das über ein Dach hinwegfegt. Ich schilderte ihn als Vater, Sohn und Heiligen Geist. Um mir sein Leben vorstellen zu können, begann ich mit der Gewissheit seines Todes. Der Pasig war über die Ufer getreten, und er war gefunden worden, wie er im brackigen Wasser trieb, mit ausgestreckten Armen und Beinen, das Gesicht himmelwärts gewandt.

Von den verschiedenen Möglichkeiten für eine Geschichte wurde eine ausgewählt und entwickelt. Die Geschichte, wie die Welt mit ihren komplexen Mechanismen diesen Jungen verloren hatte, begann auf Parallelen, Symmetrien zuzuführen, vielleicht weil Erzählen dem Chaos unserer eigenen Welt immer eine gewisse Anmut, eine nachvollziehbare Schönheit entgegensetzt. Wenn man alt und einsam ist, ist es dann nicht verständlich, wenn man nach Bezügen sucht, die getroffene Entscheidungen rechtfertigen?

Aus dem Jungen wurde ein Mann. Ein junger Mann - eine Beschreibung, die alle Hoffnungen des Lebens umfasst. Nachdem ich die Geschichte zu Ende geschrieben hatte, nach vier Jahreszeiten an der Schreibmaschine, war sein Dasein für immer mit meinem verknüpft. Und mit dieser Fiktion der Möglichkeiten, verflochten mit den Möglichkeiten der Fiktion, habe ich mein eigenes ungelebtes Leben dort hineingewebt.

Und auch meine Rückkehr. Diese letzten Worte schreibe ich, während mein erster Tag zu Hause naht.

Zu Hause bei dem, was von meiner Familie übrig ist.

Zu Hause bei meinem Kind, wann immer sie bereit ist.

Zu Hause in dem Bewusstsein, dass wir nur dann erleuchtet sind, wenn wir etwas Neues beginnen, von dem wir dachten, dass es das Ende ist.

— Crispin Salvador, auf dem Weg nach
Manila, am 1. Dezember 2002

DANKSAGUNGEN

Meine Dankbarkeit kennt keine Reihenfolge und passt nicht auf diese Seite. Aber wie es sich für einen Philippino gehört, werde ich trotzdem versuchen, sie zum Ausdruck zu bringen.

Von tiefstem Herzen danke ich meiner Mom und meinem Dad dafür, dass sie mir das Leben geschenkt haben; und all meinen Geschwistern (angeheiratete eingeschlossen) dafür, dass sie meinem Leben Liebe und Sicherheit geben und mich lachen gelehrt haben.

Meinem Coach, Weggefährten und Freund: John C. Evans, der mir von Anfang an zur Seite gestanden hat, der sämtliche Fassungen gelesen und mir mehr über das Schreiben beigebracht hat als irgendwer sonst.

Meinen Lektoren: Eric Chinski, mein Verbündeter in schweren Zeiten, der mir mit spitzem Bleistift und viel Geduld geholfen hat, dieses Buch so gut wie möglich zu machen; Nicole Winstanley, Paul Baggaley und Meredith Curnow, die an das glauben, was ich schreibe, und damit maßgeblich zu meiner Erleuchtung beigetragen haben; und meinen Lektoren in den anderen Sprachen – wie wir auf Tagalog sagen, *salamat*. Und natürlich möchte ich all denjenigen danken (Korrekturleser, Lektoratsassistenten, Übersetzer, Grafiker und andere), die aus meinem Manuskript ein Buch gemacht haben.

Meinen Agenten: Peter Straus und Melanie Jackson, meine unentbehrlichen Führer und verlässlichen Freunde in der Verlagswelt, und Laurence und Stephen und die lieben Menschen bei Rogers, Coleridge and White, die meinen Roman über den ganzen Planeten getragen haben.

Meinen Lehrern: der Ateneo in Manila, meinem Licht *in dominoes*; der Writing Division an der Columbia University, denen ich das Handwerkszeug verdanke; und natürlich der Universität von Adelaide, deren Unterstützung dieses Buch ermöglicht hat. Mein Erfolg ist der Erfolg meiner Lehrer, insbesondere der von Paul Go, Rofel Brion, DM Reyes, Danton Remoto, Jing und Tony Hidalgo; derjenigen, die mich zum Magister geführt haben: Jessica Hagedorn, Jaime Manrique, Jonathan Dee, Victoria Redel, Alan Ziegler; und meiner Doktorväter: Di Schwerdt, Brian Castro, Ben Marcus und, vor allem, Nick Jose.

Mein Dank gilt auch all jenen, die den Palanca Award und den Man Asia Literary Prize vergeben und die den Wert meines Buches erkannten, lange bevor es veröffentlicht wurde.

Mein Dank gilt Dr. Deberah S. Goldman dafür, dass sie mich gelehrt hat, im Ungewöhnlichen zuallererst das Gewöhnliche zu sehen; Clinton Palanca dafür, dass er mein Kampfgefährte ist; und Manuel Quezon III., dessen unermüdliche Arbeit uns dabei hilft, uns unser eigenes Land zu erklären. Weiterhin Conrad und Laurent, *pour l'amour sans condition*; der großartigen Mary Jane dafür, dass sie mich stets an alles erinnert hat. Und meinen Freunden dafür, dass sie ein großer Teil dieses Lebens sind, von dem ich mich inspirieren lasse.

Das Beste natürlich zum Schluss: Ich danke meiner Edith – meiner Gefährtin, *ma vie, aking pangarap* –, ohne die all diese Arbeit unmöglich gewesen wäre, ohne die ich nicht wüsste, wie wundervoll diese Welt sein kann.